中国《文心雕龙》学会　编

文心雕龙研究

第十一辑

學苑出版社

图书在版编目（CIP）数据

文心雕龙研究．第11辑/中国文心雕龙学会主编．—北京：学苑出版社，2015.5

ISBN 978-7-5077-4781-2

Ⅰ．①文…　Ⅱ．①中…　Ⅲ．①文学理论—中国—南朝时代②《文心雕龙》—古典文学研究—文集　Ⅳ．①I206.2-53

中国版本图书馆CIP数据核字（2015）第105968号

责任编辑　洪文雄
封面设计　徐道会
出版发行　学苑出版社
社　　址　北京市丰台区南方庄2号院1号楼
邮政编码　100079
网　　址　www.book001.com
电子信箱　xueyuanpress@163.com
销售电话　010-67601101（销售部）67603091（总编室）
印 刷 厂　北京京华虎彩印刷有限公司
开本尺寸　787×1092　1/16开本
印　　张　22.5
字　　数　454千字
版　　次　2015年5月北京第1版
印　　次　2015年5月第1次印刷
定　　价　78.00元

目　录

文果载心，予心有寄

——怀念我的“三好”先生

安徽师范大学文学院　李　平

2013 年国庆节，中国学界的一棵参天大树倒下了！我的老师祖保泉先生走完了他 93 年的人生征程，溘然仙逝！先生是学界著名专家，为中国学术发展做出了重大贡献，是中国古代文论和《文心雕龙》研究界的元老，他的逝世是中国学术界的重大损失。

在庆祝祖保泉教授 90 华诞纪念会上，先生曾风趣地用三个“好”来概括自己的一生，也得到了大家的一致赞同。先生说：“我一生庆幸自己谋得了一个好职业，选择了一个好专业，得到了一个好妻子。”所以我说先生是“三好”先生。

所谓“好职业”，是先生将教书视为最高尚的职业。对于教师工作，先生是敬业的。他进入安徽师范大学后，一直坚持在本科和研究生教学的第一线，先后主讲过“现代文选及习作”“文学概论”“文学评论”（专题课）“历代词选”“文心雕龙”等课程，这一教就是几十年，没有教材就自编自著，走教学与科研相结合的道路。他曾说自己的著作，一句话点破：“全是教材。”在教学与科研相结合的治学道路上，先生越走越开阔，越走越亮堂，一些教学和科研成果先后获得国家级和省部级奖励，并由讲师晋升为副教授，由副教授晋升为教授，担任研究生导师，享受国务院特殊津贴。

先生一生致力于师范教育，几十年如一日，精心育人，桃李满天下，不少学生现已成为教育战线的栋梁之才、学术领域的中坚力量。他是安徽师范大学文艺学硕士点的创始人之一，为学位点的建设倾注了大量心血。在他的带领下，学位点的研究生教学树立了严格的规范和优良的学风。先生在教学、科研和工作上所取得的成就，已经成为一笔宝贵的精神财富。2000 年 6 月 16 日，安徽师范大学文学院举行“祖保泉教授从教 55 周年暨 80 寿辰庆祝会”。在庆祝会上，先生致词说：“只要一息尚存，力求对得起我的学生，对得起我这一生！”“我一定活到老，学到老，力求自己不成为老废物。”

所谓“好专业”，先生自认中国古代文论是其专业。在这个专业里，先生是杰出的。自 1952 年进入安徽师范大学，先生就一直致力于《文心雕龙》、《二十四诗品》和词学研究。这三方面的学术研究，基本涵盖了先生重要的古代文论研究成果，也大体反映了他近半个世纪的学术历程。

《文心雕龙》研究是先生学术生涯中的重中之重。如果从 1962 年先生发表第一篇

“龙学”研究论文算起，他在这个领域已经辛勤耕耘了40余年。天道酬勤，1985年，先生的“龙学”专著《文心雕龙选析》正式出版，该书荣获1989年国家教委颁发的《文心雕龙》教学、教材建设国家级优秀奖。1993年，先生又一部“龙学”专著《文心雕龙解说》出版。该书多次再版，总发行量已逾4万册，在学术界产生了广泛的影响，荣获安徽省第三届社会科学研究成果一等奖。

司空图《二十四诗品》研究则是先生学术研究的优长所在，他这方面的研究起步早、成果多、贡献大，具有开拓性。1964年，《司空图诗品解说》正式出版，这是继郭绍虞《诗品集解》（1963年版）之后，现代学者关于《二十四诗品》研究的第二部重要专著，两书一详词语释义、一重意蕴阐释，一为文言旧注、一系白话新译，先后承续，相得益彰。时隔20年，先生又出版了《司空图的诗歌理论》一书。在这两本书的基础上，先生又经过近15年的充实、更新和提高，终于将司空图的生平和思想、创作和理论、影响和地位各个方面的研究融会贯通，凝聚成一部综合性的集大成之作——《司空图诗文研究》。该书立论严谨，考证绵密，对一些重点、热点问题更是详加阐释，具有很高的学术价值。

词学研究，堪称先生的看家本领。先生在读大学期间学会了填词，以后便一直将读词、论词、作词融为一体。身为作词之人，先生对名家词的欣赏自能入乎其内，沉潜把玩，从容涵咏；作为词学专家，先生对古今词作的理解又能出乎其外，自出机杼，论如析薪。词学研究方面，先生尤役心力的还是清末王国维的词，对王国维留在人间的115首词中某些佳作，作了点赏析札记。以此为基础，他在完成《司空表圣诗文集笺校》之后，不顾83岁的高龄，立即打定主意，再写一册笺评王国维词的书，并给书取名《王国维词解说》，与以前出版的《司空图诗品解说》《文心雕龙解说》相呼应。

至于“好妻子”，当然是指师母了！天赐佳人，是先生一生莫大的幸运！他曾深情地回忆说：“1948年11月中旬，我请假回巢县炯炀河结婚。未婚妻吴高项小我三岁，小学教师，头年在她家订婚，今年她来我家完婚。她原是我大妹的同班同学，我也是她哥哥的同级同学，这样，双方都有人通风，就订婚，真乃‘天作之合’（《诗·大雅·大明》）。双方相处和谐，及今61年。银婚、金婚，都已过去。这叫什么婚呢。曰：金刚石婚！”

这番话，实为有感而发。先生不谙家务，日常起居，衣食住行，均有赖师母悉心照料。我读书时，一天上午去先生家问学，与先生在客厅聊天，师母正好要去菜场买菜，就对我们说：“炉子上在烧水，水烧开了你们关一下火，把水瓶灌上。”我和先生都答应得非常干脆：“好！”半小时后师母买菜回来，一进厨房就发现水烧干了，并无奈地说：“指望你们就是不行！”我和先生都像小学生一样低头不语。

师母不仅在生活上侍奉呵护先生，而且是先生患难中的挚友，学术上的帮手。“文革”中，先生受到极大的冲击！家门口，白色对联，白色横批，俨然如办丧事人家，还被拉到门外马路上，只许面墙站着，白天挨斗，夜里写交代，不吃不睡，精神垮了。

一次，先生拧下电灯泡，想触电自杀。师母知道后，抱着他痛哭，并安慰说："不要想不开，我会做小孩穿的鞋和衣，只要有我一口吃的，就不会饿死你！"先生听了非常感动，终于坚强地活下来。学术上，先生几乎所有的研究成果，从一篇文章到大部头著作，都由师母誊抄后寄出。先生曾对我说，72 万字的《文心雕龙解说》，师母抄的稿纸就有几尺高，重达十余斤。

先生与师母60余年相濡以沫，白头偕老，是一对同甘苦、共患难的好夫妻。在先生遗体告别仪式上，我看到师母悲伤的样子，心里充满了无限的痛楚，我深深理解师母此时的心境。

20 世纪 90 年代，学术界关于《二十四诗品》的作者问题，展开了一场规模空前、声势浩大的讨论。先生不顾年迈积极撰文参加讨论，他凭着对学术的热情和对真理的忠贞，在耄耋之年，焚膏油以继晷，恒兀兀以穷年，埋首故纸，勤搜遗佚，慎选版本，考证求实，终于在 2002 年出版了《司空表圣诗文集笺校》一书，"对司空图的诗集和文集作了迄今第一次整体的整理笺校工作"。是年，先生八十有二。这怎能不令人肃然起敬！

我总在想，先生晚年参与《二十四诗品》作者问题的讨论，使他的学术研究又有了新的发展和重大突破，但同时也耗尽了他生命的精气。先生的生命是与他的学术联系在一起的，他用生命捍卫了学术的尊严，也赢得了学界的敬意！

我自 1988 年忝列师门，侧侍先生已达 25 年，早已超出师生关系，先生与师母视我如己出，我则待之以父母。先生不嗜烟酒，两袖清风，谈起学术来却眉飞色舞，口若悬河，注而不竭。20 余载对我耳提面命的教诲，使我如沐春风，获益匪浅。

先生对学生的爱是无私的，退休后他到院里取报纸信函，常常会到我的办公室小坐一会儿。若几日不见我，便会关心地问："李平哪去了？"他见我办公室墙面比较空荡，就将张光年（笔名光未然，《黄河大合唱》的词作者）书赠他的《文心雕龙·通变》篇赞词书法作品送给我，并说："你当《学语文》主编就挂在办公室，不当主编了就带回家。"他知道我主治《文心雕龙》，就将珍藏多年的元至正年间刊刻的《文心雕龙》影印本和开明书店范文澜《文心雕龙注》七册线装本送给我。

先生的大恩厚德，我实在是倾全力而无以回报，只有尽力帮他做一些文字编辑工作。2005 年，我着手为先生编一本《中国诗文理论探微》的论文集，我在编后记里这样说："编辑这本书的时候，我心里总是希望老师的著作在经过学生的手之后，能够变得完美一点，哪怕是形式上的也好。不知道这个愿望能否实现？但我想，心存愿望也是对老师的一种报答。"书出版后，先生在赠我书的扉页上题曰："李平大弟为编辑此册辛苦多多，志之存念！八十六叟保泉持赠。"

接着，先生的新著《王国维词解说》完稿，本准备就近给学校的出版社出版，当我得知要收费后，立即制止了此事。我知道先生晚年的生活并不宽裕（但先生每次捐款都很积极），就联系我在省城一家出版社当总编的同学（也是先生的学生）帮助出版此书，结果不仅没有收费，还付了稿酬。先生在书的后记中又提到了我："在校内，老年、中年的同行老弟赐助的有陈育德、李平二位，他们时来舍下叙心，得知我又立题撰述，便携来多种资料，供我长期查阅。这种友情的温暖，增强了我撰稿的毅力。"

2009 年，我和同门师兄弟着手筹办《文心雕龙》第十届年会和先生 90 华诞纪念会，同时编辑出版了《风清骨峻——庆祝祖保泉教授 90 华诞论文集》。台湾王更生教授与先生交谊深厚，并于先生 90 华诞时亲临参会祝贺，两位大师见面拥抱的场景，令与会者深受感动。未料短短数年，两位"龙学"泰斗相继辞世，令人不胜唏嘘，有曷可瞻依之叹！

先生晚年最念念不忘的则是其选集的编辑出版问题，这时，他不仅行走不便，写字也很困难，而且听力极差，难以交流。我想这可能是我为先生做的最后一件文字编辑上的事了，所以也是倾尽全力而为之。从内容安排、联系出版、校对复核、选择照片、参考装帧到文字修饰，甚至捉刀代笔，无不亲力为之。先生也一再让我在书中表明我付出的辛劳，但我坚辞了。我能为先生做的不就是这样的事吗！而我做这样的事还有什么目的吗！还需要表明什么吗！一切准备就绪，定版付印后，我最担心的还是先生能否亲眼看到这部选集的出版，因为我看到先生的身体一天不如一天，连一向沉得住气的师母也数次问我书何时能出来？我只好一次次催出版社，催我的老同学。好在苍天有眼，2012 年深秋，老同学亲自送书来了。当我陪老同学一起将 5 册精装本《祖保泉选集》样书送到先生家时，我真有一种如释重负的感觉！

先生 80 华诞后，我在一篇纪念文章的结尾表达了心愿："我们衷心祝愿先生健康长寿！我们也热切期盼 2010 年再为先生庆贺九秩寿辰！"这一愿望实现了。先生 90 华诞时，我也曾想过 2020 年若能再为先生庆贺百年华诞，该是多么幸福的事啊！岂料天有不测风云，2013 年 10 月 1 日 14 时 11 分，先生的心脏停止了跳动，我的愿望也被定格在那一刻，再也无法实现！

哲人其萎，山颓木坏。怆惋莫名，曷胜悼怛！先生道德文章，宇内同钦。先生虽逝，风骨长存；百年影徂，千载心在。先生遗志，吾党当共效云门之伟业也。

末了，我还想澄清一件被传得有些玄乎的事。先生生前曾对一些人说，他有一件遗嘱藏在我的电脑里，也不时有人问起我这件事，这次先生病危期间，师母电话里也提到此事。其实，这是先生 2002 年填的一首词，取名遗嘱，让我打印一下。这以后，我的电脑换过好多次，现在已经找不到这份遗嘱的电子版了。原件我记得是珍藏起来了，这次师母提到此事后，我立即在家里翻箱倒柜地找，可怎么也找不到。没想到，就在今天下午，我在书房一个文件袋里突然找到了这份遗嘱。现附录于此：

满江红·遗嘱

来去由天，今去也、尘缘已了。容暂睡，此行无憾，口边含笑。烦厌讣文虚粉饰，何须套语空旌表。更革除追悼老陈规，除烦扰。

烧了后，灰皎皎；投逝水，归玄窅。劝家人旷达，养生为好。满壁图书遗后辈，一生心血传家宝。拣其中、非属我私藏，都还掉。

——2002 年 8 月底

这份遗嘱既体现了先生“无营无待、得大自在”的豁达心态，又反映出先生体贴家人、公私分明的性格特征。先生逝世后，师母及家属遵从其遗愿，丧事从简，不设灵堂，故我无以致奠仪礼数。遗爱之嘱，令人益叹先贤之有道也。聊以此文，告慰先生在天之灵！

写于 2013 年 10 月 15 日

《刘子》的说“武”论“兵”

——传统军事思想战争理念一次意义非凡的总结

辽宁大学中文系　涂光社

独特的战争理念和军事理论是华夏文明的一个闪光点，《孙子兵法》历来备受中外军事理论家推崇；除此而外，值得珍视和发扬光大的东西还有不少，都具有世界意义和相当高的现代价值。南北朝时期问世的《刘子》有关军事的论说集于《文武》《兵术》《阅武》三篇中。撰者“总结古代诸子思想学术，用古说今”，汇集了“以文止戈”“德服”“好战必亡，忘战必危”“不教民战，是谓弃之”“于农隙，讲武事”“修戎器，戒不虞”“兵者，凶器；财用之蠹，而民之残也”“不战而胜，善之善也”等重要论断和命题；在对子书中相关议论的采择、诠解和重组中崭露出非凡的见识，故能在总结先秦两汉兵学建树的基础上归纳出华夏民族独特的战争理念和军事思想，显示其鲜明的文化特征。

《刘子》既有集成性又能突出精要而且不乏创意的总结，胜过以往的兵法著述或子书中的专论，是其价值体现的一个重要方面。

作者刘勰以撰写古代文论的经典著作《文心雕龙》享誉古今。《梁书》本传说他：“祖灵真，宋司空秀之弟也。父尚，越骑校尉。……天监初，起家奉朝请。中军临川王宏引兼记室，迁车骑仓曹参军。出太末令，政有清绩。除仁威南康王记室，兼东宫通事舍人。时七庙飨荐，已用蔬果，而二郊农社，犹有牺牲；勰乃表言二郊宜与七庙同改。诏付尚书议，依勰所奏。迁步兵校尉，兼舍人如故。昭明太子好文学，深爱接之。……”其亲族中不乏刘宋时期的军政要员：伯曾祖父刘穆之是辅佐刘裕成就帝业的主要谋臣。伯祖父刘秀之曾任刘宋督梁南北秦三州诸军事、宁远将军、西戎校尉以及散骑常侍、安北将军、军蛮校尉等军职。其父刘向也做过越骑校尉。刘勰以文名世，做过武帝衍之弟中军临川王萧宏和武帝四子仁威南康王萧绩的记室；后因上表言郊庙飨荐改蔬果事得武帝赏识，出任掌上林苑门屯兵的步兵校尉，兼东宫通事舍人。任此要职，虽未直接率兵征战，显然是通于军事的。

《文心雕龙》是文学理论巨著，不过其中也有言及军事①以及借鉴用兵权谋、传统战争理念讨论文章写作之处，如“势”范畴的移用，以及晓术数、适会通、应机变、运奇正、能控驭之论皆然，显然是有得并取用于古代兵法论著的。本文的讨论以《刘子》的《文武》《兵术》《阅武》解读为主，联系刘勰的其他论著，综论其在总括传统军事思想、战争理念中的杰出成就。

一、《文武》篇“以武创业，以文止戈”诠解

《刘子》中的《适才》篇之后有《文武》篇，是从文、武两方面的人才如何为“用”入论的。《文武第二十八》的首段说：

> 规者，所以法圆，裁局则乖；矩者，所以象方，制镜必背；轮者，所以辗地，入水则溺；舟者所以涉川，施陆必踬。何者？方圆殊形，舟车异用也。虽形殊而用异，而适用则均。盛暑炎蒸，必藉凉风；寒交冰结，必处温室。夏不御毡，非憎恶之，炎有馀也；冬不卧簟，非怨雠之，凉自足也。不以春日迟迟而毁羔袇，秋露洒叶而剔笋席，白羽相望，霜刃竞接，则文不及武；干戈既韬，礼乐聿修，则武不及文。不可以九畿熠然而弃武，四郊多垒而摈文，士用各有时，未可偏无也。五行殊性，俱为人用；文武异材，为国大益。

“白羽相望，霜刃竞接，则文不及武；干戈既韬，礼乐聿修，则武不及文。不可以九畿熠然而弃武，四郊多垒而摈文，士用各有时，未可偏无也。五行殊性，俱为人用；文武异材，为国大益。”是谓“文”与“武”皆有自己的所长所短，“用各有时”，应根据不同时势的需要，在施政中对“文”“武”作不同选择或在一个方面有所侧重；然而也指出，绝不可因“九畿熠然而弃武，四郊多垒而摈文”，在任何时候两者均不可或缺。正因为如此，“士用各有时，未可偏无”，人才的任用也因时而异，未可有“偏”（偏向、褊狭）或者出现“无”（缺失）的现象。“五行殊性，俱为人用；文武异才，为国大益”强调有不同才干的人都是国家需要的，无论文才、武才皆能各尽其用则对国家大有益处。

全篇末尾批评文武“各以所长、相轻所短”的世风，希望变相互非难、鄙薄而为

---

① 《文心雕龙·檄移》指出，征伐须师出有名，以檄文宣示伸张正义、惩奸伐罪、除暴安民的目的，以收震慑“奸宄”之效：“……故兵出须名，振此威风，暴彼昏乱。”“兵以定乱，莫敢自专，天子亲戎，则称恭行天罚；诸侯御师，则云肃将王诛。故分阃推毂，奉辞伐罪，非唯致果为毅，亦且厉辞为武，使声如冲风所击，气似欃枪所扫，奋其武怒，总其罪人，征其恶稔之时，显其贯盈之数，摇奸宄之胆，订慎用信之心；使百尺之冲，摧折于咫书；万雉之城，颠坠于一檄者也。”又说：“凡檄之大体，或述此休明，或叙彼苛虐，指天时，审人事，算强弱，角权势……虽本国信，实参兵诈。”先以政治上“休明”与“苛虐”的对比取得在“天时”和“人事”方面的优势地位，让“算强弱、角权势”的“兵诈”充分发挥其威力。

相互包容、融洽互补，申说“适才”（文武人才各得其所）的重要：“今代之人，为武者则非文，为文者嗤武，各执其所长，而相是非，犹以宫笑角，以白非黑，非适才之情，得实之论也。”

《礼记·杂记下》云：“文武之道，一张一弛。”已概括出一种传统的治国方略和理念。然而，正如《淮南子·氾论》所说，“不见一世之间而文武代为雌雄，文武更相非，而不知时世之用”的现象屡屡，这正是《文武》立论的原委。刘勰在《文心雕龙·程器》中也表述过文与武相济为用的互补和相得益彰的实例：“文武之术，左右惟宜，郤縠敦书，故举为元帅，岂以好文而不练武哉！孙武《兵经》，辞如珠玉，岂以习武而不晓文也！”

魏晋南北朝时期篡代层出，都是尾大不掉的权臣以武力作后盾取代前朝。“五胡十六国”无不以武建国。相互间征战、杀伐、掳掠不断。面临这样的时势，《文武》倡言适应国家治乱之所需，文武相济为用；要求两方面的人才相互理解、相互尊重。实则有鼓吹修文以治国的用意。

《文武》中援引古事说：

> ……墨子救宋，重趼而行；干木在魏，身不下堂。行止异迹，存一国焉。文以讚治，武以凌敌。趋舍殊津，为绩平焉。秦之季叶，土崩瓦解，汉祖躬提三尺之剑，为黔首请命，跋涉山川，蒙犯矢石，出百死以绩一生，而争天下之利，奋武厉诚，以决一旦之命。当斯之时，冠章甫，衣缝掖，未若戴金胄而擐犀甲也。嬴、项既灭，海内大定，以武创业，以文止戈，徵邹、鲁诸生，而制礼仪，修三代之乐，朝万国于咸（洛）阳。当此之时，修文者荣显，习武者惭忸，一世之间而文武递为雄雌。以此言之，治乱异时，随务引才也。

《淮南子·修务训》记“墨子救宋”和“干木存魏”的故事云：“昔者楚欲攻宋，墨子闻而悼之，自鲁趍而十日十夜，足重茧而不休息，裂衣裳裹足，至于郢，见楚王。……于是公输般设攻宋之械，墨子设守宋之备，九攻而墨子九却之，弗能入。……其后秦将起兵伐魏，司马庾谏曰：‘段干木贤者，其君礼之，天下莫不知，诸侯莫不闻。举兵伐之，无乃妨于义乎！’于是秦乃偃兵，辍不攻魏。夫墨子跌蹏而趍千里，以存楚、宋；段干木阖门不出，以安秦、魏；其行与止也，其势相反，而皆可以存国，此所谓异路而同归者也。”声言“行止异迹，存一国焉。文以讚治，武以凌敌。趋舍殊津，为绩平焉”，其意似在平衡文、武两者，肯定在“存国”上双方都有不可替代的重要作用。不过从魏晋南北朝战争频繁的时势来看，这种平衡显然有抑武功、倡文治的意涵。此处所举墨子救宋虽与段干木存魏，分别为“武”与“文”各“存一国”的实例，然而，墨子“止戈”所仰仗的并不是攻战杀伐，而是言谏以及破解攻城利器的守备之法，（其中不无“文以止戈”的意味）阐发的是正是其墨家“非攻”的反战理念。

《文武》其后说：

> 秦之季叶，土崩瓦解，汉祖躬提三尺之剑，为黔首请命，跋涉山川，蒙犯矢石，出百死以绩一生，而争天下之利，奋武厉诚，以决一旦之命。当斯之时，冠章甫，衣缝掖，未若戴金胄而擐犀甲也。嬴、项既灭，海内大定，以武创业，以文止戈，徵邹、鲁诸生，而制礼仪，修三代之乐，朝万国于咸（洛）阳。当此之时，修文者荣显，习武者惭忸，一世之间而文武递为雄雌。以此言之，治乱异时，随务引才也。

这段议论十分精彩。先说刘邦起兵反秦是“为黔首请命”“而争天下之利”，不得不“戴金胄而擐犀甲”进行征战。这里没有提及刘邦羡艳秦始皇的威仪曾作过“大丈夫当如此耳”的慨叹，也不去说他斩蛇起事暗示天命有归的传说，而只是称其“为黔首请命”“而争天下之利”，这是在古代十分难得的认可秦末农民起义正当性的评价。随后的“嬴、项既灭，海内大定，以武创业，以文止戈，征邹、鲁诸生，而制礼仪，修三代之乐，朝万国于咸（洛）阳”，说的是汉朝创建后施行文治的不得不然及其取得的伟大成功。

“以武创业，以文止戈”的论断尤其值得注意。秦汉以来能成就帝功、开国称制者无不“以武创业”，所说此语不过是一种常识。而“以文止戈”的出现却不同寻常；这种提法虽有出处，却不难发现作者刘勰寓于其中的创意。

“以文止戈”的典故出自《左传》宣公十二年：“楚子（庄王）曰：“夫文止戈为武。武王克商，作《颂》曰：‘裁戢干戈，载櫜弓矢，我求懿德，肆于时夏，允王保之。’又作《武》，其卒章曰：‘耆定尔功。’其三曰：‘铺时绎思，我徂惟求定。’其六曰：‘绥万邦，屡丰年。’夫武，禁暴、戢兵、保大、定功，安民、和众、丰财者也。故使子孙无忘其章。”《说文》释“武”时则将原典的文字简化为：“楚庄王曰：夫武，定功戢兵，故止戈为武。”段玉裁注：“宣十二年《左》传文。此隐栝楚庄王语，以解‘武’义。庄王曰：‘於，文止戈为武。’是仓颉所造古文也。衹取定功、戢兵者，以合于‘止戈’之义也。”

按，“兵”初始义为兵器，后代指士兵或战争（在指战争时，与“干（盾）戈（平头戟）”或“戈”同）。“武”的初始义近“勇武”、“武功”，由于与兵事征战相联系，后来“武”也常有与“兵”（“兵戎”）、“戈”、（或者“干戈”、“弓矢”）通同的用法。“止戈”即制止、消弭战争。以“止戈”为目标，反战、慎战以安民护国的意涵甚明。

“以武创业，以文止戈”两句对应，其“文”显然指“文治”而非武功，也不能如段玉裁注《说文》那样以“古文”（“止”与“戈”结合）的字形去解释“武”的意涵。《刘子》的“以文止戈”强调文治是“以武创业”之后“止戈”的手段，为守业、兴业所必需。以“文治”理解“文”，则《左》宣十二年中楚庄王所说的“文止戈为武”意当为“以文治制止战争，就是武功。”可知尽管“文”“武”兼济，两者的地位并非是对等的，“文”能够成就“武”，发挥基础和统领作用，不无“文经武纬”以及“偃武修文”的意涵。

需要弄清楚的是，“文”何以能“止戈”？它在《刘子》中出现的意义又在哪里呢？

简而言之：“文（文治）”（特别是仁德的文治）才能力农牧、兴百业，才能民富国强，国泰民安、文化昌盛。既成就消弭兵祸于无形之“武”，实现“禁暴、戢兵、保大、定功，安民、和众、丰财”的业绩，乃至成就以“德服”“来远人”“朝万国”的盛世。魏晋南北朝时期国家分裂，战争频仍，《刘子》此时不说“止戈为武”而直言“以文止戈”，其意义在于凸显了人们对清明之“文治”“德服”的信赖与期待：它无疑是民生家国苦难深重历史经验的总结，透露出对战争的谴责和对国家统一与和平安宁的渴求，以及对文治的信心。

“以武创业，以文止戈”对当时的现实而言或许还有一层意义，如前所说，魏晋南北朝篡代层出，国家分裂，改朝建国的雄主无不是“以武创业”的，因此，“以文止戈”也是对当朝者的谏言和忠告，若欲国祚长久，唯有文治昌明一途。

二、《兵术》篇论“兵”与为将之道

《刘子·兵术第四十》开篇说：

> 太古淳朴，民心无欲；淳浇则争起，而战萌生焉。神农氏弦木为弧，剡木为矢；弧矢之利，以威天下。其后蚩尤强暴，好习攻战，销金为刃，割革为甲，而兵遂兴矣。黄帝战于涿鹿，颛项争于不周，尧战丹水，舜征有苗，夏讨有扈，殷攻葛伯，周伐崇侯。

“太古淳朴，民心无欲；淳浇则争起，而战萌生焉”，道明上古时民风淳朴，因为人们无所欲求，所以没有战争；后来世风由淳厚变为浇薄，“欲”的恶性膨胀引起利益的争夺，从而战争萌生。简明中肯地揭示出发生战争根本性的社会历史根源。

“神农氏弦木为弧，剡木为矢；弧矢之利，以威天下。其后蚩尤强暴，好习攻战，销金为刃，割革为甲，而兵遂兴矣。”随着社会发展生产力的提高，武器也在“进步”。“其后”以下数句强调的是，蚩尤“好习攻战，销金为刃，割革为甲”，其杀人利器的先进性似乎已达于上古时代之极致；作者以“强暴”称“好习攻战”的蚩尤，对战争的憎恶溢于言表。

“黄帝战于涿鹿，颛顼争于不周，尧战丹水，舜征有苗，夏讨有扈，殷攻葛伯，周伐崇侯。”是对五帝时代战争的历史追溯。传说中上古圣王中只有轩辕黄帝武功显赫，《史记·五帝本纪》记云：

> 轩辕之时，神农氏世衰。诸侯相侵伐，暴虐百姓，而神农弗能征。于是轩辕乃习用干戈，以征不享。诸侯咸来宾从，而蚩尤最为暴，莫能伐。炎帝欲侵凌诸侯，诸侯咸归轩辕。轩辕乃修德振兵，治五气，艺五种，抚万民，度四方，教熊罴、貔貅、驱虎，以与炎帝战于阪泉之野。战然后得其志。蚩尤作乱，不用帝命，于是黄帝乃征师诸侯，与蚩尤战于涿鹿之野，遂禽杀蚩尤。而诸侯咸尊轩辕为天子，代神农氏，是为黄帝。

不过武功显赫的黄帝也以“修德振兵”惩暴治乱，从而才有伐灭强悍横暴的蚩尤这样的丰功伟绩。《通鉴外纪》称：“轩辕徵师与蚩尤战于涿鹿之野，蚩尤为大雾，军士昏迷，轩辕作指南车以示四方，遂禽蚩尤。”表明黄帝战蚩尤于涿鹿，“作指南车以示四方”靠的是以智巧取胜。此处黄帝“习用干戈，以征不享”是面临“诸侯相侵伐，暴虐百姓”和“蚩尤最为暴，莫能伐”的现实，颇有不得不然之意。笔者在《中国古代美学范畴发生论》中曾说：“《史记》强调黄帝通过‘修德振兵’才成为最后的胜利者，把‘修德’置于‘振兵’之前。（即使‘神农氏衰’，部落盟主的地位为黄帝取代之后）战败了的炎帝（神农氏）部族并没有沦为奴隶或者成为低一等级的民族成员，炎帝仍被祀奉为华夏始祖，今天的中国人依然被称为炎黄子孙。体现了华夏民族早期发展史中一种和谐共存的群体意识与宽厚胸怀。历史上穷兵黩武者在中国没有根基，当权者大多都懂得，以仁德为怀才能获得可靠的亲附，这也许是中华文明未曾中断过的缘由之一。”

随后《文武》的“舜征有苗”“周伐崇侯”在历史记载中更与以“德服”为上的理念相关。如《淮南子·贵德篇》记云：“昔三苗氏左洞庭，右彭蠡，德义不修而禹灭之。”《吕氏春秋·上德篇》说：“三苗不服，禹请攻之。舜曰：‘以德可也。’行德三年而三苗服。”《韩非子·五蠹篇》亦云：“当舜之时，有苗不服，禹将伐之。舜曰：‘不可，上德不厚而行武，非道也。乃修教三年，执干戚舞，有苗乃服。’”《左传》僖公十九年记：“文王闻崇德乱而伐之，军三旬而不降，退修教而复伐之，因垒而降。”

《庄子·齐物论》中的尧、舜也有“修德义”不行攻伐的记事：

> 故昔者尧问于舜曰：“我欲伐宗、脍、胥敖，南面而不释然，其故何也？”舜曰：“夫三子者，犹存乎蓬艾之间。若不释然，何哉？昔者十日并出，万物皆照，而况德之进乎日者乎？”

尧因为要去讨伐三个小国而不悦，舜对他的劝解中强调“德”治至上，胜于十日普照万物。尧、舜为政尚德的倾向明显。

《荀子·议兵》中说：“彼兵者，所以禁暴除害也。故仁人之兵，所存者神，所过者化，若时雨之降，莫不说喜。是以尧伐驩兜，舜伐有苗，禹伐共工，汤伐有夏，文王伐崇，武王伐纣，此四帝、两王皆以仁义之兵行于天下也。故近者亲其善，远方慕其义，兵不血刃，远迩来服，德盛于此，施及四极。”《淮南子·兵略训》也强调：“夫兵者，所以禁暴讨乱也。”

华夏民族算不上尚武和习惯征伐的民族，在先秦时期所记录的由战争造成的灾难中已经有“伏尸百万”“血流飘杵”之类形容和谴责。战争频仍使生灵涂炭（秦国行商鞅之法，有以斩杀敌人首级计的军功爵；长平之役白起曾坑杀赵降卒数十万……史有“虎狼之秦”和“暴秦”之称）。《庄子·在宥》中的“今世殊死者相枕也，桁杨者相推也，刑戮者相望也……”可谓痛心疾首之言。《庄子·让王》中对大王亶父“尊生”的赞赏，也与滥施杀戮、荼毒生灵的征伐掠夺背道而驰：

> 大王亶父居邠，狄人攻之。事之以皮帛而不受，事之以犬马而不受，事之以珠玉而不受，狄人之所求者土地也。大王亶父曰：“与人之兄居而杀其弟，与人之父居而杀其子，吾不忍也。子皆勉居矣！为吾臣与为狄臣奚以异！且吾闻之，不以所用养害所养。”因杖筴而去之。民相连而从之，遂成国于岐山之下。大王亶父，可谓能尊生矣。

面对狄人的侵犯，周的先王古公亶父为民众（包括狄人子民）免遭战争杀戮一再委曲求全，最后弃豳迁岐。这个故事在一些秦汉史籍中也以肯定的口吻作了记载，表现出记录者的某种共识。虽是上古生存空间比较广阔，为古公亶父的忍让和弃地回避狄人提供了条件，仍然体现出柔性文化传统安邦定国的理念（如“和为贵”“以德来远人”等），以及秦汉时期人们对以人为本政治思想的普遍推崇。《吕氏春秋·开春论·审为》与《庄子》在记叙上比较近似，《史记·周本纪》中古公亶父也说到“杀人父子而君之，予不忍为”。不过庄子于此生发议论，充分肯定大王亶父“尊生”（珍爱和尊重包括其他部族在内的所有人的生命，为此甚至宁愿舍弃国土和臣民）的思想。此外，大王亶父所说的“子皆勉居矣！为吾臣与为狄臣奚以异”表明，他没有土地臣民为我“私”有的意识与欲求，认为臣民可以自择君主（臣民当然会唯“德”者是从，事实上也随亶父迁岐）。顺便补充一下，《刘子·随时第四十五》从另一侧面用到这个故事：“昔秦攻梁，梁惠王谓孟轲曰：‘先生不远千里，辱幸弊邑，今秦攻梁，先生何以御乎？’孟轲对曰：‘昔太王居邠，狄人攻之，事之玉帛，不可。太王不欲伤其民，乃去邠之岐。今王奚不去梁乎？’惠王不悦。”是说孟轲以亶父迁岐为例，建议梁惠王离开梁国回避秦国攻击，这显然不能为惠王接受。明白无疑地指出“其言虽仁义”，但时过境迁，这种避让“非异代之所宜行也”“不合于世用”。

《兵术》第二段说：

> 夫兵者，凶器；财用之蠹，而民之残也。五帝三王弗能弭者，所以禁暴而讨乱，非欲耗财以害民也。然众聚则财散，锋接则民残，势之所然也。故兵贵伐谋，

> 不重交刃。百战百胜，非用兵之善也。善用兵者，不战而胜，善之善也。王者之兵，修正道而服人；霸者之兵，奇谲变而取胜。

直言“夫兵者，凶器；财用之蠹，而民之残也！”指斥战争对人民生命财产的残害损毁是何等尖锐！“财用之蠹”的着眼点显然在战争对于经济的破坏方面。

“五帝三王弗能弭者”是因为有要靠征伐“禁暴讨乱”的不得已。而不是用它“耗财害民”。然而只要陷于争战之中，“众聚则财散，锋接则民残，势之所然也”。其中“非战”的批判意识极其浓厚。唐太宗《帝范·阅武第十一》亦云：“夫兵甲者，国之凶器也。土地虽广，好战则人凋；邦国虽安，亟战则人殆。”其“人凋”“人殆”就是民生的凋敝、危殆。

“故兵贵伐谋，不重交刃。百战百胜，非用兵之善也。善用兵者，不战而胜，善之善也。”则语出《孙子·谋攻篇》：“故上兵伐谋，其次伐交。”“是故百战百胜，非善之善者也；不战而屈人之兵，善之善者也。”《淮南子·兵略训》的“未至交兵接刃，而敌人奔亡”，也主要指的是这种凭借智谋不战而胜的现象。不过，《兵术》随即的“王者之兵，修正道而服人；霸者之兵，奇谲变而取胜”又用“修正道”以德服为上作了必要的补充，如此则可别“王”、“霸”的主次先后。

《兵术》论“将道”云：

> 夫将者，国之安危，民之司命，不可不重也。故诏之于庙堂，授之以斧钺；受命既已，则设明衣、凿凶门。临军之日，则忘其亲；援桴之时，则忘其身。用能无天于上，无地于下，无敌于前，无顾于后；以全国为重，以智谋为先。故将者，必明天时，辨地势，练人谋：明天时者，察七纬之情，洞五行之趣，听八风之动，鉴五云之候。辨地势者，识七舍之形，列九地之势；练人谋者，抱五德之美，握二柄之要。五德者，智、信、仁、勇、严也；二柄者，赏罚也。智以能谋，信以约束，仁以爱人，勇以凌敌，严以镇众，赏以劝功，罚以惩过。故智者，变通之源，运奇之府也；兵者，诡道而行，以其制胜也。是以万弩齐彀，孙膑之奇；千牛俱奔，田单之策；囊土壅水，韩信之权；拽柴扬尘，栾枝之谲；舒军豕突，尹子之术；云梯烟浮，鲁生之巧。用奇出于不意，少可以挫多，弱可以折强；况夫以众击寡，以明攻昧！

《孙子·作战篇》有：“故知兵之将，民之司命，国家安危之主也。”《谋攻篇》亦云：“凡用兵之法，全国为上。”军国大事关系国家安危人民生存，“用兵之法”须从保国安民的大局出发予以高度重视，所以《刘子》此处也说：“将者，国之安危，民之司命，不可不重也。”为将者领受君命率军征战，之所以仪式极其庄重严肃，只因关系国家人民生死存亡肩负的责任至为重大；要求临敌决战之际，为将者身先士卒一往无前，生死、荣辱、艰险、亲故皆置之度外，故云“故诏之于庙堂，授之以斧钺；受命既已，则设明衣、凿凶门。临军之日，则忘其亲；援桴之时，则忘其身。用能无天于上，无地于下，无敌于前，无顾于后”。《尉缭子·武议篇》就有：“将受命之日忘其家，张军宿野忘其亲，援枹而鼓忘其身。”《淮南子·兵略训》说得更具体：“凡国有难，君自宫召将，……将军受命，乃令祝使太卜斋宿三日，之太庙，钻灵龟，卜吉日，以受鼓旗。君入庙门，西面而立；将入庙门，趋至堂下，北面而立。……将已受斧钺，答曰：‘……君若不许，臣不敢将；君若许之，臣辞而行。’乃爪鬋，设明衣也，凿凶门而出。乘将军车，载旌旗斧钺，累若不胜。其临敌决战，不顾必死，无有二心。是故无天于上，无地于下，无敌于前，无主于后，进不求名，退不避罪，唯民是保，利合于主，国之宝也，上将之道也。”

《淮南子·兵略训》还说：“将者，必有三遂。所谓三遂者，……上知天道，下习地利，中察人情。”《六韬·垒虚篇》亦称：“将必上知天道，下知地利，中知人事。”刘勰在这里将“天道”“地利”“人事”方面的要求说得更具体：“以全国为重，以智谋为先。故将者，必明天时，辨地势，练人谋：明天时者，察七纬之情，洞五行之趣，听八风之动，鉴五云之候。辨地势者，识七舍之形，列九地之势；练人谋者，抱五德之美，握二柄之要。五德者，智、信、仁、勇、严也；二柄者，赏罚也。智以能谋，信以约束，仁以爱人，勇以凌敌，严以镇众，赏以劝功，罚以惩过。故智者，变通之源，运奇之府也；兵者，诡道而行，以其制胜也。”简括了古代兵法要求为将者必备的智谋。“兵者，诡道而行”语出《孙子·始计篇》。“诡道”，指谋略诡谲机诈的高深莫测而言。此处数次论及“地势”，指出“智者，变通之源，运奇之府”之后，随即《兵术》复云：

> 兵形象水，水之行，避高而就下；兵之势，避实而击虚，避强而攻弱，避治而取乱，避锐而击衰。故水因地而制流，兵因敌而制胜，则兵无成势，水无定形。观形而运奇，随势而应变，反经以为巧，无形以成妙。故风雨有形，则可以帷幕捍；寒暑无形，不可以关钥遏也。是以善攻者，敌不知其所守，如畏雷电，击无常处；善守者，敌不知其所攻，如寻寰中，不见其际。视吾之谋，无畏敌坚；视吾之坚，无畏敌谋。以此言之，不可不知也。

这一段取用的是《孙子·虚实篇》的“夫兵形象水，水之形避高而趋下，兵之形避实而击虚，水因地而制流，兵因敌而制胜。故兵无常势，水无常形，能因敌变化而取胜者，谓之神”；“故善攻者，敌不知其所守；善守者，敌不知其所攻”。以及《始计篇》的“攻其无备，出其不意”之类意旨。

先秦兵法中“势”和“奇正”之论颇有建树，而且两者时有联系，如《孙子·势篇》有云：“战势不过奇正，奇正之变，不可胜穷也。奇正相生，如循环之无端，孰能穷之?”“激水之势，至于漂石者，势也。鸷鸟之疾，至于毁折者，节也。是故善战者，其势险，其节短。势如彍弩，节如发机。”“故善战者，求之于势，不责于人，故能择人而任势。任势者，其战人也，如转木石。木石之性，安则静，危则动；方则止，圆则行。故善战人之势，如转圆石于千仞之山者，势也。”《计篇》说：“计利以听，乃为之势，以佐其外；势者，因利而制权也。”《吕氏春秋·慎势》指出：“孙膑贵势。”（七十年代初山东银雀山西汉墓葬出土的《孙膑兵法》中有《势备》《奇正》等篇。）

其后《淮南子·兵略训》也用到“势”，如云：“是故善守者无与御，而善战者无与斗，明于禁舍开塞之道，乘时势，因民欲而取天下。”又有“兵有三势”即“气势”“地势”“因势”之说，并释曰：

> 将勇而轻敌，卒果敢而乐战；三军之众，百万之师，志厉清云，气如飘风，声如雷霆，诚积逾而威加敌人，此谓气势。硖路津关，大山名塞，龙蛇蟠，卻笠居，羊肠道，发笱门，一人守隘而千人弗敢过也，此谓地势。因其劳倦怠乱，饥渴冻暍，冻推其揞揞，挤其揭揭，此谓因势。

诚如王重民所言，《刘子》是“总结了古代诸子的学术思想，来用古说今”，在讨论“文武之道”的时候更是如此。然而应该看到，虽广泛征引古代诸家兵学著述，但作者有所取也有所有舍，在对各家言说的重组中赋予新意，更具有特殊的价值。可以说在“总得其要，议显其真”方面是此前兵学著述不可及的。

中国古代兵法的高明举世称道，但《刘子》论中最为关注的不是战阵指挥的权谋，而是基本国策。对《孙子》的采摘虽多，重点却不在机变奇正的“诡道”上面。传世的《孙子》十三篇为《始计》《作战》《谋攻》《军形》《兵势》《虚实》《军争》《九变》《行军》《地形》《九地》《火攻》《用间》，基本国策虽时有所及，但并无专篇论证；绝大多数为军事指挥的计谋策略和临阵用兵的奇正权变。

刘勰通于兵略诡道，在《文心雕龙·诸子》中曾说：“《史记》多兵谋，而诸子杂诡术也。”更把“势”“奇正”“机数”“会通适变”等范畴、语汇和兵学中的权谋控驭之术移用于文学的理论，如：

> 骏发之士，心总要术，敏在虑前，应机立断。
>
> 至精而后阐其妙，至变而后通其数。
>
> 结虑司契，垂帷制胜。（以上《神思》）
>
> 夫设文之体有常，通变之数无方。
>
> 是以规略文体，宜宏大体，先博览以精阅，总纲纪而摄契；然后拓衢路，置关键，长辔远驭，从容按节，凭情以会通，负气以适变。
>
> 文律运周，日新其业变则（其）可久，通则不乏。趋时必果，乘机无怯。望今制奇，参古定法。（以上《通变》）
>
> 势者，乘利而为制也。如机发矢直，涧曲湍回，自然之趣也。圆者规体，其势也自转；方者矩形，其势也自安：文章体势，如斯而已。

譬激水不漪，槁木无荫，自然之势也。

然渊乎文者，并总群势，奇正虽反，必兼解而俱通；刚柔虽殊，必随时而适用。

湍回似规，矢激如绳。因利骋节，情采自凝。（以上《定势》）

章句离合，调有缓急；随变适会，莫见定准。

控引情理，送迎际会。

或变之以三五，盖应机之权节也。（以上《章句》）

属意立文，心与笔谋。才为盟主，学为辅佐。主佐合德，文采必霸。（《事类》）

附辞会义，务总纲领，驱万涂于同归，贞百虑于一致；使众理虽繁，而无倒置之乖，群言虽多，而无棼丝之乱，扶阳而出条，顺阴而藏迹，首尾周密，表里一体：此附会之术也。

……故宜诎寸以信尺，枉尺以直寻；弃偏善之巧，学具美之绩，此命篇之经略也。

驷牡异力，而六辔如琴，并驾齐驱，而一毂统辐，驭文之法，有似于此。去留随心，修短在手，齐其步骤，总辔而已。”（《附会》）

才之能通，必资晓术，自非圆鉴区域，大判条例，岂能控引情源，制胜文苑哉！是以执术驭篇，似善弈之穷数；弃术任心，如博塞之邀遇。故搏塞之文，借巧傥来，虽前驱有功，而后援难继。

若夫善弈之文，则术有恒数，按部整伍，以待情会，因时顺机，动不失正。数逢其极，机入其巧，则义味腾跃而生，辞气丛杂而至。视之则锦绘，听之则丝簧，味之则甘腴，佩之则芬芳。断章之功，于斯盛矣。（以上《总术》）

将领毕竟要率领和依靠士卒上战场格斗厮杀，所以除“以谋制敌”而外极力推崇的是“以仁得人”的带兵之道：

夫将者，以谋为本，以仁为源；谋以制敌，仁以得人。故谋能制敌者，将也；力能胜敌者，卒也。将以权决为本，卒以齐力为先。是以列宿满天，不及胧月者，形不一、光不同也。虎兕多力，而受制于人者，心不一，力不齐也。万人离心，不如百人同力；千人递战，不如十人俱至。今求同心之众，必死之士，在于仁恩洽而赏罚明。胥靡者，临危不惧，履冰而不栗，以其将刑而不忧生也。今士抢白刃而不顾，赴水火而如归；非轻死而乐伤，仁恩驱之也。将得众心，必与同患；暑不张盖，寒不御裘，所以均寒暑也；险隘不乘，兵陵必下，所以齐劳逸也；军食熟，然后敢食，军井通，而后敢饮，所以同饥渴也。三军合战，必立矢石之下，所以共安危也。故箪醪注流，军士通醉；温辞一洒，师人挟纩。苟得众心，则人竞趋死，以此众战，犹转石下山，决水赴壑，孰能当之矣。

如果说战国的军事家吴起吮痈士卒是刁买人心的“做秀”，那么汉代的李广却是体恤士卒，真正与他们打成一片同甘共苦的典型：《史记·李将军列传》说：“广廉，得赏赐辄分其麾下，饮食与士共之。终广之身，为二千石四十余年，家无余财，终不言家产事。”率兵征战时，“乏绝处，见水，士卒不尽饮，广不近水；士卒不尽食，广不尝食。宽缓不苛，士以此爱，乐为用”。遭遇十倍于己的“四万骑”强敌包围的危急时刻，他先让自己的儿子李敢“往驰之”，“独与数十骑直贯胡骑”，以稳定军心、激励士气。所以部众不仅“乐为用”，后来李广自刭，“一军皆哭”也见出他们悲痛的真情。不难发现，在本篇以及其他一些古代兵书中李广体恤士卒与之平等相处的史料都有被采录，或由此引申的痕迹。说明这种为将之道是得到广泛认可的。

《刘子》此论亦广采前人之说。《老子》六十九章云：“抗兵相若，哀者胜矣。”表明两军对垒，获得人们同情的一方有更强的战斗力。显示出总体的情感倾向在战争中的无形威力。《孙子·始计》说：“道者（杜牧注：道者，仁义也。），令民与上同意也，故可与之死，可以与之生，民弗诡也。”《谋攻》有云：“上下同欲者胜。”《地形》说：“视卒如婴儿，故可与之赴深谿；视卒如爱子，故可与之俱死。”《孙膑兵法·将义》：“将者不可以不义，不义则不严，不严则不威，不威则卒弗死。故义者，兵之首也。将者不可以不仁，不仁则军不剋，军不剋则军无功。故仁者，兵之腹也。将者不可以不德，不德则无力，无力则三军之利不得。故德者，兵之手也。将者不可以不信，不仁则令不行，令不行则军无专。军无专则无名。故信者，兵之足也。将者不可以不知胜，不知胜则无□。故决者，兵之尾也。”

《淮南子·兵略训》提供这方面的材料和语汇尤多：“故千人同心，则得千人之力；万人异心，则无一人之用。”“故良将之用卒也，同其心，一其力，……万人之更进，不如百人之俱至也。”“故千人同心，则得千人之力；万人异心，则无一人之用。”“故良将之用卒也，同其心，一其力，……万人之更进，不如百人之俱至也。”“夫人之所乐者生也，而所憎者死也。然而高城深池，矢石若雨，平原广泽，白刃交接，而卒争先合者，彼非轻死而乐伤也，为其赏信而罚明也。是故上视下如子，则下视上如父；上视下如弟，则下视上如兄。……故驷马不调，造父不能以致远；弓矢不调，羿不能以必中；君臣乖心，孙子不能以应敌。……故将必与卒同甘苦俟饥寒。故古之善将者，必以其身先之。暑不张盖，寒不被裘，所以程寒暑也；险隘不乘，上陵必下，所以斋劳逸也；军食熟然后敢食，军井通然后敢饮，所以同饥渴也。合战，必立矢射之所及，以共安危也。故良将之用兵也，常以积德击积怨，以积爱击积憎，何故而不胜？”其他兵书也能见到类似言说，如《尉缭子·兵令下篇》就有：“万人之斗不用命，不如百人之奋也。”《心书·将情篇》称：“为将之道，军井未汲，将不言渴；军食未熟，将不言饥；军火未然，将不言寒；军幕未施，将不言困；夏不操扇，冬不服裘；雨不张盖，与众同也。”

三、《阅武》的“好战必亡，忘战必危”及“农隙教战以修戎备”

《阅武第四十一》首先就说：

> 《司马法》曰：“国虽大，好战必亡；天下虽安，忘战必危。”亟战则民凋，不习则民怠。凋非保全之术，怠非拟寇之方。故兵不妄动，而习武不辍，所以养民命而修戎备也。

此为传统战争理念和军国大计指导思想的精切表述：绝不能“好战”，好战则国家必然灭亡；也绝不可“忘战”，做好武备是国家民族生存的保证。陷于战争将使民生凋敝，武备不修则无法对付外敌的入侵；所以不能轻易挑起战端，好战则自取灭亡；另一方面，不懈习武加强军备和防务以护卫国家和人民的生命财产，又是完全必要的。

之所以说“好战必亡，忘战必危”是一种传统的认识，其前其后要典中的相关言说足以佐证。《史记·司马穰苴列传》云：“齐威王使大夫追论古者《司马兵法》，而附穰苴于其中，因号曰《司马穰苴兵法》。”《太史公自序》指出：“自古王者而有司马法，穰苴能申明之。”清楚表明所谓《司马法》并非司马穰苴所著，而是此（齐威王之时）前兵法著述的追记汇总。其中的经典话语也极受汉人重视。除《史记》以外，《说苑·指武篇》中有：“《司马法》曰‘国虽大，好战必亡；天下虽安，忘战必危。’”《汉书·主父偃传》也曾记载：“《司马法》曰‘国虽大，好战必亡；天下虽平，忘战必危。’”

“教民战”是以农为本的华夏文明国家武备的一个基本立足点。故《阅武》接着说：

> 孔子曰：“以不教民战，是谓弃之。”《易》曰：“君子以修戎器，戒不虞。”是以春蒐、夏苗、秋狝、冬狩，皆于农隙，以讲武事。三年治兵，习战敌也。出曰治兵，治其事也；入曰振旅，言振众也。还归而饮至，告于庙。所以昭文章，明贵贱，顺少长，辨等列，习威仪。

所举的言说一概出自古代经典：孔子所说的“以不教民战，是谓弃之”见于《论语·子路》篇。“君子以修戎器，戒不虞”见诸《易·萃象》。而“春蒐、夏苗、秋狝、冬狩，皆于农隙，以讲武事。三年治兵，习战敌也。出曰治兵，治其事也；入曰振旅，言振众也。还归而饮至，告于庙。所以昭文章，明贵贱，顺少长，辨等列，习威仪”则语出《国语·周语》的“蒐于农隙，狝于既烝，狩于毕时”以及《左传》隐公五年所记：“故春蒐、夏苗、秋狝、冬狩，皆于农隙以讲武事也。三年而治兵，入而振旅，归而饮至，以数军实。昭文章，明贵贱，辨等列，顺少长，习威仪也。”《司马法·仁本篇》亦称：“春蒐、秋狝，诸侯春振旅，秋治兵，所以不忘战也。”后来，唐太宗的

《帝范》也说：“夫兵甲者，国之凶器也。……不可以全除，不可以常用。故农隙讲武，习威仪也。是以勾践轼蛙，卒成霸业；徐偃弃武，遂以丧邦。何则，越习其威，徐忘其备。孔子曰：‘不教人战，是谓弃之。’故知弧矢之威，以利天下，此用兵之机也。”

《阅武》指出教战的必要：“夫三军浩漫，则立表号。言不相闻，故为鼓铎以通其耳；视不相见，故制旌麾以宣其目。若民不习战，则耳不闻鼓铎之音，目不察旌麾之号，进退不应令，疏数不成行。故士未战而震栗，马未驰而沫汗，非其人人而马弱，不习之所致也。”然后，再以往古史实中的事例说明教战习武对提高军民战斗力的重要作用：

> 吴王宫人，教之战阵，约之法令，回还进退，尽中规矩，虽蹈水火而不顾者，非其性勇而气刚，教习之所成也。镆铘不为巧锐，而为拙者钝。然而巧以生胜，拙而必负者，习与不习也。阖闾习武，试其民于五湖，剑刃加肩，流血不止；勾践习战，试其民于寝宫，民争入水火者，死者千余，遽击金而退之。岂其恶生而贪死，赏罚明而教习至也。
>
> 是以蓬蒙善射，不能用不调之弓；造父善御，不能策不服之马；般倕般善斫，不能运不利之斨；孙吴善将，不能战不习之卒。貔貅戾兽，而黄帝教之战；鹰鹯鸷鸟，而罗氏教之击。夫鸟兽无知之性，犹随人指授而能战击者，教习之功也，奚况国之士民而不习武乎？

此处的议论依然皆有出处，《荀子·议兵》中就有：“弓矢不调，则羿不能以中微；介马不和，则造父不能以致远；士民不亲附，则汤、武不能以必胜也。故善附民者，是乃善用兵也。”《淮南子·兵略训》亦云：“驷马不调，造父不能以致远；弓矢不调，羿不能以必中；君臣乖心，孙子不能以应敌。”

《阅武》最后顺理成章地道明农隙教战的效果及其“缮修戎器，为国豫备”的目的：

> 故射御惯习，至于驰猎，则能擒获，教习所致也。若弗先习，覆迭是惧，奚遽望获？今以练卒与不练卒交锋，若胡越争游，不竞明矣。是以先王因于闲隙，大阅简众，缮修戎器，为国豫备也。

《阅武》篇引用和阐发前人所谓“国虽大，好战则亡；天下虽安，忘战则危。亟战则民凋，不习则民怠。”“教民战”“修戎器，戒不虞”“于农隙，讲武事”等精论要语，表述了可贵的传统战争理念以及护卫国土家园的基本思路和农战体制。联系到《九流》篇中对名家的“爱平尚简，禁攻寝兵”、墨家的“兼爱”、“非斗（攻）”以及纵横家的“弭战争之患”“安危扶倾”的赞赏，可知诸子学说中“止戈”（制止、平弭战患）意识和治国方略存在的普遍性。

四、《刘子》论“武”的特点以及传统战争理念溯源

战争屠戮生灵，损毁经济民生，关系人类的生存发展，对它的研究与认识从来是、现代仍然是的世界性大课题。在华夏民族文化传统中，军事思想、战争理念方面的价值和意义可谓举世无匹。《刘子》这方面的归纳总括在子书中堪称精要，其特点是：遵循“文武之道，一张一弛”的传统方略，论“武”不离“文”，倡“文（文治）”不离“仁德”。“兵”的初始义为兵器，后代常指代士兵或战争。“武”后来时与“兵”指代战争的意涵通同，就与早期所谓“止戈”不尽一致了。《刘子》说“武”，重在守土、安民的军国大计；论“兵”则略于为世人熟知的战阵机变权谋，而与“仁德”相联系，侧重为将的带兵之道。尤以“以文止戈”的解读不同凡响，有值得重视的新义。

从“以文止戈”“好战必亡，忘战必危”“兵者，凶器；财用之蠹，而民之残也”“教民战、修戎器”“于农隙，讲武事”和“不战而胜，善之善也”等名言中梳理出古人说“武”论“兵”之精华。仅以颇有创意的“以文止戈”为例：无论是“止戈”二字，还是“止戈为武”，原本都已包含着和平的诉求。“以文止戈”更具以仁德的“文”（文治）谋求国家的长治久安，甚至是国与国之间、族群部落之间和平与和谐共存的目标。为将之道中除强调率兵征战所承担的家国安危存亡的重大责任以外，凸显的是将领对士卒关爱和激励。

传统军事学说中的辩证思考极其卓越，而且不乏独到之处，无论是文与武、好战与忘战、广施仁德与充足武备的对应之间，还是王与霸、变与通、奇与正、虚与实的“诡道”皆然。《刘子》这方面的综论也可谓简明扼要，并无缺失。

除了在前三节解读《文武》《兵术》《阅武》时征引的资料以外，传统战争理念和军事思想的萌生和形成还能从另一些典籍的录载和古今评说中得到参证，可作为本文追溯其文化渊源的一些补充。

总体上说，中华大地成长起来的民族算不上剽悍尚武、惯于征战的民族。以农为本的华夏文明不曾中断，是因为和谐共存的理念使各个族群能够融合成一个生命力顽强的民族共同体。并不是居于中原的国家、部族不曾被征服，而是内迁的部族（甚至入主中原的征服者）均能被这种崇仁尚德的文化和高于自己发展水平的社会经济所同化。

与古希腊、古印度相比，中国古代神话中人们所膜拜敬仰的神和英雄为造福于民者似乎更多些，如开天辟地的盘古，炼石补天的女娲，为治病救人启遍尝百草的神农，勇射九日的后羿，等等；“与日逐走”的夸父在渴死之前还要“遗策”化为“邓林”给人荫蔽，更无须说战胜凶顽蚩尤的黄帝，治理洪水三过家门不入的大禹，教民稼穑的后稷……魂灵不死的刑天、精卫，也是失败者不屈不挠进行抗争的形象，都不是孔武有力能够为所欲为的征服者。《史记》对上古的历史还有这样一些记载：

（帝尧时）九族既睦，便章百姓；百姓昭明，合和万国。（《五帝本纪》）

桀不务德而武伤百姓，百姓缍堪。……汤修德，诸侯皆归汤，汤遂率兵以伐夏桀。（《夏本纪》）

失德则王朝覆灭，修德则天下归心。众多部族之间以及各个邦国的和睦是太平盛世的重要标志。

有关黄帝“修德振兵”惩暴治乱的历史记载虽然未涉及耕耘，他的妻子嫘祖发明蚕桑的传说仍透露出某种定居务农的信息。唯商代比较重视牧业，那个时代的青铜重器常以饕餮为纹饰，其狰狞恐怖的形象体现着王权的威势。令商人自豪的是“武王（汤）载旆，有虔秉钺，如火烈烈，则莫我敢曷”（《商颂·长发》）和“自彼氐羌，莫敢不来享，莫敢不来王”（《商颂·殷武》），颇有崇尚威势和武力的迹象。周代隆礼、尚文、崇德，除了以往在黄河流域进行农业开发的基础而外，由于周人的特殊重视，更完善和强化了以农为本的民族意识。《诗经·大雅·生民》称颂其始祖后稷在农业上超凡的技能和卓越贡献就是证明。孔子说：“周监于二代，郁郁乎文哉！吾从周。”（《论语·八佾》）总揽前代文化成果又使之进一步系统化和制度化的西周王朝厘定了传统文化的基本框架。

华夏先民很早就形成了一种谋求各部族群落和谐共生的理念以及和平安宁的社会理想，从被视为祥瑞事物的特征和图腾崇拜中就可窥其端倪。

古人以“麟凤龟龙”为“四灵”（见《礼记·礼运》），是吉祥福瑞和征兆，或者还象征着至高无上的权威。《说文》释“麟”为“大牡鹿也”。《春秋·哀公四年》记载：“西狩获麟。”《公羊传》云：“麟，仁兽也。”龟的特征是安稳、迟缓、温和而有耐性，也是长寿的动物。两者都不是强悍威猛的形象。龙凤是以幻想创造出来的崇拜物，实际上是多种动物的特征拼合而成。龙似乎是由牛首、鹿角、蛇身、鸡爪、鳄尾组成的，有须如羊，有鳞如鱼……罗愿《尔雅翼·释龙》说龙“角似鹿，头似驼，眼似龟，顶似蛇，腹似蜃，鳞似鱼，爪似鹰，掌似虎，耳似牛”。闻一多《伏羲考》认为龙是以蛇身为身体同时“兽类的四脚，马的毛，鬣的尾，鹿的角，狗的爪，鱼的鳞和须”。所似何物识别有异，但观点一致。凤亦然，《说文》曰：

凤，凤凰也。天老（段玉裁注云：黄帝臣）曰：凤之像也，麐前鹿后（一作鸿前麟后），蛇颈鱼尾（一作鹳颡鸳腮），龙文龟（一作虎）背，燕颔鸡喙，五色备举，出于东方君子之国，翱翔四海之外，过昆仑，饮砥柱，濯羽弱水，莫（同暮）宿风穴，见则天下大安宁，从鸟凡声。古文凤（鹏），象形，凤飞群鸟从以数万，故以为朋党字。

这种组合载录着华夏民族形成的一些信息，她是许多由不同崇拜物所反映的、特长不尽相同的的部族融合而成，这些部族中多以群居务农为主，也有从事渔牧者。在部族融合过程中虽不能完全排除暴力，比如黄帝部族群落与炎帝部族群落的融合过程就发生过战争，但主导方式无疑是和平与互动的，由“凤”（“鹏”）引申出朋党的意思，透露出组成各部分间的友善关系。最好的例证就龙与凤崇拜的和谐并存。无论龙还是凤，作为图腾，各组成部分之间并无明显的主次和等级差别，显示出群落各部族朴素间大致平等的关系。对凤的崇拜来自东方的部族群落，很可能就是曾被黄帝打败的炎帝部族群落的图腾。它也被战胜者——以龙为图腾的黄帝部族群落接受，与龙对等都成为华夏民族共同的崇拜物。龙凤图腾是诸种生存方式的拼接，表现了理想中的多元建构的和谐之美。杂糅了多种基因，华夏民族汇聚了多样的智慧和潜能，从而表现出极其顽强的生存力和丰富的创造力。

殷商和周人都有屡次部族大迁徙的历史记录。《史记·殷本纪》云：“自契至汤八迁，汤始居亳。”由汤至盘庚，商人又有五次迁徙。从地域看，很可能是迫于黄河水患，也许还有回避其他强悍部族侵扰的缘故。以农立国的周人发祥在“戎狄之间”，公刘在位时已有从邰迁豳之举。既不无“行地宜”“取材用”的因素，也可能与避免周围游牧部落的侵害有关。

《周本纪》有关记载就比较清楚了：

> 古公亶父复修后稷公刘之业，积德行义，国人皆戴之。薰育戎狄攻之，欲得财物，予之。已复攻，欲得地与民。民皆怒，欲战。古公曰：“有民立君，将以利之。今戎狄所为攻战，以吾地与民。民之在我，与其在彼，何异？民欲以我故战，杀人父子而君之，予不忍为。乃与私属遂去豳，度漆、沮，逾梁山，止于岐下。豳人举国扶老携弱，尽复归于岐下。及他旁国闻古公仁，亦多归之。……”

如前所说，这段史事亦见载于早于《史记》的《庄子·让王》等典籍。《吕氏春秋·开春论·审为》其中即云：“太王亶父居豳，狄人攻之。事之以皮帛而不受，事之以珠玉而不肯，狄人之所求者，地也。太王亶父曰：‘与人兄居而杀其弟，与人之父处而杀其子，吾不忍为也。皆勉处矣，为吾臣与狄人臣奚以异？且吾闻之，不以所以养害所养。’仗策而去。民相连而从之，遂成国岐山之下。”虽是上古生存空间广阔提供了以迁徙回避的可能，依然是忍让宽容以仁德为怀、处弱厚生思想的集中表现。尤其难得的是，它作为受普遍推崇的盛德茂行被子书和史家记录下来。可以说体现了先民的一种共识。

华夏民族所崇拜的古代圣君贤王基本都是以仁德获得人民爱戴、服万邦而来远人的。史书中屡见谴责穷兵黩武的暴君，却很少赞颂开疆拓土以武力震慑万邦的雄主。于是为君主提供的统治术也明谓：“善为君者，蛮夷反舌，殊俗异习皆服之，德厚也。”（《吕氏春秋·仲春纪·功名》）上古史上所载黄帝时代的征伐稍多，这位先祖对失败的对手也只到“平者去之”的程度，找不到屠戮、奴役被征服部族的记录。他“披山通道，未尝宁居”，也和大禹治水一样是勤政爱民不辞辛劳的典范。一切都为的是“百姓”的生存发展和利益，帝尧时“九族既睦，便章百姓；百姓昭明，合和万国”，帝舜划分职守择贤量才而用之，来自不同部族的皋陶、益、契、弃、禹等二十二人“各以其职来贡，不失厥宜。方五千里，至于荒服”（皆见《五帝本纪》）。《吕氏春秋》有些记载更具体：

> 三苗不服，禹请攻之。舜曰：“以德可也。”行德三年，而三苗服。（《离俗览·上德》）
>
> 夏后伯启与有扈战于甘泽而不胜，六卿请复之。夏后伯启曰：“不可。吾地不浅，吾民不寡，战而不胜，是吾德薄而教不善也。”于是乎处不重席，食不二味，琴瑟不张，钟鼓不修，子女不饬；亲亲长长，尊贤使能，期年而有扈氏服。（《季春纪·先己》）

古人以为“武”易流为暴虐，规定其正当目的只在于“止戈”，不得已方可用之。《孙膑兵法·见威王》的一段话就是要慎重用兵的告诫：

> 夫兵者，非士恒势（恃）也。此先王之傅道也。战胜，则所以在（应为“存”）亡国继绝世也。战不胜，则所以削地而危社稷也。是故兵者不可不察。然夫乐兵者亡，而利胜者辱。兵非所乐也，而胜非所利也，事备而后动。

史籍中不乏对穷兵黩武君主的抨击。即使是身处西汉国力鼎盛、武功煊赫的武帝时代，作为太史令的司马迁既对“今上”的好大喜功征伐频数颇有微词；也指出项羽“自矜攻伐”，“欲以力征经营天下”，所以必然失败。

《史记》说黄帝“修德振兵”惩暴治乱。“习用干戈，以征不享”是面临“诸侯相侵伐，暴虐百姓”和“蚩尤最为暴，莫能伐”的现实，颇有不得不然之意。《通鉴外纪》称：“轩辕征师与蚩尤战于涿鹿之野，蚩尤为大雾，军士昏迷，轩辕作指南车以示四方，遂禽蚩尤。”表明黄帝战蚩尤于涿鹿，“作指南车以示四方”是以智巧取胜。

在《南越》《西南夷》《大宛》等列传中史迁对汉武帝发动战争、劳民伤财给国家民族造成巨大灾难更有深刻的揭露和批判。如第一次伐大宛“发属国六千骑，及郡国恶少年数万人”，结果大败而加，“往来二岁，还至敦煌，十不过一二”。第二次，“赦囚徒材官，益发恶少年及边骑，岁余而出敦煌者六万人，负私从者不与。牛十万，马三万余匹，驴骡橐驼以万数。多赍粮，兵弩甚设，天下骚动，转相奉伐宛，凡五十余校尉”，最后汉军“凯旋”时，“军人玉门者万余人，军马千余匹”。《平准书》记财政，说武帝即位之初“汉兴七十余年之间，国家无事，非遇水旱之灾，民则人给家足，都鄙廪庾皆满，而府库余货财，京师之钱累巨万，贯朽而不可校，太仓之粟陈陈相因，充溢露积于外，至腐败不可食。众庶街巷有马，阡陌之间成群，……”武帝好大喜功，于是“严助、朱买臣等招来东瓯，事两越，江淮之间，萧然烦费矣；唐蒙、司马相如开路西南夷，凿山通道千余里，以广巴蜀，巴蜀之民罢焉；彭吴贾灭朝鲜，置沧海之郡，则燕齐之间靡然发动。及王恢设谋马邑，匈奴绝和亲侵扰北边，兵连而不解，天下苦其劳而干戈日滋……”因连年征战，击匈奴、平南越、西羌，大兴土木建宫池苑、封禅泰山，以至于国库空虚，不得不多铸钱币行盐铁专买，以赋税搜刮，若遇天灾，更有“山东被河菑及岁不登，数年，人或相食，方一二千里”的现象。太史公直言，如此“外攘夷狄，内兴功业，（造成）海内之士力耕不足粮饷，女子纺绩不足衣服”的状况。班固《汉书·西南夷两粤朝鲜传》全部照录这几篇传文，也说：“三方之开，皆自好事之臣，故西南发自唐蒙、司马相如，两粤起严助、朱买臣，朝鲜由涉河，遭世富盛，动能成功，然已勤矣。追观太宗（文帝）镇抚尉佗，岂古所谓‘招携以礼，怀远以德’哉！”《汉书·刑法志》亦云：“……萧、曹为相，填以无为。从民之欲，而不扰乱，是以衣食滋殖，而弄罚用稀。及孝文即位，躬修玄默，劝趣农桑，减省租赋……及至孝武即位，外事四夷之功，内盛耳目之好，征发烦数，百姓贫耗。”

华夏民族农桑耕织的生产方式决定了人们安土重迁；耕作中的互助必不可少，村落聚居是常态，家人邻里相互间的亲密友善，慈孝仁爱之情生于自然。因此也决定了人们对战争的基本态度：尊生恤民，反战、慎战。批判恃强凌弱、穷兵黩武和战争掠夺；推崇以德服、来远人，多褒扬兴亡继绝，而非征服、奴役其他部族、国家。鼓吹开疆拓土者极少能获得认可，即使“中央”帝国君主那“万国衣冠朝冕旒”的梦想，也不会建立在以赫赫武功威震四方的基础上。先秦两汉典籍中这方面颇有价值的录存仍不少，比如：

《老子》三十章曰：“以道佐人主者，不以兵强天下。其事好还（兵凶战危，反自为祸）。师之所处，荆棘生焉。大军之后，必有凶年。善有果而已，不敢以取强。果而无矜，果而无伐，果而无骄，果而不得已，果而勿强。物壮（武力兴暴）则老，是谓不道，不道早已（死）。”三十一章曰：“夫兵者，不祥之器，物或恶之，故有道者不处。……兵者不祥之器，非君子之器，不得已而用之，恬淡为上。胜而不美，而美之者，是乐杀人。夫乐杀人者，则不可得志于天下矣。”四十六章：“天下有道，却走马以粪（治田畴）。天下无道，戎马生于郊。”

《论语·季氏》中记孔子说：“丘也闻有国有家者，不患寡而患不均，不患贫而患不安。盖均无贫，和无寡，安无倾。夫如是，故远人不服，修文德以来之。既来之，则安之。”“来远人”中非战的和平宁安靠的是“修文德”。“修文德”指弃干戈攻伐而兴教化致使社会和谐安定的行仁政而言。

《孙子·始计》云：“兵者，国之大事也，死生之地，存亡之道，不可不察也。”《孙膑兵法·见威王》则曰：“夫兵者，非士恒势也。此先王之傅（辅）道也。战胜，则所以在（当作‘存’）亡国而继绝世也。战不胜，则所以削地而危社稷也。是故兵者不可不察。然夫乐兵者亡，而利胜者辱。兵非所乐，而胜非所利，事备而后动。故城小而守固者，有委（委积，粮草蓄积）也；卒寡而兵强者，有义也。夫守而无委，战而无义，天下无能以固且强者。”

古人也充分意识到打仗是打政治，所以颇重人心向背。《荀子·议兵》云：“凡用兵攻战之本在乎壹民。……士民不不亲附，则汤、武不能以必胜也。故善附民者，是乃善用兵者也。故兵要在乎善附民而已。”“彼兵者，所以禁暴除害也，非争夺也。故仁者之兵，所存者神，所过者化，若时雨之降，莫不悦喜。……（尧、舜、禹、汤、文王、武王）此两帝、四王者，皆以仁义之兵行天下也。故近者亲其善，远方慕其义，兵不血刃，远迩来服，德盛于此，施及四极。”

《淮南子·兵略训》有云：“兵之胜败，本在于政。政胜其民，下附其上，则兵强矣。民胜其政，下畔其上，则兵弱矣。故德义足以怀天下之民，事业足以当天下之急，选举足以得贤士之心，谋虑足以知强弱之势，此必胜之本也。地广人众，不足以为强；坚甲利兵，不足以为胜；高城深池，不足以为固；严令繁刑，不足以为威。为存政者，虽小必存；为亡政者，虽大必亡。”这段文字之前，《兵略训》还用其生动流畅的话语论及用兵方略和指导思想的多个方面，如：

古之用兵者，非利土壤之广而贪金玉之赂，将以存亡继绝，将以平天下之乱，而除万民之害也。……所以兵者，所以禁暴讨乱也。

……故君为无道，民之思兵也，若旱而望雨，渴而求饮，夫有谁与交兵接刃乎！故义兵之至也，至于不战而止。晚世之兵，君虽无道，莫不设渠堑，傅堞而守，攻者非以禁暴除害也，欲以侵地文壤也。是故至于伏尸流血，相支以日，而霸王之功不世出者，自为之故也。夫为地战者不能成其王，为身战者不能立其功。举事以为人者众助之，举事以自为者众去之。众之所助，虽弱必强；众之所去，虽大必亡。兵失道而弱，得道而强；将失道而拙，得道而工。国得道而存，失道而亡。

……修政于境内而远方慕其德，制胜于未战而诸侯服其威，内政治也。

因民之欲，乘民之力而为之，去残除贼也，帮利国相死，同情相成，同欲相助。顺道而动，天下为响；因民而虑，天下为斗。

……兵有三诋：治国家，理境内，行仁义，布德惠，立正法，塞邪隧，群臣亲附，百姓和辑，上下一心，君臣同力，诸侯服其威而四方怀其德，政修庙堂之上而折冲千里之外，拱揖指撝而天下响应，此用兵之上也。地广民众，主贤将忠，国富民强，约束信，号令明，两军相当，鼓錞相望，未至交兵接刃而敌人奔亡，此用兵之次也。知土地之宜，习险隘之利，明奇正之变，察行阵解续之数，维枹绾而鼓之，白刃合，流矢接，涉血属肠，舆死扶伤，流血千里，暴骸盈场，乃以决胜，此用兵之下也。

……

《淮南子·兵略训》颇有些集先秦兵学之成的意味，六百年后的《刘子》说“武”

论“兵”对它的征引甚多。诚然，这并未妨碍刘勰作更宽泛地采集，更精要地表述。不仅古代军事思想发展的脉络隐约可见，也凸显出作者对传统战争理念的深刻理解。

最后，再对“农战”体制的源流和影响方面的材料稍作补充。

“忘战必危”的警示与“教民战，修武备”国策相联系，倡导的是守土安民的农战理念。既言“农隙教民战”，显然是教农耕者战！这种武备的思想主张甚至能上溯到商、周。《汉书·刑法志》追记云：“殷、周以兵定天下，天下既定，戢藏干戈，教以文德。而犹立司马之官，设六军之众，因井田而制军赋。……有税有赋，以税足食，赋以足兵。故四井为邑，四邑为丘。丘十六井也，有戎马一匹，牛三头。四丘为甸，甸六十四井也，有戎马四匹，兵车一乘，牛十二头，甲士三人，卒七十二人。……皆于农隙，以讲武事焉！”

先秦时代的《商君书·农战》篇曾说：“国待农战而安，主待农战而尊。”奖励农兵而去游食坐谈之士。汉魏的屯田则有兵寓于农、兵农一体的意味，屯垦戍边也是若干朝代采用的国防策略。

在北朝到唐前期仍发挥了重大作用的府兵制同样与农战相关。

宇文泰辅西魏时，仿周典置六军，借六等之民，使刺史以农隙教之，合为百府。是为府兵之始。北周踵行其制。隋承周制，加以增损。唐初尚仍隋制。其后藩镇渐强，府兵之制遂废。《新唐书·兵志》记：“古之有兵天下国家者，其兴亡治乱未始不以德。而自战国秦汉以来，鲜不以兵。夫兵岂非重事哉！然其因时制变，以苟利趋便至无所不为。而考其法制，虽可用于一时而不足以施于后世者多矣。惟唐立府兵之制，颇有足称焉。盖古者兵法起于井田，自周衰，王制坏而不复。至于府兵，始一寓之于农，其居处、教养、畜材、待事、动作、休息皆有节，虽不能尽合古法，盖得其大意焉。此高祖、太宗所以盛也。至其后世，子孙骄弱，不能谨守，屡变其制。夫置兵所以止乱；及其弊也，适足为乱；又其甚也，至困天下以养乱，而遂至于亡焉。……府兵之制，起自西魏、后周而备于隋，唐兴，因之。”

刘勰与刘昼，谁更具备《刘子》作者之条件

——论《刘子》乃刘勰撰

华南师范大学文学院　韩湖初

关于《刘子》一书的作者，根据朱文民先生的“述论”，隋唐至宋时官家著录仅有刘勰、刘昼，私家多了刘歆、刘孝标；明以后增加了“贞观后人”、袁孝政和既非刘勰亦非刘昼的“另一刘子”①；陈志平先生则概述有九说：一为西汉末年刘歆作，二为东晋时人作，三为梁刘孝标作，四为刘勰作，五为刘昼作，六为袁孝政作，七为贞观以后人作，八为金人刘处玄作和明人伪撰说。其中唐张鹭《朝野佥载》和“最早”为《刘子》作注的唐代袁孝政认为是北齐刘昼著，两《唐书》著录为刘勰撰。此后以此两说成为最主要的看法。此外还有人提出刘遵撰，甚至有“别有一刘姓作者”②。在笔者看来，根据朱文民、陈志平两位先生的评述，至今尽管众说纷纭，但主要是刘勰与刘昼两说，其余均证据单薄，可以排除。至于到底是刘勰还是刘昼，只要把两人的生平、为人处世和思想主张同《刘子》一书对照和验证，即使不能说问题完全解决了，起码也有很大的参考价值。（为节省篇幅，林其锬与陈凤金、朱文民、杜黎均和台湾学者游志诚等等诸位先生所提出不少该书为刘勰撰的佐证及材料，本文从略。）

《刘子》一书，近3万字，共55篇。它“泛论治国修身之要，杂以九流之说”，“明阴阳，通道德，兼儒墨，合名法，苞纵横，纳农植，触类取兴，不拘一绪”③，是思想颇为丰富的著作，并以道体儒用、唯务折中为指导思想，融汇众家以成一家之言；又称“道者玄化为本，儒者德教为宗。九流之中，二化为最”④，即治世立国以道体儒用、儒到互补。这是对以儒、道为主体、兼容诸子百家的一本多元的中国思想文化的表述与概括，堪称魏晋六朝时期难得的子书佳作。由此观之，该书的作者必须具备如下四个的条件：

---

① 朱文民：《〈刘子〉作者问题研究述论》，《中国诗学研究》第8辑（《文心雕龙研究》专辑），合肥：安徽大学出版社，2011年，第500－524页。

② 陈志平：《30年〈刘子〉研究综述》，《纪念中国〈文心雕龙〉学会成立三十周年国际学术研讨会暨中国〈文心雕龙〉学会第十二次年会论文集》（中国济南，2013年9月）。

③ 林其锬、陈凤金：《刘子集校合编》（下），上海：华东师范大学出版社，2012年，第118页。

④ 林其锬、陈凤金：《刘子集校合编》（上），上海：华东师范大学出版社，2012年，第51页。

第一，自小志向远大，立志树德建功、能文能武，随时入仕报效国家。

第二，博览群书，通晓诸子九流，认为治世立国应以道体儒用、儒道互补，思想方法则是唯务折中，融会众家以成一家之言，论著有补于世。

第三，人生态度、经历和思想应与《刘子》的思想主张一致。

第四，文笔水平较高，能写出既有骈体文句而总体趋向自然流畅的文章。

以下依次分析考察，看刘昼与刘勰哪个完全具备上述四个条件。

一、第一个条件：自小志向远大

立志树德建功，强调能文能武，随时入仕报效国家。

说来真有意思，刘昼与刘勰均各有其梦：刘昼的梦不过当个县令，却狂妄自大，不重视修身立德，举动不伦，对入仕机会毫不珍惜，终老一生不过是个秀才；而刘勰不但7岁时“梦攀彩云”，32岁梦随孔子南行，可谓自小志向远大，而且重视修身立德，强调能文能武，随时报效国家，仕途曾经一片光明，晚年遭遇突变，燔鬓出家，终成大家。

先看刘昼。字孔昭，渤海阜城（今河北交河）人，是“典型的北朝经学儒生”，“属于保守汉儒繁琐经学的一派”①。根据《北史》本传记载：“昼夜尝梦贵人若吏部尚书者补交州兴俊令，寤而密书记之。卒后旬余，其家幼女女鬼语声似昼，云：‘我被用为兴俊县令，得假暂来辞别’云。”可知他的梦想不过当个县令，却自命不凡，“常自谓博物奇才”，“每言‘使我数十卷书行世，不易齐景之千驷也’。”48岁仍“求秀才不得”，“孝昭即位，好受直言。昼闻之，喜曰：‘董仲舒、公孙弘可以出矣。’”从其言行举止来看，与其说志向远大，不如说狂妄自大。且“容止舒缓”“言好矜大，举动不伦”，由是竟无仕进。说明此人不注意修身立德。刺史陇西李璵亦尝以昼应诏，先告知。昼曰：“公自为国举才，何劳语昼?”一副待价而沽的样子。又齐河南王孝瑜闻其名，每召见辄与促席对饮，因“遇有密亲，使且斋坐”，昼竟“须臾径去”，“虽追谢要（邀）之”，“终不复屈”。这是连起码的礼数都不讲。对权倾朝野的王侯尚且如此，其傲慢无礼可知。《刘子》有《明谦》篇称君子“有功而不矜，有善而不伐”；《诫盈》篇强调“居谦而能益寡”，“未有谦尊而不光，骄盈而不毙者也”；更有《慎言》篇强调：“语言者”乃“性命之所属”，故“身无失行，口无过言”，否则“自致害灭”。刘昼自命不凡，动辄大摆架子，自比董仲舒、公孙弘，且不讲礼数，不注重修身立德，位不尊，善未见，既“过言”，又“失行”，活了五十来岁，没有“自致害灭”，也算是走运了。可见刘昼并不具备第一个条件。

再看刘勰。《梁书》本传载：“早孤，笃志好学”。《文心·序志》篇自云7岁“乃

---

① 林其锬、陈凤金：《刘子集校合编》（下），上海：华东师大出版社，2012年，第1195页。

梦采云若锦，则攀而采之"，可见少有奇志。8岁父亲战死，24岁入定林寺整理佛经，"逾立"之年（32岁）"夜梦执丹漆之礼器，随孔子而南行"，可见胸怀大志，要在文化事业作一番贡献，并针对齐梁"离本弥甚"的浮艳文风，"搦笔和墨"，撰写《文心雕龙》。《文心·程器篇》强调应以"有懿文德"的前贤为榜样，"雕而不器，贞干谁则?"意谓：文士如果不雕琢、磨砺自己的品行，怎能给人树立榜样？可见他十分注重品德修行，与上述《刘子》的《明谦》《诫盈》《慎言》《思（慎）〔顺〕》诸篇的思想主张一致。他进入仕途后长期担任将相王侯的"记室"（秘书），完全看不到有像刘昼那样"言好矜大，举动不伦"的言行。可见刘勰完全具备第一个条件。

二、第二个条件：博览群书，通晓诸子九流

思想方法是唯务折中，融会众家以成一家之言。

认为治世立国应以道体儒用、儒道互补；论著有补于世。

先看刘昼。《北史》本传载：昼"少孤贫爱学"，"因恨下里少坟籍便仗策入都，知邺令宋世良家有书千卷，乃求为其子博士，恣意披览，昼夜不息。"可知他也是博览群书之士。由于其论著仅存篇名，故难以判断他是否通晓诸子九流。但他的思想方法则是好走极端，这不但见于上述他狂妄自大、举动不伦的言行，而且见于他对佛教的诋毁。释道宣《广弘明集》卷六《列代王臣滞惑》载刘昼上书诋佛说："佛法诡诳，避役者以为林薮。"又诋诃僧尼淫荡，所言也许有据，但所用的方法和态度是走极端的极力诋毁，难怪释道宣斥责其"狂、哲之心相去远矣!"① 如果该书确是刘昼所撰，不会没有反佛的内容。且该书虽然很少谈及佛教，但有不少地方运用了佛经典故，可见并非刘昼所撰。又本传载刘昼"乃步谐晋阳上书（即《帝道》），言亦切直，多非世要，终不见收采"；"河清中，又著《金箱璧言》，盖以指机政之不良"。其论著"多非世要"，说明其于社会没有多大裨益，故没有流传。如果内容充实，切中时弊，即使官方没有收录，其论著民间也自会流传（历史上不乏这样的例子）。可见刘昼虽然博览群书，但总的来说并不符合第二个条件。

再看刘勰。明人曹学佺《文心·序志》篇批语称刘勰为子家，《诸子》篇眉批亦称"彦和以子自居"。《诸子》篇"嗟乎！身与时舛，志共道申""金石靡矣，声其销乎!"明人钟惺亦评"俨然以子自居"②。余嘉锡云："古之诸子，即后世之文集。"③ 游志诚教授指出：先秦以下"立大志之子家""率皆融会天地，参究天人，终则欲成一家之言。"刘勰亦然，"必尽参前代文献，通彻前代已立之学说，统合涵泳，始能择善

① 林其锬、陈凤金：《刘子集校合编》（上），上海：华东师范大学出版社，2012年，第42－44页。

② 黄霖：《文心雕龙汇评》，上海：上海古籍出版社，2005年，第65页。

③ 余嘉锡：《古书通例》，上海：上海古籍出版社，1985年，第93页。

取长，汇为一己折中之学”。《风骨篇》所云“熔铸经典之范，翔集子史之集”①，正是此意。《刘子》应是其立志撰写的子书。《文心·诸子》篇称“诸子”为“入道见志之书”，评价不可谓不高，尤其称“李（老子）实孔（孔子）师”、《道德经》“五千精妙”、庄周“道术以翱翔”，对道家及其创始人赞誉有加。这些正与《刘子·九流》对诸子的赞誉遥相呼应。而且《文心》也是以道体儒用和唯务折中为指导思想，融会众家文论成就而创建我国古代体大思精的文学理论体系的。邱世友师指出，《文心》先以《原道》篇论“宇宙的本体是道，宇宙万物的变化运动是道、自然、自然之道。圣人能体验自然之道而且运用于人事乃至发为文章，自然之道之体之用由是而彰明”；继作《征圣》《宗经》两篇“将道、圣、文的关系概括为以道之文鼓动天下，彝训万民，以遂军国之功”②。这里的“圣人”正是指儒家的孔子，即《原道》篇所说“素王述训”。可见，作为刘勰文学理论体系的基石和理论主干的原道、征圣、宗经思想，正是道体儒用的运用。漆绪邦先生也早已指出，刘勰基本的文学思想是“以道为本，以儒为用”③。再者，《序志》篇自云评论魏晋时代各家文论的思想方法是“唯务折中”，周勋初释教授云：“所谓折衷，就是分析同一事物矛盾着的两端，较其得失，然后取其所长，弃其所短，融合成为一种较全面平稳的理论。”④该篇先是详论曹丕、曹植、陆机等等诸家文论的成就与局限，指出均“未能振叶以寻根，观澜而索源”，进而对自己融会众家而创建的文学的理论体系作一番介绍说明。我们再看《刘子·九流》篇，先是详细评述各派学说的积极内容与不足，总体上“皆同其妙理，俱会治道，迹虽有殊，归趋无异”，并连用五个事例为喻强调说明：事物是相灭相生、互相转化和相辅相成的“犹五行相灭，亦还相生；四气相反，而共成岁；淄、渑殊源，同归于海，宫商异声，俱会于乐；夷（叔夷）、惠（柳下惠）同操，齐纵为贤，二子殊行，等迹为仁”，最后归结为“道者玄化为本，儒者德教为宗”和治世“宜以礼教为先”、嘉遁“应以无为是务”，即道体儒用、儒道互补。可知二者的逻辑思路是一致的。也就是说，二者都是以道体儒用和“唯务折中”为指导思想，融会众家以成一家之言，并于社会有所裨益，《刘子》不但“畅述治国修身之道”，且如明人李维桢所说，孔孟以后千四百年“不与正统”，“黄老于汉，佛于晋、宋、齐、梁，道术为天下裂久矣。《刘子》咀英吐华，成一家言，其大指不谬于圣人”⑤。是知该书顺应大统一的社会潮流，强调儒家的正统地位，意义重大。故隋、唐时广为流传，远播西北，为唐太宗教导太子的《帝范》、武

① 游志诚：《〈刘子〉新诠释》，李建中、高文强主编：《百年龙学的会通与适变》，哈尔滨：黑龙江人民出版社，2011年，第82页。

② 邱世友：《刘勰论文学的般若之境》，《文心雕龙研究》第三辑，北京：北京大学出版社，1998年，第33页。

③ 漆绪邦：《以道为本，以儒为用》，《北京师院学报》1983年第3期。

④ 詹锳：《文心雕龙义证》（下），上海：上海古籍出版社，1989年，第1934页。

⑤ 《明李维桢蒋本刘子十卷刘子叙》，见林其锬、陈凤金：《刘子集校合编》（下），上海：华东师范大学出版社，2012年，第1135页。

则天的为臣属立规的《臣轨》等征引[①]；而《文心》切中齐梁文坛时弊，《梁书》本传称被当时文坛领袖沈约誉为“深得文理”，影响深远。

有主刘昼撰论者认为，由《文心·诸子篇》“可见《文心》的宗儒倾向”，由《刘子·九流》篇可知《刘子》的“重道轻儒立场”，“两相对照，其去何止千里?”[②]可见《刘子》为刘昼所撰而非刘勰。余嘉锡《四库全书总目提要·刘子》也是以此作为否定该书为刘勰所撰的一个重要证据，称其末篇《九流》“乃归心道教，与勰志趣迥殊”。其实，只要细读上下文，便不会得出如此结论。《九流》篇本已说得很清楚：“道者玄化为本，儒者德教为宗。九流之中，二化为最”，明明说是“二化为最”，怎么变成了“重道轻儒”，还“相去千里”和“志趣迥殊”？又说：“夫道以无为化世，儒以六艺济世；无为以清虚为心，六艺以礼教为训。”还指出，如果在远古大同世界实行儒家的礼教，则“邪伪萌生”；反之，在夏朝成康时期施行道家的无为，则“氛乱竞起”。可见“儒教虽非得真之说，然兹教可以导物；道家虽为达情之论，而违礼复不可救弊”。结论是：“今治世之贤，宜以礼教为先；嘉遁之士，应以无为是务。”也就是说，治世用儒家，个人隐居用道家。由于所处已非原始时代，治世自然是用儒家。只有当个人失意隐居，才用道家。也正因为所处并非原始时代，从人生理想来说，无疑儒家是主要的。《文心》与《刘子》均流露出强烈的儒家入世愿望。前者如《序志》篇和《程器》篇，后者如《知人》篇云：“世之烈士愿为君授命，犹瞽者之思视，躄者之想行，而目终不得开，足终不得申，徒自悲夫!”足见作者的儒家入世思想是多么的强烈！这种思想，刘昼即使有，也远逊于刘勰。可知《刘子》不存在“重道轻儒”的问题，该书并非刘昼所撰。

可见以第二个条件对照，则刘勰符合而刘昼则否。

三、第三个条件：从人生态度、思想和经历看，刘勰与《刘子》的思想主张一致，而刘昼则相去甚远

当我们把刘昼和刘勰的人生态度、思想和经历与《刘子》一书的思想主张结合考察时便会发现：刘昼虽然也博览群书，对魏晋六朝等级森严的门阀制度也是不满的，并有机会入仕，但他妄自尊大，自绝仕途，终老一生，并无建树，与《刘子》的思想主张相去甚远；而刘勰尽管不满当时的门阀制度，仍采取积极进取的态度，努力创造机会投身仕途，施展才干，以实现自己的人生理想和价值，并曾得到朝廷的赏识，前景一片光明。这与《刘子》的《因显》《托附》《通塞》《遇不遇》诸篇的思想主张一致；

---

① 顾廷龙：《敦煌遗书刘子残卷集录序》，见林其锬、陈凤金：《刘子集校合编》（上），上海：华东师范大学出版社，2012 年，第 63 页。

② 程天祐：《〈刘子〉作者辨》，《文心雕龙学刊》第五辑，济南：齐鲁书社，1988 年，第 370 页。

晚年遭遇突变，仕途失落，被打发回定林寺整理佛经，心境悲凉，与《刘子·惜时》篇的境况相符，最终成为大家。

先看刘昼。史载48岁仍“求秀才不得”，相当可怜。尝“发愤著《高才不遇传》”，可见对当时的门阀制度是不满的。其实他并不是没有机会。上述河南王孝瑜召见辄与促席对饮，此人乃北齐世宗长子，初封河南郡公，齐受禅，进为王。历任中书令、司州牧。世祖即位，礼遇特隆，可谓权倾朝野。只要抓住这个机会，入仕应该不成问题。但他毫不珍惜，竟因王有密使来见须稍候便“须臾径去”。这不是自绝仕途吗？他显然把自己的架子看得远比入仕重要。《刘子》有《戒盈》篇称“君子高而能卑，富而能俭，贵而能贱，智而能愚”，刘昼大摆架子，说明连“君子”也不配；《韬光》篇更强调：“物之寓世”应学会“韬形灭影、隐质遐外”，以全性命；而“含奇佩美、衒异露才者，未有不以此伤性毁命者也”。刘昼妄自尊大，露才扬己，能够保存性命活了五十来岁，算是不错了。可见刘昼并不符合第三个条件。

再看刘勰。他对魏晋六朝的门阀制度是不满的。《文心·程器》篇云：“将相以位隆特达，文士以职卑多诮，此江河所以腾涌，涓流所以寸折也。”但不满归不满，还得面对现实，积极努力创造机会进入仕途，以实现自己的远大志向。《刘子·因显》篇说：良马、美材、宝珠，若“无所以因”，其价值也就不被认识；反之，则“良马一顾千金，椠木光于紫殿，珠璧擎之玉匣”。所谓“因”，即机会因缘，就是有人赏识、介绍与引荐。因此，“今人之居当代，虽抱才智，幽郁穷闺”，如果“未有为之声誉，先之以吹莹，欲望身之光，名之显，犹扪虚缚风，煎汤觅雪，岂可得乎？”可见，如果没有人介绍、推荐，便老死一生，功名成空。反之，通过“因”即有人介绍、推荐，也就可以为自己创造机会和条件，施展才干，成就扬名。《托附》篇就说，鸟兽鱼虫花卉“犹知因风假雾，托峻附高，以成其事，奚况于人，而无托附以就其名乎！”“托附”，就是通过依附有地位名望的人介绍、引荐。当然，“托附”得当，“则重石可浮，短翅能远”；否则“轻羽沦溺，迅足成蹇”。但总比毫无作为地白白等死要强。而且，一时的穷困潦倒还可以起激励的作用。《文心·激通》篇就指出，贤人志士“因窘而发志，缘阨而显名”，“古之烈士，厄而能通，屈而能申，彼皆有才智，又遇其时，得为世用也”。《才略》篇云：“敬通雅好辞说，而坎壈盛世，《显志》自序，亦蚌病成珠矣。”说的是冯衍（字敬通）处于东汉的盛世却很不得志，而由此写出的《显志赋》反而像蚌得病郁结为珍珠。刘勰的仕途经历，可以视为上述“因显托附”思想主张的实践。《序志》篇称“君子藏器，待时而动，发挥事业”，说明他是积极投身仕途、随时报效国家社会的。23岁母丧期毕，次年朝廷下诏公卿以下举荐贤才，刘勰看到了进入仕途的希望，便到健康（南京）入上定林寺依僧祐整理佛经。这样既可以避役，也可以博览群书，而且该寺住持僧祐乃当朝高僧，与萧氏最高统治集团常有来往，入寺意味着有机会（通过僧祐）接触上层统治集团进入仕途。本传称由此与僧祐“居处积十余年”。这对他后来的仕途关系十分重大。最初大概当个书佣，两年后为该寺高僧超辩撰写碑文，显露才华。入寺的第七年该寺经藏大致整理就绪（《中国历代佛教目录表》有刘勰所撰《定林寺藏经录》）。大约32岁前后开始撰写《文心雕龙》，至36岁完成。本传称，书成“未为时流所称”，时沈约“贵盛”（任尚书左仆射，且为文坛领袖），勰伺机负书干之于车前“状若鬻者”献书，约“大重之”，认为“深得文理”，并举刘勰“起家奉朝请”。虽是无职无权的空位官，但由此取得入仕为官的资格。天监三年（504年），机会终于来了：梁武帝以弟萧宏为扬州刺史、封临川郡王，进号中军将军开府置佐，38岁的刘勰任其记室。《高僧传·僧祐传》载临川王宏、南平王伟“并崇其（僧祐）戒范，尽师资之敬。”可知萧氏王室成员常到上定林寺礼佛并以僧祐为师，刘勰应是通过僧祐的引荐而被任用的。至42岁被调任太末令，“政有清绩”，三年后调任南康王萧绩记室。值得注意的是，时间也是萧绩迁使持节、都督南徐州诸军事、任南徐州刺史、进号仁威将军之时。考虑到萧绩官职驻地地位十分重要，但年纪尚幼，可见萧氏王室对他的信任。再者，刘勰担任萧绩的记室担子已经不轻，不久还要他兼职担子更重的东宫通事舍人。笔者推测，这是太子萧统的生母丁贵嫔与僧祐商议争取而来的。根据《高僧传·僧祐传》记载，丁贵嫔是僧祐的弟子，太子萧统年不过十来岁，其母丁贵嫔想必为其物色辅佐之人而与僧祐商议，故有此举。还有，刘勰大约52岁左右为了迎合梁武帝之意，放弃家世信仰，撰写宣扬佛教的《灭惑论》，又上表建议二郊农社宜与七庙同改祭祀不用牺牲。本传称：“诏付尚议，依勰所陈，迁步兵校尉，兼舍人如故。”牟世金指出，此事“与僧祐等之上启如出一辙”，且“僧祐卒于是年5月，其启必在五月之前，与刘勰上表应为同时之事，刘勰迁步兵校尉，即在上表之后不久”①。可知，二人同奏此事应是揣摩到梁武帝的心意，互相呼应，刘勰由此得升步兵校尉。该职掌东宫警卫，位列六品，而东宫通事舍人仅为九品。杨明照指出，梁武之世拜步兵校尉者多士林名流，故于刘勰“固当时殊遇也”。这也是刘勰仕途的顶峰。本传继称“昭明太子好文学，深爱接之”“兼东宫通事舍人”。杨笺云：“是舍人兼任此职匪轻，昭明太子之爱接，当亦由此始也。”② 可见，刘勰仕途步步迁升，前途曾经一片光明，固然靠自己的才干和努力，但也是与他善于抓住机会因缘“托附”分不开的。刘昼既没有入世为仕的强烈愿望，更没有这方法的仕途经历，也就不会有这方面的思想言论。可见《刘子》的上述因显托附的思想主张，应是刘勰这方面实践的总结。

有主刘昼撰论者认为：《刘子·惜时》篇“透出的信息体现了刘昼的身世和生活”③，可作为该书乃刘昼撰的新证。笔者认为正好相反。该篇首揭“唯立德贻爱为不朽”之旨，列举大禹、孔子、墨翟等等“皆行其德义，拯世危溺”，立德建功，延

---

① 牟世金：《刘勰年谱汇考》，成都：巴蜀书社，1988年，97页。本文关于刘勰的纪年，主要根据牟世金的《汇考》和朱文民的《刘勰传》附录一《刘勰年谱考略》，西安：三秦出版社，2006年。

② 杨明照：《梁书刘勰传笺注》，见《文心雕龙校注拾遗》，上海：上海古籍出版社，1982年，第401－402页。

③ 程天祜：《〈刘子〉作者新证》，《吉林大学社会科学报》1990年第6期。

芳百世。这正与《文心·序志篇》所说人生应立德建功、扬名后世一致。继叹今人“枉没岁华”，“生为无闻之人”，与草木自生自死无异；最后描写“岁之秋也”的悲凉情境：寒蝉长叫，吟烈悲酸，“哀其时命，迫于严霜，而寄悲于菀柳。今日向西峰，道业未就，郁声于穷岫之阴，无闻于休命之世”。“菀柳”典出《诗经·小雅·菀柳》，菀通苑，枯萎。此处菀虽可训草木茂盛（喻意春天），但显然与上文“严霜”、下文“日向西峰”（日落西山）的意境不合。该诗是一个周朝大臣的怨诗，他曾被任用商议国政，后被撤职流放。这与刘勰曾经得到朝廷任用后来突遭变故被抛弃的遭遇相符，而刘昼一生没有入仕、谈不上受朝廷任用，也就不可能有这方面的怨气和悲哀。至于论者所说“穷岫之阴”是“刘昼生活在农村的证据”，而刘勰则生活在京师建康。朱文民先生指出，唐人许嵩著《建康实录》称，下定林寺“东去县城十五里”。梁时定林寺至京师不会少于这个距离，何况刘勰住的是上定林寺更在钟山之上。昭明太子死后刘勰被派往定林寺整理佛经，其时人口稀少，“穷岫之阴”应是其时上定林寺生活的写照①。诗中悲叹自己“道业未就”，迫于严霜、寄悲菀柳，正与此境况相合。“就”，意为凑近、靠近，句意为功败垂成。正因为曾经数十年的努力争取却功亏一篑，才有“道业未就”的感叹，这是何等的沉痛！反观刘昼，他自绝于仕途，不曾努力过，谈不上快要成功，也就没有什么“道业”可言。既然如此，也就没有什么可痛惜的了。可知《惜时》篇只有刘勰有那样的人生挫折和深刻体验才能够写出来。

还有一点也值得一说。刘勰乃兵家出身，其父为越骑校尉，他本人又长期在地位显赫、雄镇一方的王茂、萧宏、萧绩等将军王侯府上任职（王茂乃梁武帝器重的著名将领，曾任江州刺史、都督江州诸军事；萧宏乃扬州刺史都督北讨诸军事；萧绩乃南除州刺史、都督南除州诸军事，上述三地乃梁朝的军事重镇），后来还任东宫通事舍人兼步兵校尉；《诸子》篇称：汉东平王刘宇向汉成帝请求《诸子》和《史记》，而成帝不肯给。“盖以《史记》多兵谋，而诸子杂诡术也。然洽闻之士，宜撮纲要，览华而食实，弃邪而采正，极睇参差，亦学家之壮观也。”他显然认为自己属于善于吸收《史记》兵谋思想的“学家之壮观”一类。《文心·程器》篇强调“文武之术，左右惟宜”，并以春秋时晋国名将郤縠努力读书和孙武的《孙子兵法》“辞如珠玉”说明：“岂以好文而不练武哉”和“岂以习武而不晓文哉”？这与《刘子·文武》篇讥笑“今代之人，为武者则非文，为文者则嗤武，各执其所长，而相是非”，可谓心有灵犀一点通。故其熟悉军事应是无疑的。《刘子》有《文武》《兵术》《阅武》等篇专论军事谋略，正遥相呼应。明孙鑛评本王道焜序赞“其讲武事也，非犹夫观兵振旅之略也，直凛凶器危事之慎”②，盖非虚言。他的军事理论无疑也是珍贵的文化遗产，已有林中明、

① 朱文民：《把〈刘子〉的著作权还给刘勰》，见《刘勰传》附录三，第390页。

② 林其锬、陈凤金：《刘子集校合编》（下），上海：华东师范大学出版社，2012年，第1134页。

朱文民和涂光社诸位先生大作探讨①。而刘昼未见有一言论及军事，亦未见有一事与军事相关，也可佐证《刘子》非刘昼而是刘勰所撰。

四、从文笔功夫和文风考察

《北齐书》本传载：刘昼“考策不第，乃恨不学属文，方复缉缀辞藻，言甚古拙。制一首赋，以《六合》为名，自谓绝伦，吟讽不辍”。昼以此赋呈魏收，收谓人曰：“赋名《六合》，其愚已甚；及见其文，又愚于名。”又《北史》本传载：“昼不忿，又以示邢才子。才子曰：‘君此赋正似疥骆驼，伏而无妩媚。’”“言甚古拙”，说明异于《刘子》的文风。再就是水平之低，令人惊讶。一篇“自谓绝伦”的《六合赋》，竟被名士魏收一贬再贬为“愚”再“愚”，而且“愚甚”。刘昼不服再拿来给人看，评价更糟：被讥笑为好像一匹长满疥疮的丑骆驼。水平如此，怎能写出《刘子》？

反观刘勰，其文笔水平要比刘昼高得多。有人认为《文心雕龙》与《刘子》文字风格不同。对《刘子》的文风或誉为“缛丽轻蒨”，或贬为“词颇俗薄”，而通俗流畅则是一致的，显然异于刘昼的“言甚古拙”。该书虽有骈体化的文句，但行文已趋自然流畅，显得成熟。周紫芝《竹坡诗话》载苏轼尝有书与其侄云：“大凡为文，当使气象峥嵘，五色绚烂，渐老渐熟，乃造平淡。”② 可见由早期《文心》的骈俪，走向晚年的自然，这是自然的。明胡应麟称《刘子新论》（明代的《刘子新论》即两《唐志》的《刘子》）“辞颇清旨，意非昼所能也”③。可见《刘子》应是刘勰晚年所撰。

以上对照分析的结论是，《刘子》应是刘勰而非刘昼所撰。笔者水平有限，匆匆草此，错误难免，敬请专家、读者指教。

---

① 分别见林中明：《刘勰、〈文心〉与兵略、智术》，中国社会科学院：《史学理论研究》（季刊）1996 年第 1 期；朱文民：《“重伐谋”、“轻交刃”的兵学思想》，《刘勰传》第六章；涂光社：《〈刘子〉的说‘武’论‘兵’——传统军事思想战争理论的非凡总结》，《纪念中国〈文心雕龙〉学会成立三十周年国际学术研讨会暨中国〈文心雕龙〉学会第十二次年会论文集》（济南，2013 年）。

② 顾易生、蒋凡、刘明今：《宋金元文学批评史》（上），上海：上海古籍出版社，1996 年，第 175 页。

③ 胡应麟：《少室山房笔丛》卷三一《四库正讹》（中）。

漫议李延寿删节《梁书·刘勰传》三题

临沂大学　贾锦福

李延寿《南史·刘勰传》是删节《梁书·刘勰传》而成的，只有删节，没有补充。

漫议之一：宜保存的遭节删

《文心雕龙·序志》篇是全书的导读，说明作者作《文心雕龙》的目的、意图、方法、态度及指导思想和内容的安排。“及其品评成文，有同乎旧谈者，非雷同也，势自不可异也，有异乎前论者，非苟异也，理自不可同也。”这充满自信、矜持的话是很有说服力的。成了常被人们引用的名言警句，凡此也都在说明刘勰为什么能“自重其文”，并获得沈约“深得文理”赞誉的原因。《南史·刘勰传》却将其内容删去了一半。这不能不说是个缺陷。

漫议之二：完整的家族史被去头掐尾

《梁书·刘勰传》记叙刘勰“祖灵真，宋司空秀之弟也。父尚，越骑校尉”。《南史·刘勰传》删节后只有“父尚，越骑校尉”一句。李氏在《南史》中增补过王琳传、张彪传等，却唯独对刘勰严苛有加，连沈约《宋书》中刘勰家族的史实也不肯采信，个中缘由难以考究。大概在李氏眼中刘勰就是一介沙门贫僧而已。

《南史·郭祖深传》曾通过他所上的封事揭露了梁武帝残民佞佛的弊政。看来，李氏对外来的佛教没有好感。这种删节无益于研究者的思考。在刘勰出身问题的讨论中，《梁书·刘勰传》常成“士族论”者主要论据之一。《南史·刘勰传》则是“庶族论”者的依据之一。

漫议之三：刘勰晚年北归问题的症结

以往论述刘勰的生平事迹大都没有直接谈刘勰晚年北归问题的，众多刘勰年谱也看不出刘勰北归的萍踪。因为《梁书·刘勰传》有这么一段记载：“有敕与慧震沙门于定林寺撰经，证功毕，遂启求出家，先燔鬓发以自誓，敕许之。乃于寺变服，改名慧地。未期而卒。”既然削发为僧，不到一年就去世了，哪里还有北归的可能呢。这是龙学界的共识，几成定论。

对此，本人一直持存疑的态度。

其一，细读唐代姚思廉的《梁书·刘勰传》刘勰的践履，其时间概念都很模糊，就是那两处“积十余年”“天监初”也不够具体。唯独在刘勰出家当和尚后“未期而卒”，却记得那么具体、清楚？实在令人费解。

其二，唐代李延寿的《南史·刘勰传》是对姚氏《梁书·刘勰传》的删节，其中保留了刘勰奉敕撰经后要求出家的记载，却删去了“未期而卒”。究其原因不外乎两个：或为了内容的简洁，或为了实事求是。传主的生卒年是“传”里的重要因素，虽然不能忽略，但资讯不确凿时，也要“宁缺勿滥”，这可能是李氏坚持的原则。综览李氏编著的《南史》和《北史》中的列传，也都有很多“未期而卒”“未期而亡”等记载，并没有为求内容的简洁而删去，因此，他删掉《梁书·刘勰传》中的“未期而卒”，只能有一种解释：此事不真实、不可信。或许李氏还掌握不同的传闻异说，只是无法证实。

其三，“未期而卒”事实上还存在另一种解释。古汉语“期”有两个读音：qī 和 jī，有一个异体字“朞”。

读 qī 时，主要有两个含义：一是日期、时间。如例①“为一昔之期，袭梁及霍。”（《左传·哀公四年》）例②“三年之丧，期已久矣。”（《论语·阳货》）例③“会天大雨，道不通，度已失期。”（《史记·陈涉世家》）二是期望、要求、待命的意思。如例①“不期修古，不法常可。”（《韩非子·五蠹》）例②“公学不期言也，正其行而已；行不期闻也，信其义而已。”（王安石《宝文阁待制常公墓表》）例⑧“叔孙旦而立，期焉。”（《左传·昭公二十三年》）查字书，包括引申义在内，还有十几种义项。

读 jī 时，亦作“朞”。孔颖达疏：“朞，即匝也。”是说时间周而复始。可以指一周年、一个月或一整天。如例①“朞，三百有六旬有六日。”（《尚书·尧典》）例②“万期为须臾。”（刘伶《酒德颂》）例③“齐侯疥，遂店。期而不瘳，诸侯之宾问疾者多在。”（《左传·昭公二十年》）此外，期，是“期服”的省称，指一年制的古丧服名，即“齐缞”（zī cuī），其服用·熟麻布制成，因缝下边，故称齐缞，服期一年。如例①“期之丧，达乎大夫；三年之丧，达乎天子。”（《中庸·予知章》）例②“尔幼养于嫂，丧服必以朞。”（韩愈《祭郑夫人文》）

但是，读 jī 时，指一周年、一个月，大多都不省称，而加“年”字、加“月”字。如例①“行之期年，国乃有节。”（《左传·襄公九年》）例②“期年之后，虽欲言，无可进者。”（《战国策·齐策·邹忌讽齐王纳谏》）例③“夫商君起布衣，自魏入秦，期年而相之，革法明教，而秦人大治。”（《盐铁论·非鞅》）例④“未期年而葺亡走矣。”（《战国策·赵策·为建信君谋困葺》）例⑤“恹恹成病，期年而亡。”（《二刻拍案’惊奇·赠芝麻识破假形，撷草药巧谐真偶》）例⑥“期年还，则归我。”（朱敦儒《东方智士说》）例⑦“择乎中庸，而不能期月守也。”（《中庸·予知章》）例⑧“期月之间，兄弟称王。”（《后汉书·耿纯传》）有时“期月”也作一周年讲，例⑨“苟有用我者，期月而已可也，三年，有成。”（《论语·子路》）邢昺疏：“期月，周月也，谓周一年之十二月也。”

那么，《梁书·刘勰传》的“未期而卒”究竟应该怎么解读？鄙意以为关键在“期”字的读音上。如果读 jī，这四个字的意思就是未满一年就去世了。但姚氏并没有明确地写“未期年而卒”或“未期月而卒”，这也可以说明他对刘勰出家后未满一年就去世的传闻也有所怀疑，但又不愿意舍弃。如果读 qī，这四个字的意思就不一样了，“未期”就不是“未期年”的省称，而是“无期”、“未有期”，是不知何日、不知何时的意思，这四个字就是不知道什么时候死的。这里的“期”不读 jī，而读 qī，后人读音错位，误解了姚氏的本意。

秦汉以来，这种成例是很多的。如例①“徒临川以羡鱼，俟河清乎未期。”（张衡《归田赋》）例②“乖离邈矣，相见未期”（《苏武报李陵书》）例③“王公摄其次日：‘后面未期，亦欲尽所怀？愿公勿复谈！”’（《世说新语·规箴》）例④“吾与此子戏别三百馀年，杳然未期。”（《开元释教录》卷第四）例⑤“只畏生秋草，西归亦未期。”（刘长卿《酬张夏别后道中见寄》）例⑥“心在潇湘归未期。”（贾岛《投元郎中》）例⑦“未期良会，冬暖保重。”（欧阳修《与曾宣靖公》）例⑧“会晤未期，如之何则可！”（《王阳明全集·静心录之一》）例⑨“空生别我期未期。”（《明觉禅师语录》卷第三）其他如“故人千里，远迢迢重来未期”“奉见未期”“揖晤未期”等等，不胜枚举。

中唐时期，与白居易齐名的元稹（779—831 年），在唐宪宗元和五年（810 年），监察御史任上，因弹劾贪官，触怒阉党，被贬为江陵府士曹参军。到了任所以后，给他在长安的侄子元仑、元郑等写去一封信《诲侄等书》，收在《元稹集》里。此信训诲侄儿们，鼓励他们上进。信的开头是这样写的：“告仑等：吾谪窜方始，见汝未期，粗以所怀，贻诲于汝。”译成白话：“元仑侄等：我刚被贬官，不知道什么时候再见到你们。现在将自己感到的大略向你们说说。”在这里，“未期”之“期”读 qī，而绝不读作“jī”。晚唐时期，李商隐有一首脍炙人口的抒情诗《夜雨寄北》，前两句是“君问归期未有期，巴山夜雨涨秋池”，这里的“未有期”也就是元稹信里的“未期”。唐人笔下的“未期”，是当时的一种常用语，很普遍。

以上例句中的“未期”是副词，都是修饰动词的。《梁书·刘勰传》中的“未期而卒”“未期”是副词，是修饰动词“而卒”的。“而”与“有”同义。例如，①“民生而志，咏歌所含”（《文心雕龙·明诗》赞曰）；②“千里而一士”（《战国策·齐策》）；③“是时而李少君”（《史记·孝武本纪》）。

这样解读《梁书·刘勰传》的“未期而卒”，即不知什么时候去世的，也就是

“卒年不详”“不知所终”的意思。这样理解不仅与《梁书·刘勰传》全篇的意脉、笔调相融通一致，不会显得突兀、费解，而且也为刘勰晚年潜回莒县定林寺埋下了伏笔，提供了一种可能，给人以无穷想象的思考。

究竟如何解读“未期而卒”，这是刘勰晚年北归问题的症结所在。

2013 年 9 月于临沂大学

从家谱学说刘勰世家

山东省莒县博物馆　苏兆庆、朱晓伟

当今，经济发达，旅游事业昌盛，各地对旅游资源、历史名人效应异常重视，而历史名人故里在不同历史阶段会归属于不同的行政区域，这就必然性地导致各地对历史名人资源的纷争。但名人故里之辩，应该持有一个公共标准，不然，纷争就永难平息。这个公共标准，笔者认为应该是传记、文物、历史、名人血缘关系，更重要的是名人自己的话，只有这样研究才能还刘勰一个较为实际的生平世家。

刘勰与东莞莒县

东莞之名历史悠久。上可追溯到汉代。《汉书·地理志》有琅琊郡东莞，班固自注："沭水南至下邳入泗"。成书于东汉末、三国初年的《水经·沭水》云："沭水出琅琊郡东莞县西北山（沂水县、临朐之间，沂山之阳），东南过其县东。又东南过莒县东。"孟康的注释说：西汉东莞县与春秋郓邑、三国时郓亭三者为一址。东莞县属徐州刺史部琅琊郡①，吴增汉《三国郡县表附考证》："东汉建安初，魏武分琅琊、齐郡置东莞郡，东莞县属徐州东莞郡。三国沿之。"东莞在沂山东北高桥镇今莒县，沂水县交界，箕山西南团城村。苏兆庆《莒县文物志》："1993 年 5 月，莒县东莞镇东莞村西南 1000 米处，出土汉代镌铭阙门记述：惟光和元年（178 年）八月十日，□□琅琊东莞口孙熹，年六十四故世……"② 出土文物佐证，史书记载有关，古东莞之记载是可信之史。

西晋时期，东莞郡属徐州，《晋书·地理志下》："晋太康元年（280 年），分琅琊郡置东莞郡，郡治东莞县，辖东莞、朱虚、营陵、安丘、盖、临朐、剧、广，共八县。太康十年（289 年），青州城阳郡之莒，姑幕、诸、东武四县归东莞郡。"晋惠帝时期，东莞郡治自东莞县迁莒。《太平寰宇记》卷二十四（莒县）其郡治迁移时间当在晋惠帝元康七年（297 年）③。由此推断，其一，说刘勰家族晋朝时随其祖赴任、进京居住

① 谭其骧：《中国历史地图集》（三），北京：中国地图出版社，1982 年，第 19－20 页。

② 谭其骧《中国历史地图集》，第 20－21 页："三国魏时，东莞郡属徐州刺史部，此时莒县属城阳郡。"

③ 谭其骧：《中国历史地图集》（三），北京：中国地图出版社，1982 年，第 57－58 页。

是不可能的、原因很简单，当时东莞郡还不管辖莒县，他们怎么能说自己是“东莞莒人”呢？其二，说刘勰家族是永嘉之乱时才从东莞莒县离开家乡去京口的。这种说法也很难成立。永嘉之乱时，东莞莒县一带非常平安。刘氏家族如不犯傻为什么安稳日子不过非要到处乱跑，这也太违背常理啦！关于“永嘉之乱”刘氏南迁问题，稍有历史知识的人一想都会明白，永嘉之乱主要在山西、河南、陕西等地，因为它是围绕京都洛阳，他对边远地区影响不太大。东莞莒县地处东海之滨，卷入战乱的可能性更值得探讨。从时间上讲，“永嘉之乱”是 307—313 年之间的事情。可是在 303—312 年时，荆、湘、江、扬地区流民起义在先①。当时，这里早是一片混乱局面，遍及大江南北。这种局面，向北一直蔓延到今之徐州地区。莒县距徐州仅 150 公里，刘氏家族岂能离开安定的家乡向战乱纷飞的地区迁移逃难吗？

其三，有人说：“刘勰家族有司空刘秀之”，我认为刘秀之和刘勰祖父刘灵真并非同胞兄弟。因为，《梁书·刘勰传》的“祖灵真，宋司空秀之弟”这句话，在《南史·刘勰传》中，完全删去了，这是《南史》作者认为“失实”，“常欲改正”的地方。② 有人说这是“删繁”，我认为不对，古代写传记、写墓志都要上写三代。1969 年，江苏句容县出土的刘岱墓志铭镌有“高祖刘抚，曾祖爽，祖仲道，父刘粹之”。上写到四代，刘勰传写祖父就算是繁，就要删掉“祖灵真”三字，这三字是繁吗？同时代的《齐书·刘祥传》：“刘祥字显徵，东莞莒人也。祖式之……”这个“祖式之”不繁，而刘勰的“祖灵真”三字就繁，太使人费解，研究者不能各取所需。如果客观一点，只能解释成刘灵真无官，才删掉其名字。但也不能因灵真无官，刘灵真就不是刘勰的祖父了。那怎么刘秀之还承认刘灵真是其弟弟？《南史·刘秀之传》：“也有祖父刘爽”这三个字就不繁了。

刘灵真和刘秀之是否亲兄弟问题，这是一个值得探讨的问题。就辈分而言，就要深入研究。他们俩一个叫灵真，一个叫秀之，其研究有人说是与信仰道教有关。莒县晚清时期，真正道士之家也有辈分，并不乱叫。刘灵真兄弟有：钦之、秀之、粹之、恭之。单独刘勰之祖取名灵真不用“之”字。这在封建家庭中是不多见的。在中国家谱学中也是罕见的。“家谱之兴，始自汉室”。魏晋南北朝时期是我国谱学发展的兴盛时期。南北朝为谱学之黄金时代。私家谱牒，均上于官，政府并设有专宦掌之。刘勰家族是汉室后裔，不能出现这种低级错误。这时期谱学是有佐选仕官的社会政治功能。刘氏祖先乱排，这不是笑话吗？时至今日刘氏家谱 2029 种，列全国第五位，这证明刘氏家族自古至今是很重视谱学。据莒地编撰刘章家谱的刘树芬先生提供，城阳王刘章的世系是：刘章—刘喜—刘延—刘义—刘武—刘顺—刘勋—刘贺—刘福—刘吴—刘畋—刘股—刘瑾—刘沇—刘耿—刘桥—刘鸠—刘沈—刘跃等 19 代人，约 600 余年未有三字的辈分。再加上刘勰之父刘尚和刘勰也都是两个字，这就 21 世。突然在刘穆之出现之后，便塑

① 郭沫若：《中国史稿地图集》，北京：中国地图出版社，1996 年，第 54 页。

② 程天祜：《刘勰世家的一点质疑》，《社会科学战线》1981 年第 3 期。

造出刘秀之和刘灵真是亲兄弟，便将刘勰世系搞乱了。《晋书》："刘超，字世瑜，琅琊临沂人，汉城阳王章之七世孙，封琅琊县慈乡侯……刘毅，字仲雄，东莱掖县人，汉城阳景王章之后，父喈丞相。"1978 年莒地洪家店西汉墓出玛瑙印一方，白文篆书"刘庇"，系墓主人姓名，随葬还有金缕玉套是皇室后裔无疑。诸城市城南，出土西汉城阳国顷王之子"石洛侯，金印"一枚，名"刘敬"①。以上文献和出土文物证明，刘章之后也都是两个字，由此看来，刘秀之和刘灵真并非亲兄弟。兰陵郡萧氏，也是鲁东南的名门望族，后为帝王之家，其家族谱学也历世有序，如萧思话有六个儿子：惠开、惠明、惠基、惠休、惠郎、惠倩。他们的后世人户较多，他们的世系也未曾乱排。萧思话之父萧源之，其堂弟萧摹之，他们用之字做辈也不会认为他们萧氏都会与信道教有关吧。那怎么会把刘穆之、刘秀之、刘勰祖灵真的之字、灵真就说成是与信道教有关，能自圆其说吗？其实刘勰家族还未见有信仰道教的资料。

当今的领袖也是讲辈分的，如周恩来上世纪 70 年代仰天长叹"雅典外交事件"②时，"周门不幸"，周恩来为什么会这样说呢，"雅典事件 "的主角是周伯萍，他们两位同属北宋哲学家周敦颐的后代，按辈分，周恩来比周伯萍高一辈，因此可以说是同门。900 多年的周氏辈分排清楚，可见中华民族的家谱是多么根深蒂固。

刘勰和几个"南"的关系

说刘勰世居京口者，多由于几个南作依据。首先是永嘉之乱南迁，说刘勰的主要依靠刘穆之（360—417），刘秀之（396—464），但这时此二人还未出生，怎么在永嘉之乱的 307—313 年支持刘勰家族南迁。前文已作了说明，不再多叙。再就是侨置南徐州南东莞郡莒县，历史上出现南东莞郡之名，是在宋明帝刘彧时期。泰始五年（469 年）后，刘宋与北魏屡有战争，不过几年时间，宋失掉北方的青州、冀州、兖州、徐州等地，尽为魏土。后出现许多侨立郡县，南徐州东莞郡莒县就是其中之一。只有在这时，南徐州东莞郡莒县隶属关系在一起，其地在东海县朐山城。

《宋书·州郡志》云："东莞太守东莞郡别见，宋失淮北侨立。"有东莞、琅琊二郡，北海郡，北东海郡，青冀二州，南徐州等。《宋书·州郡志》又云："徐州刺史，后汉治东海郯城县，魏、晋、宋治彭城。明帝世，淮北没寇，侨立徐州，治钟离，钟离城即东海县今罗庄城遗址。泰豫元年（472 年）移治东海朐山城。"今连云港市东海县。此时东莞郡莒县无实土，只是虚名而已。《东海县志》：" 朐县，朐山县自秦汉、三国、晋、南北朝、唐等代，均有此县。"③

---

① 苏兆庆：《古莒遗珍》，北京：人民美术出版社，2003 年。

② 秦九凤：《周恩来为何仰天长叹："真是周门不幸"》，《党史纵览》2013 年第 4 期。

③ 东海县地方志编纂委员会：《东海县志》，北京：中华书局，1994 年。

《南齐书·州郡志》云："东莞、莒、姑幕建武三年（496年）省……"①

中国历史上同时出现了两个东莞郡莒县，属徐州只有刘宋晚期至南朝齐。其地一个在山东莒县城，另一个在连云港市东海县朐山，这就是南北东莞郡莒县由来。有南琅琊和南东海二郡在建康和镇江之间，从未见江苏省镇江附近有过南东莞郡莒县之说。南东莞郡莒县从469年始设，到建武三年（496年）省。总历经由两个朝代27年，时间虽短暂，正是刘勰30岁左右全部亲身经历与目睹的战乱时代。是刘勰由丧父，继之丧母，孤苦伶仃，从莒县辗转南行，后到南定林寺的历程。

僧祐在445—518年间早期出家在建初寺，现称报恩寺，在今江苏江宁，齐永十年（492年）年还在该寺。梁武帝503年称皇帝后，僧祐才入定林寺。后来刘勰投靠僧祐在定林寺十余载。相处甚好，刘勰想依靠僧祐寻找政治出路。刘勰撰成《文心雕龙》后，还未有向上传递的伯乐，只有拦轿献书于沈约后，才算功成名就。如果刘勰是刘秀之嫡亲侄孙，他又世居京口，刘氏官高爵显，还能连一本书都传送不上去吗？那应是无由自达的事情。靠自己的实力，凭巨著《文心雕龙》成名的刘勰，无须后人在其世家方面涂脂抹粉，装饰打扮，搞拉郎配式的乱扯来塑造刘勰辉煌世家。如果说刘勰孤贫不能做官，那《南史》《梁书》记载的刘穆之和刘秀之年轻时都孤贫的不比刘勰差。刘穆之的曾孙刘祥也被称是寒士。他们不是都能做官吗？

总之，从家谱学的观点分析，姓氏辈分排行与中华历史文化的关系，更是蕴含着无比深刻的内容。中华历史中许多重要课题，诸如人类进化，人口发展，民族演变，宗族制度，民族融合，道德伦理，遗传信息等都与姓氏，世系有着不可分的关系，中华姓氏世系构成了完整的人文科学体系，是中华历史文化中一颗经久不衰的璀璨明珠。杨殿珣在《中国家谱通论》中称："魏晋南北朝，为谱字之黄金时代。私家谱牒，均上于官，政府并设各专宦以掌之……"

南北朝前后大江南北，形成一批世家望族，江表侨姓则右王、萧、谢、袁，东南吴姓则尚朱、张、顾、陆，关中郡姓则茂杨、杜、柳、裴。山东郡姓则先崔、卢、王、郑，代北虏姓则贵元于、宇文、长孙。这些世家大族都积极编修家谱，促进了南北朝谱学的兴盛。这与佑选佐官的社会政治功能有直接关系。所以说刘勰的祖父刘灵真与刘秀之是亲兄弟，并同时世居京口是不可能的。李学勤《中国历史大辞典》："刘穆之（360—417），东晋东莞莒县（今山东莒县），一说彭城（今江苏徐州）人，字道和，小字道民，世居京口（今江苏镇江）……""刘谦之，晋末宋初彭城（徐州东）人，世居京口……"由此看来，徐州刘氏这时期确有"之"字辈。"镇江谏壁出土刘庚之墓志，长方形砖质，口字，隶书"②。

---

① 苏兆庆：《从〈刘岱墓志铭〉说南北东莞与刘勰》，载《百年龙学的会通与适变》，哈尔滨：黑龙江人民出版社，2011年。

② 镇江博物馆：《江苏镇江谏壁砖瓦厂东晋墓》，《考古》1988年第7期。

再者，同为鲁东南的兰陵郡萧氏，其著名人物萧思话，萧惠开、萧惠基等，其传记都写着“南朝宋南兰陵人；而东莞郡的刘氏，刘勰等只写东莞莒人，而未加南字。”

《南史·刘勰传》未写刘勰世居京口。

《梁书·刘勰传》也未曾有刘勰世居京口的记载。既然如此，为什么而在1500年后的人说刘勰世居京口，这能是事实吗？

刘勰在其巨著《文心雕龙·序志》中说：“齿在逾立，则尝夜梦，执丹漆之礼器，随仲尼而南行；旦而寤，乃怡然而喜。大哉，圣人之难见也！乃小子之垂梦欤！自生人以来，未有如夫子者也。”梦，历来是中华民族的美好愿望，它是有所指的。莒人常言：“日有所思，夜有所梦。”刘勰这个梦的重点是“随仲尼而南行”，首先说明刘勰是崇尚儒学的思想体系。其次，是说自己是出生在北方的地理环境才去南方。中国南北方之分历来是以长江天险为界。如果说刘勰世居京口，那他再南行，是去什么地方。孔子是北方人，从未见过他去南方的记载。古人认为北魏是异族，刘宋是正统的。宋明帝失掉北方四郡时，传统的山东人才大批地跟随刘宋南下，因而一时之间出现了许多侨置郡县。刘勰就是这千千万万人中的一员，随着战乱时局发展而辗转南行。怀着满腹儒家经纶的刘勰，想去江南施展才华，报效国家。因此说刘勰并非世居京口。笔者认为：刘勰的青少年时期和晚期出家之后都是在自己的家乡山东莒县度过的，而中年是在江南大展宏图。刘勰是有梦、圆梦、梦想成真的第一人。

2013年5月

《文心雕龙》书名含义解读

湘潭大学文学院　刘业超

对非常事物称谓的领悟，犹如对其非常内涵与结构的把握一样，从来不是一览无余，一蹴即就的事情。《文心雕龙》同样如此。从它诞生的1500年来，对其玲珑剔透书名的解读，一直众说纷纭，至今未能尽窥其秘。这种“晦伏”状况，确实是一件值得“同惜”的事情。“天地间物，莫奇于书；奇则秘，秘则不行，此好古者所为同惜也。”[①] 为此，笔者不揣浅陋，有如冯允中所期，做了一点“广而通之”的探索。现将点滴体悟，就教于大方之前。

一、《文心雕龙》书名解读的历史寻踪

关于书名含义，刘勰在《序志》一开始就给予了说明：“文心者，言为文之用心也。昔涓子《琴心》，王孙《巧心》，心哉美矣，故用之焉。古来文章，以雕缛成体，岂取驺奭之群言雕龙也。”作者说得很清楚：“文心”具指“为文之用心”，也就是“为文”过程中系列的心理活动。“雕龙”指对龙文的雕刻，泛喻美的制作。历史上第一个对《文心雕龙》的书名进行解读的是元代的钱惟演。他在《文心雕龙·序》中说：“其为书也，言作文者之用心；所谓雕龙，非昔之驺奭辈所能知也。”[②]

这种解读方式的特点，是将组成书名的两个词语分别进行解释，将其算术和直接当成总体意义。明代叶联芳在他写的《文心雕龙序》中，也作了类似表述：“文，生于心者也；文心，用心于文者也；雕，刻镂也；龙，灵变不测而光彩者也；又笼取也。观乎命名，则其为文也可知矣。”[③]

这种分部解读的方式，一直沿袭至今，几乎成了定式。如周振甫《文心雕龙注释》对书名的解读：“《序志》是全书总序。先说明《文心雕龙》命名的含义，‘文心’是探索作文的用心……‘雕龙’指雕缛成体，是就文采说。全书正贯彻了这种探索文心和讲究文采的观点。”[④] 在《文心雕龙今译》中，周氏对此又作出了进一步的阐发：

---

① 冯允中：《文心雕龙序》，见杨明照《文心雕龙校注拾遗》，上海：上海古籍出版社，1982年，第725页。
② 钱惟善：《文心雕龙序》，见杨明照《文心雕龙校注拾遗》，上海：上海古籍出版社，1982年，第724页。
③ 叶联芳：《文心雕龙序》，见杨明照《文心雕龙校注拾遗》，上海：上海古籍出版社，1982年，第729页。
④ 周振甫：《文心雕龙注释》，北京：人民文学出版社，1981年，第539页。

“‘文心’是讲作文的用心，这是一；‘雕龙’指雕刻龙文，比作文的要讲究文采，这是二。讲作文的用心，就把讲作文的纲领，讲创作论、文体论、文学批评都包括进去了。讲文采，就把当时南朝人看重文采的特点显示出来了。”①

这种“并列式”解读模式，在国际龙学界也颇为盛行。如美国学者施友忠在其《文心雕龙》英译本的“导言”中所说的：“文心”一词是指用心创作作品，“雕龙”一词则是强调作品的修饰方面。并将《文心雕龙》的书名译为：《文学的心和龙的雕刻：中国文学思想与形式研究》（*The literary mind and the carving of dragons*：*A study of thought and pattern in Chinese literature*）。他在直译之后复为意译，将这种“并列式”的理解方式表述得更加充分。这种解读模式，在俄语中也相当流行。据李逸津的论文《〈文心雕龙〉在俄罗斯》的介绍，《文心雕龙》的书名在俄语中译为：“Резной дракон литературной мысли ”（文学思想的雕刻的龙）或“Литературная мысль и резнойдракон ”（文学思想与雕刻的龙）。②

1986 年，李庆甲发表了他的论文《〈文心雕龙〉书名发微》，对书名的解读方式提出了自己的看法。他认为，这些解读方式普遍存在一个非常明显的缺陷：“都把‘文心’和‘雕龙’二个词错误地看成平列而互不关联的结构”，“致使‘文心’与‘雕龙’二者在逻辑上联系不起来”。据此，他明确地提出了自己的学术主张：“笔者认为‘文心’与‘雕龙’二者联系紧密，不是互不关联；它们之间是主从关系，不是平列关系。……如果串讲，‘文心雕龙’四个字的意思就是，用雕镂龙文那样精细的功夫去分析文章写作的用心。基于这样的认识，笔者认为《文心雕龙》的书名翻译为现代汉语则是：《文术精说》。统观《文心雕龙》全书，刘勰确实当之无愧地做到了这一点，名实完全相符。”③

作者关于“‘文心’与‘雕龙’二者联系紧密，不是互不关联”的见解，无疑是正确的。众所周知，任何事物都具有整体的属性，整体不是部分的算术和，是不容许简单进行切割的。唯有整体把握，才能通向对本质的把握。“分而不合”的“并列式”的解读方式，实际就是一种对整体进行简单切割的方式，这就是造成了许多与书名的本质性内涵相去甚远的见解的方法论根由。这些见解的肤浅性主要表现在，它们对书名内容的归纳，无一例外地都归纳为内容和形式两大块，如美国《大百科全书》对《文心雕龙》书名的翻译：《中国文心：文学的内容和形式》，法国《大百科全书》对书名的翻译：《中国文心：文学的内容美和形式美》。这种解读方式，不仅无助于对二者之间逻辑联系的揭示，而且必然造成对《文心雕龙》这一伟大著作的内容的极大“矮化”，因为文学的内容与形式的问题，是人类早就解决了的最一般性的认识问题，

① 周振甫：《文心雕龙今译》，北京：中华书局 1986 年，第 450 页。

② 李逸津：《〈文心雕龙〉在俄罗斯》，《天津师范大学学报》1994 年第 2 期，第 66 页。

③ 李庆甲：《〈文心雕龙〉书名发微》，《文心雕龙学刊》第 3 辑，第 350 页。

如果《文心雕龙》研究的竟是这样一些尽人皆知的初级性的问题，那么，这一颗“中国的文心”就太平庸无奇，没有永恒的学术价值可言了。显然，这是一种严重的误读和误解。对这种误读和误解进行拨正，对于正确理解和保护《文心雕龙》独具一格的学术品格，是非常必要的。

李庆甲在该论文中所提出的主从式的解读方式，是对传统并列式解读方式的重大突破，在当代的龙学研究中得到了相当广泛的认同，也涌入了当代国际龙学的领域中。如克利瓦卓夫《论刘勰的美学观》对《文心雕龙》书名的解读：“刘勰的著作《文心雕龙》这样译成俄语可能更精确些——被心灵孕育而成的像雕刻的龙一般美丽的文学。”①

这些见解，无疑都是时代进步的产物，和“一加一”的旧模式相比，具有更多的真理性品格。但是，毋庸讳言，这些解读方式虽然进一步走近了本质，却仍然存在某些欠妥欠当之处。主要表现在以下方面。

（一）论证的缺欠

以李庆甲《〈文心雕龙〉书名发微》为代表的上述诸多见解，都重视整体把握的问题，这是他们超出前人与时人的地方。无疑，科学把握必须是整体把握，整体把握必须具有“内在关联”属性。那么，“文心”与“雕龙”之间的“内在关联”的系统机制又是怎样的呢？这两个异面存在的逻辑交点在哪里？特别重要的是，这一逻辑交点的语言形态又是怎样显示出来的？这是解决问题的关键所在，却又是以李文为代表的诸多“主从”说论见所没有正面回答的问题。李文关于“文心“与“雕龙”之间存在着“主从关系”的论断，仍然以内容与形式的宏观联系作为唯一依据，而采用直断的方式进行表述，缺乏必要的语法学依据和具体清晰的逻辑论证过程，难以使人信服。将“雕龙”这一“雕缛龙文”的特定活动解释为“极言其功夫精深细致”的特定属性，将“岂”字中原本具有的否定意义解释为“肯定的意义”，也没有提出可靠的论据，同样缺乏可信度。众所周知，缺乏语言学根据的论断与没有经过充分论证的命题，是缺乏充分的说服力量的。

（二）逻辑的错位

李文中所说的“主从关系”，就一般性判断来说无疑是正确的，但是具体落实到何者为“主”何者为“从”的时候，却又陷入了逻辑模糊的认识灰区之中。李文的论断是：“‘文心’一词提示了全书的内容要点，在书名中处于中心位置……‘雕龙’二字在书名中处于从属位置，它为说明中心词‘文心’服务。”显然，这一逻辑的定位是将“全书的内容要点”，直接当成“书名中”的“中心位置”了。众所周知，“全书的内容要点”与“书名中”的“中心位置”虽然具有统一与相通的属性，但毕竟不是同一

---

① 克利瓦卓夫:《论刘勰的美学观》，见《古代文学理论研究》第 11 辑，上海：上海古籍出版社，1986 年，第 110 页。

性的范畴。作为“全书的内容要点”的语言标志的“文心”与作为“书名中”特定语法位置的语言标志的“文心”，实际是两个迥然有别的概念。“文心”具体运用在“书名”这一特定的语言结构中，它所具有的语法属性已经不再是一个表示“为文之用心”的名词性的概念，而是一个用来对谓语进行修饰与制约的具有“工具与方式”意义的状语性概念了。在状谓结构的主从关系中，处于中心位置的只能是谓语，而绝不能是状语。李文将书名中的“主从关系”定为“心主龙从”的关系，显然是一种严重的逻辑错位，是对书名中由语法所规定的逻辑顺序的颠倒。这也就是李文及其诸多同道将《文心雕龙》的书名，解读成为“用雕镂龙文那样精细的功夫去分析文章写作的用心”的逻辑根由。

（三）概念的转移

作者所希望建立的判断，是对“文心”和“雕龙”之间的内在关系的判断，而在最后陈述中，却转换成了对“文术”与“精义”之间以及“文章做法”与“精义”之间的一般性外在关系的判断。众所周知，“文心”与“文术”是两个不同概念，分属于不同范畴，不具有可以互相替换的属性。“雕龙”与“精义”是两个交叉而不重合的概念，各有各的范畴，同样不能互相替换。显然，这种随意发挥的判断，同样是很难具有说服力量的。

（四）总体概括的苍白

名与实必须相符，书名必须是对全书精华、宗旨与结构核心的总强调和总标示。也正因为如此，它必须具有广阔而深刻的总体概括力量。所谓“广阔”，是指它必须具有包举全部内容的品格；所谓“深刻”，是指它必须具有揭示事物本质的品格。龙著体大思精，弥沦群言，被称为“持独断以定群嚣，证往哲以觉来彦”（明·张之象），“述作之金科，文章之玉尺”（明·顾起元），甚至被称为“进窥天地之纯”（清·章学诚），“东则有刘彦和之文心，西则有亚里士多德之诗学，解析神质，包举洪纤，开源发流，为世楷式”（鲁迅），足见其内容之博大与精深。而经过“主从化”的处理后，竟成了一个极其简单、片面的称谓。书名的神奇与伟大之处荡然无存，可以“进窥天地之纯”的“文心”，缩化成为一个纯技术性的词汇“文术”，甚至最一般化的概念“文章做法”。可以作为文章写作的美学理想的“雕龙”，缩化成为一个专门体现刘勰本人写作《文心雕龙》的技术特点的“精细”和“精义”，这就与《文心雕龙》的原意相去太远了。和它博大精深的“实”比较起来，对它的书名的解读实在是太贫瘠，太苍白了。这样的“整体”性的书名，既没有覆盖全书的力量，也没有贯彻本质的力量，只能给读者对书名的解读造成新的误读、误导和误解，给龙学的研究造成新的“同惜”和“同憾”。

困难所在，往往又是希望所在。随着龙学研究的走向世界，《文心雕龙》的译本越来越多。翻译讲究语言的准度和信度，准度和信度来自对事物的名与实的确切理解。于是，对书名的正确解读问题越来越受到世界学者的重视，需要我们在先前的足迹上继续进行跨越。

二、《文心雕龙》书名含义的形态学分析

“文心”与“雕龙”之间，究竟存在一种怎样的内在关系？二者连缀起来，到底表达了怎样一种完整的意思？这一完整意思的形态学依据究竟在哪里？这是问题的关键所在，也是解决问题的困难所在。

“芝麻开门”的密码之所以如此难觅，就在于刘勰对书名的表述过于隐秘，过于空灵，有如神龙藏于雾中，远非通常解读方式所能破译。但是，任何事物都具有自己特定的存在方式，这种存在方式总是与物质世界的运动密不可分的。因此，只要我们对具体事物进行具体、耐心、循序渐进的形态学分析，就一定会发现某些蛛丝马迹，循着并透过这些蛛丝马迹，就有可能一步步接近事物本质。语言的内涵同样如此，总是和特定“物质外壳”联系在一起的。这一“物质外壳”不是随意性的符号堆砌，而是具有明确的语法规定的决定性结构，以约定俗成方式表述着它所特有的意义。紧扣着语言形态的规定性，是确切把握它的特定内涵的决定性渠道。这就是本文的凭借所在。

语言形态具有微观与宏观两种类型。微观形态指词法与句法的规定性，宏观形态指语言片断的系统联系性和相关性。下面，试分别阐述。

（一）书名的微观形态学分析

微观形态学分析包括词汇学分析和语法学分析两个基本范畴。

从词汇学的角度来看，龙著的书名，由两个词语构成：一是“文心”，一是“雕龙”。根据刘勰在《序志》中的表述，“文心”的词汇意义指“为文之用心”，也就是写作过程中系列的心理活动。“雕龙”的词汇意义指“雕镂龙文”，也就是喻指美的制作。这一词汇学的认定，是龙学界的普遍性共识。

语法学包括词法和句法两个层面。

从词法关系来看，“文心”的词类属性是名词，是对事物名称的表述。“雕龙”的词类属性是动词，是对事物的动作、情况、变化的表述。这一认定，同样是不争的共识。

就句法关系来看，“文心”与“雕龙”之间的句法关系，是建立在名词与动词之间的关系基础上的。名词与动词之间关系，可以概括为以下几种基本形态。

一是主语和谓语之间的关系，也就是陈述与被陈述之间的关系。主语回答“谁”或“什么”的问题，一般放在句子前面。谓语回答“是什么”或“怎么样”的问题，一般放在主语后面。如：“齐师伐我。”（《左传·庄公十年》）“孟子见梁襄王。”（《孟子·梁惠王上》）“庄子钓于濮水。”（《庄子·秋水》）“齐师”是名词，在句子中是发出“伐”这一动作的主体，“伐”是动词，是句子中的主体所发出的动作。二者之间的组合，就是对“谁”在“做什么”的问题所作出的判断。

二是状语和谓语之间的关系。“在古代汉语中，名词可以直接用作状语，表示所使用的工具或方式，含有‘用……’的意思。”① 如：“权使其士。”（《战国策·赵策》）“箕畚运于渤海之尾。”（《列子·汤问》）“十九人相与目笑之。”（《史记·平原君列传》）“权使”就是“用权术驱使”的意思，“箕畚”就是“用箕畚”的意思，“目笑”，就是“以目笑之”的意思。

一个名词和一个动词之间，只能有这两种关系，一是主谓关系，一是状谓关系。这是由于在古代汉语中，名词既可用作主语，组成主谓关系的句法结构，又可用作状语，组成状谓关系的句法结构。除此之外，不可能构成第三种关系。那些以并列关系为基础的“一加一”的理解之所以错误，原因就在这里。

排除了并列关系，还剩下两种关系：一是主谓关系，一是状谓关系。那么，在这两种关系中，又如何正确进行辨析和区分呢？对此，《古代汉语》同样进行了明确的回答：“普通名词用作状语，同名词用作主语一样，其位置都在谓语（动词）的前边。怎样判别它是主语还是状语呢？就一般情况说，凡谓语（动词）前面的名词在意思上不能认为是主语的，即不能同谓语（动词）构成陈述和被陈述关系的，就应该认为是用作状语。”②

根据这一普遍规律进行衡量，“文心”与“雕龙”之间的句法关系，就昭然若揭了。“雕龙”指美的制作，属于动词的范畴。那么，谁是这一动作的发出者呢？进行美的制作的逻辑主体，只能是特定的人——作者，而不能是别的东西；别的东西只是作者进行美的制作的工具与凭借，而不能是主体本身。显然，“雕龙”这个动词与前面的名词“文心”之间，在逻辑上是不能构成“陈述与被陈述”的关系的。“文心”不能成为“雕龙”的主语，而只能是动作的一种凭借、依据和方式。根据非此即彼的判断原则，“就应该认为是用作状语”。将“文心雕龙”的句法关系认定为状谓关系，是符合词法和句法的规定性的。

所谓“状谓关系”，在语法上是一种修饰与被修饰、制约与被制约的偏正关系。具体表现在《文心雕龙》的书名中，就是“文心”这一特定的工具与凭借对“雕龙”这一特定的运动状态的促进与制约的关系。在这一特定语言结构中，“文心”处于状语位置，属于事物的动作或状态借以进行或者完成的工具和方法范畴，在语法关系上为“偏”。“雕龙”处于谓语位置，属于事物的动作或状态范畴，在语法关系上为“正”。“偏”是“正”的凭借和工具，“正”是“偏”的目的和完成。所谓“文心雕龙”者，“以文心雕龙”之谓也，径而言之，即以“文心”作为根据和凭借进行“雕龙”之谓也。

刘勰所非议的与此相对的“群言雕龙”，就是这种工具关系的有力佐证。众所周

---

① 程希岚：《古代汉语》，长春：吉林人民出版社，1984 年，第 184 页。

② 程希岚：《古代汉语》，长春：吉林人民出版社，1984 年，第 186 页。

知，语言从来都是属于工具的范畴，“雕龙”的主体只能是人，而不能是工具本身。所谓“群言雕龙”，也就是运用“群言”进行“雕龙”的意思。“群言雕龙”是驺奭的特定行为，“文心雕龙”是刘勰的战略主张，二者所强调的，都属于工具论和方法论的范畴，但在战略方向上却是截然不同的。二者在战略方向上的差别，集中表现为战略武器上的差别：一是凭借语言，一是凭借文心。表现在句法上，就是状语的差别。这就是刘勰在介绍自己理论主张时之所以要旗帜鲜明地使用一个“岂”字来划清界限的原因。

微观形态学分析，为确证“算术和”式的解读方式的错误，提供了坚不可摧的形态学依据。对状谓关系的认定，既是对并列关系说的进一步突破，也是对主从关系说的进一步具化。据理说，文心与雕龙之间的内在关系，已经可以呼之欲出了。但是，由于主从关系是一个相当庞大的家族，对主从关系系列中的状谓关系的认定，虽然使我们对未知领域的探索范围缩小了许多，也集中了许多，却仍然不是对书名本质的最终的和全面的揭示。因为“状谓关系”仍然是一个大概的范围，它只能说明了二者之间的限制与被限制的关系，而不能说明究竟是一种怎样的限制与被限制的关系，更不能说明到底是哪一个层面上的修饰与被修饰的关系。这样，在进一步接近本质的过程中，在排除了许多旧有的朦胧之后，又势必留下许多新的朦胧。例如，有的学者对书名的状谓关系的理解是：“‘文心’与‘雕龙’合而为书名，意即像雕刻龙纹那样，精心地论述‘为文之用心’”。

这种解读方式，将“雕龙”当作了状语，将“文心“当作了谓语，显然是不符合词性对语法的制约关系的。众所周知，“雕龙”实指“雕缛文体”，“雕缛文体”在词汇属性上属于动词的范畴，在语法属性上属于谓语的范畴。用作状语的应当是“文心”这个名词。《古代汉语》教材明确宣示：“凡谓语（动词）前面的名词在意思上不能认为是主语的，即不能同谓语（动词）构成陈述和被陈述关系的，就应该认为是用作状语。”显然，这种解读方式是不合乎语法规范的。至于将“雕龙”的覆盖范围，局限于作者的“论述”的精心状态，更是对修饰范围、修饰规模和修饰程度的严重削弱。

这种解读，势必带来隔靴搔痒之感。如果真是如解读的那样，这个通过“文心”所表达的对美学心理的普遍追求，势必成为对“文章精义”的平俗追求，这个通过“雕龙”进行传达的“美”字，也就专属于作者个人的写作风格表现和工作方式而不具有任何普遍意义，《文心雕龙》就是一部专门表现作者个人“精心”地进行论述的写作态度和写作技巧的书，只是一本由作者精心写就的“写作要义”或“文章精义”，而不是一部论述文心与雕龙关系的具有普遍学术意义的钜制了。显然，这种解读方式和书的实际内容之间，是存在相当大的距离的。特别是，对于这一修饰的方向、规模和层次的认定，缺乏一个明确的论证过程，这样的结论，同样是不具有真正的说服力的。

因此，关于修饰与被修饰的关系的定向，关于“状”与“谓”之间具体的“度”

与“量”的制约状况的确定，只能是在更加充分的形态学论证之后，才能获得更有说服力的确证。既然微观形态学不能帮助我们全面解决这一个变不确定性为确定性的问题，我们只有在更加广阔的范围中进行更加深入地探索和分析。这种广角性的探索和分析，属于宏观形态学范畴。

（二）书名的宏观形态学分析

语言的宏观形态，也就是语言运作的系统环境。

语言的使用，总是在一定的环境下进行的。这样的环境，就是语境。语境，作为同某一语言片段有关的全部因素的总和，对语言的使用具有不可忽视的宏观制约作用，因此，也就必然成为我们把握语言片段的确切含义的重要依据。

语言环境包括客观因素和主观因素两个方面。客观因素指语言系统自身在宏观联系中表现出来的规定性，主观因素指语言运作中交际者所特有的思想特征、心理特征、行为特征和方法特征。

（一）语境中的客观因素分析

语境中的客观制约因素，集中表现为上下文的关系。“文心雕龙”这一语言片段，与上下文中诸多语言片段，具有直接的补充、印证的关系。

1. 关于“心”字的系统解读（“具有统摄意义的修饰”）

“心”是全书的核心词汇，也是书名的重要构件。对“心”字的确切把握，是我们了解书名含义的核心依据。对这一个字，刘勰本人曾经作出过特别的强调：“夫“文心”者，言为文之用心也。昔涓子《琴心》，王孙《巧心》，心哉美矣，故用之焉。”（《序志》）

“心”绝非一般意义称谓，而是被刘勰视为最美的东西。那么，“心”之美究竟美在哪里？这是刘勰据以命名的根本原由。这点，我们还得从“心”的本意和刘勰的理解方式谈起。

在儒家概念系统中，“心”具有以下意义：一是指生理功能，如：“心，人心也，在身之中，象形。”（《说文》）一是指心理功能：“心之官则思。”（《孟子》）代指大脑。“他人有心，余忖度之。”（《诗·小雅》）“汝心之固”（《列子·汤问》），指思想。“日月阳止，女心伤止”（《诗·小雅》），指内心情感。不管取何种意义，视野都比较狭窄，偏重“心”的静态意义和工具意义。显然，“文心”中的以“用”的运动属性为基本特点的“心”，与儒家传统的静态的“心”，是存在着一定的距离的。“文心”之“心”绝不是儒家静态特征的“心”的简单重复，而既是它的继承，又是它的伸延和极大扩展。

“文心”中的“心”的新义，为范文澜在《文心雕龙注》中所首先注意并明确指出。范文澜所说的“阿毗昙心”的最大特色，就是“心”对万事万物的统领作用。所谓“管领众经，领其会宗”，就是这一作用的具体表现。这是佛学对心的独特的解悟。佛家非常重视人的主体在认识世界中的作用，认为“心”是世界的本源，主张“三界所有，皆心所作”（《大智度论》），“心生则种种法生，心灭则种种法灭”（《大乘起信论》），强调“心”有统领万物的属性和集起、创造的力量，在此基础上实现了心的范畴的整体化和系统化，创建了世界上最精密的心理学体系。佛学所理解的心较儒学理解的心，在视野上和内涵上，都要广阔和深刻许多。唯有这样的“心”，才能容纳丰富的美学内涵和力学内涵，才能实现龙著中如此众多内容的系统化和组织化。“彦和精湛佛理”，在“折中”与“兼容”的情况下，采用了佛学中的某些心性方法，“采取释书法式而为之”，来开拓自己的学术领域，就不足为怪了。“心哉美矣”，“动极神（心）源，其般若之绝境乎”，“言之文也，天地之心哉”，就是这种“心”的极大扩化的例证。

以“心”为名，就是突出“心”的统领万物的属性。表现在该著的语言环境中，就是“文心”统领“雕龙”的结构关系。它清晰地表明：“文心”是“雕龙”的内在依据，“雕龙”是“文心”的外在表现。这种内在的逻辑关系，决定“文心”与“雕龙”之间的“状谓”关系，不是一般性的修饰与被修饰的关系，而是在根本层面上的统摄与被统摄的关系，决定与被决定的关系。径而言之，一个“心”字所突出的，除了它固有的词汇意义之外，还有它深层的文化意义，以及由于这一词汇意义和文化意义所融合而形成的系统意义：“文心”对“雕龙”的决定性的统摄地位和统摄作用。它所强调的是这样一种关系：唯有凭借文心，才能实现雕龙，唯有发挥心的优势，才能进行美的制作。

2. 关于“岂”字的系统解读

“文心”与“雕龙”之间的统摄与被统摄的结构关系，也从刘勰在对“雕龙”的表述中所使用的一个具有强调意义的词语“岂”字上体现出来：“古来文章，以雕缛成体，岂取驺奭之群言雕龙也。”（《序志》）

何谓“岂”？一是表示反诘语气，相当于现代汉语的“难道”“怎么”等意思，表示对字面意义的否定。如：“岂非计久长？”（《战国策·燕策》）“赵王岂以一璧之故欺秦耶？”（《史记·陈涉世家》）“岂若吾乡邻？”（柳宗元：《捕蛇者说》）二是表揣度语气，表面上看来不作肯定，实际上是疑而有定。用法相当于现代汉语的“大概”“恐怕”“或许”等语气，是用祈使语气表述的肯定判断。如：“将军岂有意乎！”（《战国策·燕策》）“岂人主之子孙必不贤哉！”（《战国策·赵策》）“将军岂愿见之乎！”（《三国志·诸葛亮传》）

那么，本句中的“岂”字的含义，到底属于哪一种呢？

古代汉语关于语气的规定明确地告诉我们：第二种是用在“揣度”语气中的。“揣度”只能用之于人，不能用之于己。这里刘勰是在表述自己命名为“雕龙”的根由，显然应当运用确凿无疑的口吻，而不能运用揣度推测的语气。如果是“揣度”语气，那就成了自己“揣度”自己的意向，是不合乎逻辑的。因此，用在这里的判断，不可能是用揣度语气表述的肯定判断。根据二律背反原理，只能是用反问语气表述的否定判断。钱惟演《文心雕龙序》中所说的“所谓雕龙，非昔之驺奭所能知也”的斩钉截铁地否定判断，就是对刘勰句中的“岂”字进行正确解读的历史性范例。

这就出现了以下问题：“古来文章，以雕缛成体”，是肯定判断，而后面的反问句所领起的，却是否定判断。对同一事物的判断，为什么会出现前后矛盾的情况呢？

实际上并不矛盾。任何事物都具有多层面属性。诚然，刘勰对“古来文章，以雕缛成体”是肯定的。但是，他所肯定的是这种历史性的延续中所体现的美学追求的明确方向，而不是这种美学追求中所积淀的只具个别意义而不具普遍意义的“群言雕龙”的方法。“群言雕龙”的方法，实际是一种形式主义方法，与刘勰的主张是背道而驰的。刘勰的主张是“文心雕龙”，即凭藉文心进行雕龙，而不是“群言雕龙”，即单纯凭借语言进行雕龙。简而言之，刘勰所肯定的是“雕龙”，也就是文章写作中对美的追求的积极方向，他所否定的是“群言雕龙”，也就是文章写作中对美的形式主义追求的消极方法，而不是“雕龙”本身。这种做法，就像给弄脏了身子的孩子洗澡一样，否定的是孩子身上的“脏”物，而不是孩子本身，对孩子的“肯定”与对“脏物”的否定，是一个问题的两个方面，二者是密不可分的。之所以选定驺奭充当否定的对象，因为他在“群言雕龙”方面具有与此相同的突出的反面表现。这些表现，广见于古代史籍中。如：“驺衍非圣人，作怪谈。”（桓宽：《盐铁论·论邹》）“驺衍之书，无实事之验，华虚夸诞，无审察之实。”（王充：《论衡·案书》），等等。

由此可知，书名中所标示的“雕龙”，绝非一般意义的语言美饰，而是在“文心”统摄下的美的修饰。“言岂取者，是用雕龙一辞，而非效法雕龙之体。”① “其文无异，其义则不尽相同……文心乃就才情而论文，雕龙乃就技巧而论文。”② 这一个“岂”字，就是对“雕龙”的非唯形式化的特定内涵与方向的特别强调和特别标示，是从“雕龙”的角度对“文心”的统摄作用的再次强调，也是刘勰对自己独步于前贤也大异于时俗的学术主张的总核的再次强调。刘勰的这一高远用心的理论指向和学术意义，已为清代文论家凌廷堪所明确指出：“言之精兮为文，文之心兮不纷；以文阐文兮徒迹，以心授心兮乃神……用雕龙兮命篇，匪谈天兮好奇。”③ 这一论断，是切中肯綮的。

（二）语境中的主观因素分析

语境中的主观因素，指作者的思维方法背景、作品的基本宗旨和整体指向。具见于龙著中，就是其方法论和宗旨论对语言含义的宏观制约作用。

1. 对书名含义的方法论印证

《文心雕龙》最根本的认识方法，集中表现在下列两个方面：一是“总”的方面，一是“分”的方面。

---

① 张立斋：《文心雕龙考异》，见詹锳《文心雕龙义证》下册，上海：上海古籍出版社，1989年，第1901页。

② 李曰刚：《文心雕龙斠诠》，见詹锳《文心雕龙义证》下册，上海：上海古籍出版社，1989年，第1902页。

③ 凌廷堪：《祀古辞人刘舍人勰》，见杨明照《文心雕龙校注拾遗》，上海：上海古籍出版社，1982年，第441页。

“总”的方面。指“乘一总万，举要治繁”的认识方法。在《总术》中，刘勰对这种认识方法作了明确的表述：“文场笔苑，有术有门。务先大体，鉴必穷源。乘一总万，举要治繁。思无定契，理有恒存。”他把这种方法称为驭文之“总术”。“总术”者，总揽之术。显然，这种认识方法与老庄倡导的“一毂统幅”“得其环中”方法，是密切相关的。《齐物论》云：“枢始得其环中，以应无穷。”“得其环中”，就是善于抓住关键，以本统末。王弼把这种认识方法做了进一步阐发，归纳为“崇本息末”“以寡治众”的基本命题，将这种认识方法表述得更加具体。

《文心雕龙》中，统摄的认识方法是贯穿于全部内容的。所谓统摄，就是抓住事物的主要矛盾和主要矛盾的主要方面，以达到“振本而末从，知一而万毕”的目的。就其总理而言，集中表述在《总术》篇中。总术，并不是指在《文心雕龙》的方法系统之上还另有一个总的方法，而是指总揽之术，统摄之术。具而言之，就是以心术总文术，以用心之术总雕龙之术。正是这种“乘一总万，举要治繁”的总揽的方法，赋予了龙著的方法论以系统辨证的哲学品格，这就是它之所以能进入体大思精的卓越境界的另一个物质保证。

《文心雕龙》的书名，就像它的全部内容一样，都是在这一“总术”的运作下完成的，而书名则是这一“总术”的集中体现和高度浓缩。“文心雕龙”者，以“文心”总摄“雕龙”之谓也。唯有这种解读方式，才是与本书的方法论保持一致而不发生抵牾的解读方式，才能够给予书名以最恰切的解读。

分的方面。指“擘肌分理，唯务折衷”所达到的方方面面的和谐。“擘肌分理，唯务折中”，是贯穿龙著的另一个基本方法。所谓“折衷”，是指观照事物时必须看到构成事物的两个不同的方面，把它看作一个统一体，而不要只强调其中的一个方面。只有用这种方法，才能对客观事物构成全面性的认识，否则，就会陷入认识的片面中：“知多偏好，人莫圆该……各执一隅之解，欲拟万端之变。所谓东向而望，不见西墙也。”（《知音》）其结果必然是“徒锐偏解，莫诣正理”（《论说》）。实际上，“正”与“反”两个方面，是完全可以“兼解以俱通”（《定势》），共融于一体的。

这种“兼解以俱通”的基本方法，也反映在书名的制作中。唯其圆该通达，形质并重，所以书名于“文心”之下再益以“雕龙”二字，既从内容的角度标示出“文心”的主导作用，又从形式的角度标示出“雕龙”的不可或缺的赋形作用。这样，才能使书名的表述更加和谐，更加全面。“造化赋形，形体必双，神理为用，事不孤立。”（《丽辞》）由于高下相须，互相对应，“文心”总揽“雕龙”，“雕龙”赋形“文心”，“文心”与“雕龙”二者之间的统摄与被统摄的关系才能表现得更加鲜明充分。

2. 对书名含义的宗旨论印证

写作宗旨，同样对语言含义具有宏观制约作用。

龙著的写作，有大与小两个目标。就大目标而言，是为了正齐梁浮靡之世风，也就是进行严肃的社会批评，唤起疗救世风的注意，以挽颓波于既倒。这就是刘永济所深刻指出的："彦和之作此书，既以子书自许，凡子书皆有其对于时政、世风之批评，皆可见作者本人之学术思想，故彦和此书亦有匡救时弊之意。"①

要端正世风，必先端正人风，要端正人风，必先端正心术，要端正心术，必先端正文心。端正文心，是这一系统工程的关键。这就是刘勰之所以如此重视文心的原因，也就是刘勰之所以要将文心置于为文的主导地位的原因。为了达到这一崇高的社会学目的，"文心"与"雕龙"的关系也只能是统摄与被统摄的关系，而决不能是其他关系。

如果说刘勰所追求的大目标是他博大的社会学目标，那么他的小目标就是具体实现这一博大目标的具体途径，亦即他的精深的学术性目标与切实可行的工程性目标。径而言之，就是提供从根本上端正浮靡文风的战略武器。为此，他"上下而求索"地研究了古代的全部写作理论，发现了它们都有一个共同性的不足，这就是缺乏宏观思辨的优势，都只能"各照隅隙，鲜观衢路"，而不能"振叶以寻根，观澜而索源"，找到解决问题的根本。正是为了找到"根本"，作者才撰写了这部前无古人，后鲜来者的著作。这个"根本"，就是"文心"。这就是作者在赞语中所特别强调的："生也有涯，无涯惟智。逐物实难，凭性良易。傲岸泉石，咀嚼文义。文果载心，余心有寄。"

这实际就是刘勰对《文心雕龙》宗旨的总揭示，也是他对书名内涵的总宣示。整个赞语，都是围绕一个"心"字展开的："智"是"心"的外在伸延，"性"是"心"的内在涵蕴。"文义"是对文心的内质与外形的思辨，"泉石"是对开发文心的特定心态——"虚静"的要求，"咀嚼"是对文心的"质"与"形"的融合的特定的品味过程。"文果载心"，就是"以文载心"的战略目标的总实现。"余心有寄"，就是作者对这一战略意图的全力追求和诚挚期许。

"以文载心"作为全部内容的总概括和作者独特的战略主张的总浓缩，也就是书名的本质性内涵的总显示。由这一总显示所制约的书名中的结构关系，必然是同构性的，只能是统摄与被统摄的关系，而不可能是其他关系。

综上可知，不管从何种角度进行观照，书名中的结构关系和相应的内涵关系，都只能通向一个决定性的解读方式之中，这就是：凭藉为文用心，进行美的制作。唯有这样的概括，才能将方方面面覆盖无遗，才是最全面、最熨帖的概括。当然，就文字表述来说，可以多种多样。但是，有一点却是确定无疑的：文心对雕龙的主导地位以及二者之间的统摄与被统摄的关系，是不可动摇的。"文心"与"雕龙"，是龙著理论大厦的两块不可或缺的基石，而二者之间的"统摄与被统摄"的关系，则是二者之间的系统性的纽带。如果没有这根纽带，整个理论大厦就会成为一盘散沙。以前在对书名解读中之所以出现如许的灰暗与朦胧，就在于没有很好把握二者之间的系统关系。唯纲举而后目张，唯举要而后治繁，惟折衷而后切要，唯有掌握了文心这个纲，把握

① 刘永济：《文心雕龙校释》，上海：中华书局，1962年，第1页。

了文心和雕龙之间的系统关系，我们才能拥有“芝麻开门”的钥匙，准确地理解书名的内容，并进而顺利地跨入这座巍峨的理论大厦中去。

三、《文心雕龙》书名的学术意义

一个事物的名称，往往就是其基本范畴的标示。该范畴在人类认识史上所具有的开拓性意义，实际也就是它所具有的学术意义。对书名中所涉及的学术范畴的概括与揭示愈是全面，愈是深刻，愈能切合书名的本质性内涵，愈能帮助我们从宏观角度去认识书名的本质性内涵。

《文心雕龙》书名所标示的学术范畴，共有以下三个。

其一，对“文心”范畴的明确标举。

“文心”这一概念是刘勰的独创。“文心者，言为文之用心也。”在刘勰的概念系统中，“文”属于广义美的范畴。所谓“日月叠璧，以垂丽天之象；山河焕绮，以铺理地之形”，所谓“傍及万品，动植皆文：龙凤以藻绘呈瑞，虎豹以炳蔚凝姿；云霞雕色，有逾画工之妙；草木贲华，无待锦匠之奇”，就是“文”的美学内涵的具体解说。这种充塞于万物中的美的聚焦，就是人；在人身上的聚焦，就是心。所谓“两仪既生矣，惟人参之，性灵所钟，是谓三才，为五行之秀，实天地之心”，所谓“夫以无识之物，郁然有彩，有心之器，岂无文欤”，就是对文与心的关系的具体解说。“文心”的概念，既属于美学范畴，也属于心学范畴，是美学与心学的统一范畴。将“文心”载入书名，就是对美学与心学的综合范畴——美学心理学的明确标举。

将美引入心学范畴，将心引入美学范畴，实现二者的双向融会，以心之美作为“为文之用心”的明确追求，将“控引情源”的心术视为“制胜文苑”的文术的决定性前提和凭借，是刘勰一大历史性的发明和发现。“心哉美矣”，就是他对心之美的总论断，也是他对心之美的明确标举。这一明确标举，必然使龙著具有鲜明的美学心理学的理论品格。“文心”学，就是对美学心理学的集中标示。将“文心”载入书名，实际也就是在世界学术之林中高高举起美学心理学的学术旗帜，标示着这门学术正式登上了世界文化的大舞台。

正式地鲜明地提出美学心理学的完整、独立的学术范畴，这是世界文化史中的第一次。刘勰之前，有人论文体，有人论文意，有人论文辞，有人论文术，有人论文用，这些刘勰都有论及，但却能以文心为本，归之自然之道，故能别开新境，超越前人，垂范千古。这就是清代学者章学诚所精辟指出的：“古人论文，惟论文辞而已矣。刘勰氏出，本陆机氏说而昌论文心……可谓愈推而愈精矣。”① 也就是台湾学者王礼卿所深刻体认的：“总明论文之心法，极文章众妙之源……盖文之义用，深矣广矣，虽变化错

① 章学诚：《文史通义·文德》，见杨明照《文心雕龙校注拾遗》，上海：上海古籍出版社，1982年，第440页。

综，要皆一心之所运，故文之形神众妙，皆可以心摄之。则凡本书之枢机纲要毛目，悉括其中。唯此明心之法，乃能入神而超迹，是以为全书之本。”① 与西方的美学心理学史进行比较，西方建立美学心理学的范畴，是最近200年来的事情。而在此前的一千余年，我们的先人刘勰，就提出了美学心理学的明确范畴，并在书名中进行了旗帜鲜明的标举，这不能不说是一个历史的奇迹。在世界美学史中，这一开创范畴的功绩，是任谁也不能抹杀的。

其二，对“雕龙”范畴的明确标举。

“古来文章，以雕缛成体”。“雕缛”也就是对美学形态的自觉追求。书名对“雕龙”的标示，实际也就是对形态美学范畴的明确标举。

我国的形态美学正式登上历史舞台，是齐梁时代的事情。在此之前的漫长岁月中，美学形态始终从属于以伦理道德为最高价值取向的美学内涵，缺乏独立的学术地位，很少有人触及，实际上是一个历史性的认识禁区。在儒家认识系统中，伦理道德是美的极则，社会主流层面长期追求着一种“思无邪”的超感官的精神美，美的形态被视为对伦理道德的干扰。魏晋南北朝以后，特别是齐梁以后，随着时代的嬗变，社会上的美学观念发生了极大变化，美学形态开始受到普遍关注。人们开始把注意力集中到对于艺术的感性形态的具体考察上，将美与艺术视为给人以感性愉悦的重要对象，十分注意观察和探讨美的感性形态的构成和特征。刘勰是我国历史上第一个从理论上对美学形态进行系统研究的学者，他的以“雕龙”为标志的形态美学系统论见，就是这些探索和研究的最高综合与系统总结。他的美学形态理论不仅为文心理论的工程化提供了明确的工程要领，也提供了精湛的技术武装。这一技术武装就是他对结构、语言、修辞以及文体方面的具体运作方法和技巧的系统阐述。

以“雕龙”作为标题，实际就是赋予形态美学以独立的学术地位和鲜明的理论旗帜。由于有了这面旗帜，人们才能方向明确地并理直气壮地进行“雕龙”的活动，在“文心”的主导下实现着并扩大着对美的形态的追求，推动着文学创作走入“风清骨峻，遍体光华”的美学境地。如果没有对“雕龙”的明确标举，魏晋南北朝的“文学自觉”的深入和大唐文学的繁荣，将是不可想象的事情。

其三，对“以心总文”整体结构和总体战略的明确标举。

“以心总文”，是龙著最根本的战略主张。它明确认为，文心是文学的本质性内涵，在写作运动中具有“乘一举万，举要治繁”的地位和作用。《总术》就是对一战略思想的明确标举：“文场笔苑，有术有门。务先大体，鉴必穷源。乘一总万，举要治繁。思无定契，理有恒存。”“大体”，根本之谓。写作之根本在“为文之用心”，抓住文心，就足以启动全局。唯其如此，“以心总文”必然成为文学创作的总枢纽。对“以心总文”的标举，实际也就是对文心运动的“乘一总万，举要治繁”的总法则的总标举。

---

① 王礼卿：《文心雕龙通解》下册，台北：黎明文化事业股份有限公司，1986年，第912－913页。

也就是刘永济所昭示的："文体虽众，文术虽广，一理足以贯通，故曰：'乘一总万，举要治繁'也。"①

"以心总文"战略，同时也就是"以美总文"战略。"心哉美矣"，文心也就是美心。"文心"，实际就是美学与心学的统一范畴，它以美学心理的方式，对写作运动进行深层切入。无疑，这是写作史上前所未有的创举。更使人叹为观止的是，这种美学心理的追求，又是与一种明确的力学追求结合在一起的。这种追求，集中表述在他对"风骨"的论述里。"风骨"是"心之力"的集中表现，也是"美之力"的集中表现，属于美学心理学中的"动力学"的范畴。所谓"《诗》总六义，风冠其首，斯乃化感之本源，志气之符契也"，所谓"怊怅述情，必始乎风，沉吟铺辞，莫先于骨"，所谓"风清骨峻，遍体光华"，都是对这种美学心理中的力学因素的标举和追求。它将《文心雕龙》的审美理想，推到了心理美学与心理力学的极致。从而，将美学、心理学、写作学、力学，在宇宙科学的终极高度，熔铸成一个有机整体，构建成世界上最博大精深的写作学理论体系——美学心理写作学理论体系。这一理论体系，至今是世界写作史中的巅峰。

刘勰以上的种种精辟见解，都集中浓缩在书名的标示中。刘勰对书名的标举，从最高和最后层面来看，实际上也就是对"以文心总文章"的写作总体战略思想的明确标举。这一总体战略思想的先进性，可以从 1987 年 5 月荷兰提尔堡《国际写作专题讨论会研究报告》得到证明。该报告向世界同行宣示："研究报告认为，写作并非只是一门课程，在写作与思维之间存在着共生的关系。""教师在进行写作教学时，要帮助学生发展写作能力和相关的思维能力。"② 这种见解，代表当代世界写作理论界对写作及其理论的最新认识，其基本精神与刘勰"以心总文"的卓越见解竟是完全一致的，但就时间而言，刘勰的战略主张却整整领先了 1500 年。而就学术的广度与深度来说，刘勰所提出的美学心理学的范畴与提尔堡国际会议中所提出的一般性的思维范畴比较，在层次上的差别更是不能以道里计。作为炎黄子孙，我们确实可以为我们卓越的先人感到骄傲的。

---

① 刘永济：《文心雕龙校释》，上海：中华书局，1962 年，第 166－167 页。

② 《国际写作学专题讨论会研究报告》，见《欧美开展提高学生阅读和写作能力的研究》，载《中国教育报》1987 年 9 月 3 日，第 4 版。

论刘勰《文心雕龙》“体制”论构成系统

广西师范大学文学院　张利群

刘勰在《文心雕龙·附会》中提出“体制”这一概念：“夫才量学文，宜正体制。”① 所谓“体制”含义与现代所用“体制”一词内容有所区别，主要指文章、文体的体式、格式规范和规制。刘勰提出“宜正体制”是要求有才华的青年学习写作，应该首先端正文章的文体格式和规制。故而“体制”指“体”之“制”，“体”是文章和文体之“体”，“制”是文章、文体的格式、规制。当然，刘勰在此语境中使用的“体制”虽为文章、文体的体制之义，但引申发挥开来，文章有体制，文学也应有体制；文体有体制，创作应有体制，鉴赏也应有体制。与现代语境中所指的“体制”有区别的一面，但也有相通的一面。其实，将“体制”一词分开来看，作为单纯词的“体”义更为复杂，不仅指写作文体、文章体裁，而且指本体及其体用、大体、总体、体系等，也指身体及其体态、体面、体貌、体魄、体质、体征等；“制”一词使用范围也丰富多样，含有名词性的制度、规则、规矩、法则之义，作为动词使用也会有制作、制定、限制、制约、制止之义。刘勰虽在“制”的使用上因不同语用与语境会有语义上的不同侧重，但其内涵规制之义万变不离其宗。如《书记》中明确确定：“申宪述兵，则有律、令、法、制”，因而“制”有明法之义。《附会》：“或制首以通尾”，“通制者盖寡”，其“制”指规范，制约；《诔碑》：“详夫诔之为制”，指诔为一种文体格式，其格式对文体也有规范、制约的作用；《体性》：“故童子雕凿，必先雅制”，指雅正的作品所构成的规矩；《诠赋》：“士衡、子安，底绩于流制”，指文学艺术类型的不同部门的区分。因此，“制”具有制度、体制、规则、规矩之义，这样的用法甚多，不甚枚举。

刘勰虽然并未设专章讨论“体制”问题，甚至也没有刻意地专门讨论“体制”问题，但其体制思想则贯穿渗透于全书中，以各种表达形式阐发其体制思想。故而刘勰“体制”论的构成内容相对形成系统，主要表现在以下四方面。

其一，文学指导思想构成的“体制”论内容。荀子提出：“辨说也者，心之象道也。心也者，道之工宰也。道也者，治之经理也。心合于道，说合于心，辞合于说，正名而期，质请而喻。辨异而不过，推类而不悖，听则合文，辨则尽故。以正道而辨

---

① 刘勰：《文心雕龙》，范文澜注：《文心雕龙注》，北京：人民出版社，2008 年。以下刘勰引文全部引自此书。

奸，犹引绳以持曲直；是故邪说不能乱，百家无所窜。"① 可见，"道"是衡量正邪、曲直的准绳，当然也是规范和保障活动和行为的法则和规矩，是理论观念的立足点和指导思想。刘勰的文论批评体系的指导思想是十分明确的，他在《原道》《征圣》《宗经》中一方面表达其所遵从的道家"自然之道"的思想；另一方面表达其作尊崇的儒家的"正名"思想。这既是刘勰受儒道思想影响的结果，又是他自觉将儒道思想作为其文论批评体系基石的结果。更为重要的是，刘勰将儒道双峰并峙、两水分流的两种不同的思想体系统一起来，甚至还揉合佛家思想，共同作为其文论批评体系的指导思想，构成思想体系的严密性、逻辑性、科学性。元代钱惟善《文心雕龙序》曰："自孔子没，由汉以降，老佛之说兴，学者日趋异端，圣人之道不行，而天地之大，日月之明，固自若也。当二家滥觞横流之际，孰能排而斥之？苟知以道为原，以经为宗，以圣为征，而立言著书，其亦庶几可取乎？呜呼，此《文心雕龙》所由述也。"其原因在于刘勰拥有一个既来源于儒道思想又超越了儒道思想的更为广阔深刻的世界观和方法论。这就是他从《易经》中获得了天、地、人一体的宇宙整体观和变易的辩证方法论，从而提出"道沿圣以垂文，圣因文而明道"的道、圣、文结合的观点，将儒道思想统一起来。因此，道、圣、经成为文学本体、本质、本原之所在，故而成为文学运动的规律、规则、规矩、法度、标准。衡量、评判文学必须要"原道""征圣""宗经"，其动词"原""征""宗"均在《文心雕龙》全书中不断出现，既作为基本方法使用，又作为基本活动内容来使用；"道""圣""经"不仅作为原点、基点、原典之义理解，而且作为准则、标准、模范之义来理解，故而构成文学体制的指导思想、体制基座以及体制的最为重要的组成部分，其作用就在于使文学必须遵循"道""圣""经"所制定的规则、原则和标准。刘勰立意建立"道""圣""经"构成的文学体制，一方面是针对当时文坛流弊而着意于规范、校正、引导，使失范无序的行为通过体制而拨乱反正、正本清源；另一方面是认识到文学在天、地、人的更大时空范围的定位而产生的整体功用以及社会、时代与文学的互动作用，故而以天、地、人的外在力量推动的文学体制、秩序的建立；再一方面是主流意识形态对文学意识形态化的必然结果。刘勰对儒家思想的推崇无疑带有主流意识形态影响的痕迹，这使其体制论思想带有局限性和不足，使其未能充分认识到体制对文学的限制、制约所带来的负作用。但刘勰并非毫不觉悟，他的可贵之处在于以"通变""因革"的辩证观和主张创新发展变革及"见异"观无形中超越和突破了儒家思想的桎梏，甚至对"异体""变体"，如对屈原《离骚》的"异经"、纬书的"有伪"之处在批判的同时也对其可取之处给予了辩证的肯定。这足以证明刘勰的体制观中的灵活创新的一面。刘勰在指出屈原"宗经"和"异经"的思想的同时，实则也折射出刘勰思想中在"宗经"和创新变革关系上的矛盾，通过对屈原"虽取熔经意，亦自铸伟辞"的辩证认识，从而也完成刘勰思想中的

① 《荀子·正名》。

由矛盾、对立到统一、协调的辩证思维过程。

其二，文学规律构成的“体制”论内容。刘勰作为文学家、文论家、批评家，首先是源于他对文学规律的认识和把握。他始终明确自己是在论文，而不是论“道”、论“圣”，论“经”，故而所谓“原道”是“原”文学之“道”，“征圣”是“征”文学之“圣”，“宗经”是“宗”文学之“经”，也就是说他明确文学的特殊性和自主性的。故而其体制论也是建立在文学规律基础上的，本体论是对文学活动、发展规律的认识；创作论是对创作规律的认识；文体论是对文体规律的认识；鉴赏论是对鉴赏规律的认识。对规律的尊重和重视，这在《原道》《物色》等篇中可见一斑。《原道》所阐发的“自然之道”中含有顺应自然、顺应规律之意，“道”在一定意义上也可以理解为规律，“原道”就是要“原”文学之规律。《物色》主张“感物”，也带有对自然万物规律和特征感应、顺应之意。何为“规律”一方面是指宇宙自然、天地万物运行的自然而然的发展及科学性逻辑性表现的自然规律，从而构成周而复始、循环往复、生态平衡、各就其位的自然秩序，可谓自然法则、规则；另一方面指人类社会活动的科学性逻辑性所表现的社会规律，从而也是人类正确认识世界，遵循规律来认识和改造世界，正确掌握和运用规律的结果。因而刘勰对规律的认识，既主张遵循顺应自然规律，透过事物的表象、现象而抓住本质，深入把握物之“道”“理”“律”的规律；又主张遵循规律来进行人类社会活动，在实践经验积累和探索总结中认识、把握人类社会活动规律，并使之与自然规律吻合、结合。《原道》将天、地、人并列为“三才”，也就是始终将自然规律与人类社会活动规律统一为一体的宇宙整体观，故而都顺应和遵循“道”、“自然”规律。“惟人参之，性灵所钟，是谓三才。为五行之秀，实天地之心。心生而言立，言立而文明，自然之道也。”可见，“人文”活动也遵循、顺应“自然之道”规律，从而形成“人文”活动规律，并在这一指导思想中确立文学规律。刘勰总结的文学规律除遵循自然之道规律对文学活动进行认识外，还充分肯定了人的主体性及其“心”的能动作用，人的创造性和“心”在文学活动中的核心、主导地位，“文心”所指之“心”无疑是一个最好的说明。“心”对文学的创造的同时也对文学规律进行总结和认识，从这一角度而言，“文心”可谓是文学规律的集中体现，同时也是对文学规律的认识。在“文心”这一宏大的文论批评体系中，自然包含着理论概括所总结的文学规律：《物色》“随物以宛 转”、“与心而徘徊”的文学活动规律；《神思》“神与物游”的创作规律；《神思》“神用象通”的形象规律；《定势》“因情立体，即体成势”的文体规律；《体性》“各师成心，其异如面”的风格规律；“风骨”、“情采”的作品构成规律；《论说》“师心独见”的创作个性规律；《时序》“时运交移，质文代变”的文学发展规律；《知音》“披文以入情”的鉴赏规律，等等。这些文学规律无疑也成为文学活动必须遵循和顺应并以之为“文心”的标尺，从而构成文学体制的重要内容，或者说构成“文心”体制，保障和规范文学活动顺利进行。

其三，文学规则、规矩、法度、标准、典范构成的“体制”论内容。没有规矩就不成方圆，没有规则也就难以有活动的秩序。人类社会活动都必须有一定的制度，体制、机制形式来保障和规范。一方面是依据活动规律来制定规则；另一方面是根据人类活动的需要来制定规则。因此，规则既是人类对规律的认识和总结；又是人类的创造和发明。刘勰对文学规则的重要性认识在其总论中明显论及。《原道》对宇宙天地万物的“自然之道”规律的认识是缘于对自然秩序的认识，“夫玄黄色杂，方圆体分，日月叠璧，以垂丽天之象；山川焕绮，以铺理地之形”。自然秩序中既体现出自然规律，又体现出自然规则。故而文学活动的秩序就必须依循规律制定规则。《征圣》《宗经》也从儒家思想对人类社会活动所立的规则、规矩而形成社会秩序角度提出对文学规则的要求。同时，刘勰针对文坛时弊所造成的混乱无序状况也提出重建规则、秩序的呼吁。当然，更为重要的原因是刘勰“为文之用心”的一个重要方面：“位理定名”，为文学正名定位，从而确立规则与秩序。因而对文学规则的认识和确立的体制思想呼吁体现在其每一篇文章中，其目的是以规则揭示文学规律；以规矩保障活动秩序；以规范确定文学导向及其核心价值体系；以原则建立行为准则；以法度调节各种关系；以标准衡量评价作家作品；以方法引导文学发展途径；以典型树立美学范式，最终达到“文成规矩，思合符契”的文学体制建立的目的。故而《序志》提出辨体四法；《宗经》提出“体有六义”；《体性》提出风格“八体”；《熔裁》提出“草创鸿笔，先标三准”；《知音》提出：“将阅文情，先标六观”，等等，从而以规则、规矩、法度、标准、原则、方法等构成体制的重要内容，保障和规范文学活动和行为。根据这些规则和原则，刘勰还树立起以《诗经》和《离骚》为文学典范的“范式”，并在其文体论中分别树立起 34 种文体的典型文本“范式”，从而确立文学经典，一方面以之作为学习、效法、模拟的榜样；另一方面也作为文学传统继承光大；再一方面也以之作为比较衡量和评价作家作品的典型个案，甚至成为实践性标准，以之衡量、辨析作家作品的优劣、高低、雅俗之分。可见，文学经典或典型个案也构成为文学体制的组成部分，对文学发展也起着规范和保障作用。

其四，社会、时代与文学的互动关系构成的“体制”论内容。《原道》《征圣》《宗经》《时序》《通变》《物色》等篇章都讨论了社会、时代对文学的要求，从政治制度、意识形态、文化风俗、时代发展、社会变迁构成对文学的规范和要求。这些社会、时代因素其实都可归结为制度、体制。人类社会从最原始的活动形态和社会构成形态来看，都带有制度、体制建构的痕迹，同时也是受制于制度、体制的保障和规范而不断发展。进入到文明社会后，制度和体制形式逐步完善，如周代所建立的礼乐制度及其社会体制，就成为孔子孜孜不倦以求的理想制度和体制。秦始皇统一中国后，其社会制度与体制保障了政治、军事、经济、文化、交通的高度统一和集中。汉代董仲舒独尊儒术，确立了儒家思想文化的正统、正宗、主流地位，更以意识形态化、制度化、体制化的方式保障了儒家思想文化与社会政治统治的高度统一，从而巩固和强化了社会制度和体制。正如干春松指出的：“制度化儒家包含有‘儒家的制度化’和‘制度的儒家化’两个层面，所谓‘儒家的制度化’是通过孔子的圣人化、儒家文献的经学化和科举制度等一系列制度设计来保证儒家的独尊地位及其权力之间的联系；而‘制度的儒家化’则是儒家观念在社会控制体系和制度设计中的渗透和呈现，具体地说就是体现着儒家观念的国家意识形态、宗教制度、政治社会结构等现实的制度的建立。这两个层面通过权力、真理和制度之间的互相配合而长期影响着中国人的生活。”① 因而，在“儒学制度化”和“制度儒学化”的特定语境中，刘勰一方面深知社会、时代及其对文学的影响和制约；另一方面也深知浸透着儒家思想的制度、体制对文学的影响和制约，这不仅表现为意识形态和思想观念的影响，而且还表现为权力、利益、律令的影响。故而刘勰将“征圣”“宗经”与“时序”“通变”结合在一起，也是从制度、体制着眼来考虑文学在社会、时代中的定位。同时刘勰也十分清楚文学与社会、时代的紧密联系，认识到社会制度、体制对文学所产生的政治、文化、道德、历史、教育的意识形态影响的同时，其制度、体制也会对文学产生重大影响。文学在制度、体制内运行固然具有一方面能受其保障和规范而更有利于发展的一面，但也会因制度化、体制化的约束和限制而具有一定的局限性的负面。故而刘勰虽强调“圣”“经”制度、体制对文学的固本开源的作用，但也并不囿于其局限性和制约性，从而充分肯定了文学创新、变革以及“见异”和个性的特殊性。这不仅是因为文学在其横向坐标上能通过想象、象征从而创造出一个更大的文学现实空间，而且在于社会、时代的发展、变迁也使文学在其纵向坐标上能与时俱进的发展，文学发展的外在机制与内在机制的双重动力驱使下才能更好运转，故而文学自身规律和特殊性保证了文学自主性、自律性、主动性、主体性的充分发挥。更为重要的是，刘勰的体制论是通过文学自身努力，将外在机制转化为内在机制，将社会制度、体制力量内化为文学制度、体制形式，从而使之更为切合文学规律，故而以“文成规矩，思合符契”调节文学与社会的关系：在《时序》中倡导“歌谣文理，与世推移”，以发展观调节文学与时代的关系；在《通变》中倡导“文律运周，日新其业。变则其久，通则不乏”，以创新观调节文学的继承与革新的关系。因此，社会、时代对文学提出要求及其制度化、体制化的影响对文学制度、体制的确立是有一定作用的；但更重要的是文学自身的要求和内在需求能将其转化为文学自身的、内在的因素，从而遵循文学规律来建构文学制度和体制。也就是说，在文学与社会、时代的互动关系中确立文学制度和体制，并使这种关系内化为文学制度、体制的构成内容，同时也就成为刘勰体制论的构成内容。

其五，文学理论体系及其知识结构构成“体制”论内容。刘勰深知“夫铨序一文为易，弥纶群言为难”（《序志》）；“夫形而上者谓之道，形而下者谓之器。神道难摹，精言不能追其极；形器易写，状辞可得谓其真”（《夸饰》）；“务必大体，鉴必穷源；乘一总万，举要治繁。思无定契，理有恒存”（《总术》）之道理，故而建构“纲领明”

① 干春松：《制度化儒家及其解体》，北京：中国人民大学出版社，2003 年，第 2 页。

“毛目显”（《序志》）的文论批评体系，实则建立起文学体制，以奠定文学的理论根基，保障和规范文学运作和发展。《文心雕龙》理论体系主要由四方面内容构成。

首先，“文之框纽”本体论。《文心雕龙》共50章，前五章为“文之枢纽”，即全书的中枢神经系统，为统帅和指挥系统。《序志》指出：“盖《文心》之作也，本乎道，师乎圣，体乎经，酌乎纬，变乎骚。”这五篇的结构和功能为：《原道》讨论文道关系，对文艺的本质、本体、本原的根本性问题进行了探讨，既是全书的逻辑起点和中心思想，也是文论批评的逻辑起点和指导思想，其基本命题和观点为“本乎道”。《征圣》讨论文与圣的关系，其实质讨论了文与“作者”的关系。刘勰对儒家圣人孔子及其文化传统推崇和师法奠定了对“作者”高要求的基础，其基本命题和观点为“师乎圣”。《宗经》讨论了文与经典的关系，其实质是讨论对经典传统的继承发扬问题，与《征圣》相辅相成，浑然一体，对文学经典的建构及其垂范功用奠定基础，其基本思路和观点为“体乎经”。《正纬》讨论了盛行于汉代的讳书的偏颇，在儒家经书与纬书的对比中，以“正名”的方式对纬书的伪托及其迷信虚假恶果进行批驳，但又辩证指出纬书中的一些神话传说因素对文学创新和虚构以及文辞华丽产生的影响，因而“无益经典而有助文章。是以后来辞人，采摭英华”。其基本思路和观点是“正乎纬”。《辨骚》讨论了屈原《离骚》的论争从而提出评价屈原及《离骚》的原则和方法，从对屈原及《离骚》的宗经与离经的辩证分析中得出文学必须在创造和变化中发展的结论，其基本思路和观点是“变乎骚”。这被称之为“文之枢纽”的五篇重要文章，可谓全书及其文论的总纲，主要解决文论的哲学文化思想基础，确定儒、道、佛融合互动的指导思想，讨论了“原”的文艺的本质、本体、本原及其文艺起源、发展根据；“征”的作者态度验证；“师”的文艺传统及其经典传承等问题，提出了“正”的文艺发展导向性和“变”的文艺创新性等文艺发展方向性根本问题。

其次，“论文叙笔”文体论。《文心雕龙》前25章为上篇，从第六章的《明诗》到第二十五章的《书记》，主要是对文章不同文体样式的分别论述。《序志》：“若乃论文叙笔，则囿别区分。”亦即将20种文体划分为文与笔两大类，前10章为文，后10章为笔。《总术》指出：“今之常言，有文有笔，以为无韵者笔也，有韵者文也”，从而以此划分文章类型和体裁。刘勰的“论文叙笔”的文体论意义不仅仅在于在对文体的分类中确立文学的特殊性、独立性和自主性，而且也在文体分类中顾及到文体间的相关性和共同性，这虽在一定程度上说对文学与非文学的界线划分有些模糊，相对于宋文帝时就已建立起儒学、玄学、史学、文学四馆，文学独立性已逐渐彰显而言，刘勰的文学观还带有大文学、杂文学的痕迹；但刘勰在此作具体文类体裁的类型划分，且不说他几乎囊括了当时所有的文章体裁，其周全完备自不待说，更重要的是他对每种体裁的分析讨论以及理论阐发则是更为深入的了。因为他在“论文叙笔”中遵循和体现了“原始以表末，释名以章义，选文以定篇，敷理以举统”的四项原则和方法。他对每种文体都要追溯其起源，叙述其演变；说明其名称的意思和意义；选择例文加以评论和例证；从理论上阐明道理并总结各种文体的特点。也就是说文体论并不仅仅是区别不同文体的特点而着眼于分类，而且更重要的是从文体理论角度讨论分类问题，增强了文体论的理论深度和分类的理论依据。因而刘勰认定“上篇以上，纲领明矣”。这正如郭鹏指出的：“《文心雕龙》中对各种文体的分析和考察，一方面是为了它辨体的需要，另一方面这些文体论的篇目中也一样包含有阐述创作问题的各篇中所提出的理论和观点。它们彼此相辅相成，都是刘勰文学理论体系中绝对不可分割的有机组成部分。”因此，刘勰的文体论是其理论体系的不可缺少的组成部分，文体论是有其理论内涵和学理根据的，强调辨体也是具有深远的理论意义的。

再次，“割情析采”的创作论。下篇 25 章，从第 26 章《神思》到 49 章的《程器》，主要讨论创作、欣赏、批评及其文学发展等理论问题；第五十章《序志》为总序。《序志》：“至于割情析采，笼圈条贯，摛神性，图风势，苞会通，阅声字，崇替于时序，褒贬于才略，怊怅于知音，耿介于程器，长怀序志，以驭群篇。”显然这里表达出一个严密而完整的理论结构，“笼圈条贯”就表明其系统性、逻辑性和完整性。这个理论构成可分为：一是“摛神性”，以《神思》和《体性》两章讨论艺术构思和艺术风格，两者共同点在于都建立在作者的创造性思维和独创性个性的基础上。作者的“神思”结果必然会形成“体性”的风格特色；“体性”的创作个性和风格也必然体现于“神思”的构思和思维中，两者相辅相成，互为因果。二是“图风势”，以《风骨》和《定势》两章讨论对作品的总体要求和具体要求，既涉及作品的内容与形式关系，又涉及作品的体势，也就是作品因其文体形式而构成的总体态势，即刘勰指出“即体成势”或“循体而成势”。三是“苞会通”，以《附会》和《通变》讨论“附辞会义”的文学内容与形式关系和“参伍因革”的文学发展问题。四是“阅声字”，以《声律》、《练字》两章，着重从形式角度讨论了文学的声律与文字运用的问题。

最后，在“割情析采”中包括鉴赏论。鉴赏论主要有《时序》讨论了不同时代文学的盛衰发展及其继承与变革关系；《才略》评论历代作家创作才华与作品价值影响，带有文学史论性质特征；《知音》，专题讨论了文学鉴赏及其文学接受问题；《程器》讨论作者修养的“文德”及其“文如其人”批评传统问题，构成文学理论体系的鉴赏论内容。总之，“割情析采”主要是从创作和鉴赏论两方面角度讨论了文学活动中创作与鉴赏、作者与读者、作品与评论等要素构成及其关系，构成文学活动系统与理论体系。

综上所述，刘勰的体制论是《文心雕龙》的重要构成内容，也是刘勰文论批评体系的重要构成内容，而且还是刘勰思想的重要构成内容。美国学者马克斯·布瓦索认为：“制度是已有的社会惯例、结构的储存，通过这种储存我们使集体记忆、表述、价值、标准、规则等外部化。”① 刘勰的体制论的目的正是为了建立文学制度。从这个角

---

① ［美］马克斯·布瓦索：《信息空间：认识、组织、制度和文化的一种框架》，上海：上海译文出版社，2000年，第 390 页。

度而言，刘勰《文心雕龙》不仅建构了文论批评体系，而且也建构了文学体制、文学制度、文学秩序，并使之成为文学的准则、规则、标准、原则和经典。因此，从体制论角度研究刘勰文论批评体系是十分必要和重要的。这不仅能从中探讨中国古代文学制度、体制的问题从而对体制论进行深入研究，从而开辟古代文学、古代文论研究的新领域，而且对推动我们今天加强对文学制度、体制及其文化制度、体制的改革和建设，克服体制化、制度化的弊端，消除体制性所带来的副作用，也不失重要的借鉴和参考意义。

试论刘勰的“自然美”理想与当代“美丽中国”建设

天津师范大学文学院　李逸津

党的十八大政治报告中提出了“努力建设美丽中国，实现中华民族永续发展”的纲领性号召。这是立足于当今社会现实问题、从现代生态文明理念出发提出的新思路、新课题，也是对中华民族传统生态美学、人生美学的继承和弘扬。这里，拟结合刘勰《文心雕龙》中所阐发的“自然美”理想，来探讨党中央这一号召的合理性、必然性和必要性，以增强广大人民群众响应和践行“建设美丽中国”目标的自觉性。

中国古典美学历来重视环境对人心、人情的熏陶、熔冶作用。先秦时代的儒家经典《礼记·乐记》中说：“音之所由生也；其本在人心之感于物也。……感于物而后动。是故先王慎所以感之者。”这虽然讲的是音乐的产生，但也说出了外物、环境对人心人情的激发和影响作用。东汉末年的思想家王充（27—97?）在他的《论衡·率性》篇中写道：“楚越之人，处庄、岳之间，经历岁月，变为舒缓，风俗移也。”“庄、岳”是齐国国都临淄城里两条街道的名字，按王充的说法，楚人性格“促急”，而齐地风俗“舒缓”，但如果楚越之人在齐国都城里住的时间长了，也会改变自己的性情，变为“舒缓”。

正因为古人把环境看作人格情怀的展现，同时也是陶冶性灵的熔匠，所以特别属意于优美环境的创造。《世说新语·任诞》篇记载：“王子猷（名徽之，大书法家王羲之之子）尝暂寄人空宅住，便令种竹。或问：‘暂住何烦尔?’王啸咏良久，直指竹曰：‘何可一日无此君?’”同样的竹痴还有宋代大诗人苏东坡，他在《于潜僧绿筠轩》诗中写道：“宁可食无肉，不可居无竹。无肉令人瘦，无竹令人俗。”清代戏曲理论家和美学家李渔（1611—1680）自述其“贫贱一生，播迁流离”，虽然“债而食，赁而居”，也“总未尝稍污其座”。他“性嗜花竹，而购之无资”，但即便让家人忍饥挨饿，也要“省口体之奉，以娱耳目”。（《闲情偶寄·居室部·房舍第一》）发现美、欣赏美，创造美、享受美，在自我营建的美好环境中生存，为创造更美好的环境而奋争，是古往今来多少志士仁人遗世独立，恪守心灵净土的安慰，也是他们勇于抗争、不懈奋斗，“虽九死而未悔”的强大内心动力。

中国美学史上第一个把对美的欣赏、发现与创造提升到宇宙法则高度来认识的，是南北朝时代杰出的文学理论家刘勰（465? —520?）。他的旷世名著《文心雕龙》开篇第一句话就是：“文之为德也大矣，与天地并生者何哉?”这里的“文”是指广义的文采，东汉许慎（58？—147？）《说文解字》释“文”字曰“错画也，像交文。”一切有花纹的东西都是“文”，故它也相当于“美”。所谓“德”是指物德，也就是某物之所以得成为某物的本质属性。庄子（前369？—前286？）曰：“物得以生谓之德”（《庄子·天地》）；《管子》曰：“德者，道之舍，物得以生生，”又说：“故德者，得也；得也者，其谓所得以然也。”（《管子·心术上》）这里的“大”应解作深广、长远。《老子·二十五章》：“强为之名曰大，大曰逝，逝曰远，远曰反。”就是说勉强把“道”形容为是大的、运行的、永远运行的和循环运行的。王弼（226—249）《老子指略》云：“大也者，取乎弥纶而不可极也。”《周易·乾卦》：“大哉，乾元!”孔颖达（574—648）《正义》注曰：“乾体广远”都说明“大”是范围广大之意。所以，“文之为德也大矣”这句话的意思就是说：“文作为事物一种合规律的本质属性是无所不在的”。万物自然有文，是宇宙的法则，是事物的普遍属性。正因为有了文，日月山川才成其为日月山川，龙凤虎豹才成其为日月虎豹。而作为“有心之器”的人，也必然是“心生而言立，言立而文明”，有自己的文采，即“人文”。这样，对美的热爱、欣赏与有意识的创造，就都是天经地义、势所必然、理直气壮的了。

刘勰把“美”上升到宇宙法则，即“道”的高度来认识，除了强调美的合理性、神圣性、必然性之外，还同时包含着另一层意义，那就是美应是自然而然、不假外饰的。他在列举了自然界种种美好的事物，诸如“龙凤以藻绘呈瑞，虎豹以炳蔚凝姿。云霞雕色，有逾画工之妙；草木贲华，无待锦匠之奇”等等之后，强调指出：“夫岂外饰，盖自然尔。”清人纪晓岚评《文心雕龙·原道》篇曰：“齐梁文藻日竞雕华，标自然以为宗，是彦和喫紧为人处。”《文心雕龙》贯穿全书的一条理论红线，就是“自然美”。

刘勰评文，处处以自然为标准。如他论诗：“人禀七情，应物斯感，感物吟志，莫非自然。”论乐府：“夫乐本心术，故响浃肌髓。”论赋：“原夫登高之旨，盖睹物兴情。情以物兴，故义必明雅；物以情观，故词必巧丽。”论颂：“唯纤曲巧致，与情而变。”论祝：“修辞立诚，在于无媿。”论盟：“感激以立诚，切至以敷辞，此其所同也。”他在谈各种写作技巧和修辞手法的时候，也贯穿了以自然为美的精神。如论声律：“声含宫商，肇自血气……吐纳律吕，唇吻而已。”论丽辞：“高下相须，自然成对……岂营丽辞？率然对尔。”自然美，是刘勰所推崇的理想的文章风格，以自然为美，也是他理想中的人所应具备的审美品格。在《文心雕龙·物色》篇的“赞”中，刘勰描绘了一幅人与自然亲密交融、相与往还的美好画面：“山沓水匝，树杂云合。目既往还，心亦吐纳。春日迟迟，秋风飒飒。情往似赠，兴来如答。”这是刘勰对创作灵感受自然激发的形象化表述，也是他对自己心目中美好的人生境界的描画。

刘勰的“自然美”主张，是他对中华民族审美趣味的集中概括，是对中华传统美学审美理想的精辟总结，对于我们今天实现“建设美丽中国”的目标，也具有极为深刻的启发意义。我们认为，胡总书记在十八大报告中提出的“努力建设美丽中国，实现中华民族永续发展”，作为一个完整的理论命题，其核心要旨还不在“美丽中国”，而在于更深层次的“实现中华民族永续发展”。集一时之功、倾举国之力打造出一个表面上的“美丽中国”并不难，难的是这种“美丽”应该是合乎规律的、保持长久的、有可持续发展后劲的和谐之美、永恒之美。故胡总书记报告在提出“建设美丽中国”号召之前，首先强调了“必须树立尊重自然、顺应自然、保护自然的生态文明理念，把生态文明建设放在突出地位。”只有尊重自然，顺应自然，实现人与自然的和谐，才能真正实现中国的“美丽”，才能真正实现中华民族的“永续发展”。

美在于和谐，这是美学的基本原理。美应顺应自然、因地制宜、随物赋形、浑然天成，更是中华美学一贯崇尚和追求的境界。因此，刘勰提出的“自然美”命题对我们今天“建设美丽中国”的启发，我们认为第一点就是应该树立以朴实无华、简洁自然为美的理念。顺应自然、爱护自然，珍惜天物、崇俭忌奢，以朴素自然为美，是我们民族在艰苦的生存环境中历史形成的生态道德，也是我们民族一贯推崇的审美理想。当年庄子说：“朴素而天下莫能与之争美。”刘勰《文心雕龙·情采》篇说：“采滥辞诡，则心理愈翳。固知翠纶桂饵，反所以失鱼。”这虽然谈的是文章应以朴实无华为美，但与一般的审美创造也是相通的。清代李渔在其《闲情偶寄》中指出：“创造园亭，因地制宜，不拘成见。”又说：“土木之事，最忌奢靡。匪特庶民之家，当崇俭朴，即王公大人，亦当以此为尚。”（《闲情偶寄·居室部》）对照我们今天在刚刚富起来之后，甚至在一些还没有真正富起来的地区，为了所谓“招商引资”“改善形象”，动辄耗资千百万，兴建许多表面豪华、大而无当的“景观工程”“政绩工程”，古人的教诲，应该是有启发和警示意义的。

刘勰“自然美”命题对今天的第二点启发，我们认为就是“美”应该合乎客观规律、合乎自然法则，而不应乖张悖理、破坏自身与周围环境的整体和谐。《文心雕龙·定势》篇在谈到各体文章都有自己理想的风格趋势（即“势”）之后说：“循体而成势，随变而立功者也……譬五色之锦，各以本采为地矣。”意思是说文章应该遵循自己的文体形成自己的风格定势，随着文体的变化再创造出新的功绩。这就好比用五彩丝线织成的锦缎，各自要以自己的本来色彩为底色。“各以本采为地”，说的就是因地制宜、随物赋形，要合乎材质、合乎环境、合乎天时地利、合乎自然法则和地方风俗民情。再美的东西，如果搭配不当、违背逻辑、矫情悖理，也会变美为丑，成为破坏景观的赘疣和招致讥讽的笑柄。用刘勰的话来说，那就是“讹势所变”，最终会造成“失体成怪。”（《文心雕龙·定势》）联想到近年来许多地区违背自然规律和生态法则的所谓“绿化环境”、“美化景观”，大肆砍伐、淘汰祖祖辈辈自然生长的本土草木，代之以从外地外国引进的观赏树种和珍稀花草，结果不仅养护起来费钱费力，甚至种而不活，造成巨大浪费。再比如北京那个被大众戏称为“大裤衩”的央视大楼所引起的舆论热议还没有平息，苏州又出了个“秋裤门”，据说杭州还有个“乳罩馆”（杭州奥体博览城），中国城市建设几乎成了外国设计师争奇斗怪的试验场！几千年的中华文化底蕴、几百座中国历史文化名城的古韵风情，都在这现代时髦欧化的建设狂潮中被消磨摧残得几乎殆尽。这不由得不使人由衷感到中央当前号召的及时和必要，也不由得不使人由衷感到我中华古老美学观念的历史意义和现代价值！

《文心雕龙》心物关系二题

华东师范大学中文系　陆晓光

一、释“逐物实难，凭性良易”

王元化先生《文心雕龙讲疏》中《释〈物色〉篇“心物交融”说》一文指出，《文心雕龙》“物”字大都“是指代表外境或自然景物的称谓”，但是也有“极少数例外”。[①] 笔者以为《序志》篇末尾“逐物实难”的“物”字当属“例外”。兹试作考辨。

《序志》篇的赞曰：

> 逐物实难，凭性良易。傲岸泉石，咀嚼文义。文果载心，余心有寄。

其中“物”字如果释为“自然景物”意义上的“外境”，则“逐物实难，凭心良易”两句意成“追求外境或自然景物是很困难的，听凭内心情志而为则是比较容易”。如此文义难通，且与后句“傲岸泉石”相抵牾。“傲岸泉石”者，指谓一种超越世俗利禄荣达的生活态度。《晋书·郭璞传客傲》有曰：“傲岸荣悴之际，颉颃龙鱼之间。”其中世俗荣辱与自然境界对举；南朝诗人鲍照《鲍氏集》卷七《代挽歌》又有曰：“傲岸平生中，不为物所累。”其中与“傲岸”对举的“物累”显然特指世俗的利禄荣达方面。鉴此，由“傲岸泉石”之意反观“逐物实难”句，则后者的“物”字当是指世俗的利禄荣达，它与超越世俗功利的山水泉石之境判然有别。

查《经籍籑诂》“物”字义项，其中包括如下用例：

> 物谓凡物可以养人者也。(《孟子·尽心上》“君子之于物也”注)
> 物谓殖生者也。(《礼记·乐记》“物以群分”注)
> 物，家中之财。(《周礼·小司徒》“辨其物，以岁时入其数”注)

则“物”字可指谓赖以谋生的资产财物。故古汉语另有特指财产的“物力”一词，

---

① 王元化：《读文心雕龙》，北京：新星出版社，2007年，第84页。王元化：《文心雕龙讲疏》，桂林：广西师范大学出版社，2004年，第98页。

如《汉书·食货志》："生之有时，而用之无度，则物力必屈。"古汉语又以"物价"指谓财产或商品价格，如《隋书·食货志》："及大同以后，所在铁钱，遂如丘山，物价腾贵"。

《经籍籑诂》"物"字义项又有：

> 物，权势也。(《左传》昭公七年"用物精多"注)

则"物"字还兼有指谓权力、势力的意项。故古汉语有以"物竞"一词，以形容人与人互相为权势利益而竞争。如《宋书·顺帝纪》升明元年记曰："昔圣王既没，淳风已衰败，……故三代之末，德刑相扰，世沦物竞，道疲人谀。"

《经籍籑诂》"物"字意项还有：

> 贱而不可不任者，物也。(《庄子·在宥》)

则"物"字还代表了低贱的价值位格。古汉语因此有以"物累"、"物役"表示对利禄荣达之类世俗价值的鄙薄。《庄子·天道》："知天乐者，无物累"；《荀子·正名》："乘轩戴冕，其与无足无以异。夫此之谓以己为物役矣。"与此相反而互文，古汉语也有以"物物"、"物外"以指谓某种超越世俗价值观的精神境界，如《庄子·山木》："物物而不物于物，则胡可得而累邪"；《晋书·单道开传》赞扬主人公："独处茅茨，萧然物外，年百余岁，卒于山舍。"

由此可见，古汉语"物"字意项的例证足以支持笔者对"逐物实难"的解释：该"物"字不仅特指世俗的追求利禄荣达的价值观，而且蕴含了某种不以为然的价值评断。

"逐物实难"的"物"字蕴含某种贬义，其贬义还可从"逐物"之"逐"在《文心雕龙》中的其他用例中得到印证。《文心雕龙》它篇使用"逐"字的章句凡五见而皆有贬义，兹举如下：

> 体情之制日疏，逐文之篇愈盛。……真宰弗存。(《情采》篇)
> 然逐末之俦，蔑弃其本；虽读千赋，愈惑体要。(《诠赋》篇)
> 新学之说，则逐奇而失正。(《定势》篇)
> 吃文为患，生于好诡；逐新趣异，故喉唇纠纷。(《声律》篇)
> 可以数求，难以辞逐。(《声律》篇)

以上五例"逐文""逐末""逐奇""逐新""辞逐"，分别导致的是"真宰弗存""愈惑体要""失正"以及"为患"等负面后果，可见至少在《文心雕龙》中，"逐"字本身是个带有贬义的动词。因此，以"逐物"表达某种不以为然的生活态度及价值观也就是十分自然的了。

"逐物实难，凭性良易。"两句是互文足义。前者义在不为，后者表明心志。然而，刘勰为什么于前者不知“难”而进？难道是由于后者“良易”的缘故吗？事实上创作《文心雕龙》绝非“良易”之事，而毋宁说是更为艰难的事，该书难度至少表征为作者费时十年才终于完成。《序志》篇曰：“言不尽意，圣人所难”，那么对于“庶人”身份的刘勰来说，创作《文心雕龙》就更属高难度事业了。《程器》篇又曰：“将相以位隆特达，文士以职卑多诮”，社会地位低下的刘勰所经历的写作以外的甘苦，当也由此可以想见一斑。因此，如果说“逐物”是有难度的，那么“凭性”而创作《文心雕龙》，至少对于一般人而言是难度更大，难度极大，乃至难度不可想象。刘勰为什么称“逐物实难”，而于绝非没有难度的“凭性”创作方面却称“良易”呢？笔者以为关键在于他立志追求的目标。《序志》篇刘勰明白道出：“君子处世，树德建言”；《诸子》篇曰：“君子处世，疾名德之不章。”相对于这个“立言”志向而言，是途径唯一而别无他方，即《序志》篇所谓“腾声飞实，制作而已”。对刘勰来说，通过“逐物”途径以谋求“树德建言”，岂止是难，更是南辕而北辙了。由此看来，“逐物实难，凭性良易”两句，不仅是价值判断，也是事实判断。

二、关于“鬻声钓世，为文而造情”

《文心雕龙·情采》：

> 心非郁陶，苟驰夸饰，鬻声钓世，此为文而造情也。

其中“鬻声钓世”的“鬻”字，本义为买卖之卖。《左传》昭公三年提到“鬻踊者”，意指出卖舞蹈表演为生者。古汉语有“鬻文”一词，特指以诗文换取财物等。《旧唐书》卷一九〇《李邕传》记载：“邕虽贬职在外，中朝衣冠及天下寺观，多赍持金帛往求其文。时议以为自古鬻文者，未有如邕者。”可见以诗文换取金帛财物是自古有之。“鬻声”之“声”，即“声文”之“声”，《情采》篇有形文、声文、情文之分析，声文者，“五音是也”。古代所有诗文都需要通过诵读而传达（所谓“文以气为主”的文气也只有在诵读中才能体会），因此“声文”可谓古代诗文艺术的显著特征所在，“鬻声”乃“鬻文”的另一种表述。“钓世”之意，谓诱而取利。《韩非子·存韩》：“辩说属辞，饰非诈谋，以钓利于秦。”则以“钓”比喻谋利，早在先秦已有之。要而言之，“鬻声钓世”谓出卖诗文以谋求财物利禄。刘勰将诗文区分为“为情而造文”与“为文而造情”两类，前者是他推重，后者是他贬斥。他认为“鬻声钓世”是后者的原因所在，其结果是导致“繁彩寡情，味之必厌”。刘勰对“鬻声钓世”类的创作显然很不以为然。

值得注意的是《文心雕龙》中，意指买卖之卖的“鬻”字多处出现，而皆包含贬义。例如：

汉世迄今，辞务日新，争光鬻采，虑亦竭矣。（《养气》篇）

楚珠鬻郑，为薰桂之椟，郑人买椟而还珠，文浮于理，末胜其本。（《议对》篇）

上例中的“鬻采”，刘勰认为是导致诗文内涵枯竭的原因之一。下例中“楚珠鬻郑”为《韩非子》典故，刘勰引此以比喻“文浮于理，末胜其本”的弊端。

再如：

王戎开国上秩，而鬻官嚣俗。（《程器》篇）

《晋书·王戎传》记载：“王戎与阮籍诸人为竹林之游。后以平吴功，封安丰侯。南郡太守刘肇贿戎筒中细布五十端，为司隶所纠。帝虽不问，然为清慎者所鄙。”据此，上引“鬻官”是指身居高位的王戎出卖所辖官爵以牟取财物。王戎既是“开国上秩”级别的高官，亦是参与“竹林之游”的文坛名士。虽然“鬻官”与前述“鬻声”及“鬻采”的对象不同，但是在刘勰看来，“鬻”为谋求钱财之商业行为，不仅大悖于为官之途，而且也偏离了诗文正道。刘勰是在阐说文士德性的《程器》篇中，将王戎“鬻官”作为反面典型加以贬斥，这一贬斥也间接表达了刘勰的文德观。

《明诗》篇中下面一段批评文字也颇堪咀嚼：

俪采百字之偶，争价一句之奇，情必极貌以写物，辞必穷力以追新：此近世之所竞也。（《明诗》篇）

其中“争价”之“价”，古汉语本义指物品价值，原是商业买卖中的专用词；“争价一句之奇”的表述是使用了商业买卖的词语。刘勰上语批评的“近世所竞”指“庄老告退，山水方滋”的刘宋诗坛，其时代表性诗人是谢灵运与颜延之。《宋书·颜延之传》曰：“延之文章之美，冠绝当时，与谢灵运俱以词采齐名，江左称颜谢焉。”从流传下来的文学记载看，这两位诗人所代表的当时文坛未必是将诗文创作视为买卖活动，因此刘勰所谓“争价”一词恐怕只是比喻：在刘勰看来，当时诗人们在词采方面的竞相媲美包含着“极貌写物”的倾向，这种倾向虽然与买卖中的“争价”性质不同，但两者在偏离诗文正道方面却是类似，因此后者可以比拟前者。如果比照前面诸“鬻”字句的贬义用例，笔者以为刘勰在这里之所以使用带有商业意味的“争价”一词，而没有使用“争美”“争誉”“争褒”“争胜”之类更切合诗文创作之义的词语，这并非出于偶然。在刘勰时代的正统观念中：旨在谋利的商业买卖与“必以情志为神明”（《附会》篇）的诗文创作，两者在性质上是迥然不同，在价值上有高下之分。因此将商业性的“争价”词语引入文学批评，可以在修辞效果上强化对某种不良文学倾向的贬斥之义。

古代社会的诗人作家们一般不必依赖在市场上出卖作品而谋生，因而商业买卖与诗文创作之性质不同的观念可谓不言而喻。中国古代历来有以“士农工商”排序的价值观，因而商业买卖被认为相对属于等而下之也是理所当然。因此之故，《文心雕龙》中大体是在批评或贬斥的意义上使用与商业买卖相关的“鬻”“争价”之类词语。而在现代市场经济社会的条件下，任何文艺作品都需通过市场才能传播；任何作品的价值以及作家的声誉，在相当程度上也必须通过市场传播才能得到承认；甚至任何优秀文艺作品的广泛传播，很大程度上也必须经由商业广告与媒体的中介途径。因此，如果说“鬻声钓世”在古代文学世界是个针对某种不良倾向的理所当然的贬义词，那么在现代市场经济中，“鬻声钓世”是否可以继续在贬斥的意义上使用，继续使用这个贬义词是否需要加以某种限定或界定，这个问题未必是不言而喻或无须讨论。如果说“鬻声钓世”在当今文学世界中已然可谓是对现实状况的客观描述，乃至可谓是对必须经由商业广告与媒体才可能流传广泛的市场文艺法则的中肯揭示，那么我们是否可以在“旧瓶装新酒”的意义上继续使用这个古老词语？然而笔者以为更重要的是，今天无论如何评价或重新阐释《文心雕龙》中使用的“鬻声钓世”四个字，后者作为《文心雕龙》使用的具有关键词意味的批评术语，无疑鲜明表征了后世文学所难以企及的、具有永久魅力的古典文艺价值观。

2013 年 8 月 10 日

《文心雕龙》析疑三例

复旦大学中文系　周兴陆

近年为复旦大学中文系本科生讲授“《文心雕龙》精读”课程，留意于刘勰《文心雕龙》里学界颇有歧解的一些语句，反复玩味，时有心得。现不揣孤陋，献三疑议，求正于“龙学”大家。

一、“思表纤旨，文外曲致”指什么？

《文心雕龙·神思》后段曰：

> 若情数诡杂，体变迁贸，拙辞或孕于巧义，庸事或萌于新意；视布于麻，虽云未贵，杼轴献功，焕然乃珍。至于思表纤旨，文外曲致，言所不追，笔固知止。至精而后阐其妙，至变而后通其数。伊挚不能言鼎，轮扁不能语斤，其微矣乎！

这一段以“至于”为界阐述两层意思。纪昀眉批曰：“补出刊改乃功一层（周按，指‘焕然乃珍’前数语），及思入希夷，妙绝蹊径，非笔墨所能摹写一层（按，指‘至于’后数语），神思之理，乃括尽无余。”纪昀解释得不是很清楚，容易引起歧义。后近数十年来，“龙学”专家对“思表纤旨，文外曲致”的解释存在明显的分歧。范文澜先生《中国通史简编》修订版第二编说：“即使讲到微妙处（‘言所不追’处），也并无神秘不可捉摸的感觉。”祖保泉先生谓是指“文思微妙，非言语所能曲尽”①；杨明先生谓“说神思之事太微妙了，有些东西是语言所不能表述的，我也只能说到这儿为止了。但是写作高手是能够掌握、发挥其中妙处和规律的”。② 但台湾张立斋先生《文心雕龙注订》解释说：“言文笔忌滥，适可而止。趣味宜永，耐人寻思，方称妙品。”似乎是指文本应该趣味隽永。王元化先生的《释〈神思篇〉杼轴献功说》解释说：“艺术作品含有诱导读者想象活动的机能，作家往往在作品中对于某些应该让读者知道的东西略而不写，或写而不尽，用极节省的笔法去点一点，暗示一下，这并不是

---

① 祖保泉：《文心雕龙解说》，合肥：安徽教育出版社，1993 年，第 527 页。

② 杨明：《文心雕龙精读》，上海：复旦大学出版社，2007 年，第 107 页。此外如穆克宏先生《思理为妙神与物游——刘勰论艺术构思》等文章都采取此种解释。

由于他们吝惜笔墨，而是为了唤起读者的想象活动。这种在文艺作品中经常出现的现象，用刘勰的话说，就是‘思表纤旨，文外曲致，言所不追，笔固知止’。”① 祖保泉、杨明等先生的解释是说，刘勰认为构思的道理有粗精之分，粗者可言，而精者难表，于是只就可说的部分来说明；至于不可言说的部分，只有作者去不断尝试、操练，在实践中体会与掌握了。而王元化先生解释为，刘勰说的是作家应该善于运用语言的暗示功能，有意在艺术作品中留下空白，唤起读者的想象。或许因为王元化先生的解释颇有现代文艺学的意味，在古代文论学界发生了较大的影响②，但并不能切理餍心，如周明、胡旭二先生就曾提出过置疑③。

笔者细审《神思》篇此段文字，并联系《文心雕龙》全书来考察，认为祖保泉、杨明等先生的解释为确切。兹在前贤研究的基础上，略加阐述。

“思表纤旨，文外曲致”云云，是由“至于”领起，文意与前数句关系较远，而与后面“至精而后通其数”等句一脉灌注，谈的是一个内容，所以要联系起来看。联系“伊挚不能言鼎，轮扁不能语斤”二语来看，“思表纤旨”显然是指构思的微妙道理，而不是指艺术作品中暗示的部分。查考六朝时期的文论，使用“伊摰言鼎”的典故不多，但运用《庄子·天道》“轮扁语斤”的典故，比比皆是，而其所指，基本是一致的。如：

陆机《文赋》曰：“若夫丰约之裁，俯仰之形，因宜适变，曲有微情。或言拙而喻巧，或理朴而辞轻，或袭故而弥新，或沿浊而更清，或览之而必察，或研之而后精。譬犹舞者赴节以投袂，歌者应弦而遣声。是盖轮扁所不得言，亦非华说之所能精。”陆机此论显然影响了刘勰《神思》篇那一段。“因宜适变，曲有微情”，近乎刘勰所谓“情数诡杂，体变迁贸”。陆机最后说“盖轮扁所不得言，亦非华说之所能精”，意即创作时的“因宜适变”，是理论语言所难以显言的。

沈约《与陆厥书》论音韵说：“韵与不韵，复有精粗，轮扁不能言，老夫亦不尽辨此。”萧子显《南齐书·文学传论》阐述“今之文章”“略有三体”后说：“三体之外，请试妄谈。若夫委自天机，参之史传，应思悱来，勿先构聚。言尚易了，文憎过意，吐石含金，滋润婉切。杂以风谣，轻唇利吻，不雅不俗，独申胸怀。轮扁斫轮，言之

① 王元化：《文心雕龙讲疏》，上海：上海古籍出版社，1992 年，第 105－106 页。晚清时朱庭珍《筱园诗话》说：“此诗品所以贵温柔敦厚、深婉和平也，诗情所以重缠绵悱恻、酝酿含蓄也，诗义所以尚文外曲致、思表纤旨也。”（见张国庆编：《云南古代诗文论著辑要》，北京：中华书局，2005 年，第 269 页。）但这是引而申之，并不符合刘勰的本意。

② 胡晓明：《中国前意境思想的逻辑发展》（《安徽师范大学学报》1986 年第 4 期）、吴观澜《一个从玄学向美学转化的论题——论“言意之辨”对〈文心雕龙〉的影响》（《学术研究》1987 年第 1 期）、兴膳宏先生《〈文心雕龙〉隐秀篇在文学理论史上的地位》（《北京大学学报》1996 年第 3 期）、陈伯海《“言”与“意”——中国诗学的语言功能论》（《文学遗产》2007 第 1 期）、张晶《神思：艺术创作思维的核心范畴》（《解放军艺术学院学报》2006 年第 1 期）都基于王元化先生的解释。

③ 周明、胡旭：《文心雕龙·释疑》，《江苏教育学院学报》2006 年第 1 期。

未尽；文人谈士，罕或兼工。”“三体”是可谈的，而“委自天机”之微妙，难以具论。故而萧子显引用“轮扁斫轮，言之未尽”来说明“文人”和“谈士”“罕或兼工”。联系萧子显的话来看刘勰之论，意思非常清楚，“文人”可以通过长期的创作实践“至精”“至变”而“阐其妙”“通其数”；而“思表纤旨，文外曲致”，即构思的精微妙理，是“谈士”所论的对象。联系六朝时的用例来看，当时文论家引用“轮扁语斤”典故时，都是在说明文章创作的道理的精微之处，是难以言说的；而不是说文艺作品要“略而不写，或写而不尽”，用暗示的笔法唤起读者的想象活动。刘勰所谓的“思表纤旨，文外曲致，言所不追，笔固知止”，是指艺术构思的精微的妙理，非文字所能传达，因此就搁笔不写了。

刘勰把作者思维和写作的道理分为可以言说和不可以言说，在《文心雕龙》全书其他篇章也可以得到印证。如《总术》篇说：“不剖文奥，无以辨通才”，强调论文要细析文理；但《风骨》篇又说：“然文术多门，各适所好，明者弗授，学者弗师”，即“随手之变”的文术，是无法通过言辞讲授而习得的。《序志》篇说，论文须“振叶以寻根，观澜而索源”；同时又说：“虽复轻采毛发，深极骨髓，或有曲意密源，似近而远，辞所不载，亦不可胜数矣。”联系这些文字来看刘勰“思表纤旨，文外曲致”，其所指就是“明者弗授，学者弗师”，“似近而远，辞所不载”，即作者创作文章在构思时的微妙心理，其道理难以运用言辞加以表述，故而刘勰“言所不追，笔固知止”。

把作者思维和写作的道理分为可以言说和不可以言说两部分，是六朝时期文论家较为普遍的思想。除了上引陆机以外，如葛洪《抱朴子·尚博》：“文章微妙，其体难识。夫易见者粗也，难识者精也。夫唯粗也，故铨衡有定焉。夫唯精也，故品藻难一焉。吾故舍易见之粗，而论难识之精，不亦可乎?”葛洪将为文之理分为“粗”和“精”，他自信地要舍粗而论精。范晔《狱中与诸甥侄书》说自己30多岁后作学问读书“往往有微解，言乃不能自尽”；对于文章，“自谓颇识其数，尝为人言，多不能赏，意或异故也”。自己明白文章的道理，说出来后，却引不起别人的共鸣，意即难以言传。正是在这样的背景中，刘勰在《文心雕龙·神思》中才着力于阐述可以言说的神思之状，至于神思的微妙之处，实在难以言说的，他只能按下不表，而引导读者通过亲身的实践去“阐其妙”“通其数”。

由于受到王元化先生解读的影响，不少学者将《神思》篇的“思表纤旨，文外曲致”与《隐秀》篇的“隐也者，文外之重旨者也”联系起来，谓刘勰这二句都是在论文章的含蓄，甚至将它们放到“意境”发展史去考察。其实“思表纤旨，文外曲致”与“隐也者，文外之重旨者也”所指涉的对象，是截然不同的。“思表纤旨”是指构思的微妙之处，而“文外之重旨”才指涉文本的特征。即使是“隐也者，文外之重旨者也”，就刘勰的本意来看，是指“隐义以藏用”（《征圣》），是“观辞立晓，而访义访隐”的《春秋》所开创的一种文章表述方式，与后世诗文讲究“言已尽而意无穷”、“含不尽之意于言外”还是有一定差异的。特别是在六朝时期，审美风尚追求的是“期穷形而尽相”（陆机《文赋》），而非意境之美。刘勰《物色》篇所谓“巧言切状，如印之印泥，不加雕削，而曲写毫芥，故能瞻言而见貌，即字而知时也”；钟嵘《诗品序》所谓“指事造形，穷情写物，最为详切”，才是六朝时期较为普遍的审美取向。

二、“逐物实难，凭性良易”之所本

刘勰《文心雕龙·序志》赞语曰：

> 生也有涯，无涯惟智。逐物实难，凭性良易。傲岸泉石，咀嚼文义。文果载心，余心有寄！

关于“逐物实难，凭性良易”二句，“龙学”家的解释也多歧出。如陆侃如、牟世金先生解释说：“要钻研事物的真相，那的确很困难；假使只凭个人的好恶，自然比较容易了。”[①] 李曰刚先生《文心雕龙斠诠》解释说：“谓以短促之寿命，追逐无涯之知识，实在困难，但凭天赋之才情，抒写自然之灵感，毕竟容易也。”他将“逐物”理解为“追逐无涯之知识”。蒋祖怡先生则谓“逐物实难”句系指“穷尽物理为难”之意。[②] 吴林伯先生说：“本篇‘逐物’指彦和之汲汲求仕。……外物虽可逐，然不必有得，故逐之难也。彦和从政莫由，故叹其难耳！”[③] 周锋先生翻译为“追求外物实在困难，凭着天性去做就较容易”[④]。张灯先生解释说：“两句实指：写作事业本就极其艰辛，掌握规律则可较显容易。这样训解，可显得文顺意畅，也契合彦和的基本观点吧！”[⑤]最后一种解释完全没有道理，因为刘勰此篇最后的“赞语”不再是论什么文章规律，而是在谈人生。但若解释“逐物”为“追求知识”“穷尽物理”，也是不确切的。因为刘勰从来不否定“追求知识”“穷尽物理”，如在《议对》篇他说：“郊祀必洞于礼，戎事必练于兵，佃谷先晓于农，断讼务精于律。”

“逐物”二句的意思是什么呢？若要正确领会其含义，先要考察此二句之所本，我认为刘勰此二句本于陆机《豪士赋序》“循心以为量者存乎我，因物以成务者系乎彼”而颠倒其文。陆机《豪士赋序》开篇曰：

> 夫立德之基有常，而建功之路不一。何则，循心以为量者存乎我，因物以成务者系乎彼。存夫我者，隆杀止乎其域；系乎物者，丰约唯所遭遇。落叶俟微风以陨，而风之力盖寡；孟尝遭雍门而泣，而琴之感以末。何者？欲陨之叶，无所

① 陆侃如、牟世金：《〈文心雕龙·序志〉译注》，《文史哲》1962 年第 1 期。
② 詹锳：《文心雕龙义证》，上海：上海古籍出版社，1989 年，第 1938 页。
③ 吴林伯：《文心雕龙》，武汉：武汉大学出版社，2002 年，第 663 页。
④ 王运熙、周锋译注：《文心雕龙译注》，上海：上海古籍出版社，2010 年。
⑤ 张灯：《〈文心雕龙·序志〉疑义辨析》，《天津师大学报》1995 年第 4 期。

假烈风；将坠之泣，不足繁哀响也。是故苟时启于天，理尽于民，庸夫可以济圣贤之功，斗筲可以定烈士之业。故曰：才不半古，而功已倍之。盖得之于时势也。

“因物以成务者”即刘勰所谓“逐物”，因为“系乎彼”，“建功之路不一”，“不一”就是没有定数，故而刘勰说“逐物实难”；“循心以为量者”即刘勰所谓“凭性”，因为“存乎我”，“立德之基有常”，故而刘勰说“凭性良易”。所以“逐物”是建立功业的意思，建立功业需要“得之于时势”，故而是困难的；“凭性”用陆机文章的话就是“立德”，用刘勰《序志》篇的话就是“树德建言”的意思，且重点偏于“建言”。“树德建言”，循心凭性即可，不须借助外力，故而“良易”。后面“傲岸泉石”四句都是顺着“凭性”即“树德建言”的意思说下来的，文意顺畅。

我这样解释，从《文心雕龙》和刘勰的身世都可以得到旁证。在《程器》篇刘勰说：“穷则独善以垂文，达则奉时以骋绩。”这是基于儒家的出处观。“达则奉时以骋绩”，也就是“逐物”。和陆机满腹牢骚一样，刘勰深沉地感慨曰：“嗟夫，此古人所以贵乎时也。”对于东汉冯衍“坎壈盛世”，他抱有同情，赞其《显志赋》和《自序》“蚌病成珠”（《才略》）。“穷则独善以垂文”就是“凭性”以“建德树言”。刘勰在《文心雕龙》中一方面强调“士之登庸，以成务为用”（《程器》），另一方面处处表现出对“立言不朽”的深切期待。除了《序志》“文果载心，余心有寄”一语外，《才略》篇曰：“一朝综文，千年凝锦。”《诸子》篇曰：“嗟夫，身与时舛，志共道申，标心于万古之上，而送怀于千载之下，金石靡矣，身其销乎？”这不就是“逐物实难，凭性良易”吗？

刘勰感慨“逐物实难”，即建功之路没有定数，是有其现实背景的。刘勰曾祖辈刘穆之（秀之从叔）在刘裕举义后不久即投奔受署，辅弼刘裕成就大业；伯祖刘秀之在宋文帝、武帝时期也屡建军功。虽然不同于东晋时期的传统士族，但在刘宋时期，东莞刘氏凭借军功跻身于世族大姓。东莞刘氏在刘宋一朝颇为显赫，然到萧齐时陡然衰落，如穆之、秀之叔侄在刘宋时先后为丹阳尹；刘秀之被征为左仆射，卒后赠侍中、司空，权贵盛矣！但到了刘秀之的孙子刘俊时，“齐受禅，国除”（《宋书·刘秀之传》）。萧齐代宋时，刘勰约十四五岁，父亲死得早，加之失去袭爵的际会，因此是“家贫”。他笃志好学，试图凭此干禄从政，立身扬名。但是在萧齐时期，曾有功于刘宋并在刘宋时期快速崛起的东莞刘氏，很快就家道中落，入仕无门。“逐物实难”，就是有着这种身世经历的刘勰的现实感慨。这种感慨在《文心雕龙》里有鲜明的反映：一方面刘勰具有建功立业、扬名不朽的强烈愿望。如《程器》篇曰：“君子藏器，待时而动。……摛文必在纬军国，负重必在任栋梁。穷则独善以垂文，达则奉时以骋绩。”《诸子》篇曰：“君子之处世，疾名德之不章。唯英才特达，则炳曜垂文，腾其姓氏，悬诸日月焉。”另一方面他对于达官贵士在文化上也享有特权表示愤慨。如《史传》篇曰：“勋荣之家，虽庸夫而尽饰；迍败之士，虽令德而常嗤。”《程器》篇慨叹“将相以位隆特达，文士以职卑多诮”。这些都典型地反映出一个出身于家道中落的世族大家的文士的心态。所以刘勰在齐末用心于“凭性”论文，“树德建言”。而至梁代齐时，可能朝廷有意起用在齐代受到压抑的家族，刘勰先后做过中军临川王宏记室（掌章表书记文檄）、车骑仓曹参军，出为太末（今浙江衢州）令，政有清绩，实践他“奉时以骋绩”的抱负。这个时候，他大约是不会发出“逐物实难”的感慨的。这一点也可以旁证《文心雕龙》是作于齐末，而非梁初。

三、“循环相因”不是正确的“通变”①

《通变》第三段列举“广寓极状”的五个例子并作评论：

> 夫夸张声貌，则汉初已极。自兹厥后，循环相因，虽轩翥出辙，而终入笼内。枚乘《七发》云：“‘通望兮东海，虹洞兮苍天。”相如《上林》云：“视之无端，察之无涯，日出东沼，月生西陂。”马融《广成》云：“天地虹洞，固无端涯，大明出东，月生西陂。”扬雄《校猎》云：“出入日月，天与地沓。”张衡《西京》云：“日月于是乎出入，象扶桑于濛汜。”此并广寓极状，而五家如一。诸如此类，莫不相循。参伍因革，通变之数也。

这一段文字的意思本身或许不难理解，但是刘勰对于“广寓极状，而五家如一”② 是持什么态度？是示人以法，还是借以批判？研究者分歧很大。的确，仅仅从这段文字本身来看，刘勰是褒是贬？态度暧昧。我觉得需要联系刘勰《文心雕龙》全书，特别是联系论骚赋、论夸张和对这五人的具体评论来理解。

首先，刘勰对“夸张声貌”本身是不否定的，《文心雕龙》就列有《夸饰》专篇，《诠赋》篇说荀子、宋玉的赋“遂客主以首引，极声貌以穷文”，后六字即这段第一句“夸张声貌，则汉初已极”的意思。刘勰用“循环”“因循”也不具有明显的褒贬，如《史传》篇说“班固述汉，因循前业”，褒贬态度是不鲜明的。再看“轩翥出辙，而终入笼内”一句，有论者拿此句与《宗经》篇“百家腾跃，终入环内”相参，意即千变万化，却有法度可循。但是，刘勰用“轩翥”都是强调“奋飞”的意思。如《辨骚》

① 按，笔者在2013年8月4—7日内蒙古师范大学的古代文论学会年会上提交了《〈文心雕龙·通变〉辨正》一文，认为“通变”不同于现代文论上所谓的继承和革新论。“通变”一词在《周易》中就含有歧义，包括“通其变”、“通”与“变”这两层意思，刘勰《文心雕龙》仿《周易》用例，亦造成语义上的歧解。但综合起来看，“通变”的内涵包括“昭体”和“晓变”两个方面。今人解释“通变”侧重于“创新变化”一面，但是刘勰的“通变”，包含着对“设文之体有常”的遵守这一方面的内容。文体规范可以触类而长，引而申之，但是基本原则不能违背，也即“昭体”，明晓并遵守自先秦至汉代逐渐确立了规范的各种文章体制。此小节为拙稿《〈文心雕龙·通变〉辨正》第四部分。

② 纪昀、范文澜、刘永济、王运熙等先生认为刘勰是以正面肯定的态度举例说明文辞气力的变化；陆侃如、牟世金、詹福瑞等先生认为所举五例正是刘勰批判的对象。

篇论《离骚》"轩翥诗人之后，奋飞辞家之前"；《夸饰》篇以可定的口气说"轩翥而欲奋飞，腾踯而羞局步"；《封禅》篇说"虽文理顺序，而不能奋飞"，对于"不能奋飞"是怀有遗憾的。相互参照来看，显然《通变》篇"终入笼内"就是"局步"，不能"奋飞"的意思，也就是不能"自铸伟辞"（《辨骚》）。所以从用语上看，这一段中刘勰是有否定态度的。

其次，刘勰提出五家的先后顺序是枚乘、司马相如、马融、扬雄、张衡，若依时间顺序应该将马融与扬雄对调，刘勰不是依据时间顺序来说明此五人一个继一个踵事增华，而是要说明枚乘为首创，司马相如、马融、扬雄、张衡都是"影附"、"因循"枚乘，跳不出框框。刘勰评论这五个人的赋，枚乘首唱《七发》"信独拔而伟丽矣"（《杂文》），评价最高；司马相如的《上林赋》"繁类以成艳"，也算是辞赋英杰十家之一；马融的《广成赋》"弄文而失质"（《颂赞》），已有贬抑；扬雄的《羽猎赋》"鞭宓妃以饟屈原，……虚用滥形，不其疏乎！"（《夸饰》）真可谓一个不如一个。特别是张衡，刘勰在《诠赋》篇里虽肯定他的《二京赋》"迅发以宏富"，也是辞赋英杰十家之一，但恰恰是在《夸饰》篇里，刘勰批评了他在《通变》篇里提到的张衡《西京》一赋"海若游于玄渚"等句"验理则理无可验，穷饰则饰犹未穷矣"。刘勰在《通变篇》列举张衡《西京》赋"日月于是乎出入"二句和"海若"等句一样，也正是"验理则理无可验，穷饰则饰犹未穷矣"。联系《夸饰》篇来看，刘勰的褒贬态度是非常鲜明的。《通变》篇这一段是专举"夸张声貌"的例子，在《夸饰》篇里，刘勰说司马相如"诡滥愈甚"，扬雄、张衡"虚用滥形"，毛病都是"甚泰"。既然刘勰的具体评价是如此，怎么可能对这种"循环相因"持肯定态度呢？如果这是示人以"通变"正法的话，不是和《文心雕龙》其他部分相矛盾吗？刘勰的文学观念不至于如此的错乱。

再者，"夸张声貌"本身属于"文辞气力"方面，刘勰是主张创新的，怎么可能会肯定"循环相因"呢？联系《辨骚》篇来看，刘勰所肯定的"取镕《经》意，亦自铸伟辞"是"通变"，"循环相因"正好是"自铸伟辞"的反面。刘勰在《辨骚》篇说"驱辞力"、"穷文致"的正确方法是"凭轼以倚《雅》《颂》，悬辔以驭楚篇"，并特别提到"亦不复乞灵于长卿，假宠于子渊矣"。如果说刘勰肯定司马相如、马融、扬雄、张衡等的这种"循环相因"，不是在称赞"乞灵于长卿"就是"通变"正法吗？

最后，刘勰论"夸张声貌"这一段的褒贬态度到底如何，还可以联系《通变》本篇的上下文来看。前面一段用"青生于蓝，绛生于蒨"的比喻来说明"虽逾本色，不能复化"的道理。司马相如、马融、扬雄、张衡四人在文辞上因循枚乘，就是"虽逾本色，不能复化"，汲深绠短，后继乏力，出不了新意。后面一段，刘勰又说："若乃龌龊于偏解，矜激乎一致，此庭间之回骤，岂万里之逸步哉？"司马相如等人在辞赋夸张上面"饰羽尚画"，不就是"龌龊于偏解，矜激乎一致"吗？刘勰说他们"虽轩翥出辙，而终入笼内"，意思也即是"庭间之回骤，岂万里之逸步哉"。刘勰在这里列举的因循五例，就是“文辞气力，通变则久”的反面失败的例证。为什么汉赋作家穷极钻砺，还是“终入笼内”，“五家如一”呢？这不是说他们创新得不够，而是说，仅仅在文辞气力上追新求奇，向近代人学，是行不通的，必须要“昭体”，遵“有常之体”，并“还宗经诰”，所以刘勰在《通变》篇后段归结说：“参伍因革，通变之数也”，并提出“宜宏大体”和博览、精阅、拓衢路、置关键等方法。

《文心雕龙》创作动机外部机缘浅论

贵州师范大学文学院　郝　永

关于文学家从事文学活动的创作动机，英国美学家阿诺·理德认为从某种意义上说是所有的一切，包括他过去所有的生活状况，他在创作时的身心状况、意识和气质，所有能引起灵感现象的一切情况。① 现代文艺学普遍认为它（创作动机）由创作需要、外部刺激（外部机缘）和创作意图（意念）② 三个重要元素组成。而其中外部机缘，是文学创作动机的诱因，它连结了创作需要和意图两个要素，使创作动机实现了从潜在存在到客观现实的运动。那么，中国古代文论有没有关注到这个问题？作为中国古代文论重要文本的《文心雕龙》里是否有关于创作动机外部机缘的信息？如果有，其来龙和去脉又呈现怎样的面貌？带着以上疑问，笔者对《文心雕龙》③ 研读后，注意到了刘勰下面的论述："人秉七情，应物斯感，感物吟志，莫非自然。"（《明诗》）即人天生具有喜、怒、哀、惧、爱、恶、欲等情感，且天然具有表现这些情感的需要，遇有对应外部刺激感发，文学艺术家就会产生通过吟咏等方式来释放该情感的意图，这是标准的关于创作动机的理论，且他所提到的"物"，就是我们所说的外部机缘，当然，关于创作动机的外部机缘，现代文艺学种类划分比较细密④，但根本上，不外自然景物和社会生活两大类，对于这两种类型的外部机缘，刘勰在《文心雕龙》里都有提到。

一

刘勰高度重视自然景物作为创作动机的外部机缘。他在《文心雕龙》五十篇中专辟《物色》来谈自然景物和文学创作的关系。不可避免，刘勰论述到了自然景物作为外部机缘对文学艺术家创作的启发作用。他说："春秋代序，阴阳惨舒。物色之动。心亦摇焉。"（《物色》）刘勰认为，一年中四季的交替，具体表现为阴阳变化后又具现为凄凉阴冷的秋冬和舒坦伸展的春夏，自然景象的不已变动感动着人的心灵也随之摇荡⑤。我国古代哲

---

① （英）阿诺·理德：《美学译文》（一），北京：中国社会科学出版社，1980 年，第 90 页。
② 童庆炳：《文学理论教程》，北京：高等教育出版社，1992 年，第 121 页。
③ 范文澜：《文心雕龙注》，北京：人民文学出版社，1958 年。
④ 杨立元：《论创作动机的触发机制》，《解放军艺术学院学报》2000 年第 1 期。
⑤ 张灯：《文心雕龙新注新译》，贵阳：贵州教育出版社，2003 年。

学，把阴阳五行的相生相克，看做造化出丰富多彩之大千世界的动力源，刘勰相信，自然景物的某些属性对应着人的相应情感，故而，特定的自然景物是能够作为人相应情感需要的外部刺激物的："是以献岁发春，悦豫之情畅；滔滔孟夏，郁陶之心凝；天高气清，阴沉之志远；霰雪无垠，矜肃之虑深。"（《物色》）这里，刘勰目生机盎然的春季自然景物为能够激发愉悦之情的外部机缘，阳气过盛烈日炎炎的夏季自然景物是可以引起烦躁郁闷情绪的外部机缘，天高云淡凉气清爽的秋季自然景物是感动沉静悠远志趣的外部机缘，冰雪无垠冷峻异常的冬季自然景物为庄严肃穆情感的外部机缘。接着，刘勰具体谈到了作为外部机缘的一些自然景物如：灼灼之鲜的桃花、依依之貌的杨柳、杲杲之容的日出、瀌瀌之状的雨雪、喈喈之声的黄鸟、喓喓之韵的草虫等。后来刘勰总结道："一叶且或迎意，虫声有足引心，况清风与明月同夜，白日与春林共朝哉"。（《物色》）一叶飘落和虫鸣声声都可以成为文学创作动机的外部机缘，更不用说清风与明月相伴而生的夜色和丽日共春林照耀辉映的美景了。

当然，在我国文学理论史上，对自然景物作为创作动机外部机缘的问题，还被其他理论家所重视且不乏真知灼见。首先，我国艺术理论的较早经典文本《礼记·乐记》中就有相关此问题的阐述："凡音之起，由人心生也。人心之动，物使之然也。……乐者，音之所由生也；其本在人心之感于物也。"[①] 这段文字的要害在于它明确指出，外物感动人的心灵是音乐之所以能够产生的根本。那么我们从创作动机的视角关照后得出结论，《乐记》的作者已经对外部机缘在创作动机形成中甚或整个创作过程中的重要作用有了清醒且科学的认识。再者，比刘勰稍早的陆机在其文论名著《文赋》中也涉及这一问题："遵四时以叹逝，瞻万物而思纷。悲落叶于劲秋，喜柔条于芳春。心懔懔以怀霜，志眇眇而临云。"季节更替万物变迁感发着文学艺术家叹于往事而思绪纷纷，深秋落叶与芳春的柔软枝条激动了人们的或悲或喜的情感，严霜笼罩对应郁郁寡欢的心情，面对蓝天白云又勾起人们高远的志向。杨明先生对这段话理解的好："所谓'悲落叶于劲秋，喜柔条于芳春'云云，反映了文人生活和创作中的一个重要现象，即对于自然景物非常敏感，认为自然景物具有激发人的情感的强大力量"。[②] 可见，相较于《乐记》，在对创作动机外部机缘的认识上，陆机已经把笼统的物具化为更替的四时、变迁的万物、劲秋的落叶、芳春的柔条、盖地的严霜、飘忽的白云。还有，和刘勰同时而稍晚的另一位伟大的文学理论家钟嵘在其《诗品序》中也表达了同样的观点：若乃春风春鸟，秋月秋蝉，夏云暑雨，冬月祁寒，斯四侯之感诸诗者也。他也认为，春风、春鸟、秋月、秋蝉、夏云、暑雨、冬月、祁寒等，是四季之中感动诗人的情感产生创作意图的自然景物。

通过上文我们可以看到，是刘勰连同其他的文学理论家们，使自然景物作为文学

① （唐）孔颖达：《十三经注疏·礼记正义》，北京：中华书局，1980年，第1557页。

② 杨明：《文赋诗品译注》，上海：上海古籍出版社，1999年，第2、4-5页。

创作动机的外部机缘，在那么早的时代就形成了完备的理论形态。

二

除了自然景物，刘勰还注意到了社会生活作为创作动机形成的外部机缘。所谓“人秉七情，应物斯感，感物吟志，莫非自然”的“物”，既包括上文所谈到自然景物，同时，他还认为社会生活一样可以是文学艺术创作动机的外部机缘。

在《明诗》篇中，他说：“及大禹成功，九序惟歌；太康败德，五子咸怨。……逮楚国讽怨，则《离骚》为刺。”正是大禹的盖世奇功使百业有序，激动了诗人抒发喜悦之情的创作意图；而太康政德败坏，荒淫无度，也正是表达怨愤情感的创作契机。《离骚》的诞生，是以屈原所处之楚国需要讽怨的社会生活为背景的。类似的还有：“昔在陶唐，德盛化钧，野老吐‘何力’之谈，郊童含‘不识之歌。有虞继作，政阜民暇，‘薰风’诗于元后，‘烂云歌于列臣。……幽厉昏而《板》《荡》怒，平王微而《黍离》哀。”（《时序》）刘勰认为，在唐尧虞舜的时代，德政盛行教化遍布、百姓安居乐业的社会生活，激励着人们表达舒畅心情的创作意图，故而催生了诸如《击壤》《康衢》《薰风》《卿云》等作品。相反，昏庸无道的周幽王、周厉王时期的社会生活状况，则是满含怒气的《板》《荡》等歌诗创作的外部机缘，而周平王的无能导致王道衰微，则不免激起了诗人的哀伤之情且创作出饱含哀伤之情如《黍离》这样的诗篇来。再如他谈到建安文学时说：“观其时文，雅好慷慨，良由世积乱离，风衰俗怨，并志深而笔长，故梗概而多气。”（《时序》）对此，郭绍虞先生评论说：“（刘勰）在叙述建安文学时，指出在‘世积乱离’、‘风衰俗怨’的时代条件下，产生了‘雅好慷慨’、‘梗概而多气’的优秀作品。”① 可见，郭先生是认可社会生活可以感发文学创作的。我们的理解是：刘勰认为，正是长期的征战离乱、世风日衰民怨盛炽的社会状况，点燃了作家们激越慷慨的情感之火，产生了强烈的创作意图，于是才有了中国文学史上志深笔长梗概多气的建安文学。

和自然景物一样，刘勰的社会生活作为创作动机形成的外部机缘观点，也有其来龙和去脉。这个理论早在屈原的诗作中已露端倪：“惜诵以致愍兮，发愤以抒情”。（《楚辞·九章·惜诵》）后经过百多年而有了司马迁的“发愤著书”说，他在其《屈原贾生列传》、《太史公自序》和《报任安书》等著名篇章中都谈到了这个问题。《屈原贾生列传》曰：“屈平疾王听之不聪也，谗谄之蔽明也，邪曲之害公也，方正之不容也，故忧愁幽思而作《离骚》。”司马迁的意思是，屈原所处的主上昏庸、小人当道、忠正之臣不见容的生存环境，激发了他忧愁幽思的情感，产生了抒发该情感的创作意图。在《太史公自序》和《报任安书》中，司马迁更是把他的观点明确地和盘托出：

① 郭绍虞、王文生：《中国历代文论选》（一），上海：上海古籍出版社，1979年，第295页。

“盖西伯拘而演《周易》；仲尼厄而作《春秋》；屈原放逐，乃赋《离骚》；左丘失明，厥有《国语》；孙子膑脚，《兵法》修列；不韦迁蜀，世传《吕览》；韩非囚秦，《说难》、《孤愤》；《诗》三百篇，大抵贤圣发愤之所为作也。“司马迁认为，恰恰是周文王、孔子、左丘明等政治上、生活上遭遇的不公正待遇，激发起他们心中的愤激之情，于是就通过创作来求得替代性满足。这是普遍存在于我国古代知识分子中的文化心理现象。司马迁的提出，对后世文学思想产生了巨大影响，唐代韩愈就曾主张“不平则鸣”说：大凡物不得其平则鸣，草木之无声，风挠之鸣，水之无声，风荡之鸣，……人之于言也亦然，有不得已者而后言，其歌也有思，其哭也有怀。凡出乎口而为声者，其皆有弗平者乎。(《送孟东野序》) 北宋欧阳修也提出了“穷而后工”说：“予闻世谓诗人少达而多穷，夫岂然哉！盖世所传诗者，多出于古穷人之词也。凡士之蕴其所有而不得施于世者……内有忧思感愤之郁积，其兴于怨刺，以道羁臣寡妇之所叹，而写人情之难言，盖愈穷则愈工”（《梅圣俞诗集序》）明代李贽更是满怀激情地在《忠义水浒传序》中写道：“《水浒传》者，发愤之所作也。盖自宋室不竞，冠屦倒施，大贤处下，不肖处上。驯致夷狄处上，中原处下……施罗二公身在元，心在宋，虽生元日，实愤宋事。”① 可见，以上文论家都把痛苦和不幸遭际当作激发文学艺术家对应情感的契机，进而使他们产生创作意图，来抒发愤激之情，这和刘勰“幽厉昏而《板》《荡》怒”所蕴涵的观点是一致的。但人们的生活遭际不光是痛苦和不幸，刘勰认为“德盛化钧”的社会生活会使人们心情愉悦、舒坦，以此为机缘的文学创作意图应该是表达愉悦、舒坦情感的，而这正是“发愤著书”说派文学创作外部机缘论的缺失所在（当然，这和他们的自身理论体系有关）。

毕竟，尺有所短，寸有所长，关于社会生活作为创作动机形成的外部机缘问题，刘勰的叙述比“发愤著书”说派要全面，但其不足是论述不集中，需要我们从相关篇章中进行析离。然而在《诗品序》中，钟嵘的阐述却相对集中：“嘉会寄诗以亲，离群托诗以怨。至于楚臣去境，汉妾辞宫；或骨横朔野，或魂逐飞蓬；或负戈外戍，杀气雄边；或塞客衣单，孀闺泪尽；或士有解佩出朝，一去忘返；女有扬蛾入宠，再盼倾国。凡斯种种，感荡心灵非陈诗何以展其义？非长歌何以骋其情？”王运熙先生对这一段话有评论：“这里说明变化不居的自然景物和不同寻常的社会生活，使身临其境的人们，产生了激动的感情，不能不形诸舞咏”②。本文主张，钟嵘和刘勰一样，认为文学创作动机的外部机缘包含自然景物、社会生活两类样态（此处论述需要结合本文第一部分相关之处理解）。但是，在论及社会生活作为文学创作动机的外部机缘时，钟嵘已经从刘勰的“德盛化钧”“政阜民暇”“幽厉昏”“平王微”等大略的表述而具体化为鲜活的生活事件，如：亲友的欢聚与别离，屈原的流放与昭君的出塞，守边将士的生

---

① 李壮鹰：《中国古代文论》，北京：高等教育出版社，2001 年，第 43 – 45 页。

② 王运熙、顾易生：《中国文学批评史》（上），上海：上海古籍出版社，1981 年，第 179 页。

逢遭际与空闺独守妇女的凄凉泪眼，贤士的挂冠归隐与美女的倾国得宠等，他认为都是激发文学艺术家相应情感需要进而产生创作意图的外部机缘。

综上所述，在中国古代文论中，不仅客观存在着现代文艺学所谓的文学创作动机的外部机缘理论，而且具有该理论的完整体系。在此问题上，南朝齐、梁文论家刘勰的笼罩群言之巨著《文心雕龙》，既继承了前人如司马迁、陆机等的相关成就，完整了创作动机的外部机缘理论，使其同时包含着自然景物和社会生活，又润溉了后来的文论家如钟嵘、韩愈等，使得这一理论在钟嵘那里更加具体、清晰、系统、集中。

刘勰的才学观

沈阳师范大学文学院　王焕然

才与学是构成作家创作能力的重要组成部分，二者有先天后天之分，对于一个优秀的作家而言，才学必须兼备。刘勰在《文心雕龙》一书中阐述了自己的才学观，其观点公允全面，对后人产生了很大影响。

一

才华是衡量一个人能否成为作家及其成就高低的先决条件。没有才华却偏要创作，只能劳而无功。才华是天生的，各不相同，是由作者先天的气决定的。《风骨》引用曹丕的话说“文以气为主，气之清浊有体，不可力强而致。”① 作品亦由作家独特的气而来：“气以实志，志以定言；吐纳英华，莫非情性。”此气“明者弗授，学者弗师”（《定势》），不可改易。

作家才华表现形式不一，有才气大小之分，有写作敏捷迟缓之分，有趣味好尚的不同，有擅长文体的不同，有豪放与婉约的区分，有通才与偏才的不同。作家写作速度差距很大，“人之禀才，迟速异分”（《神思》），有的作家写得很快，“机敏故造次而成功”（《神思》）、“或率尔造极”（《物色》），有的作家写作很慢，“虑疑故愈久而致绩”（《神思》）、“或精思愈疏”（《物色》）。快者如“枚皋应诏而赋”、“仲宣举笔似宿构”，慢者如“相如含笔而腐毫”、“左思练都以一纪”（均见《神思》）。快慢不同，但不能成为衡量作家水平高低的标准。刘勰对众人贬抑曹丕过甚表达了不满，他们的理由之一是“子建思捷而才俊”，“子桓虑详而力缓”（《才略》）。作家有全才、偏才之分。偏才长于一面而短于其余方面。议对文既要求作者有政治才干，又需要文学才干，但这样的全才实难一见：“难矣哉，士之为才也！或练治而寡文，或工文而疏治，对策所选，实属通才；志足文远，不其鲜欤！”（《议对》）写议对文的作家中，有的寡文，有的疏治，属偏才，唯对策文，实属通才。即使才华横溢之人，亦难兼擅，“然才冠鸿笔，多疏尺牍”（《书记》），大作家往往书信不佳。作家或长于文，或长于笔。“孔融

① 陆侃如、牟世金：《文心雕龙译注》，济南：齐鲁书社，1995年。下引《文心雕龙》只标篇名。

气盛于为笔，祢衡思锐于为文，有偏美焉。”（《才略》）“庾以笔才逾亲”（《时序》）。作家偏擅的文体不同：“琳、瑀以符檄擅声，徐干以赋论标美”（《才略》）。文体论各篇，“选文以定篇”（《序志》）部分，列举了每一类文体的名家名篇，从中可以看出作家所擅文体的不同。当然亦有大家兼擅多种文体的，如扬雄、班固、曹植、陆机、谢灵运、鲍照等人。作家的才气有大小、高下之分。陆机与陆云虽并称二陆，但两个人才气实有优劣之分：“至如士衡才优，而缀辞尤繁；士龙思劣，而雅好清省。”（《熔裁》）“陆机才欲窥深，辞务索广，故思能入巧而不制繁；士龙良朗练，以识检乱，故能布彩鲜净，敏于短篇。（《才略》）陆机才气大，所以词采繁富，钟嵘誉其“陆才如海”[①]（《诗品》卷上）。陆云才劣，辞藻清省，自云“才不便作大文”[②]（《与兄平原书》）。有的作家才豪气爽，有的情思婉细：“古来文才，异世争驱，或逸才以爽迅，或精思以纤密。”（《指瑕》）

《才略》是集中讨论作家创作个性的专篇。每个作家的才华不同，他的思路自然也不一样，“且才分不同，思绪各异”（《附会》），创作时表现迥别：“思赡者善敷，才核者善删；善删者字去而意留，善敷者辞殊而意显。”（《熔裁》）思路丰富的人善于敷写，才华精核的善于删减。《总术》亦云：“精者要约”“博者该赡”“辨者昭晰”“奥者复隐”。但不管作家的才华如何不同，他们的创作风格总与其才性一致，“触类以推，表里必符”（《体性》）。《体性》所论风格是由才气学习四方面所决定，但其文中所举例子，侧重在内在的才气。《才略》以专篇讨论了上百位作家的创作才能，表明了其对才华的重视。许多论述将作家的才华与其创作风格联系起来，如“贾谊才颖，陵轶飞兔，议惬而赋清，岂虚至哉！”又如“左思奇才，业深覃思，尽锐于《三都》，拔萃于《咏史》，无遗力矣。”

二

刘勰所谓学，涵盖学问、学识、学习等众多概念的意义。在刘勰看来，学是创作的基础，他多次化用扬雄“读千首赋，乃能为之”，表明其对学习与创作的关系有着明确的认识。他认为历代创作皆是在学习前人基础之上进行的，《通变》说：“暨楚之骚文，矩式周人；汉之赋颂，影写楚世；魏之策制，顾慕汉风；晋之辞章，瞻望魏采。”但刘勰并不是复古论者，继承中有创新是他完整的通变观。所以再三强调“叁伍因革，通变之数”、“凭情以会通，负气以适变”、“望今制奇，参古定法”（《通变》）。学习继承的前提是分辨出文章的高下，具备广博的阅读经验与知识储备必不可少：“凡操千曲而后晓声，观千剑而后识器，故圆照之象，务先博观。”（《知音》）具体衡量作品的六

---

① 曹旭：《诗品集注》，上海：上海古籍出版社，1994 年，第 141 页。

② 严可均：《全上古三代秦汉三国六朝文》，北京：中华书局，1958 年，第 2042 页。

个标准（六观），多数与学有关。位体是文章体裁，通变是对传统文学的继承与创新，奇正是正常与异常表现手法的运用，事义是作品的用典。

刘勰强调要学习继承，不分时代，“古今备阅”（《通变》），对全部有用文献加以继承，《风骨》说：“若夫镕铸经典之范，翔集子史之术，洞晓情变，曲昭文体，然后能孚甲新意，雕画奇辞。”《通变》亦说“先博览以精阅”。但刘勰并非不加区别地学习，主张加以鉴别，“弃邪而采正”（《史传》）。在对待古今问题上，他并非等量齐观。因为在南朝，文学界普遍存在着重今轻古的趋向，“远弃风雅，近师辞赋”（《情采》）、“多略汉篇，师范宋集”（《通变》）的问题甚为突出。为了矫枉，他提出重古的主张来补救。本来，古今无所谓绝对的高下之分，但从魏晋以来重辞采的趋向愈发严重，及至南朝到了靡丽浮滥的程度。这与轻忽经典密不可分。他要以经典扭转不正文风，“矫讹翻浅，还宗经诰”（《通变》）。文章若能宗经，便可以成为有六义的完美作品：“一则情深而不诡，二则风清而不杂，三则事信而不诞，四则义直而不回，五则体约而不芜，六则文丽而不淫。”（《宗经》）。六义源于经典但不囿于经典，具有普遍的指导意义。经典是每个作家创作时必须遵循的指导原则。《离骚》是《诗经》之后的又一文学经典，后人也学习它，受其沾溉：“是以枚贾追风以入丽，马、杨沿波而得奇；其衣被辞人，非一代也。”（《辨骚》）除此之外，学习的对象，还包括“论文叙笔”（《序志》）的文体论，以及“剖情析采”（《序志》）的创作论。

每种文体都有自己的名称与写作规范，这是必须继承与学习的，“体必资于故实”（《通变》）。在文体论，刘勰“敷理以举统”（《序志》），归纳出各体文章的写法，包括其写作要点、立意、语言、风格特点及要注意的问题等。他特意指出来文体规范的破体现象，让后来者引以为戒。颂、赞、赋都有以颂美为主旨、以赋为主要写作手法的特点，写作时，很容易滑向另一种文体。《颂赞》篇列举了诸多名家、名篇的例子：“至于班傅之北征西巡，变为序引，岂不褒过而谬体哉！马融之广成上林，雅而似赋，何弄文而失质乎!”个人的创作个性，不能超越文体规范。

相对于较为固定的文体规范，写作手法与技巧则有较大的灵活性，作家亦需要加以把握，为创作打下一个坚实的基础。《总术》是创作论的序论，多次强调掌握技巧的重要性：“才之能通，必资晓术。自非圆鉴区域，大判条例，岂能控引情源，制胜文苑哉?”千变万化的写作活动中，基本的写作技巧是相对稳定的，“思无定契，理有恒存”（《总术》），只有掌握了技巧，方可取得创作上的成功。刘勰在创作论部分同样点出运用创作技巧与方法时要注意的问题。真正高明的作家是“执正以驭奇”，只有那些初学之人，才会“逐奇而失正”，一味求新求巧，“厌黩旧式，故穿凿取新，”所做只有“反正而已”，导致“苟异者以失体成怪”、“文体遂弊”（均见《定势》）。《风骨》讽刺这类人“跨略旧规，驰骛新作，虽获巧意，危败亦多”。前人的创作经验，值得后人揣摩、学习。汉赋夸饰一开始就达到令后人难以逾越的高度，后人只有模拟一途：“自兹厥后，循环相因；虽轩翥出辙，而终入笼内。”（《通变》）《诗经》与《楚辞》描写外物景色时言简意丰，后来作家“莫不因方以借巧，即势以会奇，善于适要，则虽新弥旧矣”，做到“物色尽而情有余者”（《物色》）。

学习不但让作家掌握写作规范、技巧，还对其风格的形成有很大作用。学习的作品不同，其作品呈现风格自然不同，“所习不同，所务各异。”（《定势》）“是以模经为式者，自入典雅之懿；效骚名篇者，必归艳逸之华”（《定势》）。但学习须能体现出自己的个性与才华。那些善于学习的作家，善于借鉴前人的成功经验，避免前人的失误，充分施展个性才华，创作出完美的作品。班固看到了司马相如《封禅文》与扬雄《剧秦美新》的得失，所作《典引》，兼有二文之长，而免其所短，其成功之由，正如刘勰所言：“历鉴前作，能执厥中，其致义会文，斐然余巧。”（《封禅》）如果一味模拟，只能是东施效颦，每况愈下：“自连珠以下，拟者间出，杜笃、贾逵之曹，刘珍、潘勖之辈，欲穿明珠，多贯鱼目，可谓寿陵匍匐，非复邯郸之步，里丑捧心，不关西施之颦矣。”（《杂文》）

通过广泛学习，作家积淀了深厚的学问，于创作中亦有所体现，最能体现一个作家学问的，莫过于用典。刘勰专门设《事类》一篇，来探讨用典的技巧。一个作家用事有误，不免被人讥笑为学问不精。

三

才与学在创作过程中都有着重要的作用。刘勰的高明之处，还在于他能把二者统一起来。《体性》是刘勰集中论述风格的专篇，决定风格的是作家的个性，而作家个性包括才、气、学、习等四个方面：“然才有庸俊，气有刚柔，学有浅深，习有雅郑，并情性所烁，陶染所凝。是以笔区云谲，文苑波诡者矣。故辞理庸俊，莫能翻其才；风趣刚柔，宁或改其气；事义浅深，未闻乖其学；体式雅郑，鲜有反其习：各师成心，其异如面。”才与气可归为一组，具有先天性，极难改变。学与习可归为另一组，具有后天性，是可以改变的。才气规定着作品立意、语言及其情趣，学习规定着作品用典及其体式。但才与学的地位并非是等同的，《事类》完整充分地梳理了二者之间的关系：

> 文章由学，能在天资，才自内发，学以外成。有学饱而才馁，有才富而学贫。学贫者迍邅于事义，才馁者劬劳于辞情，此内外之殊分也。是以属意立文，心与笔谋，才为盟主，学为辅佐，主佐合德，文采必霸，才学褊狭，虽美少功。夫以子云之才，而自奏不学，及观书石室，乃成鸿采，表里相资，古今一也。

才气是内在的，学习是外在的。才为主，学为辅。《体性》亦云：“若夫八体屡迁，功以学成，才力居中，肇自血气，气以实志，志以定言，吐纳英华，莫非情性。”只有内外结合、主辅并行，方能创作出完美的作品，“主佐合德，文采必霸”。子云那样的高才，尚且要增加自己的学识，何况才华不及扬雄者！那些前代有名的作家，都是才学兼备之人，“伟矣前修，学坚才饱”（《杂文》）。仅有一方面的才能则创作中会遭遇困境，“才学褊狭，虽美少功”，“有学饱而才馁，有才富而学贫。学贫者迍邅于事义，才馁者劬劳于辞情”。学问贫乏者用事时感到捉襟见肘，才华不足者苦苦思索而无从下笔。这两种情形在《文心雕龙》中都有所论列。《神思》论到“学浅”“才疏”两类人，近于学贫与才馁者。才馁者如：“桓谭著论，富号猗顿，宋弘称荐，爰比相如，而《集灵》诸赋，偏浅无才，故知长于讽论，不及丽文也。”（《才略》）桓谭虽然学识丰富，长于议论，但没有丽文之才，故写出的小赋成就不高，桓谭自道：“尝激一事而作小赋，用精思太剧，而立感动发病，弥日瘳。”①（《新论·祛蔽》）无才偏要创作，不仅作品价值不高，还劳心伤身，害莫大焉。又如：“王逸博识有功，而绚彩无力。”（《才略》）王逸注《楚辞》，学问渊博，然其《九思》缺乏感人力量，与一味模拟屈原而无真情实感有关。学贫者如张武子等：“故魏武称张子之文为拙，然学问肤浅，所见不博，专拾掇崔、杜小文，所作不可悉难，难便不知所出，斯则寡闻之病也。（《事类》）但对一味卖弄学问而无才气流露的作法刘勰非常不满。《论说》云：“曹植辨道，殆同书抄。”一些史学家在史书中夸奇耀博，背离真实原则，更为刘勰极力批驳：“旧史所无，我书则博，此讹滥之本源，而述远之巨蠹也。”（《史传》）

才力影响着作家对学习对象的选择，各有自己的偏好：“然文术多门，各适所好，明者弗授，学者弗师。”（《风骨》）“桓谭称文家各有所慕，或好浮华而不知实核，或美众多而不见要约。陈思亦云，世之作者，或好烦文博采，深沉其旨者，或好离言辨白，分毫析厘者。所习不同，所务各异。”（《定势》）不同的作家、其审美好尚、创作经历不同，面对同样的作品，他们的取舍各不相同：“故才高者菀其其鸿裁，中巧者猎其艳辞，吟讽者衔其山川，童蒙者拾其香草。”（《辨骚》）博学可以丰富才力：“是以将赡才力，务在博见。”（《事类》）学识广博可以让作者开阔眼界，明辨事理，提升作者审美及语言运用能力，进而提高作者的创作才华。

虽然刘勰多数情况下是将才与学区分开来的，但有时确实难将二者判然分别。《才略》主要探讨作者才气，但论到有的作家时，却从学的角度立论，如“相如好书，师范屈宋，洞入夸艳，致名辞宗。”既与“才为盟主，学为辅佐”矛盾，也与“渊卿以前，多俊才而课学”有忤，恐怕刘勰所说的学里，包含有才的成分。

四

南北朝文人崇尚博学，文学的自觉促使人们在创作中有意识地使事用典，用典之风盛行一时，甚至出现了以作文炫耀学问的现象，作家的真性情反而被遮盖了。当时文人对此颇有批评。萧子显在《南齐书·文学传论》中将南齐流行文章归为三体，其

① 严可均：《全上古三代秦汉三国六朝文》，北京：中华书局，1958年，第544页。

中一体“次则缉事比类，非对不发，博物可嘉，职成拘制。或全借古语，用申今情，崎岖牵引，直为偶说，唯睹事例，顿失情采”①。连篇累牍的全是典故，不见作者情感。钟嵘《诗品中》亦批评了当时非事不发的创作习气：“至乎吟咏情性，亦何贵于用事？‘思君如流水’，既是即目，‘高台多悲风’，亦唯所见；‘清晨登陇首’，羌无故实，‘明月照积雪’，讵出经史。观古今胜语，多非补假，皆由直寻。颜延、谢庄，尤为繁密，于时化之。故大明、泰始中，文章殆同书抄。近任昉、王元长等，辞不贵奇，竞须新事。尔来作者，寖以成俗。遂乃句无虚语，语无虚字，拘挛补衲，蠹文已甚。但自然英旨，罕值其人。词既失高，则宜加事义。虽谢天才，且表学问，亦一理乎？”②钟嵘认为作诗尤其是抒发情感时以直寻为佳，对于补缀成文、字句皆有来历、殆同书抄的做法表示了强烈不满。但其将学问与天才对立起来似又矫枉过正。沈约亦提出“直举胸情”“非傍经史”③。针对文章殆同书抄的风气，三人的批评不无道理，但才气并非与学问截然对立。典故史实并非不能抒情，运用得好了，能做到言简意深、包孕丰富的特点。与他们比较起来，北朝文人颜之推《颜氏家训·文章》的观点更为公允全面。他很好地摆正了才学之间的关系：“文章当以理致为心肾，气调为筋骨，事义为皮肤，华丽为冠冕。今世相承，趋末弃本，率多浮艳，辞与理竞，辞胜而理伏，事与才争，事繁而才损。”④ 理致与气调为文章根本，用事只能是表面的。他批评了那些过度用事、有损作家才华的做法，强调才华的决定作用，认定仅有学问无才华而勉强写作，写出的作品只会遭人唾弃：“学问有利钝，文章有巧拙。钝学累功，不妨精熟；拙文研思，终归蚩鄙。但成学士，自足为人，必乏天才，勿强操笔，吾见世人，至于无才思，自谓清华流布，丑拙亦以众矣，江南号为詅痴符。”⑤ 学问可由学习而来，而才华则是天生的，与后天努力无关。与同时代人比较，可以看出刘勰的才学观更加全面、丰富，因此对后世的影响更为深远。

刘知几提出了作为史学家必备的素养，很好地论述了才学之间的关系：“史有三长：才、学、识，世罕兼之，故史者少。夫有学无才，犹愚贾操金，不能殖货；有才无学，犹巧匠无楩柟斧斤，弗能成室。”⑥ 史学家需才学识兼备，有学无才，材料只能是死的，有才无学，如同巧妇难为无米之炊。其所论，对文学同样适用。宋代，严羽提出了别材别趣说：“夫诗有别材，非关书也，诗有别趣，非关理也。然非多读书，多穷理，则不能极其至，所谓不涉理路，不落言筌者，上也。……且其作，多务使事，不问典致，用字必有来历，押韵必有出处，读之反复，终篇不知着到何在。”⑦ 有意无

---

① 萧子显：《南齐书》，北京：中华书局，1972 年，第 908 页。

② 曹旭：《诗品集注》，上海：上海古籍出版社，1994 年，第 174 – 181 页。

③ 沈约：《宋书》，北京：中华书局，1974 年，第 1779 页。

④ 王利器：《颜氏家训集解》，北京：中华书局，1993 年，第 267 页。

⑤ 王利器：《颜氏家训集解》，北京：中华书局，1993 年，第 254 页。

⑥ 欧阳修、宋祁：《新唐书》，北京：中华书局，1975 年，第 4522 页。

⑦ 郭绍虞：《沧浪诗话校释》，北京：人民文学出版社，1961 年，第 26 页。

意间将与才与学对立起来，引发了后人的激烈论争。但后世附和严羽者极少，多数人批评了严羽这种重才轻学的做法，认为如此只能导致诗歌的浮浅粗疏。清朱彝尊的批评最为深刻。《曝书亭集》卷三十九《楝亭诗序》云："今之诗家空疏浅薄，皆由严仪卿诗有别才、匪关学一语启之，天下岂有舍学言诗之理。"[①] 认为正是他开了后世诗人空疏浅薄之弊。清郑方坤《全闽诗话》卷八引《静志居诗话》曰："严仪卿论诗，谓诗有别才，非关学也，其言似是而实非，不学墙面，安能作诗？自公安、竟陵派行，空疏者得以借口，果尔，则少陵何苦读书破万卷乎？"[②] 朱彝尊甚至认为无才根本不可能作诗。作诗才学兼备是学人的通识。张历友答郎廷槐提问曰："严羽沧浪有云：诗有别才，非关学也；诗有别趣，非关理也。此得于先天者，才性也，读书破万卷，下笔如有神，贯穿百万众，出入由咫尺，此得于后天者，学力也。非才无以广学，非学无以运才，两者均不可废。有才而无学，是绝代佳人唱莲花落也；有学而无才，是长安乞儿着宫锦袍也。"[③] 二者缺一不可，可互为作用，有才可以丰富学问，学问可以展示作者才华。清人冯班很好地论证了读书提升才华的道理：

> 杜子美云读书破万卷，下笔如有神，涉览既多，才识自倍资于吟咏，亦不专在用事。[④]（《钝吟杂录》卷七）
>
> 余不能教人作诗，然喜劝人读书，有一分学识，便有一分文章，但得古今十分贯穿，自然才力百倍。相识中多有天性自能诗者，然学问不深，往往使才不尽。[⑤]（《钝吟杂录》卷三）

刘勰的才学观代表了传统的主流看法。他既重视才华，又重视学问，不偏废一方面。对二者的关系刘勰有明确的认识，才为主，学为辅，二者之间可相互促进、提高，这是他高于同时代许多人的方面，也使其理论得到了多数人的认同与发扬，产生了极大影响。

---

① 朱彝尊：《曝书亭集》，上海：世界书局，1937 年，第 484 页。
② 《续修四库全书》第 1702 册，上海：上海古籍出版社，2002 年影印清乾隆诗话轩刊本，第 285 页。
③ 王士祯：《带经堂诗话》，北京：人民文学出版社，1982 年，第 823 页。
④ 《四库全书》第 293 册，上海：上海古籍出版社，1987 年影印文渊阁四库全书本。
⑤ 《四库全书》第 293 册，上海：上海古籍出版社，1987 年影印文渊阁四库全书本。

刘勰评论三曹的美学标准

河北大学文学院　杨青芝

刘勰《文心雕龙》中涉及三曹的材料散见在《明诗》等27篇中，或评价三曹的作品，或引用三曹对某一文体、某一概念、某一文学现象的看法。本文将从《文心雕龙》中全面搜检有关三曹的材料，由此探讨刘勰评论三曹诗文的美学标准。

一、慷慨与清丽的诗风

曹氏父子以自身的权势和才学吸引大批文人聚集到邺下，并以诗坛领袖的地位带领这一批人达到前所未有的文学创作高峰。曹丕回忆说："昔日游处，行则连舆，止则接席，何曾须臾相失！每至觞酌流行，丝竹并奏，酒酣耳热，仰而赋诗，当此之时，忽然不自知乐也。"（《与吴质书》）这些人"怜风月，狎池苑，述恩荣，叙酣宴"，在酣歌宴饮中创作了大量的诗文，虽然在这之前像王粲等人已有很好的作品创作，但相较于这一时期而言，究竟是属于个人的创作行为，而无法形成一个集体的创作高潮。刘勰《明诗》中力赞这一时期文人的创作盛况，"魏武以相王之尊，雅爱诗章；文帝以副君之重，妙善辞赋；陈思以公子之豪，下笔琳琅；并体貌英逸，故俊才云蒸。仲宣委质于汉南，孔璋归命于河北，伟长从宦于青土，公干徇质于海隅；德琏综其斐然之思；元瑜展其翩翩之乐。文蔚、休伯之俦，于叔、德祖之侣，傲雅觞豆之前，雍容衽席之上，洒笔以成酣歌，和墨以藉谈笑。"这些人虽然都是冲着曹操而来，希望能建金石之功，但因为连年的战争和瘟疫、有些是因为政治上的斗争，而使生命朝不保夕，瞬间陨落，因此需要在有生之年发挥出自己最大的价值，立言不朽成为他们一致的选择。正如曹丕所言："年寿有时而尽，荣乐止乎其身，二者必至之常期，未若文章之无穷。"（《典论·论文》）他把文章提到"经国之大业，不朽之盛事"与立德立功同等的地位，也可以说是为了让跟随他们的这些人有一个发挥他们特长的机会和理由。

刘勰评价曹氏父子及建安七子的诗歌首先用气和慷慨来概括。他在《明诗》和《时序》两篇中都提到他们的诗歌的特色，一是"慷慨以任气，磊落以使才，造怀指事，不求纤密之巧，驱辞逐貌，唯取昭晰之能"。一是"观其时文，雅好慷慨，良由世积乱离，风衰俗怨，并志深而笔长，故梗概而多气也"。两次都提到气和慷慨。关于气，《广雅·释言》说："风，气也。"《庄子·齐物论》说："大块噫气，其名为风。"

如果说这里的解释还是指自然界的风或气的话，那么《诗大序》“风以动之”就用气把人和诗联系起来了。范文澜对此解释说：“盖气指其未动，风指其已动，国风所陈，多男女饮食之事，故曰：‘化感之本源，志气之符契。’”① 曹丕在《典论·论文》中以气来评价当时人，气有清浊，因人而异，就像音乐一样，曲子和乐器都是同样的，但由于人吹奏的时候引气不同，巧拙有素，即使父兄也不能传给子弟。每个人的才气、经历、身份等自身条件不同，即使相同的景物、事件，所引起的感情、所运用的描写手法都是不一样的。所谓任气，就是慷慨之气在诗文中任意流乱。慷慨之气是因事而起，所以接下来的“造怀指事，不求纤密之巧”，是指所抒发的心中之情，所描写的事件，都不是关乎一己情怀，而是关心天下苍生，关乎百姓命运，关注国家的前途的情感和事件。“驱辞逐貌，唯取昭晰之能”，自然景物等外物的些微变化也许就能触动内心深处的某一根弦，而使士人登山则情满于山，观海则意溢于海，我才之多少，都可以不受礼制的束缚而尽情地清楚地显露出来，可以尽情地表达建金石之功、垂不朽之名的强烈愿望。这种愿望的表达早在《古诗十九首》中已有因见“东风摇百草”而想到“先据要路津”“荣名以为宝”这样的诗句。在汉末儒家思想逐渐失去天下独尊地位的时候，在军阀混战、瘟疫横行、生命朝不保夕的时代，建金石之功、垂不朽之名便成了有追求的人的共同愿望。而当时被称为“治世之能臣，乱世之奸雄”的曹操无疑有能力成为这些人的核心人物。他好清省，喜通脱，在生活中与人戏言，说到高兴的时候头都没入杯案弄脏了自己的帽子而不顾；缺粮的时候他同意主管粮食的官员用小斛供给，士兵对此不满时他可以杀掉粮官推卸责任以平众怒；在招募贤才时，那些“被褐怀玉”而“盗嫂受金”之流都可以招致幕下为己所用。在诗文中更喜欢痛快地说话，自由地抒情，而无须顾及礼义的束缚。所以曹操的《短歌行》中有“慨当以慷，忧思难忘”，有“忧从中来，不可断绝”，行军的《苦寒行》中有“悲彼东山诗，悠悠令我哀”，游仙的《气出唱》有“解愁腹，饮玉浆”，《精列》中有“造化之陶物，莫不有终期。莫不有终期。圣贤不能免，何为怀此忧”，慷慨悲凉之风成为他诗歌中的基本情调，而造成这种基调的客观原因是“世积乱离，风衰俗怨”，即他的《薤露》中所写的“贼臣执国柄，杀主灭宇京。荡覆帝基业，宗庙以燔丧”，造成《蒿里》诗中“白骨露于野，千里无鸡鸣。生民百遗一，念之断人肠。”的悲惨结局；主观原因则是曹操能有“挟天子以令诸侯”，克定北方中原，“老骥伏枥，志在千里”“烈士暮年壮心不已”的魄力和勇气，并“志深而笔长”，从而表达他在如此乱世中的强烈感受。他希望在有生之年能使一幅清明富丽完美的江山美图得以实现：“吏不呼门，王者贤且明。宰相股肱皆忠良。……民无所争讼，三年耕有九年储……路无拾遗之私。囹圄空虚……人耄耋，皆得以寿终”，这简直就是传说中的尧舜时期。

曹植后期诗歌的慷慨悲凉之气更多地来自他自身的遭遇以及敏感多愁的诗人气质。

① 范文澜注：《文心雕龙注》，北京：人民文学出版社，1958 年，第 516 页。

曹植把他始终想参政而不得的精神上的痛苦，都倾注到他的作品中。“戮力上国，流惠下民，建永世之业，流金石之功”（《与杨德祖书》）的愿望与他受打压的政治处境相碰撞的时刻，慷慨悲凉之风表现得尤其显豁。因此他的诗歌一旦涉及政治敏感话题，他不能也不敢仿照其父那样率意而为，只能用比的手法来婉转表达。“曹刘以下，图状山川，影写云物，不织综比义，以敷其华，惊听回视，资此效绩。”不如此不足以保自身，只有将自己心灵深处无法直白的秘密寄寓在山川云物中，情感才能抒发得透彻淋漓。故《魏略》有“陈思王精意著作、食饮损减，得反胃病也”的记载，政治上的打压和精神上的煎熬促成了曹植的慷慨诗风。

刘勰在《明诗》中还以“清丽”来评价曹植的五言诗。他说：“若夫四言正体，则雅润为本；五言流调，则清丽居宗，华实异用，惟才所安。……兼善则子建仲宣。”四言诗质朴，五言诗清丽，各有千秋，四言五言之间的正体之争于五言诗流行之际也随之展开。挚虞《文章流别论》说：“夫诗虽以情志为本，而以成声为节。然则雅音之韵，四言为正。其余虽备曲折之体，而非音之正也。”又说：“古诗率以四言为体，而时有一句二句杂在四言之间。后世演之，遂以为篇。……五言者，……于俳谐倡乐多用之。”即使李白也还说：“兴寄深微，五言不如四言，七言又其靡也。”（《本事诗》引）而钟嵘《诗品序》说：“夫四言，文约意广，取效风骚，便可多得。每苦文繁而意少，故世罕习焉。五言居文词之要，是众作之有滋味者也。故云会于流俗。”五言诗在魏晋以后逐渐占据诗坛，到齐梁时期已经成为最流行的诗体。刘勰讲通变，却没注意到五言诗的通变。曹植的诗被刘勰誉为兼四言诗的雅润与五言诗的清丽之美，其五言诗被钟嵘赞为“骨气奇高，词采华茂，情兼雅怨，体被文质，粲溢今古，卓尔不群”，颜延之《庭诰·论诗》也说道：“至于五言流靡，则刘桢、张华；四言侧密，则张衡、王粲；若夫陈思王可谓兼之矣。”他们从内容的充实、语言的华美、情感的性质及地位的崇高等几方面都给予曹植以相当高的评价。曹植能取得如此高的诗歌成就，一是与他好学勤勉有关，明帝诏中说他“自少至终，篇籍不离于手，诚难能也”。二是与他的聪慧颖达有关，“子建援牍如口诵”的才能不是哪一个天才少年都有的，《三国志·魏书》本传中记载说：“年十余岁，诵读诗论及辞赋数十万言，善属文。太祖尝视其文，谓植曰‘汝倩人邪?’植跪曰‘言出为论，下笔成章，顾当面试，奈何倩人!’时邺铜爵台新成，太祖悉将诸子登台，使各为赋，植援笔立成，可观。”杨修《答临淄侯笺》也说：“又尝亲见执事握牍持笔，有所造作，若成诵在心，借书于手，曾不斯须少留思虑。”三是他几乎用自己的生命来写作。写作耗费人的精力之大，刘勰《养气》篇已经谈到“童少鉴浅而志盛，长艾识坚而气衰，志盛者思锐以胜劳，气衰者虑密以伤神”，“是以曹公惧为文之伤命，陆云叹用思之困神，非虚谈也”。第四和时代风气相关。上面钟嵘、颜延之都说到曹魏时期五言诗已经成为时代的宠儿，作为追风气之先的曹植自然要尝试这一新的诗体。第五，曹植清丽的诗风的形成还和他自觉地继承诗骚的传统密切相关。

二、中和、情辞适度的乐论标准

三曹的诗歌有很多是乐府诗，刘勰不仅从内容方面而且还从乐的角度来进行评价。

对三曹的乐府诗，刘勰颇有微词。他在《乐府》中说“魏之三祖，气爽才丽，宰割辞调，音靡节平。观其北上众引，《秋风》列篇，或述酣宴，或伤羁戌，志不出于淫荡，辞不离于哀思。虽三调之正声，实《韶》《夏》之郑曲也。”这里刘勰虽说是魏之三祖，也可以把曹植的部分乐府诗包括进去。他赞美曹氏父子的乐府诗语言爽利，才情迸发，但在内容方面，“志不出于淫荡，辞不离于哀思”，在音乐方面，他们的乐府诗分裂古调，制作新曲，比起《韶》《夏》这样的雅乐来说是淫靡的郑声。比如曹操的《苦寒行》（北上太行山）写世事动乱，征人离乡在外跋涉之苦，因而产生思归的情怀；《度关山》《乐府题解》说：“魏乐奏武帝辞，言人君当自勤苦，省方黜陟，省刑薄赋也。若梁戴暠云‘昔听陇头吟，平居已流涕’，但叙征人行役之思也。”① 曹丕《陌上桑》也写“远从军旅万里客”“寝蒿草，荫松柏”的艰难惆怅和痛惜；《燕歌行》（秋风萧瑟天气凉）从思妇的口吻来表达夫妻“尔独何辜限河梁”的分离之苦；只不过其主角一是征人，一是思妇，同样都表达乱世夫妇不得团聚的哀思；曹丕的《于谯作》《孟津》是描述酣宴之极乐，故说其“淫荡”，过于奢华取乐。

音乐过于悲哀或快乐，对人的身心来说都不是太好的事情，“夫乐本心术，故响浃肌髓，先王慎焉，务塞淫滥。敷训胄子，必歌九德，故能情感七始，化动八风”。（《乐府》）音乐是影响身心的艺术，因此先王很慎重地选择乐歌来施教，一定会用雅乐来教育贵族子弟，以达到教化的目的。古代把过于悲哀或欢乐的音乐称为亡国之音或靡靡之音，《老子》说“五音令人耳聋”，就是这些音乐容易让人沉溺其中而不能自拔，这不仅对听乐人的身心造成伤害，更会因此而荒废政事，误国殃民。孔子说“乐而不淫，哀而不伤”，“中和”的观念从先秦以来一直被儒家所推崇。从政治教化的角度看，要求有节制地享受音乐到有节制地田猎，是希望君王有节制地收取田赋，进而有节制地行使权力的。防微杜渐不是没有道理的，清明政治和国家的兴盛总是和君王的一点善念开始的，昏乱的社会甚至亡国也总是由上层的小恶习导致最终不可挽救的局面。刘勰强调雅乐、正声，还是继承了儒家的中和观念来衡量三曹的乐府诗。从孔子说“郑声淫”“恶郑声之乱雅乐”就开始批评郑声的淫靡，刘勰同样不满于曹氏的乐府新声。用旧调写新词的过分淫靡违背了刘勰所提出的雅声的衡量标准。

但从创新的角度看，郑声本是新声，魏文侯听雅乐则唯恐卧，怕睡着了不好意思，但还是喜欢听新乐。曹氏的乐府诗也是用旧瓶装新酒，用古乐府写新词并作新声，当时的左延年就非常擅长制作新声，增减古辞以合乐，多者则减之。曹植懂音乐，刘勰

① 郭茂倩：《乐府诗集》，北京：中华书局，1979 年，第 391 页。

用宫商大和的吹龠之调来形容他的诗声律和谐，用“清越”来评价曹丕的乐府诗。新的时代必然有新的音乐，刘勰虽然赞成通变，但对音乐的新变，却没有通融。其实这些描写征夫之苦，思妇之哀的诗歌，是自《诗经》的时代就开始描写的了，而且这些普通人的情感用新乐来唱，也与曹丕的“诗赋欲丽”的要求有关，也可以说是迈开了走向文学自觉的第一步。

三、因情论体的评价标准

三曹著述涉及多种应用文体。刘勰指出这些文体的标准是因情立体，他在分析各种文体时，既贯穿一些基本原则和规范，也灵活运用因情论体的标准。

刘勰《宗经》篇说“论说辞序，则《易》统其首；诏策章奏，则《书》发其源；赋颂歌赞，则《诗》立其本；铭诔箴祝，则《礼》总其端；记传盟檄，则《春秋》为根”，总括各种文体的源头，在论文叙笔部分，刘勰把各种文体进行“原始以表末，释名以章义，选文以定篇，敷理以举统”，以期达到弥论群言，避免各照隅隙，鲜观衢路的弊端。刘勰对三曹的敕、诏、表、诰等作品都进行了恰当的评价。

在《诏策》中说：“魏武称作敕戒，当指事而语，勿得依违，晓治要也。”敕者，正也。《尚书》中就有“敕天之命”，是皇帝用来敕戒州郡的。“指事而语，勿得依违，晓治要也”，是指曹操认为敕戒应针对具体问题说得清清楚楚，不能模棱两可，以便臣下明晓并执行，不得违背。这是他贵省约的一贯作风。曹操有《敕有司取士毋废偏短令》、《敕王必领长史令》等，前者令曰：“夫有行之士，未必能进取；进取之士，未必能有行也。陈平岂笃行，苏秦岂守信邪？而陈平定汉业，苏秦济弱燕。由此言之，士有偏短，庸可废乎！有司明思此义，则士无遗滞，官无废业矣。”曹操令有司取士不因德行而废人才，这和他的求贤令的主旨是一致的，因天下未定，对人才的选用是当前急务，因此他下令说：“今天下得无有被褐怀玉而钓于渭滨者乎？又得无盗嫂受金而未遇无知者乎？二三子其佐我明扬仄陋，唯才是举，吾得而用之。”鲁迅说曹操的文章风格清峻即简约严明的意思。刘勰在《章表》篇中也说：“曹公称‘为表不必三让，又勿得浮华’。”这也很符合曹操的脾性，不装模作样，而是直截了当，有什么说什么，即通脱。他的《谢袭费亭侯表》《让还司空印绶表》《让九锡表》《请爵荀彧表》《请增封荀彧表》毫无做作之感。《诏策》篇评价说“魏文帝下诏，辞义多伟”，即曹丕的诏策的语言壮美伟丽，气势很足。体现一个文人皇帝的特点。由此看来，刘勰对这类文体的语言要求很宽泛，只有能明白晓畅地表达君王的意旨，语言是华美还是简约都可以。

在《才略》篇中说曹植“诗丽而表逸”，又在《章表》篇中说：“陈思之表，独冠群才，观其体赡而律调，辞清而志显，应物制巧，随便生趣，执辔有余，故能缓急应节矣。”《陈思王植传》载：“太和二年，植常自愤怨，抱利器而无所施，上疏求自试。”曹植的表是以诸侯的身份为自己的命运、为国家的前途而写，非常明晰而坚定地表明自己的志向和抱负，希望能“戮力上国，流惠下民，建永世之业，流金石之功”，所以用词恳切而清丽，很恰当地运用事例，并且声韵和谐，写得就和一个好车手驾车缓急应节一样游刃有余。所以李充《翰林论》说：“表宜以远大为本，不以华藻为先。若曹子建之表，可谓成文矣。”如他的《求自试表》《求通亲亲表》《陈审举表》《谏取诸国士息表》等，虽是应用文体，但和诗一样，语言华美，事例丰富，辞情恳切。在《祝盟》篇中说：“陈思诰咎，裁以正义矣。”在《杂文》篇中说：“陈思七启，取美于宏壮。”这些赞誉之语说明曹植的文和刘勰要求的体约、文丽的评价观是一致的，章表因为是要“对扬王庭，昭明心曲”，所以“雅义以扇其风，清文以驰其丽”，辞情“繁约得正，华实相胜，唇吻不滞”，则达到声律的和谐了。

四、对三曹文学批评观点的继承与创新

刘勰还引用三曹的观点来为自己的评价服务。在《章句》篇引用曹操论赋的用韵观点，“昔魏武论赋，嫌于积韵，而善于资代。”刘勰指出作赋换韵太密，则“声韵微躁”，太疏则“唇吻告劳”，最好是“折之中和，庶保无咎”。曹操论赋的文章我们现在已经看不到了，他的《鹖鸡赋》《沧海赋》《登台赋》也只存片言只语，无法窥其全貌。但从刘勰所引材料来看，刘勰和曹操都主张换韵不宜太频繁或不变韵，而取折中的态度。

《定势》篇针对近代辞人作文一味地追逐新奇之势，刘勰引用曹植的话来批评他们：“世之作者，或好烦文博采，深沉其旨者；或好离言辨白，分毫析厘者；所习不同，所务各异。”根据所写的内容来确定文体，不同的文体有不同的风格，即便相同的文体，不同的人来写风格也不尽相同。刘勰提出“因情立体，即体成势”，“宫商朱紫，随势各配。章表奏议，则准的乎典雅；赋颂歌诗，则羽仪乎清丽；符檄书移，则楷式于明断；史论序注，则师范于核要；箴铭碑诔，则体制于宏深；连珠七辞，则从事于巧艳：此循体而成势，随变而立功者也”。我们再来看范文澜注就更清楚了，他说：“所谓势者，既非故作慷慨，叫嚣示雄，亦非强事低回，舒缓取姿；文各有体，即体成势，章表奏议，不得杂以嘲弄，符册檄移，不得空谈风月，即所谓势也。……人之才性不同，善此者不必善于彼，……若夫兼解俱通，惟渊乎文者为能，偏才之士，但能郛郭不踰。体势相因，即文非最优，亦可无大过也。”这表明刘勰的通变思想。《练字》篇针对近代辞人喜欢选用怪癖不通俗的奇字而发，刘勰并引用曹植对汉赋用字的批评来纠偏，陈思称：“扬马之作，趣幽旨深，读者非师传不能析其辞，非博学不能综其理。”扬雄、相如是在能通晓难字、僻字的意义的基础上用这些字来作文，但后代人却在不通晓而要追求新奇的情况下用这些字，针对这些弊端，刘勰提出用字要“依字弃奇”。

对曹丕的文学批评，刘勰虽然批评曹丕的《典论》“魏文典而不周”，但他继承了曹丕很多理论批评方面的观点。比如他继承曹丕以气来论文的观点；他接受曹丕“文人相轻”的观点，魏文以为：“文人相轻，自古而然。”“夫人善于自见，而文非一体，鲜能备善，是以各一所长，相轻所短。”刘勰在《知音》中以大量事例说明“文人相轻”的现象，然后提出“凡操千曲而后晓声，观千剑而后识器。故圆照之象，务先博观。阅乔岳以形培塿，酌沧波以喻畎浍。无私于轻重，不偏于憎爱，然后能平理若衡，照辞如镜矣。”刘勰在这里指出，作为一个独立的批评家，重要的不是自己的写作水平，而是心中不存任何偏见，站在历史的角度，对作家进行全面的实事求是的分析评判，他不满于前代论文“各照隅隙，鲜观衢路，或臧否当时之才，或铨品前修之文，或泛举雅俗之旨，或撮题篇章之意。魏典密而不周，陈书辩而无当，应论华而疏略，陆赋巧而碎乱，《流别》精而少功，《翰林》浅而寡要。又君山、公干之徒，吉甫、士龙之辈，泛议文意，往往间出，并未能振叶以寻根，观澜而索源。不述先哲之诰，无益后生之虑。”所以他“本乎道，师乎圣，体乎经，酌乎纬，变乎骚”，即以原道宗经为源，论文叙笔部分，梳理每一文体的源与流，解释其含义与功能，选定篇目具体分析，提出文章的规格要求或标准。割情析采部分，布列《神思》《风骨》《练字》等篇，从文章的构思、章句、练字、风骨到文章的时序之变，都作了细致而有条理的分析，是作文具体而微的论述。这实际上是批评曹植的批评观点，曹植以为只有自己的水平高于别人，才有资格作评判，他说：“昔丁敬礼常作小文，使仆润饰之，仆自以才不过若人，辞不为也。”“盖有南威之容，乃可以论于淑媛；有龙渊之利，乃可以议于断割。刘季绪才不能逮于作者，而好诋诃文章，掎摭利病。昔田巴毁五帝，罪三王，呰五霸于稷下，一旦而服千人；鲁连一说，使终身杜口。刘生之辩，未若田氏，今之仲连，求之不难，可无叹息乎？”（《与杨德祖书》）由此可见，刘勰和曹丕是以独立的批评家的身份进行评价，这是他和曹丕一致的地方，也是和曹植相左的表现。

五、对三曹作品瑕疵的指摘

刘勰并没有一味地褒扬三曹的诗文，而是在相应的文体论中对他不满意的地方毫不客气地提出来，体现出一个批评家的原则和立场。比如《铭箴》说：“魏文《九宝》，器利辞钝。”是批判曹丕描写器物有时拙于用词；“至于作威作福，其万虑之一弊乎？”是说曹丕的诏书辞藻虽然壮美气伟，但有时用词不当。这是在批评《诏征南将军夏侯尚》中用语不当。“卿腹心重将，特当任使。恩施足死，惠爱可怀。作威作福，杀人活人。”（《魏志·蒋济传》蒋济见曹丕给夏侯尚的诏书中有“作威作福”，对曹丕说这是“亡国之语”，把曹丕气得火冒三丈，蒋济义正词严地指出：“夫‘作威作福’，《书》之明诫。‘天子无戏言’，古人所慎。”曹丕的脸色稍稍和缓，意识到自己用词有点过分，让人把诏书追回来了。

刘勰也很不客气地指出曹植文章的弊病。如《诔碑》篇说：“陈思叨名，而体实繁缓。文皇诔末，百言自陈，其乖甚矣！”《杂文》说：“陈思《客问》，辞高而理疏；庾敳《客咨》，意荣而文悴。斯类甚众，无所取才矣。”《论说》说：“张衡《讥世》，颇似俳说；孔融《孝廉》，但谈嘲戏；曹植《辨道》，体同书抄。言不持正，论如其已。”《封禅》说：“陈思《魏德》，假论客主，问答迂缓，且已千言，劳深绩寡，飙焰缺焉。”在这些论述中，有的是指出曹植对某些文体的写法不满，刘勰指出他的《文帝诔》，过多地表明自己的委屈，违背了诔这种文体是对逝者颂德及表达自己悲痛之情的特性，曹植这样写虽是因他自己的不遇而借机表明痛楚之情，但这样写一是违背诔这种文体，一是违背语言简约的原则。曹植的《魏德》篇主客对话因节奏迂缓，内容过多而失去了这种文体的气势。刘勰还指出他的《客问》和《辨道》，要么辞意高古而说理疏散，要么所用事例过多而使言论得不到准确地论证。总之，刘勰所指出的毛病都是曹植没有正确地表达自己的观点而造成文章的气势不够或下笔千言不入正途的弊端，可见这些都不符合刘勰对语言要简约等方面的要求。

另外刘勰也指出曹植在用词和用典方面的瑕疵。如《指瑕》说：“陈思之文，群才之俊也，而《武帝诔》云‘尊灵永蛰’，《明帝颂》云‘圣体浮轻’，浮轻有似于蝴蝶，永蛰颇疑于昆虫，施之尊极，岂其当乎？”《知音》说：“才实鸿懿，而崇己抑人者，班、曹是也。”《事类》说：“陈思，群才之英也，《报孔璋书》云：‘葛天氏之乐，千人唱，万人和，听者因以蔑《韶》、《夏》矣。’此引事之实谬也。按葛天之歌，唱和三人而已。相如《上林》云：‘奏陶唐之舞，听葛天之歌，千人唱，万人和。’唱和千万人，乃相如推之。然而滥侈葛天，推三成万者，信赋妄书，致斯谬也。陆机《园葵》诗云：‘庇足同一智，生理合异端。’夫葵能卫足，事讥鲍庄；葛藟庇根，辞自乐豫。若譬葛为葵，则引事为谬；若谓庇胜卫，则改事失真：斯又不精之患。夫以子建明练，士衡沉密，而不免于谬。曹洪之谬高唐，又曷足以嘲哉！”正确地用词、用典能使文章增光加采，曹植虽为群才之俊杰，但还是免不了在文章中出现这类的毛病，而达不到刘勰在事类不荒诞方面的要求。

综上所述，刘勰一个独立的批评家的身份评价三曹的作品优劣，遵循情深、风清、事信、义贞、体约、文丽的标准，在引用三曹批评话语的同时表明他自己的原则和立场，既有继承也有创新，当然也有观点保守的地方，而这是依据我们现在的观点来衡量的，如果依据刘勰时代的文学思潮则未必如此。总之，刘勰将三曹作为一个靶子，他们所作文章的是非成败成为刘勰论文的一个基点，从而来贯通部分文体的论文标准，体现其美学标准。

推原文心　放飞雕龙

——《文心雕龙》作者刘勰

江苏镇江图书馆　殷爱玲

刘勰是我国文学理论批评史上的大师，他精心结撰的皇皇巨著《文心雕龙》正为越来越多的人所了解和喜爱，其学术地位及价值已得到公认。鲁迅称赞《文心雕龙》"解析神质，包举洪纤，开源发流，为世楷式"，可以同亚里士多德的《诗学》相媲美。日本的汉学家们甚至认为，《文心雕龙》在整个中世纪是无与伦比的，是屹立于世界文学之林的辉煌巨著，它可以使亚里士多德的《诗学》、贺拉斯的《诗艺》黯然失色。

著名龙学专家杨明照教授曾经感慨地说："刘勰是镇江人，生于镇江，长于镇江，旷世无双的《文心雕龙》也孕育于镇江，他一生的卓越成就，在镇江的历史上，堪称千古一人。"他踌躇满志地从镇江出发，心无旁笃地想要实现自己的人生目标，寻索"文心"之灵奥，解释"雕龙"之智术。可以说，是镇江孕育了刘勰，并成了他抵达理想彼岸的起点。

世居京口　笃志好学

刘勰，字彦和，祖籍山东莒县。由于西晋末年的"八王之乱"和"永嘉之乱"，天下分崩，江淮以北政治动荡，战祸连连。北方世家大族和一些庶族地主，纷纷避难南迁。约在东晋初年，刘勰祖上举家南迁至京口。1969 年，江苏句容出土了刘勰的堂叔刘岱墓志石刻，上面详细记载了墓志提供了一份刘勰先辈迁居江南的五代谱系，称刘岱是"南徐州东莞郡莒县都乡长贵里"人。古人都是聚族而居，因此刘勰家"世居京口"，刘勰是镇江人，可以说毫无疑义。

京口在长江南岸，地位重要，交通发达，是侨置南徐州的治所，此处及其附近曾安置有数以十万计的南迁侨民，成为江南最大的侨民聚居地。当时已是知名都市的京口经济发达，人文荟萃，文化气息颇为浓厚，加之融合了北方侨民带来的诸多中原文化因素，使得京口亦成为南北文化交流的中心之一。京口作为刘勰青少年时代的生活之地，其学术环境哺育了这位文学理论巨匠的成长。杨明照先生在《文心雕龙校注拾遗》的前言中也说"京口本为南朝重镇，又是人文荟萃之区，先后在这里讲学的著名经学家、史学家有关康之、臧荣绪和诸葛璩等人。流风遗韵，对刘勰可能有过某些影响。”实际上六朝时先于刘勰或与刘勰同时的京口学者文人还有何承天、鲍照、王僧孺、何逊等，在当时甚或后来的学术和文学都曾有过不同程度的作用。

刘勰出生于南朝刘宋后期一个家道中衰的庶族地主家庭。从祖刘秀之任司空，权倾朝野，但到刘勰的父亲刘尚时，刘氏已衰弱下去，刘尚当过越骑校尉，为皇室侍卫，在刘勰7岁时于一次平叛战斗中丧生，剩下孤儿寡母相依为命。失去父亲的庇佑，家境一落千丈，但贫寒的家境反而促使刘勰在少年时代就“笃志好学”。就在刘勰20岁左右的时候，不幸又一次降临到他的头上，母亲去世，撇下他一个人孤独地面对人生。由于家贫无靠，20岁的刘勰尚未婚娶。可是，贫穷和丧母没有能夺去刘勰的志向，他为自己的人生设计两大目标：一是“穷则独善以垂文”，著书立说，树德建言；二是“达则奉时以骋绩”，有机会踏入仕途，建功立业（《程器》）。刘勰为母守丧3年，即从21岁至23岁。这期间，他博览群书，笔耕不辍，实际上也为日后撰写《文心雕龙》打下了坚实地基础。大约在南齐永明八年（490年）前后，也就是刘勰二十四五岁的时候，为了寻找发展的机遇，他作出了一个影响他终身命运的重要决定：进定林寺去依附于僧祐。从此，他走上了一条颇为特殊但同样充满艰辛的生活道路。

刘勰入定林寺依沙门僧佑大概有两个原因：一是因为僧寺清幽、富裕，藏书较丰，宜于寄研居读书究。二是僧佑是当时高僧，崇信佛教的王侯贵臣、名流处士经常前往寺中礼拜听讲。在研究学问上固可起到师友的作用，在干禄方面也是一种有利途径，这是重要的一面。就在这样的环境中，就在这样的师傅指引下，刘勰度过了十多个春秋。

十余年中，刘勰在定林寺的晨钟暮鼓中，在青灯黄卷间，凝神极虑，思接千古，潜心攻读，刻苦治学。利用定林寺丰富的藏书，他在经、史、子、集各类典籍中“任力耕耨，纵意渔猎”（《事类》），阅读了大量儒家经书和佛教典籍，同时遍读了诸子百家，各种诗文群书等，为以后《文心雕龙》的创作打下了坚实的基础。在佛学方面他也殚精竭思，研阅释典，终于“博通经论”，成为僧佑的得力助手。他协助僧祐整理佛家典籍，编制目录，抄录群籍并加以编纂。流传至今的我国现存最早的佛经目录《出三藏记集》，虽以僧祐之名传世，但刘勰为它的结撰作出了很大贡献，其中的不少文章，经考证显然出自刘勰的手笔。

搦笔和墨　著就文心

刘勰萌生撰写《文心雕龙》的想法，同他的两个梦有关。他自称《文心》之作，是受圣人垂梦的启发。他7岁时，曾梦到满天云蒸霞蔚，灿若锦绣，他缓缓地登攀而上，采摘下片片红云彩霞。在中国文学史上，梦锦是同文学相关的典故。到过了30岁的时候，刘勰又梦见自己执丹漆之礼器，随孔圣人而南行。醒来后，欣喜之至，将这个梦看成是圣人向自己垂梦，是孔子赋大任于他了。

同时，刘勰在《文心雕龙·序志》中也说明了他自己著述《文心》的动机，就是在于实现扬名垂世的人生理想。在先秦儒家有“三不朽”之说，认为即“立德、立功、立言”，可以让人被后世铭记，永垂不朽。刘勰选择了“立言”，他想靠著述立说来实现自己的人生价值。他认为文章之学，也是不朽的事业。且当时的文坛，为文浮靡，讹滥成风，距离先圣的风范越来越远；而当时的论文之作，又大抵肤浅散漫，很少触及根本，也十分需要正确的写作理论的指导。如果说“近代之论文”的上述状况，给了刘勰一个机会，使他产生出一种抱负来；那么形式主义文风的弥漫，则使刘勰滋长出一种救世的责任。在抱负和责任的驱动下，刘勰终于选定了文学批评的道路，搦笔和墨，开始了探索文心的事业。

火热的创作热情使刘勰完成了他的巨著，可是现实却依然是那样冷酷无情，他颇引为自负的《文心雕龙》，却得不到文坛的重视、名流的首肯。这时他想到了文坛的“一代辞宗”——沈约，他希望能够借重沈约的声望，使自己获得认可。他就装扮成卖货商人模样，背负着自己呕心沥血写成的《文心雕龙》书稿，站立在沈约路经的街头等候，沈约的大队车骑过来了，刘勰高举书卷，拜倒在车前……。果不出刘勰所期望，沈约读后，认为“深得文理”，十分赏识，并置于案头，经常翻阅。沈约作为齐梁时期文坛的领袖，他对《文心雕龙》的赏识与推重，使《文心雕龙》得以流传，刘勰也因此名声鹊起。

那么《文心雕龙》究竟是怎样的一部著作呢？著名龙学家王运熙先生《〈文心雕龙〉探索》讲得很清楚：“文心”，是“言为文之用心”，也就是讲如何用心写文章。“雕龙”，取义于“谈天衍、雕龙奭”，即指言辞修饰得很细致。

全书共十卷，分上、下编，包括总论、文体论、创作论、批评论四个主要部分。总论和文体论为上编。从《原道》至《辨骚》的5篇，是全书的纲领，为总论，其核心在《原道》《征圣》《宗经》3篇，要求一切要本之于道，稽诸于圣，宗之于经。文体论包括从《明诗》到《书记》的20篇，着重于“论文序笔”，对各种文体源流及作家、作品逐一进行研究和评价：一部分篇章“论文”，专门论述，其中以《明诗》《乐府》《诠赋》等篇较重要；另一部分“序笔”，这些篇章则专门讲无韵的散文，以《史传》《诸子》《论说》等篇意义较大。创作论和批评论为下编。创作论部分，包括从《神思》到《物色》的20篇（《时序》不计在内），以“剖情析采”为中心，重点研究有关创作过程中各个方面的问题。批评论部分，包括《时序》《才略》《知音》、《程器》4篇，主要是关于文学史和文学批评、文学鉴赏方面的理论。以上四个方面共49篇，加上最后叙述作者写作此书的动机、态度、原则，共50篇。

刘勰在这部著作中，对有史以来的各体文学及主要作家、作品进行了详尽地分析、评价，对文学创作的规律、文学发展的历史、文学批评的标准，进行了深入地探讨和阐发。《文心雕龙》它吸收了前人的文学理论批评发展的优秀成果，集其大成，取其精华，融会贯通，不落俗套，富有独创，自成体系。它是中国文学史上空前绝后的理论巨著。

《文心雕龙》一书以精美的骈文写成。驱驾辞采，运用典故，无不流畅自如。用这种今人看来束缚才思的文体，却能将复杂的道理说得深入细致，而且引人入胜，我们不能不惊叹刘勰才富学优、语言能力高卓。

志存兼济　干禄从政

刘勰是一位文学理论家，但他也是一名自幼受儒家的“修身齐家治国平天下”思想熏陶的封建文人。因此尽管《文心雕龙》堪称一部不朽的杰作，但他的抱负并不止于此。在实现“穷则独善以垂文”之后，他还想努力做到“达则奉时以骋绩”。大约也是由于沈约的荐举，梁武帝天监初年（约502年），约38岁的刘勰告别了居留十六七载的定林寺，“起家奉朝请”，踏上了仕途。

起家伊始，刘勰先被梁武帝之弟、中军将军临川王萧宏引为记室，掌文书；不久，又调任车骑仓曹参军，掌管粮食兵器的账目，刘勰开始有机会接触军国大事了，但这些职务毕竟都只是幕僚、随从的性质。天监九年（510年）前后，刘勰出任太末（今浙江衢县）县令。这是刘勰一生中唯一一次出任地方行政长官。作为一县之长，使他有机会施展自己的政治抱负，小试锋芒，史称其“政有清绩”，可见他不仅工文，而且练治。但是，梁王室始终是把他当作一根“笔杆子”来对待和利用的，正当刘勰准备大显身手之时，天监十一年（512年），他又被调任梁武帝之子、南康王萧绩的记室，并兼任东宫通事舍人。南康王萧绩，为梁武帝第四子，为南徐州刺史，进号仁威将军，驻镇京口。在此五六年中，刘勰成为萧绩的主要助手之一，参与了南徐州及京口的各项政治活动。天监十六年，萧绩调离京口，刘勰转而去东宫专任通事舍人的职务，掌管呈按奏章。

东宫通事舍人，这标志着刘勰开始正式步入仕途。然而，这仍然只是一种高级文学侍从的职务，刘勰“纬军国、任栋梁”的理想并没有实现。天监十七年（518年），刘勰上表南北郊祭祀一同改为蔬果的建议被采纳后，被梁武帝提拔为步兵校尉。步兵校尉是一个武官职，大多是士林名流所担任，刘勰能迁步兵校尉是一种殊遇，其实也是一种名誉头衔而已，故仍然兼东宫通事舍人。东宫是太子宫，其时萧统立为太子。萧统自幼爱好文学，喜欢与文人学士交往，讨论篇籍，著述文章。深得文理的刘勰来到东宫，萧统“深爱接之”，与他赏奇析义，共同讨论文学上的问题。从《昭明文选》看来，萧统在文体分类和诗文的选择上，显然受到刘勰的影响。这一时期，是刘勰最得意的阶段，君臣遇合，兴趣相投，政治抱负难以实现的刘勰在文学上又一次遇到了知音！《文心雕龙》和《文选》，遂成为我国南朝文学典籍中的双璧；刘勰和萧统的文学交游，也成为我国文学史上的一段佳话。

刘勰在从政的后期，曾将自己的政治抱负和实践经验总结成书，题名《刘子》。他在书中“泛论治国修身之要”，内容包括“明阴阳，通道德，合名法，苞纵横，纳农植，触类取与，不拘一绪”。主张修王道，反霸道。《刘子》与《文心雕龙》并列，成为刘勰人生著作中的双子星座，这对于探讨刘勰的生平及思想成就有着十分重要的意义。

整理经卷 皈依佛门

刘勰虽然跻身仕林，但与佛教和佛教界却仍然保持着密切的联系。一是天监七年，曾参与抄撰佛经的工作。从浩瀚的佛家经典中抄录要点，分类编纂。二是为剡山石城寺佛像落成写作碑铭。由于他“为文长于佛理”，当时的“京师寺塔及名僧碑志，必请勰制文”，只是刘勰文集散佚，今仅存《梁建安王造剡山石城寺像碑》一篇及一批篇目。此外，当时儒、佛、道三教论辩激烈，刘勰曾撰成《灭惑论》一篇（因收入僧祐编《弘明集》而传世），大力宣扬佛家教义。三是天监十七年上表武帝，建议郊祀天地不用牺牲而用蔬果，此举固然出于其信佛之忱，同时也迎合了佞佛的梁武帝欢心，他之由南康王记室升迁为步兵校尉。至此，刘勰已走到了他的仕途的顶峰，而这也就成为他的世俗生活的末路。

天监十七年（518 年）五月，74 岁的僧祐去世了。他晚年收藏的大量经卷又需要加以整理编次，这时梁武帝想到了僧祐的白衣弟子刘勰，下诏敕刘勰等二人“于定林寺撰经”。于是刘勰在天监十八年（519 年）离东宫再返定林寺。这次撰经虽只有二人，但并非新撰或大规模的编纂，只是对僧佑的补集材料，重加整理与增订，大约费时一二年后即整理校订完毕。撰经功毕，新的任命又杳无消息。这时的刘勰抚今思昔，感慨万千。入仕以来，虽然“政有清绩”，却难负栋梁之任，步兵校尉之职虽不高亦已解任，一切幻想均成泡影。于是便燔发自誓，决心出家，皈命于空门。出家后改法名慧地。刘勰选择这样的归宿，实在是一种无奈之举。出家后未满一年，心力交瘁的刘勰就与世长辞了，享年约 56 岁。

雕龙显学 影响海外

《文心雕龙》成书以后，隋唐以下，尤其是明、清二代，加以品评，或引用、或辩证其书者不绝。至此，脍炙人口的《文心雕龙》迅速得以传播，对《文心雕龙》的研究也生生不息。据史料记载，清代以前（含清代）的版本就有写本 15 种，单刻本 40 种，丛书本 12 种，选本 13 种，校本 27 种，注本 3 种，约 115 种；自 1907 年始，研究《文心雕龙》的第一篇论文发表以来的近百年间，发表的论文近 3000 篇，出版专著 200 余种，对《文心雕龙》各个部分的理论思想进行了深刻的分析和探讨。进入 21 世纪以来，对其的研究更是突飞猛进。中国文心雕龙学会自 1983 年成立以来，会员不断扩大。镇江市图书馆还专门设立了中国文心雕龙资料中心。时至今日，《文心雕龙》研究不但在我国蓬勃开展，被称为“龙学”“显学”，而且在世界范围内方兴未艾。其书已被译成日、英、韩、意等文字，日译本达三种之多；其中部分篇章，还被译成法文、德文。《文心雕龙》作为中国文学理论的杰出代表，已愈来愈受到世界汉学界的关注与重视，在世界文化史上有着重要影响与地位。《文心雕龙》确实是我们民族为世界文明作出的一项贡献。

刘勰世居京口，自幼笃志好学，毕生都在追求“奉时以骋绩”，而后不得已寄身佛门，仍竭力“弥纶群言”，以图“待时而动”。虽然刘勰作为一名志在鼎祚的士人，并未能一偿“栋梁”之夙愿，但作为一位品藻文林的俊彦，他已名垂史册，千古不朽。他的呕心力作——《文心雕龙》作为我国珍贵文化遗产的一部分而世代相传，并且漂洋过海，传向世界。刘勰孜孜以求、刻苦钻研的精神以及他为人类文明作出的贡献，将永久地为人们所崇仰和怀念。

《文心雕龙》“岂取骆虞”句的校释问题

怀化学院中文系 周绍恒

以养素堂本黄叔琳《文心雕龙辑注》为底本的现通行本《文心雕龙·序志》篇云：

> 夫文心者，言为文之用心也。昔涓子琴心，王孙巧心，心哉美矣，故用之焉。古来文章，以雕缛成体，岂取骆虞之群言雕龙也?①

这几句话是刘勰本人对其以“文心雕龙”四字作为书名的说明。长期以来，学术界对“岂取骆虞”云云的解读分歧很大，众说纷纭，莫衷一是。李庆甲先生曾将各种解读归纳为三说，即“否定”说、“无关”说和“肯定”说。② 从这三说争论的焦点来看，周勋初先生认为“这几句话中的是非曲直，问题出在对‘岂’字的理解上”③ 不无道理。但近来笔者却发现，专家学者们之所以对该“岂”字的解读分歧很大，问题主要是出在现通行本《文心雕龙·序志》篇对“岂取骆虞”云云之“取”字的误校上，一旦将该“取”字依元至正本《文心雕龙·序志》篇“岂效邹虞之群言雕龙也”④ 之“效”字进行校正，并弄清刘勰所言“岂效骆虞”云云的本意，所谓“岂”字的争论问题也就迎刃而解了，且不难发现无论是“否定”说、“无关”说还是“肯定”说，均与刘勰的本意不符。现笔者就有关问题谈些愚见，以就教于方家。

一

现通行本《文心雕龙·序志》篇“岂取骆虞之群言雕龙也”，元至正本《文心雕龙·序志》篇作“岂效邹虞之群言雕龙也”。其中“骆”与“邹”通，“骆虞”即“邹虞”。杨明照先生《文心雕龙校注拾遗·序志》篇在“岂取骆虞之群言雕龙也”句后校云：

---

① 范文澜：《文心雕龙注·序志第五十》下，北京：人民文学出版社，1958 年，第 725 页。

② 李庆甲：《〈文心雕龙〉书名发微》，见《文心雕龙学刊》第三辑，济南：齐鲁书社，1986 年，第 339 – 340 页。

③ 周勋初：《〈文心雕龙〉书名辨》，《文学遗产》2008 年第 1 期。

④ 元至正本《文心雕龙·序志第五十》，中国文心雕龙学会、全国高校古籍整理委员会《〈文心雕龙〉资料丛书》上，学苑出版社 2004 年据上海图书馆藏本影印，第 371 – 372 页。

> "取"，元本、弘治本、汪本、张本、两京本、何本、胡本、梅本、凌本、合刻本、梁本、祕书本、谢抄本、汇编本、冈本、尚古本、王本、张松孙本、郑藏抄本、崇文本作"效"；读书引十二、莒州志十三同。按梁书、活字本、佘本、训故本、四库本并作"取"；广文选、续文选、经济类编、广文选删、汉魏六朝正史文选同。原道篇"取象乎河洛"，奏启篇"取其义也"，书记篇"取象于夬"，又"盖取乎此"，其"取"字义并与此同，则作"效"非是。①

杨明照先生认为元至正本等"作'效'非是"，至今未见有人提出异议。林其锬、陈凤金先生《元至正本〈文心雕龙〉汇校·序志》篇"从杨说据黄本改"②，即将元至正本"岂效"之"效"字依据黄叔琳本改为"取"字。其实，杨明照先生断定元至正本等"作'效'非是"的理由是难以成立的。

第一，杨明照先生所云"'取'，元本……汉魏六朝正史文选同"一段话，只是说明了在《文心雕龙》的各种传本中，元至正本（元本）等20种传本是作"效"，"读书引十二、莒州志十三同"，而四库本等5种并作"取"，"广文选……汉魏六朝正史文选同"，但这并不能证明元至正本等"作'效'非是"。王元化先生《影印元至正本〈文心雕龙〉前言》说：

> 此本为《文心雕龙》今存的最早刻本，……明清以来，研究《文心雕龙》的学者都很重视这个刊本，凡见到此书的莫不引为刊刻或校勘的依据。今人王利器先生的《文心雕龙校证》、杨明照先生的《文心雕龙校注拾遗》，都以之作为主要的对校本之一。特别是杨著，校勘周详精审；作者以养素堂本为底本，采用包括唐写本残卷在内的对校本有三十余种，综其雠校元至正本所得，计一百七十多条。通过杨著的校语，可以看出元至正刻本有这样几个特点：一、在校出的异文中，有四分之三左右较底本为优。二、与唐写本残卷本相比，在同样的篇幅内，元至正本的异文有一半与唐写本完全一致。三、弘治甲子吴门本、嘉靖庚子新安本、嘉靖癸卯新安本、万历己卯张之象本、万历壬午《两京遗编》本等，与元至正本出入甚少，由此可推出它们大抵属于同一版本系统。以上三点，说明此一刻本在校定《文心雕龙》原文方面具有的资料价值，弥足珍贵。③

由此可见，元至正本《文心雕龙》与其他各种传本《文心雕龙》相比，其校勘价值是比较高的，这在学术界似无异议。因此，单从《文心雕龙》各种传本的校勘价值来看，还不能以"梁书、活字本、佘本、训故本、四库本并作'取'"为据，就断定元至正

① 杨明照：《文心雕龙校注拾遗·序志第五十》，上海：上海古籍出版社，1982年，第373－374页。

② 周振甫主编：《文心雕龙辞典·元至正本〈文心雕龙〉汇校》，北京：中华书局，1996年，第796页。

③ 王元化：《影印元至正本〈文心雕龙〉前言》，见：周振甫主编《文心雕龙辞典·附录二〈文心雕龙〉版本序录》，北京：中华书局，1996年，第839页。

本《文心雕龙》等"作'效'非是"。

第二,《文心雕龙·原道》篇"取象乎河洛"、《奏启》篇"取其义也"、《书记》篇"取象于夬"、"盖取乎此"等中的"取"字,固然如杨明照先生所说的"其'取'字义并与此同",即均与养素堂本《文心雕龙·序志》篇"岂取驺奭之群言雕龙也"之"取"字义同,但这并不能证明元至正本《文心雕龙》等"作'效'非是"。因为《文心雕龙·宗经》篇"效鬼神"、《论说》篇"效过秦而不及"、《定势》篇"效骚命篇者,必归艳逸之华"、"效奇之法"等中的"效"字,也是并与元至正本《文心雕龙·序志》篇"岂效邹奭之群言雕龙也"之"效"字义同的,按照杨明照先生的推理方式,我们不是也可以得出养素堂本《文心雕龙·序志》篇"岂取驺奭"之"取"字"非是"的结论吗?由此可见,杨明照先生《原道》篇"取象乎河洛"等之"取"字"义并与此同",即与养素堂本"岂取驺奭"之"取"字义同云云,并不足以证明元至正本《文心雕龙》等"作'效'非是"。因此,杨明照先生用来否定元至正本等《文心雕龙·序志》篇"岂效邹奭之群言雕龙也"之"效"字的理由难以成立。

二

从"否定"说、"无关"说、"肯定"说等各自对"岂取驺奭"云云的解读所存在的问题来看,现通行本《文心雕龙·序志》篇"岂取驺奭"云云之"取"字当不是刘勰的原文。

第一,持"否定"说者对《序志》篇"岂取驺奭"云云的解读所存在的问题。所谓"否定"说,就是认为刘勰是在否定意义上运用"雕龙奭"的典故。例如,周振甫先生最初是持"否定"说的,他将"岂取驺奭"云云译为:"从古以来的文章,靠修饰和文采来构成,难道是效仿修饰语言有如雕刻龙纹一般的驺奭吗?"① 显然,周振甫先生是将"岂取驺奭"之"岂"字视为反诘副词,将其译为"难道是",因而认为刘勰是在否定意义上运用"雕龙奭"的典故的。但后来他改变了自己的观点,说:"李庆甲《文心雕龙书名发微》认为这句里的'岂',同《辨骚》的'岂去圣之未远,而楚人之多才乎'的'岂'同,没有否定意。今从之。"又把"岂"视为推度副词,将"岂取驺奭"句译为"大概是效仿修饰语言有如雕刻龙纹一般的驺奭吧"。② 又如,张长青先生开始也是持"否定"说的,他与张会恩先生将"岂取驺奭"云云解读为:"自古以来的文章,都是重视文采的修饰的,但修饰文采是为了表现义理,而且要顺乎自然。不能像战国时代'雕龙奭'那样修饰太多,雕琢过分,流于矫揉造作。"③ 但后

① 周振甫:《文心雕龙选译》,北京:中华书局,1980年,第8页。

② 周振甫:《文心雕龙今译》,北京:中华书局,1986年,第444页。

③ 张长青、张会恩:《文心雕龙诠释》,长沙:湖南人民出版社,1982年,第351-352页。

来，他也改变了自己的观点，在其《文心雕龙新释·序志》篇已将“岂取驺奭”句译为：“难道不是采取大家都称他‘雕龙奭’的驺奭所讲的‘雕龙’的意义吗？”① 由此可见，李庆甲先生有关“否定”说“似与刘勰的原意距离较远”的论述②，已经产生了较大的影响，使一些原本持“否定”说者改变了自己的观点，也认为刘勰不是在否定意义上运用“雕龙奭”的典故，因而放弃了“否定”说。

第二，持“无关”说者对《序志》篇“岂取驺奭”云云的解读所存在的问题。所谓“无关”说，就是认为刘勰仅仅是使用“雕龙”这个词作为书名，不一定与驺奭有关系。例如，陆侃如、牟世金先生是持“无关”说者，他们将“岂取驺奭”云云译为：“文章的写作从来都是讲究雕饰的；现在又用‘雕龙’两字来称我这部书，难道是因为前人曾用来称赞过驺奭文采的缘故吗？”他们认为“刘勰用‘雕龙’两字做书名，主要因为文章的写作从来都注重文采，不一定用驺奭的典故”。③ 但后来，他们又将“岂取驺奭”句译为：“现在用‘雕龙’二字来称这部书，并不仅仅是由于前人曾用以称赞过驺奭富有文采的缘故。”④ 由此可见，他们先是将“岂”字译为“难道是”，而所谓“难道是”云云是否定用“雕龙”两字做书名与“雕龙奭”的典故有关；后又将“岂”译为“并不仅仅是”，而所谓“并不仅仅是”云云又不是完全否定书名与“雕龙奭”的典故有关。显然，这前后是有矛盾的。

第三，持“肯定”说者对《序志》篇“岂取驺奭”云云的解读所存在的问题。所谓“肯定”说，就是认为刘勰是在肯定意义上运用“雕龙奭”的典故。力主此说的李庆甲先生认为：“在古汉语中，‘岂’字除用作否定副词外，还可用作推度副词，在陈述句中表示‘大概’、‘也许’的意思，在反问句中则可解释为‘难道不是’的意思。”因而他将“岂取驺奭”句译为：“难道不是由于前人曾用以称赞过修饰语言有如雕刻龙文的驺奭，因而也采用了它吗！”⑤ 但同样是持“肯定”说的周勋初先生却不赞同李庆甲先生把该“岂”字视为“推度副词”，他认为应参考杨树达先生《词诠》中的意见，应当将该“岂”字定为“反诘副词”；如把“岂”字视作推度之意，“那对刘勰是否接受驺奭‘雕龙’之说仍然有存疑之意，这样也就与否定之说相去无几了”。⑥ 笔者认为，周勋初先生所言不无道理，但他又将该“岂”字译为“难道不是”却又是值得商榷的。

吕叔湘先生说：“反诘实在是一种否定的方式：反诘句里没有否定词，这句话的用意就在否定；反诘句里有否定词，这句话的用意就在肯定。”⑦ 通行本《文心雕龙·序

---

① 张长青：《文心雕龙新释·序志》，长沙：湖南大学出版社，2009年，第605页。
② 李庆甲：《文心雕龙书名发微》，《文心雕龙学刊》第三辑，第340－343页。
③ 陆侃如、牟世金：《文心雕龙选译》上，济南：山东人民出版社，1962年，第55、56页。
④ 陆侃如、牟世金：《文心雕龙译注》下，济南：齐鲁书社，1982年，第412页。
⑤ 李庆甲：《〈文心雕龙〉书名发微》，《文心雕龙学刊》第三辑，第346、347页。
⑥ 周勋初：《〈文心雕龙〉书名辨》，《文学遗产》2008年第1期。
⑦ 吕叔湘：《吕叔湘全集》第一卷，沈阳：辽宁教育出版社，2002年，第291页。

志》篇"岂取骀荡之群言雕龙也"是个反诘句，这句话里没有否定词，显然这句话的用意就在于否定。周勋初先生将"岂取骀荡"句译为："难道不是有取于骀荡的群言雕龙么?"这是在"岂"字后加了否定词"非"或"不"，将该"岂"字视为"岂非"或"岂不"，否则是不能将该"岂"字译为"难道不是"的。因为"岂"与"岂非""岂不"在反诘句中的意思是相反的："岂"可译为"难道是"或"哪里是"，但不能译为"难道不是""哪里不是"；"岂非""岂不"可以译为"难道不是""哪里不是"，但不能译为"难道是""哪里是"。周勋初先生为了证明他将"岂取骀荡"之"岂"字译为"难道不是"是有道理的，举了《文心雕龙》中的以下三个例子：

> 《诔碑》篇："杜笃之诔，有誉前代。《吴诔》虽工，而他篇颇疏，岂以见疏光武而改盼千金哉!"
>
> 《杂文》篇："唯士衡运思，理新文敏，而裁章置句，广于旧篇，岂慕朱仲四寸之珰乎!"
>
> 《才略》篇："王逸博思有功，而绚采无力；延寿继志，瑰颖独标，其善图物写貌，岂枚乘之遗术欤!"

周勋初先生说："这类句式，'岂'字均作'难道不是'解。这是常见的用法。"① 其实，上述三个例子中的"岂"字，均不能译作"难道不是"。《诔碑》篇"岂以见疏光武而改盼千金哉"是个反诘句，"岂以见疏光武"云云的意思是："杜笃的诔文，在以前的时代很有声誉；他的《吴汉诔》虽写得工巧，可是别的诔多粗疏，难道因为受到光武帝的称赞，就改变看法，都成了千金的贵重啊!"② 如果将"岂以见疏光武"之"岂"字译为"难道不是"，那意思就完全反了，那这几句的意思就成了：杜笃的诔文，在以前的时代很有声誉；他的《吴汉诔》虽写得工巧，可是别的诔多粗疏，难道不是因为受到光武帝的称赞，就改变看法，都成了千金的贵重啊！显然，将"岂以见疏光武"之"岂"字译为"难道不是"，是与刘勰的本意不符的。又《杂文》篇"岂慕朱仲四寸之珰乎"是个推度句，"岂慕朱仲四寸之珰乎"云云的意思是："只有陆机构思的《演连珠》，说理新颖，文思敏捷；但所作在篇章、句子方面，比过去的作品篇幅扩大了，是不是羡慕朱仲直径四寸的大珠而这样做呢?"③ 如果将"岂慕朱仲"之"岂"字译为"难道不是"，那该句就不是推度句而是反诘句了，其意思就不一样了，"岂慕朱仲四寸之珰乎"云云的意思就成了：只有陆机构思的《演连珠》，说理新颖，文思敏捷；但所作在篇章、句子方面，比过去的作品篇幅扩大了，难道不是羡慕朱仲直径四寸的大珠而这样做吗？显然，将"岂慕朱仲"之"岂"字视为推度副词，并将

① 周勋初：《〈文心雕龙〉书名辨》，《文学遗产》2008 年第 1 期。

② 周振甫：《文心雕龙今译·诔碑》篇，北京：中华书局，1986 年，第 109 页。

③ 王运熙、周锋：《文心雕龙译注·杂文》篇，上海：上海古籍出版社，1998 年，第 115 页。

其译为“是不是”，要比将其译为“难道不是”更符合刘勰的原意，因为刘勰只是推测陆机有可能是“羡慕朱仲的四寸大珠而这样做”的，也就是说刘勰只是推测陆机有可能是受到“朱仲四寸之珰”的典故的启发“而裁章置句，广于旧篇”的，但并没有断定陆机就一定是受到“朱仲四寸之珰”的典故的启发才这样做的。又《才略》篇“岂枚乘之遗术欤”也是个推度句，“岂枚乘之遗术欤”云云的意思是：“王逸以广博的知识搞注释是做出了成绩，然而写华丽文章却才力不足。王延寿继承他父亲的遗志，奇峰突起，善于图画事物描模形象，或者是运用了枚乘传下的手法吧！”① 此所谓“或者”，就是或许、也许，是表示推测。所谓“或者是运用了枚乘传下的手法吧”，是刘勰推测王延寿“善图物写貌”或许是运用了枚乘传下来的手法，但并不断定王延寿就一定是运用了枚乘传下来的手法。如果将“岂枚乘之遗术欤”之“岂”字译为“难道不是”，那就是断定王延寿一定是运用了枚乘传下来的手法，这似与刘勰的原意不符。从周勋初先生所举的上述三个例子中的“岂”字来看，都是不能译为“难道不是”的，在杨树达先生的《词诠》中也找不到可以将反诘副词“岂”译为“难道不是”的例句，因此，周勋初先生将《文心雕龙·序志》篇“岂取驺奭”之“岂”字译为“难道不是”的理由是不能成立的。

为什么无论是“否定”说、“无关”说还是“肯定”说都存在问题呢？为什么专家学者们对《文心雕龙·序志》篇“岂取驺奭”云云之“岂”字的解读争来争去，但问题却始终没有得到解决呢？笔者认为，其主要问题当是出在“岂取驺奭”之“取”字上。《辞海》释“取”有“采用”② 义，“岂取驺奭”云云之“取”当译为“采用”。持“否定”说者将“岂取驺奭”之“岂”视为反诘副词，将其译为“难道是”，则“岂取驺奭”句就成了“难道是采用驺奭之群言雕龙也”的反诘句，这显然表明刘勰是在否定意义上运用“雕龙奭”的典故的。但这却与《史记》、《别录》等有关驺奭生平的记载、汉代以后人们使用“雕龙奭”典故的情况及刘勰在《文心雕龙·时序》篇把邹衍、驺奭和屈原、宋玉相提并论并给予热情赞扬等“事实相龃龉”③。于是又有了持“肯定”说者之间的“岂取驺奭”之“岂”是“推度副词”还是“反诘副词”之争，但又均将该“岂”字译为“难道不是”，而在反诘句中“岂”字后不带“非”、“不”等否定词的又不能译为“难道不是”。此外，王利器先生《文心雕龙校证·序志》篇将“岂取驺奭”之“岂”字视为“几”的通假字④，而所谓“几”，其意为“庶几乎”，即“差不多”。但据此将“岂取驺奭之群言雕龙也”译为“书名差不多是采用了驺奭之群言‘雕龙’的‘雕龙’二字”⑤，现在看来也是不妥当的。因为书名采

① 郭晋稀：《文心雕龙注译·才略》篇，兰州：甘肃人民出版社，1982 年，第 543 页。
② 《辞海》（缩印本），上海：上海辞书出版社，1980 年，第 1816 页。
③ 李庆甲：《〈文心雕龙〉书名发微》，《文心雕龙学刊》第三辑，第 340－341 页。
④ 王利器：《文心雕龙校证》，上海：上海古籍出版社，1980 年，第 296 页。
⑤ 周绍恒：《〈文心雕龙〉书名与“文之枢纽”的关系初探》，《贵州文史丛刊》2006 年第 2 期。

用了“雕龙”二字，这已经是客观事实，根本不存在所谓“差不多是采用了”的问题。由此可见，无论是“否定”说、“无关”说、“肯定”说，还是“岂”与“几”为通假字说，在“岂取驺奭”之“取”字的限制下，只能得出“取”或“不取”即采用或不采用“雕龙奭”的典故的结论，二者必居其一。而从《文心雕龙·序志》篇“夫文心者，……岂取驺奭之群言雕龙也”等来看，这两种结论似都与刘勰的本意不符。因此，现通行本《文心雕龙·序志》篇“岂取驺奭”云云之“取”字当不是刘勰的原文。

三

那么，刘勰的原文是哪个字呢？笔者认为，是元至正本《文心雕龙·序志》篇“岂效邹奭之群言雕龙也”之“效”字。现将通行本《文心雕龙·序志》篇“岂取驺奭”云云之“取”字，依元至正本《文心雕龙·序志》篇“岂效邹奭”之“效”字进行校正，其原文则为：“古来文章，以雕缛成体，岂效驺奭之群言雕龙也?”这是刘勰本人对其为什么要以“雕龙”二字作书名的说明。刘勰所说的“以雕缛成体”之“雕”，意为“雕饰”“修饰”；“缛”，意为“繁采饰也”[①]，“古来文章，以雕缛成体”与《文心雕龙·情采》篇“圣贤书辞，总称‘文章’，非采而何”的说法一致；“岂”是反诘副词，可译为“难道是”或“哪里是”；“效”，意为“效仿”，周振甫先生将“岂取驺奭”云云之“岂取”译为“难道是效仿”，可能是参考元至正本《文心雕龙·序志》篇“岂效”来译的，因为“取”字并没有“效仿”之义；“驺奭”，战国时齐人，他“修衍之文，饰若雕镂龙文，故曰‘雕龙’”[②]。“岂效驺奭”云云的意思是：“自古以来的文章，都是以修饰丰富的文采而构成的，难道是效仿驺奭被众人称为‘雕龙’才以‘雕龙’作书名吗?”笔者的这一解读，似与刘勰的本意相符。

刘勰“岂效驺奭”云云，其本意是强调他以“雕龙”二字作书名不是效仿驺奭被众人称为“雕龙”才这样做，并不含有任何要否定“雕龙奭”的典故的意思。《辞海》解释“雕龙”说：

> 战国时，齐人驺衍“言天事”，善闳辩，驺奭“采驺衍之术以纪文”。齐人因称驺衍为“谈天衍”，驺奭为“雕龙奭”。见《史记·孟子荀卿列传》。裴骃集解引刘向《别录》：“驺奭修衍之文，饰若雕镂龙文，故曰‘雕龙’。”因用以指善于撰写文章。《后汉书·崔骃传赞》：“崔为文宗，世禅雕龙。”禅，相传授。南朝梁刘勰其文论为《文心雕龙》，意本于此。[③]

---

① 《说文解字段注·糸部》下册，成都：成都古籍书店，1981 年，第 690 页。

② 裴骃：《史记集解》引刘向《别录》，《史记》卷七十四，北京：中华书局，1959 年，第 2348 页。

③ 《辞海》（缩印本），上海：上海辞书出版社，1980 年，第 2013 页。

由此可见，“雕龙”来源于“雕龙奭”的典故。刘勰既然以“雕龙”二字作书名，那么他当不可能像持“否定”说者所解读的那样是在否定意义上运用“雕龙奭”的典故，书名也不可能像持“无关”说者所解读的那样与“雕龙奭”的典故无关。《文心雕龙·序志》篇“岂效驺奭”云云，只是刘勰强调他以“雕龙”作书名是因为自古以来的文章，都是以修饰丰富的文采而构成的，而不是效仿驺奭被众人称为“雕龙”才这样做的。刘勰使用“岂效驺奭之群言雕龙也”这一反诘句，只是强调他采用“雕龙”二字作书名不是效仿驺奭被众人称为“雕龙”才这样做，并不含有任何要否定“雕龙奭”的典故的意思。如果刘勰对“雕龙奭”的典故是持否定的态度的话，那他怎么会又以来源于“雕龙奭”的典故的“雕龙”二字作书名呢？那他怎么又会在《文心雕龙·时序》篇热情赞扬“邹子以谈天飞誉，驺奭以雕龙驰响，屈平联藻于日月，宋玉交彩于风云”[①]呢？持“肯定”说者虽然认为刘勰是在肯定意义上运用“雕龙奭”的典故，但其将反诘副词“岂”解读为“难道不是”，却又是不正确的。笔者的解读不存在这些问题，与刘勰采用“雕龙”二字作书名也没有任何矛盾，与刘勰的本意是相符的。

此外，“岂效驺奭”云云，与刘勰“唯务折衷”的思想相一致。《文心雕龙·序志》篇云：

> 及其品列成文，有同乎旧谈者，非雷同也，势自不可异也；有异乎前论者，非苟异也，理自不可同也。同之与异，不屑古今，擘肌分理，唯务折衷。[②]

据此，刘勰是有“唯务折衷”的思想的，他对《文心雕龙》书名的说明也体现了其“唯务折中”的思想。《文心雕龙·序志》篇云：“夫文心者，言为文之用心也。昔涓子《琴心》，王孙《巧心》，心哉美矣，故用之焉。”刘勰认为，以前涓子的《琴心》、王孙的《巧心》，这两部书的书名中的“心”字用得很精美，使他情不自禁地发出了“心哉美矣”的感叹，因而他也在书名中采用了“心”字。这恰好与刘勰“有同乎旧谈者，非雷同也，势自不可异也”的说法相符。但他以“雕龙”二字作书名，却不是效仿驺奭被众人称为“雕龙”，而是因为自古以来的文章，都是以修饰丰富的文采而构成的。“雕龙”二字虽来源于“雕龙奭”的典故，但刘勰以其作书名时却是取其比喻义——文章写得像雕镂的龙文一样美[③]。此又与刘勰“有异乎前论者，非苟异也，理自不可同也”的说法相符。因此，刘勰使用“岂效驺奭之群言雕龙也”这个反诘句，强调以“雕龙”二字作书名是有异于驺奭被众人称为“雕龙”的。由此可见，刘勰对《文心雕龙》书名的说明，是体现了刘勰“同之与异，不屑古今，擘肌分理，

① 周振甫：《文心雕龙今译·时序》篇，北京：中华书局，1986年，第394页。
② 周振甫：《文心雕龙今译·序志》篇，北京：中华书局，1986年，第449页。
③ 周绍恒：《〈文心雕龙〉书名与“文之枢纽”的关系初探》，《贵州文史丛刊》2006年第2期。

唯务折衷”的思想。

综上所述，将通行本《文心雕龙·序志》篇“岂取骀荡”云云之“取”字，依元至正本《文心雕龙·序志》篇“岂效邹荡”云云之“效”字校正后，“岂效骀荡之群言雕龙也”云云，与刘勰的本意相符，“岂效”之“效”字，当是刘勰的原文。按照“岂效骀荡之群言雕龙也”进行解读，可以避免出现建立在现通行本《文心雕龙·序志》篇“岂取骀荡”之“取”字基础上的“否定”说、“无关”说及“肯定”说等所存在诸多问题。因此，笔者认为，我们应当依元至正本《文心雕龙·序志》篇“岂效邹荡之群言雕龙也”之“效”字，将通行本《文心雕龙·序志》篇“岂取骀荡”云云之“取”字予以校正。

《文心雕龙》“道”为“自然”解

浙江大学城市学院　孙福轩

一、对“道”的几种解释

《文心雕龙》开篇即为《原道》，对于刘勰所说的“道”究竟应该怎样来理解，可谓众说纷纭。大体归纳起来，主要有下列几种说法。①

第一种，认为刘勰所说的“道”，是以礼教为核心的儒家之“道”，“文之枢纽”有五篇，前三篇分别是“原道”、“征圣”和“宗经”，既然“征圣”和“宗经”是鼓吹儒家思想的，那么第一篇“原道”中的“道”自然也就是儒家之道了。持这种说法的人占有很大的比例。如李庆甲先生认为“《文心雕龙》的思想体系属于儒家”，是“一部与佛学唯心主义对立的儒家文论”。孔繁先生也指出：“《文心雕龙》不以玄学佛学作指导，而以儒学作指导”。我们说刘勰的确推重儒家圣人及其经典，他的思想中也是有着较为浓厚的儒家色彩的。所以不少学者认定“原道”的“道”指儒家的礼乐之道，也不能说是没有根据的。但由此而否定刘勰的思想没有受到佛、道的影响，也是不全面的。

第二种，认为刘勰的“道”是道家之道，是道家的“先天地生”而为“天下母”之“道”，皮朝纲、张启成、蔡仲翔、严寿澄、姚汉荣等，均主此说。刘勰的《文心雕龙》吸收了道家的思想养料和玄学的理论思辨是一个不争的事实。刘勰的著作中确有道家思想。但是凭此而把“原道”的“道”断定为道家之“道”也是缺乏足够的理论依据的。

第三种，刘勰的“道”兼有儒、道两家之道，即认为刘勰以儒家思想为主，同时也受到了道家思想的影响。广义而言为“自然之道”，狭义而言为“儒家之道”。其中又有“内儒外道”和“内道外儒”和“儒体道用”的说法。如张少康先生就说：“刘勰的文艺思想既有其主导方面，又有其复杂的、兼容并包的方面。即以‘道’来说，既是哲理性的道，又是具体的社会政治之道；既以儒家为主，又兼通释老。”漆绪邦认

---

① 本文主道为“自然”之说，对此前贤多有论述。但都似嫌不太充分。这里在参考引述童庆炳、张少康、褚玉龙等先生论文的基础上，作出自己的一点阐释。论文中对诸位先生多有引述之处，特注于此。

为：“以道为体，以儒为用，才是刘勰论文学的基本指导思想。”涂光社也认为：“《文心雕龙》杂糅经魏晋玄学改造的各家思想，有开放的特点，儒道是其互为补充的两个主要侧面”。李平先生又从先秦文化渊源、魏晋时代风尚和《文心》总论、创作论四个方面，全面论述了刘勰“道体儒用、体用结合”的文学指导思想。而汪春泓和邱世友则从魏晋儒道释合一的社会思潮着眼，分析了佛学对刘勰的影响。这些学者注意到了刘勰思想的复杂性，看到了《文心雕龙》思想来来源的多样性。

第四种，认为刘勰的“道”是以佛教为主，佛儒合一的。如马宏山先生 1980 年发表了《论〈文心雕龙〉的纲》，认为“刘勰的指导思想是以佛统儒，佛儒合一”，佛道是《文心雕龙》一以贯之的主导思想。近年来北京大学的几位学者（如汪春泓等）就从佛教的视角来研究刘勰的思想。

第五种，刘勰的“道”乃“自然之道”，是自然本身。持这种说法的有国学大师黄侃。他在《文心雕龙·札记》中解释刘勰的“自然之道”时说：

> 案彦和之意，以为文章本由自然生，故篇中数言自然，一则曰“心生而言立，言立而文明，自然之道也。”再则曰“夫岂外饰，盖自然耳。”三则曰：“谁其尸之，亦神理而已。”寻绎其旨，甚平易。盖人有思心，即有言语，即有文章，言语以表思心，文章以代言语，惟圣人为能尽文之妙，所谓道者，如此而已。此与后世言文载道者截然不同。①

刘永济先生在《文心雕龙·原道篇释义》解释“道之文”时也说：

> 此篇论“文”原于道之义，既以日月山川为道之文，复以云霞草木为自然之文，是其所谓“道”亦自然也。此义也，盖与“文”之本训适相吻合。“文”之本训为交错，故凡经纬错综者，皆曰文，而经纬错综之物，必繁缛而可观。故凡华采铺芬者，亦曰文。惟其如此，故大而天地山川，小而禽兽草木，精而人纪物序，粗而花落鸟啼，各有节文，不相凌乱者，皆自然之文也。然则道也，自然，文也皆弥纶万品而无外，条贯群生而靡遗者也。②

从“道”与“文”的关系来解释“道”为自然，“文”为自然经纬错综的状况，天地山川，云霞草木，花开鸟鸣，包括人物生活，都是“文”，即包括人的整个自然都是“文”，那么“道之文”，就是自然之文，而道也就是“自然”本身，这是比较符合刘勰原意的。

罗宗强先生亦持是说，不过较之前两位先生而言，更有了一点形而上的内容。他在《文心雕龙杂考》中曾这样说：“文源于道，就是文源于自然。原道的这个道，在

---

① 黄侃：《文心雕龙·札记》，北京：中华书局，1962 年。

② 刘永济：《文心雕龙校释·原道篇释义》，北京：中华书局，1962 年。

《文心》中有多种说法，如‘自然之道’、‘道心’、‘神理’。自然之道，就是自然而然的道理。什么是自然而然的道理呢？天地有文，动植有文，‘形立则章成，声发则文生’，这就是自然而然的道理。从这个角度理解，那么，自然之道就是寓于天地万物中的本然道理。……道法自然，非谓道之外尚有一自然，乃谓道遵循自然而然之法则而存在，是则器外无道，道之文，就是天地万物之文。”① 这里，罗先生把道释为“自然而然的道理”，和以上黄侃、刘永济先生有相似的看法。

二、“道为自然”观念的渊源与综合

把“道”解释为“自然”是比较合乎刘勰的本意的。这里我想，“道”并不只是单纯的意味着形而下的自然万物而言，至少应具有本体论和思维方式的两重意蕴。从本体论的角度而言，“道”指自然万物，道之文亦自然之文，是天地山川，云霞草木，花开鸟鸣，人物生活的再现；从形而上的视角来观照，便是指万物生发的一种道理，即自然而然之道，即指宇宙间万事万物运动变化的必然性。而从思维方式上看，自然观摆脱了沉甸甸的道德功用意识，掺合着体用关系的论述，追求一种舍末逐本、得意忘言的玄学思潮，开辟了中国哲学史的崭新内涵。

在中国古代的哲学视域中，自然从来不是纯粹“自然”意义上的，而是渗透自我与哲思的一个范畴。我把“道”作出这样的界定，是基于以下两方面的考虑：

一、中国古代传统哲学对自然的理解是“天人合一”的思想，这与西方哲学基于人与自然对立的体系是截然不同的。

在这种“天人合一”哲学观念制约下，古人强调人与自然之间的和谐相处。万物产生于“道”，即产生于“自然”，便有别于西方哲学所一贯追求的主体理性。这是最明显不过的事实了。《老子》第二十五章云：“故道大，天大，地大，王亦大。……人法地，地法天，天法道，道法自然。”王弼释曰：“道不违自然，乃得其性。法自然者，在方而法方，在圆而法圆，于自然无所违也。”②《淮南子·原道训》亦曰：“故达于道者，不以人易天；外与物化，而内不失其情。”③ 均以人与自然相合相生为“道”之本旨。这是深得中国古典哲学之精神内蕴的，且对中国后世“道”之诠释与思维走向有着根基性的影响。无论是儒、佛、道，在对“道为自然”的体认上，都表现出极其相似的“审美指向”，虽然在具体的言说方式与话语重点上或许有着这样或那样的不同。

二、刘勰所理解的“道”，虽然受到传统儒、道两家思想的重大影响，但是也有着同传统儒道不同的新的特点。

---

① 罗宗强：《刘勰的文学思想》，引《古代文学思想论集》，汕头：汕头大学出版社，1999 年，第 27 页。
② 《老子》，王弼注，陆德明音义，上海：上海古籍出版社，1995 年，第 14 页。
③ 刘安著、高诱注：《淮南子》，上海：上海书店出版社，1986 年，第 4 页。

刘勰开篇所言之"文"是与天地并生的，日月山川，作为丽天之象和理地之形，都是道，亦为道的外化与表现，而作为文明产物的"人文"，是对天地之文的仰观俯察的结果，因此也是文。这一思想和《易传》就有了渊源关系："古者包牺氏之王天下也，仰则观象于天，俯则观法于地，观鸟兽之文与地之宜，近取诸身，远取诸物，于是始作八卦，以通神明之德，以类万物之情。"

从这种意义上来看，刘勰所言之"道"，就与先秦道家对"道"的理解极为相似，《老子·二十五章》曰："有物浑成，先天地生，寂兮寥兮，独立而不改，周行而不殆，可以为天下母，吾不知其名，强字之曰道，强为之名曰大。"① 庄子曰："天地有大美而不言，四时有明法而不议，万物有成理而不说。圣人者，原天地之美而达万物之理，是故至人无为，大圣不作，观于天地之谓也。"②（《庄子·知北游》）这就是说天地、四时、万物都有自身的运转规律，是自然而然的，一切都要顺从自然。那么刘勰所言的道，也是指自然，自然而然的道理，这两者之间到底有什么不同呢？一般说来，老庄所言的道，是和"无"联系在一起的，特别是老子更是如此（当然，庄子哲学更强调与自然的亲和一体）。后来到了玄学讲"无"，更强调它是存在于万有之中的抽象精神实体，认为是一种超验的精神存在。而刘勰的"道"，则较多地强调天地之初、人文之元的"太始之原"，是一种本体论。

儒家也言道，孔子说："天何言哉？四时行焉，百物生焉，天何言哉？"（《论语·阳货》）又"子在川上曰，逝者如斯夫！不舍昼夜。"③《论语·子罕》）孔子在这里所表述的也是人应顺应自然的思想，这可以看成孔子对"自然之道"的理解。儒、道两家在"自然崇拜"问题上基本上是相同的。但《原道篇》的"道"与儒家的"道"，却也有很大的不同。儒家的"道"，按照理学家和新儒家的看法，虽然也涵指自然的宇宙本体，但主要是就其道德人格立义，主要是指儒家的政治伦理学说——成人。如孟子论"吾善养吾浩然之气"等。又如《论语·学而》曰："君子务本，本立而道生。孝悌也者，其为仁之本与？"④ 认为孝悌是天地立道之本，是仁义的至为精微之处。曾参也说："夫子之道，忠恕而已矣"。即是从为人与为已两人方面言个人品性的生成。

在礼乐为主的基本文化景观之下，儒家之道不脱离道德心性内涵，这与《文心·原道篇》作为日月山川之实体、天文人文之本原的"道"是完全不同的。但自元人钱惟善《文心雕龙·序》把刘勰的原道观划为儒家思想体系以来，后人多承此说，这显然与刘勰所言道的多重内涵是不吻合的。当然，我们这样说，也并不是完全否认《原

① 《老子》，王弼注，陆德明音义，上海：上海古籍出版，1995 年，第 13－14 页。
② 《庄子》，王弼注，陆德明音义，上海：上海古籍出版社，1995 年，第 235 页。
③ 刘宝楠：《论语正义》，上海书店《诸子集成》本，1986 年，第 188 页。
④ 刘宝楠：《论语正义》，第 4 页。

道篇》的“道”同儒家之“道”的联系。而是相反，刘勰之道和儒家的山水会心之道是有着密不可分的关联的。褚玉龙先生说：“刘勰认为，儒家的学说理论，都是‘道沿圣以垂文’的结果，是圣人‘原道心以敷章’的产物，都是‘道’这个更高的宇宙观念的外化，故又称儒家经典为‘道之文也’。刘勰把他的‘道’说得比儒道更高、更带根本性和普遍性，并不是贬低儒家之道，而是为了从本体论高度来证明儒道的天然合理性，恰恰是为了给‘征圣’‘宗经’的主张提供更为精致的哲学论证。”① 这又是受玄学——以自然论证名教——思维方式的影响，此不赘述。

由此可见，刘勰所言的道，是有着更为根本性的哲学内涵的，是对儒、道，甚至佛、玄之道的综合，因而带有更高层次上的自觉追求，既有儒家的人伦之“道”，又有《易传》中的阴阳变化之“道”，也有道家的自然之“道”，还有佛家的彼岸之“道”。是自然观念笼罩下多种“道”之思想的本质性提升。

三、“道为自然”的功能衍化

既然解释了刘勰的道是“自然观念”下的多种思想的融合，因而具有统摄一切“道”的特征。下面我们就来具体剖析《文心雕龙》中的“道”在各个层面的表现，即自然之道的功能衍化。

（一）“文”是自然之美的体现，圣人之文体现了自然之道

刘勰在《文心雕龙·原道》开篇写道：

> 文之为德也大矣，与天地并生者何哉？夫玄黄色杂，方圆体分，日月叠璧，以垂丽天之象；山川焕绮，以铺理地之形：此盖道之文也。仰观吐曜，俯察含章，高卑定位，故两仪既生矣。惟人参之，性灵所锺，是谓三才。为五行之秀，实天地之心，心生而言立，言立而文明，自然之道也。②

这里刘勰所言的“道”是指天地、山川等自然本体。所谓“文”，即文采，“道之文”也就是自然美。“龙凤以藻绘呈瑞，虎豹以炳蔚凝姿；云霞雕色，有逾画工之妙；草木贲华，无待锦匠之奇。夫岂外饰，盖自然耳。至于林籁结响，调如竽瑟；泉石激韵，和若球锽：故形立则章成矣，声发则文生矣。夫以无识之物，郁然有采，有心之器，其无文欤？”此为自然之美。人为“三才”之一，“五行之秀”，为“天地之心”，人作为天地三才之一，首先也是一种自然的产物，即是一种自然美。所以他说：“夫以无识之物，郁然有彩，有心之器，其无文欤。”童庆炳先生说：“由此不难看出，刘勰

① 褚玉龙：《论魏晋玄学对〈文心雕龙〉艺术辩证法的影响》，详见《古代文学理论研究》第八辑，上海：上海古籍出版社，1983 年。

② 刘勰著、韩泉欣直解：《文心雕龙》，杭州：浙江文艺出版社，1997 年，第 1 页。

把人看成是自然美的一种表现形式，但又比自然美更高，这也可以说成是对‘文’的广义的理解，它是‘与天地并生’的。只要是自然，都有‘文’。”① 在刘勰的心目中，“河图”、“洛书”也是自然的产物，这是和先人的古老天道自然崇拜观念有联系的，把世界上一切神秘的无法解释的现象都归结为自然的本然存在，另一方面，当时人们认为这些都是实实在在地存在着的（如干宝的《搜神记》中对道神观念的理解）。故王充在《论衡·自然》中说：“河出图，洛出书，……此皆自然也。夫天安得以笔墨而为图书乎？天道自然，故图书自成。”②

由此可见，自然是一切事物的根源，顺应自然，万物自成。这是刘勰的自然本体论的思想体现。作为圣人之文也是对自然事物的摹写（包括对人文的描摹），但这里刘勰所言和西方传统的摹仿说还是有所区别的，相对而言，刘勰更多了一些形而上的内容。

（二）文章功用：自然之道下的儒家理念

刘勰是极其重视文章的功用的，《文心雕龙》以《周易》为人文之始，以孔子为集大成者。圣人“莫不缘道心以敷章，研神理而设教，……观天文以极变，察人文以成化，然后能经纬区宇，弥纶彝宪，发挥事业，彪炳辞义。”③ 这样，刘勰所言的道也就具体转化为儒家经典体现出来的仁义道德。当然，这两者之间的转化是有其连接点的。所谓“大人与天地合其德”，正是由于圣人之文是法天地以成化（即法自然），因此经也便成了“恒久之至道，不刊之鸿教”。有些论者把刘勰的“论文叙笔”的文体论的基础定位于文学的功用前提，恐怕和刘勰的这一思想是有着密切的联系的。从哲学的层面上来讲，在中国古代，无论是为政，还是为人、为学，第一事就是“人事”。只要我们翻阅一下中国元典文献，“重人”之事俯拾即是。《老子》第二十五章中说：“道大，天大，地大，人亦大。”本来中国人是重“天人合一”的，但“天人合一”并不等于说“人”与“天”没有差别，而是更强调人的主体地位。在古人看来，“道”是世界的本体、宇宙万物的根源，是超越时空的普遍存在。尽管历代思想家都重视“天道”，实际上他们的重心却是“人道”。也就是说是用“天道”来更好地说明人道。因此，人的问题、人生问题就成为了中国文化的核心。认识“道”、解决人生问题就不须假于外求，而只需人们在于“尽心”（孟子）、“致良知”（王阳明）、“澄怀观道”和“澄怀味象”（宗炳）、品味人生。“味”这个沟通人与自然、内部与外部环境以及物质世界与精神世界的中介性环节，便成了古人的一种奇特的文化心理结构。明白了这一点，我们也就不难理解刘勰在论文叙笔中为什么那么强调文章的功用价值了。

（三）解衣磅礴：自然之道下对艺术美的追求

在谈到艺术创作、艺术思维的时候，刘勰又主要是从庄子对“道”的理解与庄子

---

① 童庆炳：《文心雕龙道心神理说》，《遵义师范学院学报》1999 第 1 期。

② 王充：《论衡·自然》，上海书店《诸子集成》本，1986 年，第 178 页。

③ 刘勰著、韩泉欣直解：《文心雕龙》，杭州：浙江文艺出版社，1997 年，第 4 –5 页。

对艺术的认识中来汲取营养。如《神思篇》：

古人云："形在江海之上，心存魏阙之下。"神思之谓也。文之思也，其神远矣。故寂然凝虑，思接千载；悄焉动容，视通万里；吟咏之间，吐纳珠玉之声；眉睫之前，卷舒风云之色；其思理之致乎！故思理为妙，神与物游。神居胸臆，而志气统其关键；物沿耳目，而辞令管其枢机。枢机方通，则物无隐貌；关键将塞，则神有遁心。①

是以陶钧文思，贵在虚静，疏瀹五藏，澡雪精神。……然后使玄解之宰，寻声律而定墨；独照之匠，窥意象而运斤：此盖驭文之首术，谋篇之大端。②

这和庄子的艺术创作论有相合之处。庄子在提到对"道"的认识的方法和途径时，曾有这样 的论述："若一志，无听之以耳，而听之以心；无听之以心，而听之以气，耳止于听，心止于符。气也者，虚而待物者也。唯道集虚，虚者，心斋也。"③（《人间世》）意为人要废止感觉和知觉，使自已无知无欲，进入空明寂静的心理状态。《大宗师》又云："堕肢体，黜聪明，离形去知，同于大诵，此谓坐忘。"④ 庄子这里强调要忘却一切存在，甚至是自己的存在，抛弃一切知识，独与天地精神相往来，达到与道的合一。显然，庄子的"无视无听，抱神以静""目无所见，耳无所闻"（《在宥》篇）的虚境论对后代的文艺创作思想产生了重大的影响。刘勰的"疏瀹五藏，澡雪精神"也是对他的继承与发展。只不过，刘勰并不排斥知识在文学创作与想象中的作用而已。

（四）言意之辨：刘勰对玄学的认同

刘勰所生活的时代，虽然玄学清谈已过了鼎盛期，但是其哲学的思辨方法和理路还是对刘勰《文心雕龙》的创作产生了一定的影响。这突出表现在《文心雕龙》"以道为本"的理论构架生成和"自然之趣"艺术观的形成等方面；同时，玄学"言意之辨"对它的理论方法也有很大影响。因此从这种意义说，魏晋玄学是《文心雕龙》理论体系的一个重要思想来源。

我们都知道："以无为本"和"举本统末"，是玄学本体论和方法论的基本特点，其对当时文学、思想产生了广泛而深刻的影响。《文心雕龙·原道篇》所言之"道"，就是作为宇宙"本体"的哲学范畴提出来的。高诱解《原道训》题旨说："原，本也，本道根真，包裹天地，以历万物。"⑤ 可见，《文心·原道篇》正是称日月山川、动植万品皆为"道之文"，把"道"描绘成"包裹天地，以历万物"的宇宙本体的。《序志篇》又称："《文心》之作也，本乎道"，更是以道为本的鲜明体现。

---

① 刘勰著、韩泉欣直解：《文心雕龙》，第159页。
② 刘勰著、韩泉欣直解：《文心雕龙》，第159－160页。
③ 《庄子集解》，上海书店《诸子集成》本，1986年，第23页。
④ 《庄子集解》，上海书店《诸子集成》本，第47页。
⑤ 刘安著、高诱注：《淮南子》，上海：上海书店出版社，1986年，第1页。

魏晋以来，已经有人开始注意到了文学的规律性，但他们都没有从“自然之道”的必然性的高度来认识规律的普遍性，因而在对文学规律的概括上就不如刘勰深刻。可见，刘勰能注重文学发展规律的探讨，这同玄学“自然之道”的影响是密切相关的。玄学自然无为的思想，渗入刘勰的美学思想，形成了他讲求“自然之趣”的艺术观。在刘勰的《文心雕龙》中，“自然”一词多次出现。他主张文章体势应“如机发矢直，涧曲湍回”，有一种“自然之趣”，“譬激水不漪，槁木无阴，自然之势也”（《定势篇》）。对偶应“不劳经营”“自然成对”（《丽辞篇》），艺术构思应“思合而自逢，非研虑之所课也”，从而能求得“自然会妙”的自然美。这些艺术主张，比钟嵘的“自然英旨”论要丰富、深刻多了。正如纪昀所指出的那样：“齐梁文藻日竞雕华，标自然以为宗，是彦和吃紧为人处”①。

此外，玄学的言意之辨也在思维的方法上对刘勰产生一定的影响。一方面，“得意忘言，脱略形似”在艺术上促进了“以形传神”、讲求风采神韵的理论的形成。《文心》讲求“风骨”，主张“写气图貌”等理论就是在这种影响下产生的。另一方面，言意之辨提供了新的思辨方法。“得意忘言”说出，一扫汉儒治经拘于象数和章句的陈腐之法，自此，会通其旨、总论大义的治经方法盛行。刘勰也受到了这时代学术风气的影响。《序志篇》征引“言不尽意”之语，《灭惑论》则赞扬“得意忘言”之说，甚至提出“委迹求心”之论，反对“以辞害意”，主张读经要“原大理”。对当时的繁琐章句之学深表鄙弃（《论说》），而对王弼《周易注》的“得意忘言”则极力推崇。虽然从其主导思想而言，刘勰主张“征圣”“宗经”，但在《征圣》与《宗经》篇中，他所论述的也主要是文与质的关系，是“玄黄色杂”“日月叠璧”，是“或简言以达旨，或博文以该情，或明理以立体，或隐义以藏用”，多与儒家的政治伦理之说无关，而是强调文理的互通，是对圣人经典主旨精神的阐发，这就说明，他的“征圣”、“宗经”，出发点与荀子、杨雄等人不是完全相同的，在摒除了道德修行的致用色彩后，主要强调思想方法的舍本逐本，得言会通，这就与当时裴子野强调“章句”之学的纯粹功用主义者拉开了距离，面对玄学盛行后“主爱雕虫，家弃章句”的现实，裴子野指责“学者以博依为急务，以章句为专鲁”，反对雕绘满眼之作，而刘勰却明确声言：“通人恶烦，羞学章句”（《论说篇》）。这也就决定了刘勰虽宗经而又思想比较自由、比较解放，有时能不完全受儒家经典的束缚，而又往往能较多地接受经典中辩证思想的养料。如对《周易》，他就多所征引，特别是接受其“分而为二”“通变”和“为道屡迁”的观念，作为自己的方法论依据。

综上而言，刘勰对道的理解是“自然”观念之下的包容众说，这一个方面体现了他汇通的文学思想，同是也是时代风尚使然。从客观的方面来看，在当时，三教合流是大势所趋，如宋文帝时将儒、道并列于四馆，宋明帝设总明观，五部之中并有儒、

① 纪昀：《文选评注》，《文心雕龙辑注》卷一，第 24 页。

道。至梁代，“玄风复阐”，梁武帝雅好玄学明确提出“三教同源”说。所以，刘勰一方面崇儒信佛，同时又接受玄学影响，这在当时是完全具有充分的客观可能性。

从主观的角度而言，刘勰在《文心雕龙》明确提出“弥纶群言”（《序志篇》）的著书思想；要求作家既能“熔铸经典之范”，又能“翔集子史之术”（《风骨篇》），要求奏启“总法家之式，秉儒家之文”（《奏启篇》）。可见，他在学术思想上，是较少门户之见的。《诸子篇》说：“至鬻熊知道，而文王咨询，余文遗事，录为《鬻子》。子目肇始，莫先于兹。及伯阳识礼，而仲尼访问，爰序《道德》，以冠百氏。然则鬻惟文友，李实孔师，圣贤并世，而经子异流矣。”这段话集中概括了他对儒道二家的基本看法，突出地反映了他既尊孔宗儒又尊老重道的学术思想，他对玄学的态度亦然。对正始以来王弼、何晏、阮籍、嵇康等所有玄学代表人物的论著，都持赞赏的态度，还推崇后期玄学大家郭象、王衍、裴頠等人为“独步当时，流声后代”。这些都表明，文学的发展，要求理论吸收多方面的思想养料和思想方法，而这种时代要求只不过是在刘勰身上得到充分的实现而已。

刘勰的楚辞观

辽宁大学文学院　李贵银

《文心雕龙》一书中，往往诗骚并举，在“文之枢纽”中专列《辨骚》篇，在其他篇中也多处涉及对楚辞的评价，可见，刘勰对以《离骚》为代表的楚辞作品推崇备至。① 然而，前人论述多着力于对《辨骚》篇“文之枢纽”地位的阐发，关于刘勰对楚辞的评价尚需进一步系统的梳理与归纳。《辨骚》篇虽以“骚”标目，但实则论述的是以《离骚》为代表的楚辞作品，对此，四库馆臣早有论断：“裒屈宋诸赋，定名楚辞，自刘向始也。后人或谓之骚，故刘勰品论楚辞，以辨骚标目。”② 刘勰对楚辞的评价，集中体现于《辨骚》篇，然而散见于其他篇章的只言片语，也弥足珍贵。综观《文心雕龙》全书，刘勰对楚辞的论述，涉及楚辞在文体发展史上的地位、楚辞在文辞上的新变之功、楚辞对后世作家的影响以及对楚辞文学成就的成因分析等几个方面。

一、“轩翥诗人之后，奋飞辞家之前”：楚辞在文体发展史上的地位

“自风雅寝声，莫或抽绪，奇文郁起，其离骚哉！固已轩翥诗人之后，奋飞辞家之前，岂去圣之未远，而楚人之多才乎！”③ 就文学发展的时序而言，以《离骚》为代表的楚辞作品以其奇丽的特色，产生于“风雅寝声”之际，承诗人之后，启辞赋之先声，在文体发展史上有着重要的地位。刘勰指出了以《离骚》为代表的楚辞作品在诗、赋、颂等文体发展上的地位。

第一，楚辞在诗体发展史中的作用

刘勰在论述诗体发展时指出：“逮楚国讽怨，则离骚为刺。”④ 单就此句而言，仅道出了《离骚》讽咏己志，怨刺上政的特点。《离骚》在诗体发展上的地位，需结合此

① 此处所说的楚辞作品，主要指屈原与宋玉的作品。综观《文心雕龙》，《辨骚》篇论述的作品多为屈原与宋玉的作品，并且提到“自《九怀》以下，遽蹑其迹，而屈宋逸步，莫之能追”。显然，在楚辞作家中，推崇屈原与宋玉，其他作家作为屈宋的追随者，成就与屈宋不可同日而语。在《夸饰》篇中提及“宋玉景差，夸饰始盛”，提到了屈宋之外的楚辞作家景差，但也非肯定。因此，列为“文之枢纽”的当为屈宋的楚辞作品，而非全部的《楚辞》。本文为了论述方便，所称“以《离骚》为代表的楚辞作品”主要指屈原与宋玉的作品。

② 《四库全书总目提要》卷一四八集部楚辞类，第 1267 页。

③ 范文澜：《文心雕龙注》，北京：人民文学出版社，1958 年，第 45 页。（以下只注书名及页码）

④ 《文心雕龙注》，第 66 页。

句所处的上下文语境来看：

> 自商暨周，雅颂圆备，四始彪炳，六义环深。子夏监绚素之章，子贡悟琢磨之句；故商赐二子，可与言诗。自王泽殄竭，风人辍采，春秋观志，讽诵旧章，酬酢以为宾荣，吐纳而成身文。逮楚国讽怨，则离骚为刺。秦皇灭典，亦造仙诗。汉初四言，韦孟首唱，匡谏之义，继轨周人。①

这段文字可以说是对“风雅寝声，莫或抽绪，奇文郁起，其离骚哉”的注解。“王泽殄竭，风人辍采”说的便是“风雅寝声，莫或抽绪”。春秋时代，赋诗言志，讽诵《诗经》，断章取义，抒发己志，是诗的创作衰歇的时代。继《诗经》之后，接绪诗歌创作的便是《离骚》，延续了《诗经》讽咏己志，怨刺上政的传统。因此，《离骚》在诗体发展史上，是接绪《诗经》传统的重要一环。

刘勰认为在乐府诗的发展历程中，骚体也产生了影响作用：

> 自雅声浸微，溺音腾沸，秦燔乐经，汉初绍复，制氏纪其铿锵，叔孙定其容与；于是武德兴乎高祖，四时广于孝文，虽摹韶夏，而颇袭秦旧，中和之响，阒其不还。暨武帝崇礼，始立乐府，总赵代之音，撮齐楚之气；延年以曼声协律，朱（枚）马以骚体制歌；桂华杂曲，丽而不经，赤雁群篇，靡而非典；河间荐雅而罕御，故汲黯致讥于天马也。②

汉武帝立乐府，司马相如等人效法骚体制作乐歌，虽然，刘勰认为他们所制乐歌不合经典，但却指出了骚体在汉代乐府诗的发展中，对司马相如等作家产生了影响这一事实。

第二，楚辞在赋体发展中的地位

在《文心雕龙·诠赋》篇，刘勰在考辨赋体发展源流时，对以《离骚》为代表的楚辞作品给予了准确的定位：

> 至如郑庄之赋大隧，士蔿之赋狐裘，结言短韵，词自己作，虽合赋体，明而未融。及灵均唱骚，始广声貌。然赋也者，受命于诗人，拓宇于楚辞也。于是荀况礼智，宋玉风钓，爰锡名号，与诗画境，六义附庸，蔚成大国。遂客主以首引，极声貌以穷文，斯盖别诗之原始，命赋之厥初也。③

“赋自诗出”，然而在赋与诗“分歧异派”的过程中，以《离骚》为代表的楚辞作品是重要的一环。刘勰认为《左传》记载的郑庄公所赋“大隧之中，其乐也融融”与士蔿

① 《文心雕龙注》，第 65 – 66 页。
② 《文心雕龙注》，第 101 页。
③ 《文心雕龙注》，第 134 页。

所赋“狐裘龙茸，一国三公，吾谁适从”，“结言短韵，词自己作”，虽然符合赋体，但还处在“明而未融”的萌芽阶段。以《离骚》为代表的楚辞作品开始将赋的体物写志的规模扩大了，因此，赋“受命于诗人，拓宇于楚辞”。刘勰还进一步指出，荀子的《礼赋》《智赋》与宋玉的《风赋》《钓赋》，以赋名篇，更是在名称上也与诗标明区界，这标志着赋由诗的“六义”之一，发展而为一种“蔚成大国”的独立文体。荀子与宋玉的赋作也奠定了赋体主客问答，铺张扬丽的文体特征。对于以《离骚》为代表的楚辞作品在赋体发展源流中的地位，刘勰在《诠赋》篇中反复强调，如“然赋也者，受命于诗人，拓宇于楚辞也”“斯盖别诗之原始，命赋之厥初也”。在称赞汉世赋作“繁积于宣时，校阅于成世，进御之赋千有余首”的盛况后，又指出“讨其源流，信兴楚而盛汉矣”。可谓一篇之中三致意焉，对以《离骚》为代表的楚辞作品在赋体发展源流中的重要地位给予充分肯定。

刘勰也充分认识到了以《离骚》为代表的楚辞作品在大赋体制形成过程中的作用：

> 夫京殿苑猎，述行序志，并体国经野，义尚光大，既履端于倡序，亦归馀于总乱。序以建言，首引情本；乱以理篇，迭致文契。按那之卒章，闵马称乱，故知殷人辑颂，楚人理赋，斯并鸿裁之寰域，雅文之枢辖也。①

以“京殿苑猎、述行序志”为题材的大赋用序言开头，引出作赋的情由；用乱辞收束全篇，加强文章的气势。刘勰认为用乱辞收束全篇这种写法可溯源至《诗经·商颂·那》与楚辞，并认为这种写法是处理鸿篇巨制与雅正文辞的关键，也是“京殿苑猎，述行序志”题材的大赋作品，与“草区禽族、庶品杂类”的小赋在体制上的分别所在。

在《诠赋》篇的“敷理以举统”部分，刘勰提出“丽词雅义，符采相胜，如组织之品朱紫，画绘之著玄黄，文虽新而有质，色虽糅而有本”的“立赋之大体”②。以这一标准来衡量，刘勰评价宋玉赋作所说的“宋发巧（夸）谈，实始淫丽”便带有批评意味了。汉代司马相如《上林赋》“繁类以成艳”的特色，实肇始于宋玉的夸饰过盛。在《文心雕龙·夸饰》篇，刘勰指出：“自宋玉景差，夸饰始盛。相如凭风，诡滥愈甚：故上林之馆，奔星与宛虹入轩；从禽之盛，飞廉与鹪鹩俱获。”两相对照不难发现，刘勰认为汉代赋代铺张扬丽、夸饰太甚的作风实肇端于宋玉。可见，刘勰对以《离骚》为代表的楚辞作品在赋体发展过程中的地位与产生的消极影响均有着清醒的认识。

第三，楚辞在其他文体发展中的作用

除了诗、赋两种文体外，刘勰还指出了以《离骚》为代表的楚辞作品在颂、祝、对问等文体发展过程中的作用。

刘勰认为屈原的《橘颂》在颂体的发展中有拓展题材之功。《文心雕龙·颂赞篇》

---

① 《文心雕龙注》，第135页。

② 《文心雕龙注》，第136页。

是这样论及颂体源流的：

> 四始之至，颂居其极。颂者，容也，所以美盛德而述形容也。昔帝喾之世，咸墨为颂，以歌九韶。自商已下，文理允备。夫化偃一国谓之风，风正四方谓之雅，容告神明谓之颂。风雅序人，事兼变正；颂主告神，义必纯美。鲁国以公旦次编，商人以前王追录，斯乃宗庙之正歌，非谦飨之常咏也。时迈一篇，周公所制，哲人之颂，规式存焉。夫民各有心，勿壅惟口。晋舆之称原田，鲁民之刺裘，直言不咏，短歌以讽，邱明子高，并谍为诵，斯则野诵之变体，浸被乎人事矣。及三闾橘颂，情采芬芳，比类寓意，又覃及细物矣。至于秦政刻文，爰颂其德，汉之惠景，亦有述容，沿世并作，相继于时矣。……①

刘勰对颂体发展演进的源流关系进行了细致的梳理。颂体经历了由告神向人事的转变。屈原的《橘颂》借颂橘来寄托对美好的君子人格的向往，刘勰予以“情采芬芳”的高度评价，并指出它在颂体发展源流中，将颂的题材拓展到具体的物品，有题材开创之功。《颂赞》篇的赞辞云：“容体底颂，勋业垂赞。镂彩摛文，声理有烂。年积愈远，音徽如旦。降及品物，炫辞作翫。”② 再次提及颂向品物题材的拓展，可见，屈原的《橘颂》在颂体发展史上有拓展题材之功。

刘勰认为宋玉的《对楚王问》是对问体的源头。在《文心雕龙·杂文》篇，刘勰指出：

> 智术之子，博雅之人，藻溢于辞，辞盈乎气，苑囿文情，故日新殊致。宋玉含才，颇亦负俗，始造对问，以申其志，放怀寥廓，气实使之。……凡此三者，文章之枝派，暇豫之末造也。③

在《杂文》篇中，刘勰着重论述了对问、七体、连珠三种文体，认为这三种文体是文章的支流，是饱学多才之士闲暇时驰骋才华娱乐后世的作品。刘勰认为对问一体是宋玉首创，用来申说不被世俗理解的志意，后来东方朔效法宋玉之作，作《答客难》，又有扬雄、班固、崔骃、张衡、蔡邕等人继作，但总的说来，对问体的写作规范是：“原兹文之设，乃发愤以表志。身挫凭乎道胜，时屯寄于情泰，莫不渊岳其心，麟凤其采，此立体之大要也。”④“发愤以表志”是对问体的主要文体职能，而这正是宋玉的《对楚王问》奠定的。在《杂文》篇的赞语里，刘勰对这类文体的创作加以肯定：“伟矣前修，学坚才饱。负文余力，飞靡弄巧。枝辞攒映，嘒若参昴。慕颦之心，于焉只搅。”⑤

---

① 《文心雕龙注》，第156－157页。
② 《文心雕龙注》，第159页。
③ 《文心雕龙注》，第254页。
④ 《文心雕龙注》，第255页。
⑤ 《文心雕龙注》，第256页。

刘勰认为这类文体能充分发挥文士们的才华，展现文学写作的技巧，并表明自己也有效法之意。由此可以看出刘勰对文学形式美的看重。

另外，在祝体和谐体的发展过程中也有楚辞作品发挥作用。《文心雕龙·祝盟篇》曰："若夫楚辞招魂，可谓祝辞之组纚（丽）也。"① 刘勰着重评价了《招魂》的辞采之美。在刘勰看来，祝体的写作规范是："凡群言发华，而降神务实，修辞立诚，在于无愧。祈祷之式，必诚以敬；祭奠之楷，宜恭且哀：此其大较也。"② 虽然刘勰认为祝体的写作要领是言辞要诚敬，无愧于心，但对《招魂》这样辞采华美之作是颇为肯定的，认为是祝辞里少有的华美之作。

在《文心雕龙·谐讔》篇，刘勰在追溯谐体源流时指出："谐之言皆也。辞浅会俗，皆悦笑也。昔齐威酣乐，而淳于说甘酒；楚襄讌集，而宋玉赋好色：意在微讽，有足观者。"③ 显然，刘勰认为宋玉的《登徒子好色赋》具备谐体的特征，是谐体的源头，并肯定其意在婉转地讽刺，值得一观。

另外，值得一提的是，以屈原等楚辞作家虽然没有创作过吊文，但是，在吊文的发展过程中，屈原也发挥了重要作用，那便是为贾谊、扬雄创作吊文提供了题材来源。在《文心雕龙·哀吊》篇，在论述了吊文所施的种种场合之后，又论及一种吊文：

> 凡斯之例，吊之所设也。或骄贵而殒身，或狷忿以乖道，或有志而无时，或美才而兼累：追而慰之，并名为吊。自贾谊浮湘，发愤吊屈，体同而事核，辞清而理哀，盖首出之作也。……扬雄吊屈，思积功寡，意深文略，故辞韵沈腿。④

刘勰指出，除了通常吊文所施的场合之外，还有追思之作也称为吊文。这类吊文最早的便是贾谊的《吊屈原文》。屈原的遭遇引起了贾谊情感上的共鸣，也成就了吊文的题材内容的拓展。因此，在吊文题材的拓展上，确是以吊屈题材为开端的。此后，又有扬雄的吊屈之作，后世以吊屈为题材的作品层出不穷，不仅在吊文领哉，在诗、词、赋等文体的创作中，以屈原为题材创作了大量作品。

二、"虽取镕经意，亦自铸伟辞"：楚辞的新变之功

刘勰在《文心雕龙》中往往诗骚并称，以《离骚》为代表的楚辞作品之所以能获得与《诗经》并称的地位，便在于它的"自铸伟辞"。这种"自铸伟辞"首先体现在辞采上的奇丽。在《文心雕龙·辨骚篇》，刘勰对以《离骚》为代表的楚辞作品在辞采上的新变之功给予高度评价：

---

① 《文心雕龙注》，第 176 页。

② 《文心雕龙注》，第 177 页。

③ 《文心雕龙注》，第 270 页。

④ 《文心雕龙注》，第 241 页。

观其骨骾所树，肌肤所附，虽取熔经意，亦自铸伟辞。故骚经九章，朗丽以哀志；九歌九辩，绮靡以伤情；远游天问，瑰诡而惠巧；招魂招隐，耀艳而深华；卜居标放言之致；渔父寄独往之才。故能气往轹古，辞来切今，惊采绝艳，难与并能矣。①

从内容到辞采，刘勰对以《离骚》为代表的楚辞作品给予了高度的评价。“虽取熔经意，亦自铸伟辞”是刘勰对《离骚》“合乎经典”与“异乎经典”辨析之后的总结，是对汉代五家争论纷扰的定论，也是我们理解刘勰对《离骚》评价的关键。黄侃在《文心雕龙札记》中指出：“二语最谛。异于经典者，固由自铸其词；同于《风》《雅》者，亦再经镕湅，非徒貌取而已。”② 黄侃指出二语意在评价《离骚》的独特性。显然，刘勰辨析《离骚》与经典同异之用意不在是非评判，而在于指出《离骚》的独特之处与作为“文之枢纽”的启示意义何在？既然《离骚》“取镕经意”，那么在内容上便会“不失其正”、“不坠其实”，那么它“自铸伟辞”便会给予后世作文者更多的借鉴意义。我们再来看，刘勰对以《离骚》为代表的楚辞作品所作的“朗丽以哀志”“绮靡以伤情”“瑰诡而惠巧”“耀艳而深华”的具体评价，“哀志”与“伤情”涉及内容，当是“不失其正”；“朗丽”“绮靡”“瑰诡”“耀艳”都美好艳丽之意，显然，刘勰对以《离骚》为代表的楚辞作品文辞上的评价都是以艳丽为主的。刘勰充分肯定了这种“惊采绝艳”，是难以企及之美，在经典的典雅之外，又树立了一种“艳逸”的典范：“是以模经为式者，自入典雅之懿；效骚命篇者，必归艳逸之华”。③ 以《离骚》为代表的楚辞作品正是凭借其文辞上的奇丽获得了与《诗经》并称的地位，也是其能进入“文之枢纽”的原因所在。

以《离骚》为代表的楚辞作品“自铸伟辞”的又一体现便是在物色描摹上。《文心雕龙·物色》篇云：“且诗骚所标，并据要害，故后进锐笔，怯于争锋。”④ 刘勰认为《诗经》与以《离骚》为代表的楚辞作品在写景状物方面树立了后人难以企及的高超典范。那么，刘勰到底认为以《离骚》为代表的楚辞作品在景物描写方面取得了哪些可与《诗经》相提并论的成就呢？具体来看《文心雕龙·物色》篇的论述：

是以诗人感物，联类不穷；流连万象之际，沉吟视听之区。写气图貌，既随物以宛转；属采附声，亦与心而徘徊。故“灼灼”状桃花之鲜，“依依”尽杨柳之貌，“杲杲”为出日之容，“瀌瀌”拟雨雪之状，“喈喈”逐黄鸟之声，“喓喓”学草虫之韵；“皎日”“嘒星”，一言穷理；“参差”“沃若”，两字连形：并以少总多，情貌无遗矣。及离骚代兴，触类而长，物貌难尽，故重沓舒状，于是嵯峨之

---

① 《文心雕龙注》，第47页。

② 《文心雕龙札记》，第23页。

③ 《文心雕龙注》，第529页。

④ 《文心雕龙注》，第694页。

> 类聚，葳蕤之群积矣。及长卿之徒，诡势瑰声，模山范水，字必鱼贯，所谓诗人丽则而约言，辞人丽淫而繁句也。
>
> 至如雅咏棠华，或黄或白；骚述秋兰，绿叶紫茎；凡摛表五色，贵在时见，若青黄屡出，则繁而不珍。①

刘勰认为诗人流连万象，体察沉吟，能用较少的字概括复杂的情状，把情思和物貌都毫不遗漏地描绘出来。《楚辞》继《诗经》之后，在物象的描摹上触类旁通，事物的形状难以描摹，就使用复叠的文词形容不同的事物，产生了像“嵯峨”“葳蕤”之类的词。虽然《楚辞》对景物的描写较《诗经》复杂，但是刘勰对此持肯定态度，认为这是物象描摹上的进步。刘勰否定的是像司马相如那样“模山范水，字必鱼贯”的“丽淫繁句”，而《楚辞》还属于“丽则而约言”的范围，给予肯定。对于色彩词的使用上，刘勰也对《楚辞》作品给予与《诗经》同样的肯定。因此，刘勰称“诗骚所标，并据要害”，对《楚辞》在物象描摹上，在《诗经》基础上继续向前推进，给予了充分的肯定。

三、“衣被辞人，非一代也”：楚辞对作家的影响

以《离骚》为代表的楚辞作品被刘勰确立为“文之枢纽”，对后来的文学创作产生了深远的影响，“其衣被辞人，非一代也”，绵延不绝地影响着后世的文学创作。这种影响的具体情况如何，我们需结合《辨骚》篇与《文心雕龙》的其他篇章来看。首先来看《辨骚》篇中的论述：

> 自九怀以下，遽蹑其迹，而屈宋逸步，莫之能追。故其叙情怨，则郁伊而易感；述离居，则怆快而难怀；论山水，则循声而得貌；言节候，则披文而见时。是以枚贾追风以入丽，马扬沿波而得奇，其衣被词人，非一代也。故才高者菀其鸿裁，中巧者猎其艳辞，吟讽者衔其山川，童蒙者拾其香草。若能凭轼以倚雅颂，悬辔以驭楚篇，酌奇而不失其真（正），玩华而不坠其实，则顾盼可以驱辞力，咳唾可以穷文致，亦不复乞灵于长卿，假宠于子渊矣。②

刘勰认为王褒的《九怀》以下汉代的文人在创作楚辞体时均追随着屈原与宋玉的脚步，但是没有人能赶得上。总的说来，以《离骚》为代表的屈原与宋玉作品对后世的影响主要体现在几个方面：首先，在抒情题材的处理上，抒发哀怨，叙写离别，屈原与宋玉的作品都能深切动人。其次，在山水节候题材的处理上，屈原与宋玉有着高超的文学技巧。这些都给后世以启迪。再次，在文章体制的安排上，文才高超的人在创作鸿

---

① 《文心雕龙注》，第694页。

② 《文心雕龙注》，第47－48页。

篇巨制时可以从中汲取经验。最后，在文采上，楚辞作品奇丽的艳辞，也为后世作家提供了养料。枚乘、贾谊从中学习了“丽”的一面；司马相如与扬雄学得了“奇”的一面。刘勰认为，后来者只要倚重《诗经》、有选择地从楚辞中汲取经验，便可以作到内容纯正，文辞奇丽。这才是取法乎上的正途，而无须到司马相如与王褒那里去学习了。

在《时序》篇，刘勰指出：“爰自汉室，迄至成哀，虽世渐百龄，辞人九变，而大抵所归，祖述楚辞，灵均余影，于是乎在。”① 汉代一百余年的文学创作，虽然“辞人九变”，但是总体说来，都是在师法屈原的楚辞作品。在《通变》篇，刘勰指出：“暨楚之骚文，矩世周人；汉人赋颂，影写楚世。”② 汉代的赋颂之作多是效法楚辞。虽然刘勰对屈宋的作品本身以褒美为主，但是汉世师法屈宋，也有流弊。这种弊端主要表现在司马相如等人的赋作上。《才略》篇指出：“相如好书，师范屈宋，洞入夸艳，致名辞宗；然核取精意，理不胜辞，故扬子以为文丽用寡者长卿，诚哉是言也！”③ 司马相如赋的弊端在于“理不胜辞”，过度讲求词藻的华丽。在《夸饰》篇，刘勰也有类似评价：“自宋玉景差，夸饰始盛。相如凭风，诡滥愈甚：故上林之馆，奔星与宛虹入轩”。刘勰认为司马相如的文风夸饰过甚，并且认为这主要肇端于宋玉。由此可见，虽然刘勰认为文学发展过程中，新奇艳丽必不可少，但也时刻警惕夸饰淫滥的文风。

四、“体宪于三代，而风杂于战国”：楚辞文学成就的成因

刘勰给予以《离骚》为代表的楚辞作品高度的评价，尤其是屈原的《离骚》，在《文心雕龙》中刘勰也多次尝试着要对屈原何以会取得如此高的成就进行原因上的探寻，如在《辨骚》篇的开篇便说：“自风雅寝声，莫或抽绪，奇文郁起，其《离骚》哉！固已轩翥诗人之后，奋飞辞家之前，岂去圣之未远，而楚人之多才乎！”刘勰在惊叹《离骚》的在“风雅寝声”之际“奇文郁起”的特立独出之余，不禁揣测是否是由于“去圣之未远”“楚人多才”呢？在《辨骚》篇中，刘勰还说：“固知楚辞者，体宪于三代，而风杂于战国，乃雅颂之博徒，而词赋之英杰也。观其骨鲠所树，虽取熔经意，亦自铸伟辞。”这既是对楚辞文学成就的肯定，也含其对其成因的分析。“乃雅颂之博徒，而词赋之英杰”显然是对楚辞在文学史上的地位的定位。而“体宪于三代，而风杂于战国”、“虽取熔经意，亦自铸伟辞”可与“去圣之未远，而楚人之多才”合观，都是对楚辞文学成就成因的探寻。

刘勰主要从两个方面探寻以《离骚》为代表的楚辞文学成就的成因。首先，从时

① 《文心雕龙注》，第 672 页。
② 《文心雕龙注》，第 520 页。
③ 《文心雕龙注》，第 698 页。

序上指出屈原的时代“去圣未远”有圣人的“矩式”可循；其次从地域方面指出屈原作为楚人，继承了楚地的文学传统。我们先看第一个原因。无论是“去圣之未远”，还是“体宪于三代”，都与“取镕经意”、“矩式周人”同义，也就是“凭轼以倚雅颂”，说的都是继承圣人、经典的传统，以“征圣”“宗经”为立文之本。《比兴》篇云：“楚襄信谗，而三闾忠烈，依诗制骚，讽兼比兴。”① 说的就是屈原继承《诗经》传统来创作《离骚》。因此，屈原的《离骚》才得以在“风雅寝声”之际，异军突起，取得与《诗经》并称的地位，在《诗经》之处，开辟一种文学的典范。

再看第二个原因，也就是楚地的特有的文学传统与风俗对屈原、宋玉的影响。在《时序》篇，我们可以清楚刘勰“楚人多才”的具体所指：

> 唯齐楚两国，颇有文学。齐开庄衢之第，楚广兰台之宫，孟轲宾馆，荀卿宰邑，故稷下扇其清风，兰陵郁其茂俗，邹子以谈天飞誉，驺奭以雕龙驰誉，屈平聊藻于日月，宋玉交彩于风云。观其艳说，则笼罩雅颂。故知暐晔之奇意，出乎纵横之诡俗也。②

刘勰这里统论战国时期齐楚两国的文学之盛，提及孟轲、荀子、邹子等人，在《诸子篇》中有具体评价：

> 研夫孟荀所述，理懿而辞雅；管晏属篇，事核而言练；列御寇之书，气伟而采奇；邹子之说，心奢而辞壮；墨翟随巢，意显而语质；尸佼尉缭，术通而文钝；鹖冠绵绵，亟发深言；鬼谷眇眇，每环奥义；情辨以泽，文子擅其能；辞约而精，尹文得其要；慎到析密理之巧，韩非著博喻之富；吕氏鉴远而体周，淮南泛采而文丽：斯则得百氏之华采，而辞气之大略也。③

从刘勰对战国诸子著术的评价来看，对孟子、荀子、邹子的文风颇为肯定。以此相对照，刘勰所说的“故知暐晔之奇意，出乎纵横之诡俗也”是肯定之意，而这也是对“风杂于战国”的最好注解，实际上也是在探寻屈、宋文学成就的成因。

刘勰对楚地特色十分关注，在论声律时便注意到了楚地声韵的差异：

> 又诗人综韵，率多清切；楚辞辞楚，故讹韵实繁。及张华论韵，谓士衡多楚，文赋易称知楚不易，可谓衔灵均之声馀，失黄钟之正响也。凡切韵之动，势若转圜；讹音之作，甚于枘方，免乎枘方，则无大过矣。④

楚辞作品夹杂楚音，所以在用韵不清楚明确的地方很多，对此，刘勰持批评态度。这

---

① 《文心雕龙注》，第602页。
② 《文心雕龙注》，第672页。
③ 《文心雕龙注》，第309页。
④ 《文心雕龙注》，第553页。

表明刘勰在论文时对楚地的特色是颇为注意的。

前文提到刘勰对楚辞作品描摹物象的文学技巧颇为肯定，他也尝试从楚地特有的风土人情来探寻原因：

> 若乃山林皋壤，实文思之奥府，略语则阙，详说则繁。然屈平所以能洞监风骚之情者，抑亦江山之助乎！①

刘勰在赞叹屈原的《离骚》出色的物貌描写的同时，也不禁要感叹是否是楚地特有的江山风貌使得屈原的《离骚》有特别精彩的景物描绘。可见，刘勰试图从楚地的地域文化特征出发对以《离骚》为代表的楚辞作品所取得的杰出成就的原因进行探寻。

综上所述，《文心雕龙》对以《离骚》为代表的楚辞作品的评价，涉及了楚辞在文体发展上的地位、文辞上的新变之功、对后世作家的影响以及文学成就的成因分析诸方面。可见，刘勰对以《离骚》为代表的楚辞作品有着较为系统的论述，只不过散见于《文心雕龙》五十篇，不那么集中而已。从中，我们可以看出，刘勰对屈原的《离骚》评价甚高，对宋玉之作，有褒有贬，而对其他的楚辞作家则未涉及。因此，可以说，《文心雕龙》中涉及的楚辞评价问题，主要指屈原、宋玉的作品。在刘勰的心目中，能称得上“文之枢纽”的也主要是屈原与宋玉的作品。

① 《文心雕龙注》，第694－695页。

刘勰《文心雕龙·辨骚》篇新探

闽江学院中文系　李铁荣

《辨骚》篇是《文心雕龙》“文之枢纽”研究的重头戏之一。有学者曾把围绕它的研究概括为四个方面的问题：“一、《辨骚》篇的归属；二、‘四同四异’；三、刘勰对屈原作品浪漫主义特色的认识和评价；四、《辨骚》的宗旨。”① 迄今为止，这四个问题都得到相当程度的深入探讨。但也必须承认，问题似乎还远未得到很好的解决：因为每一个问题都存在着相反相对的意见和看法，仁智各异，莫衷一是。但在笔者看来，上述四个问题其实具有一定的内在逻辑关联，因而某一问题的合理解决将会有助于其他问题的解决。笔者在此尝试从《辨骚》篇的归属问题出发，辨明《辨骚》篇的主旨所在，以及刘勰写作此篇的深层意图。

一、“骚”之为“体”

（一）体裁的“骚”

有关《辨骚》篇的归属问题共有三种观点：“1. 属上说：即属文之枢纽部分；2. 属下说：即属文体论部分；3. 兼属说：即既属文之枢纽，又属文体论。”② 在笔者看来，这三种观点归根结底就是要回答这样两个问题：一是“骚”是不是一种独立的文体？二是“骚”放置在“文之枢纽”的位置的理由或根据是什么？

要回答第一个问题，首先必须明白“骚”的具体含义。在《辩骚》篇中，“骚”字共出现六次：①“奇文郁起，其《离骚》哉！”②“昔汉武爱《骚》，而淮南作《传》……”；③“若《离骚》者，可谓兼之”；④“《离骚》之文，依经立义”；⑤“故《骚经》《九章》，朗丽以哀志”；⑥“不有屈原，岂见《离骚》”？从本文的具体语境不难看出，“骚”字确切单指《离骚》一篇的只有⑤一处；既可单指《离骚》一篇，又可代指屈原的所有作品共有①②③④⑥五处；而到了“固知《楚辞》者”一句，则又由屈原的作品代指《楚辞》一书了。因此，所谓的“骚”兼具单指和双重代指的功能，即“骚”→《离骚》→屈原所有的作品→《楚辞》。因此，第一个问题就可

① 编委会编：《文心雕龙学纵览》，上海：上海书店出版社，1995 年，第 148 页。
② 编委会编：《文心雕龙学纵览》，第 148 页。

表述为：作为指代屈原作品或《楚辞》的“骚”是一种独立的文体吗？

现代以来，范文澜先生最早把《辨骚》篇作为一种独立的文体[①]，其后刘大杰、郭绍虞等先生也是如此。近些年来，对《辨骚》篇的研究还在继续，马建智先生就运用刘勰研究文体的四种方法，对《辨骚》篇进行了简要分析，也认为“骚”是一种独立的文体[②]。不过，马先生的分析论证过程实在过于简略，几乎看不出这种方法到底是否适用于本篇。因此，这里有必要稍微详细地考察一下这种方法在《辨骚》篇的适用情况。

一是“原始以表末”（《序志》，下同）。“自风雅寝声，莫或抽绪，奇文郁起，其《离骚》哉！固已轩翥诗人之后，奋飞辞家之前。”“故知《楚辞》者，体宪于三代，而风杂于战国，乃雅颂之博徒，而辞赋之英杰也”，“自《九怀》以下，遽蹑其迹；而屈宋逸步，莫之能追。”《辨骚》篇中的这几句话可以图示为：“诗（风雅）”→“骚”→“辞”，“诗人”→“屈原”→“辞家”。这种顺序表明：作为文体，“骚”是接继“诗”（“风雅”）之后而产生；作为作者，屈原是紧随“诗人”之后而出现。二是“释名以章义”。在从《明诗》到《书记》篇中，刘勰对所要考察的文体对象都下了比较明确的定义；而在《辨骚》篇中，我们却找不到像《明诗》篇中“故诗者，持也，持人情性”这样的定义。而“骚”的含义恐怕是不能完全当做“骚”的定义来看待的。三是“选文以定篇”。在《辨骚》篇中，刘勰不但列举了《骚经》《九章》《九歌》《九辩》《远游》《天问》《招魂》《大招》《卜居》《渔父》等篇目，而且对其进行了非常精当的评论。四是“敷理以举统”。“酌奇而不失其贞，玩华而不坠其实”，多数学者认为这两句话概括了“骚”体的写作之理或为文之道。

从以上分析可知，第三点是有所欠缺的。因此，严格地说，“骚”作为一种独立文体的条件似乎是不够充分的。笔者认为，更值得注意的还是刘勰本人的态度和看法。一方面，在《辨骚》篇中，刘勰几乎处处都是拿《离骚》与《诗经》进行比较，并且得出个“四同四异”来；在《明诗》篇中，刘勰又比较明确地把《离骚》作为诗歌发展过程中的一个阶段或环节：“殆楚国讽怨，则《离骚》为刺”，亦即在刘勰看来，“骚”就应该是一种诗体。但是另一方面，刘勰自已又写道：“楚艳汉侈，流弊不还”（《宗经》）；“固已轩翥诗人之后，奋飞辞家之前”，“乃雅颂之博徒，而辞赋之英杰也”（《辨骚》）；“然则赋也者，受命于诗人，而拓宇于《楚辞》者也”（《诠赋》），如此等等。这里又透露出这样的消息：在刘勰看来，与《诗经》比较而言，“骚”其实已经开始发生了某些变化，是一种处于“诗”“赋”之间的诗体。所以，从这个角度上来看，说“骚”是一种独立的文体恐怕也不为过。

（二）结构的“骚”

夫才童学文，宜正体制，必以情志为神明，事义为骨髓，辞采为肌肤，宫商

---

① 范文澜著：《文心雕龙注》，北京：人民文学出版社，1958年，第4页。

② 马建智著：《中国古代文体分类研究》，北京：中国社会科学出版社，2008年，第166页。

为声气，然后品藻玄黄，摛振金玉，献可替否，以裁厥中：斯缀思之恒数也。（《附会》）

毋庸置疑，刘勰的这段话主要是谈论文章写作的文体的。郭英德先生就以这段话作为主要依据之一，提出他的中国古代“文体”的基本结构理论：“一种文体的基本结构，犹如人体结构，应包括从外至内依次递进的四个层次……体制（引者按，“宜正体制”之“体制”与此不同，它相当于郭先生所说的“文体的基本结构”）与语体，偏重于外，往往通过观察、分析便可以直观地把握；体式与体性，偏重于内，只能通过仔细的辨析和比较才能深入地体察”。体制与语体属于外在结构，而体式与体性属于内在结构[①]。

进而，有学者把上面那段话与下面这段话联系起来：

故文能宗经，体有六义：一则情深而不诡，二则风清而不杂，三则事信而不诞，四则义贞而不回，五则体约而不芜，六则文丽而不淫。（《宗经》）

郭晋稀先生认为：“本篇（引者按，指《宗经》篇）提出的文章六义，六义中一、二两点，就是《附会》所说的‘以情志为神明’；三、四两点，就是《附会》所说的‘以事义为骨鲠（髓）’；五点就是《附会》所说的‘以辞采为肌肤’；六点就是《附会》所说的‘以宫商为声气’。”[②] 我们对郭晋稀先生的说法稍作变动，再与郭英德先生有关文体的基本结构理论相互比照，从中可以看出：“六义”中的一、三和四属于文体的内在结构，二、五和六属于文体的外在结构。亦即文体的内在结构主要包括情感、叙事和义理，属于内容方面的因素；外在结构主要包括风格、体制和文辞，属于形式方面的因素。质言之，文体的基本结构只是表现为“义理”与“文辞”而已[③]。

《辨骚》篇的第二部分是主体部分，共有三段。第二段汉代评论。刘勰指出，对待屈“骚”，汉代五家“褒贬任声，抑扬过实，可谓鉴而弗精，玩而未核者也”。第三段分析比较。通过举例，刘勰得出“骚”既有“同于《风》《雅》者也”的“四同”：①典诰之体，②规讽之旨，③比兴之义，④忠怨之辞；又有“异乎经典者也”的“四异”：①诡异之辞，②谲怪之谈，③狷狭之志，④荒淫之意。很显然，这“四同四异”主要是以“义理”为主，兼及“文辞”而言。第四段自己评论。先收束上文之意（“故论其典诰则如彼，语其夸诞则如此”），表明屈作在“义理”上既庄重写实，又想象夸张；再追溯《楚辞》的前世和今生（“固知《楚辞》者，体宪于三代，而风杂于战国，乃雅颂之博徒，而词赋之英杰也”），这里刘勰以“雅颂”为准，对《楚辞》褒中有贬；复指出其既有继承《诗经》的一面，又有创新之处（“观其骨鲠所树，肌肤

① 郭英德著：《中国古代文体学论稿》，北京：北京大学出版社，第 4－5 页。

② 郭晋稀著：《白话文心雕龙》，长沙：岳麓书社，1997 年，第 19 页。

③ 李铁荣：《正纬之伪——刘勰〈文心雕龙〉“文之枢纽”探析之四》，《怀化学院学报》2012 年第 1 期。

所附，虽取熔经意，亦自铸伟辞”），接下来详论屈、宋作品丰富多彩的特色（“故《骚经》《九章》，朗丽以哀志……”）；最后总结指出屈、宋作品所达到的无与伦比的高度（“故能气往轹古，辞来切今，惊采绝艳，难与并能矣”），这里的评论已经是对《楚辞》的高度褒扬了。不难看出，本段以“文辞”为主，兼及“义理”而言。因此，《辨骚》篇的主体部分基本上是通过“诗”“骚”比较，从“义理”与“文辞”两个方面，亦即从文体的基本结构方面来加以展开的。

综上所述，“骚”既是体裁的“骚”，是一种处于“诗”“赋”之间的诗体；又是结构的“骚”，在“义理”与“文辞”方面，显示出与《诗经》既同且异的特色。这样一来，“骚”既与《明诗》至《书记》之间的篇目有并列关系（体裁方面），又与五经中的《诗经》有比较关系（结构方面），亦即《辨骚》篇处在“文之枢纽”的位置，与《宗经》篇具有比较关系。现在要追问的是，与《诗经》相较，“骚”体呈现什么样的整体特征？

二、“骚”体之“奇”

（一）遽蹑其迹

> 自《九怀》以下，遽蹑其迹；而屈宋逸步，莫之能追。故其叙情怨，则郁伊而易感；述离居，则怆快而难怀；论山水，则循声而得貌；言节候，则披文而见时。是以枚贾追风以入丽，马扬沿波而得奇，其衣被词人，非一代也。故才高者菀其鸿裁，中巧者猎其艳辞，吟讽者衔其山川，童蒙者拾其香草。若能凭轼以倚《雅》《颂》，悬辔以驭楚篇，酌奇而不失其贞，玩华而不坠其实；则顾眄可以驱辞力，欬唾可以穷文致，亦不复乞灵于长卿，假宠于子渊矣。（《辨骚》）

《辨骚》篇是按照“骚”的兴起——评论——传播（即影响）的内容结构顺序展开的。上引第五段属于“传播”部分，它主要是从“追”“骚”（屈、宋）的角度来展开。在展开的过程中，“骚”体的整体特征（与“风格”不尽相同）也就顺乎自然、合乎逻辑地显现出来。

一是“追”的目标。“至光武之世，笃信斯术。风化所靡，学者比肩”（《正纬》），上行下效，自然摩肩接踵。“屈宋逸步”之成为人们“追”的目标，有类于此。屈、宋原属楚人，其作品成就又高：“气往轹古，辞来切今，惊采绝艳，难与并能矣”。在当时的历史背景情况下，这自然最容易引起也属楚人的西汉最高当权者的深度喜爱（“昔汉武爱骚，而淮南作传”），以至于成为人们竞相“追”（学习）的目标。那么，“屈宋逸步”到底是一种什么样的具体情形呢？他们抒写情怨，能使人忧愁而容易感动；叙述离愁，能使人悲伤而难以遣怀；描写山水，能使人循着音节而想象形貌；言说季节，能使人透过文字而看到时令。……总之，屈、宋的表现手段是如此的高超、语言表达是如此的畅达，无论是抒发情感，还是描写景物，都能达到只有必显之景、而无不达之意的鬼斧神工的地步，取得恰到好处的理想效果。换言之，屈、宋之作的“文辞”（风格、体制和文辞）与“义理”（情感、叙事和义理）高度地相容相洽，已经达到了巧夺天工的神奇效果。

二是“追”的情形。众所周知，《楚辞》中除了屈、宋的作品之外，《九怀》之上还有《惜誓》《吊屈原》《鹏鸟》（三篇作者均为贾谊）、《招隐士》（淮南小山）、《七谏》（东方朔）、《哀时命》（庄忌）；而《九怀》（王褒）以下只有《九叹》（刘向）和《九思》（王逸）。刘勰这里之所以只从“《九怀》以下”开始，显然是有其用意的：他要暗示的是王褒之前的作者步武前贤，虽然已经后人脚跟，但还能够勉力追上，因此，其作品的“义理”和“文辞”也就比较接近屈、宋。这算是“追”的第一波次了；而自王褒以下的作者尽管都急速地追随屈、宋，但却已经是力不从心，“莫之能追”了。这算是“追”的第二波次了。屈、宋作品“衣被词人，非一代也”。“追”的波次连续不断，“追”的结果因人而异：才华出众者捋取他们作品中的宏大体制，心灵精巧者猎取其中的艳丽文辞，吟咏讽诵者撷取其中的山川景物，初学写作者拾取其中的香花香草……追随者由于只是随性所取，因而只能各执一隅；所得也只是吉光片羽，而难以一窥全豹了。由此观之，后世“追”者已经渐渐地呈现出“义理”与“文辞”之间相互脱节的现象了。

三是“追”的原则。为什么会产生这种“义理”与“文辞”成为两截的现象呢？在刘勰看来，这是因为人们“追”的目标已经出现了严重偏差。众所周知，刘勰是“宗经”的。“骚”体“取熔经意，自铸伟辞”，已经与《诗经》有同且异了，但在“义理”与“文辞”方面还是结合得比较完美的；而后世“追”者却随性而取，片面“追”“骚”，尤其是“追”取“骚”体与《诗经》相异的一面；不仅如此，后世“追”者还有“乞灵于长卿”“假宠于子渊”等“取法乎中”以至于“下”的情形。这样“追”下去的结果自然就愈追愈远，越发偏离正道了。那么，究竟应该怎样去“追”“骚”才算是康庄大道呢？针对这种“楚艳汉侈，流弊不还”（《宗经》）的严重偏差，刘勰开出了一剂正本清源的纠偏良方：“凭轼以倚雅颂，悬辔以驭楚篇，酌奇而不失其贞，玩华而不坠其实”。刘勰以《诗经》（“雅颂”）为“贞”（正，雅），以《楚辞》（屈、宋）为“奇”。正如驾车要“凭轼悬辔”，为文就要“倚颂驭楚”：“奇不失贞”，“华不坠实”。为文若能“执正驭奇”，华实相符，就能轻而易举地做到穷尽情致、驱逐文辞了；而若一味逐“奇”，华而不实，则可能往而不还。这就是“追”“骚”的总体原则。

“然则圣文之雅丽，固衔华而佩实者也”（《征圣》），《诗经》“衔华佩实”，所以它的总体特征为“雅丽”；“楚篇”与“雅颂”相较而出，《诗经》（“雅颂”）为“贞”（正，雅），《楚辞》（屈、宋）为“奇”；又如前所述，枚、贾、马、扬四人比较接近屈、宋，“枚贾追风以入丽，马杨沿波而得奇”，因此，合而观之，确切地说，《楚辞》

（屈、宋）的整体特征就是“奇丽”了。而班固称屈“骚”“其文丽雅，为辞赋之宗”，刘勰认为他“鉴而弗精，玩而未核”，又鲜活地提供了一个反证。

（二）辨骚之“奇”

“奇”字在本文中仅只三见：①“自风雅寝声，莫或抽绪，奇文郁起，其《离骚》哉！”②“枚贾追风以入丽，马扬沿波而得奇”；③“酌奇而不失其贞，玩华而不坠其实”。第一例的“奇”为形容词，一般解作“独特的”；第二、三两例为名词，正是需要探讨的。那么，“骚”体之“奇”的主要特性是什么呢？

“奇，异也”（《说文》），意为不寻常，而“不寻常”就意味着新颖独特，也即就是“新奇”。“新奇者，摈古竞今，危侧趣诡者也”（《体性》），其意为厌弃古旧而追求新颖，喜欢险峻又爱好诡异；“典雅者，熔式经诰，方轨儒门者也”（同上），其意为取式经典而熔铸，沿着儒家著作所指示的道路行进。“雅”既是“正”，周振甫先生指出“正和奇，是指内容说的”①，亦即指“文理”而言。刘勰把“骚”与《诗经》进行比较，得出的结果是“四同四异”，这结果主要就是指“文理”方面而言。“四同”是“同于风雅者也”，也就是“正”（“论其典诰则如彼”——庄重写实）；“四异”就是“异乎经典者也”，也就是“奇”（“语其夸诞则如此”——想象夸张）。“雅（正）与奇反”（《体性》），因此，“奇”具有新颖独特性（或以为此即是“浪漫主义”）。

众所周知，刘勰主张“宗经”，因此，他对“异于经典者也”的“四异”本应持坚决否定的态度的，亦即对“奇”的新颖独特性持坚决否定的态度。但是，刘勰深谙《孙子兵法》（“孙武《兵经》，辞如珠玉”（《程器》）），自然就非常熟悉“奇正相生，如环无端”（《孙子兵法·势篇》）的辩证道理。“奇”“正”相反，故而相成；不仅如此，而且还生生不息，无穷无尽。因此，他对“奇”并没有进行简单彻底的否定，而是看到了“奇”“正”之间互动着一个相反相成的动态变化的过程。刘勰也娴熟《易经》，当然更明白“穷则变，变则通，通则久”（《易经·系辞传下》）的发展变化的道理，他睿智地领悟到“正中有奇，奇中有变”的事物发展变化的普遍规律。因此，“奇”具有动态变易性。

“造化赋形，支体必双；神理为用，事不孤立”（《丽辞》）。有“正”必有“奇”，有“奇”必有“正”；无“正”则无“奇”，无“奇”则无“正”；“奇”“正”相依而生，亦相离而灭。因此，“奇”是必须的。但“奇”又不是随意地生发、无限地展开，它的发展需要一个度，即必须遵循“酌奇而不失其贞”的总体原则。因此，“奇”具有变易适度性。

与“奇”相应，“丽”就是指“文辞”而言。读作“lì”的“丽”有19种义项之多（《汉语大字典》），而适合于“奇丽”一词的义项大概有两种：一是“丽，好也”（《广雅·释诂一》），即美好，美妙；二是“诗赋欲丽”（《典论·论文》），即华丽。

① 周振甫著：《文心雕龙今译》，北京：中华书局，1986年，第255页。

“骚”体之“丽”首先表现在丰富多样性。“故《骚》经《九章》，朗丽以哀志；《九歌》《九辩》，绮靡以伤情；《远游》《天问》，瑰诡而惠巧；《招魂》《大招》，耀艳而深华……”亦即以“朗丽以哀志”为主导风格，杂以“绮靡”“瑰诡”“耀艳”等多种风格，这正是一个诗人或作家真正成熟、成为大家的显著标志。其次表现在变易适度性。“文辞”可以有纷繁复杂的组合变化，因而“丽”也会有种类繁多的表现形式。比如仅依程度的不同，“丽”就可分偏淡的“清丽”，适中的“雅丽”，偏浓的“艳丽”。而任何的变化都应遵循适度的原则，否则就有可能适得其反。“骚”体之“丽”达至“惊采绝艳”的地步，就已经超越了某种度量的界限，遂成流弊之始。刘勰以经书的“雅丽”为准，故有“楚艳汉侈，流弊不还”（《宗经》）之叹。

综上所述，“骚”的整体特征在于“奇丽”。“酌奇而不失其贞，玩华而不坠其实”这一为文原则表明：“奇”与“贞”同属于“义理”，“奇不失贞”即是说“奇”不能完全脱离“贞”而存在，否则就会走向“贞”的反面，往而不还；“华”属于“文辞”，“实”属于“义理”，“华不失实”即是说要以“义理”为主，“文辞”为辅，“文辞”服务于“义理”。具体落实到“骚”体，即是说“奇”“丽”之间，以“奇”为主，以“丽”为辅，“丽”服务于“奇”。职是之故，为行文方便，我们把“奇丽”径直简称为“奇”。“骚”体之“奇”既具有“义理”的新颖独特性、动态变易性和变易适度性，又具有“文辞”的丰富多样性和变易适度性。但无论是“义理”方面，还是“文辞”方面，“骚”体之“奇”的最本质的特征就是变易适度性，这既是本篇的主旨所在，也是刘勰主张“变乎骚”（《序志》）的真正原因。

三、经、纬与骚

值得注意的是，《正纬》与《辨骚》两篇都是以“经（或《诗经》）”为参照系进行比较，前者“按经验纬，其伪有四”（原文如此），后者“按经验骚，四同四异”（概括如此）。那么，刘勰进行这种以“经”为准的比较用意何在呢？

“按经验纬，其伪有四”主要表现在：①风格诡异；②体制冗长，义理烦琐；③叙事虚假；④体制失序。换言之，刘勰从“经”的角度，通过“经”与“纬”在文体的基本结构方面的对比，揭示出“纬”之为“伪”的根本就在于人为造假。但刘勰又从“文”的角度肯定了纬书的记载叙事生动，雄奇壮伟（叙事）；文辞丰富，犹如膏腴（文辞）。这两种角度所得出的看法似乎方凿圆枘，产生了矛盾。而刘勰却运用辩证思维——否定中有肯定——消解了这一矛盾：纬书虽然无益于“经”，但却有助于“文”[①]。概言之，从“经”的角度来看，“纬”之为“伪”属于“负”；而从“文”的角度来看，“纬”之为“伪”又属于“正”。“正”“负”矛盾对立，但又相互统一，

① 李铁荣：《正纬之伪——刘勰〈文心雕龙〉“文之枢纽”探析之四》，《怀化学院学报》2012年第1期。

这既是刘勰主张“酌乎纬”（《序志》）之原因所在，也体现了他深刻的辩证的思维方法。

如前所述，“按经验骚，四同四异”所表述的也是在文体的基本结构上“骚”与《诗经》所进行的比较对照：其“同”者为“正”，其“异”者为“奇”。很显然，刘勰有褒“正”贬“奇”的倾向，但又非全然否定“奇”：一是在“奇”“正”之间相依而生，亦相离而灭，一方的存在以另一方的存在为条件；二是“奇”具有新颖独特、动态变易、变易适度和多种多样等特性。因此，从“经”的角度来看，“骚”之为“奇”“有正有负”；从“文”的角度来看，“骚”之为“丽”也是“有正有负”：适度为“正”，“丽”至于“艳”则为“负”。这样看来，“骚”体之“奇”也流溢着刘勰辩证的思维方法。

这样看来，就文体的基本结构而言，以“经”为准，“经”“纬”与“骚”三者之间互动着一个“正—伪—奇”的辩证思维的内在态势。笔者认为，这就是刘勰写作此篇的深层动机或意图，也是他把《辨骚》篇放在“文之枢纽”位置的根本原因。这一辩证的思维态势既是刘勰辩证之道的典型体现，也是流溢在文体论、创作论中通用的思想和方法，具有极为重要的理论意义。

至此，我们对全文作一个简要的总结。“骚”是一种处于“诗”“赋”之间的诗体。与“经”比较，“骚”体的整体特征表现为“奇丽”，“奇丽”的本质特性是变易适度性。以“经”为准，“经”“纬”与“骚”三者之间互动着“正—伪—奇”辩证思维的内在态势。“骚”体的变易适度性和辩证的思维方法，对建设具有民族特色的当代中国文论话语系统具有重要的启示意义。

再论五言诗兴于周秦著于两汉

——《文心雕龙·明诗篇》“莫见五言”句疏证

广岛大学文学研究科　陈　翀

一

今之学界多认为文人五言诗产生于东汉末期。探本究源，这种观点大致提起于20世纪20年代初发表的徐中舒《古诗十九首考》、铃木虎雄《五言诗发生时期之疑问》二文①。之后，朱偰、陈钟凡、罗根泽、陆侃如、萧涤非、逯钦立等学者相继参与到这一问题的讨论中来，或是认同铃徐观点，或是予以否定，一时议论纷纷，并未形成定论②。

然到30年代，情况一变。陆侃如、冯沅君两位先生在写作《中国诗史》时，基本沿用了铃徐思考路径，对东汉末源起说之普及起到了很大的推进作用③。尔后，新中国成立。1963年，游国恩、萧涤非等人在编撰《中国文学史》时，又明确将“文人的五言诗是东汉才有的”观点写入书中④。众所周知，这套四卷本的文学史在很长一段时间都被指定为了大学中文系的教科书，这就起到了一锤定音的作用，使得此派学说趋成了不刊之论。

其实，学界对此也并非没有质疑。如曹道衡先生早在《苏李诗和文人五言诗》一文中就指出，前人这个所谓的定说，细审大都根据不足，需要予以慎重考虑⑤。欧明俊先生在概括这一领域学术史时也认为，持东汉末年说的论文大都文献依据薄弱。同时

---

① 徐中舒：《古诗十九首考》，始载《立达季刊》1925年6月号，后又载《国立中山大学语言历史学研究所周刊》第6集第65期。铃木虎雄：《五言诗发生时期之疑问》，陈延杰译，文载《小说月报》第17卷第5号。按，铃木论文初刊发于京都史学会编《史林》1919年4月号，原文为史学会上的演讲稿，后编入氏着：《支那文学研究》，弘文堂，1925年，第21－42页。

② 羊列荣：《20世纪中国古代文学研究史 诗歌卷》第三章第二节《五七言诗起源考辨》，北京：东方出版社，2006年，第98－113页。

③ 按，《中国诗史》由上海大江书铺初刊于1931年7月，1932年再版，1933年三版；同时，商务印书馆也在1931年出版了此书。

④ 游国恩、王起等编：《中国文学史》第一册第五章第一节《五言诗的起源》，北京：人民文学出版社，1992年，第208页。

⑤ 曹道衡：《苏李诗和文人五言诗》，《文史知识》1988年第2期（总第80期）。

还指出此类论文，很多属于“推论式”研究，“‘循环论证’，互为因果，互为‘前提’”，因此“没有‘铁证’，故难以得出结论。”①

此外，旗帜鲜明反对东汉末年源起说的一些专著，近年也相继有所问世。如赵敏俐先生在《汉代诗歌史论》第五章《文人五言诗新论》一文中，用了大量翔实的资料论证了“五言诗孕育于先秦，成立于西汉”这一传统观点不谬，并指出现有研究中所谓的“文人五言诗”之定义本身就不科学，很难立论②。最近，柳川顺子先生又在其新着《汉代五言诗歌史的研究》中，对两汉五言古诗之真伪及传承经纬做了详细的考论，指出“原初古诗”的滥觞与前汉宴席文化之繁盛不无关系，为汉初五言诗的产生找到了文化现象学上的历史根据③。

反观百年论战，诚如前人所云，五言诗型肇始于周秦之际的观点本身并无多大疑问，问题在于所谓的文人五言诗的产生时期④。这一问题的出现又直接与刘勰《文心雕龙·明诗篇》“而词人遗翰，莫见五言；所以李陵班婕（妤），见疑于后代也”一文相关。持东汉末年说的论者多以这句话作为立足点来展开推论⑤。而持反对意见的学者却大多避开此文，不予检讨。要之，如果不对刘勰的这句话作出一个合理的解释，否定文人五言诗东汉末年源起说观点的学者，在原始史料的诠释问题上就很难站得住脚，当然也就无法让人完全信服。

基于此，本文对于赵敏俐、柳川顺子等先生论著中已经得到解决的问题就不再予以重复论证，而拟从先行研究中基本没有被关注到的《文心雕龙》《诗品》等原始文献的疏证出发，希望能从史料来源及阐释上对此问题予以澄清，验证东汉末年说极有可能只是一个建立在近代文人对古典文献误读之基础上的伪命题。在绝大部分古人眼中，五言诗兴于周秦着于两汉，这才是一个真正符合中国古典诗歌发展史实际情况的不刊之论。

二

前文已经提到，解决五言诗起源之争的关键，在于如何来解读刘勰《文心雕龙·明诗篇》中有关论述五言诗的章节，现先依通行的点校本将这段文字移录于下：

---

① 欧明俊：《〈古诗十九首〉百年研究之总检讨》，《社会科学研究》2009 年第 4 期。

② 赵敏俐：《汉代诗歌史论》第五章《文人五言诗新论》，吉林教育出版社，1995 年，第 229 – 274 页。

③ 柳川顺子《漢代五言詩歌史の研究》第二章《原初古詩の成立》及第三章《原初古詩の展開》，創文社，2013 年，第 76 – 210 页。

④ 亦有学者认为五言诗之诗型肇始于东汉末，认为现存西汉五言古诗均为后人伪作，并提出五言诗的成熟要晚至建安时期。不过，从班固《汉书》中所引用的几首整齐的五言诗，如《五行志》所引“邪径败良田”、《贡禹传》所引“何以孝弟为”等等来看，这种观点不免过于偏激，很难立论。

⑤ 李曰刚：《文心雕龙斠诠》卷二《明诗第六》批注莫云：“后之论文者，因受彦和‘见疑于后代’一言之影响，于李、班二家诗多所置议。”国立编译馆中华丛书编审委员会，1982 年，第 232 页。

汉初四言，韦孟首唱，匡谏之义，继轨周人。孝武爱文，柏梁列韵，严马之徒，属辞无方。至成帝品录，三百余篇，朝章国彩，亦云周备；而辞人遗翰，莫见五言，所以李陵班婕妤，见疑于后代也。按召南行露，始肇半章；孺子沧浪，亦有全曲；暇豫优歌，远见春秋；邪径童谣，近在成世；阅时取证，则五言久矣。又古诗佳丽，或称枚叔，其孤竹一篇，则傅毅之词，比采而推，两汉之作乎！观其结体散文，直而不野，婉转附物，怊怅切情，实五言之冠冕。至于张衡怨篇，清典可味；仙诗缓歌，雅有新声。暨建安之初，五言腾踊，文帝陈思，纵辔以骋节；王徐应刘，望路而争驱；并怜风月，狎池苑，述恩荣，叙酣宴，慷慨以任气，磊落以使才；造怀指事，不求纤密之巧；驱辞逐貌，唯取昭晰之能；此其所同也①。

其中“而辞人遗翰，莫见五言；所以李陵班婕妤，见疑于后代也”一文，今之学者大多依字面之意将其释为“可是诗人留下来的篇章，没有看到五言诗。所以李陵、班婕妤的五言诗，遭到后代人的怀疑”②，使得这句话成为了西汉没有“文人五言诗”之最直接的文献依据。然很少有学者再去作进一步的思考——这种译法，是否真的是符合了刘勰原意，又是否正确地反映了古人对刘勰原文的理解？

其实，对于刘勰此句的解释，学者在注疏之时也并不是没有产生过怀疑。如范文澜先生注引黄侃《诗品讲疏》考云：

以挚氏之言推之，则五言固俳谐乐所多有。艺文志所列诸方歌谣宜在俳谐乐之内，而文心雕龙明诗篇猥云“成帝品录，三百余篇（即艺文志诗赋略所载凡歌诗二十八家三百一十四篇），朝章国彩，亦云周备，而辞人遗翰，莫见五言，”此以当世文士，不为五言，并疑乐府歌谣亦无五言也。（文澜谨案彦和之意，似谓三百余篇中不见著名文士作五言诗，非谓三百余篇无一五言诗也，采自民间之歌谣，非辞人所作，而尽多五言，彦和殆未尝疑之也。）

显然，范注的解释仍有牵强之处③。按，沈约《宋书谢灵运传论》云：“自汉至魏，四百余年自汉至魏，四百余年，辞人才子，文体三变。相如工为形似之言，二班长于情理之说，子建仲宣以气质为体。并摽能擅美，独映当时。是以一世之士，各相慕习，源其飙流所始，莫不同祖风骚。徒以赏好异情，故意制相诡。”④ 徐陵：《让五兵尚书

① 范文澜：《文心雕龙注》卷二，开明书店，1936 年，第 2 册第 1 – 2 页。又，本文所录范注均从此本，以下不再一一注出。

② 周振甫：《文心雕龙选译》，北京：中华书局，1980 年，第 59 – 65 页。另外，笔者手头上的几种白话文译本，如张光年《骈体语译文心雕龙》（上海书店，1988 年），王运熙、周锋撰：《文心雕龙译注》（上海古籍出版社，1998 年）、龙必锟译注：《〈文心雕龙〉全译》（贵州人民出版社，1992 年）、张长清：《文心雕龙新译》（湖南人学出版社，2009 年）亦与周振甫译文大同小异，此处就不再枚举。

③ 对西汉没有文人诗之反论，可参见赵敏俐：《汉代诗歌史论》第五章《文人五言诗新论》第一节《文人五言诗起源概论》，第 229 – 225 页。

④ 胡刻本：《文选》卷五十，第 716 页。

表》云：“孙惠词人，颇加繁饰。”吴兆宜注：“晋书孙惠好学有才识，以书干东海王为记室参军。”① 萧统《文选序》云：“自姬、汉以来，眇焉悠邈，时更七代，数逾千祀。词人才子，则名溢于缥囊。”② 要之，在刘勰时代，“词（辞）人”一词乃指有才华之人，无论民间官方文职武职、乐府作者还是诗赋作者，并非完全等同于今之学者所谓的“文人”。再反观上引刘勰的这段文字，即使不论李陵、班婕妤，后文所提到的枚乘、傅毅，无疑是属于“词人”这个范畴的。要之，如果我们将“莫见五言”理解为“没有看到五言诗”，这就使得这句话与后文之“古诗佳丽，或称枚叔，其孤竹一篇，则傅毅之词，比采而推，两汉之所乎”发生抵牾，很难想象以刘勰之文彩博学，会写下如此矛盾之文。

而将“所以李陵班婕妤，见疑于后代也”翻译为“所以李陵、班婕妤的五言诗，遭到后代人的怀疑”，同样也存在着难以理顺文意之处。对于此句，范注云：

> 纪评曰“观此则以苏李为伪，不始于东坡矣。”案颜延年庭诰云“逮李陵众作，总杂不类，元是假托，非尽陵制，至其善写，有足悲者。”此东坡说所出。师友诗传录（郎廷槐问王士祯等答）。张萧亭曰“十九首或谓楚骚同时，或谓枚乘等作，想考无确据，故不书姓名者。（中略）东坡先生谓为伪作，亦必有见，然气味高古，纵不出苏李，定汉之高手所拟，江文通善于拟古者，似不能及也。”

范注指出李陵伪作说始于颜延年《庭诰》。按，颜延年《庭诰》此节文字见录于《太平御览》卷五百八十六，其原文如下：

> 颜延之《庭诰》曰：荀爽云：诗者，古之歌章。然则雅诵之乐篇全矣。是以后之诗者，率以歌为名。及秦勒望岳，汉祀郊宫，辞着前史者，文变之高制也。虽雅声未至，弘丽难追矣。逮李陵众作，揔杂不类，是假托，非尽陵制，至其善篇，有足悲者。挚虞文论，足称优洽，《栢梁》以来，继作非一，纂所至七言而已。九言不见者，将由声度阐诞，不协金石。至于五言流靡，则刘桢、张华；四言侧密，则张衡、王粲。若夫陈思王，可谓兼之也③。

然要引起我们注意的的是，细看这段文字，不难看出颜延年并没有认为李陵未曾创作过五言诗，恰恰相反，“至其善篇，有足悲者”。正是后人将李陵五言诗当成了经典，其后才有了许多冒名之作，因此颜延年才提醒大家，“李陵众作”“非尽陵作”。要之，颜延年这段话的主旨，并非注者所理解的李陵之五言诗全部都是伪作之意，而强调了其时所见“揔杂不类”的李陵诗，乃是后人冒名之作，其作文之意恰恰是为了维护李

---

① 徐逸民：《徐陵集笺校》卷四，北京：中华书局，2008 年，第 336 – 347 页。

② 胡刻本：《文选》，台北：艺文印书馆，1967 年，第 1 页。有关《文选序》刻本与旧抄本之间的文字异同，可参见傅刚：《从文选序几种写、钞本推论其原貌》，《广西师范大学学报 哲学社会科学版》第 40 卷第 1 期。

③ 四部丛刊三编收影印本，台北：（台湾）商务印书馆，1979 年，第 2769 – 2770 页。

陵五言古诗的经典地位。

又按，钟嵘《诗品》云“逮汉李陵，始着五言之目矣”，又云“从李都尉迄班婕妤，将百年间，有妇人焉，一人而已”①。任昉《文章缘起》云“五言诗，汉骑都尉李陵与苏武诗”②，萧统《文选序》云“退傅有在邹之作，降将着河梁之篇。四言五言，区以别矣”，从这些言论来看，至少在刘勰时代，并无人怀疑过李班五言诗的经典地位。再退一万步，即使有这种看法，也绝不会是主流意见，用不着如此大张旗鼓写入文中予以备案。如此看来，极有可能是现今之学者曲解了刘勰原文之意。

三

隋唐上接晋宋，据汪春泓先生考证，在唐代《文心雕龙》已经有了相当广泛而深远的影响③。那么，就让我们来看看与六朝时代相对比较接近的唐人，是如何来看待五言古诗起源及苏李诗真伪这一问题的。初唐四杰之一卢照邻《乐府杂诗序》云：

> 秦皇灭学，星管千年；汉武崇文，市朝八变。通儒作相，征博士于诸侯；中使驱车，访遗编于四海。发诏东观，缝腋成阴；献书南宫，丹铅踵武。王风国咏，共骊翰而升沈；里颂途歌，随质文而沿革。以少卿长别，起高唱于河梁；平子多愁，寄遥情于陇坂。南浦动关山之役，作者悲离；东京兴党锢之诛，词人哀怨。其后鼓吹乐府，新声起于邺中；山水风云，逸韵生于江左。言古兴者，多以西汉为宗；议今文者，或用东朝为美。落梅芳树，共体千篇；陇水巫山，殊名一意。亦犹负日于珍狐之下，沈萤于烛龙之前。辛苦逐影，更似悲狂；罕见凿空，曾未先觉。潘陆颜谢，蹈迷津而不归；任沈江刘，来乱辙而弥远。其有发挥新题，孤飞百代之前；开凿古人，独步九流之上，自我作古，粤在兹乎④。

对于文中“以少卿长别，起高唱于河梁”一句，李云逸先生考证如下：

> 李少卿《与苏武诗》三首之一云：“良时不再至，离别在须臾。”又云：“长当从此别，且复立斯须。”其三云：“携手上河梁，游子暮何之?”《汉书·李广苏建传》云：李陵字少卿，将步兵五千人出居延，至浚稽山，与单于相直，骑可三万，围陵军。汉军南行，未至鞮汗山一日，五十万矢皆尽，士卒多死，遂降。又云：苏武字子卿，天汉元年使匈奴，单于欲降之，徙武北海上无人处，使牧羝。

---

① 陈延杰注：《诗品注》，北京：人民文学出版社，1958 年，第 1 - 2 页。

② 丛书集成初编收陈懋仁注：《文章缘起》，北京：商务印书馆，1937 年，第 1 页。

③ 张少康等著：《文心雕龙研究史》第一章第二节《〈文心雕龙〉在隋唐五代时期的传播和影响》，北京：北京大学出版社，2001 年，第 6 - 33 页。

④ 《幽忧子集》卷四，四部丛刊正编所收影印本，台北：（台湾）商务印书馆，1979 年，第 43 - 44 页。

> 昭帝即位，数年，匈奴与汉和亲，汉求武等，于是李陵置酒贺武曰：异域之人，壹别长绝，因与武决。钟嵘《诗品》卷上曰："逮汉李陵，始着五言之目。"萧统《文选序》曰："降将着《河梁》之篇。"皆以《河梁》诗为陵作。至《文心雕龙·明诗》始作陵为疑。升之此处仍从旧说①。

按，卢照邻是否如李云逸先生所考，乃是摒《文心雕龙》之新观点而从旧说，这个问题下文再予以讨论。考虑到这篇文章的序文性质，我们至少可以推测出，在以卢照邻为代表的初唐文人的知识体系中，《与苏武诗》乃是五古之经典，至于作者，则并不存在任何的疑窦——就是汉将李陵。

要之，五言古诗着盛于西汉，李陵诗就是一个经典的开始。正因如此，卢照邻才会在文中强调"言古兴者，多以西汉为宗"。如再对唐代诗文稍作梳理，就不难看出，这个看法乃是唐人的一个定说。《说郛》卷七十九上引皎然《诗式·李少卿并古诗十九首》云：

> 西汉之初，王泽未竭，诗教在焉。昔仲尼所删《诗》三百篇，初传卜商，后之学者以师道相高，故有齐鲁四家之目。其五言，周时已见滥觞。及乎成篇，则始于李陵、苏武。二子天与其性，发言自高，未有作用。《十九首》辞精义炳，婉而成章，始见作用之功，盖前汉之文体。又如"冉冉孤生竹""青青河畔草"傅毅、蔡邕所作，以此而论，前汉明矣②。

而元稹《唐故工部员外郎杜君墓系铭》亦云："逮至汉武，赋柏梁而七言之体具。苏子卿、李少卿之徒，尤工为五言，虽句读文律各异，雅郑之音亦杂，而词意简远，指事言情，自非有为而为，则文不妄作。"③ 从元稹"词意简远""文不妄作"等词可以看出，其时根本就不存在诸如李陵、苏武是否具备"文人"身份的问题。无论李陵、苏武在汉代是属于什么身份，然其作品被选入了《文选》，这就证明了晋宋一般是将其二位归入了"词（辞）人"范畴。要不然，杜甫也就不会在《解闷十二首》诗中发出"李陵苏武是吾师"的感叹④，韩愈也就不会在《荐士》诗中写道"五言出汉时，苏李首更号"了⑤。

通过上引唐代文人的种种诗文可以看出，对于唐人来说，首先根本就没有考虑过汉代五言诗是否有文人与非文人诗之区别。在他们眼中，李陵就是汉代五言诗之最为典型的代表。其次，通过以上考证还可看出，今人所热议的"文人五言诗"，对于晋宋的古人来说，也根本就是一个从未考虑过的概念。更为重要的是，被今人当作否认李

---

① 李云逸校注：《卢照邻集校注》卷六《乐府杂诗序》注［22］，北京：中华书局，1998年，第338－339页。

② 此处引文据文渊阁影印四库全书本。文字异同，可参见李壮鹰：《诗式校注》卷一，北京：人民文学出版社，2003年，第103页。

③ 《元氏长庆集》卷五十六，北京：文学古籍刊行社，1955年，第705－708页。

④ 《杜诗详注》卷十七《解闷十二首》其五，北京：中华书局，1979年，第1511页。

⑤ 钱仲联：《韩昌黎诗系年集释》卷五，上海：上海古籍出版社，1984年，第527页。

班五言诗著作权之根据的“所以李陵班婕好，见疑于后代也”刘勰一语，在唐代也没有产生反响，引发过丝毫共识。而且，卢照邻《南阳公集序》中见有“刘勰文心，钟嵘诗评，评议蜂起，高谈不息”一文，这就可以证明卢照邻对《文心雕龙》有过一定程度的了解。是卢照邻、元稹等唐代文人对刘勰论述是如此的不屑一顾，抑或还是他们根本就没有将此文，如今人一样理解为“所以李陵、班婕妤的五言诗，遭到后代人的怀疑”呢？

四

于此，我们先有必要对现存《文心雕龙》做一个版本上的确认。据林其锬先生考证，今存最早之刻本《文心雕龙》为元至正十五年（1355年）嘉兴郡学刊本，明代最早之刊本为弘治冯允中刻活字本，其后诸本多由冯本出，而冯本之母本正是元至正本①。考今存元至正本以后诸本，此句未见有文字异同②，因此通行本之本文亦均依元至正本，看似该处确实并无产生其他文意之可能。

然而幸运的是，这段话还被保存在了敦煌遗书《文心雕龙》残卷（以下简称敦煌本）及宋初编纂的《太平御览》（以下简称御览本）卷五百八十六引文之中。前本被大约被考为唐中期抄本，后本则无疑是宋初馆臣据唐本所校录。接下来就让我们来看看这两个本子的原文，首先，敦煌本文如下：

> 至成帝品录，三百余篇，朝章国彩，亦云周备；而词人遗翰，莫见五言；所以李陵斑婕，见疑于后代也。案邵南行露，始肇半章；孺子沧浪，亦有全曲；暇豫优哥，远见春秋，邪径童谣，近在成世；阅时取征，则五言久矣③。

静嘉堂藏宋刻本《太平御览》引文如下：

> 至成帝品录，三百余篇，朝章国采，亦云周备；而词人遣翰，莫见五言；所以李陵班婕，见拟于前代。按邵南行露，始肇半章；孺子沧浪，亦有全曲；暇豫优歌，远见春秋，邪淫童谣，近在成世；阅时取征，则五言久矣④。

如此一来，就不难发现，敦煌本之“见疑于后代”，御览本作“见拟于前代”。两文相校，对于此句就可作出如下之三种解释：

（1）“见疑于后代”，如字面意，可解为“被后代所怀疑”。

---

① 林其锬：《〈文心雕龙〉主要版本源流考略》，《〈文心雕龙〉研究》第三辑，北京：北京大学出版社，1998年，第268－277页。

② 《〈文心雕龙〉资料丛书》影印本，北京：学苑出版社，2004年。

③ 林其锬、陈凤金校：《敦煌遗书文心雕龙残卷集校》影印本，上海：上海书店出版社，1991年，第14页。

④ 四部丛刊三编收影印本，第2769页。

（2）“见疑于后代”，“疑”据御览本校为“拟”之通假，可解为“被后代所模仿”。

（3）“见拟于前代”，如字面意，可解为“被认为是对前代的模仿”。

要之，无论是第（2）种还是第（3）种解释，都不牵涉到李班五言诗著作权的问题，而第（1）种解释，通过上文考证可知，显然并未为六朝隋唐人所认知。由此我们就基本上可以得出一个结论：这句话，虽然在唐末宋初就已经出现了两个文本：“前”“后”虽有不同，然“疑”“拟”却是同义。

又，御览本之本文，是完全沿自唐内府本，还是出自馆臣们的独自校订，文献无征，现已无从考究。然其文所云“所以李陵、班婕妤，亦被看成是对前代的模仿”，正与刘勰后文之“按邵南行露，始肇半章；孺子沧浪，亦有全曲；暇豫优歌，远见春秋，邪淫童谣，近在成世；阅时取征，则五言久矣”一段衔接得天衣无缝，以“前代”一词导出《诗经》《春秋》，文意流畅。从文脉及版本传承的谱系来看，御览本引文最有可能就是刘勰之原文。

那么，此句之前文“而词人遗翰，莫见五言”，是否也存在着别的解释的可能性呢？如果依照《太平御览》所提供的文本，显然在校定这段文字的宋初馆臣们的眼中，“所以李陵班婕，见拟于前代（所以李陵、班婕妤，亦被看成是对前代的模仿）”之理由的“而词人遣翰，莫见五言”，是没有和今人一样被理解为“可是诗人留下来的篇章，没有看到五言诗”的。那么，此句又当作何意解呢？

其实，根据詹锳先生考证，将“莫见五言”释为“不见有五言诗”，始见清人赵翼《陔余丛考》①。查《陔余丛考》卷二十二《五言》条云：

> 清初郊庙歌，但有三言、四言及长短句，无所谓五言者。《文心雕龙》曰：汉成帝品录，三百余篇，不见有五言。在西汉时五言犹是刱体，故甄录未及也。五言断以古诗十九首及苏李赠答为始。十九首，或称枚乘所作，其孤竹一篇，则傅毅所作。盖汉武好尚文词，故当时才士，各争鬬奇，创为此体。亦天地自然，有此一种，至时而开，不能秘也。刘勰又曰：召南行露，已肇半章；孺子沧浪，亦有全曲，则五言久矣。又曰：四字密而不促，六字格而非缓，或变之以三五，盖应机之权衡也。钟嵘又以夏歌郁陶乎，余心为五言滥觞。按三百篇中，五言单句，固指不胜屈。若《小雅》“以介我稷黍，以穀我士女”、“彼有不获穉，此有不敛穧”、“乃求千斯仓，乃求万斯箱”等句，已皆连用五言，特未制为全篇耳。汉初诸人，本以此为全篇，遂成五言体。至如“或燕燕居息，或尽瘁事国数”句，连用或字，又为昌黎《南山诗》所本②。

这里需要引起我们注意的是，赵翼虽将“莫见五言”解释为“不见有五言”，却并非

① 詹锳：《文心雕龙义证》卷二，上海：上海古籍出版社，1989年，第185页。

② 《陔余丛考》卷二十三，北京：商务印书馆，1957年，第451－452页。

用之来否定西汉初期就已经有了五言古诗体，反而是认为汉武帝时“当时才士”“创为此体”。而且，赵翼引“汉成帝品录，三百余篇，不见有五言”，显然还割裂了原文，曲解了原意，漏掉了“朝章国彩，亦云周备”一语，颇有不稳当之处。后人做注时又进一步割裂了赵翼全文，遂将此句直解为“不见五言”。由此又百思不得其解，终将责任归结为了刘勰的“千虑之一失”、“固逻辑之错误”①。

然考古文中“莫见”一词，还有“没有不现”或“必见”之意。如众人皆知的《礼记·中庸》“莫见乎隐，莫显乎微，故君子慎独也”。这种用法也见用于早期的汉译佛典，如刘勰之师僧祐叙录过的《不退转法轮经》卷四《受记品第七》所录偈颂云：“有诽谤此经，如是恶莫见。”②，参照同经“若有诽谤此经典者，我以佛眼明见此人”以后经文的解释，可知此处之“莫见”，意为“必见”。另外，魏晋以后古文，“莫”还经常被延用为较“必”之语义更为强烈的肯定词。如《敦煌变文集》卷二《庐山远公话》云：“见大石一所，共（其）下莫有水。远公遂已（以）锡杖撅之，方得其水”③，此处“莫有水”作“必有水”意。而且，这种用法在唐人诗文中亦不鲜见。如江蓝生、曹广顺编《唐五代语言词典》“莫”字条就专列有“应，须”之义项，引韩翃《送客游江南》诗“赏称佳丽地，君去莫应知”句及上引《庐山远公话》文作为语例④。另外，拙文《〈白氏文集〉之成立与庐山—以匡白〈江州德化王东林寺白氏文集记〉为中心》一文中也指出李绅《看题文集石记因成四韵以美之》诗“莫杂小乘经”句当理解为“必须放入小乘经部”⑤，如有兴趣，可另行参考。

依上所考，可以看出，将“莫”解读为否定词并不是唯一的答案，不能排除此处“莫见”为“没有不现”或“必见”之语义的可能性。而且两相比较，显然这一解释，更符合刘勰整段文章的脉络及总体文义，也符合六朝隋唐人的阅读习惯，前人在注释中所留下的种种困惑也可因之冰释。这样一来，比照敦煌本及御览本的两个文本，对于“莫见”一句，我们可以作出如下之重新诠释：

（1）敦煌本：而这一时期的诗人在创作诗歌时，也就没有不见有五言诗了。所以李陵、班婕妤的诗歌，被后人所模仿。

（2）御览本：而这一时期的诗人在创作诗歌时，也就没有不见有五言诗了。所以李陵、班婕妤的诗歌，也被看成是对前代的模仿。

两种文本的语义与上下文均可连接，通晓顺畅。可见，《明诗篇》的这段文字，虽

---

① 范注云：“彦和云‘不见五言’，斯乃千虑之一失，唯仲伟断为炎汉之制，其鉴审也”。另，吴林伯：《〈文心雕龙〉义疏》此句疏解亦云：“彦和特以后代因辞人之无五言，而连及余人，以致李陵、班婕妤之五言亦见疑，固逻辑之错误，而已自信之”武汉：武汉大学出版社，2002 年，第 84 页。

② 大正新修大藏经第九册，第 249 页。又，刘勰精通儒典，又亲自整理过大批汉译佛典，虽无直接证据，但想必不会对不知此用法。

③ 王重民等编：《敦煌变文集》卷二，北京：人民文学出版社，1957 年，第 170 页。

④ 江蓝生、曹广顺编：《唐五代语言词典》，上海：上海教育出版社，1997 年，第 255 页。

⑤ 《白居易の文学と白氏文集の成立》第五章，东京：勉誠出版，2011 年，第 167 页。

然在唐宋时期就已经出现了异文，然这两种异文，均是强调西汉五言诗的成熟及李班五言诗的经典地位。这也就难怪在唐宋时期，根本就无人据此段文字来怀疑李班五言诗的经典地位了。

五

根据以上疏证，我们在这里可以试将《文心雕龙·明诗篇》中有关五言诗的一节，稍作润色，重新将其意译于下：

> 汉初的四言诗，韦孟是最早创作的，他的诗歌具有讽谏劝告的意义，继承了周人的传统。汉武帝爱好文辞，召集群臣在柏梁台作诗联句，严忌（按，一作严助）、司马相如等人的文采修辞，可谓是随心所欲，信笔拈来[①]。到了汉成帝时，品评叙录，收集了三百多篇，朝臣的篇章与各地的歌谣，已经大致初具规模了；而这一时期的诗人在创作诗歌时，也就没有不写作五言诗了。所以李陵、班婕妤的诗歌，被看成是对前代的模仿〔如从敦煌本则作：被后人当成了典范〕。考《诗经·召南·行露》，就开始有了半章的五言诗；而《孟子》中所记录的孩子们歌唱的《沧浪》，就已经是五言之全篇了。优施所唱的《暇豫歌》，远在春秋时期；儿童吟诵的《邪径谣》，近在成帝时期。检视各个时代的诗歌可以证明，五言诗的产生确实已经历过一段很长的时期了。

至于上述翻译是否合理，除了上举唐人观点，我们还可以在唐宋文献中找到许多印证，现再举一例为证。王应麟《玉海》卷五十九《嘉定熙朝盛典诗》后引刘勰《明诗篇》有关五言章节，前将其要旨概况为“五言诗之源，生于国风，广于离骚，着于李苏，盛于曹魏。”[②] 这就足以证明了宋代的绝大部分文人，并未将“所以李陵班婕，见疑于后代也”一文，如今人一样理解为“所以李陵、班婕妤的五言诗遭到后代人的怀疑”。

要之，通过本文的考证，可知过去据此节所阐释的所谓的“西汉没有文人五言诗”“李陵班婕妤被后人所怀疑”，极有可能只是衍自清干嘉以后近人的一个误读。如此一来，由这个误解所繁生出来的种种观点，就不得不予以重新考虑了。

于此再附言一句，《诗品·古诗》开篇中的有关五言诗的论述，亦常被学者用来当作“五言诗始于建安”的“铁证”。其实，这段文字的句读，同样存在着可以商榷之处。对于这段话，通行本一般将其点校为：

> 其体源出于《国风》。陆机所拟十四首，文温以丽，意悲而远。惊心动魄，可谓是几乎一字千金。其外《去者日已疏》四十五首，虽多哀怨，颇为总杂。旧疑

---

① 吴林伯：《〈文心雕龙〉义疏》，其文云：“无方，谓修辞变动不居。”参见第84页。
② 《合璧本玉海》第二册卷五十九，上海：中文出版社，1977年，第1178页。

> 是建安中曹、王所制。《客从远方来》、《橘柚垂华实》，亦为惊绝！人多冥灭，而清音独远，悲夫！①

按，文中曹、王，当指曹植、王粲，此二人乃建安文坛领军人物，文彩独步，在两晋南北朝时期尤被推举。文中所云《去者日已疏》四十五首，“颇为总杂”，可见评价并不高，为何晋宋之人还会怀疑其为曹植所作呢？

细审此处文脉，首先与“曹王所制”同一句法的“陆机所拟”一词在文中是作为定语使用，用来修饰其后的“十四首”。那么，我们也就不能否定“曹王所制”极有可能也是承袭上文之文脉，在此处也是作定语用来修饰之后的语词的，只是因为只有两首，所以刘勰此处就将具体之篇名罗列出来了。这样一来，此处文字，就应当作如下之重新断句：

> 其体源出于《国风》。陆机所拟十四首，文温以丽，意悲而远，惊心动魄，可谓是几乎一字千金。其外《去者日已疏》四十五首，虽多哀怨，颇为总杂。旧疑是建安中曹、王所制《客从远方来》、《橘柚垂华实》，亦为惊绝！人多冥灭，而清音独远，悲夫！

要之，陆机之前，已经有大批五言古诗流传于世了。陆机所模仿的十四首（一本作“十二”首）②，可称得上字字千金。此外的四十五首，虽然不乏有哀怨之词，但内容稍显繁杂。不过，以前被怀疑是建安时期曹植或王粲所写的《客从远方来》、《橘柚垂华实》两首，还是可称得上惊世之佳作。如果笔者的这个解释可以成立的话，由此就可推测出，在刘宋之前，两汉古诗就已经有了一个数量大致为五十九首作品的经典选本了。这也就为我们今后去解决五言古诗研究中的另一个重要问题《古诗十九首》之撰人及成立时间，提供了一个非常重要的切入点。只是由于篇幅有限，本文在此无法再对《古诗十九首》问题展开进一步的讨论。今后拟结合《明诗篇》整篇内容，在已经整理出来的唐钞无注本系统《古诗十九首》文本的基础上③，再结合萧统《文选》编纂动机与文体编次标准，另作专论予以详考。

最后，还要强调一点的是，本文之所以斗胆对前辈学者所考提出一些异议，并非出于哗众取宠之心，而是基于古典字义疏证问题所存在的不确定性这一特点所进行的一些思考。朱东润先生曾提到：“读中国文学批评，尤有当注意者，昔人用语，往往参互，言者既异，人心亦变。同一言文史，或则以为先王之遗文，或则以为事出沈思，

---

① 曹旭：《诗品集注 增订本》，上海：上海古籍出版社，2011 年，第 91 页。又，笔者手上的几个点校本，如吕德申：《钟嵘〈诗品〉校释》（北京大学出版社，1986 年）、张怀瑾：《钟嵘诗品评注》（天津古籍出版社，1997 年）、王叔岷：《钟嵘诗品笺证稿》（中华书局，2007 年）等亦大致如此。

② 有关此处文字异同可参见曹旭：《诗品集注 增订本》，第 92 页。

③ 《本文の翻刻と書入注の整理　九條本〈文選〉卷十五（上）》，擬載《中国學研究論集》第 30 號，2013 年。

功归翰藻之著作。同一言气也，而曹丕之说，不同于萧绎，韩愈之说，不同于柳冕。乃至论及具体名词，亦复人各一说，如晚唐之称，或则以为上包韩柳元白，或则以为专指开成而后。逐步换形，所指顿异，自非博综于始终之变者，鲜不为所瞀乱，此则分析比较，疏通证明之功之所以贵也。”① 而具体到研究《文心雕龙》字义之难，以罗宗强先生博学之尊，亦曾指出：“《文心雕龙》确实是一部不易解读的书。初读面临的头一个问题，就是词语的解释。书中许多词语，究竟如何理解，就常常有非常不同的看法。”②

遵从诸先生的教诲与警策，本文在处理古典文献的解释时，力图采取一种尽量避免文学史及各种校注本的影响的方法，一是选取最原始文本进行疏证，尽量贴近作者的写作思路，梳理原文脉络，从而得出自己的见解，再此基础上来对读各种点校本，探寻相互理解异同之原因。二是尽量回到古代的阅读空间，站在古人语词用法上去思考，求证自己的疏证与原作者时代接近之古人的理解是否与大体一致。当然，本文所提示的对《文心雕龙》及《诗品》本文疏证，因为笔者之学力有限，力不从心，行文之处或不免有牵强之处。种种不足，恳请海内外学者郢正。

---

① 章培恒导读、朱东润：《中国文学批评史大纲》之《第一绪言》，上海：上海古籍出版社，2001 年，第 1 页。

② 邓国光著：《〈文心雕龙〉文理研究——以孔子、屈原为枢纽轴心的要义》收《罗宗强教授序》，上海：上海古籍出版社，2012 年，第 1 页。

司空图的“思与境偕”说与刘勰的“神与物游”说之比较

首都师范大学文学院　郑淑婷

一、“神与物游”说与“思与境偕”说之研究现状

刘勰的“神与物游”[①] 说出自《文心雕龙·神思》篇，该篇是其创作论的第一篇。全篇系统论述了艺术构思的过程，从构思前的心理酝酿，学识的储备积累，到构思时的想象，构思的关键因素，以及意象的形成，意象转化成语言等。并指出文思有缓速之分，需“博而能一”；文辞需精细加工方能显出新意。

学界对刘勰《神思》篇研究颇多，主要有以下几方面的研究：第一，很多研究者将刘勰的《神思》篇与陆机的《文赋》中讲到艺术构思的部分进行比较研究，以王元化先生和张少康先生为代表。如王元化先生在其著作《文心雕龙创作论》中对刘勰“神思”说与陆机的艺术想象做了比较，并分别指出二者的局限性。[②] 张少康先生在其著作《文心与书画乐论》中专门以一个小标题“关于文学创作的构思与艺术想象的特征”来比较刘勰《文心雕龙》与陆机《文赋》的文学构思问题。[③] 第二，一些学者认为《神思》篇应联系《文心雕龙》中的《物色》《养气》《时序》《诠赋》等篇进行研究。如王运熙先生的论文《读〈文心雕龙·神思〉札记》。[④] 第三，关于刘勰神思论的理论来源问题的探讨。大部分学者认为《神思》篇虚静论的理论来源于老庄，也有一部分学者认为刘勰的虚静说并非来源于老庄，而应来源于荀子的“虚壹而静”说，这以王元化先生为代表，具体见其著作《文心雕龙创作论》中的“刘勰的虚静说”。[⑤] 另外，牟世金先生在其论文《“龙学”七十年概观》（下）第四条中简要回顾了一下从1914年“龙学”诞生到1987年《文心雕龙》“艺术构思论”的研究成果。[⑥]

对司空图“思与境偕”说的研究也较多。研究主要从以下几方面展开：第一，多

---

① 刘勰著、范文澜注：《文心雕龙注》，北京：人民文学出版社，2008年，第493页。

② 王元化：《文心雕龙创作论》，上海：上海古籍出版社，1979年，第95－99页。

③ 张少康：《文心与书画乐论》，北京：北京大学出版社，2006年，第39－42页。

④ 王运熙：《读〈文心雕龙·神思〉札记》，《文艺理论研究》1985年第1期。

⑤ 王元化：《文心雕龙创作论》，上海：上海古籍出版社，1979年，第113－116页。

⑥ 牟世金：《“龙学”七十年概观（下）》，《社会科学战线》1988年第1期。

将其与中晚唐的诗论，尤其是殷璠、王昌龄、皎然、刘禹锡等人的诗论进行比较，并认为“思与境偕”说为唐代的“意境”论奠定了一定的基础，如张少康先生在《司空图及其诗论研究》第三章中所论述。① 第二，多将“思与境偕”说与司空图的“象外之象、景外之景”（《与极浦书》）与“味外之旨”“韵外之致”（《与李生论诗书》），即我们通常所说的“四外”说及《二十四诗品》联系起来进行研究，如祖保泉先生的著作《司空图诗文研究》中的第四章所述。② 第三，认为“思与境偕”说的理论来源于老庄，如叶朗先生。③ 除此之外，还有学者认为司空图的理论也受佛教的影响，如陶礼天教授的论文《司空图“味外之旨”说新论》中论述了“‘味外之旨’说及其与禅学之关系考论”。④

虽然对刘勰“神与物游”⑤ 说及司空图的“思与境偕”⑥ 说进行研究的科研成果比较多，但将二者联系起来研究的相对较少。有的研究论文只是蜻蜓点水地提到，没有进行深入的研究。本文主要将二者进行比较研究，阐述二者的共同点与不同点，二者的内在联系及其共同的思想渊源、理论基础，二者对后世的相关文论、美学思想的影响，以及与书画乐论中相关的艺术构思理论的联系。

二、“神与物游”说与“思与境偕”说之比较

以下将刘勰的“神与物游”说与司空图的“思与境偕”说做一比较，论述二者的异同。首先，无论是“神与物游”说，还是“思与境偕”说，均是指诗歌艺术的想象与构思。就其侧重点而言，刘勰的“神与物游”说更注重诗、赋等文学创作的艺术想象，而司空图的“思与境偕”说则更注重诗歌意境的构造。从刘勰的《神思》及《物色》篇可以看出，刘勰认为艺术想象、艺术构思须具备以下几个要素：即性情要真挚：“登山则情满于山，观海则意溢于海”（《文心雕龙·神思》）；意象当鲜明：“自近代以来，文贵形似，窥情风景之上，钻貌草木之中……故能瞻言而见貌，印字而知时也……使味飘飘而轻举，情晔晔而更新”（《文心雕龙·物色》）。内心需虚静：“是以陶钧文思，贵在虚静”（《文心雕龙·神思》）、“四序纷回，而入兴贵闲”（《文心雕龙·物色》）；意念须纯净：“疏瀹五脏，澡雪精神”（《文心雕龙·神思》）；文思当快捷：“机敏故造次而成功，虑疑故愈久而致绩”（《文心雕龙·神思》）；思绪应飘

① 张少康：《司空图及其诗论研究》，北京：学苑出版社，2005 年，第 60 页。
② 祖保泉：《司空图诗文研究》，合肥：安徽教育出版社，1998 年，第 57－61 页。
③ 叶朗：《中国美学史大纲》，上海：上海人民出版社，1999 年，第 276 页。
④ 陶礼天：《司空图“味外之旨”说新论》，收入其《中国文论研究丛稿》，北京：学苑出版社，2011 年，第 237－242 页。
⑤ 刘勰著，范文澜注：《文心雕龙注》，北京：人民文学出版社，2008 年，第 493 页。
⑥ 祖保泉，陶礼天笺校：《司空表圣诗文集笺校》，合肥：安徽大学出版社，2002 年，第 190 页。

逸：“故寂然凝虑，思接千载；悄焉动容，视通万里”（《文心雕龙·神思》）；精神当畅游：“形在江海之上，心存魏阙之下”（《文心雕龙·神思》）。这样才能进入“神与物游”的境界，于是在特定的情境中，物我相互映照，情景交融，感物起兴，想象跨越时空，意象生成。刘勰重点是围绕艺术创作前的想象、构思而展开的。

“神与物游”的过程其实就是意象生成的过程，也即刘勰所说的“意授于思”（《文心雕龙·神思》），思想化为文思的过程。在艺术创造中这个环节非常重要，因为它决定了“艺术品”的成败，决定了“言”是否能“授于意”（《文心雕龙·神思》），即文思能否成功转化成语言。

而司空图的“思与境偕”说则更重视诗歌整体意境的构造。在《与王驾评诗书》中，他写道：

> ……然河、汾蟠郁之气，宜继有人。今王生者，寓居其间，浸渍益久，五言所得，长于思与境偕，乃诗家之所尚者，则前谓必推其类，岂止神跃色扬哉?①

联系司空图的《与王驾评诗书》全文，及他的《与极浦书》中提出的“象外之象，景外之景”说，《与李生论诗书》的“味外之旨”、“韵外之致”等，可知司空图认为诗歌的整体意境是关键，诗歌的魅力在于有“韵”，有“味”，要传达“象外之象，景外之景”，也就是诗歌的意境应含蓄、委婉，须“言有尽而意无穷”，要给人一种“余音绕梁”之感，能让人品味、回味，方为佳作。如若缺乏韵味，让人一览无余，就会索然寡味。这就是为什么司空图偏爱王维、韦应物的诗歌，而贬低元稹、白居易的诗歌的缘故。他认为“右丞、苏州趣味澄敻，若清沇之贯达。……元、白力勍而气孱，乃都市豪估耳”（《与王驾评诗书》）。

其次，“神与物游”说与“思与境偕”说都强调诗歌的形象思维的重要性。形象性是形象思维最基本的特征。“神”或“思”离不开“物”或“境”，不是空洞的想象。也就是说“意”和“象”是密切联系的。就诗歌艺术来说，它反映的对象是事物的形象，其思维形式是意象，其表达的工具和手段是语言文字，它偏向感性思维，但伴随着理性思维。这里我们重点介绍一下诗歌艺术思维的形象性。刘勰的“神与物游”说与司空图的“思与境偕”说都将“思”与“象”“物”或“境”联系起来。刘勰认为，神思离不开“物”，正是心受外物的触动才有所感，有所思。正如《原道》篇写道：“……傍及万品，动植皆文：龙凤以藻绘呈瑞，虎豹以炳蔚凝姿；云霞雕色，有逾画工之妙；草木贲华，无待锦匠之奇。夫岂外饰，盖自然耳。至于林籁结响，调如竽瑟；泉石激韵，和若球锽：故形立则章成矣，声发则文生矣……”② 又如《物色》篇：

---

① 司空图：《司空表圣文集》（一），《四部丛刊》第473函，共两册，《司空文一》，上海涵芬楼藏，旧抄本原书叶。以下司空图文集引文均选自该版本，第9－10页。

② 刘勰著、范文澜注：《文心雕龙注》，北京：人民文学出版社，2008年，第1页。

“春秋代序，阴阳惨舒，物色之动，心亦摇焉……物色相召，人谁获安？……岁有其物，物有其容；情以物迁，辞以情发……若乃山林皋壤，实文思之奥府，……然则屈平所以能洞监《风》《骚》之情者，抑亦江山之助乎？”[①]

这里，刘勰指出，物（形、声、江山）、情、辞（章、文）三个要素之间是相互影响，相互作用的，人的感情因外物的触动而兴起，文辞也因为感情而产生。这里的物、情、辞，其实就对应于象、意、言，象是起点，言是终点，意是二者之间的桥梁。象、意又对应于景、情，象、意彼此不是孤立的，两者相互影响，相互交融，形成意象。“‘意象’乃是诗的本体”[②]，意象是“形象和情趣的契合”[③]，刘勰在《神思》篇中已明确地提出“意象”这一概念：“然后使元解之宰，寻声律而定墨；独照之匠，窥意象而运斤；此盖驭文之首术，谋篇之大端。”[④] 这里刘勰提出的“意象”跟后来唐代“意象”的概念应该说还是有区别的。刘勰的“意象”，概念还比较模糊，联系《神思》篇的上下文，如“意翻空而易奇，言征实而难巧也。是以意授于思，言授于意”，大概相当于心感于物而形成的一种特定的“构思”，“文思”，一种脑海中形成的整体的“蓝图”。这应该说是后来“意象”说的雏形。唐代的“意象”概念已是一个特定的美学范畴，指的是主体与客体、心与物、神与思、意与象的相互交融，“意象”说已上升到中国古代文学本体论的高度。

司空图在《与王驾评诗书》一文中提出“思与境偕”说，把“思”与“境”联系起来。这里，司空图明确提出“境”这一概念，并且认为“思”离不开“境”，也就是说艺术想象离不开“境”。“境”较之刘勰的“物”（或“象”，“意象”）的概念应该说更为完善、系统。

因为“物”或“象”表现的是孤立的形象，而“境”即“意境”，“不是表现孤立的物象，而是表现虚实结合的‘境’，也就是表现造化自然的气韵生动的图景，表现作为宇宙的本体和生命的道（气）。”[⑤] 也就是说，意境表现的是一种“情”与“景”——“你中有我，我中有你”的相互交融的整体的意象。

这里需要说明一下，司空图是否看过刘勰的《文心雕龙》并直接受刘勰诗学理论的影响？陶礼天教授在其论文集《中国文论研究丛稿》之《读司空图〈书屏记〉书后》篇中对此做了考证，他根据司空图的《书屏记》一文，做了大胆推论：

> 八月，表圣在华阴其婿姚顗家，获览唐代著名书法理论家李嗣真的《书品》和书法家徐浩的有关书法的评论，撰《书屏记》一文，追记其父（司空舆）获得

① 刘勰著、范文澜注：《文心雕龙注》，北京：人民文学出版社，2008 年，第 693 - 695 页。

② 叶朗：《中国美学史大纲》，上海：上海人民出版社，1999 年，第 453 页。

③ 叶朗：《中国美学史大纲》，上海：上海人民出版社，1999 年，第 265 页。

④ 刘勰著、范文澜注：《文心雕龙注》，北京：人民文学出版社，2008 年，第 493 页。

⑤ 叶朗：《中国美学史大纲》，上海：上海人民出版社，1999 年，第 276 页。

徐浩书法真迹“书屏”四十二幅及毁于战乱的经过，本文也可视为表圣之书法理论文章，从中可以推知，表圣以“品”别论诗的方法，当受到前代画品、书品的影响，而关于风格、品类的划分，可能也受到刘勰《文心雕龙》有关风格诸如《体性》等篇的影响（此属推论）。①

陶礼天教授进一步指出，徐浩作为唐代著名的书法家，他的“《论书》一文，直接受到刘勰《文心雕龙》的影响，而表圣曾亲自看过徐浩的有关书法的评论，由此可以推证表圣以‘品’论诗，当受到刘勰‘八体’说之影响。”② 他进而指出，司空图与卢献卿（字著明）是忘年交，卢献卿撰有《愍征赋》，司空图曾亲自为《愍征赋》作注，并作《注〈愍征赋〉述》，《注〈愍征赋〉后述》二文，而《注〈愍征赋〉述》一文具有“品而类之”的特点。并且，表圣的《诗赋赞》，也用“品类”来论述“诗赋”的不同品格等等。由此，陶礼天教授作出

推论：“其一，表圣以‘品类’论诗，受到《书品》《画品》等理论著作的影响；其二，表圣以‘品类’论诗除受到‘当代’（唐代）论诗者的影响外，极有可能受到刘勰的影响，特别是刘勰的《体性》《风骨》等篇的影响，其中刘勰关于‘八体’的分析，对表圣可能有非常大的潜在影响。”③

综上所述，按照陶教授的推论，司空图有可能看过刘勰的《文心雕龙》，其诗论也因此可能受到刘勰诗论的影响。

何况《文心雕龙》在初唐极为流行，刘勰“江山之助”说，被王勃等人曾一再加以引用和申说④。

所以，笔者进一步推论，司空图既然有可能看过《文心雕龙》，其“思与境偕”说当可能受刘勰的“神与物游”说的直接影响，并进一步将其完善。因为，“境”不等于“物”，也不等于“象”，“境”相当于“象外之象”“景外之景”。司空图在《与极浦书》中写道：

> 戴容州云：“诗家之景，如蓝田日暖，良玉生烟，可望而不可置于眉睫之前也。”象外之象，景外之景，岂容易可谈哉？然题纪之作，目击可图，体势自别，不可废也。⑤

---

① 陶礼天：《读司空图〈书屏记〉书后》，收入其《中国文论研究丛稿》，北京：学苑出版社，2011 年，第 256－257 页。

② 同上书，第 258 页。

③ 同上书，第 258－262 页。

④ 如王勃：《越州秋日宴山亭序》曰：“……岂非琴樽远契，必兆朕于佳辰；风月高情，每留连于胜地。是以东山可望，林泉生谢客之文；南国多才，江山助屈平之气”。又其《梓州郪县兜率寺浮图碑》有句曰：“风恬雨霁，烟雾藻天地之容；野旷川明，风景挟江山之助”。引见《王子安集》卷五、卷十五，文渊阁《四库全书》本。

⑤ 司空图：《司空表圣文集》（一），《四部丛刊》第 473 函，共两册，《司空文三》，同上书，第 3 页。

司空图引用戴容州的一句话，认为诗人眼中的景，如同“蓝田日暖，良玉生烟”，只可远望不可近邻。要想描写“象外之象”“景外之景”，实在很难。张少康先生认为：“前一个‘象’和‘景’是实的，是作品中所具体描写出来的景象，而后一个‘象’和‘景’则是要在前一个实的景象的启发、暗示下，经过读者的想象而获得的虚的景象。”① 笔者认为后一个“象”和“景”，不仅是经过读者的想象而获得的虚的景象，更是经过作者的想象、联想而创造出的虚的景象，使得“景在情中，情在景中”②，也正如王夫之所说的“情不虚情，情皆可景，景非虚景，景总含情”③，从而抒发作者在特定的情境中的独特情怀。司空图在《与极浦书》中还以自己的作品《虞乡县楼》为例，认为前两句“官路好禽声，轩车驻晚程”是实景，这是刚一入虞乡就可见到的景色，后两句“南楼山色秀，北路邑偏清”是虚景，这是他在当时特定的情境中所感受到的虞乡的景色。景中有情，情中有景，这样的诗才能有“韵外之致”“味外之旨”，读起来让人回味无穷。

当然，“境”作为诗歌理论的范畴，最早并不是司空图，比司空图更早的有唐代的王昌龄、殷璠、刘禹锡等。王昌龄在《诗格》中写道：“诗有三境：一曰物境。二曰情境。三曰意境。”④ 殷璠在《河岳英灵集》里评王维的诗：“维诗词秀调雅，意新理惬，在泉为珠，着壁成绘，一句一字，皆出常境。”⑤ 后来皎然又提出“取境”⑥ 说、刘禹锡提出“境生于象外”说⑦，这样，“意象”到唐代即发展为“意境”这一中国古代美学最高的审美范畴。

这里，我们简略回顾一下中国古代“象”这一美学范畴的大概发展历程：从老子提出“大象无形”；《易传》提出“观物取象”“立象以尽意”；庄子提出“象罔”“得意忘言”；到三国魏玄学家王弼提出“得意忘象”；南朝宋著名山水画家宗炳提出“澄怀味象”；南朝齐梁间的刘勰提出“意象”；唐代殷璠的“兴象”说；再到唐代经王昌龄、皎然、刘禹锡相继发展；直至司空图提出“象外之象”“思与境偕”“意境”范畴诞生。从“象罔”到“意境”，可以说中国古代“象”这一美学范畴经历了一个否定之否定的发展过程。“象罔”是虚、实的结合，有形、无形的结合，但毕竟太抽象；而“意境”则是情、景的结合，有限、无限的结合，是心与物的彼此交融，形成的“你中有我、我中有你”的融圆之境，是主体和客体的相互映照，也即柳宗元所说的“美不自美，因人而彰”，类似于马克思所说的“客体主体化”、“主体客体化”，是更高层次

① 张少康：《司空图及其诗论研究》，北京：学苑出版社，2005 年，第 62 页。

② 方回：《瀛奎律髓》卷三十二，《四库全书》文渊阁本。

③ 王夫之：《古诗评选》卷五谢灵运《登上戍鼓山诗》评语，《四库全书》文渊阁本。

④ （宋）陈应行编：《吟窗杂录》（上）卷四，北京：中华书局，1997 年，第 206 页。

⑤ 王克让：《河岳英灵集注》，成都：四川出版集团巴蜀书社，2006 年，第 66 页。

⑥ （宋）陈应行编：《吟窗杂录》（上）卷四，北京：中华书局，1997 年，第 275 页。

⑦ 叶朗：《中国美学史大纲》，同上书，第 267 – 268 页。

的虚实结合。至此，“意境”范畴发展成为中国古代美学的最高范畴。

再次，刘勰和司空图在讲艺术创作、艺术想象的时候都重情思的自然流露，反对苦思。即要求艺术构思应“应目会心”。刘勰在《神思》篇里写道：“是以秉心养术，无务苦虑；含章司契，不必劳情也。”据周振甫先生解释：因此用心训练思想的方法，不必凭空苦想，并且要体会外物的美好，不必劳苦自己的心情。《神思》篇里，刘勰接着说：“人之禀才，迟速异分，文之制体，大小殊功。相如含笔而腐毫，……虽有巨文，亦思之缓也。淮南崇朝而赋《骚》，……虽有短篇，亦思之速也。”① 这里刘勰指出文思有缓速之分，因人的天分不同。

总结而言，刘勰认为要想使文思畅通，自然流露，需具备以下几个必要条件：其一，“神居胸臆，而志气统其关键。”因此，“志气”很重要，范文澜先生注解：据《礼记》的解释，“志气”当作“气志”解；周振甫先生解释为“意志和体气”，综合二位先生的解释，“志气”当指作者内心的意志和性情。其二，作者内心应饱含深情，有一颗善感、真挚的心，这样才能“登山则情满于山，观海则意溢于海”。《乐记》中讲到“为乐不可以为伪”，“伪”即虚情假意。为诗同样也不可以为伪。作者应有真感情，写出的诗才能真正打动人。正如《宗经》篇里所讲：“故文能宗经，体有六艺：一则情深而不诡，二则风清而不杂，三则事信而不诞，四则义直而不回……”《物色》篇末“赞”：“山沓水匝，树杂云合。目既往还，心亦吐纳。春日迟迟，秋风飒飒。情往似赠，兴来如答。”情和物要相互“赠”“答”，才会起兴，有感而发。其三，要学会“养心”“养气”。《神思》篇：“是以陶钧文思，贵在虚静，疏瀹五藏，澡雪精神。”其语出《庄子·知北游》：“老聃曰，汝斋戒疏瀹而心，澡雪而精神。”这里刘勰包含两层意思：首先，要求作者内心要虚静，不能躁动；《物色》篇里，刘勰写道：“是以四序纷回，而入兴贵闲。”其次，性情要纯净，要心无杂念。只有内心虚静，感情纯净的人，才能够真切地感受到外物的美，正如苏东坡所言：“静故了群动，空故纳万象。”也如庄子所云：“虚室生白，唯道集虚。”也即宗炳所说“澄怀观道”。②

另外在《养气》篇中，刘勰专门讲到养气的重要性，主张写作应自然，要保养精力，反对劳神苦思、呕尽心血来写作。所谓“率志委和，则理融而情畅；钻砺过分，则神疲而气衰：此性情之数也”。写作应心气和顺，心情舒畅，不可过分伤神。另外，《养气》篇还指出：“是以吐纳文艺，务在节宣，清和其心，调畅其气，烦而即舍，勿使壅滞，意得则舒怀以命笔，理伏则投笔以卷怀，逍遥以针劳，谈笑以药倦，常弄闲于才锋，贾馀于文勇。使刃发如新，湊理无滞，虽非胎息之迈术，斯亦卫气之一方也。”写作应顺其自然，不可勉强；体气需调节疏导，精力需用心保养，这样才能如新发之刃。其四，要有学识的积淀。所谓“积学以储宝，酌理以富才，研阅以穷照，驯

① 刘勰著、范文澜注：《文心雕龙注》，北京：人民文学出版社，2008 年，第 494 页。

② 张彦远：《历代名画记》（二），王云五主编：《丛书集成简编》，台北：（台湾）商务印书馆，第 207 页。

致以怿辞”，“积学”“酌理”“研阅”“驯致”这四个要素功在平常，缺一不可。其五，要敢于驰骋想象力。正如《神思》篇首写道：“古人云：‘形在江海之上，心存魏阙之下。’神思之谓也。文之思也，其神远矣。故寂然凝虑，思接千载；悄焉动容，视通万里；吟咏之间，吐纳珠玉之声；眉睫之前，卷舒风云之色”。要放飞想象，超越时空，不受固有思维习惯的束缚。这里一方面强调艺术想象的重要性，只有张开自己想象的翅膀，才能够“窥意象而运斤”，才有可能打开灵感之窗，达到“妙悟”、“顿悟”。并且思维要活跃，不能僵滞，只有活泼泼的心灵才能够迅速地涌现艺术灵感，感知美，体验美，传达美。正如陆机《文赋》所说：“笼天地于形内，挫万物于笔端。”①

另一方面，这里也涉及到艺术创造及方法技巧的问题，艺术创造就应该敢于突破前人的窠臼，敢于想象。并且感觉要敏锐，不能迟疑。所谓“若夫骏发之士，心总要术，敏在虑前，应机立断；覃思之人，情饶歧路，鉴在虑后，研虑方定。机敏故造次而成功，虑疑故愈久而致绩。”（《神思》）方法技巧就是应该“心总要术”，心里熟悉创作方法，并且能够“博而能一”，即见识广博，中心贯一。

同样，司空图也认为艺术构思应顺其自然，反对劳神苦思。在《与李生论诗书》中，司空图提出“直致所得，以格自奇。”“直致所得”，即强调艺术构思、艺术想象的直接性、自然性，“心”与“物”相互作用，“即景会心”，触景生情，从而有所感发，直抒胸臆。张少康先生认为，“直致所得，以格自奇”，“实际上是重视诗歌创作中直觉的重要作用，是对钟嵘《诗品》中‘直寻’说的一种发展……‘直寻’说强调外界形象和诗人心灵的直接碰撞……”② 正如刘勰所说：“人禀七情，应物斯感，感物吟志，莫非自然。”（《文心雕龙·明诗》）“情”与“物”相互映现，“直接碰撞”，这样的诗歌才是作者内心真切感情的直接流露，才会清新自然。这是从心理发生学的角度来阐述诗歌的产生。如《礼记·乐记》里讲道：“凡音之起，由人心生也。人心之动，物使之然也。感于物而动，故形于声。”③ 音乐的产生也是如此，由外物触动人心而兴起。《毛诗正义·诗大序》里也写道：“情动于中而形于言，言之不足故嗟叹之，嗟叹之不足故永歌之，永歌之不足，不知手之舞之足之蹈之也。”④ 这里描写了艺术产生于人的情感的真实流露。

司空图在《与王驾评诗书》中写道：

> 国初，主上好文章，雅风特盛。沈、宋始兴之后，杰出于江宁，宏思于李、杜，

---

① 陆机：《陆士衡文集》（一）卷一，严一萍辑选，原刻影印，《百部丛书集成》，台北：台湾艺文印书馆，第11页。

② 张少康：《司空图及其诗论研究》，同上书，第80－81页。

③ 李学勤主编：《礼记正义》中，《十三经注疏》（标点本），北京：北京大学出版社，1999年，第1077页。

④ 李学勤主编：《毛诗正义·诗大序》，《十三经注疏》（标点本），北京：北京大学出版社，1999年，第6页。

极矣！右丞、苏州趣味澄敻，若清沇之贯达。大历十数公，抑又其次。元、白力勍而气孱，乃都市豪估耳。刘公梦得、杨公巨源，亦各有胜会。浪仙、无可、刘德仁辈，时得佳致，亦足涤烦。厥后所闻，逾褊浅矣。然河汾蟠郁之气，宜继有人。①

司空图非常推崇王维、韦应物的诗歌，认为他们的诗歌“趣味澄敻，若清沇之贯达”，即王、韦的诗歌趣味高雅，冲淡自然。而对以苦思、推敲著称的贾岛、孟郊二人则颇有微词，认为他们的诗“时得佳致，亦足涤烦”，意即格调不高，不够清新自然。“苦思”就少了些真，少了些“味”，而司空图向来强调诗歌意境的含蓄、委婉，“味外之旨”的。诗歌的意义就在于意象自然，“审美意象必须从直接审美观照中产生”。②它是作者在特定的情境中因物起兴，从而引起审美直觉，继而意象生成。同样在《与李生论诗书》中，司空图说道：

王右丞、韦苏州澄澹精致，格在其中，岂妨于遒举哉？贾浪仙诚有警句，视其全篇，意思殊馁，大抵附于蹇涩，方可致才，亦为体之不备也，矧其下者哉！噫！近而不浮，远而不尽，然后可以言韵外之致耳。③

可见，司空图是非常重视诗歌的“直致所得”的，因为只有“应目会心”的作品才足够自然、生动，恰如“清水出芙蓉”，而王维、韦应物的诗歌皆多“直寻”所得，意象清新，又富有禅意，含蓄隽永，令人回味，这正好符合司空图的审美标准。“后来明末清初王夫之的‘即景会心’说和‘现量’说，直至王国维的‘不隔’说，就都进一步发展了诗歌创作中对直觉的强调。”④ 补充一点，哲学家王夫之提出“现量”说并将之引进美学领域，说的就是审美意象的直接性。“现量”说包括三层层义，即“审美观照必须具有‘现在’、‘现成’、‘显现真实’这三种性质”，即“审美观照”是“直接的感兴”，是“瞬间的直觉”，显现的是事物的“完整的‘实相’”。⑤“现量”说是对司空图的“直致所得”，钟嵘的“直寻”说的进一步发展。

三、“神与物游”说与“思与境偕”说之理论渊源

刘勰的“神与物游”说与司空图“思与境偕”说，究其源头，可以追溯到老庄，尤其是庄子。首先，从“象”的范畴来说，《老子》第二十一章：“道之为物，唯恍唯忽。忽恍中有象，恍忽中有物。”⑥ 这里，老子提出，“道”中有“象”，“道”中有

---

① 司空图：《司空表圣文集》（一），《四部丛刊》第473函，共两册，《司空文一》，同上书，第9页。
② 叶朗：《中国美学史大纲》，同上书，第401页。
③ 司空图：《司空表圣文集》（一），《四部丛刊》第473函，共两册，《司空文二》，同上书，第1页。
④ 张少康：《司空图及其诗论研究》，同上书，第81页。
⑤ 张少康：《司空图及其诗论研究》，同上书，第81页。
⑥ 朱谦之：《老子校释》，北京：中华书局，2009年，第88页。

“物”。《老子》第四十一章：“大音希声，大象无形。”① 庄子也提出“象罔”② 说。其次，从其提倡艺术的想象性而言，《庄子》一书充满了奇特丰富的想象，一个个寓言故事生动又富于哲理。庄子提倡“逍遥游”③，“游”的精神贯穿在整个《庄子》中：庖丁解牛“游刃有余”；庄子与惠子游于濠梁之上，观鱼儿游于水中；《达生》篇：“游乎万物之所终始”；《徐无鬼》篇：游于六合之内、外；《天下》篇：“上于造物者游”等等。“游”其实就是畅神，突破窠臼，超越世俗，超越时空，从而“游心万物”。

再次，从审美心胸来说，老庄均提倡虚静说。《老子》第五章：“虚而不屈，动而俞出。多言数穷，不如守中。”④《老子》第六章：“致虚极，守静笃”。⑤ 庄子提出的“象罔”“心斋”“坐忘”“虚室生白，唯道集虚”等审美心胸的理论同样深深影响了刘勰、司空图等人的艺术创造理论。

除此之外，司空图的诗论也深受陶渊明的影响。司空图非常喜欢陶渊明其人其诗。陶渊明爱菊，司空图也爱菊；陶渊明因厌倦政治而归园田居，司空图晚年也逃避政治而隐居王官谷。司空图在其诗文中数次提到陶渊明，言语中充满了对陶渊明的景仰，在此不赘述。陶渊明的诗：“结庐在人境，而无车马喧，问君何能尔？心远地自偏”，“心远”才能神思。“采菊东篱下，悠然见南山”，“悠然”二字，几多遐想。陶渊明提倡心静，司空图同样提倡虚静的审美心胸。陆机《文赋》里也深入论述了艺术想象的特点。他提出想象的超越性：“精骛八极，心游万仞”，“观古今于须臾，抚四海于一瞬”；神思的豪迈：“笼天地于形内，挫万物于笔端”；意象的渐趋清晰鲜明：“情曈昽而弥鲜，物昭晰而互进”。陆机在《文赋》中对构思时灵感的扑朔迷离、稍纵即逝性有一段非常生动的描述：

> 若夫应感之会，通塞之纪，来不可遏，去不可止。藏若景灭，行犹响起。方天机之骏利，夫何纷而不理。思风发於胸臆，言泉流於唇齿。纷威蕤以馺遝，唯毫素之所拟。文徽徽以溢目，音泠泠而盈耳。及其六情底滞，志往神留。兀若枯木，豁若涸流。揽营魂以探赜，顿精爽而自求。理翳翳而愈伏，思乙乙其若抽。是以或竭情而多悔，或率意而寡尤。虽兹物之在我，非余力之所戮。故时抚空怀而自惋，吾未识夫开塞之所由。⑥

陆机的艺术想象理论直接影响了刘勰，刘勰在《物色》篇里也讲到神思的微妙性：

---

① 朱谦之：《老子校释》，同上，第 171 页。
② （清）郭庆藩：《庄子集释》（上），《庄子·天地》篇，台北：万卷楼图书股份有限公司，2007 年，第 455 页。以下《庄子》的引文均出自该版本。
③ （清）郭庆藩：《庄子集释》（上），《庄子·逍遥游》，同上书，第 1 页。
④ 朱谦之：《老子校释》，同上，第 24 页。
⑤ 朱谦之：《老子校释》，同上，第 64 页。
⑥ 陆机：《陆士衡文集》（一），卷一，（严一萍辑选，原刻影印，《百部丛书集成》[C]），台北：台湾艺文印书馆，第 4 –5 页。

“然物有恒姿，而思无定检，或率尔造极，或精思愈疏”。《神思》开篇即写道：“古人云：‘形在江海之上，心存魏阙之下。’神思之谓也。文之思也，其神远矣。故寂然凝虑，思接千载；悄然动容，视通万里”①，描述了人的思维想象。天马行空，无限自由，可以跨越时空，“心”（“神”）可以不受“形”的约束，时间上可以“思接千载”，空间上可以“视通万里”。“故思理为妙，神与物游，”周振甫先生解释道：“所以构思的奇妙，使得精神能和外物相交接。”②

苏东坡：“静故了群动，空故纳万象”。“静”“空”是审美的心胸必须具备的要素。严羽的“妙悟”说是对刘勰的“神与物游”说与司空图的“思与境偕”说的进一步发展。“大抵禅道惟在妙悟，诗道亦在妙悟。”（《沧浪诗话·诗辨》）清代叶燮提出的“想象以为事”的理论也是对前人的艺术想象理论的继承与发展。

“神与物游”说与“思与境偕”说并不仅仅只局限于诗歌创作领域，在中国古代书画乐论中人们同样重视艺术想象，也提出了一系列的范畴理论。

书论方面，东晋时期著名书法家王羲之在《题卫夫人笔阵图后》写道：“夫欲书者，先乾研墨，凝神静思，预想字形大小，偃仰平直，振动令筋脉相连，意在笔前，然后作字。”③ 王羲之也明确指出写书法之前，需“凝神静思”，“意在笔前”方能写好字。在《书论》中，王羲之又指出：“大抵书须存思……凡书贵乎沉静，令意在笔前，字居心后，未作之始，结思成矣。”④ 这里，王羲之指出书法艺术静思的重要性，未写“书”之前已“胸有成竹”，另外写“书”时内心“沉静”很也重要。这与前面刘勰提出“神思”时需虚静道理是一样的。

画论方面，南朝宋山水画家宗炳在其画论著作《画山水序》中也讲到绘画艺术同样需要用纯净的审美心胸去直观“山水”，他提出了“澄怀味像”“应目会心”“应会感神，神超理得”等审美范畴。在《画山水序》篇末，他还描绘了一幅画家欣赏山水画时的生动画面：

> 于是闲居理气，拂觞鸣琴，披图幽对，坐究四荒。不违天励之藂，独应无人之野。峰岫峣嶷，云林森眇。圣贤映于绝代，万趣融其神思。余复何为哉？畅神而已。神之所畅，孰有先焉！⑤

“万趣融其神思”“畅神而已”，皆说明人与自然、人与山水融为一体，在领略山水美的时候，人的精神倍感舒适愉悦，这即是刘勰所说的“登山则情满于山，观海则

① 刘勰著、范文澜注：《文心雕龙注》，北京：人民文学出版社，2008 年，第 493 页。
② 周振甫：《文心雕龙今译》，北京：中华书局，2011 年，第 248 页。
③ 张彦远撰，武良成、周旭点校：《法书要录》，杭州：浙江出版联合集团，浙江人民美术出版社，2012 年，第 10 页。
④ 潘运告主编、云告译注：《汉魏六朝书画论》，长沙：湖南美术出版社，1997 年，第 112 页。
⑤ 张彦远撰：《历代名画记》，杭州：浙江出版联合集团，浙江人民美术出版社，2012 年，第 104 页。

意溢于海”，也即是司空图所说的“思与境偕”。

东晋大画家顾恺之提出的“迁想妙得”；唐朝的画家张璪在《绘境》里提出的“外师造化，中得心源”；唐代画论家张彦远《历代名画记》里提出的“凝神遐想，妙悟自然，物我两忘，离形去智”等重要的画论命题都对绘画艺术的构思及想象做了出神入化的描述。

中国古代乐论中，从先秦老庄开始就有对音乐思想的描述。老子提出“大音希声”，最美的音乐是无声之乐。庄子在《齐物论》里提出“天籁”，《天道》中提出“天乐”的命题，继而在《天运》篇中又有一大段关于皇帝描述“咸池之乐”的论断：

> 吾奏之以人，徵之以天，行之以礼义，建之以大清。夫至乐者，先应之以人事，顺之以天理，行之以五德，应之以自然，然后调理四时，太和万物……吾又奏之以阴阳之和，烛之以日月之明……吾又奏之以无怠之声，调之以自然之命……动于无方，居于窈冥……天机不张而五官皆备，无言而心悦，此之谓天乐，……听之不闻其声，视之不见其形，充满天地，苞裹六极。[①]

这里，庄子描述了“至乐”，天下最美的音乐的特点，充满了丰富的艺术想象力。

另外孔子提出的“思无邪”的思想，张少康先生认为“首先是指音乐无邪，而不是指诗的文字内容”。[②]《礼记·乐记》中的关于音乐的艺术想象也很丰富：如：心感于物而动故“形于声”，“乐”“礼”之间关系的论述，“乐”与政治教化之间的关系，“乐”与“象”的关系，“乐”与“五行”思想之间的关系等等。三国魏时期的音乐家嵇康提出著名的“声无哀乐论”音乐美学命题，以及“目送归鸿，手挥五弦，俯仰自得，游心太玄”，(《赠秀才入军》(其十四)) 描绘了极其美好的音乐美学意象。

中国古代诗书画乐论中都有关于艺术想象、艺术构思的理论，而且它们彼此相互借鉴、相互影响、相互渗透，共同推动了中国古代艺术理论、艺术批评思想的进步。

综上所述，刘勰的“神与物游”说与司空图的“思与境偕”说主要是指诗歌艺术的想象与构思，二者有同有异。司空图的“思与境偕”是对刘勰的“神与物游”的重大发展。二者的共同的思想理论来源是道家，尤其是庄子，当然也受之前或与其同时代的书画乐论的影响，并进而影响了后世关于艺术创造的理论。

---

① （清）郭庆藩：《庄子集释》（上），《庄子·天运》篇，同上书，第551－557页。

② 张少康：《文心与书画乐论》，北京：北京大学出版社，2006年，第136页。

论《文心雕龙·体性》篇之理论命题

江苏师范大学文学院　张　芸、吴建民

运用大量的“命题”进行理论系统的建构，是《文心雕龙》的一个显著学术特色。因为“在《文心雕龙》的很多篇目中，……都有大量的命题提出。”① 据笔者统计，《文心雕龙》一书所提命题近三百个。所谓“命题”一般是指“表达判断的句子。……一说凡陈述句所表达的意义为命题，被断定了的命题为判断。也有对命题和判断不作区别，把判断叫做命题的”②，如“诗言志”“发愤著书”“立象尽意”“诗无达诂”等都是古代文论中的著名命题。《文心雕龙·体性》篇作为刘勰文学风格理论的集中体现，就大量运用了命题。诸如“情动言形，理发文见”“因内符外”“各师成心，其异如面”“表里必符”“吐纳英华，莫非情性”“才性异区，文体繁诡”等多达十几个。这些命题具有不同的构成形式和深刻的理论内涵，不但在古代批评史上具有重要的理论意义，而且在当代仍有重要的应用价值。

一、《体性》篇命题之形式特征

由于命题一般是以“句子”或“判断”的形式出现，所以其构成特征也具有多样性。从形式特征的角度看，《体性》篇的命题主要可分为三种类型。

一是单句式命题，也就是由一个简单句构成的命题。《体性》篇中此类命题较少，只有两个，即“因内符外”和“表里必符”。这种命题以简单的语言形式，明确地表达了刘勰风格理论的基本观点，强调风格是作家内在因素的外化，作家的主体因素与其风格特征具有对应性。这种命题虽然形式简单，但却意义明确，容易把握，因而具有很好的表达效果。这也是《文心雕龙》及古代文论中最常见的命题类型，如“神与物游”“情以物兴”“发愤著书”“心师造化”等都属此类。

二是双句式命题，也就是由两个字数相等的短句构成的命题。《体性》篇中此类命题最多，如“情动言形，理发文见”“情性所铄，陶染所凝”“各师成心，其异如面”“才性异区，文体繁诡”等皆属此类。双句式命题的两句之间往往有一定的逻辑联系，

---

① 唐萌、吴建民：《论〈知音〉篇理论命题的类型、内涵及当代意义》，《徐州工程学院学报》2012 年第 1 期。

② 《辞海》编辑委员会编：《辞海》（缩印本），上海：上海辞书出版社，1980 年，第 322 页。

如“各师成心”与“其异如面”“才性异区”与“文体繁诡”之间具有因果关系；“情动言形，理发文见”“情性所铄，陶染所凝”“摹体定习，因性练才”“习亦凝真，功沿渐靡”“辞为肌肤，志实骨髓”等命题的前后句则是并列关系；“学慎始习，功在初化”“气以实志，志以定言”“吐纳英华，莫非情性”的前后句则是顺接关系。由于此类命题由双句构成，且两句之间的关系不同，因而其内涵也更为复杂。

三是多句式命题，也就是由两个以上句子构成的命题。《体性》篇中此类命题只有一个，即“才有庸儁，气有刚柔，学有浅深，习有雅郑”。这种命题由于所包含的句子较多，其内涵也就更为丰富，此命题就涉及到才能、气质、学识、习染等影响风格形成的作家主体因素的四个方面，四个分句共同表达了一个完整的思想，所以每个分句都很重要，若缺少一个，意义就不完整。

这些命题虽然形式不同，但都是对刘勰理论观点的高度概括，都是以简明的语言形表达深刻的思想观点，并且意义明确，容易把握。所以，这些命题在文章中非常醒目，对于刘勰思想观点的表达具有画龙点睛的作用。研究这些命题的思想内涵，是把握《体性》篇风格理论的关键所在。

二、《体性》篇命题之基本内涵

《体性》篇之命题具有深刻的思想内涵和重要的理论价值，因为刘勰风格理论的基本观点主要就是通过一系列命题而体现出来的。只有对这些命题的本义内涵展开深入地分析解读，才能更好地握刘勰风格理论的基本观点和系统特征。《体性》篇命题之理论内涵主要可从如下四方面来理解。

第一，“情动言形”“因内符外”：对风格生成原理的揭示。刘勰对于风格生成原理的看法，基于对创作过程的认识，也就是说，刘勰认为作家的风格是在创作的过程中诞生的。他在《体性》篇一开始就指出：“情动而言形，理发而文见。”这是说文学创作是一个内在情思外化于言的动态过程，即作家内在之“情动”，而后才有“言形”“文见”的作品生成。在刘勰看来，“理发文见”的创作过程，也是风格的生成过程。所以，接下来他就提出了“沿隐以至显，因内而符外”这一命题。此命题是说，风格的生成是一个由隐而显、“因内符外”的动态过程。所谓“隐”“内”，即作家的情理、才、气、学、习等内在因素，这些因素随着“言形”“文见”的创作展开而“符外”，从而导致风格的诞生。简单地说，在刘勰看来，风格生成离不开创作。他论风格之所以要从创作的角度立论，目的在于强调文学风格是在创作的过程中生成的。刘勰的这一观点实际上也揭示了文学风格生成的基本原理，因为任何作家的风格都是在创作中产生的，都是一个“因内而符外”的动态过程。从创作的角度研究风格的生成，进而揭示风格的生成原理，是刘勰对于风格理论的一个重要贡献。因为刘勰的这一观点不但丰富完善了风格的理论系统，而且古今文论家对这一问题的论述仍然不多。

第二，“各师成心，其异如面”：对风格多样性的阐释。刘勰认为，作家的主体因素是决定风格的根本原因，主体因素的丰富多样，导致了风格特征的多姿多彩。刘勰的这一思想主要是通过“表里必符”“各师成心，其异如面”等命题而体现出来的。如果说“因内符外”这一命题揭示了作家的情感思想表现于外从而导致了风格生成的话，“表里必符”这一命题则揭示了作家的主体因素是决定风格特征的关键原因这一风格论的核心观点。“表里必符”是说作家内在的主体因素与外在的风格特征具有相符一致的必然性，作家不同的个性特征，使其风格具有不同的特点，也就是当代文论家所说的“风格是作家的创作个性在作品中的自然流露”①。刘勰的这一观点是在研究了贾谊、司马相如、扬雄、刘向、班固、张衡、王粲、刘桢、阮籍等十几位作家的个性特征与其风格关系之后而得出的，即所谓“贾生俊发，故文洁而体清；长卿傲诞，故理侈而辞溢；子云沈寂，故志隐而味深；子政简易，故趣昭而事博”等②。由于作家的创作个性不同，作家的风格也多种多样。刘勰提出“各师成心，其异如面”③，表明作家创作都是师其“成心”，从而导致风格多样，使“作品风貌正如各人面孔不同一样”④。刘勰的这一命题揭示了风格的丰富多样性特征及其原因所在。刘勰所说的“成心”，“意犹本性学养”⑤，也就是由作家的才、气、学、习等因素构成的创作个性。而作家风格的“其异如面”，又导致了整个文学领域风格的多样化现象，即“笔区云谲，文苑波诡”“文体繁诡”⑥。刘勰的这组命题实际上构成了风格理论的这种逻辑程序：师成心→表里符→异如面→文苑诡。其道理就是，作家创作都是“各师成心”，“表里必符”的规律必然导致个体风格的“其异如面”，个体风格的多样性又构成了文苑风格的“云谲”“波诡”、丰富多彩。这些命题逻辑严密地阐释了风格多样性的原因所在。

第三，“才性异区”：对风格多样性的阐释。《体性》篇末“赞曰：才性异区，文体繁诡。”“才性”实际是作家的主体因素，类似作家的创作个性。这一命题是说，作家的“才性”不同，从而使风格“繁诡”，主体因素的“异区”是风格丰富多样性的根源。刘勰认为作家的主体因素主要有四个方面，即才、气、学、习。《体性》篇云：“才有庸俊，气有刚柔，学有浅深，习有雅郑。”这是说，每个作家的才能、气质、学问知识和陶染习惯都是不同的，这四个方面概括了影响风格的最基本的主体因素，对于古今作家的风格形成而言，这四个方面都是发生作用的最基本因素。具体而言，这些因素的影响体现在作品的辞理运用和表达、风趣特征的或刚或柔、用事取义的或浅

---

① 童庆炳主编：《文学理论教程》，北京：高等教育出版社，2004 年，第 284 页。

② ［梁］刘勰著，范文澜注：《文心雕龙注》（下），北京：人民文学出版社，1958 年，第 506 页。

③ ［梁］刘勰著，范文澜注：《文心雕龙注》（下），第 505 页。

④ 童庆炳主编：《文学理论教程》，第 284 页。

⑤ ［梁］刘勰著，王运熙、周锋撰：《文心雕龙译注》，上海：上海古籍出版社，1998 年，第 254 页。

⑥ ［梁］刘勰著，王运熙、周锋撰：《文心雕龙译注》，第 253 - 257 页。

或深、体式选择的或雅或郑等方面，即“辞理庸俊，莫能翻其才；风趣刚柔，宁或改其气；事义浅深，未闻乖其学；体式雅正，鲜有反其习。”① 刘勰的这些命题表明，风格特征与作家的主体因素具有一定的对应性。研究作家的风格形成及特点，必须结合才、气、学、习等主体因素。

第四，“摹体定习”“功在初化”“学慎始习”：摹仿学习对于风格形成的意义。刘勰认为，虽然作家“才有天资”，先天之才性对于风格形成作用很大，但后天的学习摹仿也极其重要。因为作家“摹体”可以“定习”，也就是通过学习模仿某种自己所喜爱的风格，有助于使自己形成类似的风格，并且刘勰将此看作“文之司南”②。“摹体以定习”的现象在古今文学史上不乏其例，如辛派词人模仿辛弃疾的风格而形成的粗犷豪放，山药蛋派学习赵树理而形成的具有显明地方色彩的通俗风格、荷花淀派受孙犁的影响而具有浓郁的浪漫主义色彩等。由于“摹体定习”对于初学者来说尤为重要，所以刘勰又提出“学慎始习”这一命题。这是强调作家必须慎重选择学习对象，因为“斫梓染丝，功在初化。器成彩定，难可翻移”③，刘勰用斫梓和染丝一旦形成莫能改变的特性来说明“学慎始习”的重要意义，作家通过“摹体”而“定习”，“初化”非常关键，因为一旦风格形成，就“难可翻移”，所以作家在一开始学习写作时，就必须选择正确的风格去努力学习，否则“亦足以贼其天性，纵姿淑而无成。”④ 班固《汉书·贾谊传》曾说：“少成若天性，习惯成自然。”儿童时期养成的习惯就像人的天性一样牢固，习惯一旦形成就很难改变，对于风格来说，更是如此。刘勰提出“学慎始习”“功在初化”等命题，目的就在于强调必须选择正确的学习对象。他还明确指出了少年学子的学习对象：“童子雕琢，必先雅制。”⑤ 师法“雅制”，形成雅体，体现了刘勰的审美风格理想。

三、《体性》篇命题之意义价值

刘勰的文学风格理论主要通过一系列命题的提出而体现出来，《体性》篇之命题实际是刘勰文学风格理论精华的高度浓缩。这些命题具有丰富的内容和深刻的思想，不但在古代文学批评史上具有重要的意义，而且在当代仍然具有重要的应用价值。

《体性》篇之命题在古代文学批评史上的意义主要有二：其一，提出了一系列的经典性理论命题，推动了古代文学风格理论的发展。如“情动言形，理发文见”“因内符外”“各师成心，其异如面”“表里必符”“摹体定习”“才性异区，文体繁诡”等都是

① ［梁］刘勰著，王运熙、周锋撰：《文心雕龙译注》，第253页。
② ［梁］刘勰著，王运熙、周锋撰：《文心雕龙译注》，第257页。
③ ［梁］刘勰著，王运熙、周锋撰：《文心雕龙译注》，第256页。
④ 黄侃：《文心雕龙札记》，上海：华东师范大学出版社，1996年，第126页。
⑤ ［梁］刘勰著，范文澜注：《文心雕龙注》（下），第506页。

古代文学风格理论的经典命题，在古代风格理论中具有核心之地位，体现着文学风格的某方面规律，具有普遍的适用性。这些命题的提出丰富和完善了古代文学风格理论，为古代文学风格理论的发展做出了重要贡献。其二，《体性》篇的这些命题体现了刘勰文学风格论的系统观点，从而促进了古代文学风格理论的成熟和理论系统的建构。本篇所提出的命题涉及到风格的生成原理、风格的多样性、影响风格的主体因素及摹仿学习对于风格形成的意义等，这些内容使刘勰的风格理论具有了一定的系统性。在刘勰之前，文论家对于风格只有一些零星的论述，如曹丕《典论·论文》提出"文以气为主"、陆机《文赋》提出"夸目者尚奢，惬心者贵当"等。风格论未成系统甚至尚未成熟。而《体性》通过一系列命题的提出而建构出了相对系统的风格理论，标志着古代文论中的风格论已经成熟，并初具系统。此后很少再有这种系统性的风格理论论述了。刘勰的这些命题对于古代风格理论而言，是不可或缺的。

《体性》篇之命题在当代文论中仍有重要的价值，因为刘勰所提出的很多命题都具有经典意义，在当代仍然具有应用性，能够用来阐释当代的风格理论。如童庆炳先生主编的《文学理论教程》一书的"文学风格"一章就引用了《体性》篇的"气以实志，志以定言，吐纳英华，莫非情性""各师成心，其异如面""情动而言形，理发而文见，盖沿隐以至显，因内而符外""总其归途，数穷八体"等命题[①]。这说明刘勰提出的这些命题具有当代意义，能够用于当代风格理论的建设。这些命题之所以能为当代文论所用，根本原因在于它们体现了文学风格的基本规律，这些规律古今皆然。

① ［梁］刘勰著，范文澜注：《文心雕龙注》（下），第505页。

《文心雕龙·体性篇》中“公干气褊”考释

昆明学院人文学院　孔德明

一

刘勰《文心雕龙·体性篇》云：“公干气褊，故言壮而情骇。”① “气褊”应作何解？我们还是先来看一下一些译注家的意见：周振甫《文心雕龙今译》：“气褊，气度窄。言壮情骇，语言壮厉，情思惊人。《三国志·王粲传》注引典略，称文帝赐刘桢（字公干）带，又嘲桢，物在贱者手，至尊（天子）不取用。桢答称，贵者所用物，贱者先用；嘉禾始熟，农夫先尝。这就显得他气度窄，不肯退让，有惊人的话。译句：刘桢性情褊急，所以言辞雄壮而情思惊人。”② 牟世金《文心雕龙译注》：“褊（biǎn扁），狭隘急遽。译：刘桢性格狭隘急遽，所以文辞有力而令人惊骇。”③ 郭晋稀《文心雕龙译注》：“谢灵运的《拟邺中集诗序》：‘桢卓荦偏人’此‘公干气褊’之证。译：刘桢做人气量狭窄，所以文章语言雄壮而情意惊险。”④ 吴林伯《文心雕龙义疏》：“褊，音扁，褊急。……操子丕为太子时，宴请文士。命夫人甄氏出拜，众皆惊动。桢独平视，此‘气褊’之征。……值得注意的是曹丕在《与吴质书》中写道：公干有逸气，但未遒耳。李唐吕元济注：‘遒，尽也。’桢别有闲逸之气，但不尽然，而实占少数。”⑤

这几位先生有具体的译文，意见显得要明确一些。但我认为“气度窄”“气量狭窄”等，和“言壮而情骇”似乎构不成因果关系。再之，吴先生对“逸气”和“遒”的解释，我认为也有待商榷，“逸气”不应是“闲逸之气”，如释为放纵、不驯之气，就更接近公干的个性，和“桢独平视”相符。“遒”也不是“尽”意，应是刚劲、张扬显露之意。曹丕说“公干有逸气，但未遒耳”。是说刘桢有一股不驯的刚劲倔强之气，但又不像孔融那样张扬显露，所以说“但未遒耳”。

再看另一些注家的意见：黄侃《文心雕龙札记》：“公干气褊：《魏志·王粲传》

① 范文澜：《文心雕龙注》，北京：人民文学出版社，1958年，第506页。
② 周振甫：《文心雕龙今译》，北京：中华书局，1986年，第259页。
③ 牟世金：《文心雕龙译注》，济南：齐鲁书社，1981年，第251页。
④ 郭晋稀：《文心雕龙译注》，兰州：甘肃人民出版社，1982年，第334页。
⑤ 吴林伯：《文心雕龙义疏》，武汉：武汉大学出版社，2005年，第325页。

注引《典略》载桢平视太子夫人甄氏事。谢灵运《拟邺中集诗序》曰：桢卓荦偏人，此褊之征。”① 范文澜《文心雕龙注》：“魏志粲传注引典略载桢平视太子夫人甄氏事。谢灵运《拟邺中集诗序》曰：‘桢卓荦偏人。’此气褊之征。”② 杨明照《文心雕龙校注拾遗》：“按文选谢灵运邺中集诗序：‘桢卓荦偏人’，而文最有气，所得颇经奇。文士传：刘桢辞气锋烈，莫有折者。御览三八五引。诗品上：‘刘桢诗其源出古诗，仗气爱奇，动多振绝。’并足为‘气褊’之征。”③ 祖保泉《文心雕龙解说》：“褊，谓偏激。《魏志·王粲传》（刘）桢以不敬被刑。谢灵运《拟邺中集诗序》：‘桢卓荦偏人’故云‘气偏’。”④ 这四位先生的意见基本上是一致的。都认为“公干气褊”是源于谢灵运《拟邺中集诗序》中“桢卓荦偏人”一语，和平视太子夫人相关。

《说文解字》是怎么解释“褊”的呢？《说文》作如是解：“褊，衣小也。从衣扁声。”⑤ 段玉裁注曰：“引申为凡小之称。”⑥ “衣小也”当然可以引申为“凡小”。但绝对不只指“凡小”。其实它还有一个喻义在里面，“衣小”会有一个什么样的结果呢？就是有些出类，不协调。如果把“公干气褊”之“褊”字，理解为出类，不协调倒是很符合他的个性的。

二

《文选》载谢灵运《拟邺中集诗序》云：“桢卓荦偏人，而文最有气，所得颇经奇。李善注：潘勖《玄达赋》曰：匪偏人之自违，诉诸衷于来哲。六臣注：翰曰：卓荦，高绝貌。偏人，谓文才偏美于人。”⑦ 李善注引文似有当世知音甚稀之意。所以形成卓荦不群，不苟流俗之性。未提到气量狭窄之意。李周翰的注也不作气量狭窄解。而说“才偏美于人”，有高绝之处。《文心雕龙·才略》亦云：“刘桢情高以会彩。”⑧ “情高”可作为不苟流俗的旁证。

又，谢诗云：“贫居晏里闬，少小长东平。河兖当冲要。沦飘薄许京。广川无道流。招纳厕群英。北渡黎阳津，南登记郢城。既览古今事，颇识治乱情。欢友相解达，敷奏究平生。矧荷明哲顾，知深觉命轻。朝游牛羊下，暮坐括揭鸣。终岁非一日，传卮弄新声。辰事既难谐，欢愿如今并。唯羡肃肃翰，缤纷戾高冥。”⑨ 诗的最后两句

① 黄侃：《文心雕龙札记》，北京：中华书局，2006 年，第 121 页。
② 范文澜：《文心雕龙注》，北京：人民文学出版社，1958 年，第 509 页。
③ 杨明照：《文心雕龙校注拾遗》，上海：上海古籍出版社，1982 年，第 238 页。
④ 詹锳：《文心雕龙义证》，上海：上海古籍出版社，1989 年，第 2471 页。
⑤ 段玉裁：《说文解字注》，杭州：浙江古籍出版社，2006 年，第 394 页。
⑥ 段玉裁：《说文解字注》，杭州：浙江古籍出版社，2006 年，第 394 页。
⑦ 李善：《文选注》，北京：中华书局，1977 年，第 437 页。
⑧ 范文澜：《文心雕龙注》，北京：人民文学出版社，1958 年，第 700 页。
⑨ 李善：《文选注》，北京：中华书局，1977 年，第 438 页。

“唯羡肃肃翰，缤纷戾高冥”。最能显示刘桢的“逸气”，即是不受羁绊而拥有真我的一种不驯之气。他希望自己能够像鸟一样在高空自由自在的飞翔。这也未尝不是谢灵运的志向，所以谢也落得个与此相似的评价。《宋书·谢灵运传》云：“率灵运为性褊激，多愆礼度，朝廷唯以位义处之，不以应实相许。”① 还有唐代的大诗人刘禹锡也得了个“褊心”之评。《新唐书·刘禹锡传》云：“禹锡恃才而废，褊心不能无怨望，年益晏，偃蹇寡所合，乃以文章自适。”② 其实，刘桢、谢灵运、刘禹锡给人留下的深刻印象是他们的不驯之气，而不是狭窄之胸。

再看“平视甄氏”“不敬被刑”事。《三国志·王粲传》注引《文士传》曰：“文帝之在东宫也，宴诸文学，酒酣，命甄后出拜，坐者咸伏，惟桢平视之。太祖以为不敬，送徒隶簿。后太祖乘步牵车乘城降，阅簿作，诸徒咸敬，而桢拒，坐磨石，不动。太祖曰：‘此非刘桢也！石如何性？’桢曰：‘石出荆山玄岩之下，外炳五色之章，内秉坚贞之志，雕之不增文，磨之不加莹，禀气贞正，禀性自然。’太祖曰：‘名岂虚哉！’复为文学。”③ 曹操的输作行为。依然未能改变刘桢的“坚贞之志”。还是“雕之不增文，磨之不加莹，禀气贞正，禀性自然”的坚石一块。

另有曹丕的嘲弄。《三国志·王粲传》注引《典略》曰：“文帝尝赐桢廓落带，其后师死，欲借以为像，因书嘲桢云：‘夫物因人为贵。故在贱者之手，不御至尊之侧。今虽取之，勿嫌其不反也。’桢答曰：‘桢闻荆山之璞，曜元后之宝；随侯之珠，烛众士之好；南垠之金，登窈窕之首；鼲貂之尾，缀侍臣之帻；此四宝者，伏朽石之下，潜污泥之中而扬光千载之上，发彩畴昔之外，亦皆未能初自接于至尊也。夫尊者所服，卑者所修也；贵者所御，贱者所先也；故夏屋初成而大匠先立其下，嘉禾始熟而农夫先尝其粒。恨桢所带，无他妙饰，若实殊异，尚可纳也。’”④ 尽管这种嘲弄是善意的，因为文帝“慕通达”的，且对刘桢的倔气是表面不赞成内心却欣赏的。张溥《汉魏六朝百三家集题辞注》：“公干平视甄夫人，操收治罪，文帝独不见怪。死后致思，悲伤绝弦中心好之，弗闻其过也。其知公干，诚如钟期、伯牙云。”⑤ 这也不曾改变刘桢“真骨凌霜，高风跨俗”的“逸气”。

《三国志·王昶传》云：“北海徐伟长，不治名高，不求苟得，淡然自守，惟道是务。其有所是非，则托古人以见其意，当时无所褒贬。吾敬之重之，愿儿子师之。东平刘公干，博学有高才，诚节有大意。然性行不均，少所拘忌。得失足以相补。吾爱之重之，不愿儿子慕之。”⑥“然性行不均，少所拘忌”可作“逸气”的注脚，“气褊”

---

① 沈约：《宋书》，北京：中华书局，1974 年，第 1753 页。
② 欧阳修：《新唐书》，北京：中华书局，1975 年，第 5131 页。
③ 陈寿：《三国志》，上海：上海古籍出版社，2002 年，第 550 页。
④ 陈寿：《三国志》，上海：上海古籍出版社，2002 年，第 550 页。
⑤ 张溥：《汉魏六朝百三家集题辞注》，北京：人民文学出版社，1981 年，第 84 页。
⑥ 陈寿：《三国志》，上海：上海古籍出版社，2002 年，第 687 页。

所本。詹锳《文心雕龙义证》：“‘气褊’就是性子急躁而不稳定。《魏志·王昶传》：‘东平刘公干，博学有高才，诚节有大意。然性行不均，少有拘忌。’《典论·论文》说：‘公干壮而不密。’钟嵘《诗品》说他‘仗气爱奇，动多振绝，真骨凌霜，高风跨俗，但气过其文，雕润恨少。’这种骇人视听的粗壮风格。和他的急脾气是一致的。”① 这种解释是最接近刘勰所说“公干气褊”的本意的。“不均”是不平和，不舒缓。不能够象徐干那样“不治名高，不求苟得，淡然自守，惟道是务”，也就是守规矩。因为刘桢是不守规矩的。

钟嵘《诗品》对刘桢的个性品评也类于王昶。云：“魏文学刘桢，其源出于《古诗》。仗气爱奇，动多振绝。真骨凌霜，高风跨俗。但气过其文，雕润恨少。然自陈思以下，桢称独步。”② 可见，“逸气”，“性行不均，少有拘忌”和“气褊”，以及“真骨凌霜，高风跨俗”是一脉相承的。

刘桢在诗中也以“松柏”、“凤凰”等意象表现他的“高风跨俗”的“逸气”如《赠从弟诗三首》云：“泛泛东流水，磷磷水中石。苹藻生其涯，华叶纷扰溺。采之荐宗庙，可以羞嘉客。岂无园中葵？懿此出深泽。”“亭亭山上松，瑟瑟谷中风。风声一何盛，松枝一何劲。冰霜正惨凄，终岁常端正。岂不罹凝寒？松柏有本性。”“凤凰集南岳，徘徊孤竹根。于心有不厌，奋翅凌紫氛。岂不常勤苦？羞与黄雀群。何时当来仪？将须圣明君。”③ 吴淇评曰：“细玩公干《赠从弟诗》，其人似不肯仕魏者，其品行高洁，大有过人者，公干不胜致羡焉，盖亦以自伤也。”④ 是否是“似不肯仕魏者”，我们不去管它。“其品行高洁，大有过人者”之评，确允当。这三首诗确为刘桢高洁之性、坚贞之节、远大之怀的展示。

三

我们还是到刘勰的原评中去体会一下他的本意吧。《文心雕龙·体性》云：“若夫八体屡迁，功以学成，才力居中，肇自血气，气以实志，志以定言，吐纳英华，莫非情性。是以贾生骏发，故文洁而体清；长卿傲诞，故理侈而辞溢；子云沉寂，故志隐而味深；子政简易，故趣昭而事博；孟坚雅懿，故裁密而思靡；平子淹通，故虑周而藻密；仲宣躁竞，故颖出而才果；公干气褊，故言壮而情骇；嗣宗俶傥，故响逸而调远；叔夜俊侠，故兴高而采烈；安仁轻敏，故锋发而韵流；士衡矜重，故情繁而辞隐；触类以推，表里必符。岂非自然之恒姿，才气之大略哉！”⑤ 在这段文字中，刘勰讲述

---

① 詹锳：《文心雕龙义证》，上海：上海古籍出版社，1989年，第2471页。

② 钟嵘撰，陈延傑注：《诗品注》，北京：人民文学出版社，1980年，第21页。

③ 俞绍初辑校：《建安七子集》，北京：中华书局，2005年，第192页。

④ 河北师范学院：《三曹资料汇编》，北京：中华书局，1980年，第353页。

⑤ 范文澜：《文心雕龙注》，北京：人民文学出版社，1958年，第506页。

了作家的个性对作品风格的影响，揭示其间的内在关系。不同于颜延之和王通的带有严重个人偏见的文人品行评。如颜延之《颜氏家训·文章》云："然自古文人多陷轻薄；屈原露才扬己，显暴君过；宋玉体貌容冶，见遇排优；东方曼倩，滑稽不雅；司马长卿，窃赀无操；王褒过章《童约》，扬雄德败《美新》；李陵降辱夷虏；刘歆反覆莽世；傅毅党附权门；班固盗窃父史；……刘桢屈强输作，王粲率躁见嫌；孔融、祢衡诞傲致殒；……凡此诸人，皆其翘秀者，不能悉纪，大较如此。"① 王通《中说》云："子谓文士之行可见：谢灵运小人哉！其文傲，君子则谨；……谢朓，浅人也，其文捷；江总，诡人也，其文虚。皆古之不利人也。子谓颜延之、王俭、任昉有君子之心焉，其文约以则。"②

比较上面三人的评述，我们不难发现，后二人明显带有当时认为是正见而我们现在认为是偏见的道德立场。是为了自己论点的需要而为我所取，是缺乏公正的。而刘勰却是客观的论述这些作家的特点，而并不认为是一种缺点。刘勰品评作家和作品的立场在《文心雕龙·知音》中有明确表白："阅乔岳以形培塿，酌沧波以喻畎浍，无私于轻重，不偏于憎爱，然后能平理若衡，照辞如镜矣。"③ 是一种折中、客观不带个人赠爱的"平理"和"照辞"。

《文心雕龙·书记》云："公干笺记，丽而规益。子桓弗论，故世所共遗。若略名取实，则有美于为诗矣。"④ 这是对刘桢笺记的赞扬。又《文心雕龙·定势》云："刘桢云：'文之体势，实殊强弱，使其辞已尽而势有余，天下一人耳，不可得也。'公干所谈，颇亦兼气。然文之任势，势有刚柔，不必壮言慷慨，乃称势也。"⑤在这里刘勰批判了刘桢的偏激之辞，但不是否定。而是在肯定刚是势的同时，称柔亦应是势。看法要比刘桢全面。"公干所谈，颇亦兼气"，是带有批判的感情色彩的，这里的气是否是"气褊"呢？应有相通之处。但不能说刘桢"气量狭窄"，只是有些偏执而已。有一己之见的人，心胸就狭窄吗？恐怕不尽然。从中我们也可以看出刘勰评论作家是客观公正而不存偏见的。对刘桢亦如此。所以，此处的"气褊"不能认为是对刘桢的贬责。而是叙述他"自然之恒姿，才气之大略"。《文心雕龙·才略》云："袁宏发轸以高骧，故卓出而多偏。"⑥《世说新语·文学》注引《续晋阳秋》云："袁宏少有逸才，文章绝丽。"⑦ 又《文心雕龙·诠赋》云："彦伯梗概，情韵不匮。"⑧《晋书·文苑传》云："（宏）性强正亮直。"⑨ 稍加分析，不难发现，是由本性的"梗概""强正亮直""逸

---

① 王利器：《颜氏家训集解》，上海：上海古籍出版社，1980年，第221页。
② 詹锳：《文心雕龙义证》，上海：上海古籍出版社，1989年，第2471页。
③ 范文澜：《文心雕龙注》，北京：人民文学出版社，1958年，第714页。
④ 范文澜：《文心雕龙注》，北京：人民文学出版社，1958年，第457页。
⑤ 范文澜：《文心雕龙注》，北京：人民文学出版社，1958年，第531页。
⑥ 范文澜：《文心雕龙注》，北京：人民文学出版社，1958年，第701页。
⑦ 徐震堮：《世说新语校笺》，北京：中华书局，1984年，第144页。
⑧ 范文澜：《文心雕龙注》，北京：人民文学出版社，1958年，第136页。
⑨ 房玄龄：《晋书》，北京：中华书局，1974年，第2398页。

才"而表现出了"卓出而多偏"、"文章绝丽"的外在。和刘桢颇有相似之处，可作一旁证。

刘勰在《文心雕龙·程器》篇中对世人所发"文士之疵"的陋见提出批判。《文心雕龙·程器》云："略观文士之疵：相如窃妻而受金，扬雄嗜酒而少算，敬通之不修廉隅，杜笃之请求无厌，班固谄窦以作威，马融党梁而黩货，文举傲诞以速诛，正平狂憨以致戮，仲宣轻脱以躁竞……诸如此类，并文士之瑕累。文既有之，武亦宜然。古之将相，疵咎实多：至于管仲之盗窃，吴起之贪淫……岂曰文士，必其玷与！盖人禀五材，修短殊用，自非上哲，难以求备。然将相以位隆特达，文士以职卑多诮，此江河所以腾涌，涓流所以寸折者也。"[①] 依"岂曰文士，必其玷与"句可见，以上不是刘勰的观点，而是前人对文士品行的陋见，是刘勰要批判的观点。另外，还可以从前人的史书中找到类似品评，作为非刘勰首评的证据。如：《汉书·司马相如传》："卓王孙有女文君，新寡好音，相如以琴心挑之。……相如使蜀时，受金，失官。"[②]《汉书·扬雄传》："家产不过十金，乏无担石之储……家素贫，嗜酒。"[③]《后汉书·文苑传》："（杜笃）居美阳，与美阳令游，数从请托，不谐，颇相恨。令怒，收笃送京师。"[④]《后汉书·马融传》："马融奢乐恣性，党附成讥。"[⑤] 其他人物类于这样的评述亦史书有载，不一一列举。虽非刘勰首发，但还不能说明刘勰不赞成此观点。《文心雕龙·程器》中"盖人禀五材，修短殊用，自非上哲，难以求备。然将相以位隆特达，文士以职卑多诮，此江河所以腾涌，涓流所以寸折者也"[⑥] 句，足以说明他不仅不赞成，而是批判此观点的。

总之，是想说明刘勰所说的"公干气褊"，是客观的陈述，不带任何攻讦之意。在《文心雕龙·程器》篇前人所述的文士之疵中，刘桢却未曾入列。是否也暗示了"气褊"不是公干之疵呢？当然也就不能再解释"气褊"为"气量狭窄"了，如解释为"真骨凌霜，高风跨俗"的不驯之气，似也不合刘勰的本意。如果认为公干稍有些出类，与时不协，较接近刘勰的意思。因为刘勰是一个寓是非、激情于温柔敦厚的方寸之中的人。但对刘桢的"情高"——不苟流俗的不驯之气，刘勰还是有着清晰的认识的。所以，用"气褊"一词淡然道出。

---

① 范文澜：《文心雕龙注》，北京：人民文学出版社，1958 年，第 719 页。
② 班固：《汉书》，北京：中华书局，1962 年，第 2530 页。
③ 班固：《汉书》，北京：中华书局，1962 年，第 3514 页。
④ 范晔：《后汉书》，北京：中华书局，1965 年，第 2595 页。
⑤ 范晔：《后汉书》，北京：中华书局，1965 年，第 1973 页。
⑥ 范文澜：《文心雕龙注》，北京：人民文学出版社，1958 年，第 719 页。

刘勰是如何看气与风骨的关系的①

华东师范大学中文系　归　青

《文心雕龙·风骨》在论述风骨问题的时候，专门用了一段的篇幅来讲气。原文是这样的：

> 故魏文称文以气为主，气之清浊有体，不可力强而致；故其论孔融，则云体气高妙；论徐幹，则云“时有齐气”；论刘桢，则云有逸气。公幹亦云，孔氏卓卓，信含异气，笔墨之性，殆不可胜，并重气之旨也。夫翚翟备色，而翾翥百步，肌丰而力沈也。鹰隼乏采，而翰飞戾天，骨劲而气猛也。文章才力，有似于此。②

这说明气与风骨有着非常密切的关系。不过它们究竟是怎样一种关系，刘勰又没有直截明了地揭示出来，所以引起了一些不同的理解。例如明人曹学佺说：“此篇以风发端，而归重于气，气属风也。”清人黄叔琳说：“气是风骨之本。”而纪昀则认为：“气即风骨，更无本末，此评未是。”③ 看来气与风骨的关系确实是个问题，还需要我们通过细心寻绎才能梳理清楚。

一、气与风骨应是才性和风格的关系

我们注意到，《风骨》在讲气与风骨的关系时，直接引用了曹丕《典论·论文》中的表述：

> 文以气为主，气之清浊有体，不可力强而致。④

我们可以根据曹丕的表述来推寻刘勰的意思。在曹丕的论述中，所谓气兼指作者与生

---

① 本文为2012 年教育部一般项目《权力、趣味和风尚—权力视角下六朝士族和文学风尚的关系》（12YJA751016）、2013 年国家社科基金一般项目《权力、趣味与风尚——权力视角下士族和六朝文学风气的关系》（13BZW054）阶段成果。

② 范文澜：《文心雕龙注》，北京：人民文学出版社，1962 年，第 513 - 514 页。

③ 黄霖编著：《文心雕龙汇评》，上海：上海古籍出版社，2005 年，第 99 - 100 页。

④ 范文澜：《文心雕龙注》，第 513 页。

俱来的气质才性和文章风格。作者的气质才性（也可称情性）体现在文章里就是风格，作者有怎样的情性便产生怎样的风格，风格和情性是一致的。

对于这个看法，刘勰是完全认同的，这也是贯穿《文心雕龙》始末的基本思想。他在《体性》中解释文章风格的成因时，就是这样说的：

> 是以贾生俊发，故文洁而体清；长卿傲诞，故理侈而辞溢；子云沈寂，故志隐而味深；子政简易，故趣昭而事博；孟坚雅懿，故裁密而思靡；平子淹通，故虑周而藻密；仲宣躁锐，故颖出而才果；公幹气褊，故言壮而情骇；嗣宗俶傥，故响逸而调远；叔夜俊侠，故兴高而采烈；安仁轻敏，故锋发而韵流；士衡矜重，故情繁而辞隐。触类以推，表里必符，岂非自然之恒资，才气之大略哉！①

把作者的气质才性和文章风格联系起来考察，把文章风格看成是作者情性的自然流露。在《情采》中刘勰把问题讲得更透彻。他说：

> 夫水性虚而沦漪结，木体实而花萼振，文附质也。虎豹无文，则鞟同犬羊；犀兕有皮，而色资丹漆，质待文也。若乃综述性灵，敷写器象，镂心鸟迹之中，织辞鱼网之上，其为彪炳，缛采名矣。②

从本质上来说，气与风骨的关系也就是感情性灵与辞采的关系，区别只在于情性相对于气，辞采相对于风骨来说范围更广。在刘勰看来，作品的外部风貌是由作者的内在性质决定的，而不是外加装饰的结果。“夫岂外饰，盖自然耳。”③ 讲的虽然是道与文的关系，其实也可移用来说明作者情性与文章风格的关系。

也许有人会说，《情采》讲的是情感与辞采的关系，并没有直接提到气，能不能直接搬过来说明气与风骨的关系呢？我以为这是没有问题的。我们知道，由作者的才性之气到文章的风格之气，只是一个粗略的描述，在实际的写作活动中，气质才性只有通过，并且融合进作者在现实生活中产生的思想感情，才能真正产生写作的冲动，从而进入写作状态。刘勰在《体性》中是这样说的：

> 才力居中，肇自血气；气以实志，志以定言，吐纳英华，莫非情性。④

对写作过程的揭示，较之文以气为主的说法更全面，更具体。先天之气必须与作者在现实生活中产生的情志相结合，才能进入实际的写作过程，发之于文，笔之于书，形成作品的外部风貌。在这段话里，“气”还是一个狭义的概念，是“血气”之“气”，也就是先天的禀赋。这种先天的气质才性，只有与思想情感，尤其是情感结合才能产

---

① 范文澜：《文心雕龙注》，第 506 页。
② 范文澜：《文心雕龙注》，第 557 页。
③ 范文澜：《文心雕龙注》，第 1 页。
④ 范文澜：《文心雕龙注》，第 506 页。

生强大的推动力，最终发为文章。

我们注意到，在《文心雕龙》中刘勰在提到作家的气时，有时专指气质才性，有时则兼指气质才性和感情，有时更偏重感情的意思。例如：说楚辞是“气往轹古”①；建安诗歌是“慷慨以任气”②，“梗概多气”③，这里的“气”感情的意味似乎更多一些；说乐府是“志感丝篁，气变金石”④；《通变》中说，写文章要“凭情以会通，负气以适变”⑤“气”与“志”，“气”与“情”相对称谓，可知这里的“气”也就是情志的意思。又如，说枚乘、邹阳“气形于言”，“孔融气盛于为笔”，“阮籍使气以命诗”⑥ 等等，在这些例子中所讲的气当然含有气质才性的意思，但更多恐怕还是情的意思。气中有情，情中有气，气情是合一的。所以，刘勰对情采的看法，当然也就可以被认为是对气与风格的认识。

综上所述，我们对气与风骨的关系可以得出如下两个结论：

1. 气与风骨是一种先后关系。是先有气而后才有风骨（风骨只是风格中的一种），风骨是在气的基础上产生出来的，气是风骨形成的来源。这是从发生论的角度说的。

2. 气与风骨是一种内外关系。气是作者内在的东西，风骨则是作品的外在风貌。外在风貌是由内在性灵决定的，不是由外部力量勉强加上去的装饰。这是从风格论的角度说的。

二、什么样的气才能产生风骨

既然气是形成风骨的原因，那么是不是只要作者有气就一定能写出有风骨的作品呢？显然不是这样。我们还是再看本文开首的一段引文。曹丕在讲了“文以气为主”之后又说：“气之清浊有体，不可力强而致。”意思是说，人的气质才性分清浊两种类型。所谓清气，是指阳刚之气，浊气是阴柔之气。下面他提到了孔融，说他“体气高妙”，论徐干，说他“时有齐气”，刘桢则“有逸气”。然后他又用鹰隼作比，认为只有那种骨劲而气猛的风格，才是有风骨的。可见，“高妙”“放逸”“猛烈”，具有慷慨激荡，昂扬向上，充满力量感的阳刚之气才可谓之有风骨。至于徐干的齐气，乃是一种舒缓之气，阴柔之气，也就很难算是风骨了。

刘勰在谈到文章写作的时候，还说了这样的话：

> 情理设位，文采行乎其中。刚柔以立本，变通以趋时。⑦

---

① 范文澜：《文心雕龙注》，第47页。
② 范文澜：《文心雕龙注》，第66页。
③ 范文澜：《文心雕龙注》，第674页。
④ 范文澜：《文心雕龙注》，第101页。
⑤ 范文澜：《文心雕龙注》，第511页。
⑥ 范文澜：《文心雕龙注》，第698－700页。
⑦ 范文澜：《文心雕龙注》，第543页。

> 然文之任势，势有刚柔，不必壮言慷慨，乃称势也。①

第一条说的是文章是思想感情的表露，思想感情的刚柔是确立文章风格的根本。换言之，风格刚健首先是因为情志的刚劲，风格柔弱也首先是因为情志的柔弱。第二条论势，也就是论风格。刘勰认为，这里所讲的势还兼有气的含义（“公幹所谈，颇亦兼气”）。所以“势有刚柔”也可以理解为气有刚柔，情有刚柔。只有那种刚劲挺拔的气质（情感）才有可能形成风骨。

不仅如此，刘勰还指出文章要有风骨，作者还须保有饱满充实之气。他说：

> 是以缀虑裁篇，务盈守气，刚健既实，辉光乃新。
>
> 若瘠义肥辞，繁杂失统，则无骨之征也。思不环周，索莫乏气，则无风之验也。②

第一条是说，只有保有充盈的生气，才会具有鲜明爽朗（“辉光乃新”）的风貌。这里的“守气”就是生气的意思，出自《左传·昭公十一年》：“单子会韩宣子于戚，视下言徐。叔向曰：‘单子其将死乎！……无守气矣。’”③“无守气矣”是说单子死气沉沉，没有精气神。第二条将“无骨之征”与“无风之验”分别对举，对于认识风和骨各自的内涵很有帮助。刘勰指出，倘若作者思想感情不饱满通畅，内心枯索缺乏生气，也就不会有鲜明爽朗的风貌，因而也就不会具有风骨。“无风之验”和“辉光乃新”是相对的称谓，说明风与气有着直接的关系，由刚健充盈的“守气”自然形成的鲜艳夺目的“辉光”才是风的特征。

学界普遍认为，风骨是思想感情表达的鲜明爽朗，语言的朴素精要而又劲健有力。这是非常有道理的。然而经过上文的分析以后，我们又觉得，风骨的形成可能具有多方面的因素。语言的因素还只是形成风骨的一个要素，情志的刚健有力和饱满充盈可能是更重要的因素。只有思想感情和语言表达二者结合才会最终形成“骨劲气猛”的风格（也就是风骨）。这里我们不妨举两首诗歌来做一下比较：

> 白马饰金羁，连翩西北驰。借问谁家子？幽并游侠儿。少小去乡邑，扬声沙漠垂。宿昔秉良弓，楛矢何参差。控弦破左的，右发摧月支。仰手接飞猱，俯身散马蹄。狡捷过猴猿，勇剽若豹螭。边城多惊急，胡虏数迁移。羽檄从北来，厉马登高堤。长驱蹈匈奴，左顾陵鲜卑。弃身锋刃端，性命安可怀。父母且不顾，何言子与妻。名编壮士籍，不得中顾私。捐躯赴国难，视死忽如归。④

---

① 范文澜：《文心雕龙注》，第 531 页。

② 范文澜：《文心雕龙注》，第 513 页。

③ 王运熙：《〈文心雕龙·风骨〉笺释》，王运熙：《文心雕龙探索》，上海：上海古籍出版社，1986 年，第 120 页。

④ 曹植：《白马篇》，萧统《文选》，北京：中华书局，1977 年，第 392 页。

> 秋风萧瑟天气凉，草木摇落露为霜。群燕辞归鹄南翔，念君客游思断肠。慊慊思归恋故乡，何为淹留寄他方。贱妾茕茕守空房，忧来思君不敢忘。不觉泪下霑衣裳，援瑟鸣弦发清商。短歌微吟不能长，明月皎皎照我床。星汉西流夜未央，牵牛织女遥相望，尔独何辜限河梁?①

曹植的诗歌风骨强健，骨力奇高，自然与他的语言简洁朴素，表达明朗清晰有关，但诗中感情的慷慨激昂，夭矫不凡是不是也是重要的因素呢？曹丕的诗歌若从语言上看，也还是朴素明朗的，但这首诗的内容却是写一个思妇的哀怨之情，这种情调不具有刚劲有力的特征，相反是一种阴柔委婉的气质。那么像曹丕这样的诗是不是也算是有骨力的呢？刘勰在《才略》中说："子建思捷而才俊，诗丽而表逸；子桓虑详而力缓，故不竞于先鸣。"② 意思是说，曹植具有清刚之气，所以他的诗歌富于风骨。而曹丕禀受的却是浊阴之气，因而写出来的诗歌力量柔缓，风骨不足。无论是清刚之气抑或浊阴之气，都是首先体现在作品的思想感情之中的。

经过以上分析，我们可以得出如下两个结论：

1. 气表现在创作中就是情志。充实饱满的阳刚之气才是形成作品风骨，特别是风的重要因素。不过这还不是唯一的因素，因为形成风骨还须具备语言方面的要素。

2. 曹学佺"气属风也"的说法和黄叔琳"气即风骨之本"的说法都是有根据的，是符合刘勰原意的。比较起来，纪昀"气即风骨，更无本末"的说法虽然不无道理，但若求其精准，则不免失之片面。

三、刘勰是如何看风骨与作品内容关系的

通过上面的分析，我们发现作品的内容和语言都是风骨形成的基本要素，这样的理解到底对不对，刘勰自己到底是怎么看的，我们仍然需要回到《风骨》篇来看看刘勰的论述。

> 是以怊怅述情，必始乎风，沈吟铺辞，莫先于骨。故辞之待骨，如体之树骸，情之含风，犹形之包气。结言端直，则文骨成焉；意气骏爽，则文风清焉。若丰藻克赡，风骨不飞，则振采失鲜，负声无力。是以缀虑裁篇，务盈守气，刚健既实，辉光乃新。其为文用，譬征鸟之使翼也。
>
> 故练于骨者，析辞必精，深乎风者，述情必显。捶字坚而难移，结响凝而不滞，此风骨之力也。若瘠义肥辞，繁杂失统，则无骨之征也。思不环周，索莫乏

---

① 曹丕：《燕歌行》，萧统《文选》，北京：中华书局，1977 年，第 391 页。

② 范文澜：《文心雕龙注》，第 700 页。

气，则无风之验也。昔潘勖锡魏，思摹经典，群才韬笔，乃其骨髓畯也；相如赋仙，气号凌云，蔚为辞宗，乃其风力遒也。[①]

我觉得，在以上两段论述中似乎存在着一定的矛盾。一方面，刘勰说风是思想感情表达的鲜明爽朗，词语的朴素精要；风是表达清显，骨是语词端直精炼，似乎只是语言表述的问题；但另一方面，在具体的论述中，他又常常要谈到作品的内容，并没有截然否定风骨与作品内容有关系，似乎显示着他理论上的不彻底性。关于后一点，我们且来试做若干分析。

"怊怅述情，必始乎风。"对于这句话，固可把注意力放在"述"的方面，并联系后文的说法，理解为表述的鲜明爽朗，然而我们仍然不能否认其中包含着内容的成分。"怊怅述情"，也就是述怊怅之情。按，"怊怅"，失意，怅恨的意思，相当于《情采》中"盖风雅之兴，志思蓄愤"的意思[②]，也可以理解为一种慷慨之气，饱满之情。所以，这句话不仅可以指表达的鲜明爽朗，也可理解形成风的要素还有情的性质，而这种性质又只能通过内容才能表现出来的。

"情之含风，犹形之包气。"在这个表述里，风的含义也发生了变化，已经不是单纯表述的意思了，不是外在风貌的含义了。似乎是说，风是包含在情感中的某种质性，这就像是形体之内的精气神，只有具备了这种质性才会饶有风骨。这不是说情的性质是决定风骨的要素吗？不是仍然要借助作品的内容才能显现出来吗？

"结言端直，则文骨成焉；意气骏爽，则文风清焉。"前二句意思很清楚，是说骨是语言表达问题。问题在后二句，说文风清明的原因是"意气骏爽"，这里似乎就包含着内容的意思。首先"意气"和志气、激情接近，相当于慷慨之情。其次，"骏爽"一语该如何理解？是作为一个词语看，还是作为两个词语看。"爽"是爽朗鲜明的意思，这没有问题。但"骏"是不是指意气的特点呢？是不是说这种气犹如骏马奔腾，气势猛烈呢？如果这样，则刚劲之气仍然必须通过内容才能呈现出来。

"刚健既实，辉光乃新。"既然说是"实"，那是不是就内在性质而言呢？翻译出来的意思恐怕是这样的：内在的情志刚健挺拔，体现在外部的风貌上才会鲜明爽朗。如此说来，"辉光乃新"，也就是风，是刚健之气的自然体现。

"潘勖锡魏，思摹经典，群才韬笔，乃其骨髓畯也；相如赋仙，气号凌云，蔚为辞宗，乃其风力遒也。"诚然，说潘勖《册魏公九锡文》具有风骨是偏重于语言风格。但说司马相如的《大人赋》让人产生飘飘然有凌云之气，就很难离开内容而论了。

统观《文心雕龙》全书，我们会发现类似的表述还有很多，限于篇幅，我们这里不再举例。

综上所述，我们发现刘勰本人似乎也没有完全否定作品内容与风骨形成的关系，

---

① 范文澜：《文心雕龙注》，第513页。

② 詹瑛：《文心雕龙义证》，上海：上海古籍出版社，第1048页。

不仅不否定，似乎可以说，他也认为内容是形成风骨的一个重要因素。只不过，这里讲的内容，不是侧重在政治道德方面，不是讲思想是否正确；也不是讲内容中具体的事理，而是侧重在事理中表现出来的情感性质。这种性质不是按伦理的标准来划分的，而是根据清浊刚柔的标准来区分的。

《文心雕龙》“兴”的认知隐喻解读

山东大学儒学高等研究院　傅炜莉

引　言

“兴”作为诗经六义之一，是中国诗学一种特殊的言说方式。从其首见于《周礼·春官》到汉儒的美刺说，后又有刘勰、钟嵘、朱熹等都对“兴”做出解释，但“兴”仍是六义之中最解释纷纭的一个。刘勰《文心雕龙·比兴》对“兴”进行了深入阐释，不但有继往开来之功，更触及到了“兴”的产生原因、工作机制等方面。但是，《文心》以骈文写就，有些方面是“明而未融”。以至于后人并没有很好地在刘勰基础上继续对“兴”进行深入的发掘，而刘勰之后“兴”说偏于感性之情，追求“兴味悠长”的意境，“使“兴”愈加变得可意会不可言传。而与之相对的，西方“Metaphor”（隐喻）原仅作为语言层面的修辞学术语与“比、兴”大致相对。但是近年来，随着西方认知语言学兴起，隐喻被从语言层面提高到思维认知层面，更加接近于中国传统“比兴”的含义。因为“比、兴”其实从一开始就被视为构思、表达的工具，就更侧重于其在认知、思维方面发现事物间的联系和独特相似性的特质。更为难得的，是认知语言学视角下的隐喻已然形成了一套自己的科学理论体系。正可作为他山之石，来攻“兴”这块中国诗学的美玉。

从认知语言学视角比较认知隐喻和“比、兴”的研究还不多。王寅《认知语言学》一书对“比”“兴”和认知隐喻做了简单比较。他认为，《诗经》三种修辞手法中，赋（直接叙其事）、比（包括明喻、暗喻）是典型的隐喻；兴（先言它物，以引起所咏之词）也是一种隐喻，而且是更接近于话语隐喻或者篇章隐喻。[①] 本文欲运用认知语言学中认知隐喻的相关理论，以刘勰《文心雕龙》“兴”义为核心，对传统“兴”义作出梳理和深入分析；从认知语言学视角解读“比显而兴隐”的原因；指出“兴”作为中国诗学范畴不同于西方认知隐喻的特色。

---

① 王寅：《认知语言学》，上海：上海外语教育出版社，2007 年，第 484 页。

一、“兴”的核心特质

赋、比、兴的观念于春秋时已提出，在历时性的发展过程中，赋和比都已比较清楚，而兴就疑问较多，大致分为三种解释方法：即政治的解说，语言的解说和文学的解说。

政治的解说如汉代的“比兴美刺”说，这种出于经学的解释以郑玄注《周礼》的“六诗说”最具代表性。郑玄注《周礼·春官·大师》“六诗”曰：“比，见今之失，不敢斥言，取比类以言之。兴，见今之美，嫌于媚谈，取善事以喻劝之。”① 语言的解说以朱熹语言技法角度的阐发为代表（《诗集传》）“比者，以彼物比此物也”；“兴者，先言他物以引起所咏之词也”。”②；文学的解说以刘勰、钟嵘、宋人李仲蒙、近人徐复观四家为代表：刘勰一方面继承了汉儒美刺说，但提出“风通而赋同”的“起情”说和“比显兴隐”说。钟嵘《诗品序》：“文已尽而意有余，兴也；因物喻志，比也。”③ 宋人李仲蒙《与李叔易书“叙物以言情谓之赋，情物尽者也；索物以托情谓之比，情附物者也；触物以起情谓之兴，物动情者也。”④ 徐复观：兴句的意义不是表示实在具有概念的意义，而在于“形成一首诗的气氛、情调、韵味、色泽”⑤。朱熹“兴”说的可贵之处在于简单明了地概括了两家也已涉及的赋、比、兴三者的具体表现方法，三种解释中的重点其实只有两种，即政治的解说和文学的解说。而刘勰继承传统解说基础上，同时对“兴”作出文学的解说，兼顾两方面，承前启后。⑥

（一）“风通赋同”——“兴”的本质功能起情

汉儒以美刺说诗，自然从政治角度来解兴，而刘勰《比兴》篇基本继承了毛郑的观点。他指出“比则畜愤以斥言，兴则环譬以记（讬）讽。盖随时之义不一，故诗人之志有二也。”⑦ 虽“‘比’为斥言”与郑玄《周礼·春官》注“比，见今之失，不敢斥言，取比类以言之”之说稍有不同，但是“兴”“环譬以记（讬）讽”的目的正是郑玄所说的“以喻劝之”。而更难得的是，刘勰不仅分析“比”和“兴”的差别，更

---

① 郑玄注，贾公彦疏：《周礼注疏 》，十三经注疏本，北京：中华书局，1980 年。

② 朱熹：《诗集传》，北京：中华书局，1980 年，第 1、4 页。

③ 钟嵘：《诗品》，哈尔滨：北方文艺出版社，2000 年。

④ 胡寅：《斐然集》（容肇祖点校），北京：中华书局，1993 年。

⑤ 徐复观：《诗的比兴——重新奠定中国诗的欣赏基础》，《中国文学精神》，上海：上海书店出版社，2006 年，第 22 – 42 页。

⑥ 如张少康先生所言：刘勰在《文心雕龙·比兴》基本继承了汉儒解释。但是，刘勰把艺术表现方法和“文以载道”的传统文艺观结合。把文学创作过程中的形象思维特征和作为艺术表现手法的比兴两者紧密地结合了起来。刘勰之后的“比兴”之解大致分为两类：一类是经学家的解释，多沿郑玄之观点；而另一类则是文艺家的解释，将“比兴”和艺术创作的形象性思维联系了起来。（张少康：《文心雕龙新探》，台北：文史哲出版社，1997 年，第 207 页。）

⑦ 范文澜：《文心雕龙注》，北京：人民文学出版社，1958 年，第 601 页。

看到了"六义"的相通之处，提出了"风通而赋同"说。冯春田先生《文心雕龙释义》解释如下：

《诗大序》："风者，风也。风以动之，教以化之。主文而谲谏，言之者无罪，闻之者足以戒，故曰风。"而《风骨》篇说："《诗》总六义，风冠其首，斯乃化感之本源，志气之符契也。"可见刘勰对传统"美刺说"的继承。在此前提下，刘勰提出"风通而赋同"。

"风通"之"通"在于"讬讽"。"风"为"讽"，用以讽喻和教化，特点是"主文而谲谏"，即讲求表达方式或修辞而婉转地规谏讽喻。而这一表达方式正与比、兴之"畜（蓄）愤以斥言"、"环譬以记（讬）讽"相通，"通于美刺"。

"赋同"之"同"在于"写志"。《诠赋》篇说"诗有六义，其二曰赋。赋者，铺也；铺采摛文，体物写志也；"又说："原夫登高之旨，盖睹物兴情。""赋"虽"铺采摛文"，目的却在"体物写志"，而"赋"的"体物写志"要"睹物兴情"。即《比兴篇》之"起情"，也就是赋也要运用"兴"法。

因此可以说，在"体物写志"、"睹物兴情"方面，"赋"与"比"、"兴"的关系和"风"与"比"、"兴"的关系一样，是相通或有相通之处的。彦和所谓"风通而赋同"，就是说风、赋之旨在于言志，而表达方式为"比、兴"。[①] 他看到了《诗》之"六义"的相同之处，进一步还原了"兴"之"起情"的本质，即中国传统诗学"诗言志"的宗旨。

（二）"以兴立情"的方式是"称名取类"

《毛诗序》云："诗者，志之所之也，在心为志，发言为诗，情动于中而形于言……"[②]毛、郑并非没有认识到"兴"之"起情"，只是在具体阐释的时候将"情"缩小到了"合礼"的礼乐政教范围内。而刘勰重新提出了"六义"之本在于抒情言志。指出"兴者，起也"，"起情者依微以拟议"，"起情故兴体以立"。"起"字如何解？《说文》"走"部："起，能立也。"所以刘勰说"起情故兴体以立"。那么"情"如何通过"兴"立起来的呢？《比兴》篇解释如下：

> 观夫兴之托谕，婉而成章，称名也小，取类也大。关雎有别，故后妃方德；尸鸠贞一，故夫人象义。义取其贞，无从于夷禽；德贵其别，不嫌于鸷鸟；明而未融，故发注而后见也。[③]

刘勰提出"称名也小，取类也大"，所谓"称名"，指兴句所指事物之具体，"取类也大"，指其所取之义。取类于夷禽、鸷鸟，是"义取其贞"。这便指出了兴所连接

---

① 冯春田：《文心雕龙释义》，济南：山东教育出版社，1986年，第232－234页。

② 孔颖达：《毛诗正义》，十三经注疏本，第270页。

③ 范文澜：《文心雕龙注》，第601页。

的两端——物和情。这种物与情之间的相似性的建立，这种“义取其贞”的过程，正如认知隐喻中目标域和源域的投射映合。

认知语言学认为隐喻是“我们对抽象范畴进行概念化的有力的认知工具。”①，“是理解人类认知能力的唯一方法，也是语言理解和语言习得中不可缺少的工具”。② Lakoff《我们赖以生存的隐喻》（Metaphors We Live By）一书指出“隐喻”的本质是以一个事物来理解、体验另一个事物，以具体、简单、熟悉的事物来理解抽象、复杂、陌生的事物。但这也只是隐喻使用的表象，更重要的是理解隐喻的运作机制。（即理解、体验的方式和手段，解释隐喻使用的内在诱因及人类的认知模式。）③ 而后借鉴 Fauconnier 和 Tunner 的概念整合理论、Leonard Talmy 空间概念和 Charles Fillmore 的框架语义学等理论不断完善之。概念整合理论认为隐喻作为一种连接语言和概念化的认知过程，主要依赖喻体和本体这两个输入空间的跨域映射。不同的概念域能够被共同激活，在某些条件下，形成了跨域联接。④ 试分析刘勰所举例子为《周南·关雎》篇：

关关雎鸠，在河之洲。窈窕淑女，君子好逑。
参差荇菜，左右流之。窈窕淑女，寤寐求之。
求之不得，寤寐思服。悠哉悠哉，辗转反侧。
参差荇菜，左右采之。窈窕淑女，琴瑟友之。
参差荇菜，左右芼之。窈窕淑女，钟鼓乐之。

在这首诗中，本体：君子、淑女；喻体：雎鸠之雌、雄；喻底：求。

源域（喻体）与目标域对应如下：	
雎鸠	君子淑女
在河之洲	远而难求
雎鸠之关关而鸣的求偶声	君子对淑女的向往
参差荇菜，左右流/采/芼之	以琴瑟钟鼓求女
喻底：君子以礼求取淑女	

通过雎鸠之关关相鸣与诗者君子求淑女之情产生系联。君子乐得淑女，为之辗转反侧，希望或者终于以中古琴瑟友之、乐之的情景通过雎鸠相鸣、采得荇菜的形象画面充分表现了出来。全篇所用的兴是一种话语隐喻或篇章隐喻，形成一个宏观隐喻，《关雎》通过托谕，“婉而成章”。正是“称名也小，而取类也大。”这种引譬连类，触

① Ungerer , F. & H. J . Schmid. 1996. An Introduction to Cognitive Linguistics. Addison Wesley ; Longman. p. 114.

② Mey, J. Pragmatics: An Introduction. Oxford: Basil Blackwell. 1993. p. 301.

③ Lakoff, G. & Johnson. Metaphors We Live By [M] . Chicago: The University of Chicago Press, 1980. p. 103.

④ George Lakoff. 乔治·莱考夫：《认知语言学十讲》，北京：外语教学与研究出版社，2007 年，第 54 页。

类旁通的思维方式，成为诗人认知、构思、成诗的一种诗歌生成机制。

那么夷禽、鸷鸟之贞义，即这种象似性又是如何获得的呢？

（三）“拟容取心”说——隐喻象似性的获得。

《比兴》篇的“赞”中提出“拟容取心”。《文心雕龙释义》解：拟容，即刻画或描绘事物的形象。取心，即摄取物性或与该事物相关的义理（带有作者的主观意识）。即运用比兴描绘事物的声貌形容，摄取其理趣。通过物象摄取物性或理趣，来比喻、寄寓某种事理，以表作者心曲。① 从 Lakoff 认知隐喻的角度看，这种摄取不同事物间“相互联系的旨趣或义理”便是隐喻象似性的获得。

Lakoff 认为认知隐喻首先是人们基于生活而获得的体验（embodied），是主观经验和感觉运动经验共存形成自发、无意识的跨域型连接而形成基本隐喻（或原子隐喻 Primary Metaphor）。在基本隐喻基础上，是基本隐喻进一步结合（combine）形成复杂隐喻（Complex Metaphor）。② 这种主观经验和感觉运动经验的获得和以基本隐喻建立更加复杂的隐喻来认知过程便是我们“拟容取心”的过程。“拟容取心”，是我们在体验周围事物时基于观察和感受而形成的对事物的理解，就像认知到雎鸠的鸣叫是在求偶这个现象。还通过观察了解到雎鸠配偶比较固定。这种经验成为我们的一种认知。而后与男子对女子的这种思念和追求的相似的情景联系起来。从作诗者的角度讲，能做到广泛的“拟容取心”，需要丰富的认知体验，如 Lakoff 所言：“（基本隐喻）进入到语言中，而你以语言的方式习得它们，然后将他们统和，形成越来越庞大的更加复杂的隐喻。这也是你在隐喻方面存在文化差异的原因。”③

另外，隐喻反映的是基于客观主义的主观主义，是连接理性与现象的，是“想象”的理性。“它不完全符合客观世界，而是出于你的意识”，是“想象的理性”。[14](P55) 正因为如此，隐喻可以是基于现实象似性的隐喻，也可以是基于创造性的隐喻。如《比兴》篇所举《召南·鹊巢》乃“尸鸠贞一，故夫人象义”。《召南·鹊巢》毛诗传曰：“鸠，鳲鸠，秸鞠也。鳲鸠不自为巢。”郑玄笺曰：“鹊之作巢，冬至架之，至春乃成，犹国君积行累功，故以兴焉。兴者，鳲鸠因鹊成巢而居有之，而有均壹之德，犹国君夫人来嫁，居君子之室，德亦然。”④ 动物习性如此，且物不同种，断无夫妻共居之均一之德。这种映射便是基于创造性的隐喻。

（四）胡越肝胆——隐喻合适与否的标准。

“兴”作为一种“起情”机制，如何“拟容取心”，达到“触物圆览”的效果呢？刘勰在《比兴》篇之赞中说：

---

① 冯春田：《文心雕龙释义》，第 233 页。

② George Lakoff. 乔治·莱考夫：《认知语言学十讲》，第 54 页。

③ George Lakoff. 乔治·莱考夫：《认知语言学十讲》，第 156 页。

④ 范文澜：《文心雕龙注》，第 605 页。

诗人比兴，触物圆览。物虽胡越，合则肝胆。

如冯书所指，这是点出“取类的契机与否的问题。”《庄子·德充符》：“仲尼曰：‘自其异者视之，肝胆楚越也；自其同者视之，万物皆一也。’”而《淮南子·俶真》篇“是故自其异者视之，肝胆胡越。”刘勰化用之，指出“诗人比兴借助的物类或物象虽和本体差别很大，距离甚远，但比譬、昭明事理却如肝胆相合。”指出比兴虽取类于不同的事物，但善于从这不同事物中摄取相联系的旨趣或义理，借以表达某种思想。“物虽胡越，合则肝胆”成为“诗人比兴”的评价标准。①

认知隐喻理论认为隐喻是否真实合理，一方面要看主体是否是由共同环境和价值观的人。只有在共同环境和价值观下，才能够讨论是否达到“物虽胡越，合则肝胆”的问题。这主要涉及到认知隐喻的主体因素。另一方面，“胡越肝胆”意味着隐喻的两域之间映合的清晰性，即意象图式的明晰性。意象图式形成的过程是对一个参照物得各个方面进行系统性的选择，用选择出来的某些方面来代表场景的整体（意象凸显），而筛选掉场景的其他方面。② 在共同的文化背景下，能够创造一个活的隐喻（新鲜隐喻）而能比较轻松的为别人理解，是一个好隐喻的基本标准。

总之，刘勰继承汉儒“诗言志”的观点，“风通而赋同”。但不局限于汉儒，而将兴重新定义为一种“起情”机制。指出兴体的物与理二因素、兴的具体方法和契合标准。而这些，都与认知隐喻有许多相通之处。借助后者，前者可以获得更深的解释。

二、“比显而兴隐”与认知隐喻五要素

刘勰认识到了“兴”与“风”“赋”“比”之间的共性，更明确辨别了最为相似的比和兴之间的差异，从而十分准确地点出“六义”中“比显而兴隐”的特点。兴之“隐”，在于其“环譬以讬讽”，在于其“婉而成章”。刘勰认为这些造成了“兴”的“明而未融”，需要“发注后见”。但是他没有更进一步解释为何对于一首诗的兴意会有不同。汉儒解释《关雎》之兴意远比我们从文本表面看到的复杂。这种现象不是一句“比显而兴隐”就能让人满意的。认知隐喻可以为我们提供一个更加合理的解释。

隐喻是一个复杂的过程。而诗歌隐喻是一个更加复杂的过程。其本身是一层层隐喻相互作用的的联想隐喻。虽然在基本隐喻形成阶段人类都存在一定的共性，但在以原子隐喻（基本隐喻）构成分子隐喻（复杂隐喻）的过程中，却产生千变万化的差别。从隐喻的工作机制来讲，王寅《中西隐喻对比及隐喻工作机制一文》认为，隐喻是本体、喻体、喻底、主体、语境五因素五位一体动态作用下产生的结果③。这五方面

---

① 冯春田：《文心雕龙释义》，第256页。

② 李福印：《认知语言学概论》，北京：北京大学出版社，2008年，第235页。

③ 王寅：《中西隐喻对比及隐喻工作机制》，《解放军外国语学院学报》，2003年26卷（2）。

的因素，每一个因素都可以导致我们对文本的隐喻形成不同的理解。以下便结合王文具体理论，对“兴”的工作机制作出分析：

1. **主体，即交际双方**。

隐喻的使用和理解涉及交际双方的互动。取决于主体的生活环境、文化背景和教育程度。主体对同一事物的认知不同，所建立的喻体和本体之间的关系便不同。

隐喻的成功建立和解读，要求主体具有相当的认知能力、语义理解力，有相同的文化价值体系，常规模式和共享语境。这是隐喻得以实现其交际价值的基础。同时隐喻认知语言学所认为的语言本身就是一个“seeing-as”的过程。读者运用自身的理解能力去理解诗篇，得出不同的结论，因同一首诗看出不同的兴义。正如黄侃《札记》云：

> 原夫兴之为用，触物以起情，截取以托意，故有物同而感异者，亦有事异而情同者，循省六诗，可摧举也。夫《柏舟》命篇，邶鄘两见。然《邶诗》以喻仁人之不用，《鄘诗》以喻女子之有常。《杕杜》之目，风雅兼存，而《小雅》以譬得时，《唐风》以哀孤立。此物同而感异。九罭鳟鲂，鸿飞遵渚，二事绝殊，而皆以喻文公之失所。牂羊坟首，三星在罶，两言不类，而皆以伤周道之陵夷。此事异而情同也。①

毛公、汉儒、郑玄等秉承传统文化文以载道的文学观，又有高于常人的语言理解能力，还有内化于其言行的礼乐文化认知思维方式，他们在“诗言志”的大前提下，首先为《诗经》设定了一个“诗主美刺”的大隐喻背景，自然将《诗经》看做“经夫妇，成孝敬，厚人伦，美教化，移风俗”的工具②。而能从《关雎》一诗中看出“后妃悦君子之德，无不和谐又不淫其色。慎，固幽深若关雎之有别焉。然后可以风化天下”，甚至看出所谓“君子好逑”是“贞专之善女能为君子和好众妾之怨者，言皆化后妃之德，不嫉妒，谓三夫人以下”③。而刘勰继承毛郑，也指出“关雎有别，故后妃方德；尸鸠贞一，故夫人象义。”但对于普通人，却是“自非受之师说，焉得以义推寻”（黄侃《札记》）。这种一味的附会政教虽为后人所诟病，但作为认知行为来讲，无所谓对错。这是在特定文化背景、知识体系下进行认知隐喻构建于解读所得出的必然结果。

但是，主体对于认知隐喻是基于体验的认知，是“基于客观主义的主观主义”，也就是说隐喻也并非“全无巴鼻”④（朱熹《诗集传》语）。譬如我们没有前人的这种礼乐文化的思维框架，只是凭借基本的认知，即使在不清楚雎鸠究竟是什么鸟的情况下，也能拆解出以好鸟相鸣喻男女之相思爱慕这隐喻。

---

① 范文澜：《文心雕龙注》，第603页。
② 孔颖达：《毛诗正义》，十三经注疏本，第207页。
③ 孔颖达：《毛诗正义》，十三经注疏本，第269页。
④ 黎靖德：《朱子语类》，北京：中华书局，1986年，第2069－2070页。

2. 本体、喻体、喻底和语境

“兴”的相似性多是一种创造相似性的隐喻，是人们在认知基础上将本体和喻体之间创造出一种新联系，再形成层叠性的复杂隐喻，就更难明白。喻体向本体映射（mapping/project），进而达成映合（mixing/blending）。映合的结果并不是单一的，即一个隐喻不仅包含一个焦点、一方面的相似性。这个合成空间里，较为相关的焦点信息实际上都会保留下来。可能会一语多关地合成含有数层含义的隐喻。因此，映合的结果就一定有复杂性、多层次兴。出现隐喻的多解。另一方面，喻底是映合结果或者说合成空间中在特定语境下凸显出来的部分。主体对潜在的相似性进行正确的解读，找出喻底，即筛选出符合自己理解的映合结果。而语境在很大程度上成为映合的多个焦点之中的特定焦点得以凸显的条件和决定因素。语境即指具体的上下文，同时也包含文化语境。可以说是最上位的深层隐喻（Deep metaphor）。深层隐喻是你的预期不明显的隐喻。其功能是构建整体世界观，构建个体对于世界的理解。它是不明显的，而其它隐喻要适应它而形成。表层隐喻契合于深层隐喻，深层隐喻使你了解表层隐喻的意义。① 正如前文所讲，正是在汉儒政治话解说的大语境下，才会出现那些符合美刺之说的具体诗的兴义解释。

总之，诚如黄侃先生《文心雕龙札记》中所言：

> 彦和谓明而未融，发注后见；冲远谓毛公特言，为其理隐，诚谛论也。孟子云：学诗者以意逆志，此说施之说解已具之后，诚为谠言，若乃兴义深婉，不明诗人本所以作，而辄事探求，则穿凿之弊固将多滋于此矣。自汉以来，词人鲜用兴义，固缘诗道下衰，亦由文词之作，趣以喻人，苟览者恍惚难明，则感动之功不显。用比忘兴，势使之然也，虽相如子云，末如之何也。②

“兴”之隐，是多方面因素共同作用的结果。对一首诗的理解，既要明白其产生的大小语境，寻找出其深层隐喻，还要“以意逆志”，“知人论事”，一旦“不明诗人本所以作，而辄事探求,”，便造成“穿凿之弊固”的结果。但“兴”的手法“取义差在毫厘，会情在乎幽隐，自非受之师说，焉得以义推寻”，因此“览者恍惚难明，则感动之功不显。用比忘兴，势使之然也”。

三、“兴味深长”和“感动之功”

“兴”作为中国特色的文学表现手法，除与认知隐喻具备共同的思维和认知机制的特点外，还作为中国诗歌独具特色的表现手法，体现着独特的诗性思维和文化精神。

---

① George Lakoff. 乔治·莱考夫：《认知语言学十讲》，第 112 – 120 页。

② 范文澜：《文心雕龙注》，第 603 – 604 页。

一方面，"兴"可以追求隐喻的抽象性，追求"兴味悠长"。正如以上分析所指出的，"兴"本质上仍然是一种认知隐喻，它是比较复杂的隐喻，所以竟至于产生朱熹一方面说"诗之兴，全无巴鼻。后人诗犹有此体。'振录云，多是假他物举起，全不取其义'"，一方面又说"比意虽切而却浅，兴意虽阔而味长"① "兴味悠长"是"兴"最大的特色。概念隐喻作为思维方式渗入到人类生活的各个方面，也包括诗歌等文学作品。诗人等将日常的、简单的概念隐喻组合成复杂的、有趣的诗歌隐喻活其他复杂的隐喻，形成隐喻创新以及文学意象。② 如 Lakoff&Tunner 所指出：诗歌的构思与日常思考的机制是一样的，只不过诗歌一种超乎平常的方式拓展、升华、融合了他们。③ "抽象隐喻有些是关于情绪的，有些是关于一些抽象概念的（如自由等）。"④ 而"兴"正偏于创造 Lakoff 所说的抽象隐喻（abstract conception）、联想隐喻（inmage metaphor）。"兴"在抽象、联想的思路上走地更远，与西方诗歌隐喻相比，中国的诗歌之兴多了一层感性的空灵。如徐复观所说，"兴"形成了"一首诗的气氛、情调、韵味、色泽"。

另一方面，"兴"更加注重情绪方面的隐喻，注重"感动之功"。与西方隐喻不同，"兴"作为中国式认知隐喻因其独特文化背景而较之一般认知隐喻更加追求"感动之功"。前文说到，中国的诗歌以言志为诗旨。从《诗大序》将"情志"限制于合于礼乐、政教的范围内到宋李仲蒙将赋、比、兴以一"情"字贯通始终⑤ "情"字始终是中国诗歌的魂魄。即使是赋，也如《文心》所说是"睹物兴情"、"体物写志"。刘勰推崇《诗经》中的"兴"，也认同屈原"依《诗》制《骚》，讽兼'比'、'兴'"。因为屈原的"兴"表达的是悲"楚襄信谗"，而"一腔忠烈"无处可报的离忧。而到后来，"炎汉虽盛，而辞人夸毗，诗刺道丧，故兴义销亡"，汉赋追求辞藻华丽而铺采摛文，"赋颂先鸣，故比体云构"，极尽修饰，却缺少了情这个魂魄。所以刘勰说"兴义消亡"。譬喻的手法当然是在的，但是越来越缺少那种"明而未融"的"婉"和"隐"，便越来越接近于"比"，而这种"比"缺少了情理，只是为了"图状山川，影写云物"，"织综比义，以敷其华"，"惊听回视"，自然"兴义消亡"，而"比"也乏善可陈。乃至刘勰指出"比类虽繁，以切至为贵，若刻鹄类鹜，则无所取焉"。

另外，不分主体与客体。在兴句中，物我交会，情景合一，情景交融。中国的"兴"式隐喻注重情景交融，力求达到"天人合一"，其主观性倾向较西方隐喻更明显地多。童庆炳先生从哲学角度分析，指出"兴"的哲学基础是"在中国文化背景下产

---

① 黎靖德：《朱子语类》，第 2069 – 2070 页。

② George Lakoff. 乔治·莱考夫：《认知语言学十讲》，"汉语导读"。

③ Poetic thought uses the mechanisms of everyday thought, but it extends them, elabrate them, and combines them in ways that go beyond the ordinary. Lakoff, George. & Mark Tunner. 1989. More Than Cool Reason [M]. Chicago: The University of Chicago Press, 1980. P67.

④ George Lakoff. 乔治·莱考夫：《认知语言学十讲》，第 147 页。

⑤ 李仲蒙：《与李叔易书》，叙物以言情谓之赋，情物尽者也；索物以托情谓之比，情附物者也；触物以起情谓之兴，物动情者也。

生的生存论哲学”。认知语言学以体验哲学为理论基础，正与中国这种生存论哲学相似。这也是我们认识到认知隐喻与“兴”本质上相同的原因。认知隐喻理论还比较新，还停留在对理性认识的阶段，但正如Lakoff所言，情绪也是抽象隐喻的类，而随着认知语言学研究的深入，关于情绪的表达的隐喻的研究会越来越多。在这一方面，传统的历史悠久的“兴”的研究正好供其比较参考，而另一方面，认知隐喻研究的每一分进步，都为我们从新的视角深入理解“兴”提供了理论依据。

总 结

刘勰《文心雕龙·比兴篇》对“兴”义的理解较为全面，且有继往开来之功。而借助认知语言学的相关理论，将认知隐喻引入对“兴”义的理解，可以看到，作为中国特有诗学术语的“兴”，从一开始就是从思维认知的层面来认知的，而所谓“风通而赋同”，是因为“兴”与其他的“五义”一样，都是“诗言志”的手段。而借助认知隐喻理论，我们可以看出“比显而兴隐”的原因涉及到主体、物情关系等五个方面，对一直以来浮于描述层面的“比显兴隐”理论有了更加深入的认识。而对比还可以发现中国的“兴”与西方认知隐喻的不同，在于“兴”更注重“起情”，即多偏重于抽象的联想隐喻的构建，比西方认知隐喻更显得空灵；而始终注重感性体验的认知，也是中国“兴”更加“多情”。

《文心雕龙·物色》篇理论命题的类型、内涵及价值意义

江苏师范大学文学院　唐为迟

如果说“通过提出一系列哲学命题来表达其思想观点，是《周易》这部哲学著作的显著学术特色之一”[①] 的话，那么这种学术特色也适用于《文心雕龙》。在《文心雕龙·物色》篇刘勰就提出了十几个命题。《辞海》阐释“命题”云：“表达判断的句子。……一说凡陈述句所表达的意义为命题，被断定了的命题为判断。也有对命题和判断不作区别，把判断叫做命题的。”[②] 因此，“命题”是“表判断的句子”，或是“陈述句”“判断”，表述的是某种观点或道理。按照这一定义，《物色》篇的主要命题有“物色之动，心亦摇焉”“情以物迁，辞以情发”“目既往还，心亦吐纳”“情往似赠，兴来如答”“以少总多，情貌无遗”“写气图貌，随物以宛转；属采附声，亦与心而徘徊”“体物为妙，功在密附”“善于适要”“四序纷回，而入兴贵闲；物色虽繁，而析辞尚简”“巧言切状”“山林皋壤，实文思之奥府”和“物色尽而情有余”等。这些命题的类型不同，内涵丰富，对古今文学创作和文论研究都有着重要的价值意义。

一、《物色》篇理论命题之基本类型

从形式构成特征的角度看，《物色》篇的理论命题主要可分为如下三种类型。

第一，单句式命题，也就是由简单的句子构成的命题。这种命题结构简单，寥寥几个字构成一个独立的句子，虽然句式简短，却能表达一个完整的意思，并且包含着复杂深刻的理论内涵。这类命题有三个，即“物色尽而情有余”“善于适要”和“巧言切状”。“物色尽而情有余”实际由“物色尽”和“情有余”两个小句子并列而成，表述了作品中写物与抒情的相互关系。“善于适要”是个简单的判断，“巧言切状”则是一个简单句。

第二，双句式命题，也就是由两个分句构成的命题。根据两个分句关系的不同，又可将这类命题细分为三种类型。一是并列关系的命题，即“情以物迁，辞以情发”。此命题的两个分句在形式和内容上都是并列关系，因而各自都能独立成句，表达完整

① 吴建民：《〈周易〉哲学命题的文论意义》，《徐州工程学院学报》2012 年第 5 期。

② 辞海编辑委员会编：《辞海》（缩印本），上海：上海辞书出版社，1980 年，第 322 页。

的意思，二者并列则能强化命题内涵的深刻性。二是意义关联性命题，包括“物色之动，心亦摇焉”“体物为妙，功在密附”和“山林皋壤，实文思之奥府”三个。这类命题中的两个分句不能独立成句，二者相连才能表达完整之意，并且前后分句在意义上存在某种关联。如“物色之动”和“心亦摇焉”是因果关系；“体物为妙”和“功在密附”“山林皋壤”和“实文思之奥府”都是意义的承接关系。三是兼有并列和意义关联两种关系的命题，包括“目既往还，心亦吐纳”“以少总多，情貌无遗”“情往似赠，兴来如答”三个。此类命题的前后分句既有并列关系，也有意义之关联。如“以少总多”和“情貌无遗”一方面二者可独立成句并各自表达完整的意义，“以少总多”是运用语言的表现方法，“情貌无遗”是艺术描写的境界；另一方面，二者在意义上又是相关联的，作家运用“以少总多”的方法，达到“情貌无遗”的艺术境界。

第三，多句式命题，也就是由多个分句构成的命题。包括“写气图貌，既随物以宛转；属采附声，亦与心而徘徊”和“四序纷回，而入兴贵闲；物色虽繁，而析辞尚简”两个。此类命题由于句式复杂，因而内涵丰富，但在形式上又体现出了骈文句法讲究对称的审美特征。如“写气图貌”与“属采附声”“既随物以宛转”与“亦与心而徘徊”体现了句法的对称美。而“写气图貌，既随物以宛转”和“属采附声，亦与心而徘徊”一起所包含的内涵，又非常丰富深刻。

二、《物色》篇理论命题之基本内涵

《物色》篇的理论命题内涵十分丰富，涉及到创作发生、艺术想象、创作方法以及审美特征等方面内容。

（一）创作发生

“物我双会、心物交融，诗人与对象通过融合共感，从而导致情感萌发，酿成不可遏止的创作冲动，这是中国古代理论家关于创作发生论的基本观点。”① 《物色》篇的“物色之动，心亦摇焉”“情以物迁，辞以情发”“目既往还，心亦吐纳”“情往似赠，兴来如答”和“四序纷回，而入兴贵闲”等命题，都涉及到创作发生的基本原理。

“物色之动，心亦摇焉”是说四时景色的变化，使人的心情也随之而动。刘勰举例阐释云：“献岁发春，悦豫之情畅；滔滔孟夏，郁陶之心凝；天高气清，阴沉之志远；霰雪无垠，矜肃之虑深。”② 这些例证揭示了审美感情发生的原因。“情以物迁，辞以情发”是说人的情感随景物而变化，文辞因情感而发，情发于辞而成文章。此命题阐释了情与物和辞与情的关系，即物→情→辞。“目既往还，心亦吐纳”“情往似赠，兴来如答”两命题是说作家感情的生成是反复观物的结果，作家以情观物，获得创作灵兴

① 吴建民著：《中国古代诗学原理》，北京：人民文学出版社，2001 年，第 25 页。

② ［梁］刘勰著、范文澜注：《文心雕龙注》，北京：人民文学出版社，1958 年，第 693 页。

则是必然。这些命题揭示了创作发生的根源是外在之“物”，无物亦无情，作家观物生情是创作发生的基本原理。此外，刘勰还提出“四序纷回，而入兴贵闲”之论，这一命题强调作家面对纷纭变化的四时景物，保持闲静的心态非常重要。刘勰所说的“闲”，实为作家的审美心态，“入兴”之所以“贵闲”，原因在于闲静之心更有利于作家在观物时产生审美感情。

（二）艺术想象

刘勰认为艺术想象是“驭文之首术，谋篇之大端”①，而自然景物是艺术想象不可或缺的成分。“山林皋壤，实文思之奥府”一这命题就强调了客体外物对于艺术想象的重要性。“文思”即艺术想象，“山林皋壤”之所以是作家艺术想象的“奥府”宝库，原因有二：一是引发作家产生审美感情，二是为想象的展开提供了取之不尽的艺术表象。刘勰在《神思》篇提出作家想象是“神与物游”，离开“物”，作家的“神”就“游”不起来，想象也就无法展开。作家只有从“山林皋壤”中获得丰富的景物表象，“神与物游”的艺术想象才能真正展开。作家“文思”的运行需要“山林皋壤”中的形形物物的支撑，古今作家皆然。

（三）创作方法

《物色》篇涉及创作方法的命题最多，包括“以少总多，情貌无遗”“善于适要”“巧言切状”“体物为妙，功在密附”“物色虽繁，而析辞尚简”和“写气图貌，既随物以宛转；属采附声，亦与心而徘徊”等。

“以少总多，情貌无遗”是说用极少的文字表达丰富的内容，并且要做到情感抒发得酣畅淋漓，对象形貌刻画得淋漓尽致，这正是中国古代文学创作最常用的方法。刘勰的这一命题与古代文论中的“言简意丰”“言近旨远”等颇为接近，但“情貌无遗”实际是刘勰对“以少总多”这种方法的运用提出了原则性要求。“物色虽繁，而析辞尚简”是说景物色貌虽复杂纷繁，但是措辞用语应当简洁精练，此命题实际是对“以少总多”的具体阐释。“善于适要”是说创作时要善于抓住要点关键，“适要”既包括作家对景物本质的把握，也包括对自己思想感情的把握，正如张少康先生所说：“既要懂得事物的关键之处是什么，善于抓住其有本质特征的部分；也要懂得作家所要表达之情的要害部分，要使两者恰到好处地结合，符合各自的内在规律，方能称之为‘善于适要’。”② 上述命题揭示了作家创作应以简练的文字表现丰富的自然景物和审美情感，而“善于适要”是达到此创作目的的关键。

“巧言切状”即巧妙的言辞切合景物的形状。文学创作离不开形象描写，“切状”就是要求作家对对象的描写要准确、真实、形象，让读者获得形象生动的审美感受。运用巧妙的语言对对象进行准确形象地描写，实际是古今作家创作的基本方法。“体物

① 刘勰著、范文澜注：《文心雕龙注》，第 493 页。

② 张少康著：《文心雕龙新探》，济南：齐鲁书社，1987 年，第 101 页。

为妙，功在密附”是说描绘景物的诀窍在于密切地符合真相，“密附”是说描写景物要细腻、具体，“密附”与“切状”相近，都是对景物描写具体、形象、真实、准确的方法要求。“写气图貌，既随物以宛转；属采附声，亦与心而徘徊”是说描写对象的气韵和形貌，要以景物对象的情状而展开，随景物之特征而写其气韵、图其形貌；运用文辞，模拟声响，要联系内心情感而反复斟酌思考。这一命题涉及气貌描写、辞采声律运用的方法。王元化先生说：“一方面要以物为主，以心服从于物；另一方面又要求以心为主，用心去驾驭物。”① 写对象之气韵和形貌时，“要以物为主”；运用辞采声律时，“要以心为主”。

（四）审美特征

“物色尽而情有余”是说作家对景物的描写是有限的，但却能以有限之景表达无限之情，有限的景色中蕴含着无穷的情感韵味。这一命题涉及到写景与抒情的关系及文学作品的审美特征。文学创作离不开“物色”描写，描写物色是为了抒情，通过对有限之物色的描写而表现出无尽之情，才是作家追求的理论境界。此命题告诉作家，“情有余”是物色描写的真正目标。如果做到了“物色尽而情有余”，这样的作品就达到了极高的境界，就具有让人体味不尽的审美韵味，所以，此命题又体现了文学作品的审美特征。刘勰的这一观点与钟嵘《诗品序》提出的“文已尽而意有余”有异曲同工之妙，刘勰着眼于描写景物，钟嵘着眼于文字运用。

三、《物色》篇理论命题之价值意义

《物色》篇命题所涉及的内容都与文学创作的最基本理论密切相关，揭示了文学创作的基本规律。因而，这些命题的价值意义可从两方面看：一方面对于古今文学创作具有切实的指导意义，另一方面对于古今文论的理论建构也有切实的应用价值。

从文学创作的角度看，《物色》篇的创作方法论命题对于古今作家的创作具有普遍的应用性和指导意义。古代作家创作须要“以少总多，情貌无遗”，当代作家同样如此。“善于适要”适用于古人创作，亦适用于当代人创作。“巧言切状”“体物为妙，功在密附”“物色虽繁，而析辞尚简”是古人的描写方法，也是当代作家的描写方法。方法论具有古今相通的普遍性，并不因为时代的变化而失去其应用价值，《物色》篇提出的这些方法论命题都是作家常用的创作方法，古今通用，因而，这些命题对于古今作家的创作都具有指导意义和应用价值。

“入兴贵闲”这一命题对古人创作具有指导意义，而对当代作家的指导意义更为重要。因为当代作家面对物质高度发展的社会现实，物质的诱惑作用使作家容易产生不利于创作的浮躁心态，闲静心态更为难得。所以，刘勰提出的“贵闲”说，特别值得

① 王元化著：《文心雕龙创作论》，上海：上海古籍出版社，1984 年，第 103 页。

当代作家珍视。

“物色尽而情有余”这一命题更适用于阐释古代作品的审美特征，因为以诗为主流的古代作品离不开对景物色貌的大量描写，通过描写物色而表现余味不尽之情，正是古代文学作品的显著特征。但这一命题对当代文学的创作仍有重要的指导意义，当代文学作品如果能做到“物色尽而情有余”，同样具有极高的价值。

从理论建构的角度看，《物色》篇提出的这些命题一方面对古代文学理论的建构做出了重要贡献，“物色之动，心亦摇焉”“情以物迁，辞以情发”“目既往还，心亦吐纳”“情往似赠，兴来如答”等命题揭示了创作发生的基本原理、文学创作的基本过程以及观物生情的基本特点，丰富和深化了古代的文学创作论。“以少总多”“善于适要”“巧言切状”等命题促进了古代创作方法论的发展。“山林皋壤，实文思之奥府”“物色尽而情有余”是古代艺术想象论、审美特征论的经典命题。另一方面，这些命题对于当代文论的建构发展也有重要意义。“情以物迁，辞以情发”这一命题亦适用于阐释当代的文学创作论，因为当代文学的创作也是一个由物而情、由情而辞的过程。当代文论中的创作方法论是个相对薄弱的环节，《物色》篇中的方法论命题在当代具有切实的应用性，因而可用于当代创作方法论的建设，可有效弥补当代文论的这一薄弱环节。另外，刘勰“入兴贵闲”的观点、“物色尽而情有余”的观点等，都非常值得当代文论吸收采纳，对于当代文论的建构发展，都具有重要的借鉴价值。

《文心雕龙》的绿色之思

——以《文心雕龙·物色》为例

南京大学文学院　任雪山

绿色之思，可以说是生态之思，生态之思主要思考人与自然的关系。文艺的绿色之思，“就是对文艺问题的生态学思维”①，是对文艺在处理人与自然关系问题上的终极性追问和本原性思考。《文心雕龙》当然不是一部完全的生态文艺学著作，但对此非常重视。刘勰在《文心雕龙·序志》中说：“夫文心者，言为文之用心也。”②《文心雕龙》是研究文学创作规律的一部理论专著，而文学创作必然涉及人与自然的关系。细读《文心雕龙》，很多章节都有这一问题，《物色》篇更是专题探讨，提出了一系列重要的理论主张和见解，有很强的学术价值和现实意义。童庆炳指出，《文心雕龙》是中国“绿色”文论的起点。③孙蓉蓉认为：“《物色》篇成为我国文学批评史上第一篇，也是唯一一篇专论文学创作与自然景物关系的论文。”④笔者颇为赞同以上观点，并以《物色》篇为例，阐发《文心雕龙》的生态文艺思想。

一、“物色”内涵的绿色意旨

在一部文艺理论著作中，设专门章节来谈“物色”，刘勰是首创，其后也鲜有来者。这既彰显了魏晋以来，老庄思想流行、自然审美意识觉醒的时代特色，也体现了刘勰对文学与自然关系的独到见解和满怀深情。

那么，刘勰所说的“物色”到底是什么意思？这个看似简单的问题，实际相当复杂，不同的理论家有不同的理解。钟其鹏对此曾有一个大致考察，本文在其基础上进行归纳和完善。概而言之，古今学者对《文心雕龙》包括同时的《文选》之“物色”一词的解释，主要有以下六种观点。

第一，指“四时所观之物色”。李善注《文选·赋》，在“物色”目下注云：“四

---

① 曾永成：《文艺的绿色之思》，北京：人民文学出版社，2000年，第1页。

② 范文澜：《文心雕龙注》，北京：人民文学出版社，1958年，第125页。下同。

③ 童庆炳：《刘勰〈文心雕龙〉“阴阳惨舒”说与中国“绿色”文论的起点》，载《江汉大学学报》2005年第12期。

④ 孙蓉蓉：《山水诗与“物色”论》，载《求是学刊》2007年第11期。

时所观之物色而为之赋。”张少康认为：“‘物色’之含义即指自然界四时风物。”① 詹锳在《文心雕龙义证》中具体说明了“风物”的对象所指，“按《文选》赋的物色类中收《风赋》《秋兴赋》《雪赋》《月赋》四篇，可见‘物色’所指的是风、花、雪、月、春、夏、秋、冬之类。”②

第二，“犹言声色”。范文澜注《文心雕龙》“物色”：“盖物色犹言声色，即《声律篇》以下诸篇之总名，与《附会篇》相对而统于《总术篇》，今在卷十之首，疑有误也。”③

第三，指自然景物。周振甫在《文心雕龙辞典》中说：“作品中写物也指物色，即景物。”④祖保泉认为“物色”就是指：“自然界万物的形态。”⑤

第四，“物”即自然景物，“色”乃佛语。持此说者亦不少，代表学者为蒋祖怡、张晶和普慧等。蒋先生说：“此‘色’字系佛语‘色相’、‘色空’之‘色’”。⑥ 张先生认为“从《物色》全文而言，‘物’就是自然景物，毋庸曲为之释。而‘色’则借用了佛学概念。”⑦ 普慧主张刘勰所用“物色”之意是承袭颜延之、鲍照之意而来，“与佛教本义不无关联，即眼根所取之物象矣。”⑧

第五，“物色”即辞采。赵运通认为，在特定的条件下，“物”作辞解，“色”作采论，“《物色》篇论述的‘物’，内在表现为作家状物描写的结果，即成为文章的辞体；论述的‘色’，应指文辞所呈现的审美效果——采致。‘物色’即文辞应具有的采致，简称‘辞采’。”⑨

第六，“物色”即审美。陈良运主张，在先秦典籍中，“物”有“相”意，即观察、选择之义，可作动词之用，又“色”之古义通于“美”，由此“物色”则成了“观察、审视万物美相”的动宾短语，与今之常语“审美”近似。⑩

以上六种观点，从不同角度解释“物色”，为后来更准确的理解提供了参照和思路，我们更倾向于第一种解释，“物色”是指“四时所观之物色”，曹虹先生对此有个精准概括，她认为“物色”一词“不仅意味着有关物象的空间形态，而且还必定包含季节性或时间性的特质。”⑪ 所以“物色”可以理解为：时空流变中的自然景物。这也

---

① 张少康：《〈文心雕龙〉的物色论：刘勰论文学创作的主观与客观》，《北京大学学报》（哲学社会科学版）1985年第5期。

② 詹锳：《文心雕龙义证》，上海：上海古籍出版社，1989年，第1727页。

③ 范文澜：《文心雕龙注》，第695页。

④ 周振甫：《文心雕龙辞典》，北京：中华书局，1996年，第226页。

⑤ 祖保泉：《文心雕龙解说》，合肥：安徽教育出版社，1993年，第905页。

⑥ 蒋祖怡：《〈文心雕龙·物色〉篇试释：当时新品种“山水文学”写作经验的总结》，中国文心雕龙学会编：《文心雕龙研究论文集》，北京：人民文学出版社，1990年，第680页。

⑦ 张晶：《论〈文心雕龙·物色〉的美学价值》，载《辽宁师范大学学报》1995年第6期。

⑧ 普慧：《〈文心雕龙〉审美范畴的佛教语源》，载《文学评论》2009年第3期。

⑨ 赵运通：《〈文心雕龙·物色〉辞采说》，载《河南师范大学学报》（哲学社会科学版）2003年第1期。

⑩ 陈良运：《“物色”别解与“审美心理”试说》，载《文艺理论研究》2004年第2期。

⑪ 曹虹：《〈文选〉赋立“物色”一目的意义》，载《社会科学战线》1991年第1期。

非常符合刘勰的本意，《物色》开篇一节就是对时空流变中自然景物的描绘：“春秋代序，阴阳惨舒，物色之动，心亦摇焉。盖阳气萌而玄驹步，阴律凝而丹鸟羞，微虫犹或入感，四时之动物深矣。若夫珪璋挺其惠心，英华秀其清气，物色相召，人谁获安？是以献岁发春，悦豫之情畅；滔滔孟夏，郁陶之心凝。天高气清，阴沉之志远；霰雪无垠，矜肃之虑深。”①

从“物色”一词的历史演变来看，“物色”亦是指“时空流变中的自然景物”。兰宇冬博士有细致的考辨。简言之，“物色”一词最早见于《礼记·月令》：“是月也，乃命宰祝，循行牺牲。视全具，案刍豢，瞻肥瘠，察物色，必比类，量小大，视长短，皆中度。五者备当，上帝其飨。”② 这里，“物色”的意思是指“牲畜的毛色”。后来“物色”很自然地又引申为物的形状、样子和人的“形象容貌”。到南北朝就逐渐演变为时光流变中的自然景物。比如：颜延之《秋胡行》：“日暮行采归，物色桑榆时”③；鲍照《秋日示休上人诗》：“物色延暮思，霜露逼朝荣”④；萧纲《采莲赋》：“物色虽晚，徘徊未反。畏风多而榜危，惊舟移而花远。”⑤ 从词义的演变来看，物色的本义与生命有关，是指一种生命体或一种生命现象，由此再演变为自然万物及其外在特征。演变的同时，本义中的生命内涵也随之衍射到了自然万物，所以刘勰《文心雕龙·物色》篇中，“物色”一词既指自然景物，更指由此表现出来的鲜活的生命情趣和浓郁的自然情怀。

二、《物色》顺序的绿色向度

一部作品就像一个有机生命体，它的每一部分的位置既影响全体，同时也影响到自身存在的意义。《物色》篇的位置一直颇有争议，究竟是在《时序》之后还是另有安排？学界众说纷纭，莫衷一是。《物色》的位次，不仅关系到《文心雕龙》今本的真实性，而且影响到《文心雕龙》的理论结构，进而影响到对这部专著整体价值的认识。因此，要想弄清《物色》的意旨，要对本篇位次有一个明确合理的认识。

范文澜很早就提出了位置问题，他在《物色》篇的第一条注曰：“本篇当移在《附会》篇之下，《总术》篇之上。盖物色犹言声色，即《声律》篇以下诸篇之总名，与《附会》篇相对而统于《总术》篇，今在卷十之首，疑有误也。”⑥ 范先生的意见很难让人同意，他以为物色就是声色，即《声律》篇以下诸篇之总名。虽然它们都谈论

---

① 范文澜：《文心雕龙注》，第693页。
② 阮元：《十三经注疏》（影印本），上海：上海古籍出版社，1997年，第1374页。
③ 逯钦立编：《先秦汉魏晋南北朝诗》，北京：中华书局，1983年，第1229页。
④ 严可均编：《全梁文》，北京：商务印书馆，1999年，第128页。
⑤ 严可均编：《全梁文》，第91页。
⑥ 范文澜：《文心雕龙注》，第695页。

声色，但《物色》主要探讨的是自然与文学创作的关系，与《声律》所谈文章的声律色泽并不相同，故不能作为其总名。

刘永济《文心雕龙校释》认为："按此篇宜在《练字》篇后，皆论修辞之事也。今本乃浅人改编，盖误认《时序》为时令，故以《物色》相次。"① 《物色》确实谈了自然景物的修辞与描写技巧，但内容与《比兴》《夸饰》《事类》《练字》颇为不同。以上《比兴》诸篇皆是泛论创作修辞技巧，没有具体厘定对象，而《物色》则专门谈自然与文学的各种关系，所以还是不一样。至于"浅人改编"云云，则纯属个人推测。

王利器《文心雕龙校证》也认为《物色》在《时序》后有问题，但他认为次序错乱的理由有别于范、刘两家，他说："《序志》篇云：'崇替于《时序》，褒贬《才略》，怊怅于《知音》，耿介于《程器》，长怀《序志》，以驭群篇。'彦和自道其篇次如此，《物色》"正不在《时序》《才略》间。惟此篇从何处错入，则不敢决言之耳。"② 他从文献本身寻找佐证，不以主观判断重定次序，这是他审慎可取之处。但从《文心雕龙》整体结构来看，《序志》不能一一备列各个章节，只能枚举，略去《物色》，亦无不可。

周振甫的《文心雕龙今译》认为："《神思》里提到'物以貌求，心以理应。刻镂声律，萌芽比兴。'这'物以貌求'就是'随物以宛转'，'与声徘徊'就是'心以理应'，'情貌无遗'就是《神思》里的'神与物游'的'物无隐貌'。因此，《物色》是创作论中的一篇，应列在'刻镂声律'的《声律》前。"③ 周先生这样说的前提是，把《神思》当做创作总论，又把《物色》当做创作论的一篇，从《神思》结尾赞曰部分的内容顺序来看，《物色》应在《声律》之前。此说没有任何逻辑，赞曰部分不能作为篇章顺序标准。

台湾学者王更生也认为诸家之说"皆属疑词"，但版本无据。目前所见最早版本元至正十五年嘉禾本，与现在通行本无异，《物色》就在《时序》之下。从文例看，《序志》"笼圈条贯"，不能一一点到，所以叙述中摘取典型，《时序》后不提《物色》也无不可。正如《序志》谈创作论所说"至于剖情析采，笼圈条贯，摛《神》、《性》，图《风》、《势》，苞《会》、《通》，阅《声》、《字》"，但统观《文心雕龙》创作论近二十篇，而此处仅提及八篇，八篇先后顺序与通行版本不相一致。故以《序志》为据，则创作论仅有八篇。以此类推，怀疑《物色》位置的依据不足。王先生认为《物色》为批评论，论文学与自然环境的关系，为当时"山水文学"作结。④

祖保泉先生认为，在没有得到确凿证据之前，最好保持原著的顺序，细心体会通行本的篇次安排，他在《〈文心雕龙〉下篇篇次组合试解》一文专门阐发了自己的理

---

① 刘永济：《文心雕龙校释：附征引文录》，北京：中华书局，2007 年，第 161 页。

② 王利器：《文心雕龙校证》，上海：上海古籍出版社，1980 年，第 279 – 280 页。

③ 周振甫：《文心雕龙今译》，北京：中华书局，1986 年，第 414 页。

④ 王更生：《〈文心雕龙〉选读》，台北：巨流图书公司，1993 年，第 454 – 455 页。

由："《时序》从社会变迁促使文之情变角度立论，而《物色》从自然景色变迁促使文之情变角度立论，合观两篇，皆就外物变迁促使文之情变谈问题，故可视为前后相衔的一组。如果把'从文之情变角度的剖情析采'与'从创作过程角度的剖情析采'合起来，正体现了刘勰所谓的'剖情析采，笼圈条贯'的原则和要求。"①

我们究竟应该怎样来看《物色》篇的主旨和位次呢？《物色》篇是不是纯粹属于修辞和技巧问题呢？王运熙在《〈物色〉篇在〈文心雕龙〉的位置问题》一文中指出："《时序》论述时代（包括政治、社会、学术思想等）与文学创作的关系，《物色》论述自然景物与文学创作的关系，正是在论述外界事物或环境与文学创作关系这一点上，有着共同之处。"② 应该说，王先生的论说是比较接近刘勰思想的。刘勰在论述文学创作时，一方面关注文艺与社会的关系，但也考虑到文艺与自然的联结。这既反映了当时崇尚自然的时代风尚，也符合文学创作自然的规律。所以，刘勰把《物色》安排在《时序》之后是完全没有错放。在刘勰看来，文学的本原既然是"自然之道"，也必然与自然有关。《时序》强调文学与社会的关系，紧接着《物色》就要强调文学与自然的关系，也暗含了社会与自然并列的绿色向度。从生态文艺的角度来看，这体现了刘勰的远见卓识，开创了文艺学的绿色生态之维。

三、《物色》观念的绿色蕴涵

通过《物色》篇的设置，以及《物色》篇顺序的精心安排，可以看出刘勰对自然的高度重视。自然和社会一样，是推动文学创作的两翼。因此人们在探讨文学时，必须关注自然的绿色功能及其作用。《物色》篇是通过文学创作来探讨人与自然景物关系的专篇论文，那么它提出了哪些重要观念，又是如何进行文艺"绿色"之思的呢？概括起来主要有三个方面：第一，随物宛转；第二，江山之助；第三，生命情调。

第一，随物宛转。在现实世界里，人与自然是既对立又统一的关系。在文学世界中，人与自然达到审美的和谐统一。刘勰通过具体分析总结山水诗的创作，阐发了自己"随物宛转"的绿色文艺观，这具体表现在文学创作的各个阶段。

首先，创作发生阶段，自然对人的感发。《物色》开篇即谈到"春秋代序，阴阳惨舒，物色之动，心亦摇焉。"从发生学的角度来说，春秋四季的自然更替，引发人心情的摇荡。这又可以分为两个层次，一是四时变化对动物的影响，"盖阳气萌而 玄驹步，阴律凝而丹鸟羞，微虫犹或入感，四时之动物深矣。"二是对人的影响，"是以献岁发春，悦豫之情畅；滔滔孟夏，郁陶之心凝。天高气清，阴沉之志远；霰雪无垠，矜肃之虑深。"自然界四季有不同的景物，人的心情也会有相应的变化，而诗文正是这些情

① 祖保泉：《中国诗文理论探微》，合肥：安徽人民出版社，2006 年，第 28 页。

② 王运熙：《文心雕龙探索》（增补版），上海：上海古籍出版社，2005 年，第 170 页。

感的抒发，所以刘勰说：“岁有其物，物有其容；情以物迁，辞以情发。一叶且或迎意，虫声有足引心。况清风与明月同夜，白日与春林共朝哉！”①

作家为什么会应物而感，产生创作冲动呢？刘勰主要运用中国传统的阴阳五行学说来加以解释。“阳气萌而玄驹步，阴律凝而丹鸟羞”出自《大戴礼记·夏小正》，而《大戴礼记》中节气变化与动物状况的描述，恰恰是阴阳五行思想的鲜明体现。阴阳五行学说以气贯通阴阳，以阴阳化育四时，认为四时变迁乃阴阳使然。为什么四时变化会引起生物的感应呢？因为宇宙万物都是秉承阴阳二气而生，自然四时之变也必然会引起动植物的变化，此即“岁有其物，物有其容。”人当然也是阴阳所生，又是“五行之秀”“天地之心”，故对自然变化的感应更加丰富和敏锐，此即“物色之动，心亦摇焉”“情以物迁，辞以情发”。刘勰并没有展开论述“物、情、辞”之间的关系，因为三者关系实际属于创作构思问题，这时自然的影响已经形成，而且《神思》篇有细致的讨论。

其次，创作传达阶段，根据自然景物，遣词造句，抒发情感。用刘勰的话说，“写气图貌，既随物以宛转；属采附声，亦与心而徘徊。”② 在探讨传达要求时，刘勰提出三条具体标准：其一，文辞适当。故“灼灼”状桃花之鲜，“依依”尽杨柳之貌，“杲杲”为日出之容，“瀌瀌”拟雨雪之状，“喈喈”逐黄鸟之声，“喓喓”学草虫之韵。若能用一字的，就不用两个字，“皎日”“嘒星”一言穷理；能用两个字的，也不会故意节省，“参差”“沃若”为两字连形。如果事物更加复杂，就用繁复的文辞描摹，如屈原和司马相便是。总之，繁复与简约，都要适当，不能为繁而繁，也不因简而简。“凡攡表五色，贵在时见，若青黄屡出，则繁而不珍。”③ 其二，情景结合。刘勰对刘宋时期作品普遍重视自然、写景真切的优点是肯定的，因为“文贵形似，窥情风景之上，钻貌草木之中。”但是后来的仿效者，只把精力放在自然景物描摹上，就不对了。因为单纯的描摹难以达到深度，只有把景物与情志结合起来，用心体会自然四时变化，才会既得物之妙，又尽人之心。所谓“吟咏所发，志惟深远，体物为妙，功在密附。”④ 其三，抓住要害，勇于革新。事物都有自己的样貌，只有抓住特点，才能物尽其貌。像《诗经》和《离骚》都是深谙此理，所以后来虽锐笔叠出，然都难以与其争锋。如果能够做到“因方借巧”“即势会奇”“抓住要害”，就是老旧题材亦可开出新花。抓住要害又是与变革同步的，只有新方法新视角才能有新发现，古来辞人莫不如此，因革为功，以新为用，尽物色，达人情。

最后，文艺创作的最高境界是人与自然的融合。《物色》篇末赞曰：“山沓水匝，

① 范文澜：《文心雕龙注》，第693页。
② 范文澜：《文心雕龙注》，第693页。
③ 范文澜：《文心雕龙注》，第694页。
④ 范文澜：《文心雕龙注》，第694页。

树杂云合。目既往还，心亦吐纳。春日迟迟，秋风飒飒，情往似赠，兴来如答。”① 这段话言词优美，内涵丰富，从生态文艺学角度来看，表明了文艺创作的最高境界是：人与自然的融合。人是社会的人，更是自然的人，特别是当人面对自然的时候，人的自然灵性被唤醒。人用自己的整个身心，与自然沟通交流，融为一体。这时候，人是人，又是自然，物我两忘，天人合一。文学通过自然，达到了人性的高峰和文学的极致。朱光潜在《文艺心理学》中对此曾有过生动的描绘：“在聚精会神的观照中，我的情趣和物的情趣往复回流。有时物的情趣随我的情趣而定……有时我的情趣也随物的姿态而定……物我交感，人的生命和宇宙的生命互相回环震荡。”② 刘永济在《文心雕龙校释》中也认为，虽然心物交融有不同层次，有物来动情者，有情往感物者，而最高境界必在情境交融，物我双变之际矣。③ 所以，“随物宛转”并不是作家将自己的情感被动地适应物的特征，也不是物满足人的要求，而是在人与物的双向对流中，实现心物的交接融合，如此心物一体，天人和谐。

第二，江山之助。在《物色》篇刘勰提出一个后来很著名的术语，江山之助。但什么是江山之助，一直有完全不同的解读。2003 年汪春泓在《文学评论》第三期发表了《关于〈文心雕龙〉“江山之助”的本义》，将这一问题再次提出，引发学者们的新一轮讨论。特别是20 世纪90 年代以后，随着生态批评在国内外的蔓延，这一问题越发显得重要而具有极强的理论和现实意义。

汪春泓认为“江山”，是指屈原“遭排斥、被放逐”之意，是指屈原的“不幸命运”，为“社会政治因素”。④ 汪文的观点是很难成立的。笔者简单予以驳斥，同时表达自己的生态文艺学理解。首先，他认为山水诗远离社会，脱离现实，排斥社会人生感慨，所以兴味顿消。这是错误的。山水诗并非单纯描摹自然景物，而是把对社会人生的感受寄托在山水上，通过山水表达自己的人生寄托和情感体验。至于他说，在儒家立场看来，“模山拟水”没有意义，更站不住脚，孔子也提倡乐山乐水，如何说没有意义。

其次，汪认为，刘勰与佛门有缘，所以他理解的“江山”应与当时佛门的僧肇等人观点一致，“江山”指的并非是一般的自然景物，而有遥远与阻隔之意。汪的理解有误。且看他举僧肇的例子。僧肇回复刘遗民书，说“江山虽缅，理契即邻。”汪文引唐代释元康的注：“江山虽缅，理契则邻者，一南一北，故云江山缅，缅，远也；虽处缅远，契理相近也。”⑤ 这里僧肇和元康都说得很清楚，“缅”即远也，“江山”并不是远的意思。江山寥落，“江山”并非寥落之意。所以，作者得出“江山”有遥远阻隔之意，毫无道理。如果“江山”有遥远之意，那“江山之缅”就成了“遥远的远”。令

① 范文澜：《文心雕龙注》，第695 页。

② 朱光潜：《文艺心理学》，北京：中华书局，2010 年，第163 页。

③ 刘永济：《文心雕龙校释：附征引文录》，第161 页。

④ 汪春泓：《关于〈文心雕龙〉“江山之助”的本义》，《文学评论》2003 年第3 期。

⑤ 汪春泓：《关于〈文心雕龙〉“江山之助”的本义》，同上。

人发笑。此处“江山”即自然景物也。

最后，汪文指出刘勰之后，从宋代到清代的很多人把江山理解为自然景物都是误解，这实在是毫无道理。为什么人家都是误解，就你的是正解。即使是按照他的正解，也是非常有问题的。比如他列举的骆宾王、王勃等人的诗文，后人理解时都援引了刘勰的意思，汪文却非要把刘勰一生坎坷的命运也累加上来。不错，刘勰一生命运坎坷，作品也有此意，可并不代表“江山”就是坎坷之意啊。“江山”本为自然地理环境因素，而人生命运坎坷情感的抒发，恰恰要通过自然来达成。借景抒情，是中国文学传统，也正是刘勰本篇的意旨：说明自然景物的重要。

另外，最近几年有一些研究者从地理环境的角度来研究“江山之助”，就是美学和文学意义上的地理环境论。如代迅在《外国文学研究》2001 年第 4 期的《江山之助：地理环境与中国古代诗歌理论基本面貌的内在关联探寻》，冯淑然在《贵州师范大学学报》2009 年第 4 期的《江山之助：《〈文心雕龙〉的地理环境论》等。其实，吴承学早在 1990 年第 2 期的《文学评论》上写作《江山之助——中国古代文学地域风格论初探》一文，很早就有涉及，他们大都把“江山”作为影响文学的一种外在自然因素，这当然有道理，但也稍显单薄。从生态的角度来说，自然与人的关系，从来都不是外在的，而是内在的，自然是人类的母亲，是生命之源，人生活在社会里，也生活在自然中。在中国传统的文学和文化里，自然和人从来都难以分割，而是一体的关系。

江山之助，江山在哪些方面能够有助文学呢？通观《物色》篇，大致有四个方面：第一，培育作家的审美情趣和人格精神。原文最后一段：“山沓水匝，树杂云合。目既往还，心亦吐纳。春日迟迟，秋风飒飒，情往似赠，兴来如答。”① 人生天地间，目接山水，吐纳风云，与自然相感，与天地相应，培养自己的审美情趣和人格精神。泰戈尔曾说：“在自然世界里，有为培育人的自我的一切准备。”② 第二，激发创作灵感。文章开篇即言：“物色之动，心亦摇焉。”③ 正是在与自然的接触中，作家灵心不断获得鼓荡和启发。正如荷尔德林所言：“自然的轻柔怀抱培育诗人。”④ 第三，托物言志，借景抒情。“岁有其物，物有其容；情以物迁，辞以情发。窥情风景之上，钻貌草木之中。”⑤ 通过自然景物，情感得以更好抒发。恰如王国维所言：“一切景语皆情语也。”⑥ 同时，也只是通过作家的情感，自然才能彰显栩栩如生之美景。第四，作为文学母题，提供创作对象。自然和社会一样，从来都是文艺创作的对象，正如风花雪月是文学永恒的题材。文学离不开自然，就像离不开情感一样。所以刘勰说：“写气图貌，既随物

① 范文澜：《文心雕龙注》，第 695 页。

② 泰戈尔著、刘湛秋主编：《泰戈尔文集 IV》，合肥：安徽文艺出版社，1996 年，第 66 页。

③ 范文澜：《文心雕龙注》，第 693 页。

④ 海德格尔著，孙周兴译：《荷尔德林诗的阐释》，北京：商务印书馆，2000 年，第 55 页。

⑤ 范文澜：《文心雕龙注》，第 693 页。

⑥ 王国维著、滕咸惠译评：《人间词话》，长春：吉林文史出版社，1999 年，第 107 页。

以宛转；属采附声，亦与心而徘徊。”①

杨明说，江山之助“不仅是对前代作品的总结，也是对后世创作的预示”②。其实刘勰的总结不只是文学上的，也是思想文化上的。“江山之助”体现了中国传统“天人合一”的整体性思维，是对“天人合一”观念的形象解说，也完全符合现代生态文艺学的观念。在整体思维的前提下，刘勰看到了中国文人与山林自然的不解之缘，看到了山林皋壤乃文思之奥府，从创作的角度比较深入地论述了自然对文学之助益。罗宗强认为，刘勰虽然把握了中国传统士人文学的一个主要特征，但是“这一命题尚未能充分展开”，比如“不同山水自然、不同地域对文学创作的影响”问题被错过了。③ 罗先生有点求全责备了，作为一部体大思精的文学理论著作，不可能面面俱到，很多问题只能点到为止。即使是点到为止，也非常精确。刘勰虽然强调“江山之助”，但并没有像某些自然主义者所宣扬的把自然作为衡量文学的唯一标准和尺度。正如黑格尔在《历史哲学》中说：“我们不应该把自然界估量得太高或者太低：爱奥尼亚明媚的天空固然大大有助于荷马诗的优美，但是这个明媚的天空决不能单独产生荷马。”④ 这里的“大大有助于”和刘勰的“江山之助”不谋而合。单靠自然因素产生不了伟大的作家和作品，正如单靠社会因素亦无法决定作品成败。

第三，生命情韵。曾永成认为，文艺的绿色之思，实际上是对文艺的生命本色之思。⑤ 这种生命本色在文艺中是如何体现的呢？刘勰说“岁有其物，物有其容；情以物迁，辞以情发。一叶且或迎意，虫声有足引心。况清风与明月同夜，白日与春林共朝哉！”⑥ 作家在进行文学创作时，总是以情感为中心，而情感又是以外在世界为参照。自然在季节变换中会有不同的景色，而人在时间流逝里也会呈现出不同的生命情韵。

时间，是人们感受世界的一个主要因素。海德格尔说：“自然是更古老的时间。”⑦ 因为自然比季节更早，比时间更早，赋予一切以澄明。而中国古代山水田园诗，恰恰是在描绘时间中的自然，自然中的时间，以及人们身处其间的生命感受和体验。岁月一时有一时之物，一季有一季之景，所谓“春有百花秋有月，夏有凉风冬有雪。”自然景物在每一季一时，也会呈现出不同的样态与姿容。而人的生命情感，随着自然的变换和时间的推移，时而忧郁时而喜悦，时而肃穆时而欢快。正如刘勰所言：“是以献岁发春，悦豫之情畅；滔滔孟夏，郁陶之心凝。天高气清，阴沉之志远；霰雪无垠，矜肃之虑深。”⑧ 所以我们在看到“情以物迁”的同时，亦应重视时间在人与自然交流和

---

① 范文澜：《文心雕龙注》，第993页。

② 杨明：《文心雕龙精读》，上海：复旦大学出版社，2007年，第204页。

③ 罗宗强：《魏晋南北朝文学思想史》，北京：中华书局，1996年，第323页。

④ 黑格尔：《历史哲学》，北京：商务印书馆，1963年，第123页。

⑤ 曾永成：《文艺的绿色之思》，第1页。

⑥ 范文澜：《文心雕龙注》，第693页。

⑦ 海德格尔著、孙周兴译：《荷尔德林诗的阐释》，第68页。

⑧ 范文澜：《文心雕龙注》，北京：人民文学出版社，1958年，第693页。

生命体验中所起的作用。

“时”作为先秦思想主要范畴之一，具有特殊的生态学意义，意味着季节节律的更迭，以及人们生活节奏的变迁。其实，对时间的关注体现了一种古老的农业社会的普遍文化心态。在“日出而作日入而息”的农业社会，人们的生产与生活无不仰赖四时气候之给予，因此十分注重时令对农业的影响，形成了二十四节气和所谓“春生、夏长、秋收、冬藏”的生产规律。每当五谷丰登，人们便会喜悦；每逢万物凋零，人们亦会忧伤。这种对时间的依赖和亘古的生命体验历经千年万年的积淀，在先民心中形成一个集体无意识，并在后世一代代传递。它就像一粒生命的种子，每逢自然界和人遭遇时，便开花结果。文学艺术便是绽放的集体无意识，山水诗更是人与自然结合生成的一朵奇葩。如此看来，那种根源于人类内心深处的蓬勃的生命精神，才是时间背后真正沟通人与自然的根本所在。

在古老农业文明背景下，人们对自然山水的观照很早就体现了对生命意识的崇拜，但在魏晋以前这种生命意识更多的是对外在自然的敬畏，而魏晋以后人的主体生命意识才逐渐觉醒。这种觉醒的社会基础是，汉末以来国家长期处于战乱分裂之中，连年的战争使人们感到生命的短暂与无常。从思想基础来看，汉的灭亡使得儒家大一统的格局被削弱，道家思想开始复兴，以王弼、何晏和郭象等为代表的“新道家”趁机建立了道家的形而上学，造成了一种道家思想文化繁荣的局面。与此同时，佛教开始兴盛，玄学清谈流行，人们开始以气性和才情去品评人物，人性之美被充分表现出来。人在发觉了自身生命之美的同时，亦开始注意到自然山水所体现出来的生生之美。山水诗的出现，恰恰标志着两者的融合，同时使得人的主体精神获得了新的意义。诗人描绘自然山水，是对人所处的现实空间的表现。而诗人与天地万物相往来的自由精神，极大地扩展了诗人的心理空间。这种无拘无束的自由精神和与天地相往来的生命境界，是当时文人的普遍追求。正如《物色》结尾刘勰所言：“山沓水匝，树杂云合。目既往还，心亦吐纳。春日迟迟，秋风飒飒，情往似赠，兴来如答。”① 自然山水云树和人的心目相互观照，双向对流，自然之美因人而显，人的生命亦融入自然。在这种相互吐纳往还之间，既感受到山水的蓬勃生命之美，亦展现了人自身灵动的生命情韵。至此，刘勰的归依自然的生命情怀便迈向了人与天地充分自由、完全融合的最高生命境界，这也是马斯洛所谓的“高峰体验”吧。

宗白华先生说：“晋人向外发现了自然，向内发现了自己的深情。”② 刘勰的《文心雕龙·物色》在理论上把自然与人的深情勾连起来。不管是篇章的精心设置，还是顺序的巧妙安排，再到观念的细致阐发，都包含着丰富的绿色思想，蕴藏着无限的蓬勃生机，给我们今天的生态文艺学建设以深刻的启迪。文学是自然，也是深情，更是

---

① 范文澜：《文心雕龙注》，北京：人民文学出版社，1958 年，第 695 页。

② 宗白华：《美学散步》，上海：上海人民出版社，1981 年，第 183 页。

两者的和谐统一。只有在自然中才可见人的深情，只有在深情里才可见自然之美；自然让深情更有生气，深情让自然更有韵味。在自然与深情交融之际，在深情与自然共生之时，文学一片生机，自然一派蓊郁。这是刘勰的绿色之思，也是我们的生态文艺学之想。

六朝名士与知音悲愤
——以嵇康与刘勰为中心

中国人民大学国学院　高　丹

六朝是一个名士迭现的年代，然而名士亦良莠不齐，真正的名士，外表放达而内心孤独，因而渴盼知音是当时的文化心理。南朝刘勰《文心雕龙》的《知音》篇是中国古代文论首次用“知音”的概念来指称文学鉴赏与批评的篇章。这一学说的提出，不仅有着理论的创新，更有着先秦以来的人生体验与文学事实。《知音》篇是上古以来文学与人生的凝聚与结晶。我们可以通过对嵇康与刘勰知音情结的比照与分析，来探索刘勰知音学说的内涵与价值。

成书于齐梁之际的《文心雕龙》一经问世，许多先辈圣贤在刘勰的笔下灿然生花，他们或以位高权重，或以名著文显，或以德嘉才茂，高下胜负，皆得到这位旷世奇才的点评与赏鉴。而其书“既成，未为时流所称。勰自重其文，欲取定于沈约。约时贵盛，无由自达，乃负其书，候约出，干之于车前，状若货鬻者。约便命取读，大重之，谓为深得文理，常陈诸几案。”① 刘勰自知其作可称，但并未受到时人重视，不惜扮成小贩向沈约毛遂自荐。一方面体现了他渴求知音的迫切，一方面又说明了知音难遇的窘迫。虽然之后他曾任多种官职，其名声并不以官显，却以文彰。刘勰笔下有位在历史上色调浓重而激越的人物，这便是嵇康。若加以比较，二人或有共同之处：首先二人时代相差不远，一个魏晋，一个齐梁，都是时代过渡性人物。其次，他们的家庭有着相似之处，都是早年丧父，父职不显，家道中落。再次，也是本文着力讨论的问题：他们都是孤独者与知音论者。虽说历史在变化发展，嵇康身上自有那个时代之悲壮，刘勰自有那个时代之圆融。然而，时空的交错变换中，他们内心深处却都潜藏着一种普遍的情结，即扼腕于知音难求。情结，是一心理学术语，可指一种藏在一个人神秘的心理状态中，强烈而无意识的冲动。从嵇康与刘勰那里，我们可以探究到这种由自身的孤独所产生的强烈地对知音的渴求之情。因此，他们便以琴声宣泄幽愤，用诗文来召唤知音。

一、觇文见心，旷世知音

“夫缀文者情动而辞发，观文者披文以入情，沿波讨源，虽幽必显。世远莫见其

① （唐）姚思廉撰：《梁书》卷五十《文学·刘勰传》，北京：中华书局，1973 年，第 712 页。

面，觇文辄见其心。”（《文心雕龙·知音》）三百多年后，被鲁迅称为：“解析神质，包举宏纤，开源发流，为世楷式”（《论诗题记》）的《文心雕龙》问世。刘勰，这位慧眼识才的文学理论批评家，不以世远为憾，以“觇文见心”的信心在其著作中对嵇康其人其文给出了自己的历史悬评。《梁书·刘勰传》载：“刘勰，字彦和，东莞人，祖灵真，宋司空秀之弟也。父尚，越骑校尉。”其父官至四品，但却早逝，“勰早孤，笃志好学，家贫，不婚娶，依沙门僧，与之居处，积十余年，遂博通经纶。”可以说，他与嵇康早年身世类似，由于父亡而家道中落，却笃志好学，博通经纶，早早就凸显了过人的才智。嵇康在魏，虽做中散大夫，其官位主掌“顾问应对”，并非显要之职。刘勰后来也做过一些小官，但却不得志。便潜心著书，论古今文体。完成《文心雕龙》一个重要原因就是为了找到能懂得他心声的知音，期待于知音的肯定来实现他的价值，让他的思想流传于世。嵇康年少成名，作品受到时人的重视，但他的个性、思想观点与当时社会格格不入。二人的作品都是“宋玉所伤之《白雪》”，曲高而和寡，难得知音。“知音”既指对文学作品进行解读，以发现作者创作本意的鉴赏批评活动；也指那些善于解读作品，能达到“圆照”之象与作者心灵相通的接受者；更指那种接受主体和创作主体在文本世界中的心灵契合，情感相通的审美体验。“知音”批评的意义便在于这种穿越时空的心灵对话和共鸣。对于嵇康这位前辈，刘勰或许读懂了：

（一）“叔夜俊侠，故兴高而采烈”

这是刘勰对嵇康其人其文的总体概括及认识，其出自《文心雕龙·体性》篇。“体性”，是讲文学作品的体裁风格与作家才性之间的关系问题，即是指文学作品的体貌。不同作家才能有高低优劣，个性特征也是千差万别。刘勰首先准确地把握住了嵇康“俊侠”的个性气质，因其身上禀赋着俊迈豪侠的特质，故其文必然意趣高超、文笔犀利。（兴：原指志趣，后指兴致；采：原指神采，后指精神；烈：旺盛。原指文章志趣高尚，言词犀利。后多形容兴致高，精神饱满。）“叔夜俊侠，故兴高而采烈”。这个逻辑关系的论断精准又形象，一笔勾画出嵇康为人与为文的特点。文如其人，人如其文。刘勰从嵇康文学上的特点窥探到其性格，这正是嵇康为人表里如一的真实体现。而《文心雕龙·明诗》又道：“正始明道，诗杂仙心，何晏之徒，率多浮浅。唯嵇志清峻，阮旨遥深，故能标焉。”在评价其诗歌的时候，刘勰用了“清峻”二字。清者清远，峻者峻直。这些词汇点明了嵇康诗歌的主要风格，也刻划出嵇康从思辨的世界进到现实人生的精神轨迹。“把嵇康的思与诗结合起来，可以清楚地看到，他的思想与人格存在某种无法圆通之处，这方面的矛盾，反映了他的自然观理论的不彻底性，并最终酿成他的人生悲剧。”① 人性是复杂的，矛盾也是必然的，嵇康自身也存在着某种无法调和的矛盾性：一面是超世之清远，一面是入世之峻烈，玄思与诗情构成了一对显见的矛盾，逼显出嵇康难以自安的人生窘迫。

---

① 钱雯：《清峻：嵇康的玄思与诗情》，《安徽师范大学学报》（人文社会科学版），2002 年 9 月第 30 卷第 5 期。

魏晋之交是个动荡的年代，司马氏所标榜的儒家一套也是出于实用的目的。“以孝治天下”，只不过是为了实现自己代魏的目的而寻找的一个在理论上具有合理性的依据。自己代魏也有了借口，找到了立足点。从根本上说，其所谓礼法孝治，就是为自己的篡权扫清障碍。然而曹魏虽然被称“汉贼”，但天下是自己打下来的，司马氏一开始就是曹魏的臣属，他的继位本质上是篡权。从一开始就名不正言不顺。“因为司马氏本身就不平庸，所以要提防不平庸，诛杀不平庸。七贤之中，阮籍是装平庸，山涛和向秀是本平庸，嵇康是表现出并保持了不平庸。”① 他的这种不平庸表现出时时与礼法对抗的状态。他与论辩的人很多，鲁迅也觉得“嵇康的论文，比阮籍更好，思想新颖，往往与古时旧说反对。孔子说：‘学而时习之，不亦说乎？’嵇康做的《难自然好学论》，却道，人是并不好学的，假如一个人可以不做事而又有饭吃，就随便闲游不喜欢读书了，所以现在人之好学，是由于习惯和不得已。”② 这是他与张辽叔论辩自然好学；而他又与向秀论辩养生；与吕安论辩明胆；与阮侃论辩宅无吉凶；甚至在自己的文章里也塑造出秦客与东野主人让他们互相责难，论辩声无哀乐。对此，刘勰也在《文心雕龙·论说》中给出自己的见解：“……叔夜之《辨声》，太初之《本玄》，辅嗣之《两例》，平叔之《二论》，并师心独见，锋颖精密，盖人伦之英也。”刘勰把嵇康的《声无哀乐论》划入玄学著作，与王弼、何晏的著作相提并论。此外，嵇康精通音律，本来就极为敏感，他通过讨论声音的有无哀乐阐发自己对礼法自然的理解。为什么刘勰说他“师心独见”呢？师心，指自出心意，不拘成规；独见，有自己独到的见解。而鲁迅说他往往与旧说反对也是这个意思。“嵇康在辩论中特别强调从自我意识出发，从自我的独立思考和理性判断出发，打破经典权威和习俗成见的束缚，反对‘多同’之见和‘思不出位’的观点。”③（《养生论》：“常人以多自证，以同自慰”；《难自然好学论》：“今子立六经以为准，仰仁义以为主……终年驰骋，思不出位。”）“重在相信得之于己心的人必然特别自信，而过于自信的人大多是隽智的并带有偏激的倾向。所以，嵇康的论文中都贯穿着一种锋颖之气。他善于抓住论敌论点中的破绽和弱点一直辨析下去，使其毫无回避和逃脱的可能，也善于运用逻辑思维和扣紧现实的亲切感受，以怀疑一切横扫一切的气概层层剖析，使论敌不一定从内心中信服却没有容喙之处。”④ 刘勰称他的论说文，机锋精密，堪称人伦之英是极为精辟的结论。

（二）“嵇康绝交，实志高而文伟”

嵇康的一生不乏朋友，他对朋友忠心耿耿，两肋插刀在所不辞。在他 40 年的人生旅途中，有 3 位意义极为重大。他们分别是：阮籍、山涛、吕安。《太平御览》490 引

---

① 牛贵琥：《广陵余响》，北京：学苑出版社，2004 年，第 37 页。

② 《魏晋风度及其他〈魏晋风度及文章与药及酒之关系〉》，上海：上海世纪出版集团，2010 年，第 178 页。

③ 任继愈：《中国哲学发展史》（魏晋南北朝卷），北京：人民出版社，1988 年，第 174 页。

④ 牛贵琥：《广陵余响》，北京：学苑出版社，2004 年，第 73 页。

袁宏《山涛别传》："陈留阮籍、谯国嵇康，并高才远识，少有悟其契者，涛初不识，一与相遇，便为神交。"《世说新语·贤媛》注引《晋阳秋》："涛尝与阮籍、嵇康著忘言之契。"《世说新语·贤媛》："山公与嵇阮一面，契若金兰。"嵇康与二人的金兰之契，成为历史上一段佳话。而吕安，更是系之于性命的人物，嵇康因为他辩护而被司马氏借口诛杀。

《文心雕龙·书记》针对《与山巨源绝交书》一文深刻地评价道："嵇康绝交，实志高而文伟。"嵇康虽成就了志高文伟之业，但他内心深处对友情、知音的期待与呼唤从未停歇。从《绝交书》中，明眼人一眼便可看出，他指桑骂槐，誓不与司马氏合作之目的。这里面太多针对解释自己如何如何不守礼仪规范，薄汤武而非周孔，却看不出他与山涛任何的私人矛盾关系。而且从《晋书》本传来看他临终托孤与山涛，正是二人友情从未间断的表现，金兰之契依然长存矣。他对阮籍的钦佩也溢于言表："阮嗣宗口不臧否人物，吾每师之"。然而刘勰称他"志高"，高在何处？它不仅仅是拒绝司马氏，不与其同流合污而已，我们可以再深入探究其志。

但若要究其志，也是很困难的。《文心雕龙·知音》云："夫麟凤与麏雉悬绝，珠玉与砾石超殊，白日垂其照，青眸写其形。然鲁臣以麟为麏，楚人以雉为凤，魏氏以夜光为怪石，宋客以燕砾为宝珠。形器易征，谬乃若是；文情难鉴，谁曰易分。"刘勰也感觉到，单单是看得见摸得着的器物都难辨真假，更何况是"文情"！刘勰在其著作中，往往是嵇阮并提，但却能清楚明晰地区分他们之间的差别，如："嵇志清峻，阮旨遥深"；"嗣宗俶傥，故响逸而调远，叔夜俊侠，故兴高而采烈"；"嵇康师心以遣论，阮籍使气以命诗，殊声而合响，异翮而同飞"。可以说，"嵇康的思维是带有情感的思维，阮籍的情感是带有思维的情感……他们把认识和感受、思维和情感融为一体，通过自己独特的个性去把握时代的共性……阮籍、嵇康不去关心现象与本体的关系，希望通过这种探讨获得一种精神境界，一种能够帮助自己排遣痛苦的安身立命之道……他们把时代的苦难转化为自我的认可的认识和切身的感受，由此所抒发的心声，所表现的追求，也就具有了时代的共性，反映了时代的精神。"① 刘勰的殊声合响与异翮同飞可以理解为他们所具有的共性特征。至于嵇康与阮籍、山涛在思想意识上的差别，牛贵琥先生在《广陵余响》一书中认为，从学术思想上，三人都继承庄子，却有着天差地别。嵇康的思想是以庄子"莫若以明"的分析精神和冷隽的至人境界迥异于七贤中的任何一个。阮籍继承庄子的无是非观念，以他为代表，阮咸、刘伶之辈是这个理论的具体实践者。阮籍在《大人先生传》中充分体现出他混淆是非故意逃避社会和人生的是非态度。因此，刘勰说他"阮旨遥深"。庄子的是非观是探求性的不断深入，而阮籍的是非观是简单化的自我满足，充满了世俗的自嘲。山涛则继承了庄子自然变化之观念：《世说新语·政事》载其言："天地四时，犹有消息，而况人乎？"正如陈寅

① 任继愈：《中国哲学发展史》（魏晋南北朝卷），北京：人民出版社，1988 年，第 163 – 164 页。

恪先生所云：这是“此老安身立命一生受用之秘诀也”。但庄子的自然观是讲变化发展的，所谓任自然也不是随波逐流那样随便，山涛选择的只是适合自身的庄子中浅层次的表面化的自然。而嵇康，由于他刚肠嫉恶遇事便发的性格，必然要以不断探索的精神，追根问底的态度向深层次的领域进发。在他的文中，经常提到“至”。论乐，他提出“至和”，论神妙，他推崇“至精”，论道理，他要“至理”，论明知与胆量，他提出“至明”“至胆”，但他提倡最多的还是“至人”。嵇康“至”的概念，是他对各种领域至高之境的描述、向往与追求。这种执着的境界不是一般人能够企及的。

嵇康，偏要在一个虚伪阴谲、不能给人以自由的，把正常人逼成变态的假的社会里，以求真的执着的态度面向社会和人生，并且勇往直前，敢于面对淋漓的鲜血和惨淡的人生：这就是嵇康之“志”，万死不辞。他写过两封绝交书，一封给山涛，一封与吕巽。这两封绝交书意义非凡，前者代表了他对黑暗势力的拒绝与抗衡之志，后者切实地反映了其光明正直的为人。他在《家诫》中开篇便讲：“人无志，非人也”！一再强调，人要守志，不能屈节。这种坚定不移之“志”，必然决定了其气之浩然、其文之伟岸。

（三）“知音其难哉，音实难知，知实难逢”

亲情和友情是嵇康诗歌所表现的主要题材之一。《兄秀才公穆人军赠诗十九首》其一：“携我好仇，载我轻车，南凌长阜，北厉清渠，仰落惊鸿，俯引游鱼。槃游于田，其乐只且。”嵇康与其兄长也有如此其乐融融的时光。然而，“何意世多艰。虞人来我维。云网塞四区。高罗正参差。奋迅势不便。六翮无所施。隐姿就长缨。卒为时所羁。单雄翩独逝。哀吟伤生离。徘徊恋俦侣。慷慨高山陂。鸟尽良弓藏。谋极身必危。吉凶虽在己。世路多巇巘。安得反初服。抱玉宝六奇。逍遥游太清。携手长相随。”诗中主人公忧思满怀，规劝至勤，说明现实中的嵇康，不能安于至乐。这首诗被钟嵘誉为“五言之警策”（钟嵘《诗品》）哥哥很早就人仕从军，乐于效忠司马氏，与自己的心志相反，既担心哥哥人仕之后会不会谋极身危，又哀叹那“携手好仇”的岁月一去不复返了。嵇康的另一位好友阮侃，字德如，两人机锋相接，曾在宅有无吉凶摄生的问题上反复论难，互相启发。而阮德如最终也经不住名利的诱惑，远赴官场，与其分别。嵇康怀念昔日之乐：“良时遘吾子，谈慰臭如兰。”而今“不悟卒永离，念隔怅增叹。事故无不有，别易良会难。郢人忽已逝，匠石寝不言。”嵇康把嵇喜与阮侃，当作郢人看待，足见其对亲友知己的真挚情感。可以说，嵇喜的人仕，是他与哥哥情感的分水岭，后来的世事如戏剧般上演：一个官运亨通为司马氏鞍前马后，一个两袖清风避司马氏辗转于数处……史载嵇康应该还有另一位哥哥，则是《与山巨源绝交书》中“母兄见骄”的那位，文中又言“吾新失母兄之欢，意常冤切”，嵇喜在嵇康遇害后仍健在，因此，这位长兄不可能是嵇喜。（见黄振民《嵇康研究》中〈嵇康传略〉》）自幼丧父，宠爱娇惯他的慈母与仁兄先后离世，惟一在世的嵇喜又那么贪恋于邪恶恐怖的世俗权力。家庭生活中，他已找不到可以互通心意之人。即使大家曾一度志趣相投，兴高采烈，谈笑甚欢，但人世变换聚散无常，面对亲友的舍我而去，嵇康内心的伤悲之中浸透着深深的担忧与惋惜。

从政治上，亲友多为全命或名利而投靠权势；思想性格上，由于过于执着与峻直，也很少人能够达到他对于至高至上境界坚定不移之追求。在这种曲高和寡的情况下，这位伟大的思想家感到无比的孤独。他的诗句里充满了对朋友离他而去的惋惜："郢人已逝，谁可尽言"（《赠秀才入军》）；"郢人忽已逝，匠石寝不言"（《五言诗一首与阮德如》）；"钟期不存，我志谁赏"（《四言诗其三》）；"郢人审匠石，钟子识伯牙，真人不屡存，高唱谁当和。"（《杂诗》）从这些反复咏叹令人无奈又悲凉的追问中，我们仿佛看到这位如孤松般傲世独立的男子，其内心深处藏着难以释怀的情结。然而，他的这种知音情结又促使他并燃起新的期盼的火光："浮游太清中，更求新相知。"（《述志诗其一》）"愿与知己过，舒愤启幽微"（《述志诗其二》）；"但当体七絃，寄心在知己"（《酒会诗》）。因此，他又不断地渴望能够得到真正的知音。既然现实生活中曾经的知己走的走，散的散，往日的美好时光如镜花水月，化为泡影。无奈之下，他最终决定与世绝交，与现实社会绝交！就在自己的游仙梦境中，期望与王乔为友，以老庄为伴："讬好松乔，携手俱游，朝发太华，夕宿神州，弹琴咏诗，聊以忘忧。"（《赠秀才入军》）"讬好老庄，贱物贵身，志在守朴，养素全真。"（《幽愤诗》）"王乔弃我去，乘云驾六龙。飘摇戏玄圃，黄老路相逢，授我自然道，旷若发童蒙。"（《游仙诗》），"思与王乔，乘云游八极"（《重作四言诗》）甚至，他怀着无比心酸与失望之情感叹道："俗人不可亲，松乔是可邻，何为秽浊间，动摇增垢尘。"最后，他完全要超脱世俗人间，梦想着步入仙途——"沧水澡五脏，变化忽若神，姮娥进妙药，毛羽翕光新，一纵发开阳，俯视当路人，哀哉世间人，何足久托身。"（《杂诗》）嵇康和阮籍一样，最后仍回到自己探索的起点，除了单纯的自我同一，别无他路。这种自满自足的、无求于外的精神境界实质上并不存在，所以他们只是"找到了一个孤悬的、毫无凭据的、痛苦不安的自我意识本身。"① 而嵇康与阮籍或与同时代其他人最根本的差别就是他至死至终都坚持了自己的个性。"他那孤傲狷介的独特的个性处处与现实生活相抵触，最后却在他终生真诚追求的自然之和的宇宙本体中得到了确认。这是嵇康的悲剧，也正是嵇康的伟大。"②

在告别人世的最后一刻，嵇康想到了他的琴。"康将刑东市，太学生三千人请以为师，弗许。康顾视日影，索琴弹之，曰：'昔袁孝尼尝从吾学《广陵散》，吾每靳固之，《广陵散》于今绝矣！'"③ 这一刻，我们似乎终于明白了其临刑索琴弹奏的意义。既然今生今世知音难觅，而那在无数个彻夜难眠的夜晚，倾听他的心事，承载他的哀愁的

---

① 《中国哲学发展史》，第 179、180 页。

② 《中国哲学发展史》，第 179、180 页。

③ 《晋书・嵇康传》，第 1374 页。

琴，不正是与他相伴一生不离不弃的知音吗？高山流水尚有倾听的对象，匠石郢人也有其“质”。嵇康呢？只能抱着琴，弹着不为世人所解的曲子，走向生命的尽头……

庄子曾经批评儒家明于礼义而陋于知人心。知人心则是中国传统文化的至高境界，魏晋以来，追求理想人格是一种代替修齐治平人生道路的新型人生哲学。嵇康一生对理想人格的追求，充满了悲剧意味，却也如一声春雷，振聋发聩，在阴霾的天空中，激醒了混沌的世人。他一直渴盼着有人来做他的知音，向着人类至高至美的精神境界不断探求，不断进发。

二、刘勰与嵇康知音心理之异同

刘勰之所以能够写出《知音》篇，不难看出他早就对自古以来“士不遇”的现象痛心疾首，不吐不快。“虽有形而不彰，徒有能而不陈”、“没世无闻，古人为耻”（司马迁《悲士不遇赋》）自古以来，文士们都以徒有其才而不能用事悲叹不已，即使当世不能有大作为，也期冀自己的作品在后世能够得到认可。刘勰曾信誓旦旦地称“摛文必在纬军国，负重必在任栋梁”。而每每想到生不逢时时，那“怊怅于知音”的情结便在心头翻涌。历数各代文士，刘勰对嵇康作品的评价，乃是其知音篇所谈问题的典型地文学理论批评实践，“见异唯知音”，能够发现作品异彩之所在，从这个意义上，他们二人也可说是旷世的知音了。但由于二人生活的时代不同，所处的环境有异。即便都有相同的知音诉求，也体现着各自特殊的思想风貌。

（一）与屈原结缘

嵇康刘勰二人都不约而同地对屈原及其作品有很深入的领悟。魏晋以来强烈的生命悲剧意识促使他们自觉地思考并追求理想人格与社会矛盾的统一，他们传承了先圣的忧患意识，融入了自己的生命体验。然而这种忧患意识必然会带来孤独的心绪，这也正是嵇刘二人的致命伤。其实，这种忧患意识与孤独心态早在先秦时期屈原那里就已经产生了。

屈原在《离骚》中反复强调了其孤独的处境：“民生各有所乐兮，余独好修以为常。虽体解吾犹未变兮，岂余心之可惩。女媭之婵媛兮，申申其詈予，曰：日鲧婞直以亡身兮，终然夭乎羽之野。汝何博謇而好修兮，纷独有此姱节！薋菉葹以盈室兮，判独离而不服。众不可户说兮，孰云察余之中情？世并举而好朋兮，夫何茕独而不予听！”这段描写表现出屈原与众不同的狷介性格，众之乐与己之独形成了鲜明的对比。李白有言：“古来圣贤皆寂寞。”寂寞是一种无奈，更是一种坚韧的品质。所谓圣贤，往往为人类的更高理想与理想社会做出不悔的牺牲与努力，渴望并期待着被他人、被社会、被子孙后代所理解。然而面对绝望的现实，他们也有过检讨与反思。嵇康狱中之作《幽愤诗》更是悲痛地写道：“民之多僻，政不由己。惟此褊心，显明臧否。感悟思愆，怛若创痏。欲寡其过，谤议沸腾。性不伤物，频致怨憎。昔惭柳惠，今愧孙登。

内负宿心，外恧良朋。”显然，“茕独而不予听”的还有嵇康。孙登、山涛都曾劝过他，他的“独”是排斥了众人而置己于孤立无援之地，是他主动与社会绝交的结果，更是他刚肠嫉恶的性格使然。所以他作《卜疑集》与《幽愤诗》，上承屈骚，高标自持，因而曲高和寡也是很自然的。张运泰曰：“机轴胎于屈平《卜居》，而玄致素衷，冲静间放，则如《广陵》一曲，声调绝伦。”①《卜居》意谓占卜自己应该怎样处世，怎样做人。嵇康承袭其文体，设“宏达先生”与“太史贞父”对答，受屈子影响明显。更为重要的是，屈原有着非常高的自我期许，希望有所作为，振兴家国；从他的《渔父》《卜居》《离骚》《橘颂》等可以看出，面对世俗的屈辱与不公，屈原始终不改初衷，有气节，有持守，不管其路漫漫之修远，仍坚持上下求索之精神，影响了后世无数有识之士的精神世界及行为方式。这些，都是嵇康及刘勰孤独心态的重要来源。另外，屈原又有着浓厚的宗教思想，这源于先秦楚地巫风巫术的盛行。但屈原在《天问》等作品中则表现出一种独立思考精神，对天、神产生了怀疑，可以说也是师心独见。

刘勰的孤独与嵇康不同。通过《梁书》的记载，刘勰从梁武帝天监初年（502 年）“起家奉朝请”，先后担任中军临川王萧宏的记室、车骑仓曹参军、太末县令、仁威南康王萧绩的记室，兼东宫通事舍人，一直做到步兵校尉，与萧统交往“昭明太子好文学，深爱接之”。按说因《文心雕龙》受到沈约的赏识后，刘勰已经一步步接触到当时最高权力机构的核心人物，多少已具备实现其仕途抱负的条件。然而他的政治地位始终并不显达，这与他“摛文必在纬军国，负重必在任栋梁”（《程器》）的远大理想相去甚远。齐梁的士大夫以傲诞相尚，嗤笑徇务，甚至拍浮酒池，毁仪废礼，以致文人精神层面产生了势难遏制的消极和走向堕落的趋势。完全不同于儒家进取的人生态度，在佛老思想濡染下，像魏晋时期王弼、嵇康、阮籍那样为寻求自身在自然宇宙中的合理定位而谈玄，像祖逖、刘琨那样胸怀社稷，有志恢复的人太少了。因此，虽然刘勰与嵇康一样有着早年丧父，家道中落的经历，而刘勰的孤独是孤芳自赏型的。在当时的文学论争中，刘勰采取了“擘肌分理，唯务折中”的公允态度，并不偏激。然而，刘勰尖锐地针砭当时文学创作领域中浮靡的文风，难以为当时文学圈所接受。他虽然受到昭明太子的赏识，但是整个时代的文化氛围，尤其是宫廷文化趣味，与刘勰的精神世界格格不入。嵇康与刘勰不为社会世俗所接受，从这一点上，他们有着同样的感慨与痛苦。因此《序志》称“怊怅于知音”的情结一直潜在于刘勰的胸中。怊怅所显示的深长撼动，也必是人与人相知，心与心互体时始有的情境，非漫然的学识辨认可致。因此，我们可以理解为，刘勰在《辨骚》中针对前人将《离骚》与经书简单地加以比附，缺乏对其文学上的审美价值的关注这些问题予以辨证说明，与其对屈原思想及其文学内涵的深刻理解是分不开的。刘勰将《辨骚》一篇列为“文之枢纽”，可见他对楚辞极为重视，“不有屈原，岂见《离骚》？惊才风逸，壮志烟高。山川无极，情

① 《汉魏名文乘》引自戴明扬：《嵇康集校注》，第 142 页。

理实劳。金相玉式，艳溢锱毫。”它肯定了“奇文郁起”的楚辞在“风雅寝声”之后的新变的意义。“惊才风逸，壮志烟高”，这是刘勰对屈原的伟大评价。他对屈原的作品是倾注了相当的情感体验的。不过，遗憾的是，像刘勰这样重在精神人格提升的人，与屈原一样，很难得到世俗的理解，更无法实现他建功立业的远大抱负，所以他在《知音》篇中慨叹“知音难逢”，这也正是他最后由于人生的悲凉、仕途的失意和对佛教的信仰，毅然离开官场，于定林寺燔发自誓出家的重要原因。

（二）嵇康与刘勰的道佛精神

嵇康与刘勰都是论“道”、重“道”者，但是二人之“道”却有着天壤之别。嵇康整个青年时期是以自学为主，他曾说：“老子庄周，吾之师也”（《与山巨源绝交书》）嵇康之“道”无疑是老庄哲学的直接继承，从而发展为自己独特的自然观。他的《养生论》《乐论》等无不体现着他对自然之道的划时代理解。但他的自然之道离不开名教的奠基。任继愈先生说：“嵇康原来也是以名教与自然结合作为自己的精神支柱的”，只是当时嵇康对于现实和名教的沦落失望后，“在原来的精神支柱崩溃以后承受了巨大的内心痛苦继续从事新的探索。”① 他原来的精神支柱就是“名教”，因为“名教”原有秩序和合理性崩溃，才努力寻求其背后的根本之“自然”来维护秩序。“名教”与“自然”是不能完全分开的。“名教”是从人之自然本性而出，普遍化成整个社会稳定和发展的道德秩序与社会规范。他在《释私论》中谈到：“矜尚不存乎心，故能越名教而任自然；情不系于所欲，故能审贵贱而通物情。物情顺通，故大道无违；越名任心，故是非无措也。”这里的“大道”是指客观世界万事万物所具有的规律。《大戴礼哀公问五义篇》载：“所谓圣人者，知通乎大道，应变而不穷，能测万物之情性者也。”然而，他对老庄精神的继承，其所谓人生与境界的关系，又不是坐而论道，而是以人生去实践与体认，是老庄人格论与美学观在新形式下的发展与光大。嵇康在当时的社会中以文学艺术自我启悟的方式，给自己营造了一方精神净土，坚守素志，绝不随波逐流，正如宗白华先生在《美学散步》中评论道：“这是一班在文化衰堕时期替人类冒险争取真实人生、真实道德的殉道者。他们殉道时何等的勇敢，从容而美丽。”②

而刘勰之所谓“道”就是另一番境界了，它相对于不同的时代，加入了佛学的成分。这与他的老师僧祐是分不开的。僧祐是一个具有虔诚宗教情结的人，信仰坚定，人格高尚，为朝野所重。刘勰从他那里继承了佛教精神，而佛教的精神境界与刘勰的儒学信仰正可以互补，使他成为一个思想深邃、意志坚定的人，不会轻易放弃自己的理想而随波逐流。首先肯定刘勰受儒家思想影响很深，从刘勰对待孔子的态度上，明显以孔子为大旗。他曾梦到“执丹漆之礼器，随仲尼而南行……”在圣人的感召下，

---

① 任继愈：《中国哲学发展史》，第 153 – 154 页。

② 宗白华：《论〈世说新语〉和晋人的美》，上海：上海人民出版社，1981 年，第 189 页。

他立志以“敷赞圣旨”为己任，通过“论文”的方式倡导儒家经典，纠正近代以来的不良文风。当然，《文心雕龙》的另一重要思想来源于魏晋玄学，他曾大力赞赏王弼、嵇康的论文师心独见，锋颖精密。举本统末的哲学精神，直接启发了刘勰的思路，使他超越了汉魏以来文学批评单片杂论的体式，通过“振叶寻根，观澜索源”来建构《文心雕龙》的篇章结构与理论体系。

考察刘勰的为文之“道”，却有多种因素组成。一方面，刘勰的“自然之道”是贯穿于《文心雕龙》始末的重要指导思想。是文艺创作其自有的规律与方法。“自然之道”的思想是先秦道家哲学和魏晋玄学中的精华，它推动刘勰去探索文学的内部规律并取得了高出于同时代人的理论成就。（蔡钟翔：《论刘勰的“自然之道”》）这是刘勰之“道”重要的一个方面。我们再来看另一方面。刘勰在《灭惑论》中明确认为：“故孔释教殊而道契”，认为菩萨和孔子在拯溺济世时，是一种相辅相成通力合作的关系。然则孔圣所述之《五经》，在刘勰心目中自然也释教化了。刘勰《灭惑论》说：“若缘在妙化则菩萨弘其道，化在粗缘则圣帝演其德。”菩萨和圣帝是一种“殊教合契”的关系，一言以蔽之，中土圣人也被菩萨化了。又说：“至道宗极，理归乎一，妙法真境，本固无二。……万象既生，假名遂立，梵言‘菩提’，汉语曰‘道’。”可见中土的“道”也被“菩提”化了。张少康先生在《文心雕龙新探》中非常重视宗炳其人对刘勰“神思”“物色”理论的影响。以“神理”为贯通，宗炳《画山水序》，是以笔墨技巧、画像布色以“畅神”；而刘勰《原道》篇则凭借灿烂之人文以“明道”，在《画山水序》与《原道》篇中，“神理”和“道”都是同义词，因此，两文内在义理完全一致。如果认识到“神理”一词的外来文化内涵，就不会坚持说刘勰之“道”和“神理”来自儒学内部。

与嵇康相同的一点是，他们二人都受庄学影响明显。庄子的自然观，在嵇康那里有很大的继承与创新，如《养生论》。嵇康在《游仙诗》中说，“授我自然道，旷若发童蒙”。刘勰关于文学创作内部规律的论述，也多孕育于老庄及玄学。“神思”“神游”“虚静”“言意”等无不与《庄子》有密切的关系。广意上说，都与“自然观”有关。然而，事实并非简单，如“虚静”一词，不仅战国诸子如《管子》等齐稷下作品对此有不同的解释，而且在刘勰的时代，因释家借用，重玄双遣或空空之义更被凸现，如《出三藏记》卷第十三《僧伽跋澄传》说：“跋澄戒德整峻，虚静离俗。”以“虚静”赞美有道大德，并非鲜见。另《出三藏记集》卷第八释道朗作《大涅槃经序》说：“任运而动，则乘虚照以御物，寄言归以通化。”此“虚照”也指主体之“虚静”的状态。宗炳《明佛论》讲出了释道之差别：“舍老庄之虚而增皆空之尽。”因此，此“虚静”便度越庄老，直臻佛镜。释之以庄老，则难抉其微旨，唯苏轼“静故了群动，空故纳万境”之“空”字，才堪谓确解。（汪春泓：《关于〈文心雕龙〉之佛教渊源的新思考》）

从刘勰之“道”可以看出，儒释道三教合流对其的重大影响，多面又复杂。但是佛教以追求精神超越为宗旨，其对形而上的精神意蕴的弘扬弥补了中国传统文化中过于世俗的一面，特别是刘勰对佛教的信仰，重在精神人格的提升。也使他勇于担当起文艺批评的社会责任，传承先圣的忧患意识，融入自己生命体验从而写出流传不朽的文论经典，使汉魏以来的文学批评达到极致。

结　语

“人生天地间，忽如远行客”，我们读汉魏时代的诗文，感受最深的便是那种哀叹时光飘忽，人生短促的悲剧情绪，与之相伴的便是寻求慰藉，渴望知音的心态。在《古诗十九首》中，那种“不惜弹者苦，但伤知音稀，原为双鸣鹤，奋翅起高飞”，令人唏嘘感叹，“涉江采芙蓉，兰泽多芳草。采之欲遗谁？所思在远道。还顾望旧乡，长路漫浩浩。同心而离居，忧伤以终老。”这些诗则让人感到那个年代人们将知音与同道作为人生希望之所在的迷茫。在汉魏六朝名士之中，这种人生喟叹更是普遍存在。《文选》卷二十四中选录了嵇康五首《赠秀才入军》四言诗，通过这一组四言诗，我们可以清晰地体品到一位高士的情趣与境界：“息徒兰圃，秣马华山。流磻平皋，垂纶长川。目送归鸿，手挥五弦。俯仰自得，游心泰玄。嘉彼钓叟，得鱼忘筌。郢人逝矣，谁与尽言？”李善注“嘉彼钓叟，得鱼忘筌”两句曰：“《庄子》曰：庄子钓于濮水之上。又曰：筌者，所以得鱼也，得鱼而忘筌。蹄者，所以在兔也，得兔而忘蹄。言者，所以在意也，得意而忘言。吾焉得夫忘言之人，而与之言哉。”从李善的注释中，我们可以看到，嵇康诗中巧妙地想象嵇喜从军途中的情形，而融入自己的审美世界，其中通过借用《庄子》中的典故，写出了自己内心的孤独无俦，惟因孤独，才寄情山水，服膺庄玄，与道合一。

东晋诗人陶渊明与嵇康的灵魂相通，他们孤芳自赏，生活在浊世中，是魏晋风度的典范。陶渊明在五言《咏贫士》诗中吟叹：“万族各有讬，孤云独无依。”诗的最后感喟：“知音苟不存，已矣何所悲！”李善注曰：“古诗曰：不惜歌者苦，但伤知音稀。《楚辞》曰：已矣，国无人兮莫我知。”从这些来看，六朝时代的士人知音情结是如此浓重。就连素以骄奢淫逸著称的西晋官僚石崇在《思归引》中也感叹：“此曲有弦无歌，今为作歌辞，以述余怀。恨时无知音者，令造新声而播于丝竹也。”嵇康《琴赋》最后写道：“愔愔琴德，不可测兮。体清心远，邈难极兮。良质美手，遇今世兮。纷纶翕响，冠众艺兮。识音者希，孰能珍兮？能尽雅琴，唯至人兮！”嵇康临刑东市遇害前弹奏《广陵散》，叹惜《广陵散》于今绝矣。也是哀伤知音不存。所以，在中国古代痛苦与黑暗的年头，文艺作为知音的寄代，成为人们的心灵家园，大量进入文艺作品中，不是偶然的。可见，在传统文化中，知音现象实质上具有人文关怀的价值与地位，它不仅存在于日常生活中，而且发为浩歌，成为文艺的主题。

六朝文艺批评中的知音学说，便是这种日常生活与文艺创作的升华。根本上来说，中国传统文化中的知音问题的提出，乃是中国文化的特质所决定的，中国文化以儒家为主流，而道家与佛教学说作为补充。这诸种文化以世俗人情世故，乐天知命为特点。中国传统文化关注从心灵到社会人生，再到宇宙天道的理想人格境界，儒家的格物致知诚意正心修身齐家治国平天下，与道家的逍遥游，再到佛教的佛性说，都旨在追求理想的人生与人格世界，而最基本的则是心灵人格的完善，此种完善则是心心相印、人人相和，莫逆于心。所以知音境界则是真善美的统一。刘勰知音说的提出，与嵇康的人生理想及其精神境界有异曲同工之妙。尤其是两人在作品中所反映出的或以自身对生命自然的执着追求，或以当仁不让的精神信仰从事写作，把中国古代优秀文化经典中人品与文品的一体性品格，把生命体验与文学创作融为一体的精神境界表现得淋漓尽致。《知音》篇的问世不但揭示了文学理论的普遍规律，更道出千载年来人们对知音难逢的慨叹，抒发了世代文士的郁结之情，凝聚着中华文明的独特情感，具有深层的文学意义和文化意义。循此而深入探讨中国文论，将使我们对于中国文论的人文底蕴增加新的认识与敬仰。

《文心雕龙》引颜延之所论“言笔文”语义辨正

北京景山学校　廉水杰

一

中国古典文论中的“文笔”问题源于对文学的审美性认识。自南朝文学批评家刘勰在《文心雕龙·总术》篇明确提出“无韵者笔也，有韵者文也”①。“文笔”问题遂成了一个诉讼不休的议题。清代学人刘天惠、侯康、梁光钊等都有《文笔考》，专门讨论“文笔”问题；现代学者刘师培、黄侃、范文澜等也有关于“文笔”问题的研讨。在晋宋之前，无论是“文笔”，还是“文”“笔”以及“手笔”等都是一个比较模糊的概念，大致都有“文章”之意。如，东汉王充《论衡·超奇》云“乃其中文笔不足类也”②，这是以文章为文笔；西晋陆云《与兄平原书》云“今送君苗《登台赋》，为佳手笔”③，这是以赋作为手笔。发展到晋宋时期，颜延之（384—456）又在“文”“笔”中引入了“言”的概念。刘勰《文心雕龙·总术》篇云：

> 颜延年以为笔之为体，言之文也；经典则言而非笔，传记则笔而非言。请夺彼矛，还攻其盾矣。何者？易之文言，岂非言文？若笔为言文，不得云经典非笔矣。将以立论，未见其论立也。予以为发口为言，属笔曰翰，常道曰经，述经曰传。经传之体，出言入笔，笔为言使，可强可弱。六经以典奥为不刊，非以言笔为优劣也。④

刘勰引颜延之语，是颜延之的“《庭诰》逸文”⑤。在刘勰看来，颜延之对“言”“笔”“文”的理解自相矛盾。刘勰以《易》之《文言》来反驳，认为《文言》是有文采的，以颜延之“笔之为体，言之文也”的观点来看，应该把这种经典称之为“笔”，而不是颜延之所谓的“经典则言而非笔”。刘勰不仅强调了“笔之为体，言之

---

① 刘勰著、范文澜注：《文心雕龙注》，北京：人民文学出版社，1958年，第655页。

② 郭绍虞、王文生编：《中国历代文论选》，上海：上海古籍出版社，2001年，第112页。

③ （西晋）陆云著、黄葵点校：《陆云集》，北京：中华书局，1988年，第144页。

④ 《文心雕龙注》，第655页。

⑤ 《文心雕龙注》，第658页。

文也”之“文”为文采之意，也把“言之文也”之“言”等同于“经典则言而非笔”之“言”。从刘勰驳斥颜延之的观点来看，颜延之的论文之言似乎不难被理解。然而，与刘勰同时代的南朝诗论家钟嵘在《诗品·序》中曾有“颜延论文，精而难晓”① 之叹，钟嵘意为“颜延之的文学观由于太过精密而不容易被理解”②。因此，在钟嵘的诗学视角下，刘勰对颜延之的反驳岂不是有不确之处？

对刘勰引颜延之语的品评，很多学者都有研究，特别以黄侃与范文澜为代表。黄侃在《文心雕龙札记》中谈到颜延之的“言”“笔”时也说“此文谓有文采，经典质实，故云非笔，传记广博，故云非言，然《易》明有《文言》，是经典亦可称笔”③。黄侃与刘勰反驳颜延之的观点一致。范文澜在《文心雕龙注》中说：“此言字与笔字对举，意谓直言事理，不加彩饰者为言，如《礼经》《尚书》之类是；言之有文饰者为笔，如《左传》《礼记》之类是；其有文饰而又有韵者为文。”④ 范文澜的解释得到了相关研究者的认可⑤。

关于颜延之的论文之语，据现存的《颜延之集》，只散见于其留存的《庭诰》中。颜延之作品在没有亡佚的情况下颇丰。《隋书·经籍志》记载，“宋特进《颜延之集》25 卷，梁 30 卷。又有《颜延之逸集》一卷，亡”⑥。这是现存书目中对《颜延之集》的最早记述。然而，《颜延之集》流传到南宋末年亡佚。后张溥辑其遗文 35 篇，诗 32 首，成《颜光禄集》，载《汉魏六朝百三家集》。虽然现存的颜延之诗文不能见到颜延之论文之言的全貌。本文希望在承继之前学者研究的基础上，结合当时的文学创作与文学批评，对刘勰引颜延之语所云的“言”“笔”“文”的具体内涵作进一步辨正。

二

《南史·颜延之传》载颜延之语，“竣得臣笔，测得臣文”⑦。竣字士逊，延之子，史载有集十四卷。根据《全宋文》，严峻仅存《让中书令表》《张畅卒官表》《奏荐孔觊王彧为散骑常侍》《郊庙乐议》《与虏互市议》《铸四铢钱议》《铸二铢钱议》《为世祖檄京邑》《几赞序》九篇文章，为表（二篇）、奏（一篇）、议（四篇）、檄（一篇）、序（一篇）五种文体。对这五种侧重实用的文体，刘勰都作了详细定义。《文心雕龙·章表》篇云：“表以陈请”“奏以按劾”“议以执异”。《文心雕龙·檄移》篇云：

① （梁）钟嵘著、曹旭集注：《诗品集注》，上海：上海古籍出版社，2011 年，第 236 页。
② 《钟嵘〈诗品〉“颜延论文，精而难晓”考释》，载《中国文化研究》2013 春之卷。
③ 黄侃：《文心雕龙札记》，上海：上海古籍出版社，2000 年，第 215 页。
④ 《文心雕龙注》，第 658 页。
⑤ 李宗长的《论颜延之的思想》，载《江苏社会科学》1996 年第 6 期。
⑥ （唐）魏征等撰：《隋书》，北京：中华书局，1973 年，第 1073 页。
⑦ （唐）李延寿撰：《南史》，北京：中华书局，1975 年，第 879 页。

“檄者，皦也；宣露于外，皦然明白也。”《文心雕龙·论说》篇云“序者次事”。依据刘勰的解释，表、奏、议、檄、序的文体蕴涵都有“陈述其事”之意。关于《为世祖檄京邑》，《宋书·颜延之传》有记载：“劭召延示以檄文，问曰：‘此笔谁所造?’延之曰：‘竣之笔也。’”① 又《宋书·颜竣传》云：“转咨议参军，领录事，任总内外，并造檄书。”清刘天惠的《文笔考》，通过列举从《晋书》到《元史》等历代史书关于记载“笔”的大量事例，得出结论“凡兹称笔，皆为直言序述之辞”②。刘天惠论点是“苟非史官，无烦载笔”，因在六朝的文学批评中，“传”指“史传”，如刘勰在《文心雕龙》中就专列了“史传”篇，所以他得出的结论与颜延之的“传记则笔”契合。在颜延之这里，“笔”的内涵正是侧重用言辞陈述其事的文体。

刘勰《文心雕龙·宗经》篇云“纪传铭檄，则春秋为根”。颜延之《庭诰》云：“褒贬之书，取其正言晦义，转制衰王，微辞丰旨，贻意盛圣；《春秋》为上。”③ 刘勰与颜延之都突出强调了《春秋》记言的特征。在颜延之的视角内，《春秋》属于“经典”。颜延之所谓“经典则言而非笔”之“经典”，就是刘勰《文心雕龙·宗经》篇中以之为宗的五经：《易》《书》《诗》《礼》《春秋》，也是萧绎《金楼子·立言》所称的“圣人之经”。《金楼子·立言》云：

> 古人之学者有二，今人之学者有四。夫子门徒，转相师受，通圣人之经者，谓之儒。屈原、宋玉、枚乘、长卿之徒，止于辞赋，则谓之文。今之儒，博穷子史，但能识其事，不能通其理者，谓之学。至如不便为诗如闫纂，善为章奏如伯松，若此之流，泛谓之笔。吟咏风谣，流连哀思者，谓之文。……至如文者，惟须绮縠纷披，宫徵靡曼，唇吻遒会，情灵摇荡。而古之文笔，今之文笔，其源又异。④

萧绎认为，“通圣人之经”的儒不同于“今之儒”，“通圣人之经”的儒既能“识其事”，又能“通其理”。这种“圣人之经”的儒家“经典”，具有陈述事理、教化的意味。颜延之有“宗经怀古”⑤ 的思想，其不仅为《论语》作注，还撰写《庭诰》之文。在《庭诰》中云：“寻尺之身，而以天地为心；数纪之寿，常以金石为量。观夫古先垂戒，长老余论，虽用细制，每以不朽见铭，缮筑末迹，咸以可久承志。况树德立义，收族长家，而不思经远乎。”颜延之受儒家思想的影响，追求天人合一的人生至境，认为有限的生命要追求不朽，树立美好的德行，正末归本，就必须“思经远”，即

---

① （梁）沈约撰：《宋书》，北京：中华书局，1974 年，第 1903 页。

② 《中国历代文论选》，第 347 页。

③ 《全宋文》把此处引文冠以“清者人之正路”标题。（清严可均辑《全宋文》，北京：商务印书馆，1999 年，第 358 页）郁沅、张明高编：《魏晋南北朝文论选》仍归入《庭诰》，此据此改。（《魏晋南北朝文论选》，北京：人民文学出版社，1996 年，第 272 页）本文引《庭诰》文，均据《全宋文》，此处争议特别注明。

④ 《中国历代文论选》，第 340 页。

⑤ 谌东飚指出，颜延之的复古是因为刘宋诗坛存在着纠东晋诗风之偏、复魏晋诗歌之古的风气。（谌东飚著：《颜延之研究》，长沙：湖南人民出版社，2008 年，第 117－132 页）

“宗经”。《庭诰》又云：

> 谚曰：“富则盛，贫则病矣。”贫之为病也，不为形色粗黶，或亦神心沮废；岂但交友疏弃，必有家人诮让。非廉深远识者，何能不移其植。故欲蠲忧患，莫若怀古。怀古之志，当自同古人，见通则忧浅，意远则怨浮。

颜延之有怀古之志，认为思想通于古之圣贤，会减轻忧虑与怨愤，即“见通则忧浅，意远则怨浮”。这遵循了儒家“思无邪”的诗教传统。经书能涤荡主体的心神，使主体臻于雅正无邪的心境。邢昺把“思无邪”注疏为：“诗之为体，论功颂德，止僻防邪，大抵皆归于正，故此一句可以当之也。”①“止僻防邪”，意为《诗经》能防止主体有不良的观念和行为，这种阐释与“见通则忧浅，意远则怨浮”传达的言外之意颇为一致。正如黄侃先生在《文心雕龙札记》中说：“不睹六艺，则无以见古人之全，而识其离合之理。”②刘勰在《文心雕龙·通变》篇中也云“矫讹翻浅，还宗经诰”。

因此，颜延之把“经典”称之为“言”，旨在表明经典是一种表明事理，具有教化色彩的文体。此“言”非彼“言”，有别于“笔之为体，言之文也”之“言”。颜延之《庭诰》云：

> 夫选言务一，不尚烦密，而至於备议者，盖以网诸情非。
>
> 凡有知能，预有文论，若不练之庶士，校之群言，……焉得以成名乎。
>
> 褒贬之书，取其正言晦义，转制衰王，……《春秋》为上。

这三段引文都与“言”有关。“言”的本义为说话，《说文》云：“直言曰言，论难曰语。”③言辞，言论都是说话的引申义。《礼记》云“史载笔，士载言”，郑玄注：“言，谓会同盟要之辞。”④《庭诰》比较全面地体现了颜延之的思想。“选言”“群言”“正言”都是颜延之的褒扬之辞，体现的是具有正面意义的言论、言辞。所以，颜延之所谓的“笔之为体，言之文也”之“言”，应该是言论、言辞之言。“笔之为体，言之文也”表述的是，笔作为一种文章体裁，是指陈述言辞的文章。这正与“竣得臣笔”之“笔”的含义相合。“笔之为体，言之文也”的“文”是广泛意义层面的文章，并非单纯的“文采”之意，但这并不是说颜延之抹杀了“笔”的文饰性，只是说颜延之在定义“笔”时，更侧重于其“陈说其事”的功用。不可否认的是，《易·文言》确有文采之美，“奇偶相生，音韵相和，如青白之成问，如咸韶之合节”⑤，这也是刘勰反驳颜延之的论据。刘勰貌似合理的论据之所以不成立，正在于其偷换了颜延之“言”

---

① 程树德撰，程俊英、蒋见元点校：《论语集释》，北京：中华书局，1990年，第65页。

② 《文心雕龙札记》，第15页。

③ （汉）许慎撰、（清）段玉裁注：《说文解字注》，上海：上海古籍出版社，1981年，第159页。

④ 《礼记正义》，《十三经注疏》本，上海：上海古籍出版社，1997年，第1250页。

⑤ （清）阮元：《书梁昭明太子文选序后》，《中国历代文论选》，第338－339页。

“笔”“文”的概念。

以此来观，钟嵘在《诗品·序》中感叹“颜延论文，精而难晓”，也确是不虚之言。在颜延之的视角内，“言”是与“笔”相对的概念，“经典则言”之“言”远远超越了“笔之为体，言之文也”之“言”的表层含义，侧重表明经典是陈述事理，具有教化色彩的文体。对“言”“笔”的认识，刘勰在《文心雕龙·总术》篇也云“经传之体，出言入笔，笔为言使，可强可弱”，这样的观点有含糊其辞之嫌。刘勰又云：“六经以典奥为不刊，非以言笔为优劣也。”六经典雅深奥，并不能简单地用“言”“笔”来区分，刘勰这句话虽是为“总术”的主题而论，但从驳斥颜延之的观点来看也未免太过笼统。

三

从颜延之“竣得臣笔，测得臣文”的观念来说，他所谓的“笔”，与萧绎所云的“不便为诗如闫纂，善为章奏如伯松，若此之流，泛谓之笔”的观点基本相同。又宗炳《又答何衡阳书》云：“才笔辨核，善可以警策世情，实中区之美谈也。”① “才笔”指《又答何衡阳书》之类的文体。古人“儒”与“文”的区别，萧绎举东汉之前的诸位文人为例，说明在东汉之前文章体裁还停留在学术范畴与文章范畴混为一体的层面，文体辨析意识比较模糊。而颜延之别出心裁，把“圣人之经”称之为“言”，又别列出“笔”，不仅表明颜延之所在的晋宋之际，文体辨析更为明显，也再次印证了颜延之“宗经”的思想。

从文体分类的角度，颜延之在“言”“笔”观外，又别列“文”，突出强调“文”的特点。《南史·颜延之传》载颜延之语“测得臣文”。颜测，延之次子，史载有集十一卷。据《全宋文》，颜测仅存《山石榴赋》《大司马江夏王赐绢葛启》《栀子赞》三篇疑为残文的文章，从这三篇文的特点来说，远远不如得颜延之之“笔”的严竣。颜测的五言诗，留存也仅《七夕连句诗》与《九日坐北湖联句诗》的残文，只有“云扃息游彩，汉渚起遥光”② 与“亭席敛徂蕙，澄洒泛初兰”两句。严峻的五言诗也仅完整存一首，名为《淫思古意诗》，其云：“春风飞远方，纪转流思堂。贞节寄君子，穷闺妾所藏。裁书露微疑，千里问新知。君行过三稔，故心久当移。”虽然只有这几句诗，对比之下，仍能发现，颜测的五言诗多用偶辞，诗情雅致，颇有颜延之“经纶文雅”③ 的遗风；而严峻的这首诗显然是模写古诗，通俗易懂。钟嵘在《诗品》中不置严竣，而把颜测置于“下品”，述评其：“祖袭颜延”“得士大夫之雅致”“最荷家声”④。钟嵘褒扬颜测承继了颜延之的诗风，最担得起颜延之家族的名声。所以，颜延之语“测得臣文”的

---

① （清）严可均辑：《全宋文》，北京：商务印书馆，1999 年，第 188 页。

② 颜测、颜竣诗见逯钦立辑：《先秦汉魏晋南北朝诗》，北京：中华书局，1983 年，第 1241－1243 页。

③ 《诗品集注》，第 351 页。

④ 《诗品集注》，第 575 页。

“文”，应该是重修饰语辞的诗赋之类，这与萧绎“至如文者，惟须绮縠纷披，宫徵靡曼，唇吻遒会，情灵摇荡”的文学观念虽不能完全等视，至少也说明了颜延之“文”的观念已经趋向于抒发雅趣、富有审美性的文体。但刘勰为了主体的文学思想建构而引用颜延之的只言片语，从而抹杀了颜延之相对成熟的文学观。

颜延之对“言”“笔”“文”的理解虽有可取之处，却模糊了文学的审美性特征，容易造成概念混淆，正如范文澜所说：“颜氏分为三类，未始不善，惟约举经典传记，则似嫌笼统。”① 这正可看作是颜延之早期的文学观。随着颜延之对“文”的深入认识，“文”的内涵逐渐确切到具有审美性的诗赋之类的文体。“言”“笔”“文”观也渐渐演化成“文”“笔”观，正是文学艺术性发展的必然结果，所以刘勰《文心雕龙·总术》篇云：“夫文以足言，理兼诗书，别目两名，自近代耳。”颜延之或许正是意识到“言”“笔”“文”定义的复杂性，才终而感叹“竣得臣笔，测得臣文”。从逻辑层面而言，刘勰所引的“笔之为体，言之文也；经典则言而非笔，传记则笔而非言”，应该在颜延之云“竣得臣笔，测得臣文”之前。

总而证之，刘勰在《文心雕龙·总术》篇对引颜延之语的理解中，偷换了颜延之“言”“笔”“文”的概念。刘勰引颜延之语，“言”的内涵表明经典是侧重陈述事理，具有教化色彩的文体，如儒家五经；“笔”的内涵是侧重用言辞陈述其事，颇具实用性的文体，如史传；“文”是广泛意义层面的文章。颜延之的分类体现了其宗经思想与文体辨析意识，但也易造成“言”“笔”“文”之间的概念混淆，这正是颜延之早期的文学观。随着颜延之对“文”的深入认识，“文”的内涵才逐渐确切到具有审美性的诗赋之类的文体，其“言”“笔”“文”观也演变为“文”“笔”观。

---

① 《文心雕龙注》，第658页。

《文心雕龙·隐秀》篇补文真伪问题考论

云南大学中文系　张国庆

在完成由笔者主持的国家社科基金项目“《文心雕龙》集注、集解、直译”（批准号08BZW001）的过程中，对于《文心雕龙·隐秀》篇历来存在的一个重大问题也就是此篇约四百字的缺文和补文的问题，有了新的认识。遂撰成此文，与学界共商。

一、《隐秀》篇中段补文真伪问题考论

在中国古代文论巨著《文心雕龙》中，《隐秀》篇有一个其它篇章都没有的独特问题，即在较早的版本中，此篇缺了一页约四百字，而在明末时此页文字又被寻到、补上。这就带来了一个问题，即补文的真伪问题。从清代直到当代，这成为《隐秀》篇研究中的一个重要问题，一直被学者们予以关注和讨论，并有着激烈的争议。

先看祖保泉对《隐秀》篇缺文和补文情况的一个简要叙述：“《文心雕龙》一书，今天能见到的刻本，以元至正十五年（1355年）嘉兴郡学本为最古，其中《隐秀》一篇有缺文。明代自弘治、嘉靖至万历间，有五种刻本，皆一如元至正本，有缺文。可是到了万历四十二年（1614年），常熟钱允治（字功甫）说：‘余从阮华山得宋本钞补，始为完书。’这是将‘补文’告诉世人的开始。天启二年（1622年）梅庆生（字子庾）刻《文心雕龙》重修本，补入四百多字，于是有《隐秀》的全文刻本流传于世。稍后，天启七年（1627年），冯舒‘钞补’《隐秀》篇，文字与钱允治藏本、梅刻本相同。到了清康熙四十年（1701年），何焯见冯舒所传钱允治本，‘记其缺字以归’。乾隆三年（1738年），黄叔琳有《文心雕龙辑注》，其《例言》第三条说：‘《隐秀》一篇，脱落甚多，注家刊刻，俱非全文，从何义门（何焯）校正本补入。’黄叔琳本流传最广，后世据此翻印，影响最大。”①

清人纪昀首先指出补文为伪托，近人黄侃亦认其为“赝”，现当代学者也大多肯定其出伪托，作了不少分析，提出不少理由。当代学者詹锳、周汝昌则认为补文为真，并作了极力的辩护。既有争议，而且争议还较为激烈，就不能说问题已经定案。但笔

① 祖保泉：《文心雕龙解说》，合肥：安徽教育出版社，1993年，第783页。又，本文引学者语较多，为节省篇幅，于学者名后皆省去“先生”一类敬称，盼谅。

者以为，只要将学者们提出的基本问题、相关分析和争议大体列出，再加以评判与申论，问题还是可以看得比较清楚的。下面就依此而行，汇聚学者们的意见而加以评判与申论，争取能够基本解决问题。

首先是《隐秀》篇一些词语的运用问题，附带还有其论诗不论文的问题。纪昀说："此一页词殊不类，究属可疑。呕心吐胆，似摭玉溪《李贺小传》'呕出心肝'，'煅岁炼年'，似摭《六一诗话》周朴'月煅季炼'语。称渊明为彭泽，乃唐人语，六朝但有征士之称，不称其官也。称班姬为匹妇，亦摭锺嵘《诗品》语。此书成于齐代，不应述梁代之说也。且《隐秀》三段，皆论诗而不论文，亦非此书之体，似乎明人伪托，不如从元本缺之"。① 对此，詹锳回应指出，东汉桓谭《新论·祛蔽》称扬雄"每上甘泉，诏令作赋，为之卒暴，思虑精苦，赋成遂困倦小卧，梦见其五脏出在地，以手收而内之"，这与补文"呕心吐胆，不足语穷"一致；据记载，张衡写《二京赋》"精思博会，十年乃成"，左思作《三都赋》"遂构思十稔"，这可与补文"煅岁炼年，奚能喻苦"互相印证；至于"月煅季炼"则比"煅岁炼年，奚能喻苦"的分量轻得多，不见得《隐秀》语从欧阳修《六一诗话》来；鲍照有《效陶彭泽体》诗一首，是六朝人已有称渊明为彭泽者；见到《隐秀》补文和锺嵘《诗品》都曾称班婕妤为"匹妇"，就说前者抄后者，尤其不成理由。② 周汝昌也指出，纪昀说"《隐秀》三段，皆论诗而不论文，亦非此书之体"，并非坚强的证据，"比如《比兴》篇，如何又去论传记？《声律》篇，怎么又去绳经史？"③

其次是补文的来历和版本问题。纪昀说："是书至正乙未刻于嘉禾，至明弘治、嘉靖、万历间，凡经五刻，其《隐秀》一篇，皆有缺文。明末常熟钱允治称得阮华山宋刊本，钞补四百余字。然其书晚出，别无显证。……况至正去宋未远，不应宋本已无一存，三百年后，乃为明人所得。又考《永乐大典》所载旧本，缺文亦同。其时宋本如林，更不应内府所藏，无一完刻。阮氏所称，殆亦影撰，何焯等误信之也"；④ "癸巳（1773 年）三月，以《永乐大典》所收旧本校勘，凡阮本所补悉无之，然后知其真出伪撰。"⑤ 詹锳则着重指出，特别值得注意的是曹批梅六次本增补的《隐秀》补文中，"恒"字缺笔作"　"，这显然是在避宋真宗的讳，"明朝中晚期还没有根据缺笔鉴定板本的风气，假如阮华山作伪，怎么会伪造得那么周到呢"？⑥ 周汝昌则说："今世所存'宋本'，……是否每部书都是前有来龙，后有去脉，著录分明，略未湮埋迷藏过的？有无忽得一宋本，未详何自，而且非赝鼎可比的？……只执着于该书之'宋本'未详

① 黄霖：《文心雕龙汇评》，上海：上海古籍出版社，2005 年，第 134 页。
② 詹锳：《文心雕龙义证》，上海：上海古籍出版社，1989 年，第 1515 页。
③ 周汝昌：《文心雕龙隐秀篇旧疑新议》，转引自《文心雕龙义证》，第 1516 页。
④ 祖保泉：《文心雕龙解说》，第 784 页。
⑤ 黄霖：《文心雕龙汇评》，第 134 页。
⑥ 《文心雕龙义证》，第 1520 页。

来去之迹，即认为‘可疑’——进而断其为伪，恐怕从论证方法上说，是稍嫌粗略孟浪的。”①

再次是关于《隐秀》缺文和补文的字数问题。王利器指出：“今所见元本，每半页十行，行二十字，其款式当出宋本，则所脱一页，当为四百字，今明人钞补者乃为四百十一字，即此亦足可以知其为伪撰矣。”② 对此，周汝昌辩称，“朱氏清楚记明了许自钱处得宋刻原本实缺‘十三字’。那么，所谓缺十三字，不知是否都是‘占了格子’的？如果缺文就是指文词缺漏不具，那个所缺的‘十三字’与所‘溢’的‘十一字’，岂不正说明问题？十一与十三之差只是两个格子的事情，则可否是空格或墨钉的‘占位’？……如果有可能是如所拟的情况，则‘四百十一字’在那一板面上又是完全‘容纳’得下了。”③ 祖保泉则有全然不同的另一番说法，其云：“明人徐𤊹在万历己未（公元1619年）刻《文心》校本的跋语中说：‘第四十《隐秀》一篇，原脱一版。予以万历戊午（公元1618年）之冬，客游南昌，王孙孝穆（朱谋㙔）云：“曾见宋本，业已钞补。”予亟从孝穆录之。’我们恰可从‘原脱一版’上看出破绽。既称‘宋本’，则是刻本，也才可说‘原脱一版’。而‘一版’脱四百十一个字（如除缺字八个，尚馀四百零三字），尾数是单数，这就不对了。一版的前半、后半字数应是相等的，也就是说，‘补文’的尾数绝对不会是单数。又，《隐秀》残文前一部分一百二十八字（自‘夫心术之动远矣’至‘澜表方圆’），如肯定‘补文’出宋本的‘原脱一版’，那末残文‘澜表方圆’四字必然是脱文前一版的末行末尾四字，否则前后两版不能衔接。残文一百二十八字要刻成多少行，末行末尾才恰是‘澜表方圆’四字呢？经计算，只有每行十六字、八行，才能如此。用这种每行十六字法推算‘补文’的‘原脱一版’那一整版（前半、后半行数字数相同）只可能有二十四行，计三百八十四字，尚馀十九字或二十七字不在‘一版’之列。这不恰恰证明伪作者之‘伪’吗？”④

再就是自然与苦思是否矛盾的问题。黄侃说：“原文明云：‘思合自逢，非由研虑’，即补亡者，亦知‘不劳妆点’，‘无待裁熔’，乃中篇忽羼入‘驰心’、‘溺思’、‘呕心’、‘煅岁’诸语，此之矛盾，令人笑诧，岂以彦和而至于斯？”⑤ 周振甫说：“在《养气》里，刘勰认为‘学业在勤’，要‘锥股自励’；写作要‘从容率情，优柔适会。若销铄精胆，蹙迫和气，秉牍以驱龄，洒翰以伐性，岂圣贤之素心，会文之直理哉！’这里正面提出反对‘呕心吐胆’、‘锻岁炼年’。刘勰在《原道》里提出‘自然之道’，在文体论、创作论里多次提到‘自然’，这是他论文的宗旨之一。因此‘呕心吐胆’、‘锻岁炼年’是违反他主张自然的论文宗旨的，不是他的意思。”⑥ 对此，周汝昌反驳

① 《文心雕龙义证》，第1523页。
② 王利器：《文心雕龙校证》，上海：上海古籍出版社，1980年，第248页。
③ 《文心雕龙义证》，第1523－1524页。
④ 《文心雕龙解说》，第785－786页。
⑤ 黄侃：《文心雕龙札记》，上海：上海古籍出版社，2000年，第195页。
⑥ 周振甫：《文心雕龙注释》，北京：人民文学出版社，1983年，第442页。

说："《文心》一书，……其中一篇，就叫《总术》，试听其言：'凡精虑造文，各竞新丽，多欲练辞，莫肯研术。''才之能通，必资晓术。'……所以他的主张是：必须像弈者，'术有恒数，按部整伍，以待情会。'……可见他从来不曾提倡'纯任自然'。就算是'自然妙会'吧，那也必须是精于文术的作家，作够了'按部整伍'的工夫后，才能有'以待情会'的结果。……所以，在彦和看来，文学创作都是'精虑'而'造'，哪有真正不虑而成'文'的人和事呢？……我们还应回顾一下彦和在刚一开卷就说的——'云霞雕色，有逾画工之妙；草木贲华，无待锦匠之奇。'而《隐秀》正谓'譬诸裁云制霞，不让乎天工；斫卉刻葩，有同乎神匠矣。'这一点，也不是什么'矛盾'、'冲突'，正是相反相成，一事两说。"[①] 詹锳也反驳说："就是周振甫本人也承认'创作的所谓自然，并不是可以随便写成，还需要苦心经营。'其实《隐秀》篇补文所谓'呕心吐胆'就是'苦心经营'的意思，和《养气》篇的主张是并没有矛盾的。"[②]

此外，还有宋代张戒引《隐秀》篇语不见于补文中的问题。黄侃说："此纸亡于元时，则宋时尚得见之，惜少征引者，惟张戒《岁寒堂诗话》引刘勰云'情在词外曰隐，状溢目前曰秀'，此真《隐秀》篇之文。今本既云出于宋椠，何以遗此二言？然则赝迹至斯愈显，不待考索文理而亦知之矣。"[③] 周汝昌则辩称："张戒在其《诗话》中，一共有两次引及了彦和的《文心》，在卷上，有一处说：'刘勰云：因情造文，不为文造情'。……刘彦和在什么时候说过了'因情造文，不为文造情'这样的九个字的原文呢？——那么，……又是什么理由使黄氏等人一眼认定并一口咬定那'隐秀逸文'十二个大字就是'宋本《文心雕龙》原文'，并且如此铁案，不可动摇呢的？"[④] 又指出：张戒所引十二字，并非《隐秀》原文，所谓"情在词外"，就是原文"义生文外"之意，而"状溢目前"则为传本《文心》所无，但补文中"远山烟霭""娈女容华"的比喻和"挥之则有馀"的说法，就正是"状溢目前"的意思。[⑤] 詹锳则认为，"情在词外曰隐，状溢目前曰秀"也一定是《隐秀》篇的原文，但应当补在什么地方，是无法确定的。[⑥]

再就是补文提及陶渊明的问题。刘永济说：补文"有'彭泽之□□'句，此彭泽乃指陶渊明。然细检全书，品列成文，未及陶公只字。盖陶公隐居息游，当时知者已鲜，……故以彭泽之闲雅绝伦，《文心》竟不及品论。浅人见不及此，以陶居刘前，理可援据，乃于此文特加征引，适足成其伪托之证。"[⑦] 詹锳反驳说："《文心雕龙》……

---

① 《文心雕龙义证》，第1518－1519页。
② 詹锳：《文心雕龙的风格学》，北京：人民文学出版社，1982年，第92页。
③ 《文心雕龙札记》，第195页。
④ 《文心雕龙义证》，第1524页。
⑤ 同上。
⑥ 《文心雕龙的风格学》，第91页。
⑦ 刘永济：《文心雕龙校释》，北京：中华书局，2007年，第140页。

全书中对于某些作家提到一次的很多，不能因为别处没有提到陶渊明，就说《隐秀》篇补文是假的。”①

以上就是主张《隐秀》篇补文或伪或真双方的根据、分析与论辩的主要之点了。此外，还有学者提到补文的一些疑点，并未引起论辩，也列举于下。

黄侃说：补文“用字之庸杂，举证之疏阔，又不足诮也。”② 陈拱觉得黄说亦非亦是，他认为：补文从“波起辞间”到“若挥之则有馀，而揽之则不足矣”描状“秀”体是很精到的，不能用“用字庸杂，举证疏阔”一笔勾销；③ 但补文“引诗征隐，而于《古诗》之离别、乐府之《长城》，而仅以‘词怨、旨深’，‘复兼乎比、兴’为说；于陈思之《黄雀》、公干之《青松》，亦仅以‘格刚、才劲’，‘并长于讽谕’为说：此其所说，殊皆泛泛，难征隐体之特质。夫‘隐也者，文外之重旨也’；‘隐以复意为工’；‘隐之为体，义生文外’：以此准衡之，则上述二例皆无与焉。盖无以明隐之所以为隐也。……《札记》谓其举证疏阔者，于此应属可说也。”④

周振甫另指出一些疑点，其大者如次。其一、“《明诗》《时序》里都没有只字提到陶渊明，可见刘勰看不上陶诗的语言质朴，又没有认识到陶诗在质朴的语言中含有深厚的情味，根本不提，又怎么会用陶来和陆相配呢？《明诗》里提‘左陆’，《时序》里提‘机云’，《才略》里也是二陆并提，因此把士衡和彭泽并提也是不符合刘的看法的。”其二、“补文一本作‘士衡之疏放，彭泽之豪逸，心密语澄，而俱适乎壮采。’功甫本缺‘疏放’‘豪逸’‘壮采’六字。……为什么一本有这六字，功甫本却没有呢？原来上文指出‘将欲征隐，聊可指篇’，而‘疏放’‘豪逸’都不是篇名，与上文失照，所以删去吧？而‘疏放’与‘壮采’又不一致。再像陶诗的‘豪逸’也不是当时人所能看到。这些是补文中露出作伪的矛盾处，所以功甫录补文时把它们删去吧？否则补文既不缺，缺的又不是一句，何以只缺关键的几个字呢？‘嗣宗之□□’，阮诗的代表作是《咏怀》，是不是补文作《咏怀》，抄录的人认为与下文‘优闲’不合，所以删去了呢？这些缺文也很可疑。”其三、“更可怪的，补文开头是讲‘隐’的，却说‘始正而末奇’，提出奇正来。奇正同隐有什么关系呢？刘勰讲奇正，像《离骚》里‘酌奇而不失其贞（正）’，《定势》里‘奇正虽反，必兼解以俱通’，《体性》里‘雅（正）与奇反’，都跟隐无关。奇正又怎跟始末联系呢？刘勰要求奇而不失正，奇求新变。‘旧练之才，则执正以驭奇；新学之锐，则逐奇而失正’，没有把相反的奇正说成‘始正而末奇’的，这也不是刘勰的观点。”⑤

---

① 《文心雕龙的风格学》，第 91 –92 页。

② 《文心雕龙札记》，第 195 页。

③ 陈拱：《文心雕龙本义》，台北：（台湾）商务印书馆，1999 年，第 992 页。

④ 同上书，第 996 –997 页。。

⑤ 《文心雕龙注释》，第 442 –443 页。

祖保泉在注解补文"煅岁炼年，奚能喻苦"的"奚"字时指出："《文心》除《隐秀》补文有一'奚'字外，全书不曾用这个字。"①

王礼卿说：补文"多用三四句之长排，与此书句法不类，亦可为伪托之一证。"②

以上罗举各家献疑及相关论辩，大者应已基本备具，细者难以一一尽出。以下略作评论或申说。

詹锳对纪昀所疑补文摭拾唐宋人语、锺嵘语的回应，是比较有道理的，很难说补文"呕心吐胆"等话就是"摭"自唐宋人语，"匹妇"就是"摭"自锺嵘《诗品》。至于纪昀指《隐秀》论诗而不论文，与《文心》之体不合，则还是有一些道理的。这里要进一步指出，就专门论诗而言，补文举例谈隐秀，竟不及《诗》《骚》，亦是很可怪的一件事。刘勰宗经，对《诗经》一向推崇备至；《诗经》之外，又喜《离骚》，同样非常推崇，故《文心》言及诗歌，常常二者并加论说或倡扬。然而此专言诗歌之补文，为何竟不提《诗》《骚》呢？此已比较可怪。进一步看，在刘勰看来，《诗经》的特点是"摛风裁兴，藻辞谲喻，温柔在诵，最附深衷"，（《宗经》）即善用比兴，婉转成喻，最能发抒深情而独具艺术感染力，这就与"隐"非常相通了。事实上，"隐"本就是诗（《诗经》）的一个显著特征，《诗经》中含有隐意的诗作是非常多见的。另一方面，在刘勰看来，《离骚》（包括屈原赋及其它楚辞作品）③ 的特点分观是"朗丽以哀志""绮靡以伤情""瑰诡而慧巧""耀艳而深华"，总看则是"自铸伟辞""气往轹古，辞来切今，惊采绝艳，难以并能"，这就与"秀"非常相通了。事实上，《离骚》乃古代诗歌中特别突出的"秀"出者，《离骚》中的警策、独拔的秀句也是非常之多的。然而就是在专举诗例以论隐秀的补文中却恰恰绝口不谈《诗》与《骚》，这就更是非常的可怪了。是刘勰突然改变了自己一向的为文习惯、基本见解呢，还是作伪者对刘勰一向的为文习惯、基本见解不大了解或是一时忘怀了呢？

就来历和版本看，缺失了数百年、不见于《永乐大典》的补文突然出现于明末，而没有其来龙去脉的明确交待和旁证，当然很值得怀疑。詹、周关于补文版本的意见，最有力的一条是补文"恒"字下缺一横，当是避宋真宗的讳，"明朝中晚期还没有根据缺笔鉴定板本的风气，假如阮华山作伪，怎么会伪造得那么周到呢"？此说初看似乎很有道理，实则很值得仔细推敲。"明朝中晚期还没有根据缺笔鉴定板本的风气"，只能说明彼时学界尚未将缺笔作为鉴定板本的手段，却不能据此断定彼时一定不会有人依据缺笔的风习而作伪。据陈垣《史讳举例》，以缺笔避帝王名讳，唐宋多有。推论起来，唐宋之后的学人，对唐宋以来的这一风习当不会完全不知。在作伪风气尤盛的晚明，会不会有敏锐的、有学识的作伪者因考虑到前代本有缺笔避讳之风而故意书"恒"

---

① 《文心雕龙解说》，第 780 页。

② 王礼卿：《文心雕龙通解》，台北：台湾黎明文化事业有限公司，1986 年，第 745 页。

③ 周振甫在《辨骚》篇的注释中说："这里用'骚'来指屈原赋和楚辞。"见《文心雕龙注释》，第 37 页。

为"恒"字下缺一横，以示补文原出宋本呢？换言之，假如在明知缺笔避讳风习的情况下而有心作伪，则书"恒"为"恒"字下缺一横，"伪造得那么周到"其实是顺理成章、不足为奇的。倘果真如此，则书"恒"为"恒"字下缺一横，反倒是利用缺笔避讳之风而作伪的一个显例了。在其它众多的迹象表明补文很可能是伪作的情况下，这样的可能性，不能排除。

关于缺文和补文的字数问题，也许是补文最突出的硬伤所在。前人均言缺文为"一叶"或"一版（板）"，王利器据元至正本《文心》指出，《隐秀》篇每半页 10 行，行 20 字，则所脱一页，当为 400 字，补文却为 411 字；祖保泉据本篇残文推定补文当为双数，所脱一版当为 384 字，但补文实际却为单数，且多出 19 字或 27 字。据此两种颇有道理的推算，补文均与缺文不符。这是认为补文为真者所很难解决的问题。

关于自然与苦思是否矛盾的问题，争论双方所说都有其道理。笔者的看法如次。《文心》谈"为文之用心"，研究了为文的诸多方面的问题，当然是主张要用心乃至精心为文的。但其谈为文有一特点，就是在重视为文的一切具体技巧，主张精心为文的同时，非常重视平时的修养、积累，所谓"积学以储宝，酌理以富才，研阅以穷照，驯致以绎辞"，"博见"而"贯一"（《神思》）也。在此基础上，则特别强调临文时的状态，"秉心养术，无务苦虑，含章司契，不必劳情"，（《神思》）"率志委和，则理融而情畅；钻砺过分，则神疲而气衰"；"率志以方竭情，劳逸差于万里；古人尚有馀裕，后进所以莫遑也"；"若销铄精胆，蹙迫和气，秉牍以驱龄，洒翰以伐性，岂圣贤之素心，会文之直理哉"；"意得则舒怀以命笔，理伏则投笔以卷怀，逍遥以针劳，谈笑以药倦"。（《养气》）就是说，刘勰是主张用心乃至精心为文的，为此就特别注重平日的厚积博见；有了平日的厚积博见，临文时当然还要精虑而造，但这精思是比较偏重自然而明显不近苦虑的，即精思而"意得"，就率志而为之；若精思而"理伏"，就要"投笔以卷怀"了，断不可再"竭情"以求之，否则就将会"销铄精胆，蹙迫和气，秉牍以驱龄，洒翰以伐性"，既伤身心性命，也非"圣贤之素心，会文之直理"。对照来看，补文所谓"恒溺思于佳丽之乡。呕心吐胆，不足语穷；煅岁炼年，奚能喻苦"，恰恰正是"劳情""苦虑""竭情""销铄精胆，蹙迫和气"的为文状态，这与刘勰所主张的为文状态，显然是有着不小区别的。

宋代张戒《岁寒堂诗话》所引"情在词外曰隐，状溢目前曰秀"二句，非常精到，与《隐秀》篇旨意极切，的确很像《隐秀》篇中文字，故论者几乎都相信或愿意相信其是《隐秀》原文。不过，诚如周汝昌所说，确乎尚没有特别直接或过硬的证据可以支持或确证这一判断。因此，不可因补文中没有此二句就断其为伪。

除《隐秀》补文外，《文心》一书都未言及陶渊明，这使得补文之言渊明显得有些突兀。加之，《文心》它处皆将陆机与左思或陆云联言，而补文却将陆机与渊明联言，则补文的这一突兀也就更加显著了一些。

此外，上举黄侃、陈拱所言补文的“举证疏阔”；周振甫所言补文的八个缺字的可疑，补文谈“隐”却提出“始正而末奇”的不当，以及“始正而末奇”就《文心》奇正说而言的不当；祖保泉所言补文“奚”字的不为《文心》全书所用，都言而有当，更增加了补文的可疑。

最后，王礼卿说补文“多用三四句之长排，与此书句法不类”，却没有举出实例。查补文，王氏所言三句的长排，约为这样两个对句：“立意之士，务欲造奇，每驰心于玄默之表；工辞之人，必欲臻美，恒溺思于佳丽之乡”；“篇中乏隐，等宿儒之无学，或一叩而语穷；句间鲜秀，如巨室之少珍，若百诘而色沮”。王氏所言四句的长排，约为这样两组句子：“《古诗》之‘离别’，乐府之《长城》，词怨旨深，而复兼乎比兴；陈思之《黄雀》，公干之‘青松’，格刚才劲，而并长于讽喻；叔夜之□□，嗣宗之□□，境玄思淡，而独得乎优闲；士衡之□□，彭泽之□□，心密语澄，而俱适乎□□”；“‘常恐秋节至，凉飚夺炎热’，意悽而词婉，此匹妇之无聊也；‘临河濯长缨，念子怅悠悠’，志高而言壮，此丈夫之不遂也；‘东西安所之，徘徊以旁皇’，心孤而情惧，此闺房之悲极也；‘朔风动秋草，边马有归心’，气寒而事伤，此羁旅之怨曲也”。这样的句法在《文心》中的确不多见，但与《文心》句法是否完全“不类”，尚待细加比对。

综上，可作如下总括：《隐秀》补文来历并不明白可信；补文字数与缺文字数明显不合；补文从内容、思想和行文的方式、习惯、质量等多个方面与《文心雕龙》全书对照，不合之处的确很多。补文“恒”字缺笔作“ ”，避宋真宗讳，似乎有助于证明补文真出宋本，但这一条似乎比较有力然而实际上却很成问题的证据，相较其它多种多样的否定性的证据，其证据力是明显不足的。总而言之，汇聚学者们提出的基本问题、相关分析和争议而加以如上评论申说之后，笔者认为，判断补文为伪撰，应该是可以的。

二、《隐秀》篇末段补文真伪问题考论

《隐秀》篇末段，也有两处补文，没有引起学者们太多的考究和争议，但笔者以为，它们是同样值得加以深入的考察探究的。

第一处补文，是“晦塞为深，虽奥非隐”八个字，补入后，与原有的文字形成一个对句，即：“或有晦塞为深，虽奥非隐；雕削取巧，虽美非秀矣。”王利器说：“冯本、汪本、佘本、张之象本、两京本、何允中本、日本活字本、梅本、王惟俭本、凌本、梅六次本、钟本、梁本、日本刊本、四库本、文通本无‘晦塞为深，虽奥非隐’二句八字。”[①]詹锳说：“‘晦塞为深，虽奥非隐’，只见于冯校本和曹批梅六次本，徐校

① 《文心雕龙校证》，第249页。

本未补此二句。其它各种元明刊本均无此二句，当是从宋本补入。”① 这两句补文，得到了学界近乎一致的认可。纪昀批曰：“精微之论。”② 张立斋说：“此八字为传钞误脱，上二句应‘隐以复意为工’而发，下二句应‘秀以卓绝为巧’而发，非浅笔伪增，宜补入。”③ 牟世金说：“证以下接‘雕削取巧，虽美非秀’二句，此补合理。”④ 总之，除近年有个别学者提出质疑⑤外，绝大多数学者对此二句八字都是深信不疑的。也因此，所见自黄叔琳《文心雕龙辑注》以后的《文心雕龙》注本，大多补入了这两句话。

另一处补文，情况稍显复杂。原先各本均有“秀句所以照文苑”一句话，但曹批梅六次本在这前面有一句补文，又对这句话有一点改动，使之成为“隐篇所以照文苑，秀句所以侈翰林”这样两句话。对于这样的增补，不少注家没有明确表态赞成还是反对，但其注本中并没有遵行，仍作“秀句所以照文苑”一句。沉默不顾似乎说明，这些注家对补文是持质疑或否定态度的。詹锳力主补入，其云：“‘隐篇’二句是据曹批梅六次本，其它各本都把这两句话错简成‘秀句所以照文苑’，就使人难以索解。纪批：此“秀句”乃泛称佳篇，非本题之“秀”字。’这简直是望文生义，无法自圆其说。《斠诠》把‘秀句’臆改为‘隐秀’，仍然是‘夔之一足’，不能自圆其说。”⑥ 牟世金赞同詹锳观点，其云：“‘秀句’句：此处意不完。秀句：纪昀评：‘此“秀句”乃泛称佳篇，非本题之“秀”字。’只就这一句七字来看，应按纪评理解才能构成完整意思；但篇题《隐秀》的‘秀’字正指‘秀句’，用‘秀句’来‘泛称佳篇’，就造成命意上的混乱。詹锳据曹学佺批梅庆生天启二年第六次校本，此句作‘隐篇所以照文苑，秀句所以侈翰林。’译文据此。”⑦ 受到詹锳批评的《斠诠》作者李曰刚则不遵梅补而另作处理，将“秀句所以照文苑”改作“隐秀所以照文苑”，解说道：“‘隐秀’原作‘秀句’，涉上句‘篇章秀句’而脱衍。上文‘虽奥非隐，虽美非秀’，以隐秀对举，此句盖即正承上文作结。若仅言秀句，则文不周延矣。纪评云：‘此“秀句”乃泛称佳篇，非本题之“秀”字。’是纪氏已知其有误，故作如此说。兹审上下文义订正。”⑧

我们的讨论，就从诸家对第二条补文的不同意见开始。

---

① 《文心雕龙义证》，第 1506 页。

② 《文心雕龙义证》，第 1506 页。

③ 张立斋：《文心雕龙考异》，北京：国家图书馆出版社，2010 年，第 187 页。

④ 牟世金、陆侃如：《文心雕龙译注》，济南：齐鲁书社，1982 年，第 260 页。

⑤ 杨明：《刘勰论“隐秀”和锺嵘论“兴”》，载《论刘勰及其文心雕龙》，北京：学苑出版社，2002 年，第 246－254 页；《〈文心雕龙·隐秀〉补文中的八个字》，见杨明：《欣然斋笔记》，北京：东方出版中心，2010 年，第 171－173 页。

⑥ 《文心雕龙义证》，第 1510－1511 页。

⑦ 《文心雕龙译注》，第 261 页。

⑧ 李曰刚：《文心雕龙斠诠》，台湾国立编译馆中华丛书编审委员会编印发行，1982 年，第 1854－1855 页。

仔细考察就会发现，诸家对第二条补文的不同意见，其实有一个基本的共同点，即都认为原文“秀句所以照文苑”句意不完整，与“隐秀”不相应。纪昀称：“此‘秀句’乃泛称佳篇，非本题之‘秀’字。”为什么这样说？因为在他看来，此“秀”字若指本题之“秀”亦即“隐秀”的“秀”，那么“秀句所以照文苑”就没有讲到隐，就与本文的主旨“隐秀”不相承应了。而若果将此“秀”字理解为“泛称佳篇”，那么“秀句所以照文苑”也就没有单提“秀”而不提“隐”，也就没有了与全篇主旨“隐秀”不相承应的问题了。换言之，“秀句所以照文苑”也就没有了造成文章前后不一的毛病了。李曰刚改原句为“隐秀所以照文苑”，同样是觉得“秀句所以照文苑”孤出而与上文失照，“上文‘虽奥非隐，虽美非秀’，以隐秀对举，此句盖即正承上文作结。若仅言秀句，则文不周延矣。”詹锳、牟世金采信梅补，同样是因为它解决了“秀句所以照文苑”一句的“使人难以索解”“意不完”的问题。为什么“秀句所以照文苑”会“使人难以索解”“意不完”呢？同样是因为它单称“秀”而不提“隐”，与全篇主旨“隐秀”失去承应。也就是说，要解决的问题是同一个，即“秀句所以照文苑”一句不能与“隐秀”全面照应的问题，但解决的办法则各各不同。那么，这些解决办法是否可取呢？下文将作出回答。

这里要插进来，讨论一下对“秀句所以照文苑”前面的“故自然会妙，譬卉木之耀英华；润色取美，譬缯帛之染朱绿。朱绿染缯，深而繁鲜；英华曜树，浅而炜烨”一段话的理解问题。詹锳说：“‘自然会妙，譬卉木之耀英华’，是说如何形成‘秀句’；‘润色取美，譬缯帛之染朱绿’，是说如何形成‘隐篇’。‘朱绿染缯，深而繁鲜’，是说的‘隐’；‘英华曜树，浅而炜烨’，是说的‘秀’。这就是‘辞浅而义深’，‘隐’与‘秀’相反而实相成的道理。”① 陈拱的理解却迥然不同，其云：“细绎文义，自‘故自然会妙’以下至此（“此”指“秀句所以照文苑，盖以此也”——引者），彦和以‘卉木耀英’、‘缯帛染朱’喻‘自然’与‘著色’，实止言秀体，并无及于隐也。盖隐之为体义生文外，实非‘卉木耀英’及‘繒帛染朱’所能喻也。此二句所能喻者惟秀体耳。秀体由卓绝之句组成，故末即结之以‘秀句所以照文苑’云云。故本段止言秀而未及隐，殊嫌孤出，颇可怪！”② 细衡之，詹锳处处扣紧隐秀作解释，虽然似乎扣合全篇主旨，然而将“潤色取美，譬繒帛之染朱绿”说成是形成“隐篇”，将“朱绿染繒，深而繁鲜”说成即是“隐”，却实在是牵强不合。因为二句所言之美色繁鲜，分明是卓绝、独拔、秀丽的“秀”句之美，而与“重旨”“复意”的“隐”篇之义无关。诚如陈拱所言，“隐之为体义生文外，实非‘卉木耀英’及‘繒帛染朱’所能喻也。此二句所能喻者惟秀体耳。”而这就带出了一个问题：在这两句话后面，是应该紧接原文“秀句所以照文苑”呢，还是应该紧接补文“隐篇所以照文苑，秀句所以侈翰

① 《文心雕龙义证》，第1510页。
② 《文心雕龙本义》，第1001页。

林”呢？答案是简单明白的：紧接原文，则前后文气一贯，均言秀句；紧接补文，则前后文不相应，前言秀句而后忽兼言隐与秀；因此，应该紧接原文而不应该紧接补文。也就是说，就这里上下文的文脉文气看，原文本是，补文为非。而就着这一结论反观梅氏補文以及詹锳、牟世金、纪昀、李曰刚诸家对“秀句所以照文苑”的处理，则都属于多余了，因为原句本是，本就不需要作任何的增补或处理。

然而这样一来，一个相关的问题立刻又出现了，也就是陈拱所提出的问题，“本段止言秀而未及隐，殊嫌孤出，颇可怪！”的确，虽然“卉木”“繒帛”“秀句”数语自身的矛盾消除了，但置诸整个末段乃至全篇之中，它“止言秀而未及隐”，不是“殊嫌孤出，颇可怪”了吗？说到这里，我们应该回头看一看此数语在本段（即末段）文字中与上文（这几句话在本段居末，故无下文）的关系了。很容易发现，止言秀句的此数语与本段其它文句都没有矛盾，而唯独与第一处补文“晦塞为深，虽奥非隐”不相协调。于是，我们终于开始直面这第一处补文了。在确定了“卉木”等数语是“止言秀而未及隐”之后再作考察，我们发现，“晦塞为深，虽奥非隐”这八个字在末段之中其实是没有任何前后照应的，它反而成了“殊嫌孤出，颇可怪”的文字了！难道为学界所几乎一致肯定的“晦塞為深，虽奥非隐”，反而成了有问题的补文了吗？笔者的回答是肯定的。现在，我们将两处补文都去掉，来看一看曹批梅六次本以前的末段原貌：

> 凡文集胜篇，不盈十一；篇章秀句，裁可百二：并思合而自逢，非研虑之所课也。或有雕削取巧，虽美非秀矣。故自然会妙，譬卉木之耀英华；润色取美，譬缯帛之染朱绿。朱绿染缯，深而繁鲜；英华曜树，浅而炜烨。秀句所以照文苑，盖以此也。

很显然，这是一段仅仅对“秀”进行总结的文字，文从字顺，文脉一贯，清楚明白，毫无含糊，也毫无问题。同样显然的是，正是两处补文，平添末段许多含混，使得文字间问题丛生，也使得研究者疑窦丛生。那么，这样一段清楚明白的文字，为什么有人要补入那两处文字呢？又为什么学者们大都认可所补“晦塞为深，虽奥非隐”八字而又对后一处补文不大相信、对“秀句所以照文苑”等大伤脑筋呢？试推论如下。

首先，本篇题为“隐秀”，篇中亦分论隐秀，大约补文者认为，到了篇末，也应当总括隐秀而论才是，可原文却只说秀而不说隐，与全文照应不是很好，所以就补上了“晦塞为深，虽奥非隐”八个字来与全文照应，以使全文更加完整。而大约也是出于基本相同的原因，并由于这八个字本身的确补得极佳（用语精到深切“隐”旨，与《文心》语句常态高度吻合，与后一句话属对工稳并共同照应篇题），所以虽然这一补文的来历其实很可疑（详下），但学者们还是大都欣然认可了这一补文。由于补入了这两句，虽与全文似更协调一些，却带来了其与下文没有照应的新问题，于是补文者就在下文再作补改，以补改后的下文“隐篇所以照文苑，秀句所以侈翰林”来与第一处补文形成前后照应。可是这补改的下文的客观效果却不十分好，也许是由于这一补文来历可疑（详下）而且补、改又多，所以它没有得到太广泛的赞同，反而引发了很多的思考。由于学者们大多是在完全肯定第一处补文“晦塞为深，虽奥非隐”的前提下来进行思考的，所以就采取了各种办法来解决“秀句所以照文苑”与篇题“隐秀”和上文“虽奥非隐……虽美非秀”等不相协调的“问题”，于是就出现了不少勉为其难而又“无法自圆其说”的解决方案。而不去寻求解决上述问题的陈拱，却为同样的“问题”（“秀句所以照文苑”等句与篇题“隐秀”和上文“虽奥非隐……虽美非秀”等不相协调的问题）而感到非常的“可怪”。也许可以说，如果学者们不是首先坚信了前面补文“晦塞为深，虽奥非隐”的话，或者换句话说，如果学者们首先并不相信前面补文的话，那么他们也就不会为后面“秀句所以照文苑”的“问题”而大费周章了。

这里还要再说一下补文来历可疑的情况。其实上面的相关引文已经表明了这一情况，但也许读者并未特别注意，这里不妨再次引出，供读者判断。关于第一处补文，王利器说：““冯本、汪本、佘本、张之象本、两京本、何允中本、日本活字本、梅本、王惟俭本、凌本、梅六次本、钟本、梁本、日本刊本、四库本、文通本无‘晦塞为深，虽奥非隐’二句八字。”詹锳说：“‘晦塞为深，虽奥非隐’，只见于冯校本和曹批梅六次本，徐校本未补此二句。其他各种元明刊本均无此二句，当是从宋本补入。”詹锳说“当是从宋本补入”，并没有提出证据，显然只是推测，而从其“只见于冯校本和曹批梅六次本，徐校本未补此二句。其他各种元明刊本均无此二句”看，“晦塞为深，虽奥非隐”八字补文的来历确乎是很可疑的。至于第二处补文，詹锳说：“二句是据曹批梅六次本，其他各本都把这两句话错简成‘秀句所以照文苑’。”唯“曹批梅六次本”有此二句，而“其他各本”皆不然，这来历还不透着大大的可疑吗?

剔除了两处补文，末段就成了集中论“秀”的一段文字。随之而来的一个问题是：在《隐秀》篇的末段，不去总结性地兼括隐秀特征而却单独论秀，这可能吗?笔者以为，这完全可能。在《文心》的文体论部分，各篇文章的末段基本都是“敷理以举统”，即对该篇论题要旨作出理论上的总结。但《文心》的创作论部分却并不如此，各篇文章的末段并不一律，更没有如同文体论部分一样的规律，往往根据需要而自作安排。《隐秀》篇就处于创作论部分中，它并不一定非在末段兼论隐秀二者不可。事实上，此篇首段已很好地总论了隐秀二者的特征，末段之后的“赞”语（“深文隐蔚，余味曲包。辞生互体，有似变爻。言之秀矣，万虑一交。动心惊耳，逸响笙匏”）又对隐秀二者的特征作了很好的总括，首尾实已互相照应，则末段不再兼论二者，也是很自然的事。

本篇中段原缺约四百字而后又“复得”了四百多字补文，末段又多了两处补文，历来让研究者头痛不已。现在剔除了所有补文，笔者觉得，似乎存在一种可能，即：可以依据现存残文而推知原文的大体面貌。笔者有此推测的冲动，却并无确凿的把握，下面姑推之，不过提供一种看法、思路，供大家参考和批评而已。

现存残文，首段总说隐秀二者特征，未完，即逢缺页，缺页应稍涉首段文字，而主要涉及后面段落的文字。末段完整，集中论“秀”。末段之前，尚存一句基本完整的属于前面段落的文字，即：“‘（朔）风动秋草，边马有归心，’气寒而事伤，此羁旅之怨曲也。”由于此句话列举的是一联诗句，属于“摘句论诗”，而本篇言“秀”亦多以“句”的面目出现（“篇章秀句”，“秀句所以照文苑”），又由于此句话的下面就紧接着论“秀”、“秀句”的末段，那末此句话很可能就是对“秀句”的举例。进一步，此句所在的段落，很可能就是专门列举“秀句”之例证（类似现在补文所言之“如欲辨秀，亦惟摘句”）的一个段落。也就是说，这两段文字，上一段举例以征“秀”，末段具体讨论“秀”的特征。我们知道，《文心》一书甚多骈偶对仗，其行文也常常注重形式之规整、有序，它既如此来论“秀”，就也很可能会如此来论“隐”。故依末二段的论述次序，似可推测：其前面两段，亦当先为列举“隐”、隐篇例证（类似现在补文所言之“将欲征隐，聊可指篇”）的段落，而后是论“隐”之特征的段落。如果真是这样的话，那末《隐秀》全篇的段落及其次序也就清楚完整地呈现出来了：首段总论隐秀特质，二段举例征“隐”，三段具体总结“隐”之特征，四段举例征“秀”，末段具体总结“秀”之特征，最后的“赞”语则括言隐秀二者。全篇结构严整，秩序井然。当然，所谓“段”是后起的概念，早先是不分“段”的，皆一篇文章连刻到底，到了“赞”语才稍加区隔。所以，这里所谓“全篇的段落”“次序”云云，其实就是《隐秀》篇可能的先后论述次序罢了。

在本文即将结束的时候，还要再回到补文上来。王欣夫在《王欣夫说文献学》（上海古籍出版社，2000 年）之《明人擅改古书的荒谬》一节中指出：“明人对于校雠之业，非但不能继承宋、元的坠绪，相反地好擅改古书，贻误后人，尤以万历间为最。顾炎武《日知录》：‘万历间人，多好改窜古书，人心之邪，风气之变，自此而始。’”《隐秀》篇约四百字的大段补文即首见于万历四十二年（1614 年），末段补文亦出稍后的天启二年（1622 年），这就更增加了其为明人臆补的可能性。当然，《隐秀》篇的补文，大约并非出自“心邪”妄改，应该还是相关学者对《文心雕龙》爱之甚深而憾其文缺，欲成全璧而用心以为的吧。这里要特别指出的是，诚如一些学者所言，补文虽出于伪撰，却并不等于完全没有价值，它仍然有一些不错的乃至精到的论述或话语，值得我们在认识或研究“隐秀”时加以重视和参考。如其“彼波起辞间，是谓之秀，纤手丽音，宛乎逸态，若远山之浮烟霭，娈女之靓容华。然烟霭天成，不劳于妆点；容华格定，无待于裁熔”，就是关于“秀”的很不错的形容与论述。又如末段补文之“晦塞为深，虽奥非隐”八字，单独看更是极为精彩：它既切“隐”的旨趣，对于揭示“隐”理解“隐”有着明显的价值，又合于刘勰文风，更与“雕削取巧，虽美非秀”属对工稳并共同照应篇题。惜乎置诸全篇，犹未为尽善也。换言之，补文虽有种种问题，却也是前人用心乃至精心之作，仍有一定价值，可以参考而未可悉加抹杀。也因此，笔者是怀着几分尊敬与惋惜之情，将它们请出原文去的。

《文心雕龙》在明清诗话中的题称及接受

山东大学（威海）文化传播学院　洪树华

“题称”一词，并非笔者所创。清人乔亿《剑溪说诗》卷上云：“诗与题称乃佳。如《石鼓歌》三篇，韩、苏为合作，韦左司殊未尽致。《桃源行》四篇，摩诘为合作，昌黎、半山大费气力，梦得亦澄汰未精。”① 乔亿论诗，十分重视诗题，多次提及诗题。他说：“论诗当论题。魏、晋以前，先有诗，后有题，为情造文也；宋、齐以后，先有题，后有诗，为文造情也。诗之真伪，并见于此。”“唐人制题简净，老杜一字二字拈出，更古。”“唐人间作长题，细玩其诗，如题安放，极见章法。”“长题亦权舆于谢，艺苑宗之。”“题详尽，则诗味浅薄无余蕴。”“诗题至于玉局，别搆佳境，唐人家法，为稍变矣。”“元人诗题太细碎，殊欠浑雅。”“唱和须择人，作诗须择题。”② 乔亿说的“题称”，指的就是诗名、诗题，或者说“题称”就是“题名”。针对书而言，“题称”就是书名。笔者拟对刘勰的《文心雕龙》在明、清诗话中的题称作一考察，同时审视明、清诗论家对《文心雕龙》的接受。

一、《文心雕龙》在明、清诗话中的题称

在中国古代诗话中，《文心雕龙》的题称至今可能没有引起太多的关注。笔者查阅了《全明诗话》③ 和《清诗话》、《清诗话续编》④，发现在明、清两代诗话里，《文心雕龙》的文句共被引用（或摘录）了120余次，其中涉及了《文心雕龙》的题称。关于《文心雕龙》在明、清诗话中的题称分布情况，见下表所列：

① 郭绍虞编选、富寿荪校点《清诗话续编》（上），上海：上海古籍出版社，1983年，第1085页。

② 郭绍虞编选、富寿荪校点《清诗话续编》（上），上海：上海古籍出版社，1983年，第1103页。

③ 周维德集校：《全明诗话》（1－6），济南：齐鲁书社，2005年。

④ 王夫之等撰：《清诗话》，上海：上海古籍出版社，1999年；郭绍虞编选、富寿荪校点：《清诗话续编》（上、下），上海：上海古籍出版社，1983年。

表1 《文心雕龙》在明、清诗话中的题称[1]

	题称及次数 / 诗话	《文心雕龙》	《文心》	《雕龙》	合计次数
明代诗话	《四溟诗话》	1			1
	《解颐新语》			1	1
	《说诗》		10	1	11
	《诗薮》		1	2	3
	《诗源辩体》	1			1
	《唐音癸签》	2			2
	《说诗补遗》		4		4
	《藕居士诗话》	1			1
	《雅伦》	14			14
清代诗话	《渔洋诗话》	1			1
	《诗学纂闻》	3			3
	《拜经楼诗话》	1			1
	《诗辨坻》	1			1
	《围炉诗话》	1			1
	《小澥草堂杂论诗》	1			1
	《剑谿说诗》			1	1
	《诗学源流考》	1			1
	《退庵随笔》	1			1
	《诗概》	3			3
合计		32	15	5	52

从上表看，《文心雕龙》在明、清诗话中的题称，除了书名全称《文心雕龙》之外，还有《文心》《雕龙》。据笔者统计，在明、清诗话里，《文心雕龙》的题称全称是最多的，共有32次，其中明代诗话出现19次（仅明人费经虞的《雅伦》共出现了14次），清代诗话出现了13次。

题称《文心》共有15次，且都是在明代诗话中出现，如明代谭浚《说诗》说：

《文心》曰："古汉《十九首》，或称枚乘，而《孤竹》一篇，则傅毅之词，

① 本表所列的诗话均出自周维德集校：《全明诗话》（1－6），济南：齐鲁书社，2005年；王夫之等撰：《清诗话》，上海：上海古籍出版社，1999年；郭绍虞编选、富寿荪校点：《清诗话续编》（上、下），上海：上海古籍出版社，1983年。

两汉杂收，五言冠冕也。"①

根据比对，《说诗》的引文来自《文心雕龙·明诗》，但是文句有差异。今见范文澜《文心雕龙注》：

又古诗佳丽，或称枚叔，其孤竹一篇，则傅毅之词，比采而推，两汉之作乎？观其结体散文，直而不野，婉转附物，怊怅切情，实五言之冠冕也。②

可见明人谭浚把《文心雕龙》简称为《文心》。在明代诗话中，就题称《文心》而言，谭浚《说诗》就出现10次，冯复京《说诗补遗》出现了4次，胡应麟《诗薮》出现了1次，如胡应麟《诗薮》杂编卷一说：

《古诗十九首》并逸姓名，独《玉台新咏》取"西北有高楼"八首，题枚乘，差可据。以诸篇气法例之，概当为乘作。然钟嵘《诗品》已谓"王、杨、枚、马，吟咏靡闻。"《文选》、《文心》，亦无明指，不知《玉台》何从得之？至"两宫双阙"语，诚类东京，而"凛凛岁云暮"、"孟冬寒气至"、"客从远方来"、"冉冉孤生竹"，《玉台》皆别录，则他篇非乘作明甚。宜昭明通系之于古也。刘彦和云："《孤竹》一篇，傅毅之辞。"而《玉台》了无作者。③

由上述引文获悉，明代诗论家胡应麟把《文心雕龙》简称为《文心》。然而，相比而言，题称《雕龙》则很少，如明人胡应麟《诗薮》内编卷二：

萧统之《选》，鉴别昭融。刘勰之评，议论精凿。钟氏体裁虽具，不出二书范围。至品或上中倒置，词则雅俚错陈，非萧、刘比也。明则昌穀《谈艺》，可并《雕龙》；廷礼《正声》，无惭《文选》。④

又《诗薮》外编卷二：

六代选诗者，昭明《文选》，孝穆《玉台》；评诗者，刘勰《雕龙》，钟嵘《诗品》。刘、钟藻鹭，妙有精理，而制作不传。⑤

胡应麟把《文心雕龙》简称为《雕龙》。笔者查阅了明、清诗话，发现题称《雕龙》仅有5次，其中明代诗话出现了4次，清代诗话出现了1次，如乔亿《剑溪诗说》卷上说：

---

① 周维德集校：《全明诗话》（三），济南：齐鲁书社，2005年，第1855页。
② 范文澜：《文心雕龙注》（上），北京：人民文学出版社，1958年，第66页。
③ 周维德集校：《全明诗话》（三），济南：齐鲁书社，2005年，第2666页。
④ 周维德集校：《全明诗话》（三），济南：齐鲁书社，2005年，第2513页。
⑤ 周维德集校：《全明诗话》（三），济南：齐鲁书社，2005年，第2589页。

《雕龙》曰："阮旨遥深。"《诗品》曰："言在耳目之内，情寄八荒之表。"近日沈先生谓"阮公《咏怀》，反覆零乱，兴寄无端，和愉哀怨，俶诡不羁，读者莫求归趣"。合诸评语观之，阮诗精神出矣。①

追溯源头，《文心雕龙》简称为《文心》、《雕龙》，其实最早就出自《文心雕龙》最后一篇。刘勰本人在《序志》中说：

"夫'文心'者，言为文之用心也。昔涓子《琴心》，王孙《巧心》，心哉美矣，故用之焉。古来文章，以雕缛成体，岂取驺奭之群言'雕龙'也？"②

"盖《文心》之作也，本乎道，师乎圣，体乎经，酌乎纬，变乎骚，文之枢纽，亦云极矣。"③

从上述两段引文看，刘勰在《序志》中开场就解释了《文心雕龙》的书名"文心"、"雕龙"，然后又指出了该书《原道》等五篇是作文之道，是指导文章写作的关键（枢纽）。自此之后，后人遂有《文心》《雕龙》之称。在明、清诗话中，《文心雕龙》简称为《文心》或《雕龙》，可以说是明、清诗论家受刘勰《序志》一文的影响。清代的章学诚在《文史通义》内编卷五"诗话"里也把《文心雕龙》简称为《文心》，如：

《诗品》之于论诗，视《文心雕龙》之于论文，皆专门名家，勒为成书之初祖也。《文心》体大而虑周，《诗品》思深而意远；盖《文心》笼罩群言，而《诗品》深从六艺溯流别也。④

《诗品》《文心》，专门著述，自非学富才优，为之不易，故降而为诗话。沿流忘源，为诗话者，不复知著作之初意矣。⑤

章学诚把《文心雕龙》与钟嵘《诗品》并举而谈，将《文心雕龙》简称为《文心》，称赞它是"体大而虑周"。《文心》简称的影响还沿至现代，如鲁迅就将《文心雕龙》简称为《文心》，他在《题记一篇》中说：

"而篇章既富，评骘遂生，东则有刘彦和之《文心》，西则有亚里士多德之《诗学》，解析神质，包举洪纤，开源发流，为世楷式。"⑥

鲁迅把刘勰的《文心雕龙》简称为《文心》，与古希腊的著名的哲学家、文艺理论家

---

① 郭绍虞编选、富寿荪校点：《清诗话续编》（上），上海：上海古籍出版社，1983 年，第 1077 页。

② 范文澜注：《文心雕龙注》（下），北京：人民文学出版社，1958 年，第 725 页。但标点符号据王运熙、周锋《文心雕龙译注》（北京：人民文学出版社，2012 年，第 341 页）而修改。

③ 范文澜注：《文心雕龙注》（下），北京：人民文学出版社，1958 年，第 727 页。但标点符号据王运熙、周锋《文心雕龙译注》（人民文学出版社，2012 年，第 344 页）而修改。

④ 章学诚著、叶瑛校注：《文史通义校注》（上册），北京：中华书局，1985 年，第 559 页。

⑤ 章学诚著、叶瑛校注：《文史通义校注》（上册），北京：中华书局，1985 年，第 559 - 560 页。

⑥ 《鲁迅全集》（第八卷），北京：人民文学出版社，1981 年，第 332 页。

亚里士斯多德的《诗学》并举，视为东、西方文论的“楷式”。

需要指出的是，笔者发现周维德在点校明人谭浚《说诗》时，竟然误标《文心雕龙》的简称为《雕龙文》：

> “言诗，学诗，著于圣论。多识专对，利于世道。故叙诗者：子夏、毛公、郑玄、卫宏。叙赋者：扬雄、班固、左思、陆机。《流别论》于挚虞、《雕龙文》于刘勰，评品者钟仲宏，缘起者任彦升也。”①

如果按周维德的标点，那么挚虞的《文章流别论》就简称为《流别论》，刘勰的《文心雕龙》简称为《雕龙文》。但是，笔者发现挚虞的《文章流别论》简称为《流别》，如刘勰《文心雕龙》中的最后一篇《序志》：

> “详观近代之论文者多矣：至于魏文述《典》、陈思序《书》、应瑒《文论》、陆机《文赋》、仲恰《流别》、宏范《翰林》，各照隅隙，鲜观衢路。或臧否当时之才，或铨品前修之文，或泛举雅俗之旨，或撮题篇章之意。魏《典》密而不周，陈《书》辩而无当，应《论》华而疏略，陆《赋》巧而碎乱，《流别》精而少巧，《翰林》浅而寡要。”②

从《序志》中的引文看，刘勰两次把挚虞的《文章流别论》简称为《流别》。可见，早在南朝刘宋时代刘勰就把挚虞的《文章流别论》简称为《流别》。

其实，上述引自明人谭浚《说诗》的话语，标点应该如下：

> “言诗，学诗，著于圣论。多识专对，利于世道。故叙诗者：子夏、毛公、郑玄、卫宏。叙赋者：扬雄、班固、左思、陆机。《流别》论于挚虞、《雕龙》文于刘勰。评品者，钟仲宏。缘起者，任彦升也。”

需要说明的是，“《流别》论于挚虞、《雕龙》文于刘勰”，引文中的“论”和“文”均作动词。“评品者，钟仲宏”，“钟仲宏”指钟嵘，但是据核查，钟嵘字仲伟。从笔者标点的上述引文看出，《文心雕龙》的简称应该是《雕龙》，而不是《雕龙文》。

总而言之，《文心雕龙》的题称只有三种：一是全称《文心雕龙》，二是《文心》，三是《雕龙》。此外，再无其他题称。

二、明、清诗论家对《文心雕龙》的接受

众所周知，刘勰的《文心雕龙》是中国古代一部最重要的文艺理论著作，对中国

① 周维德集校：《全明诗话》（三），济南：齐鲁书社，2005 年，第 1872 页。

② 范文澜注：《文心雕龙注》（下），北京：人民文学出版社，1958 年，第 726 页。但标点符号据陆侃如、牟世金《文心雕龙译注》（济南：齐鲁书社，1995 年，第 606 页）而修改。

古代文论产生了重大而深远的影响。关于它的传播和影响，汪春泓先生著有《文心雕龙的传播和影响》① 一书，然而细读发觉：就明、清而言，该书涉及的诗话材料很少，因而未能详尽把握明、清诗论家对《文心雕龙》的接受。为了尽可能全面勾勒出《文心雕龙》对明、清诗话的影响，笔者通读《全明诗话》（1－6册）及《清诗话》、《清诗话续编》（上、下），发现明、清诗论家对它十分重视，《文心雕龙》被多次引用或摘录，次数高达120多次。现把《文心雕龙》在明、清诗话中的引文或摘录情况列表如下：

表2 《文心雕龙》在明、清诗话中的引文或摘录情况②

引文对照 / 诗话		引文或摘录	《文心雕龙注》（范文澜注）	篇目
明代诗话	《升菴诗话》	刘彦和云："四言正体，雅润为本；五言流调，清丽居宗。"（p. 889）	四言正体，则雅润为本；五言流调，则清丽居宗。（范注本 p. 67）	《明诗》
		刘勰云："'灼灼'状桃花之鲜，'依依'尽杨柳之貌，'喈喈'逐黄鸟之声，'嗷嗷'学鸿雁之响，虽复思经千载，将何易夺？"（p. 1040）	故灼灼状桃花之鲜，依依尽杨柳之貌，杲杲为出日之容，瀌瀌拟雨雪之状，喈喈逐黄鸟之声，喓喓学草虫之。皎日嘒星，一言穷理；参差沃若，两字穷形：并以少总多，情貌无遗矣。虽复思经千载，将何易夺？（范注本 p. 693－694）	《物色》
		刘勰云："铅黛所以饰貌，而盼倩生于淑姿；文采所以饰言，而辩丽本于情性。"（p. 1062）	夫铅黛所以饰容，而盼倩生于淑姿；文采所以饰言，而辩丽本于情性。（范注本 p. 538）	《情采》
	《四溟诗话》	《文心雕龙》曰："诗有恒裁，思无定位。"（p. 1339）	诗有恒裁，思无定位（范注本 p. 67－68）	《明诗》
	《解颐新语》	刘勰云："自风雅寝声，莫或抽绪，奇文郁起，其《离骚》哉！乃雅颂之博徒，而词赋之英杰也。"（p. 1385）	自风雅寝声，莫或抽绪，奇文郁起，其离骚哉！（范注本 p. 45） 乃雅颂之博徒，而词赋之英杰也。（范注本 p. 47）	《辨骚》
		刘勰云：钧天九奏，既其上帝，葛天八阕，爰乃皇时。咸英以降，涂山歌于候人，始为南音；有娀谣乎飞燕，始为北音。夏甲叹于东阳，东音攸发；殷厘思于西河，西音以兴。（p. 1390）	钧天九奏，既其上帝；葛天八阕，爰乃皇时。自咸英以降，亦无得而论矣。至于涂山歌于候人，始为南音；有娀謡于飞燕，始为北声；夏甲叹于东阳，东音以发；殷整思于西河，西音以兴：音声推移，亦不一概矣。（范注本 p. 101）	《乐府》

---

① 汪春泓：《文心雕龙的传播和影响》，北京：学苑出版社，2002年。

② 本表所列的诗话均出自周维德集校：《全明诗话》（1－6），济南：齐鲁书社，2005年；王夫之等撰：《清诗话》，上海古籍出版社，1999年6月第1版；郭绍虞编选、富寿荪校点《清诗话续编》（上、下），上海：上海古籍出版社，1983年。《清诗话续编》的页码显示（XP）。

（续表）

诗话 \ 引文对照	引文或摘录	《文心雕龙注》（范文澜注）	篇目
	刘勰《雕龙》：诗有恒裁，体无定位，随性适分，鲜能通圆。若妙识所难，其易也将至；忽之为易，其难也方来。（p. 1394）	诗有恒裁，思无定位，随性适分，鲜能通圆。若妙识所难，其易也将至；忽之为易，其难也方来。（范注本 p. 67－68）	《明诗》
	刘勰云：意授于思，言授于意。密则无际，疏则千里。或理在方寸，而求之域表；或义在咫尺，而思隔山河。（p. 1395）	是以意授于思，言授于意；密则无际，疏则千里；或理在方寸而求之域表，或义在咫尺而思隔山河。（范注本 p. 494）	《神思》
	刘勰曰：四言正体，雅润为本。五言流调，清丽居宗。七言成章，必优柔和平；长短兴歌，贵抑扬顿挫。又云：华实异用，惟才所安。故平子得其雅，叔夜含其润，茂先拟其清，景阳振其丽。兼善则子建、仲宣，偏美则太冲、公干。（p. 1397）	若夫四言正体，则雅润为本；五言流调，则清丽居宗。华实异用，惟才所安。故平子得其雅，叔夜含其润，茂先凝其清，景阳振其丽；兼善则子建仲宣，偏美则太冲公干。（范注本 p. 67）	《明诗》
《诗体明辩》	梁刘勰曰：诗人善于形容，言峻则“嵩高极天”，论狭则“河不容舠”，说多则“子孙千亿”，称少则“民靡孑遗”，辞难虽已甚，其意无害也。（p. 1454－1455）	是以言峻则嵩高极天，论狭则河不容舠，说多则子孙千亿，称少则民靡孑遗，襄陵举滔天之目，倒戈立漂杵之论，辞虽已甚，其义无害也。（范注本 p. 608）	《夸饰》
	至论其正体，则梁刘勰所谓“以雅润为本”者是也。（p. 1459） 至论其体，则刘勰所云：“五言流调，清丽居宗”者是也。（p. 1459）	四言正体，则雅润为本；五言流调，则清丽居宗。（范注本 p. 67）	《明诗》
《说诗》	刘氏云：“环譬寄情为‘兴’。”（p. 1806）	兴则环譬以记（一作托）讽（范注本 p. 601）	《比兴》
	刘勰曰：贵古贱今者，二王也；崇已抑人者，班、曹也；信伪迷真者，楼护也。（p. 1826）	而贵古贱今者，二主是也；才实鸿懿，而崇已抑人者，班曹是也；学不逮文，而信伪迷真者，楼护是也（范注本 p. 714）	《知音》
	刘氏云：“二言肇于黄世《竹弹》之谣，三言兴于虞时《元首》之歌，四言见于夏年《洛汭》之训，五言广于周代《行露》之章，六言、七言出于《齐风》　《还》、《著》之篇。”（p. 1827）	寻二言肇于黄世，竹弹之谣是也；三言兴于虞时，元首之诗是也；四言广于夏年，洛汭之歌是也；五言见于周代，行露之章是也，六言七言，杂出诗骚，而体之篇，成于两汉：情数运周，随时代用矣。（范注本 p. 571）	《章句》
	《文心》曰：“析句弥密，联字合趣。契机者入巧，浮假者无功。”（p. 1833）	至于魏晋群才，析句弥密，联字合趣，剖毫析厘。然契机者入巧，浮假者无功。（范注本 p. 588）	《丽辞》

（续表）

引文对照／诗话	引文或摘录	《文心雕龙注》（范文澜注）	篇目
	《文心》曰：颂家之细条曰赞。赞者，明也，唱发之辞也。益赞于禹，伊陟赞于巫咸，扬言以明事，嗟叹以助词也。至相如始赞荆轲，班固托赞《书》、《史》。皆约文以总录，颂体而论词也。（p. 1841）	赞者，明也，助也。昔虞舜之祀，乐正重赞，盖唱发之辞也。及益赞于禹，伊陟赞于巫咸，并扬言以明事，嗟叹以助辞也。故汉置鸿胪，以唱拜为赞，即古之遗语也。至相如属笔，始赞荆轲。及迁史固书，托赞褒贬。约文以总录，颂体以论辞…… 颂家之细条乎（范注本 p. 158 – 159）	《颂赞》
	《文心》曰："古汉《十九首》，或称枚乘，而《孤竹》一篇，则傅毅之词，两汉杂收，五言冠冕也。"（p. 1855）	又古诗佳丽，或称枚叔，其孤竹一篇，则傅毅之词，比采而推，两汉之作乎？观其结体散文，直而不野，婉转附物，怊怅切情，实五言之冠冕也（范注本 p. 66）	《明诗》
	《文心》云："正始明道，诗杂仙心。何晏之徒，率多浮浅。惟嵇志清峻，阮旨遥深。"（p. 1855）	正始明道，诗杂仙心。何晏之徒，率多浮浅。唯嵇志清峻，阮旨遥深。（范注本 p. 67）	《明诗》
	《文心》云："二陆、二张、左、潘、刘、郭，采缛于正始，力柔于建安；析文为妙，流靡自研。"（p. 1855）	采缛于正始，力柔于建安，或析文以为妙，或流靡以自妍，此其大略也。（范注本 p. 67）	《明诗》
	《文心》云："贾生俊发，文洁体清。"（p. 1861）	贾生俊发，故文潔而体清（范注本 p. 506）	《体性》
	《文心》云："长卿傲诞，理侈词滥。"（p. 1861）	长卿傲诞，故理侈而辞溢（范注本 p. 506）	《体性》
	刘氏云："孟坚雅懿，裁密思靡。"（p. 1862）	孟坚雅懿，故裁密而思靡（范注本 p. 506）	《体性》
	刘云："虑周藻密。"（p. 1862）	平子淹通，故虑周而藻密（范注本 p. 506）	《体性》
	刘云：文举气盛为笔，正平思锐为文。（p. 1862）	孔融气盛于为笔，祢衡思鋭于为文（范注本 p. 699）	《才略》
	《文心》曰："躁锐颖出，才果高。"（p. 1863）	仲宣躁锐，故颖出而才果；公干气褊，故言壮而情骇（范注本 p. 506）	《体性》
	刘云："展其翩翩之乐。"（p. 1863）	元瑜展其翩翩之乐（范注本 p. 673）	《时序》
	刘云："综其斐然之思。"（p. 1864）	德琏综其斐然之思（范注本 p. 673）	《时序》
	《文心》云："文蔚、休伯之俦，子和、德祖之侣，并志深笔长，梗概多气也。"（p. 1864）	文蔚休伯之俦，于叔德祖之侣，傲雅觞豆之前，雍容衽席之上，洒笔以成酣歌，和墨以藉谈笑，观其时文，雅好慷慨，良由世积乱离，风衰俗怨，并志深而笔长，故梗概而多气也。（范注本 p. 673 – 674）	《时序》

（续表）

引文对照 / 诗话	引文或摘录	《文心雕龙注》（范文澜注）	篇目
	《文心》云“征篇章之士，置崇文之观，何、刘群才，迭相照耀。”（p. 1864）	征篇章之士，置崇文之观，何刘群才，迭相照耀。（范注本 p. 674）	《时序》
	刘云：“俊侠，兴高采烈。”（p. 1864）	叔夜俊侠，故兴高而采烈（范注本 p. 506）	《体性》
	刘云：“俶傥响逸调远。”（p. 1864）	嗣宗俶傥，故响逸而调远（范注本 p. 506）	《体性》
	刘云：“正始余风，篇体轻澹，缪登路矣。”（p. 1864）	于时正始余风，篇体轻澹，而嵇阮应缪，并驰文路矣。（范注本 p. 674）	《时序》
	刘云：晋世群才，稍入轻绮。（张华摇笔散珠，左思动墨成锦。岳、湛二潘耀联璧之华，机、云二陆标二俊之采……）（扩号内，非刘勰语）（p. 1864）	晋世群才，稍入轻绮。张潘左陆，比肩诗衢，采缛于正始，力柔于建安（范注本 p. 67）	《明诗》
	刘云：“业深思覃，尽锐于《三都》，拔萃于《咏史》。”（p. 1865）	左思奇才，业深覃思，尽鋭于三都，锐萃于咏史，无遗力矣。（范注本 p. 700）	《才略》
	刘云：“寓意《鹪鹩》，短章清畅。”（p. 1865）	张华短章，奕奕清畅，其鹪鹩寓意，即韩非之说难也。（范注本 p. 700）	《才略》
	刘云：“轻敏锋发韵流。钟美于《西征》，贾余于哀诔。”（p. 1865）	安仁轻敏，故锋发而韵流（范注本 p. 506） 潘岳敏给，辞自和畅，钟美于西征，贾余于哀诔，非自外也。（范注本 p. 700）	《体性》 《才略》
	刘云：“《百一》独立不惧，词谲义贞，魏之遗直也。”（p. 1865）	若乃应璩百一，独立不惧，辞谲义贞，亦魏之遗直也。（范注本 p. 67）	《明诗》
	刘云：“机才优而繁缀，云才劣而清省。”（p. 1865）	至如士衡才优，而缀辞尤繁；士龙思劣，而雅好清省。（范注本 p. 544）	《熔裁》
	刘云：“协振其丽。”（p. 1865）	景阳振其丽（范注本 p. 67）	《明诗》
	刘云：庾亮以笔才逾亲，温峤以文思益厚。袁宏发轸以高骧，孙绰规旋以矩步。殷仲文《孤兴》，谢叔源《闲情》。王袁联宗以龙章，颜、谢重叶以凤采。（p. 1867）	庾以筆才逾亲，温以文思益厚（范注本 p. 674） 袁宏发轸以高骧，故卓出而多偏；孙绰规旋以矩步，故伦序而寡状；殷仲文之孤兴，谢叔源之闲情（范注本 p. 701） 王袁联宗以龙章，颜谢重叶以凤采（范注本 p. 675）	《时序》 《才略》 《时序》

（续表）

引文对照 / 诗话	引文或摘录	《文心雕龙注》（范文澜注）	篇目
《艺苑卮言》	刘勰曰：“姬文之德盛，《周南》勤而不怨；太王之化淳，《邠风》乐而不淫。幽、历昏而《板》、《荡》怒，平王微而《黍离》哀。故知歌谣文理，与世推移，风动于上，波震于下。”（p. 1879）	逮姬文之德盛，周南勤而不怨；大王之化淳，邠风乐而不淫，幽厉昏而板荡怒，平王微而黍离哀。故知歌谣文理，与世推移，风动于上，而波震于下者。（范注本 p. 671）	《时序》
	刘勰曰：“诗有恒裁，体无定位，随性适分，鲜能通圆。若妙识所难，其易也将至；忽之为易，其难也方来。”（p. 1880）	诗有恒裁，思无定位，随性适分，鲜能通圆。若妙识所难，其易也将至；忽之为易，其难也方来。（范注本 p. 67－68）	《明诗》
	又曰：“情者，文之经；辞者，理之纬。经正而后纬成，理定而后辞畅。”（p. 1880）	故情者，文之经；辞者，理之纬；经正而后纬成，理定而后辞畅，此立文之本源也。（范注本 p. 538）	《情采》
	又曰：“文之英蕤，有秀有隐。隐也者，文外之重旨；秀也者，篇中之独拔。”（p. 1880）	是以文之英蕤，有秀有隐。隐也者，文外之重旨者也；秀也者，篇中之独拔者也。（范注本 p. 632）	《隐秀》
	又曰：“意授于思，言授于意，密则无际，疏则千里。或理在方寸，而求之域表；或议在咫尺，而思隔山河。”（p. 1880）	是以意授于思，言授于意；密则无际，疏则千里；或理在方寸而求之域表，或义在咫尺而思隔山河。（范注本 p. 494）	《神思》
	又曰：“诗人篇什，为情而造文；辞人赋颂，为文而造情。为情者要约而写真，为文者淫丽而烦滥。”（p. 1880）	昔诗人什篇，为情而造文；辞人赋颂，为文而造情。何以明其然？盖风雅之兴，志思蓄愤，而吟咏情性，以讽其上，此为情而造文也；诸子之徒，心非郁陶，苟驰夸饰，鬻声钓世，此为文而造情也：故为情者要约而写真，为文者淫丽而烦滥。（范注本 p. 538）	《情采》
	又曰：“四序纷回，而入兴贵闲；物色虽繁，而析辞尚简。使味飘飘而轻举，情晔晔而更新。”（p. 1880）	是以四序纷回，而入兴贵闲；物色虽繁，而折辞尚简；使味飘飘而轻举，情晔晔而更新。（范注本 p. 694）	《物色》
《欣赏诗法》	刘勰曰：“四言正体，雅润为本。五言流调，清丽居宗。”（p. 2146）	若夫四言正体，则雅润为本；五言流调，则清丽居宗。（范注本 p. 67）	《明诗》
	又云：“华实异用，惟才所安。故平子得其雅，叔夜含其润，茂先拟其清，景阳振其丽，兼善则子建、仲宣，偏美则太冲、公干。”（p. 2146）	华实异用，惟才所安。故平子得其雅，叔夜含其润，茂先凝其清，景阳振其丽；兼善则子建仲宣，偏美则太冲公干。（范注本 p. 67）	《明诗》

（续表）

诗话＼引文对照		引文或摘录	《文心雕龙注》（范文澜注）	篇目
	《诗薮》	刘彦和云：“《孤竹》一篇，傅毅之辞。”（p. 2666）	又古诗佳丽，或称枚叔，其孤竹一篇，则傅毅之词（范注本 p. 66）	《明诗》
	《诗学杂言》	刘勰云：铅黛所以饰貌，而盻倩生于淑姿；文采所以饰言，而辩丽本于情性。（p. 2803）	夫铅黛所以饰容，而盼倩生于淑姿；文采所以饰言，而辩丽本于情性。（范注本 p. 538）	《情采》
	《艺圃伧谈》	刘勰谓《离骚》“朗丽绮靡，金相玉式，艳溢锱毫”（p. 2894）	故骚经九章，朗丽以哀志；九歌九辩，绮靡以伤情（范注本 p. 47） 金相玉式，艳溢锱毫。（范注本 p. 48）	《辨骚》
	《谭苑醍醐》	刘彦和云：“四言正体，雅润为本；五言流调，清丽居宗。”（p. 3003）	四言正体，则雅润为本；五言流调，则清丽居宗。（范注本 p. 67）	《明诗》
		刘勰云：“铅黛所以饰貌，而眄倩生于淑姿；文采所以饰言，而辩丽本于情性。”（p. 3017）	夫铅黛所以饰容，而盼倩生于淑姿；文采所以饰言，而辩丽本于情性。（范注本 p. 538）	《情采》
	《诗源辩体》	刘勰谓“宛转附物，怊怅切情”是也。（p. 3212）	婉转附物，怊怅切情（范注本 p. 66）	《明诗》
		刘勰乃云：“成帝品录，三百余篇，而词人遗翰，莫见五言，所以李陵、班婕妤即见疑于后代也。”（p. 3215）	至成帝品录，三百余篇，朝章国采，亦云周备，而辞人遗翰，莫见五言，所以李陵班婕妤，见疑于后代也。（范注本 p. 66）	《明诗》
		刘勰云：“建安初，五言腾涌，文帝、陈思，纵辔以骋节；王、徐、应、刘，望路而争驱。慷慨以任气、磊落以使才；造怀指事，不求纤密之巧；驱辞逐貌，惟取昭晳之能。此其所同也。”（p. 3225）	暨建安之初，五言腾踊：文帝陈思，纵辔以骋节；王徐应刘，望路而争驱。并怜风月，狎池苑，述恩荣，叙酣宴，慷慨以任气，磊落以使才；造怀指事，不求纤密之巧；驱辞逐貌，唯取昭晳之能：此其所同也。（范注本 p. 66 – 67）	《明诗》
		刘勰谓四子“采缛于正如，力柔于建安”（p. 3233）	采缛于正始，力柔于建安（范注本 p. 67）	《明诗》
		勰云：“宋初文咏，俪采百字之偶，争价一句之奇，情必极貌以写物，辞必穷力而造新，此近世之所竞。”（p. 3242）	宋初文咏，体有因革，庄老告退，而山水方滋，俪采百字之偶，争价一句之奇，情必极貌以写物，辞必穷力而追新，此近世之所竞也。（范注本 p. 67）	《明诗》
	唐音癸签	刘勰曰：怊怅述情，必始乎风；沉吟铺辞，莫先于骨。故辞之待骨，如体之树骸；情之含风，犹形之包气。若丰藻克赡，风骨不飞，则振采失鲜，负声无力。（p. 3590）	是以怊怅述情，必始乎风，沉吟铺辞，莫先于骨。故辞之待骨，如体之树骸，情之含风，犹形之包气。结言端直，则文骨成焉；意气骏爽，则文风清焉。若丰藻克赡，风骨不飞，则振采失鲜，负声无力。（范注本 p. 513）	《风骨》

（续表）

引文对照 诗话	引文或摘录	《文心雕龙注》（范文澜注）	篇目
	改章难于造篇，易字艰于代句。（p. 3605）	改章难于造篇，易字艰于代句。（范注本 p. 651）	《附会》
	言对为易，事对为难。正对为劣，反对为优。双比空辞为言对，并举人验为事对，事异义同为正对，理殊趣合为反对。（p. 3607）	言对为易，事对为难，反对为优，正对为劣。言对者，双比空辞者也；事对者，并举人验者也；反对者，理殊趣合者也；正对者，事异义同者也。（范注本 p. 588）	《丽辞》
	因情立体，即体成势（p. 3608）	夫情致异区，文变殊术，莫不因情立体，即体成势也。（范注本 p. 529）	《定势》
	刘勰云："改韵从调，所以节文辞气。""两韵辄易，则声韵微燥；百句不迁，则唇吻告劳。"（p. 3609）	若乃改韵从调，所以节文辞气……然两韵辄易，则声韵微躁；百句不迁，则唇吻告劳（范注本 p. 571）	《章句》
《说诗补遗》	刘勰云："沈吟铺辞，莫先于骨。"（p. 3843）	是以怊怅述情，必始乎风，沈吟铺辞，莫先于骨。（范注本 p. 513）	《风骨》
	《文心》云："诗言峻则崧高极天，论狭则河不容舠，说多则子孙千亿，称少则民靡孑遗。鸮音以泮林变好，荼味以周原而成饴。"（p. 3847）	是以言峻则嵩高极天，论狭则河不容舠，说多则子孙千亿，称少则民靡孑遗，襄陵举滔天之目，倒戈立漂杵之论，辞虽已甚，其义无害也。且夫鸮音之丑，岂有泮林而变好，荼味之苦，宁以周原而成饴（范注本 p. 608）	《夸饰》
	《文心》云："唐歌在昔，广于黄世"。（p. 3849）	唐歌在昔，则广于黄世（范注本 p. 519）	《通变》
	《文心》云："古诗佳丽，或称枚叔。《孤竹》一篇，傅毅之辞。"（p. 3856）	又古诗佳丽，或称枚叔，其孤竹一篇，则傅毅之词（范注本 p. 66）	《明诗》
	《文心》云："朱马以骚体制歌。"（p. 3857）	朱马以骚体制歌（范注本 p. 101）	《乐府》
	刘勰云："改章难于造篇，易字艰于代句。"（p. 3961）	改章难于造篇，易字艰于代句。（（范注本 p. 651）	《附会》
《藕居士诗话》	《文心雕龙》云："气力穷于和韵。"（p. 4608）	气力穷于和韵（范注本 p. 553）	《声律》
《雅伦》	《文心雕龙》云："乐府者，声依永，律和声也。……虽三调之正声，实韶夏之郑曲也。"（p. 4454）	乐府者，声依永，律和声也。……虽三调之正声，实韶夏之郑曲也。（范注本 p. 101－102）	《乐府》
	"故知诗有乐心，声为乐体。乐体在声，瞽师务调其器；乐诗在心，君子宜正其文。若夫艳歌婉娈，怨志詄絶，淫辞在曲，正响焉生？声诗俱郑，自此阶矣。"（p. 4454－4455）	故知诗为乐心，声为乐体；乐体在声，瞽师务调其器；乐心在诗，君子宜正其文……若夫艳歌婉娈，怨志詄絶，谣辞在曲，正响焉生？然俗听飞驰，职竞新异，雅咏温恭，必欠伸鱼睨；奇辞切至，则拊髀雀跃：诗声俱郑，自此阶矣。（范注本 p. 102）	《乐府》

（续表）

引文对照 诗话		引文或摘录	《文心雕龙注》（范文澜注）	篇目
		"二言肇于黄世，《竹弹》之谣是也；三言兴于舜时，《元首》之诗是也；四言肇于夏年，《洛汭》之歌是也；五言见于周代，《行露》之章是也；六言七言，杂出《诗》、《骚》，而具体之篇，成于两汉。"（p. 4455）	寻二言肇于黄世，竹弹之谣是也；三言兴于虞时，元首之诗是也；四言广于夏年，洛汭之歌是也；五言见于周代，行露之章是也；六言七言，杂出诗骚，而体之篇，成于两汉（范注本 p. 571）	《章句》
		"汉初四言，韦孟首唱，匡谏之义，继轨周人。孝武爱文，柏梁列韵，严马之徒，属辞无文。至成帝品录，三百余篇，朝章国采，亦云周备；而辞人遗翰，莫见五言，所以李陵、班婕妤见疑于后代也。按《召南·行露》，始肇半章；孺子沧浪，亦有全曲；暇豫优歌，见于春秋；邪径童谣，近在成世。阅时取证，则五言久矣。"（p. 4455）	汉初四言，韦孟首唱，匡谏之义，继轨周人。孝武爱文，柏梁列韵，严马之徒，属辞无方。至成帝品录，三百余篇，朝章国采，亦云周备，而辞人遗翰，莫见五言，所以李陵班婕妤，见疑于后代也。按召南行露，始肇半章；孺子沧浪，亦有全曲；暇豫优歌，远见春秋；邪径童谣，近在成世；阅时取证，则五言久矣。（范注本 p. 66）	《明诗》
		刘勰《文心雕龙》曰："自《风》、《雅》寝声，莫或抽绪，奇文郁起，其《离骚》哉！……亦不复乞灵于长卿，假宠于子渊矣。"（p. 4493－4494）（几乎全文摘录）	自风雅寝声，莫或抽绪，奇文郁起，其离骚哉！……亦不复乞灵于长卿，假宠于子渊矣。（范注本 p. 45－48）	《辩骚》
		《文心雕龙》曰："诗有六义，其二曰赋。赋者，铺也；铺采摛文，体物写志也。……此子云所以追悔雕虫，贻消于雾縠者也。"（p. 4510－4511）（几乎全文摘录）	诗有六义，其二曰赋。赋者，铺也，铺采摛文，体物写志也。……此杨子所以追悔于雕虫，贻诮于雾縠者也。（范注本 p. 134－136）	《诠赋》
		《文心雕龙》云："昔者轩辕刻舆几以弼违……若乃飞廉有石椁之锡，灵公有蒿里之谥，铭发幽石，吁可怪矣！赵灵勒迹于番禺，秦昭刻博于华山，夸诞示后，吁可蔑也！"（p. 4630）	若乃飞廉有石椁之锡，灵公有蒿里之谥，铭发幽石，吁可怪矣！赵灵勒迹于番吾，秦昭刻博于华山，夸诞示后，吁可笑也！（范注本p. 193－194）	《铭箴》
		《文心雕龙》曰："颂主告神，义必纯美。晋舆之称原田，鲁民之刺裘鞸，直言不咏，短辞以讽。丘明、子高，并谍为诵，斯则野诵之变体，寖被乎人事矣。"（p. 4631）	颂主告神，义必纯美。鲁国以公旦次编，商人以前王追录，斯乃宗庙之正歌，非燕飨之常咏也。时迈一篇，周公所制，哲人之颂，规式存焉。夫民各有心，勿壅惟口。晋舆之称原田，鲁民之刺裘鞸，直言不咏，短辞以讽，丘明子高，并谍为诵，斯则野诵之变体，浸被乎人事矣。（范注本 p. 157）	《颂赞》

（续表）

引文对照 / 诗话		引文或摘录	《文心雕龙注》（范文澜注）	篇目
		《文心雕龙》云："箴者，所以攻疾防患，喻箴石也。斯文之兴盛于三代。夏商二箴，余句颇存。及周之辛甲百官箴一篇，体意备焉。迨至春秋，微而未絶。故魏绛讽君于后羿，楚子训民于在勤。"（p. 4633）	箴者，所以攻疾防患，喻针石也。斯文之兴盛于三代。夏商二箴，余句颇存。及周之辛甲百官箴一篇，体义备焉。迄至春秋，微而未絶。故魏绛讽君于后羿，楚子训民于在勤。（范注本 p. 194）	《铭箴》
		《文心雕龙》云："尼父卒，哀公作诔。观其慭遗之切，呜呼之叹，虽非圣作，古式存焉。至柳妻之诔惠子，则辞哀而韵长矣。"（p. 4634）	逮尼父卒，哀公作诔。观其慭遗之切，呜呼之叹，虽非叡作，古式存焉。至柳妻之诔惠子，则辞哀而韵长矣。（范注本 p. 212 – 213）	《诔碑》
		刘勰云："五言流调，清丽居宗。"（p. 4638）	四言正体，则雅润为本；五言流调，则清丽居宗。（范注本 p. 67）	《明诗》
		刘勰云："四言正体，雅润为本。"（p. 4650）	四言正体，则雅润为本；五言流调，则清丽居宗。（范注本 p. 67）	《明诗》
		《文心雕龙》曰："缀字属篇，必须练择：一避诡异，二省联边，三权重出，四调单复。诡异者，字体瓌怪者也。……善酌字者，参伍单复，磊落如珠矣。"（p. 4737）	是以缀字属篇，必须练择：一避诡异，二省联边，三权重出，四调单复。诡异者，字体瓌怪者也。……善酌字者，参伍单复，磊落如珠矣。（范注本 p. 624 – 625）	《练字》
		《文心雕龙》曰："诗人以'兮'字入于句限《楚辞》用之。……据事似闲，在用实切。巧者回运，弥缝文体，将令数句之外，得一字之助矣。外字难谬，况章句欤?"（p. 4740 – 4741）	又诗人以兮字入于句限，楚辞用之……据事似闲，在用实切。巧者回运，弥缝文体，将令数句之外，得一字之助矣。外字难谬，况章句欤?（范注本 p. 572）	《章句》
		《文心雕龙》曰："夫笔句无常，而字有常数。……六言、七言，杂出《诗》、《骚》；而具体之篇，成于两汉：情数运周，随时代用矣。"（p. 4745）	若夫笔句无常，而字有条数……六言七言，杂出诗骚，而体之篇，成于两汉（范注本 p. 571）	《章句》
		《文心雕龙》曰："诗人偶章，大夫联辞，奇偶适变，不劳经营。……类此而思，理自见也。"（p. 4750）	至于诗人偶章，大夫联辞，奇偶适变，不劳经营。……类此而思，理自见也。（范注本 p. 588 – 589）	《丽辞》
		《文心雕龙》曰："夫设情有宅，置言有位；宅情曰章，位言曰句。故章者，明也；……斯固情趣之指归，文笔之同致也。（p. 4769 – 4770）	夫设情有宅，置言有位；宅情曰章，位言曰句。故章者，明也；……斯固情趣之指归，文笔之同致也。（范注本 p. 570 – 571）	《章句》
		凡大体文章，类多枝派，整派者依源，理枝者循干。……故宜诎寸以信尺，枉尺以直寻，弃偏善之巧，学具美之绩，此命篇之经略也。（p. 4770）	凡大体文章，类多枝派，整派者依源，理枝者循干。……故宜诎寸以信尺，枉尺以直寻，弃偏善之巧，学具美之绩，此命篇之经略也。（范注本 p. 650 – 651）	《附会》

（续表）

引文对照 诗话		引文或摘录	《文心雕龙注》（范文澜注）	篇目
		刘彦和云："华实异用惟才所安。七言成章，必优柔和平；长短兴歌，贵抑扬顿挫。"（p. 4776）	华实异用，惟才所安。（范注本 p. 67） 七言成章，必优柔和平；长短兴歌，贵抑扬顿挫。（未见于范注本）	《明诗》
		《文心雕龙》云："是以九代咏歌，志合文则。黄歌'断竹'，质之至也；唐歌《在昔》，则广于黄世；舜歌《卿云》，文于唐时；夏歌'雕墙'，缛于舜代；商周篇什，丽于夏年。至于序志述时，其揆一也。陶、唐二帝，尽其美者，心乐而声泰也。"（p. 4813）	是以九代咏歌，志合文则。黄歌断竹，质之至也；唐歌在昔，则广于黄世；舜歌卿云，文于唐时；夏歌雕墙，缛于虞代；商周篇什，丽于夏年：至于序志述时，其揆一也。（范注本 p. 519－520） 昔在陶唐，德盛化钧……尽其美者心何？乃心乐而声泰也。（范注本 p. 671）	《通变》 《时序》
		刘彦和云："夫形而上者谓之道，形而下者谓之器。神道难摹，精言不能追其极；形器易写，壮辞可得喻其真。……若能酌《诗》、《书》之旷旨，剪扬、马之甚泰，使夸而有节，饰而不诬，亦可谓之懿也。（p. 4827－4828）（几乎全文摘录）	夫形而上者谓之道，形而下者谓之器。神道难摹，精言不能追其极；形器易写，壮辞可得喻其真。……若能酌诗书之旷旨，剪扬马之甚泰，使夸而有节，饰而不诬，亦可谓之懿也。（范注本 p. 608－609）	《夸饰》
		《文心雕龙》曰："才有庸儁，气有刚柔，学有浅深，习有雅郑，并情性所铄，陶染所凝。……故宜摹体以定习，因性以练才，文之司南，用此道也。（p. 4845）（几乎全文摘录）	然才有庸儁，气有刚柔，学有浅深，习有雅郑，并情性所铄，陶染所凝。……故宜摹体以定习，因性以练才，文之司南，用此道也。（范注本 p. 505－506）	《体性》
		刘勰云："异音相从谓之和，同声相应谓之韵。"（p. 5077）	异音相从谓之和，同声相应谓之韵。（范注本 p. 553）	《声律》
清代诗话	《钝吟杂录》	刘彦和以为"无诏伶人，故事谢丝管"。（p. 37）	并无诏伶人，故事谢丝管，俗称乖调，盖未思也。（范注本 p. 103）	《乐府》
		刘彦和以为"无诏伶人，故事谢丝管。"（p. 42）	并无诏伶人，故事谢丝管，俗称乖调，盖未思也。（范注本 p. 103）	《乐府》
	《渔洋诗话》	刘勰《文心雕龙》论晋、宋间诗云："庄老告退，山水方滋。"（p. 195）	宋初文咏，体有因革，庄老告退，而山水方滋（范注本 p. 67）	《明诗》
	《诗学纂闻》	刘彦和《明诗》亦曰："四言正体，则雅润为本；五言流调，则清丽居宗。"（p. 441）	四言正体，则雅润为本；五言流调，则清丽居宗。（范注本 p. 67）	《明诗》
		前此《文心雕龙》虽分诗与乐府为二，曰："昔子政品文，诗与歌别，故略具乐篇，以标区界。"（p. 445－446）	昔子政品文，诗与歌别，故略具乐篇，以标区界。（范注本 p. 103）	《乐府》

（续表）

引文对照 / 诗话	引文或摘录	《文心雕龙注》（范文澜注）	篇目
	刘彦和曰："乐心在诗。"（p. 446）	乐心在诗（范注本 p. 102）	《乐府》
	《文心雕龙》云："联句共韵，《柏梁》余制。"（p. 446）	联句共韵，则柏梁余制（范注本 p. 68）	《明诗》
	《文心雕龙》云："回文所兴，则道原为始。"（p. 447）	回文所兴，则道原为始（范注本 p. 68）	《明诗》
《说诗晬语》	刘彦和称："嵇旨清峻，阮旨遥深。"（p. 531）	唯嵇志清峻，阮旨遥深（范注本 p. 67）	《明诗》
《说诗晬语》	刘勰云："老庄告退，而山水方滋。"（p. 532）	宋初文咏，体有因革，庄老告退，而山水方滋（范注本 p. 67）	《明诗》
《原诗》	勰之言曰："沈吟铺辞，莫先于骨，故辞之待骨，如体之树骸。"（p. 599）	沈吟铺辞，莫先于骨。故辞之待骨，如体之树骸（范注本 p. 513）	《风骨》
《拜经楼诗话》	《文心雕龙·声律篇》云："双声隔字而每舛；叠字杂句而必睽。"（p. 769）	双声隔字而每舛；叠韵杂句而必睽。（范注本 p. 552）	《声律》
《秋窗随笔》	《文心雕龙》云："《召南·行露》，始肇半章；孺子《沧浪》，亦有全曲。《暇豫》优歌，远见《春秋》；邪径童谣，近在成世，阅时取证，则五言久矣。"（p. 826）	按召南行露，始肇半章；孺子沧浪，亦有全曲；暇豫优歌，远见《春秋》；邪径童谣，近在成世；阅时取证，则五言久矣（范注本 p. 66）	《明诗》
《围炉诗话》	刘彦和以为"无诏伶人，故事谢管弦"是也。（Xp. 511）	并无诏伶人，故事谢丝管（范注本 p. 103）	《乐府》
《诗义固说》	梁刘勰云："大舜云：'诗言志，歌咏言。'圣谟所析，义已明矣。是以在心为志，发言为诗，舒文载实，其在兹乎！诗者，持也，持人性情。《三百》之蔽，义归无邪。持之为训，有符焉尔。"（Xp. 740）	大舜云：诗言志，歌咏言。圣谟所析，义已明矣。是以在心为志，发言为诗，舒文载实，其在兹乎！诗者，持也，持人性情；三百之蔽，义归无邪，持之为训，有符焉尔。（范注本 p. 65）	《明诗》
《诗义固说》	又曰："八体屡迁，八体：一典雅，二远奥，三精约，四显附，五繁缛，六壮丽，七新奇，八轻靡。功以学成，才力居中，肇自血气；气以实志，志以定言，吐纳英华，莫非情性。"（Xp. 740）	若夫八体屡迁，功以学成，才力居中，肇自血气；气以实志，志以定言，吐纳英华，莫非情性（范注本 p. 506）	《体性》
《诗义固说》	又曰："情者，文之经；辞者，理之纬。经正而后纬成，理定而后辞畅，此立文之本源也。昔诗人篇什，为情而造文；辞人赋颂，为文而造情。为情者要约而写真，为文者淫丽而烦滥。而后之作者，采滥忽真，远弃风雅"（Xp. 740－741）	故情者，文之经；辞者，理之纬：经正而后纬成，理定而后辞畅，此立文之本源也。昔诗人什篇，为情而造文；辞人赋颂，为文而造情。……故为情者要约而写真，为文者淫丽而烦滥。而后之作者，采滥忽真，远弃风雅（范注本 p. 506）	《情采》

（续表）

引文对照 诗话		引文或摘录	《文心雕龙注》（范文澜注）	篇目
		又云：“自近代以来，文贵形似，窥情风景之上，钻貌草木之中。吟咏所发，志惟深远，体切为妙，功在密附。故巧言切状，如印之印泥，不加雕饰，而曲写毫芥。故能瞻言而见貌，印字而知时。”（Xp. 741）	自近代以来，文贵形似，窥情风景之上，钻貌草木之中。吟咏所发，志惟深远，体切为妙，功在密附。故巧言切状，如印之印泥，不加雕饰，而曲写毫芥。故能瞻言而见貌，印字而知时也。（范注本 p. 694）	《物色》
	《剑谿说诗》	《雕龙》曰：“阮旨遥深。”（Xp. 1077）	阮旨遥深（范注本 p. 67）	《明诗》
	《诗学源流考》	刘勰《文心雕龙》则云：“《孤竹》一篇，傅毅之词。”（Xp. 1353）	又古诗佳丽，或称枚叔，其孤竹一篇，则傅毅之词（范注本 p. 66）	《明诗》
	《三家诗话》	刘彦和有言：“彩乏风骨，则雉窜文囿；风骨乏彩，则鸷集翰林。唯藻耀而高翔，乃文笔之鸣凤。”（Xp. 1924）	若风骨乏彩，则鸷集翰林，彩乏风骨，则雉窜文囿：唯藻耀而高翔，固文笔之鸣凤也。（范注本 p. 514）	《风骨》
	《退庵随笔》	余按《文心雕龙》云：“贾谊、枚乘，四韵辄易，刘歆、桓谭，百韵不迁，亦各从其志也。”（Xp. 1985）	贾谊枚乘，两韵辄易；刘歆桓谭，百句不迁：亦各有其志也。（范注本 p. 571）	《章句》
	《诗概》	《文心雕龙·比兴篇》云：“毛公述《传》，独标兴体，岂不以风异而赋同，比显而兴隐哉！”（Xp. 2417－2418）	毛公述传，独标兴体；岂不以风通而赋同，比显而兴隐哉？（范注本 p. 601）	《比兴》
		即刘彦和所谓“比显兴隐”之意。（Xp. 2418）	比显而兴隐哉（范注本 p. 601）	《比兴》
		刘勰《辩骚》谓《楚辞》“体慢于三代，风雅于战国”。（Xp. 2418）	体慢于三代，而风雅于战国（范注本 p. 47）	《辩骚》
		刘彦和谓士衡矜重（Xp. 2420）	士衡矜重（范注本 p. 506）	《体性》
		《文心雕龙·明诗》云：“景阳振其丽。”（Xp. 2421）	景阳振其丽（范注本 p. 67）	《明诗》
		《文心雕龙》云：“嵇志清峻，阮旨遥深。”（Xp. 2444）	唯嵇志清峻，阮旨遥深。（范注本 p. 67）	《明诗》

从表 2 看，《文心雕龙》被引用及摘录次数之多，足以说明了明、清诗论家对《文心雕龙》高度重视。倘若不认真通读明、清诗话，或许以为明、清诗论家引用或摘录《文心雕龙》中的《辩骚》《明诗》和《乐府》这 3 篇。然而，据笔者统计，《文心雕龙》被引用或摘录的篇目并非仅仅上述的 3 篇。现据表二，将被引或摘录的各篇情况综合列表如下：

表 3　《文心雕龙》各篇在明、清诗话中被引或摘录次数

《文心雕龙》\被引次数	明代诗话	清代诗话	合计	《文心雕龙》\被引次数	明代诗话	清代诗话	合计
原道第一			0	神思第二十六	2		2
征圣第二			0	体性第二十七	9	2	11
宗经第三			0	风骨第二十八	2	2	4
正纬第四			0	通变第二十九	2		2
辨骚第五	3	1	4	定势第三十	1		1
明诗第六	26	12	38	情采第三十一	5	1	6
乐府第七	4	5	9	熔裁第三十二	1		1
诠赋第八	1		1	声律第三十三	2	1	3
颂赞第九	2		2	章句第三十四	6	1	7
祝盟第十			0	丽辞第三十五	3		3
铭箴第十一	2		2	比兴第三十六		2	2
诔碑第十二	1		1	夸饰第三十七	3		3
哀吊第十三			0	事类第三十八			0
杂文第十四			0	练字第三十九	1		1
谐讔第十五			0	隐秀第四十	1		1
史传第十六			0	指瑕第四十一			0
诸子第十七			0	养气第四十二			0
论说第十八			0	附会第四十三	3		3
诏策第十九			0	总术第四十四			0
檄移第二十			0	时序第四十五	9		9
封禅第二十一			0	物色第四十六	2	1	3
章表第二十二			0	才略第四十七	5		5
奏启第二十三			0	知音第四十八	1		1
议对第二十四			0	程器第四十九			0
书记第二十五			0	序志第五十			0

据笔者统计，《文心雕龙》被引或摘录的篇目有《辨骚》《明诗》《乐府》《诠赋》《颂赞》《铭箴》《诔碑》《神思》《体性》《风骨》《通变》《定势》《情采》《熔裁》《声律》《章句》《丽辞》《比兴》《夸饰》《练字》《隐秀》《附会》《时序》《物色》《才略》《知音》，被引或摘录的篇目多达 26 篇，其中“文之枢纽”部分有 1 篇，文体论有 6 篇，创作论有 15 篇，鉴赏批评论有 4 篇。就单篇被引或被摘录而言，《明诗》

篇达38次，《体性》篇达11次，《乐府》《时序》各篇达9次。无论是文体论，还是创作论、鉴赏批评论，刘勰的论述被广泛引用或摘录，充分说明了《文心雕龙》对诗论家的影响很深。换而言之，明、清诗论家对刘勰观点的认同及接受的范围之广。归纳起来，明、清诗论家对《文心雕龙》的接受情形大致有以下几种：

第一，对《文心雕龙》的总体评说。

明、清两代一些诗论家对《文心雕龙》作出总体评说，持赞赏的态度，如胡应麟在《诗薮》内编卷二说：

> "萧统之《选》，鉴别昭融。刘勰之评，议论精凿。钟氏体裁虽具，不出二书范围。至品或上中倒置，词则雅俚错陈，非萧、刘比也。明则昌穀《谈艺》，可并《雕龙》；廷礼《正声》，无惭《文选》。"①

胡应麟对刘勰的评论作了精辟的概括："议论精凿"，认为《诗品》不能与《文选》、《文心雕龙》相比，明代只有徐祯卿《谈艺录》堪比《文心雕龙》。胡应麟又在《诗薮》外编卷二说：

> "六代选诗者，昭明《文选》，孝穆《玉台》；评诗者，刘勰《雕龙》，钟嵘《诗品》。刘、钟藻骘，妙有精理，而制作不传。"②

胡应麟把钟嵘与刘勰并提，认为钟氏、刘氏的评论是"妙有精理"。显然，《文心雕龙》受到褒扬、肯定，成为品评文章之"楷式"。又清人毛先舒在《诗辨坻》卷三中说：

> "古人善论文章者，曹丕、陆机、钟嵘、刘勰、刘知几、殷璠、释皎然、严羽、李涂、高棅、徐祯卿……谢榛、王世贞、胡应麟，此诸家最著，中间刘勰、徐、王，持论尤精摧可遵，余子不无得失。"③

《诗辨坻》卷三又说：

> 其论诗则刘勰《文心雕龙》，钟嵘《诗品》，皎然《诗式》，严羽《沧浪吟卷》，徐祯卿《谈艺录》，王世贞《艺苑卮言》，此六家多能发微。④

不难看出，"善论文章""持论精摧""发微"诸语显示了毛先舒对《文心雕龙》还是非常赞赏的。清人毛先舒把刘勰与钟嵘、皎然、严羽、徐祯卿、王世贞并提，且更加推崇刘勰、徐祯卿、王世贞三家。可见，他也十分倾心《文心雕龙》。

不过，明、清诗论家在接受《文心雕龙》的同时，又对《文心雕龙》颇有微词，

---

① 周维德集校：《全明诗话》（三），济南：齐鲁书社，2005年，第2513页。
② 周维德集校：《全明诗话》（一），济南：齐鲁书社，2005年，第2589页。
③ 郭绍虞编选、富寿荪校点：《清诗话续编》（上），上海：上海古籍出版社，1983年，第71页。
④ 郭绍虞编选、富寿荪校点：《清诗话续编》（上），上海：上海古籍出版社，1983年，第71页。

如清人吴乔在《围炉诗话》卷一说：

> “阮逸注《文中子》不解八病，……沈休文《谢灵运传赞》，刘彦和《文心雕龙》，统论梗概，不得详说，而诸书所言，时有可征。”①

叶燮在《原诗》卷三中说：

> 诗道之不能长振也，由于古今人之诗评，杂而无章，纷而不一。六朝之诗，大约沿袭字句，无特立大家之才。其时评诗而著为文者，如钟嵘、如刘勰，其言不过吞吐抑扬，不能持论。②

“统论梗概，不得详说”“其言不过吞吐抑扬，不能持论”都是对《文心雕龙》颇有微词的评说。

第二，适当的引用或摘录。

明、清诗论家有时适当地引用或摘录《文心雕龙》的文句，如明人谢榛《四溟诗话》卷三说：

> 作诗不必执于一个意思，或此或彼，无适不可，待语意两工乃定。《文心雕龙》曰：“诗有恒裁，思无定位。”此可见作诗不专于一意也。③

“诗有恒裁，思无定位”，摘引自《文心雕龙·明诗》，表明了谢榛对《文心雕龙》烂熟于心。谢氏引用它来说明写诗不必专于一个意思。

《解颐新语》卷四说：

> 刘勰《雕龙》：诗有恒裁，体无定位，随性适分，鲜能通圆。若妙识所难，其易也将至；忽之为易，其难也方来。盖辞有或求易而得难。④

“诗有恒裁，体无定位，随性适分，鲜能通圆。若妙识所难，其易也将至；忽之为易，其难也方来。”摘引自《文心雕龙·明诗》。《解颐新语》的作者对《文心雕龙》也非常精熟，从中获得启示，说明了“辞有或求易而得难。”

清人庞垲《诗义固说》卷下：

> 梁刘勰云：“大舜云：‘诗言志，歌咏言。’圣谟所析，义已明矣。是以在心为志，发言为诗，舒文载实，其在兹乎！诗者，持也，持人性情。《三百》之蔽，义归无邪。持之为训，有符焉尔。”其论最正，即卜子“发乎性情，止乎礼义”之谓也。⑤

---

① 郭绍虞编选、富寿荪校点：《清诗话续编》（上），上海：上海古籍出版社，1983 年，第 494 页。
② 王夫之等撰：《清诗话》，上海：上海古籍出版社，1999 年，第 599 页。
③ 周维德集校：《全明诗话》（二），济南：齐鲁书社，2005 年，第 1339 页。
④ 周维德集校：《全明诗话》（二），济南：齐鲁书社，2005 年，第 1394 页。
⑤ 郭绍虞编选、富寿荪校点：《清诗话续编》（上），上海：上海古籍出版社，1983 年，第 740 页。

又曰："八体屡迁，八体：一典雅，二远奥，三精约，四显附，五繁缛，六壮丽，七新奇，八轻靡。功以学成，才力居中，肇自血气；气以实志，志以定言，吐纳英华，莫非情性。"数语宜玩，所谓性情真，为其能达意也。今人见一二语稍切实者曰性情语，殆未解此矣。①

又曰："情者，文之经；辞者，理之纬。经正而后纬成，理定而后辞畅，此立文之本源也。昔诗人篇什，为情而造文；辞人赋颂，为文而造情。为情者要约而写真，为文者淫丽而烦滥。而后之作者，采滥忽真，远弃风雅"云云。正中今日学者之病。②

上述文句都是庞垲在《诗义固说》中节录刘勰论诗，分别节录了《文心雕龙》中的《明诗》《体性》《情采》三篇，都有简短的评说，并有独到的见解，如在引自《情采》篇之后，庞垲结合了明代的创作现状，痛批当今学者的弊端。又如叶燮《原诗》卷三说：

其时评诗而著为文者，如钟嵘、如刘勰，其言不过吞吐抑扬，不能持论。然嵘之言曰："迩来作者，竟须新事，牵挛补纳，蠹文已甚。"斯言为能中当时后世好新之弊。勰之言曰："沈吟铺辞，莫先于骨，故辞之待骨，如体之树骸。"斯言为能探得本原。此二语外，两人亦无所能为论也。③

叶燮对刘勰《文心雕龙·风骨》中的文句"沈吟铺辞，莫先于骨，故辞之待骨，如体之树骸"作了这样的评说："斯言为能探得本原。"可谓寥寥数语、真知灼见的肯定性评价。

然而，在明、清诗话中，还有大量适当地引用《文心雕龙》的句子。这些引用都是诗论家在列举作家之后摘录刘氏的语句。这些语句，虽然诗论家没有作出评价，却隐含了明、清诗论家对刘勰文论的一些赞许。如明人谭浚《说诗》卷下说：

《文心》云："正始明道，诗杂仙心。何晏之徒，率多浮浅。惟嵇志清峻，阮旨遥深。"④

《文心》云："二陆、二张、左、潘、刘、郭，采缛于正始，力柔于建安；析文为妙，流靡自研。"钟嵘《序》云："陆机为太康之英。"⑤

贾谊，长沙王太傅，作《吊屈原》、《服赋》。太史公读之，有爽然自失之叹。《文心》云："贾生俊发，文洁体清。"⑥

---

① 郭绍虞编选、富寿荪校点：《清诗话续编》（上），上海：上海古籍出版社，1983年，第740页。
② 郭绍虞编选、富寿荪校点：《清诗话续编》（上），上海：上海古籍出版社，1983年，第740－741页。
③ 王夫之等撰：《清诗话》，上海古籍出版社，1999年，第599页。
④ 周维德集校：《全明诗话》（三），济南：齐鲁书社，2005年，第1855页。
⑤ 周维德集校：《全明诗话》（三），济南：齐鲁书社，2005年，第1855页。
⑥ 周维德集校：《全明诗话》（三），济南：齐鲁书社，2005年，第1861页。

张衡、平子，西鄂人。《二京》、《南都》、《思玄赋》、《四愁诗》。杨泉云："文章卓然。"刘云："虑周藻密。"①

王粲，仲宣，侍中。谢曰："遭乱流寓，自伤情多。"钟曰："文秀质羸。"列之"上品"。《文心》曰："躁锐颖出，才果高。"②

以上引语，分别来自《文心雕龙》的《明诗》《体性》：

正始明道，诗杂仙心。何晏之徒，率多浮浅。唯嵇志清峻，阮旨遥深。③（《文心雕龙·明诗》）

采缛于正始，力柔于建安，或析文以为妙，或流靡以自妍，此其大略也。④（《文心雕龙·明诗》）

贾生俊发，故文洁而体清。⑤（《文心雕龙·体性》）

平子淹通，故虑周而藻密。⑥（《文心雕龙·体性》）

仲宣躁锐，故颖出而才果；公干气褊，故言壮而情骇。⑦（《文心雕龙·体性》）

明人谭浚在《说诗》中介绍西晋正始、太康时期的作家、西汉作家贾谊、东汉作家张衡、曹魏时期的作家王粲之后，节录了刘勰《文心雕龙》的评语，委婉地表达了对刘氏话语的肯定评价，也表明了明人谭浚对这些作家的个性及作品的风貌特点的把握。

第三，未作评说的大段摘录，甚至几乎全文摘抄。

在明、清诗话中，还可见到大段摘录《文心雕龙》的文句，如明代王世贞《艺苑卮言》卷一说：

刘勰曰："诗有恒裁，体无定位，随性适分，鲜能通圆。若妙识所难，其易也将至；忽之为易，其难也方来。"又曰："情者，文之经；辞者，理之纬。经正而后纬成，理定而后辞畅。"又曰："文之英蕤，有秀有隐。隐也者，文外之重旨；秀也者，篇中之独拔。"又曰："意授于思，言授于意，密则无际，疏则千里。或理在方寸，而求之域表；或议在咫尺，而思隔山河。"又曰："诗人篇什，为情而造文；辞人赋颂，为文而造情。为情者要约而写真，为文者淫丽而烦滥。"又曰："四序纷回，而入兴贵闲；物色虽繁，而析辞尚简。使味飘飖而轻举，情晔晔而更新。"⑧

---

① 周维德集校：《全明诗话》（三），济南：齐鲁书社，2005年，第1862页。
② 周维德集校：《全明诗话》（三），济南：齐鲁书社，2005年，第1863页。
③ 范文澜注：《文心雕龙注》（上），北京：人民文学出版社，1958年，第67页。
④ 范文澜注：《文心雕龙注》（上），北京：人民文学出版社，1958年，第67页。
⑤ 范文澜注：《文心雕龙注》（下），北京：人民文学出版社，1958年，第506页。
⑥ 范文澜注：《文心雕龙注》（下），北京：人民文学出版社，1958年，第506页。
⑦ 范文澜注：《文心雕龙注》（下），北京：人民文学出版社，1958年，第506页。
⑧ 周维德集校：《全明诗话》（三），济南：齐鲁书社，2005年，第1880页。

这些话语摘录自《文心雕龙》中的《明诗》《情采》《隐秀》《神思》《物色》各篇，都是《文心雕龙》的精华语句。从表面上看，王世贞未作任何评说，却间接表达出了他自己的诗学思想，借以表明诗歌创作中的感受。又如明人费经虞《雅伦》卷一：

《文心雕龙》云："乐府者，声依永，律和声也。……虽三调之正声，实韶夏之郑曲也。""故知诗有乐心，声为乐体。乐体在声，瞽师务调其器；乐诗在心，君子宜正其文。若夫艳歌婉娈，怨志詄绝，淫辞在曲，正响焉生？声诗俱郑，自此阶矣。"①

"故知诗为乐心，声为乐体；乐体在声，瞽师务调其器；乐心在诗，君子宜正其文。好乐无荒，晋风所以称远；伊其相谑，郑国所以云亡。故知季札观辞，不直听声而已。若夫艳歌婉娈，怨志詄绝，谣辞在曲，正响焉生？然俗听飞驰，职竞新异，雅咏温恭，必欠伸鱼睨；奇辞切至，则拊髀雀跃：诗声俱郑，自此阶矣。"②

"二言肇于黄世，《竹弹》之谣是也；三言兴于舜时，《元首》之诗是也；四言肇于夏年，《洛汭》之歌是也；五言见于周代，《行露》之章是也；六言七言，杂出《诗》、《骚》，而具体之篇，成于两汉。"③

"汉初四言，韦孟首唱，匡谏之义，继轨周人。孝武爱文，柏梁列韵，严马之徒，属辞无文。至成帝品录，三百余篇，朝章国采，亦云周备；而辞人遗翰，莫见五言，所以李陵、班婕妤见疑于后代也。按《召南·行露》，始肇半章；孺子沧浪，亦有全曲；暇豫优歌，见于春秋；邪径童谣，近在成世。阅时取证，则五言久矣。"④

以上引文是费经虞在《雅伦》中大段摘录《文心雕龙》的《乐府》《章句》《明诗》中的文句，均未作任何评说，却间接地表达了费氏对刘氏的《乐府》《明诗》及《章句》篇思想的认同。

更有甚者，费经虞还在《雅伦》里几乎全文摘抄《文心雕龙》的某些篇章，如《雅伦》卷三：

刘勰《文心雕龙》曰："自《风》、《雅》寝声，莫或抽绪，奇文郁起，其《离骚》哉！……亦不复乞灵于长卿，假宠于子渊矣。"⑤

《雅伦》卷四：

① 周维德集校：《全明诗话》（六），济南：齐鲁书社，2005年，第4454页。
② 周维德集校：《全明诗话》（六），济南：齐鲁书社，2005年，第4454－4455页。
③ 周维德集校：《全明诗话》（六），济南：齐鲁书社，2005年，第4455页。
④ 周维德集校：《全明诗话》（六），济南：齐鲁书社，2005年，第4455页。
⑤ 周维德集校：《全明诗话》（六），济南：齐鲁书社，2005年，第4493－4494页。

《文心雕龙》曰："诗有六义，其二曰赋。赋者，铺也；铺采摛文，体物写志也。……此子云所以追悔雕虫，贻消于雾縠者也。"①

《雅伦》卷十六：

刘彦和云："夫形而上者谓之道，形而下者谓之器。神道难摹，精言不能追其极；形器易写，壮辞可得喻其真。……若能酌《诗》、《书》之旷旨，剪扬、马之甚泰，使夸而有节，饰而不诬，亦可谓之懿也。"②

上述《雅伦》摘录的刘氏话语，分别摘抄《文心雕龙》中的《辩骚》《诠赋》和《夸饰》。经比对，除了各篇的结尾"赞曰"的一小段文字外，几乎全文摘抄，均未作出任何评说，似有生吞活剥、未作消化之嫌。不过，这种几乎全篇的摘录也隐含了费氏对刘勰观点的赞赏与首肯，借助刘勰的观点来说明费氏本人的诗学思想。

综上所述，作为中国古代文论的经典之作，《文心雕龙》在明、清诗话中的题称只有三种，分别是全称《文心雕龙》以及简称《文心》《雕龙》。明、清诗论家对《文心雕龙》十分重视，多次引用或摘录其中的文句。归纳起来，明、清诗论家对《文心雕龙》的接受情形大致有三种：第一，对《文心雕龙》的总体评说。第二，适当的引用或摘录。第三，未作任何评说的大段摘录，甚至几乎全文摘抄。全面整理明、清诗话对《文心雕龙》的引文及评说，对于进一步认识、研究明、清诗论家接受《文心雕龙》，具有不可忽视的价值和意义。

---

① 周维德集校：《全明诗话》（六），济南：齐鲁书社，2005年，第4510－4511页。

② 周维德集校：《全明诗话》（六），济南：齐鲁书社，2005年，第4827－4828页。

明清两代《文心雕龙》评点综述

内蒙古财经大学人文学院　孔祥丽
内蒙古师范大学《语文学刊》编辑部　李金秋

明、清两代，评点《文心雕龙》成为一时风尚，垂名者大有十余家。今人黄霖先生不畏漫杂之苦，伏案汇辑各家（包括杨慎、梅庆生、曹学佺、陈仁锡、钟惺、叶绍泰、清谨轩、李安民、黄叔琳、纪昀）① 有关《文心雕龙》评点于一册，成《文心雕龙汇评》一书。笔者阅之，深为受益，却遗憾其依然散漫罗列而难得其要领，故进而对各家评点进行梳理，抉择其中与文学理论及写作理论相关的评点，综而述之，以期与文心雕龙研究者及文学批评爱好者共同探讨。

一、各家评点情况及影响

黄霖指出“在中国古代的文学批评史学史上，最为集中、也最有代表意义的无疑是有关《文心雕龙》的评点。”② 纵观文学批评史，人们对《文心雕龙》的关注，早在今存敦煌遗书唐写《文心雕龙》残卷中就已经有了记载，虽然只是对篇中难识之字、词的校注，却也在批评史中初露端倪。唐、宋、元三代对《文心雕龙》的研究还处在低潮，虽有文人或在官私书目著录，或在自己的著述中采摭、引证，亦间有加以考订、品评者，然多为只言片语，颇为零碎。至明、清两代，这种长期低迷的局面才得以打破，形成校勘、注释和评点之风，许多学者孜孜不倦，精心钻研，成就十分可观。而对《文心雕龙》有多方面研究探讨的，莫过于明、清两代的评点。

明、清两代关于《文心雕龙》之评点形式多样，有眉批、有夹批、有旁批、有题评、有圈点、还有篇末注，形式不一。今存最早对《文心雕龙》作评点的是杨慎。杨慎，号升庵。他在《杨升庵先生与张禺山公书》中说：“批点《文心雕龙》，颇谓得刘舍人精意，此本亦古有一二误字，已正之。其用色，或红或黄或绿或青或白，自为一例，正不必说破，说破又宋人矣。”杨慎批点《文心雕龙》具有开创性的意义，他在批

① 对各家评点的抉取，主要依据黄霖：《文心雕龙汇评》，另参照周振甫：《文心雕龙译注》，在参考文献中均有具体注明。

② 黄霖：《文心雕龙汇评》，上海：上海古籍出版社，2005 年，第 28 页。

点《文心》时，主张“不必说破”，故用圈点较多，而评语甚少。有圈点的地方大约180余处，而评语仅仅20多处[①]。

杨慎批点《文心雕龙》，以其诗人之性情观彦和“为文之用心”，爱者即多言。故张文勋认为，杨慎的批点偏重于文采方面，而不在对其理论的阐发。但由于杨慎是一位博闻强识的学者，所以他在评点中涉及经、史、子、集各方面的资料，对《文心雕龙》中的一些文辞典故，多有校正或注释，有一定的参考价值，在明代有很大的影响。[②] 而汪春泓认为杨慎批点《文心雕龙》“标志明代较为系统地研究刘勰文学理论的开端，开创了整个明代的文心雕龙学”。[③]

杨慎之后，晚明有许多文坛名家如陶望龄、陶主敬、陈仁锡、曹学佺、叶绍泰、钟惺等人分别对《文心雕龙》进行了评点。这些人的评点，钟惺评点稍多，共有74条，但多是欣赏的评语，并不具有理论色彩与深度。如“彩色耀日，称之雕龙，非过！”“点缀古今，如飞花扑面”之类。叶绍泰主要用篇末总评的形式稍作以发挥，几乎篇篇都有。其余评者一般都继承了杨慎的评点风格，用三言两语作眉批或夹批，对《文心雕龙》的行文或理论批评作出评价。

与以上比较起来，黄霖称“曹学佺的评点最有文学批评史学的眼光”。曹氏的评点是在梅庆生刊印的杨慎评点本上作的补充，又称“参评”，凡57条。除在文字章法上偶有评点外，基本都侧重在对“心”和“风”的探讨。其评点虽不多，却是在认真校勘、深入研究《文心雕龙》的基础上作出的，故能对《文心雕龙》的整个构架和体系有所探索和概括。而后人重视曹评，大都看重其评本的序言：

雕龙上25篇，诠次文体；下25篇，驱引笔术；而古今短长，时错综焉。其《原道》以心，即运思于神也；其《征圣》以情，即体性于习也；《宗经》绌纬，存乎风雅；《诠赋》及馀，穷乎通变。良工苦心，可得而言。

曹氏评《文心雕龙》，注重全书的整体性及各篇章之间的联系；所作的评点，虽有牵强之处，却也是经过了精心考核、独立思考之后所下的结论。正是在这种系统精神的关照下，使得后人每论《文心雕龙》之框架体系，都无法回避曹氏的发端之论。“他的批评，使人们比较清楚地看到了一种文学批评史学的独立意识。”[④]

至清代，《文心雕龙》的研究已颇具规模，评点方面有黄叔琳、纪昀、李安民及清谨轩抄本等四家比较有名。李安民的评点都作旁批，篇篇都有；清谨轩本则是篇评，且为选本。它们的评语都比较简略，或与彦和论文观达成共识，或从从创作实际出发

---

① 白建忠硕士论文：《〈文心雕龙〉杨批中的创作论研究》，内蒙古师范大学，2004年，第2页。

② 杨明照主编：《文心雕龙学综览》之《各国（地区）研究综述》（张文勋），上海：上海书店出版社，1995年，第4页。

③ 张少康等：《文心雕龙研究史》，上海：上海古籍出版社，2000年，第193页。

④ 黄霖：《文心雕龙汇评》，上海：上海古籍出版社，2005年，第33页。

独抒己见，或在细微处作评以引起后学者注意。这其中自有一些真知灼见，“但总体上看，它们的这些评点少有警策之处，又加上其人不显达，故其书流传不广”①。与此同时，当时显官黄叔琳的《文心雕龙辑注》却名声赫赫，成为范文澜《文心雕龙注》之前最为通行的本子。据后人考证，黄本的校、注、评多出自其门客之手，其校、注主要袭取了梅庆生、王惟俭、何焯的成果。黄注《文心雕龙》的最大特色，就是对《文心雕龙》中谈到史实及所征引的经典文献，一一予以考证，明其出处。引经据典，求资料之翔实，而不作任何解释和臆测。而其评点虽错误不少，但亦有一些真知灼见，如在《才略》篇评道：“上下百家，体大而思精，真文囿之巨观。”除此处，《辑注》还非常注重弥纶前人成果，引证的有关资料能够“原始以表末”，这种基础工作的整理，也组成中国古代文学批评史学的一个有机的部分，为后人研究《文心雕龙》奠定了重要的基础。

毋庸置疑，在《文心雕龙》的评点史上，肯下功夫且成就最大的无疑是纪昀。朱东润先生早在三十年前就指出：“自古论者对于文学批评用力之勤，盖无过纪氏者。”②纪昀一生中最为重要的功业，即是编纂了《四库全书总目》。《总目》中，纪氏以睿智、深彻的眼力斟酌中国千年的学术文化，进而作出涵盖经学、哲学、文学、史学各科领域的规模恢宏的理论总结，从而建构起中国古代最为完备的学术批评体系。纪氏评《文心雕龙》，亦体现其融合经、哲、文、史的精神。纪评是以黄叔琳注本为底本，于1771年完成，共210余条，其中总评21条。评点中，纪昀不仅考订其文字之正误，而且对其文本理论作以阐发，虽未形成体系，却多有精辟之见。正如张文勋所言：“纪昀的贡献，在于集文字考证与理论批评为一体，使《文心雕龙》研究上了一个新台阶，对后世‘龙学’的形成，起了开风气之先的作用。”③张少康也说：“纪评在《文心雕龙》研究史上，确实具有津梁古今‘龙学’的重要意义，对后世例如范文澜《文心雕龙注》以及有关刘勰文学理论批评思想的探讨，有着十分深远的影响。”④黄霖亦称“纪昀其人，可说是我国古代最具文学批评史学思想的人。”⑤

二、各家集中探讨的几个问题

（一）关于“文道”

“文之枢纽”，是刘勰构建《文心雕龙》体系的关键，这部分论及到当时一些很根本的问题。这些根本问题，就是《序志》里说的“本乎道，师乎圣，体乎经，酌乎纬，

① 黄霖：《文心雕龙汇评》，上海：上海古籍出版社，2005年。

② 朱东润：《中国文学批评史大纲》，上海：上海古籍出版社，1983年，第301页。

③ 张文勋：《文心雕龙研究史》，昆明：云南大学出版社，2001年，第99页。

④ 杨明照主编：《文心雕龙学综览》之《各国（地区）研究综述》（张文勋），上海：上海书店出版社，1995年。

⑤ 黄霖：《文心雕龙汇评》，上海：上海古籍出版社，2005年，第35页。

变乎骚”。又言“盖文心之作，本乎道”，这里刘勰把“文”之本源归于“道”，故而提出“原道”。认为作文之要旨是阐明“道”，所谓“莫不原道心以敷章”；又指出“道沿圣以垂文，圣因文而明道”。因而在刘勰眼中，“道”在文中的表现，一个就是体现“圣音”，一个就是“自然为文”。

明清两代评点《文心雕龙》，莫不围绕此两点。其一，以为“经”皆原于“道”，如钟惺所言“五经肯綮，俱为道出”（《宗经》）。一旦失去“圣音”，即“风雅”之韵，就会出现“乐声之亡，千古心恨”（《乐府》杨批）、“乐府之亡，千古心恨”（钟批）的现实。故叶绍泰评曰：“魏晋以后，歌咏杂兴，其体非一。唐世述作，犹有风雅之遗。一变而宋词，再变而元曲，古乐府尽亡矣。”乐府之亡，在于风雅之音难继，即背离“道”义。清谨轩对刘氏原道思想亦非常肯定，认为“原文之由于道，振固对绪，独见其源”。纪昀最看重此说，批道：“自汉以来，论文者罕能及此。彦和以此发端，所见在六朝文士之上。文以载道，明其当然；文原于道，明其本然，识其本乃不逐其末。首揭文体之尊，所以截断众流。”并在“故知道沿圣以垂文，圣因文以明道，旁通而无滞，日用而不匮”处旁批“此即载道之说。”

其二，非常重视“自然为文”，几乎每一个评点家都涉及这一范畴。“自然”之意关乎四点。一是文思自然。杨慎虽未直言评论，却在《养气》篇“清和其心，调畅其气，烦而即舍，勿使壅滞，意得则舒怀以命笔，理伏则投笔以卷怀”下加了红点，个别地方加了红圈①。可见杨慎很看重“顺其自然”而为文。二是情感自然。曹学佺仅在《明诗》篇即有两处，在“人禀七情，应物斯感，感物吟志莫非自然”处评“诗以自然为宗，即此之谓”；又在“自王泽殄竭，风人辍采，春秋观志，讽诵旧章，酬酢以为宾荣，吐呐而成身文”批“此即自然”。三是不假修饰、本色自然。《明诗》篇，李安民在“夫岂外饰，盖自然耳”处旁批“自然之文，至文也。”叶绍泰亦言：“铺观列代，篇篇制既殊，体格亦异，而总以自然为宗。”四是表达自然。纪昀在“心生而言立，言立而文明，自然之道也。”处眉批“齐梁文藻，日竞雕华，标自然以为宗，是彦和吃紧为人处”。曹氏亦在“至尧有大唐之歌，舜造南风之诗，观其二文，辞达而已”处批“达者，自然也”（《明诗》）。表达心中所想，流畅而自然，是二者一致之意。

（二）关于“文人”

有关“文”与“人”的关系，彦和在《体性》《才略》与《程器》均有所涉及。《体性》篇讲的是作者的情性与作品的风格的关系，指出作品的风格是由作者的情性及外界的陶染共同形成，即由“才、气、学、习”凝铸；《才略》是作家论，指出历代作家在创作上的突出成就，以及作家创作上的优缺点；《程器》篇论文人品德，涉乎人品与文品的关系。

---

① 文中杨慎关于《文心雕龙》中圈点，皆引自明天启壬戌1622年杨慎评注《文心雕龙》本，内蒙古师范大学图书馆特藏室藏。

综观两代各家评点“文与人”，虽还未形成系统论述，但已在多个点上有所关照。首先，两代均注重作者学识的积累。在杨慎看来，学问或知识在创作中占有重要的地位。在《事类》篇“所作不可悉难，难便不知所出”下加了红点，并批曰：“宋人所谓用则不差，问则不知。”又在“狐腋非一皮能温，鸡蹠必数千而饱矣”下加了红点。在《神思》篇“博见为馈贫之粮，贯一为拯乱之药”下加了红圈。以上杨慎虽未评点，但足以说明杨慎很是看重彦和所言“博而能一”之论的。同在此篇，黄叔琳在“是以综学在博，取事贵约，校练务精，捃理须核”处眉批：“徒博而校练不精，其取事捃理不能约核，无当也。吾见其人矣。”纪昀亦指出“言学欲博”、“言择欲精”。博学与精取结合，才会提高作者的写作能力。

第二，作者的情性不是决定文章风格的唯一要素。《体性》篇彦和言“气以实志，志以定言，吐纳英华，莫非情性”，并举多例证实。就此，虽有李安民“读其文，如见其人”之论，但还是有多家持不同见的。叶绍泰指出“为文虽本性情，然亦有不尽然者。学习移人，表里非一，安能言隐以至显乎？要其归途，不过八体，摹体定习，因性练才，文之司南，率用此道，舍是而谈体性，未有不流于郑紫者矣。”黄叔琳眉批：“由文辞得其情性，虽并世犹难之，况异代乎？如此裁鉴，千古无两。”纪昀亦言：“此亦约略大概言之，不必皆确。百世以下何由得其性情？人与文绝不类者，况又不知其几耶。”以上之论，基本上摆脱了“情性”决定“文章风格”的偏见，是很值得肯定的。

第三，由评点文本转向对作者的品评。叶眉：“以彦和之才，必会通古义，不敢立新求异，此善用其才者。”（《总术》）纪评“至于陈思《客问》，辞高而理疏；庾敳《客咨》，意荣而文悴”言：词高理疏，才士之华藻；意荣文悴，老手之颓唐。惟能文者有此病。此论入微。”（《杂文》）这种品评已超越文词字句、篇章结构的层面，进入到一种文学批评的范畴。

第四，突破了以往以世论人的窠臼。《宗经》篇刘勰云“是以楚艳汉侈，流弊不还，正末归本，不其懿欤！”黄眉对此作批：“承学之徒，辄轻言西汉而后无文章，直至韩退之始起八代之衰耳。亦思八代中固有具如许眼力，能为如许评论者乎！”显然，黄评指出“西汉而后无文章，直至韩退之起八代之衰耳”的偏激，并以彦和的功绩证之：衰代亦有精文。

（三）关于“文术”

刘勰认为，“文场笔苑，有术有门”“才之能通，必资晓术”“执术驭篇，似善弈之穷术”。术，是指正确的文章体制和规格要求，以及文章的写作规律、原则和方法。[①] 彦和谈“术”，已是一种论文的自觉状态，不仅包括创作中的一些规律，如神思之术、宗经之术、熔裁之术、附会之术、风骨之术、通变之术；还包括一些文体的具体写作

① 詹福瑞：《中古文学理论范畴》，北京：中华书局，2005 年，第 90 页。

方法和原则。而两代评点，虽未像彦和一样进入自觉境界，却已模糊有了“术”的意识。具体表现如下：

其一，两代评家已对个别的创作规律有所洞见，尽管还是只言片语。曹学佺在《文心雕龙·序》指出“其原道以心，即运思于神也”。这里曹氏把“心”与“思”相联，用心原道的过程即是文思涌动之时。钟惺亦言“思”在驭文谋篇中很重要，即“文章能事于此，思过半矣。”叶绍泰更指出：“文无神思，虽才富辞繁，仅同书肆。古来名手能于虚际行文，政其思力高妙也。”（《神思》）没有“神思”，只如同一个知识储备库，了无生气；“神思”高妙者，才能有神来之笔而垂名于世。三家均强调了“思”之必要，此可见出“神思之术”。《熔裁》对“凡思绪初发，辞采苦杂，心非权衡，势必轻重。”钟眉批：“文心甘苦，知之实深。”纪眉：“此一段论熔，犹今人所谓炼意。”后段又批“以下论裁，犹今人所谓炼词。”苦思、炼意、炼词，此中可视为“熔裁之术”。《程器》陈仁锡眉批曰：“知文章之变，即是无法。”寻求无法而法，又可视为“通变之术”。

其二，各家已认可一些具体的作文之法，但还不能统一见的。如在《征圣》篇，曹评“然则志足而言文，情信而辞巧，乃含章之玉牒，秉文之金科矣”为“四句，文之妙的。”而纪昀则认为“此一段证实征圣，然无紧要。”同在一篇，钟惺却认为“或简言以达旨，或博文以该情，或明理以立体，或隐义以藏用”四名才是“至文之妙处”。陶主敬亦评“简言博文，明理隐义，文家要旨，该括精切。”纪昀则看重“虽精义曲隐，无伤其正言；微辞婉晦，不害其体要。体要与微辞偕通，正言共精义并用”，评曰：“通人之论。作文如此，乃无死句；论文如此，乃为神解”。杨慎却只是欣赏“赞”中个别句子的文采。

（四）关于“风骨”

据周振甫先生考证，“风骨”这一概念，是南齐谢赫在其所著《古画品录》里提出来的，风就是画得生动，有气韵；骨就是笔力劲健，线条挺拔，这是对画的美学要求①。刘勰设专篇论《风骨》，针对当时的文风，从内容到形式对文学作品提出的带有明显的风格指向性的创作原则②。风，是要求作品中的思想感情鲜明朗畅，内容充实饱满，充满生气；骨，是要求作品文辞精当、坚实、体要、流畅。处在明清两代的评点者，对“风骨”的认识已有深刻的见解，虽未能揭示实质，却为后人论“风骨”提供一定的角度。具体如下：

一者，对风骨的含义有不同的理解。在《风骨》篇，杨慎在“文明以健，则风清骨峻”下加了黄圈，并批：“引‘文明以健’尤切，明即风也，健即骨也。诗有格有调，格犹骨也，调犹风也。”钟惺亦赞同此论。黄叔琳认为：“气是风骨之本”而纪昀

---

① 周振甫：《〈文心雕龙〉译注》（修订本），南京：江苏教育出版社，2006年，第430页。

② 詹福瑞：《中古文学理论范畴》，北京：中华书局，2005年，第95页。

却予以驳斥："气即风骨，更无本末，此评未是。"李安民对杨慎的观点有些亦步亦趋，如杨眉批：此分风骨之异，论文之极妙者。李旁："杨云：'此分风骨之异，论文之极妙者'"。

二者，看重"风"，以曹学佺为代表。曹眉批："风骨二字虽是分重，然毕竟以风为主，风可以包骨，而骨必待乎风也；故此篇以风发端，而归重于气，气属风也。"《通变》篇曹眉批曰："古今一风也。通变之术，亦主风也。"《定势》曹眉："势亦主风，射矢、曲湍之喻，往往见之"曹氏把"风"看作无所不能，风主势，亦主通变。曹氏的观点，为后来石家宜主张"通变"与"定势"并举提供了一定思路①。

三者，以"风骨"作为衡量文章的标准。在《风骨》篇中，杨慎评："左氏论女色曰'美而艳'，美犹骨也，艳犹风也。文章风骨兼全，如女色之美艳而两致也。"叶绍泰亦言："文家专尚风骨。无风则意绪不抽，无骨则体格失实。风骨兼全，乃为宜称。"在《情采》篇里，清谨轩言"风骨之谧，宜为情采，故当表里成篇"。可见，评点家已有意无意把"风骨"作为论文之优劣之标准。

四者，已认初步识到如何使作品具有"风骨"。在"熔铸经典之范，翔集子史之术"处，黄眉批："风骨又必从经典子史中也"。若使意新而不乱，辞奇而不滥，除宗经外，还要兼采子史。这是有一定道理的。

（五）关于"通变"

《通变》篇专论文章写作中的会通与适变、继承与革新问题②。刘勰在《通变》篇提出："夫设文之体有常，变文之数无方"，"名理有常，体必资于故实；通变无方，数必酌于新声"，"昭体，故意新而不乱；晓变，故辞奇而不黩"，进而指出"通"与"变"的关系："变则堪久，通则不乏。"是说文章的体制安排有一定的规律，但为文之法却多种多样，因此既要"资于故实"，又要"酌取新声"，如此为文，才能愈久弥新。可以说，彦和的"通变观"具有非常完备的理论体系，不仅在于写作理论中，还应用于批评实践。而各家评点之功还未完整睽见这一体系，但已有一定的认识。

一则探讨了"通变"的实质。《通变》篇中，纪昀指出："齐梁间风气绮靡""故挽其返而求之古。盖当代之新声，既无非滥调，则古人之旧式，转属新声，复古而名以通变，盖以此尔。"纪氏所言"复古而名以通变"，被后人黄侃释为通变即是复古。实质上，纪氏所言"通变"，是以复古为革新，革去讹浅弊病，恢复古代文质兼备的作风。《物色》篇里彦和论及"文贵形似"之功时，提到"莫不因方以借巧，即势以会奇，善于适要，则虽旧弥新矣。"此处黄批："化腐朽为神奇，秘妙尽此。"同样也是言及"通变"之实质。综合两家之论，可以说，明清两代基本认为"通变"乃以复古为革新，化腐朽为神奇。

---

① 石家宜：《文心雕龙系统观》，南京：江苏古籍出版社，2001 年。
② 林杉：《文心雕龙龙创作论疏鉴》，呼和浩特：内蒙古教育出版社，1997 年，第 128 页。

二则涉乎“通变”的原则。杨慎在批点《封禅》篇时，在“意古而不晦于深，文今而不坠于浅”下加了青圈，并批曰：“‘意古而不晦于深，文今而不坠于浅’不特封禅之准，他文亦当如此。”其中，“意古而不晦于深”说的是“通”，但通中有变，“文今而不坠于浅”说的是“变”，但变中求通，“通”更注重于通古代，“变”更强调于变今世。黄眉批：能如此，自无格不美，岂惟封禅？可见“通变”之原则在于“意古”而“文今”。

三则，论及一点“通变”的具体方法。首先在于博学以通古，在《练字》篇，纪氏评云：“胸富卷轴，触手纷纶，自然瑰丽，方为巨作。”其次，创新不是斩断与古的联系，某种程度上，模拟还是必要的。如黄叔琳评：尝疑韩昌黎云：‘惟古于词必己出降而不能乃剽贼，后皆指前公相袭。’所谓必己出者如何，必非杜撰之比也。然不杜撰，恐又入相袭矣。昌黎谓樊绍述‘文从字顺’，果可信乎？（《指瑕》）”其中可见一点“通变”之径。

敦煌本《文心雕龙》抄写时间考论

山东省莒县公安局　李明高

敦煌本《文心雕龙》，原藏敦煌藏经洞，被斯坦因掠至海外，现藏于伦敦大英博物馆东方图书室，原编号为斯坦因藏卷第五四七八，基尔斯新编列为七二八三。敦煌本《文心雕龙》，因其在《文心雕龙》版本中的独特地位，早已受到文心雕龙学界的高度关注，有研究论文及专著问世。尽管有书法研究者注意到其书风独特，然而尚未见到专题书法论文发表。笔者研究《文心雕龙》多年，曾以书法学与文字学相结合的方法对该抄本进行研究，引起文心学界的普遍关注。近年来粗涉书法，对该本的抄写时间进行了综合考察，现略述如下。

一、目前关于敦煌本《文心雕龙》抄写时间的观点

在推论敦煌本《文心雕龙》抄写年代的过程中，有如下几种观点。

1. 不晚于玄宗，甚或初唐。林其锬先生在《〈文心雕龙〉主要版本源流考略》中提出："此卷书写时间至迟不会晚于开、天之世，也有很大可能出于初唐人之手。"①

2. 睿宗朝。张涌泉先生根据"旦"字上边"日"部缺笔，作"口"上、"一"下，认为是避睿宗"旦"之讳，认为"该卷的抄写时间当在睿宗朝或睿宗朝以后，而从卷中'隆''豫''恒'等字不缺避而'旦'字及'旦'字旁严格缺避的情况来看，尤为睿宗朝抄写时间的可能性为大"。②

3. 中唐。赵万里先生云："卷中'渊'字、'世'字、'民'字均缺笔，笔势遒劲，盖出中唐学士大夫所书。"③ 姜亮夫先生据赵万里先生"盖中唐学士大夫所书"具体推断："853 年唐宣宗大中七年癸酉，或书《文心雕龙》。"④

4. 玄宗以后。杨明照先生云："今察此卷'渊''世''民'皆缺避，而忠（高宗

---

① 林其锬：《〈文心雕龙〉主要版本考略》，载《文心雕龙研究》第三辑，北京：北京大学出版社，1998 年，第 269 页。

② 张涌泉：《敦煌本〈文心雕龙〉抄写时间辨考》，载《文学遗产》1997 年第 1 期。

③ 《文心雕龙资料丛书》，北京：学苑出版社，2004 年，第 77 页。

④ 林其锬：《从唐写本到至正本》，《文心雕龙学刊》第七辑，广州：广东人民出版社，1992 年，第 279 页。

太子讳‘忠’)、‘弘’(高宗太子讳弘)、‘照’(武后讳‘曌’、显(中宗讳‘显’)、‘旦’(睿宗讳‘旦’)、‘豫’(代宗讳‘豫’)均不避;‘治’乃‘冶’之误。”“卷中‘渊’字‘世’字‘民’字皆均阙笔。‘民’字亦有改作‘人’字者。由〈铭箴〉篇‘张昶’误为‘张旭’推之,当出玄宗以后人手。”①

5. 晚唐。饶宗颐先生认其为“唐末人草书《文心雕龙》残本”。② 日本学者铃木虎雄先生认为:“敦煌本《文心雕龙》,敦煌莫高窟出土本,盖系唐末写本。”③

二、对上述几种观点的认识

关于敦煌本《文心雕龙》抄写时间的上述几种观点,对其论据简要归纳分析如下。

1. “张昶误为张旭说”。在众多学者的研究成果之中,多以为杨明照先生以“张昶误为张旭”而断为唐玄宗之后的说法最可信,张少康、汪春泓等先生认为“此说较为稳妥”④,其实不然。张昶,字文舒,黄门侍郎,东汉末敦煌酒泉(今属甘肃)人,其父辈时迁弘农华阴(今属陕西),是著名书法家张芝之弟,草书亦名重一时。张旭,字伯高,吴郡(今江苏昆山)人,约生于675年,卒于759年。以诗文、善书名世,酒后好因兴长歌,挥毫落纸,因其性情奇逸,人称“张颠”。传世作品有《郎官石记序》《严仁志》及《肚痛帖》《古诗四帖》。张昶与张旭并非一人,却有不少经典将张昶之作归于张旭名下。陈拱先生云:“昶尝为北地太守段煨作《华山阙堂碑铭》,文载《文苑》十八,亦载《艺文类聚》七、《初学记》五。按以上三者均作张旭,似误。”⑤ 从以上引文足以看出,仅以“张昶误为张旭”来推断抄写时间是远远不够的。何况《文心雕龙》传本中还存在“季鹰”与“李鹰”“左延年”与“李延年”的问题。即使是敦煌抄本《文心雕龙》本身也还存在着形近字、音近字误用的问题,尤其是在草写的情况下,“昶”“旭”二字形近,容易误写。

2. “渊”“世”“民”字避讳说。“渊”“世”“民”字均缺笔,这在以避讳为根据的上述几种观点中是显而易见的。的确,“渊”“世”“民”字缺笔是为避高祖李渊、太宗李世民之讳。但仅凭三字缺笔避讳,是否即可得出此本系初唐、中唐或晚唐的结论呢?如果我们对于避讳的沿革有所了解,那么我们可以断定,这是太宗以后的抄本,只能据此来推断上限,而很难确定其下限。推论下限,还需要考察更多字的避讳情况及其他方面的佐证,这是仅凭避讳来推论敦煌抄本所产生的必然结果。

3. “旦”字避讳说。张涌泉先生根据“旦”字上边“日”部缺笔,作“口”上、

① 杨明照:《增订文心雕龙校注》,北京:中华书局,2000年,第1009页。

② 《香港大学中文学会学报·文心雕龙研究专号》,香港:香港大学中文学会,1965年,第95页。

③ 林其锬:《从唐写本到至正本》,《文心雕龙学刊》第七辑,广州:广东人民出版社,1992年,第280页。

④ 张少康等著:《文心雕龙研究史》,北京:北京大学出版社,2001年,第28页。

⑤ 陈拱:《文心雕龙本义》,台北:(台湾)商务印书馆,1999年,第277页。

“一”下，认为是避睿宗旦之讳，发现这一点，张涌泉先生是首创，这是非常重要的（当然，由此可以断定，杨明照先生所言“旦、豫均不避”是难以成立的）。但张涌泉先生援引清代周广业《经史避名汇考》时说：“唐经典碑帖于但、坦、景、影、暨、壇、宣等字皆日字缺一画”①，这一论据是有问题的。笔者略查唐代的几份碑帖，如颜真卿书《颜氏家庙碑》、柳公权书《金刚经》，即发现《经史避名汇考》关于“旦”字的避讳情况有误。至于考察避讳的方法，笔者认为，前人所述可作参考，更重要的是应以现存唐代书写资料如抄本、拓本、碑刻、摩崖等实物作为对象来加以佐证，不能单凭前人所述。笔者通过考察敦煌文献及新出唐代碑刻发现，睿宗“旦”字之严格缺笔避讳，并非产生在睿宗时期，这是一个颇耐人寻味的现象。

三、综合避讳沿革、风格流变等因素来推断抄写年代

推断敦煌本《文心雕龙》的抄写时间，应在逐一考察避讳沿革、风格流变、卷面语言等多项元素的情况下进行综合分析。

（一）唐代避讳的历史沿革

民间避讳的起始，应在秦朝以前，但避讳成为一种规定，却始自秦朝。古人避讳的方法，主要有替换、改字、缺笔、改音等途径。缺笔，就是在遇到应避讳的字时，故意少写一笔，以示避讳。唐朝是以缺末笔避讳为主的。笔者查阅了目前所出版的敦煌文献及新出唐代墓志碑刻，以明确标有年代的实物为主线进行考察，结果如下：

1. 避讳在写卷中的情况

法 P. 2323，能断金刚般若波罗蜜多经一卷，贞观二十二年（649 年），世字缺笔避；

法 P. 2444，洞渊神咒经斩鬼品第七，麟德元年（664 年），渊、世、民、治字皆缺笔避；

法 P. 3233，洞渊神咒经，麟德元年（664 年），世、民、渊字均缺笔避；

法 P. 2361，本际经疏卷第三，景龙二年（708 年），景字未避；

法 P. 3417，唐景云二年道士王景仙诣雍州长安县怀阴云乡东明观里中三洞法师中岳先生张泰受十戒十四持身之品牒，睿宗李旦年号（711 年），世字避，景字不避；

法 P. 2475，玄真一本际经卷第二，开元二年（714 年），李隆基即位不久，但、恒字均不避；

法 P. 2256，通门论卷下，开元二年（714 年），世、但、恒字均不避；

英 S. 2999，太上道本通微妙经，开元二年（714 年），渊、世、治、但字均不避；

英 S. 3563，太玄真一本际经卷第二，开元二年（714 年），世字避，但、景、量字

① 张涌泉：《敦煌本〈文心雕龙〉抄写时间辨考》，载《文学遗产》1997 年第 1 期。

均不避；

法 P. 2475，太玄真一本际经卷第二，开元二年（714 年），世、民字缺笔避，但、景字未避；

北大 D022 佛顶尊胜陀罗尼经，开元五年（717 年），世、量字缺笔避，恒字不避；

法 P. 2861，无上秘要，开元六年（718 年），渊、世、恒、显字均未避；

法 P. 2602，无上秘要，开元六年（718 年），世字缺笔，民字加点；渊、但、基字均未避；

法 P. 2371，无上秘要第卅三，开元六年（718 年），景、宣字均不避；

法 P. 2547，阅紫录仪三年一说，开元二十三年（735 年），世、民、恒字皆不避；

法 . 2457，阅紫録仪三年一说，开元二十三年（735 年），民、景、虎字均缺笔避，恒字未避。

法 P. 2617，周易经典释文一卷，开元二十七年（739 年），世、但、旦字缺笔避，治、恒字未避；

法 P. 2257，太上大道玉清经卷第二，天宝十二年（753 年），世字缺笔避，民字加点避，宣、量字不避；

法 P. 3278，金刚般若经，肃宗时期，世字避，影、量字不避；

法 P. 3463，劝善经一卷，贞元十九年（783 年），德宗李适年号，但字缺笔避；

法 P. 3624，劝善文，贞元十九年（783 年），但字缺笔避；

法 . 4503，柳公权书金刚般若波罗蜜经，拓本，长庆四年（824 年），穆宗李恒年号，世、量、但、恒字均不避；

法 P. 4660，大唐前节度押衙康公讳通邈真赞，中和元年（881 年），僖宗年号，世、影字缺笔避，治字不避；

英 S. 1156，沙州进奏院状，光启三年（887 年），但、量字缺笔避；

法 P. 2913V0，2. 归义军节度使检校司徒南阳张府君墓志铭，3. 大唐燉煌译经三藏吴和尚邈真赞。唐末昭宗时期，世字不避。

法 P. 2915，诸葛亮杂斋文一卷，唐末昭宗时期，世、恒、照字均不避；

法 P. 3100，书仪，景福贰年（893 年），唐末昭宗时期，景、但字均缺笔避；

2. 避讳在石刻中的情况

刘府君妻韩净识墓志，670 年，恒字缺笔，擅字未缺笔；

李贞墓志，开元六年（718 年），景字未缺笔；

李光远墓志，开元十九年（731 年），景字缺笔避，恒字未避；

张之辅墓志，开元二十一年（733 年），但、量、檀字均缺笔避；

于嘉胤墓志，开元二十四年（736 年），世、壇字均缺笔避；

石台孝经，唐玄宗书，天宝四年（745 年），景、擅字均缺笔避；

顺节夫人墓志，天宝十年（751 年），景字缺笔避，宣字不避；

王求古墓志，贞元五年（789 年），影字未避；

澄空塔铭，贞元九年（793 年），壇字缺笔避，世字未避；

崔氏（无生忍）墓志，贞元十三年（797 年），景字缺笔避，世、显、恒、宣字未避；

独孤申叔墓志，贞元十八年（802 年），景字缺笔避，世字未避；

回元观钟楼台铭，开成元年（836 年），量、檀、虢字未避；

李景先墓志，839 年，民、景字缺笔，旦字不避；

孟遂墓志，860 年，景、量字缺笔避，治、显字不避。

以上所举的唐代墓志，大多为洛阳出土，有一定的地域局限，但刻写时间不同，基本能反映唐代不同时期的避讳情况。在所出土的墓志中，有一人在不同时期所书的两墓志值得关注：《李岘妻独孤峻墓志》，天宝十三年（754 年），世、但字缺笔避；《李岘墓志》，永泰三年（767 年），景、量、恒字未避。前者为李岘撰文，徐浩书；后者为徐浩撰并书。李岘为李唐宗室，李世民四世孙。徐浩（703—783 年），在肃宗李亨时期官至中书舍人。《新唐书·徐浩传》云："四方诏令，多出浩手，遣词赡速，而书法至精。"① 两碑前后相隔十三年，且两碑书出自一人之手，但明显不同的是，在玄宗李隆基时期"但"字避，至代宗李豫时"景"、"量"则不避，这反映出了两个不同时期"旦"部前避后不避的状况。在唐代著名书法家李邕（678—747 年）人称"李北海"的名作《云麾将军李思训碑》、《云麾将军李秀碑》中，擅"、"影"字"旦"部中间横画缺笔，前者刻于开元八年（720 年），后者刻于天宝元年（742 年），为玄宗时期之物。

3. 避讳在律令中的情况

以法律的形式规范避讳情形的，天宝令式表 P. 2504 最引人注目，从此表中可知：

皇高祖神尧皇帝讳渊（缺末笔）；

皇曾祖玄宗文武圣皇帝讳世（缺中横画）；

皇高祖太宗天皇大帝讳治（缺末笔）；

皇伯考中宗孝和皇帝讳顯（缺末笔）；

皇考大圣真皇帝讳旦（原字，未缺笔）。

另外，唐《开成石经》是开成年间由官方颁布的正体字，于其中可以看到：治、照、旦、哲、显、适字不避，渊、世、民、纯、恒字缺笔避（除世字外均为缺末笔）。

从以上所列避讳情况可以看出，尽管太宗李世民倡导名两字不连者可不避，但是在贞观年间即出现了"世"字缺笔避的情况。对于"旦"字，从法 P. 3417 可知，在景云二年（711 年）睿宗李旦时期，景字不避（景字上部可看作是"旦"部）。李旦前后两次登上皇位，但加起来不到四年，在位期间没有形成严格的名讳，但到李旦之子李

① 《新唐书》，北京：中华书局，1997 年，第 4965 页。

隆基登上皇位后，情况发生了变化。量字缺笔避较早见于北大 D022《佛顶尊胜陀罗尼经》，开元五年（717 年）写于沙州。开元之初，“旦”字的避讳仍然没有形成固定模式，只是在开元后期，随着玄宗李隆基威仪的逐渐传播，才渐成避讳模式，可能是家讳上升为国讳而致。可见，避讳并非该朝该世一开始即如此，它是随着地位的巩固，尊严的树立，威仪的传播自然循序而生的。此后，“旦”字的缺笔避渐成风习，至代宗李豫时“景”“量”字则多不避。

敦煌本《文心雕龙》集中了渊、世、民、旦字缺笔避，但、暨字缺笔，而景、影、豫、纯、恒等字未缺笔，若仅从避讳来考察，则为玄宗开元之后所抄，其下限可定在代宗朝。

（二）唐抄本的卷面特征

1. 书体

敦煌抄本《文心雕龙》，伦敦大英博物馆说明为“行书”①，日本学者户田浩晓先生认为是“端丽的行、草相杂体”②，杨明照先生认为是“草书”③。上海社科院林其锬先生曾对笔者讲，有人以为是章草，曾请章草专家王蘧常先生鉴定，王先生认为是行书。笔者认为，应为行草，是介于行书与草书之间的一种书体，部分笔画具有章草笔意，传承了西北敦煌地区为章草之发源地的地域特征。唐代是草书的繁盛期，其兴起与佛教渊源颇深。笔者在查阅《法国国家图书馆藏敦煌西域文献》过程中不时会看到行草书，然而在浏览《英藏敦煌文献（汉文佛经以外部分）》时则极少看行草书，因为后者没有收录佛经部分。关于草书与佛教，朱关田先生认为，至中唐时，佛事盛行，允许张扬外学，作文、习书，为僧人所重，稍具情性的便借外学抒发内心，所以，“中唐草书，大多出自僧人”④。

2. 笔法

笔法，是与制笔的工艺紧密相连的。相传秦将蒙恬制笔，以柘木为管，以鹿毛为柱，羊毛为被。1931—1979 年，敦煌地区曾六次出土两汉时期毛笔，其中四支狼毫，两支为兼毫、兽毛笔，短且硬。唐代敦煌用笔，中唐以前因交通便利，应与内地差别不大，但吐蕃以后，交通受阻，当与内地有异。就内地而言，唐初使用兔毫竹管笔，中唐多兼毫，唐末出现羊毫长锋。关于敦煌用笔，日本学者藤枝晃先生以北朝、隋/唐、吐蕃期/归义军期分为鹿笔、兔毫笔、木笔三类。⑤ 因着制笔工艺和审美观念的变

---

① ［日］户田浩晓：《作为校勘资料的〈文心雕龙〉敦煌本》，载《日本研究〈文心雕龙〉论文集》，济南：齐鲁书社，1983 年，第 114 页。

② ［日］户田浩晓：《作为校勘资料的〈文心雕龙〉敦煌本》，载《日本研究〈文心雕龙〉论文集》，济南：齐鲁书社，1983 年，第 114 页。

③ 杨明照：《增订文心雕龙校注》，北京：中华书局，2000 年，第 1009 页。

④ 朱关田著：《中国书法史・隋唐五代卷》，南京：江苏教育出版社，2002 年，第 5、191、218 页。

⑤ ［日］藤枝晃：《敦煌遗书之分期》，载《敦煌吐鲁番学研究论文集》，上海：汉语大词典出版社，1990 年，第 13 页。

化，字体在不同时期出现了各自的特点：唐初清秀瘦长，中唐方圆丰肥，唐末骨瘦劲利。但敦煌与中原还是有差异的，敦煌唐末抄经，字体多扁而肥。敦煌本《文心雕龙》，用硬毫笔抄写，方圆兼具，应为中唐所抄。

具体到运笔，著名鉴定家杨仁恺先生曾言，“我们认定《古诗四帖》是张旭的真迹……其中最突出之点，就是用笔。我在文章的开头就提到过盛唐以后书法之风为之一变，草书始于张旭，正楷定于颜真卿，不仅是风貌有别，而且运笔方法具有划时代的标志。从盛唐上溯到东晋，运笔有一个普遍的法则，无论是真、行、草、隶的横笔竖画，基本上是方头侧入，自然形成横笔笔锋在上，竖画笔锋在左的状态，以此去考察这一时期的字迹，不致有多大的差误。到了盛唐以后，运笔改用圆头逆入，笔锋居于横竖画的正中，近于篆书笔法。《古诗四帖》是这样，《苦笋帖》《自叙帖》《祭侄稿》也莫不是如此。”① 杨仁恺先生细致入微的鉴定切入点，为我们考察敦煌抄本提供了重要途径。敦煌本《文心雕龙》的横画，多是圆笔逆入的，也有露锋直入的，许多字入锋、出锋如同章草，具有汉简特征，颇含篆隶笔意，应为盛唐以后所抄。

敦煌本《文心雕龙》风格独特，似乎很难找到类似风格的作品。《书法丛刊》2007年第5期所载《唐王求古墓志》，行草书，贞元十五年（799年）刻，1999年出土于西安市长安县，反映了当时行草书盛行的状况，这也是罕见的行草墓志之一。仔细观察则会发现，该行草书偏重于行，与敦煌本《文心雕龙》明显不同。潘重规先生在《唐写本文心雕龙残本合校》云：“他若国立中央图书馆所藏四七三七号净名经关中疏，乃唐释明真章草写本”②，可作参考。特别值得一提的是，英S.2506失名书、P2810AV^0、P2810BV^{0}分别记开元九年（721年）至天宝十三载（754年）、天宝十三载至乾元元年（760年）、上元元年至大历五年（770年）间事，笔法相近，行书间杂草字，用笔与敦煌本《文心雕龙》极为相似，近读《敦煌研究》2004年第6期所载李永宁、程亮先生《整理王重民敦煌遗书手稿所得（一）》，得悉尚有P.4073卷记大历七年（772年）至贞元二年（786年）间事。这几卷《残史籍》为我们进一步研究其笔法，合理推论其抄写年代提供了一份可靠资料。

另外，笔者最近查阅到一记有年代的草书作品，为日本文物收藏家中村不折先生在《禹域出土墨宝书法源流考》中收录的《法华经玄赞第七》：“玄宗天宝十二载写。长六丈三尺四寸。首缺四纸，凡五十四纸，草书。敦煌出土。跋：天十二载七月二十二日夜彦时记。卷末第一纸与前缝合之处书有‘二十二日彦时’。不规则，跋中脱‘天宝’之‘宝’，大概被省略，在其他地方也有此例。现存于东洋的出土草

① 杨仁恺：《唐张旭的书风和他的〈古诗四帖〉》，载《中国书画研究》，上海：上海古籍出版社，2006年，第302页。

② 《文物》1966年3月，第40、41页。

书经，明确记年的只有此卷。以此作为研究的基础，可用来类推其他无年月者。书体近似章草"①。

3. 纸张

纸，作为鉴定书画作品的一个重要元素，历来受到鉴定者的重视。据潘吉星先生《敦煌石室写经纸的研究》②，从其抽样检验中可知，初唐的麻纸，多为黄色或浅黄色，细横纹，纤维均匀，表面平滑（但有一件贞观四年的《四分戒本一卷》粗横纹，表面不甚平滑）；晚唐的麻纸粗横纹，表面粗糙，有的间有筋头。杨仁恺先生言："从传世书画、敦煌文献实物标本来看，硬黄纸，特别是蜡硬黄纸，多制于初唐至中唐的七至八世纪间。"③ 吐蕃时期与归义军时期敦煌的用纸十分匮乏，出现了大量的背面写经、空白处杂写的抄经纸，本地造的纸非常粗糙，甚至在吐蕃时期还出现了简牍。藤枝晃先生将北朝、隋/唐、吐蕃期/归义军期的用纸分为三种：古麻纸、薄麻纸/唐麻纸、敦煌纸。④

敦煌抄本《文心雕龙》，据大英博物馆馆方说明："《文心雕龙》内容为对文学流派的评述。梁朝（第六世纪）刘勰著。全书五十篇，现存第一篇（仅有末段）至第十五篇（仅有首段）。采用整齐的行书字体缮写在光滑的革纸上的抄本，封面部分破损，长十七公分，宽十二公分，二二一一册。"⑤ 其"平滑的革纸"，应不是吐蕃期、归义军期敦煌本地产粗糙的纸。据《敦煌书法综论》言："S. 5478《文心雕龙》残册即是上等的薄麻纸。"⑥ 敦煌本《文心雕龙》用纸，笔者据所得图片观察，纸张平滑，质量上乘，非唐末所制，按照藤枝晃先生对敦煌纸张的研究成果而论，应为中唐之物。

4. 装帧形式

敦煌本《文心雕龙》的装帧形式为蝴蝶装。《辞海》释："蝴蝶装，简称'蝶装'。图书装订名称。书叶反折，即有字的纸面相对折叠，将中缝的背口，用浆糊粘连，再以厚纸包裹作书面。翻阅时，开展如蝴蝶的双翅，故名。"⑦ 朱关田先生在论及唐代书画装裱与经籍装帧时言："初期因承旧制，作卷轴装，中期始见旋风装即页子装如吴彩鸾《唐韵》，渐向蝴蝶装即册页装过渡，开宋、元已知装订之先河，与书画装裱遂分成两途。"⑧ 蝴蝶装的产生，大多认为起于唐末，兴于宋朝，其实这种装帧形式出现的时

---

① ［日］中村不折著，李德范译：《禹域出土墨宝书法源流考》，北京：中华书局，2003年，第111、112页。
② 《文心雕龙资料丛书》，北京：学苑出版社，2004年，第99页。
③ 杨仁恺著：《中国书画鉴定学稿》，沈阳：辽海出版社，2000年，第357页。
④ ［日］藤枝晃：《敦煌遗书之分期》，载《敦煌吐鲁蕃学研究论文集》，上海：汉语大词典出版社，1990年，第13页。
⑤ ［日］户田浩晓：《作为校勘资料的〈文心雕龙〉敦煌本》，载《日本研究〈文心雕龙〉论文集》，济南：齐鲁书社，1983年，第114页。
⑥ 沈乐平著：《敦煌书法综论》，杭州：浙江古籍出版社，2009年，第144页。
⑦ 《辞海》（缩印本），上海：上海辞书出版社，1990年，第2102页。
⑧ 朱关田著：《中国书法史・隋唐五代卷》，南京：江苏教育出版社，2002年，第5、191、218页。

间定比唐末还要早得多，因为蝴蝶装与经折装有着千丝万缕的联系，它应是僧人在便于携带阅读的实践中产生的。在敦煌实物中，笔者查到四件蝴蝶装，其中两件为敦煌僧人所写：其一为《大乘二十二问本》（北大 D098），唐昙旷撰。关于昙旷，敦煌实物另有《大乘起信论略述》，行草书，代宗宝应二载（763 年）写于沙州龙兴寺，研究者多认为是昙旷本人所书。其二为《八十三老翁刺血和墨写金刚经》（P. 2876），写于唐天祐三年（906 年）。其三为《敦煌录》（S. 5448），五代后期沙州名僧道真所写，敦煌当地所制。其四为《汉将王陵变》（北大 D188），写于宋太平兴国年间。

5. 俗字

俗字具有时间性与地域性，在鉴定中可作参考。敦煌本《文心雕龙》多俗字，笔者考察了许多，现仅举班、功等字。

马神威墓志，武则天久视元年（700 年），班字中间作“夕”，马神威为扶风人；

法 P. 2617，周易经典释文一卷，开元二十七年（739 年），世、但、旦字缺笔避，治、恒字未避，班字的写法亦如敦煌本《文心雕龙》；

崔日新墓志，景龙二年（708 年），功字如今楷，洛阳出土；

姚彝神道碑，姚彝为玄宗时明相姚崇之长子，开元五年（717 年），坦、恒、景字均未避，班字如今楷。

敦煌本《文心雕龙》班字中间作“夕”，功字右作“刀”。以上对比中可见，敦煌本《文心雕龙》的俗字与长安、洛阳等内地所书明显不同，应非内地所抄，其俗字写法与敦煌所出书于开元二十七年的《周易经典释文一卷》（法 P. 2617）相似。

6. 杂字

敦煌《文心雕龙》卷面有杂字：大、大宝积经第一、佛、言等字，还有好、东序、烈、皭靖也、缁黑色、涅水中黑等释文。《大宝积经》，又名《宝积经》，唐菩提流支译编。菩提流支，活动于武则天至玄宗开元十五年（727 年）。笔者查到有类似杂字的敦煌本两份：法 P. 3109 诸杂难字壹本，杂书“大”“宝”“积”“大宝积”，与敦煌抄本《文心雕龙》之杂字多有重复之字，且看上去笔法如出一辙。该卷署“太平兴国八年记”（北宋太宗年号，983）。法 . 3518V^{0}杂写“大宝积经卷弟一”，但笔法与《文心雕龙》明显不同。

该抄本卷面语言除原文外存在四个层次：一是标读，在调写符、删字符、代字符等书写语言外，标有品读的符号，作用如同句读，如《宗经第三》“譬万钧之洪钟”“书实纪言”“诗之言志”首字的右肩均有朱笔竖画；二是改字，在原文中径直改字，此非抄者本人所为，定是后来品读的人所改，如《正纬第四》“经显世训”，原作“经显世教”，以粗笔改；三是标注，一类是标正体，如《颂赞第九》“虽深浅不同”之“浅”、《诔碑第十二》“必见峻伟之烈”之“烈”，是为防止误读草字而标注的正体字；另一类是简注，如“皭靖也”“缁黑色”“涅水中黑”。四是杂字，如“大宝积”“大宝积经第一”等即是。这四个层次告诉我们，原抄本经过抄者品读后，至少又经过了读者、习字者之手。试想，在纸张紧缺的年代，抄一部书何等不易，抄者是不会轻易将其易主的，从抄写至杂写，至少经历了三代人，一般而言，这需要近百年甚至数百年时间。

综合上述诸多因素而论，敦煌本《文心雕龙》的抄写时间应为中唐，上限为玄宗开元时期，下限很可能在代宗李豫朝。

附记：在本文即将发稿时，笔者于7月28日从旧书店淘得日本学者池田温先生所著《敦煌文书的世界》，张铭心、郝铁君译，中华书局2007年版。对敦煌抄本《文心雕龙》，池田温先生“认为恐怕是8世纪中叶盛唐时期中原的写本”，其判断的根据，可能为其在该书所讲的“8世纪末开始到9世纪前半期敦煌因为被吐蕃占领，所以与中原的交通几近断绝”。笔者对池田温先生“恐怕是”“中原的写本”的判断不敢苟同，但其“8世纪中叶”这一大致时间的判断，可资参考。

论唐君毅对刘勰“文学之道”的阐释

苏州大学文学院　侯　敏

唐君毅对中国哲学的范畴、概念、形态和历史有着深广的研究，通过深入中国文化、中国哲学、美学的深厚历史，发掘其深层的诗学要义与思维方式，充分地体现文本的具体观念与思想的历史体系之间的内在关联。在《中国哲学原论——原道篇》中，他涉猎《文心雕龙》的理论资源，以哲学家的睿智，阐释了刘勰的“文学之道”。

一、“神思”与“志气”

《文心雕龙》是一部体大思精的文学理论著作。唐君毅是在研究中国哲学“道”范畴，尤其是在分析“魏晋之玄理与文学艺术中之道”时，涉及刘勰的《文心雕龙》。他主要关注的是《文心雕龙》的观念和命题。面对珠玑耀眼、斐然可观的《文心雕龙》，唐君毅研究的重点放在《神思》篇上，兼及其他诸篇，阐释其文学创作之道。

《神思》篇列《文心雕龙》创作论之首，重点论述了文学思维中的想象问题，提出了“思理为妙，神与物游”的创作观。

唐君毅首先肯定了刘勰提出的“神思”的魅力所在。《神思》篇曰：“文之思也，其深远矣。故寂然凝虑，思接千载，悄然动容，视通万里；吟咏之间，吐纳珠玉之声，眉睫之前，卷舒风云之色。”唐君毅认为，“刘文之言神思之运，则直下超出时空之限制，而接千载，通万里，使风云之色，卷舒于眉睫之前，珠玉之声，吐纳于吟咏之间。则文学创作之始，非始于由隐以求显，而直接始于此神思与其所运之境界之呈现。此神思，亦即随思之理而有。随思之理以思，固必当不见于千载万理之隔，以任此思之妙运于不同之时空，更及于不同时空中之物，而不着于物，以游于物之意象中也。”① 唐君毅意识到，刘勰的“神思”观念，要优于陆机在《文赋》中所言文学创作需要“耽思旁讯，精骛八极，心游万仞”。陆机只是将想象当作创作过程的现象加以描述，而刘勰则从创作现象抵达文学本质。所以，唐君毅认为刘勰要比陆机更能直下指出文学之根据。

黄侃《文心雕龙札记》解释“神思”云：“此言思心之用，不限于身观。或感物

① 唐君毅：《中国哲学原论——原道篇》，北京：中国社会科学出版社，2005年，第586页。

造端，或凭心而构象，无有幽深远近，皆思理之所行也"。黄侃拈出"思心"二字，点明了神思的根源，似乎也能说得通。而唐君毅把神思之运，归为人的"心志"。这种释义较为精准。唐氏循着刘勰的理论逻辑，把"心志"又与"志气"相绾，捕捉到了神思之运的气脉或脉动。唐氏认为刘勰所谓的"志"，乃心之所之，或心之所向；文心所向，不着于物而游于物，堪称神思。作家如果不与其意绪志向神通，不与客观事物气通，用语言表达出来，则文学创作就无法进行。

刘勰曰："故思理为妙，神与物游。神居胸臆，而志气统其关键；物沿耳目，而辞令管其枢机。枢机方通，则物无隐貌；关键将塞，则神有遁心。"① 据此，唐君毅阐释了志气与辞令在神思（想象）活动中的作用。其一，志气是神思的关键。"志之连于神与气，以合为志气，则为内之得通于外之关键"；其二，辞令是神思之枢机。"耳目既接物，更有文字辞令以表之，则为外之物得通于内之枢机"。故神思是由于内心和外境接触后感应而生的。文字辞令"管其枢机"，不可不有，而能用此文字辞令之志气，"统其关键"，亦不可不有。

显然，唐君毅较为成功地把握住刘勰"文学之道"（"文心"）的核心思维——神思。这是作家主体情感的投入与志气的运作。唐氏之所以强调"志气"是神思的关键，是因为志气包容了情、意、志、德、才等属于作家身上的精神因素。作家以自然与社会作为自己的反映对象，以取之不尽的天地元气作为自己的养料，胸罗万象，思接千古，感物缘情，使宇宙浑然之气与自己全灵魂、全身心之气进行化合，才能产生审美的气场（情境），呈现出强旺的创作气魄，从而投入艺术创造情境之中，运用生动形象的语言文字，完美地表现人生境遇和情感波澜。所有这些神思（想象），都是文学生命之气活跃的确证。

神思作为文学创作之道，虽然有点神秘，但不莫测。刘勰《文心雕龙》"神思"篇云："是以陶钧文思，贵在虚静。疏瀹五藏，澡雪精神；积学以储宝，酌理以富才，研阅以穷照，驯致以怿辞。然后使玄解之宰，寻声律而定墨；烛照之匠，窥意象而运斤。此盖御文之首术，谋篇之大端。"刘勰确认神思（想象）也需要培养，构思阶段要处于"虚静"状态，创作还需要"积学"等途径。唐君毅对"虚静"范畴的解释是，虚静是使物不接于耳目之前，而呈现于作家心意心思神运之中，作家的神思（想象）是在物之意象中运行，"虚静则成此反省观照。"唐君毅指出，虚静能使心境清明，积学以丰富技巧，酌理以使想象完善，研阅以使意象完美，驯致以使修辞巧妙。文学家在创作过程中，神与物游，飘忽不定，故观山观海，其情、其意、其思，皆无不充满其中，亦更溢于外，乃可与山海之风云并驱。因此，神思是"人之所以能为文之独照为主宰的心灵之所在。"② 志气统辖的神思，能使作家臻达文学创作的佳境。

① 刘勰：《文心雕龙·神思》。

② 唐君毅：《中国哲学原论——原道篇》，北京：中国社会科学出版社，2005年，第588页。

文学的感悟，美学的眼光，是唐君毅诠释《文心雕龙》的优势所在。他精选关键文论观念，深入肌理，据理演绎，把刘勰的一些真知灼见，加以概括性与贯通性的解析。他能够从文学的、历史的角度诠释刘勰的“文学之道”。唐君毅认为刘勰的“神思”论，渊源于庄子的重神凝、神遇、神行的观念，《易传》的神无方而妙万物的观念；刘勰的“志气”论，渊源于孟子的“养气”说，曹丕的“文以气为主”说。因此，刘勰的“文学之道”是在对前修的继承与发扬。

唐君毅还对刘勰《文心雕龙》的《原道》《物色》《风骨》《隐秀》《定势》等篇章作了部分引用与说明，只是点到为止，未作阐述。他对刘勰的总体评价是，“彦和谓文之成，赖于神气理，亦所以明道；更论文之声律形式，及文之种种体裁之渊源，与其用之所宜。其论文之宗旨之高、与规模之大，后世亦无以过之。”① 这样的评价深中肯綮，符合刘勰文论产生的实际过程和理论价值。

二、“文学之道”与魏晋玄理

唐君毅除了关注《文心雕龙》的闪光的文学观念外，还探讨刘勰“文学之道”与魏晋思想文化运动（玄学）的直接联系。这也是唐君毅《中国哲学原论——原道篇》撰写的出发点。唐氏不会满足于单纯从“文学之道”去梳理和总结刘勰思想，而是致力于从形而上学角度去揭示刘勰文学思想的逻辑预设本身，深入挖掘其哲学根基。

从中国思想史上看，魏晋的人文智慧是丰富复杂、博大精深的，儒释道融合成为趋势，其精神个体形式是非常鲜明耀眼的，“越名教而任自然”一时成为士人的追求。魏晋玄学思想，是老庄思想在魏晋南北朝的创新光大。唐君毅充分重视这份人文精神的背景和底蕴，对“文学之道”与魏晋玄理之间的关系，作了既分疏又关联的说明。

其一、玄学与文艺的境界，皆由反省观照而形成。在唐君毅之前，汤用彤先生曾对魏晋玄学与文学理论的关系做过探讨，汤用彤指出：“魏晋南北朝论文之作，如魏文帝曹丕《典论。论文》，陆机之《文赋》及刘勰之《文心雕龙》等对文学之基本看法均与玄学有多少深切之关系。故魏晋 玄学之影响于文学者自可在于其文之内容充满老庄之辞意，而实际行文即不用老庄，然其所据之原理亦可出于玄谈。”② 唐君毅同样看到这一点，并且进一步探讨了两者的勾连，指出玄学思想与文学理论，皆浮于实际存在之事物之上面，具有非实用性或无实际的功力性。两者属于境界形上学。魏晋玄学重视“无”的观念，例如王弼倡导“以无为本”，意味着“有”必须从自身中超越出来，与“无”为一。而陆机的“课虚无以责有，叩寂寞而求音”，刘勰的“陶钧文思，贵在虚静”“寂然凝虑，思接千载”，均与重“虚无”的魏晋玄学相通、相合。

---

① 唐君毅：《中国哲学原论——原道篇》，北京：中国社会科学出版社，2005 年，第 592 页。

② 汤用彤：《魏晋玄学论稿》，上海：上海古籍出版社，2005 年，第 179 页。

唐君毅找到了魏晋玄学与文学之道的连接点，即两者均是对“人”与“文”的反省观照。玄学的境界是对抽象义理之观照，文学之境界是对“依理而凝聚或融合之诸意象所合成之一意境”的观照。“凡论文学，皆不能离此观照以为论。文学与玄学，亦有其本质之类似。故凡论文学，亦必有取于类似玄学之言，如‘收视反听，贵在虚静，神思方运，万途竞萌，规矩虚位，刻镂无形’之类。故言文学之所以成为文学之理，亦恒是玄理之一种。”① 魏晋玄学是对人生之意义之认知与观照，魏晋的文学批评，也依赖于反省与观照。文学艺术固然可以不只表现玄理，而可以表现情理或情志，或之表现事物之形象状貌，但文学创作与欣赏背后，必蕴藏着若干的玄理，故玄学之道与文学之道，不可分离。

其二、玄学兴盛之期，亦是文艺自成一独立之人文领域之时。现代大家鲁迅等确认魏晋是“文学自觉的时代”。唐君毅以为魏晋人在实际生活中早已重技艺与文章之美。例如，曹丕典论论文，言功业不若文章之无穷；陆机专门写《文赋》，表明其视文学为一独立客观的人文领域；刘勰全面阐述文学之道、之术、之法、之文体，更是说明文学之写作，乃在一独立之世界中进行，文学成为一独立人文领域。作为“文学自觉时代”的形而上学基础，魏晋玄学是人之性灵主体的哲学解释，无疑为文学的自觉提供了学理依据和合法性根基。“刘彦和之论文，要在其之能明显指出文学之写作，乃在一独立之世界中进行。此一世界，则呈现于人之反省的关照。”② 正因为刘勰在论著中显现了人之心意的反省观照以及意象之可依理而相集结。故刘勰的《文心雕龙》的出现，也标志着文学理论的自觉与独立。

刘勰文论的成熟的表现是，将“天人感应”关系归纳为心物交融说，“是以诗人感物，联类无穷，流连万象之际，沉吟视听之区。写气图貌，既随物以宛转；属采附声，亦与心而徘徊。”③ 心物之间，不是单向的触动关系，而是双向互动、融会交流的关系。唐君毅以为刘勰之话语，对“心之情意与境物俱运之关系，特能加以正视耳。”④ 魏晋南朝文论之所以繁荣，原因就在于刘勰等人对文学的性质作了系统的解答。

其三、玄学对中古文学最深刻的影响，是“言意之辨”。唐君毅认为魏晋玄学家关于言意关系问题的提出，特别是“言不尽意”“得意忘言”之观念，对中国古代文学创作和文论批评产生了巨大影响。王弼说：“夫象者，出意者也。言者，明象者也。尽意莫若象，尽象莫若言。言生于象，故可寻言以观象；象生于意，故可寻象以观意。故言者所以明象，得意而忘言；象者所以存意，得意而忘象。”⑤ 王弼的言意之辨是一种意在象先的观念，侧重于意的决定性和独立性。其后，刘勰对言意象的关系作了具

---

① 唐君毅：《中国哲学原论——原道篇》，北京：中国社会科学出版社，2005 年，第 590 页。

② 唐君毅：《中国哲学原论——原道篇》，北京：中国社会科学出版社，2005 年，第 583 页。

③ 刘勰：《文心雕龙・物色》。

④ 唐君毅：《中国哲学原论——原道篇》，北京：中国社会科学出版社，2005 年，第 586 页。

⑤ 王弼：《易经略例・明象》。

体而透辟的论述。“独照之匠，窥意象而运斤”（《神思》），“吟咏所发，志惟深远；体物为妙，功在密附”（《物色》）。刘勰对文学创作中的言意关系以及对“意象”的生成特点颇有创发。

玄学标志着人的意识形态的觉醒，也带来了文的觉醒。“言意之辨”的讨论，尤其是言与意之间的中介环节——“象”的分析，催发了“意象”乃至“意境”文论范畴的诞生。唐君毅根据刘勰的言、象、意的论述，总结归纳出这样的文学原理：“文学乃依于人心之既有其情之所感，志之所向，更以文字表现其本思想而会得之主观或客观之境象意义之凝聚与融合。”① 这个定义端现出“道——心——文”的文学生成逻辑。境象即意想之所想，意义即境象的内涵，故此境象即意象。人之意象之次第相连而起，即可渐渐融合为一意境，而文字亦相结成篇章，构成文学作品。唐君毅以他睿智的目光，进一步地探索了文学“意象”构成的方法，这无疑是具有理论认识意义的。

唐君毅注意到魏晋玄学家的“言意之辨”中存在着两个倾向。其一，得意忘象；其二，重言忘意。他认为刘勰对这个问题处理得比较妥当：“彦和之论文，能言文之有风为化感之原，以意起意，又言外之意，亦可未尝不在言内；而重意者，亦不当轻言废文。”② 唐氏这里所说的“以意起意”，就是指，作家在创作初始，心中要预先有一个基本的“意”。意对象具有决定性，象由意生，而意境是一种具有言外之意的玄远境界。唐氏认为刘勰在本体论上较好地解决了文学的超越性与内在性的结合问题。

通过把“文学之道”与魏晋玄学“进行对比，唐君毅得出了这样一个结论：“刘彦和论文之立本于此文以明道之义，以言文学中之神思、志气、理等，犹可说于魏晋之玄理与其他论文之言，多有所承。然其言文依于天地有表现为文之道，人之心生，亦必有表现为‘言立文明’之道，则超迈魏晋玄学之流，未尝知此文学之必不可少于天地，与道必不能相离者；是乃直上承先秦儒者言‘诚于心、形于外’之乐诗等之‘不可已’之旨。此亦即中国哲学言道思想史中之大事，不可只视为一文学之论而思之者也。”③《文心雕龙》作者写了三万七千余字，编成五十篇，而多半讨论的都是文学之道，唐君毅给予刘勰如此高度的评价，本身说明了《文心雕龙》在中国古代思想史上的重要建树和价值。

在《文心雕龙》研究史上，人们对刘勰思想倾向，儒家、道家或是佛家的立场与维度，存在着争论。根据文本，唐君毅认为刘勰在《神思》中有取于道家虚无之义，以论文学之道，但在原道篇中重视人文化成之道，宗经、征圣，归宗儒家。“彦和之论文，则虽以虚静成观照，以陶钧文史；然必归于‘心生而言立、言立而文

① 唐君毅：《中国哲学原论——原道篇》，北京：中国社会科学出版社，2005 年，第 583 页。
② 唐君毅：《中国哲学原论——原道篇》，北京：中国社会科学出版社，2005 年，第 591 页。
③ 唐君毅：《中国哲学原论——原道篇》，北京：中国社会科学出版社，2005 年，第 593 页。

明’，以由内而外，为道之要。彦和论文，乃有取于道家之神韵运与虚静之旨，而归于儒家之明道者。”① 唐君毅揭示了《文心雕龙》所显现的文学中之道家义与儒家义的会通，说明了刘勰思想中儒道结合的格局。

总之，唐君毅能够整体上考察刘勰“文学之道”的人文背景和发展脉络，从哲学和美学的整体活动来把握其思想内蕴涵，突显《文心雕龙》理论本身的文化和思想价值，强化了诠释的力度和深度。

三、取精用宏的研究方法

唐君毅在刘勰的“文学之道”的研究上，表现了综合的、兼容的学术功力。他以文学的方式阐发思想，以思想之“道”来统摄文论话语。微观有过人之“微”，宏观有过人之“宏”。这就不同于文学专家的“龙学”。他能在复杂纷纭的六朝思想文化现象中能够把握刘勰的“文心”与灵魂。

近代学术研究上对于文学艺术或其他文化现象的研究，具有一项方法论上的特点，那就是透过横断的定点分析与纵贯的历史描述，两者交互运用，清楚说明某一问题的全貌。

在现代新儒家中，徐复观对《文心雕龙》作了专门研究，曾写过10篇左右的论文。徐氏的研究路向主要以“文体”来探讨《文心雕龙》理论结构，根据《文心雕龙》的《体性篇》，他疏释了“文体的根源”“历史的文体”“普遍的文体”，将文体生成的基本点定在“情性”层面，阐述“情性”的塑造对于文体诸因素具有决定意义。这当然是“龙学”研究的一家之言。我们可以看出，唐君毅疏释《文心雕龙》的中心点是《神思篇》。两者的研究重点与思路有所不同，徐氏侧重于文学形相（文体），唐氏注目于诗性哲学。但不妨碍两人致力于中国文学的探本之论。

学界对《文心雕龙》的解释是一种积累的、渐进的工作，学者们随着透视观点的变换、开展而有不同的结果。黄侃把“风骨”释义为“风即文意，骨即文辞”。唐君毅好徐复观修正并超越了黄氏定义，他们抓住一个“气”字来论“风骨”。徐氏说：“《风骨》篇之所谓风骨，依然指的是作者的两种不同的生理地生命力——气，贯注于作品之上，所形成的两种不同的。所以就两种不同的生理地生命力的自身而言，便可以说‘气即风骨’。就文章的两种不同的形相而言，也可以说‘气是风骨之本’”。② 唐君毅说：“彦和于其书风骨篇，更言文之表意而成风，即能‘以意起意’。其所谓骨，乃文之体骸，文之组织结构，由统之之内在的志与意而致者。”③ 可见，唐、徐二人都

① 唐君毅：《中国哲学原论——原道篇》，北京：中国社会科学出版社，2005年，第590页。

② 徐复观：《中国文学中的气的问题——文心雕龙风骨篇疏补》，《中国文学论集》，台北：学生书局，1982年，第310页。

③ 唐君毅：《中国哲学原论——原道篇》，北京：中国社会科学出版社，2005年，第591页。

力图准确把握“文心”的精髓。

唐君毅对刘勰“文学之道”的阐释特色是：

其一，力求对学术问题作出历史与美学的透视。唐君毅对刘勰“文学之道”的阐释，要言不烦，眼光独到，显示了哲学家出色的理论透视力。他能够透过纷繁芜杂的现象深入本质，抽绎出其中或可能联系的内在线索，以实现对文本的观照。

其二，运用多种研究方法，发现和论证重要的知识命题。例如，唐氏运用比较与综合的方法，辨析刘勰的《文心雕龙》与陆机的《文赋》的异同，指出两者虽都有对文学的“反省的观照”，但刘勰能把“神”与“气”联系起来，而陆机未能及此，所以不及刘勰文思完备。如此，类比归纳，取其精脉，唐氏以哲学家的智慧，深入地解读了“文心”的理论归趋与文论特色。

其三，在阐释文论观念时，追寻其文化哲学的意义踪迹。唐君毅从中国哲学思想自身的资料和历史脉络“顺着说”刘勰文论，又体认刘勰文论如何在“道”这一逻辑原点和核心观念的统领下，所形成的“气、人、文”或“物、心、文”这一生成模式，从魏晋六朝文化背景来把握古代文论之美的历程与刘勰文论的原创意识，

章学诚《文史通义》谓：“高明者多独断之学，沉潜者尚考索之功，天下学问不能不具此二途。”唐君毅兼备二者之长，既有广泛的概括，又有深入的辨析；即大会细入、用精取宏。唐氏具有深厚的根底，对研究对象占有扎实的第一手材料和与之相联系的思想背景，其学术品格的坚实性与开阔性得力于哲学家的理性思辨力。故他虽未专门研究“龙学”，但其片段的涉猎，倒也见前人之所未见，道前人之所未道，显示出不可掩映的文论之光。

文化视角“龙学”研究的重要成果

——戚良德《文论巨典——〈文心雕龙〉与中国文化》评说

山东大学儒学高等研究院　徐传武

戚良德先生是著名“龙学”大家牟世金先生的高足，研究《文心雕龙》成绩斐然，已引起龙学界的高度关注。他十几年前完成的《文论巨典——〈文心雕龙〉与中国文化》一书[①]，是从文化视角来研究《文心雕龙》的重要著作，可以说是“龙学”研究的重要成果。

该书是“元典文化丛书”之一种。诚如戚良德先生所说，刘勰是中国文艺理论史上的一位巨人，《文心雕龙》则是中国文艺理论史上的一部奇书。其体大思精，建设起了一个庞大的文艺理论体系。他认为：“从这个意义上说，中国文学批评史上真正称得上‘元典’的著作，也就只有《文心雕龙》了。”[②] 这个定位是准确的，令人信服的。为此就要揭示《文心雕龙》这部“元典”著作的深刻内涵，戚良德先生凭着自己对《文心雕龙》和中国文化的深刻认识、理解和把握，把《文心雕龙》与中国文化的关系和内涵阐释得颇为到位和透彻。

《文论巨典——〈文心雕龙〉与中国文化》一书除去对《文心雕龙》的著者刘勰和《文心雕龙》本书作了较简明而深刻的概说外，重点对《文心雕龙》的理论体系、思想渊源以及《文心雕龙》与中国文论、中国美学的关系作了颇为详细而富有新意的阐述。其理论体系阐述部分，又从“文之枢纽”、“论文叙笔”、“剖情析采”等方面着笔，把这个颇为复杂的理论体系问题交待得清清楚楚；其思想渊源部分，探源溯流，则从儒家、道家、玄佛等几个方面入手，把孔、孟、荀、易、老、庄、玄、佛等各个方面对《文心雕龙》的影响和熏染，阐释得头头是道，眉目非常清晰，让人一目了然。其论述《文心雕龙》与中国文论部分，则对扬雄、王充、曹丕、陆机等古代的文论家皆能“弥纶群言”，广泛汲取而又卓然超越之；又对“神”“象”“情”“物”“心”“气”“时”“运”“知音”等诸问题进行了剖析，要言不烦，井然有致。其论述《文心雕龙》与中国美学部分，则通过美的视点、美的形态以及文章、语言等方面的论析，揭示《文心雕龙》特有的美学观念和美学价值。

---

① 戚良德：《文论巨典——〈文心雕龙〉与中国文化》，洛阳：河南大学出版社，2005 年。

② 戚良德：《文论巨典——〈文心雕龙〉与中国文化》，第 1 页。

牟世金先生有个观念，就是要建立中国自己的文论体系，要建立中国自己的美学体系，而这方面我们受苏俄和西欧的影响，是走了弯路的，要正本清源。可惜牟世金先生“出师未捷身先死”[①]，他的宏愿未能实现。戚良德先生严守师训，在这方面也继承甚至可以说是发挥了这种特长。在建立中国自己的文论体系、大力张扬我们中华民族文化的特色时，苏俄和西欧的东西不能拒绝和排斥，但一定要洋为中用，他为我用。而不能强拉硬拽，削足适履，丧失了我们自己民族的血脉和气派。《文论巨典——〈文心雕龙〉与中国文化》一书中提到的“神”“象”“情”“物”“心”“气”“时”“运”等，几乎可以说是我们中国古代自己的“特色”，用我们中国古代自己特有的词语，来建立中国自己的文论体系，这是应该大书特书的。

戚良德先生探索《文心雕龙》的文论思想，多用“文章”一词，他解释说，“《文心雕龙》的理论体系有着很强的自洽性”，他借季羡林先生的话说：“我们中国文论家必须改弦更张，先彻底摆脱西方文论的枷锁，回归自我，仔细检查、阐释我们几千年来使用的传统的术语，在这个基础上建构我们自己的话语体系。”在这些方面，季羡林先生和牟世金先生可以说是不谋而合的，戚良德先生则忠实地贯彻了这一宗旨，他在书中多有体现。[②]《文论巨典——文心雕龙与中国文化》一书还注意发掘《文心雕龙》深邃的历史文化内涵，并把今天的民族精神和它们尽可能地联系起来，让今人知道今天的一些文学理论概念，有不少就来源于《文心雕龙》，从而更深刻地理解和认识《文心雕龙》这个中国文艺理论“元典”的历史价值，并更好地来寻找中国文学和中国文化创新的契合点。

许多好东西，如《周易》所云，“百姓日用而不知”[③]，刘勰和《文心雕龙》也有这种命运。如戚良德先生在其书《后记》中所说：“从《文心雕龙》诞生的那天起，就不断有人在接受、引用刘勰的观点和思想，但大多数人却不提刘勰的名字，不说受了《文心雕龙》的影响。”[④]《文心雕龙》一书及其观点主张，我们研究、宣传和普及，就是让更多的人们知道、了解和应用，更好地发挥这种“文化元典”的历史价值，为现实服务。《文论巨典——〈文心雕龙〉与中国文化》一书就很好地起到了这种作用。

从陆侃如先生到牟世金先生，都倡导做学问要有扎实的基本功，搞研究要做好一系列坚实的基础工作，包括搜集各种有关研究成果等等。戚良德先生也是这样做的，不避繁杂，不避细碎，搜集有关资料几乎是竭泽而渔。他做过一本《文心雕龙学分类索引》[⑤]，这本书最大的一个特点就是“全”，我给别人印数很少的书写的序也收录进去，戚良德先生给我说时，我都记不太清了。他这部《文论巨典——〈文心雕龙〉与

① 杜甫：《蜀相》。

② 戚良德：《文论巨典——〈文心雕龙〉与中国文化》，第393－394页。

③ 《周易·系辞》：“仁者见之谓之仁，知者见之谓之知，百姓日用而不知，故君子道鲜矣。”

④ 戚良德：《文论巨典——〈文心雕龙〉与中国文化》，第392页。

⑤ 戚良德：《文心雕龙学分类索引》，上海：上海古籍出版社，2005年。

中国文化》一书，不要看它后面附录的参考书目不足40种，其实像《文心雕龙学分类索引》一书中的绝大部分著述，可以说他都了然于胸的，甚至还应该包括"文心雕龙学"之外的有关各种著述，古代的经史子集，现在的哲社科经，都被他应用于股掌之中。比如全书正文之末引用柳宗元、贾岛、李仲蒙、罗大经、李东阳、方东树等人的话，有些就很不常见。[①] 正可谓"看似寻常最奇崛，成如容易却艰辛"[②]。

研究古人或古人著述，我们应该设身处地为古人着想，应该理解古人，不要苛求古人。戚良德先生就是这样认为的，也是这样做的。他对那种"我们经常看到那种居高临下的对古人的批判和裁判"[③]，是很有意见的。他还说："我只想尽可能地进入刘勰的思想，尽可能地理解刘勰的思想，尽可能地搞清楚他为什么会那样说而不是这样说。"[④] 所以他在书中对《文心雕龙》作者、研究者——不但是古代的，就是近现代的，凡所述及，都显得平和、厚道，显得公允、恰当。比如论述刘勰祖父刘灵真是否有一个亲哥哥刘秀之，他说："据几代《文心雕龙》研究者的考证"，《梁书·刘勰传》说是其亲哥的观点不可信，"正因为如此，晚出的《南史·刘勰传》就把这句话删掉了"[⑤]。举重若轻，很容易就把这个问题说清楚了。

特别值得一提的是，《文论巨典——〈文心雕龙〉与中国文化》一书的语言，都是经过深思熟虑和认真推敲的，非常老道。其中有些话，甚至带着作者自己的经验和体会。如他谈论"文的自觉"问题[⑥]，谈论"风骨"问题[⑦]，都有自己的人生经验和体会的结晶。干戈历后文章老，学问深时意气平。世事洞明，人情练达。文章的好坏，有时又不仅仅是文章本身的事，有些功夫有时要在"文章之外"的。

---

① 戚良德：《文论巨典——〈文心雕龙〉与中国文化》，第289页。
② 王安石：《题张司业诗》。
③ 戚良德：《文论巨典——〈文心雕龙〉与中国文化》，第392页。
④ 戚良德：《文论巨典——〈文心雕龙〉与中国文化》，第392页。
⑤ 戚良德：《文论巨典——〈文心雕龙〉与中国文化》，第3-4页。
⑥ 戚良德：《文论巨典——〈文心雕龙〉与中国文化》，第150页。
⑦ 戚良德：《文论巨典——〈文心雕龙〉与中国文化》，第257-266页。

体例、观念与方法

——评张长青先生的新著《文心雕龙新释》

中南大学文学院　毛宣国

张长青先生是我国学术界研究《文心雕龙》的著名学者，早在上世纪80年代初，他和张会恩先生合著的《文心雕龙诠释》就因其立论的精到和解释的到位而享誉学术界。步入古稀之年，他又推出了凝注毕生心血的新著《文心雕龙新释》（湖南大学出版社2009年版）。此书的出版，相信会受到学术界的广泛重视与关注。

在当今古代文论研究这一领域中，《文心雕龙》的研究无疑成果最丰、最为突出的，为《文心雕龙》作注、释、译的专著不下数十种，其中也不乏大家、名家之作。与同类型的著作相比，《文心雕龙新释》（以下简称《新释》）则另有开辟与创新。《新释》的“新”，具体讲来，可以从以下三个方面体现出来。

首先是“体例”的新。对《文心雕龙》进行注释并加以今译的著作，在学术界并不少见。比如陆侃如、牟世金、周振甫、祖保泉、郭晋稀等人的著作就大体如此。《新释》沿用了这一体例，但有很大的不同与创新。《新释》采取的是注、译、释三结合的体例，在这三者之间又特别突出了“释”，即在注、译的基础上抓住关键性的理论问题对每一单篇作详细的阐释。“注”的特点是在兼收当代诸家文字校勘成果基础上，只注字义、典故，去掉烦琐的版本与校记，并力求简明通俗，以适应当今读者阅读的需要。“译”则充分考虑到《文心雕龙》是用骈文写作这一特点，借鉴张光年《骈体语译文心雕龙》的翻译方法，采取骈体语译。这种翻译，不仅保持了原著的骈体美文的特点，更重要的是对内容的传达与理解也起到了很好的作用。“释”是全书的重点，占全书一半的篇幅。《新释》把“释”作为重点，一是著者考虑到学术界通行的注译释一类书籍普遍忽视“释”，所以加强了这一方面的内容。另外也是由著者的学术观念和方法所决定的。在著者看来，《文心雕龙》是一部学术性、理论性很强的著作，对它进行诠释，训诂与义理、微观的阐发与宏观的理论思考必须有机地结合起来。“释”不仅仅是文字、句段的解释，更重要的是“振叶以寻根，观澜而索源”，作到文理和方法的贯通，以真正把握《文心雕龙》的理论内涵与精神。比如，对《情采》篇的阐释。著者不仅以准确的文字、句段的解释解释了《情采》篇的主要内容，即它主要是论述“情”与“采”“质”与“文”的关系，而且还联系到总论、文体论、创作论等部分的论述，把文质问题作为贯穿刘勰文艺美学理论的中心问题，而这种贯穿，又是建立在天人合一和文道统一的思想基础上。这样，不仅很好地说明了《情采》篇的理论内涵，也使人们从总体上更好地把握《文心雕龙》的理论精神与意蕴。

其次是“观念”的新。《新释》反思历来的《文心雕龙》注释和研究著作，认为它们在观念上存在着普遍的缺陷，那就是习惯以西方的主客二分（或者是唯物与唯心对立）的模式，或者执著于中国传统文化中的某家某派学说来阐释《文心雕龙》，而没有认识到《文心雕龙》整个思想体系是建立在“天人合一”、儒道互补、三教同源的文化观念和哲学基础上的。《新释》则力图从“天人合一”的文化背景，从儒、释、道三家同源的哲学高度对《文心雕龙》做出新的阐释。比如，《原道》篇中“道”的解释。“道”为《文心雕龙》一书的主旨，历来成为“龙学”研究的一个重点，有儒家的圣贤之道说、道家为本的“自然之道”说、儒道并存的“自然之道”说、以佛性、佛家因缘思想为主的道论，还有将“道”看成是宇宙本体和自然规律的“道”论等等。《新释》则在充分吸收前人研究成果基础上，从“天人合一”的文化观念高度对“道”进行了新的阐释。《新释》认为：“道的内涵分为天道和人道。儒家重人道，讲伦理，走向‘以天合人’的善美合一之境；道家重天道，讲自然，走向‘以人合天’的真美合一的精神自由之路。到魏晋玄学主张‘名教与自然’的统一，把儒道两家，实际上是把人道与天道统一起来。”又说：“刘勰这样做的目的有两个：一个是论证‘文原于道’、‘文本于道’是自然而然的，不是人为的，借以反对齐梁日竟雕华的文风。……另一方面是想从哲学本体论的高度抬高儒家文艺思想的地位，说明儒家圣贤、经典是本乎道，合乎自然的，企图建立一种新的文艺思想体系。这是齐梁时代儒、释、道三家合流的时代思潮在《文心雕龙》中的反映。”这一阐释虽折衷旧说，但由于把握了“天人合一”这一根本的文化观念和三家合流这一根本的哲学思潮，所反映出来的观念内涵则是新的、超越前人的。又如，对《神思》篇中“神与物游”命题的阐释，著者强调这里所说的“感物”，既不是西方的再现论，也不是西方表现论，而是以中国传统文化的“天人合一”“万物一气”“以类相召”等观念为其内在依据，它的立足点是人和自然的同一，亦即主客交融，物我为一。它所强调不仅是心对物的感发，而且还包括心对物的支配和能动作用。所以它成为创作论的总纲，说明艺术创作从准备、构思，到传达都是心物交感的过程。再如，对“风骨”的阐释，《新释》在博采众家之说的基础上，肯定“风”和“骨”就是作品的文意文辞表现于外的一种精神风貌，或曰表现于文意文辞上的鲜明的艺术特色。并认为，有风骨的作品，情志鲜明、感染力强，语言端直、笔力雄健，它是中华民族传统文化“天人合一”“天行健、君子自强不息”的刚健自强的民族性格精神的体现。这也是站在“天人合一”的哲学高度对“风骨”富有新意的阐发。还如，对“通变”的阐释，《新释》认为，刘勰的“通变”的概念来自《周易》，它从根本上体现了中国古代“天人合一”的文化观念和哲学精神。这一概念的核心是趋时而变，而不能简单地理解为继承与革新的关系。但是从刘勰的整体文艺观和《文心雕龙》全书来看，也不是绝无继承与革新之意。比如，

“文之枢纽”部分，前三篇是讲文与道的关系，是“究天人之际”，是讲“通”的问题，后两篇是讲古今关系，是“通古今之变”，是讲“变”的问题。所谓“通古今之变”，亦包含着文艺发展中的“因”与“革”，即继承与革新的关系问题。这一阐释不仅赋予“通变”的新的理解，而且也较好地说明了“通变”概念与刘勰整体文学观念的关系。

再次是“方法”的新。《新释》在阐释方法上也具有明显的创新意识。著者针对“龙学”研究方法论存在的种种偏颇，如以西释中或以中释西、以今释古或以古证今，主张采用双重还原的方法来阐释《文心雕龙》。所谓双重还原的方法即是指：在时间上，通过事物源流的考察和理解，原始以要终，向事物原初状态，即向《文心雕龙》的原意还原；在空间上，通过东西文化的对比，由学术理解的原初状态，向《文心雕龙》的理论体系的民族特色还原。由于著者熟稔中西文学理论，同时又有方法论的自觉，在很大程度上满足了这一阐释要求。比如，《新释》对《文心雕龙》整个文艺美学思想体系的认识，就是通过中西哲学、文学理论的一些根本观念对比，如天人合一与主客二分、纯文学与杂文学观念、感物说与表现论、再现论等等展开，向《文心雕龙》的理论体系的民族特色还原。特别值得一提的是，《新释》非常重视中国古代文论的辨证思维特征，同时认为《文心雕龙》之所以成为中国文学批评的翘首之作，正是因为它遵循了这一思维原则。《新释》阐释的一个重点，也是对《文心雕龙》的辨证思维特征作方法论的还原。比如，在对《序志》篇的解释中，《新释》就针对学术界有关《文心雕龙》研究方法讨论中的儒家“折中”、释家“中观”、道家“辨证论”诸说，强调《文心雕龙》的辩证思维方法乃“天人合一”的根本哲学精神体现，不能归于哪家哪派。《文心雕龙》的辩证思维方式可以从三个层次，即本体论层次（天人合一）、认识论层次（知行合一）、价值审美层次（情景合一）来认识，而这三个层次又集中体现在《文心雕龙》的文道统一、文德统一等观念中。《新释》的这一阐释，不仅具有方法论意义，也深刻揭示出《文心雕龙》内在的体系与结构。

弘中华之文化，起现代之文心

——读《文心雕龙通论》

广西师范学院　卢斯飞

成书于1500年前的《文心雕龙》，是中国文学理论批评史上第一部有严密体系的文学理论专著，它在中国古代文学批评和文艺理论发展史上具有巨大的奠基意义和深远影响。同时它也是中华民族文化精髓在中古时期的系统综合与总结，是一部“匡救时弊”、具有鲜明指向的书。千百年来，有关《文心雕龙》的研究、注释、翻译的著述联翩不断，林林总总，被学术界称为“龙学”，为阐发、弘扬这一宝贵的文化遗产作出可贵的贡献。但由于史籍上关于该书作者刘勰家世的记载十分简略，而作者所处的六朝时期在文化思想上正处于重大嬗变、全面更新和空前活跃的年代，特别是该书具有“体大而虑周”“笼罩群言”的风格且用骈文写成，因而在解读上给后来者留有巨大的开拓空间。即以《文心雕龙》书名而言，人们对这四个字内涵的领悟一直是众说纷纭①，读者更是期待有人“于其晦伏之余，广而通之”，作出更为弘通的、符合实际的解释。

刘业超教授在古稀之年笔耕十载，写成了180万字的三卷本《文心雕龙通论》（以下简称《通论》），近日已由中国出版传媒集团的人民出版社推出。正如中国文心雕龙学会副会长、著名文艺评论家缪俊杰先生在《通论》序中所言，此书通过对龙著的历史文化、现代文化和世界文化解读，“对百年来龙学研究的理论成果进行系统性的总结，全面展示中华民族博大精深的文化精髓，并将其融入现代文化视野之中，成为当代人一项宝贵的理论资源，为中国特色的文论体系与美学体系的建设提供知识论、认识论与方法论的依据”，其“学术之劳，功不可没。”十年一剑，亮色多多，本文谨择其一、二稍作介绍，并略谈个人体会。

一、关于《文心雕龙》的核心理念

以往“龙学”的研究者在谈到《文心雕龙》的主导思想时，一般都是强调它以儒

---

① 刘业超：《文心雕龙通论》上编第六章“《文心雕龙》书名论”，《通论》下编“后记”，北京：人民出版社，2012年。

家思想为核心，并且将它贯穿到《文心雕龙》一书的一切重要方面，成为立论的根本依据，从而使其理论染上了一层经学色彩而且带来了许多局限性。对于这一较为常见的看法，《通论》作者结合刘勰的身世经历和他所处时代"礼崩乐坏"、人们渴望变革、多元文化蓬勃兴起等特点，从文本出发，作出了辩证的观察、分析和认真的补充与修正，并且在该书上编的各章（特别是《文心雕龙》的作者论、时代论和渊源论等几章中），进行了充分而精到的论述。

例如，《通论》上编第三章"《文心雕龙》渊源论"中，论述了《文心雕龙》的认识论根源（包括儒学根源、道学根源和佛学根源）；也论述了《文心雕龙》的方法论根源（包括折中的认识方法以及通变的、统摄的、神思的、因明的诸种认识方法）；同时论述了《文心雕龙》的学术论根源（包括写作学、美学、心理学、语言学乃至社会学根源）。作者"振叶以寻根，观澜而索源"，通过对书中历史文化根源的详尽剖析，在《通论》得出这样的结论：

> 以上三个方面（指儒家学说、道家学说和佛家学说——引者），就是《文心雕龙》观照客观事物的最基本的指导思想。在这一多维统一的认识论结构中，道家是其体，儒学是其用，佛学是其法，三者以儒学为主导共相为济，相得益彰。所谓"体"，具指道家自然之道的哲学理念在文学运动中的本体论地位。所谓"用"，具指儒家"经世致用"的哲学理论在文学运动中的方向论地位。所谓"法"，具指佛家"万法为心"的哲学理念在文学运动中的方法论地位。而刘勰所说的"道沿圣以垂文，圣因文而明道"、"原道心以敷章，研神理而设教"，就是对三者之间的系统机制的总体概括。……

《通论》作者明确地告诉我们：支持和推动刘勰进行历史性开拓的文化力量，就是对儒、道、释三家的兼容与并重。不独重一家而博采众家之长，这正是《文心雕龙》之所以成就其博大精深的旷古伟业的根由。刘勰所说的"擘肌分理，唯务折中"，就是对多元文化的兼容并包，其实质就是"和谐"二字，这也正是中华文化的精髓和真谛。事实上，不论从中国文学史、中国思想史或从中国文化史来考察，我们都可以看到：儒、道、释三家不仅常常合流，而且相互补充。"如果说儒家思想是其主线，那么道家思想和佛教思想就是另外两条重要的副线。如果说儒家思想是琴键弹奏出的凝重的主调，那么道家、佛家思想就是不时泛出的轻快的和弦。"①[2]可以说，刘勰所处时期的六朝文化及其后迎来的大唐文化之所以兴盛繁荣，我们民族文化之所以长流不息、历万劫而不朽，其根由就是多元文化的兼容并包。中华文明多元一体的大格局之所以异彩纷呈和受人尊敬，我们民族的生命密码，就在于"和谐"这两个字里。我认为《通

① 周扬、刘再复：《中国文学》，见《中国大百科全书·中国文学卷》第7页，北京：中国大百科全书出版社，1986年。

论》作者在这方面的领悟和开掘的理念，其意义是不同寻常的，这种探讨也是需要勇气的。这种勇气来自中国知识分子敢言的历史传统，也来自时代主旋律关于建设和谐社会与和谐文化的激励。我们知道，和谐文化的另一面就是鼓吹“无情打击，残酷斗争”的暴戾文化，一百年来我们民族在其笼罩和影响下付出了沉重的代价。我们应该记取这个沉重教训，格外珍惜和认同和谐文化，去促进“中国梦”的实现。这也是中国现代化建设的要求。

二、关于《文心雕龙》的整体属性

《通论》的作者在《文心雕龙》的属性论方面也不乏创见。书中分析了《文心雕龙》的基本属性（如工程性、书面性、博大性和多维性等品格），论述了《文心雕龙》的深层属性（如哲学、美学、心学和社会学诸品格），进而论述了《文心雕龙》的整体属性，指出：

> 《文心雕龙》不是一般意义的写作学专著，而是具有博大精深指导思想体系的多学科的学术专著。……哲学是其本，美学是其经，写作学是其用，社会学是其？的。四大指导性学科因聚集写作学而实化，写作学因四大指导性学科的切入而博大精深。这一个五维式的认识角度，在世界美学史与写作学史中，都是独标一格的。……它的每一个指导思想，都涉及我们民族文化的重要组成部分。它所企图解决的问题，无一不涉及社会发展的整体和历史发展的整体。……惟其如此，它不仅是探悉写作科学的金科，也必然成为了解我们民族文化的构成以及蕴含在其中的东方智慧的最具有意义的通道。

从这些论述中可以看出：作者业超先生视野开阔，目光四射，善于作宏观的把握和思考。从而使得《通论》的体式和格局恢廓大度，思虑周严，广而不杂，繁而不乱。《通论》分为上、中、下三编，共二十七章。上编“外缘论”九章，分述《文心雕龙》的作者论、时代论、渊源论、属性论、结构论、书名论以及地位论、研究论和版本论，主要是从外在的系统联系中深入探讨作者刘勰成书的历史文化根由，为该书的学术价值和历史贡献进行科学定位。中编“文心论”九章，分述文心之范畴、本体、本质、形态，以及文心之修养、萌发、构思和文心之外化与接受，这一部分通过中外文论的比较和解读，对这一经典著作的核心理论进行了切中肯綮的论述，尤其是对“控引情源”的理论多所发挥。下编“雕龙论”九章，则分述雕龙的范畴、形态、体式、风格、镕会、辞采、通变以及《文心雕龙》的写作艺术论，其中对刘勰“制胜文苑”的理论作了淋漓尽致而又精义入神的解读。由此可知《文心雕龙》的逻辑结构，由枢纽论、文心论和雕龙论三大板块组成。枢纽论是对全书总纲的系统论述，文心论是对“以心术总文术”的原理、法则和要领的系统论述，雕龙论是对文章的形态运动的原理、法则和要领的系统阐述，它们分别属于哲理论、心术论和文术论的范畴。三大板块的有机统一，构成《文心雕龙》博大精深的理论内涵和实践内涵。在研究《文心雕龙》的众多著述中，《通论》不仅在宏观的把握上引人注目，在中观和微观的论述和阐释中也不乏精湛的剖视。例如，作者在谈到“文心的修养”时指出：人的修养是根本，心的修养是焦点，志气的修养是关键，道德的修养是保证，才学的修养是辅佐，由此构成一个完整的系统工程。与此同时，《通论》对文心修养的必要前提——“虚静”进行了深入论述：“具而言之，（虚静）就是一种无私、无畏、无惊、无扰、无忧、无虑，而惟以‘率志委和’、‘优柔适会’是务的心理状态。”从而说明创造性的精神劳动依靠的是高品位的心灵，高品位的心灵只能来自刻苦的长期修养。《通论》还对志气修养以及阅历、学识、才力等方面的修养进行了细致的分析，并以鲁迅、冰心、巴金等大师的成才经历作为佐证。从而得出这样的结论：将文心的修养正式纳入方法论的范畴，“这是我国文论史上的第一次，也是世界文论史上的第一次。”说明“这种以人为本的品格是中华文论的最大理论特色”。

三、关于“龙学”的传承和创新

业超先生在《通论·后记》中强调自己在“龙学”的研究是“站在巨人的肩膀上”，手里握着的是一根前人传递的“接力棒”，显示出他的谦逊和朴实的治学态度。在《通论》的“《文心雕龙》研究论”的专章中，他论述了我国古代《文心雕龙》研究的历史轨迹（萌芽、发展和大成时期），强调了《文心雕龙》研究的现代飞跃，着重介绍了鲁迅、黄侃、范文澜、刘永济、王元化等先贤在现代龙学研究中的基石作用。而在“《文心雕龙》版本论”的专章中，不仅介绍了隋唐直到清代的版本流变状况，还重点介绍了《文心雕龙》版本学的现代开拓（包括大陆学者的开拓和台湾学者、世界学者的研究献功）。这两章资料丰富，线索清晰，态度客观，评述公允，为后学者提供了难得的借鉴。

刘业超先生早年毕业于珞珈山上的武汉大学，自述从事龙学研究，是出于一种特别的“珞珈情结”。他在《与友人书》中谈到：“对《文心雕龙》的研究是珞珈学术的重要组成部分，构成了一道极具特色的文化风景。从黄侃先生的《文心雕龙札记》，到刘永济先生的《文心雕龙校释》，到刘绶松先生的《文心雕龙》论文，到吴林伯的《文心雕龙义疏》，到缪俊杰的《文心雕龙美学》，到易中天的《文心雕龙美学思想论稿》，到李建中的《文心雕龙讲演录》，百年来一线相连，从未间断。”上面提到的《文心雕龙札记》，是国学大师黄侃于1914—1919年在武昌高等师范（武汉大学前身）执教时对讲义进行系统整理而成的书稿，面世以来对推动《文心雕龙》研究的科学化和现代化起到了重大作用。而《文心雕龙校释》则是著名古典文学专家、一级教授刘永济先生为武大诸生讲授汉魏六朝文学而写成的讲义稿，1962年由中华书局据正中书局版重印，这是现代龙学研究中第一个对《文心》的系统理论进行全面释义和深度开发的专著。像《札记》中对“原道”的深刻辨析，对“神思”的科学阐释，对“风骨”论的独特见解，以及“循实反本”的研究方法，《通论》一书均作了客观中肯的评价。又如刘永济先生在《校释》一书中的开拓性贡献，包括对《文心》立论根本的深刻标揭，对“总术”的创造性解说，对“虚静”和“三准”的独见，以及对文心运动过程的通观，等等，《通论》一书也作了深入的解读和辩证的吸纳。

业超先生在撰写《通论》中走的是一条以历史文化比较为经而以中西文化比较为纬之路：在纵向比较中凸显其本质和规律，在横向比较中凸显其价值和地位，从而实现对该著的系统把握与现代阐释。（见《通论》自序）应该说，他所追求的学术目标都已鲜明地体现在这部180万字的皇皇巨著中了。而他揭橥的写作宗旨：“弘中华之文化，起现代之文心；借现代之文心，振现代之人心。”更是使人们想起珞珈学人所凝聚的崇高追求和勇毅气质，以及珞珈学术的精深真谛。

《文心雕龙》对中国当代学者学术书写的影响

——以武汉大学李建中先生治学为例

中国矿业大学文法学院　邓心强

《文心雕龙》是古代文论长河中史无前例的批评著作，是被誉为“体大虑周”、堪与西方《诗学》媲美的经典篇章，也是足以让华夏民族倍感骄傲和自豪的伟大巨著。它自南朝诞生至今1500百年来，对后世文学和批评产生了深远的影响。如今，龙学成为显学，堪与红学比肩。然而人们历来把研究的中心聚焦在刘勰其人及《文心》之著上，这方面的著作可谓汗牛充栋、浩如烟海；对《文心》如何影响后世文论也大多停留在唐代至古典文学的终结——清末王国维一代，鲜有论及其对当今社会、时代之影响。从文学史哲学的角度来看，历史发展永远向前，绝不会中断，当今的龙学研究也不过是批评史长河中的一束浪花。多少年后，后人依然会研究刘勰及其《文心雕龙》对20—21世纪文学批评在这一时期批评家和学人身上留下了怎样的印迹。即“《文心雕龙》与中国当代社会”必然会成为后世子孙探究的课题之一。

有鉴于此，本文为之提供探究与剖析。笔者以武汉大学文学院李建中教授治学为个案，就先生多年来在龙学研究生涯中所受的龙学影响进行深入的分析。当然，学术的“影响”往往是多元的、复杂的甚至是潜在的，从广义而言，任何学者在某个领域潜心钻研，浸泡日久，必然在某些方面或多或少地受到研究对象一定的“影响”，但更多时候这种“影响”是隐形的、不自觉的，这尤其与当今许多学者客观冷静的情感状态和理性中立的治学态度有关。“影响”在研究主体和对象客体之间往往并没有必然的因果关系，不具有一一对应性。有些专业人士与研究对象之间保持一种理性态度，其影响效果并不明显。由此可见，“依经立论和借石攻玉”是先生的治学心得，是他一以贯之的研究方法，其所取之“经”是多元的，但其中《文心》一经是首当其冲的，无可逃遁。因此，就龙学领域来看，虽然研究者众多，但并非多数研究者可以成为本题显著“个案”，国内当代学者中，鲜有象李先生这样在治学方法、论文倾向、思维方式、语言习惯诸多方面都深受《文心》影响，其深刻、其广阔、其持久，值得总结和深思。也许，我们可以从这个特例由点及面，以窥测出千年文心在当今以怎样的路径和方式来全方位影响不同学者。

一、研究方法：借石攻玉与依经立论

李先生曾将1986—2007年20余年的治学心得总结为八个字："借石攻玉，依经立论"①。作为在八九十年代中国社会急剧变化、学术思潮风起云涌背景下成长起来的一代学者，他们在研治中国古代文论中常常面临两个难题和困惑：一是外来观念和方法如何施之于本土经验和材料，二是传统文论如何用之于现代社会。②。而文论界先后所讨论的"新方法""现代转换""失语症""去西方化"等热点话题便是在这种"古今"与"中西"之间寻求平衡点的折射和反应。

90年代以来，李先生一直在古今冲突和中西冲突之间苦苦思索，他审视1500多年前的刘勰的论文环境和著述心境，认为刘勰在佛学东渐、儒学式微格局下的内心困惑、文化危机和时代冲突同当今具有惊人的相似之处，然而刘勰既没有亦步亦趋，也没有焦虑失语，他却以《文心雕龙》的长空惊雷作出了漂亮的回应，而不是象当今学者盲目跟风，失去立场！于是，李先生开始反思刘勰论文体现出的折中圆通的思维习惯及骈俪偶对的话语方式，全面总结和借鉴其写作技巧、治学方法和学术理念等，这是李先生依托刘勰《文心》来借石攻玉、依经立论，进行学术探索的起始阶段。其后，先生近20年来的系列成果——从90年代前期的《汉魏六朝文艺心理学》研究（1992年）、后期的《魏晋文学与魏晋人格》研究（1998年），再到21世纪初的《古代文论的诗性空间》（2005年）、《中国古代文论诗性特征研究》（2007年），以及近年来展开的古代批评文体研究等，几乎都一以贯之地贯彻了这一治学理念。

李先生的治学紧紧跟随着刘勰及其《文心》的足迹，其心路历程最终在2008年年底以一篇自白性的治学感言——《我是刘勰的学生》所道尽。

如果说"借石攻玉"偏重于选取西方理论资源来研究传统文论③，那么"依经立论"则主要回归传统文论经典，依托中国上古祖先创造的各种文史哲元典来探究当前的各种文艺问题，尤其是最早的《周易》《老子》《庄子》等和其后的《文心雕龙》。而李先生对《文心》的关注更为长久和密切，因为这是他早年研治魏晋六朝文学无法逃避的一大重镇④。这期间，李先生采用"借石攻玉，依经立论"来治学的心态在著作中（尤其是"前言"与"后记"中）时有流露：

"我真诚地将一千多年前的古人视为我的知己，同他们一起哭泣一起欢歌，而决不

① 李建中：《治学心得：借石攻玉、依经立论》，见《中国文化与文论经典讲演录》，桂林：广西师范大学出版社，2007年，第509－516页。

② 李建中：《中国文化与文论经典讲演录》，桂林：广西师范大学出版社，2007年，第509页。

③ 李建中：《中国文化与文论经典讲演录》，桂林：广西师范大学出版社，2007年，第510－512页。

④ 先生的博士论文后来作为同题国家社科基金课题《魏晋文学与魏晋人格》，武汉：湖北教育出版社，1998年。

能够冷静地将他们仅视为一种研究对象。……做学问对我来说不仅仅是出书写文章，更是和古代文人的心灵的碰撞和交流，是一种精神存在的理由。”①

“一个民族的文学批评历史，就其精神实质而言，是这个民族心灵的诗性展示，是‘文心’的历史。”②

并且还时时表示出先生对中国文论由衷的热爱，对民族文论优良传统的坚守与弘扬：

中国文论“有远古时代诗性智慧的滋润，有儒道释文化诗性精神的养育，中国诗性文论的生命之树常青。”③

从以上所列著作来看，李先生研究古代文论总会在传统经典中找到活水源泉，寻求理论依据，所依托的经典或是《老子》或是《庄子》。

在治学后期，先生尤其推崇传统文化元典，开掘文论巨著资源，以真正“古为今用”的决心和用意也多有体现，且看其自述：

“在我的学术研究的后期，我一方面延续自己“借石攻玉”的思路和方法，同时将学术视野更多地投向‘依经立论’。导致这种变化的原因，大体上有两点：第一点原因，当你认认真真地的时候，你最终发现，在你自己的国土上并不缺少良玉，缺少的是艰辛的挖掘和精心的打磨。而在众多良玉之中，最具有历史和现实价值的自身是各个领域的经典。……”④

“随着一次次的备课、讲授和师生互动（讨论），我对经典的理解尤其是对经典在批评史上之独特价值的理解也一次次加深，经典对我的学术研究也一次次加大。”⑤

先生治学中对经典的回归、挖掘和借鉴主要有两类：一类是任何学科都无可逃遁的《老子》《庄子》《论语》《孟子》《坛经》等元典，基本上以先秦轴心期文化著作为主；二是其后批评日趋繁荣和自觉后涌现出的文论经典，如《文心雕龙》、《二十四诗品》、《沧浪诗话》、《李笠翁曲话》等。可以说，“文化元典”和“文论经典”构成先生“借石攻玉，依经立论”的两翼。其中尤其表现出先生对刘勰的钦佩与赏识，以及对《文心》的赞叹与借鉴：

以青年彦和和暮年表圣为代表的中国批评家“在空山旷野之间栽种文论绿树，在衰世浊尘之外建构心灵家园。”⑥

“刘勰明明知道‘论说’与‘骈体’的区别，对六朝文学的‘俪采百字之偶’亦颇有微辞，可是他偏偏选择偶俪繁缛的骈体文来阐释他的文学理论。为什么，‘文果载心，余心有寄’！”⑦

---

① 李建中：《中国文化与文论经典讲演录》，桂林：广西师范大学出版社，2007 年，第 512 页。
② 李建中：《中国文化与文论经典讲演录》，桂林：广西师范大学出版社，2007 年，第 512 页。
③ 李建中：《古代文论的诗性空间》，武汉：湖北人民出版社，2005 年，第 13 页。
④ 李建中：《中国文化与文论经典讲演录》，桂林：广西师范大学出版社，2007 年，第 512 页。
⑤ 李建中：《中国文化与文论经典讲演录》，桂林：广西师范大学出版社，2007 年，第 513 页。
⑥ 李建中：《中国文化与文论经典讲演录》，桂林：广西师范大学出版社，2007 年，第 506 页。
⑦ 李建中：《中国文化与文论经典讲演录》，桂林：广西师范大学出版社，2007 年，第 506 页。

“排偶骈俪是美的，清虚含蕴也是美的。古代批评文体中的“诗体”，既有骈俪之美，亦有含蕴之美。”①

“刘勰的栖息之处，并不在桑门也不在庙堂，而是在‘文雅之场’在‘藻绘之府’，在‘神与物游’之中在‘心物赠答’之际。”②

而依经的目的又何在？先生曾坦言说：“我将学问视为灵魂的诗性栖居，视为精神的文本承载。”③

在2008年出版的《文心雕龙讲演录》是现实集中研读《文心》的最新成果，也是他在高校多年讲授《文心》的经验结晶。这种认识和定位，决定了他治学比较讲究灵活性和变通性，他从来不把古代文论的研究当做纯粹客观理性的对象，也不是去博物馆参观，而是主张在研读古代经典，在和古人对话碰撞的过程中，全身心投入，和他们一同欢笑或哭泣，心心相印，只有同喜同悲才能真正走近他们的心灵世界：

“文学批评历史的发展奔涌着情感的激流，战栗着心灵的脉动。”④

“研究古代，是为了解决我们当下问题。我以为，对本土经验和当下生态的关注，是现代学术精神的题中之义。”⑤

先生的“大学讲演录”系列成果《中国文化与文论经典讲演录》、《文心雕龙讲演录》分别在2007年和2008年相继问世。它们不仅是先生长期在高校开设古代文学批评课程的实录，也是先生多年研读文化元典和文论经典的结晶，更是先生在治学旅途中积极关注现实、思考当下的一种回应。正如“后记”所言：

“本讲演录之新内容的三个来源：一是我自已在对经典的反复阅读和反复讲解的过程中所获得的新的理解；二是我在相关领域的学术研究中所取得才新的成果；三是当下变动不居的文化和文论现象给予我的启示和灵感。”⑥

在这部讲演录中，先生沟通经典和现实，依托刘勰在《文心雕龙》中的话语方式和诗学智慧，反思当下，作出了相当多的关注和思索，都可可看作是先生积极、主动地以千年《文心》为参照物和坐标系，来观照、反思中国当下现实所做出的批判和回应。

先生多年来秉持“借石攻玉，依经立论”的治学理念，其研究初衷和落脚点在讲演录中是再明白不过的了。其实在这前其余著作中，先生一贯将依经立论、挖掘传统和拷问现实相呼应，并以身作则地践行不辍。比如，在反思中国当前的批评书写方式时，先生提倡挖掘中国文论“怎么说”的现代价值，并发表了古代批评文体系列研究

① 李建中：《古代文论的诗性空间》，武汉：湖北人民出版社，2005年。

② 李建中：《古代文论的诗性空间》，武汉：湖北人民出版社，2005年。

③ 李建中：《中国文化与文论经典讲演录》，桂林：广西师范大学出版社，2007年，第512页。

④ 李建中：《中国文化与文论经典讲演录》，桂林：广西师范大学出版社，2007年，第512页。

⑤ 李建中：《中国文化与文论经典讲演录》，桂林：广西师范大学出版社，2007年，第512页。

⑥ 李建中：《中国文化与文论经典讲演录》，桂林：广西师范大学出版社，2007年，第529页。

论文，同时挖掘刘勰言说的是诗性智慧，以图古为今用，充分激活《文心》的千年传统。

二、论文倾向：古典情结与典雅趣味

李先生众多学术成果中浓郁的古典情结和强烈的典雅趣味，主要是由《文心雕龙》熏陶和滋养起来的。这突出地表现在先生二十年各种论文的标题斟酌和选取上。

众所周知，《文心》是六朝骈体文的典范，标题诸如《原道》、《物色》、《知音》、《时序》、《程器》等都是对称的二字语，是该篇中心主旨的高度概括。而正文中，五万多字的行文多用四六字，无论是品藻诗作还是批评作家，抑或是典故运用文论阐发等莫不如此，如《神思》篇："故寂然凝虑，思接千载；悄焉动容，视通万里；吟咏之间，吐纳珠玉之声；眉睫之前，卷舒风云之色。"《知音》篇曰："操千曲而后晓声，观千剑而后识器；故圆照之象，务先博观。"等等，比比皆是。它们骈俪成双，对称工整，堪称骈体之杰作，后世难以匹敌，真正地体现了浓郁的典雅风貌和精致的文体格调。而李先生多年来从著作题目到论文标题都深受《文心》的影响，异常讲究典雅文言的运用。

1. 著书题名。在先生近 20 部独著、主编的各种著作中，有两部鲜明地以古语文言作为著作标题：

《心哉美矣——汉魏六朝文心流变史》，台北文史哲出版社 1993 年版。

《日月清朗，千古风流——〈世说新语〉》，云南人民出版社 2001 年版。

一般读者恐怕直接用其副标题为书目，但这种一正一副来标题的方式却是先生多年来的独爱。从其十余部著作书名统计来看，这占据三分之一之多，如《生命的光环——中国文化与中国文论》（1996 年）等即是如此。此外，有些书名虽不是直接引用文言原话，但讲究对称、工整却是一致的追求，如：

《东方情结——东方文学与中国》，海南出版社 1993 年版；

《乱世苦魂——世说新语时代的人格悲剧》，东方出版社 1998 年版。

2. 论文标题。题目无疑是论文的眼睛，是作者所论主旨和中心最凝练最传神的概括，这在学人取名时都极为讲究。但当今学者中很少有像李先生这般，在论文标题中直接以正副标题来表示的（即使用也可能偶尔用之，并不常见），其频率之高，令人惊叹。足见李先生古典情节和典雅趣味之浓厚，非同一般。比如：

《人文之元，肇自太极——周易与古代文论的诗性传统》；

《谁其尸之，神理而已——文心雕龙的诗性智慧》；

《辨体明性——古代文论的破"体"式言说》；

《从寄生到弥漫—古代文论言说方式的原生态考察》；

《断裂与重铸——汉魏之交的人格精神与文学理论》……

据笔者不完全统计，其近百篇论文中采用类似方式来标题的占据五分之一之多。如对比来看，则90年代中后期的论文成果的古典倾向和雅化情结尤其显著，更为鲜明。如：

《思之诗——汉语批评的隐喻性生成》，《文艺争鸣》2004年第6期；

《反（返）者道之动——中国古代文论研究的文化人类学视角》，《文学评论》2004年第4期；

《高天厚土水长流——古代文论的诗性空间》，《江苏大学学报》2004年第4期；

《一言以蔽之——论古代文论思维方式的整体浓缩性》，《光明日报》2005年2月4日；

《终日言，而未尝言也——中国诗性文论语言观刍议》，《郧阳高等师范专科学报》2005年第2期；

《文之为德也大矣——关于“文”的现代思考》，《湛江师院学报》2005年第4期；

《界域·声色·体势——刘勰“文”论的文章性生成》，《复旦大学第二届中国文论国际学术会议论文集》，中国文联出版社2006年……

而发表于《理论月刊》2000年第1期的《文果载心，余心有寄》一文则直接选取《文心》中最凝练表达刘勰为文宗旨、也是最为先生所喜爱的原句作为标题。

3. 著作章节及节下小标题、论文二级标题。先生早期以人格心理学研究汉魏六朝文学的诸多成果中，直接引用文言、采用正负标题已见端倪。如《虚静与躁动——魏晋人格精神的审美观照》篇下的三部分分别取名为：“静为躁君”“谁知我心焦”“悲风爱静夜”，是古典诗文的直接运用；而《演进与终结——魏晋儒家人格的玄学化历程》篇中则为：“起点与前提”“发生与演进”“终结与余波”，虽不是直接引用古文，但明显地有一种对偶以求工整的追求与尝试。又如《断铸与重建——汉魏之交的人格精神与文学理论》一文的标题，其古典倾向和雅化趣味更是十分鲜明，可谓空前绝后，所论6小节标目分别为：

党人玉碎——党锢之祸导致汉儒人格的断裂

曹公唯才——曹操人才观与魏晋人格重铸

邺下悲慨——曹操诗之悲慨与邺下人格基调

文帝主气——曹丕文气说的人格内涵

七子文气——建安七子的文气类型

陈思哀心——曹植的人格焦虑与诗性超越

也许，常人直接使用副标题就完事儿，这样既醒目也易懂。但先生却不然。通常，在前面小标题采用四字或六字（骈体文的突出特征，中国古典文章的基本范式）后，后面必然是打磨成成套或配对的四字与六字，这种工整对偶追求从根源上来说，是源自他高度推崇并长期浸泡《文心雕龙》之后的结果。尤其是先生后期成果，这种古典倾向和雅化色彩尤为显著。如2007年、2008年先后出版的两本讲演录著作中，每章都是工整对称的三节，基本采用文艺标题，有的是直接引用《文心》原文，如第二讲“思维方式”的三节是“弥纶群言”“唯务折中”“沿波讨源”；有的是稍加改动与变通：第一讲《文心雕龙》的思想资源三节是“文师周孔”“道法自然”“术兼佛玄”，以及第七讲“作家理论”三节是“才性异区”“率志委和”“傲岸泉石”等稍微做了调整。

4. 文中习惯性引用《文心雕龙》中语言。除去著作论文中的标题仿照《文心》语体以外，李先生在治学中还习惯于主动、自觉地引用《文心雕龙》中的原汁原味的语言或略作改动实现变通，有的甚至被转换成自身语言的一部分，水乳交融，难辨伯仲。这种直接引用与间接引用在其不同著作论文中比比皆是。如：

“青年刘勰在上定林寺里的文化持守与吸纳，在皇齐年间的怊怅与耿介，在5世纪末中国文坛的诗性言说……”①

“刘勰的栖息之处，并不在桑门也不在庙堂，而是在‘文雅之场’在‘藻绘之府’，在‘神与物游’之中在‘心物赠答”之际。’②

“在那个佛教大盛的时代，刘勰所忧虑的是本土传统的丢失，是时人的‘竞今疏古，风昧气衰’，是文坛的‘繁华损枝，风腴害骨’。刘勰要用先秦经典的情深义直风清体约，来疗救宋齐文风的讹滥和浅俗。刘勰不仅有忧患意识，更有使命感：结虑司契，垂帷制胜，按辔文雅之场，环络藻绘之府……”③

这类例子还很多，常常是信手拈来。读者自参，兹不赘述。我们由此可以看出，《文心》的语言几乎都活跃在李先生脑海中，蹦跳在李先生心田间。

三、呼吁行动：高度重视并以身作则

不仅如此，李先生多次在课堂上，在论文开题与答辩现场，乃至在学术报告中呼吁大家高度重视《文心雕龙》经典篇章的学习和研读，激发大家走近龙学的热情。在2008年版《文心雕龙讲演录》中，李先生以身作则的表率，呼吁奔走的热忱，更是令人肃然起敬。

比如，在龙学年会上以李先生为代表的当代学者高度重视《文心》的普及。他谈到90年代他们在刘勰老家山东日照开会时，还专门成立了一个委员会，名字叫“诉请刘勰《文心雕龙》进入中学语文课本委员会”，当时大家一致首选的就是千古美文《物色》篇。62。初衷在唤醒大家多民族经典高度重视，使之进入青少年的教育视野中。

其次，李先生还倡导平时发短信或日常联系往来中多用《文心》美文美语。“《物色》篇是美文中的美文。春节前，你给别人发短信，老是说‘圣诞快乐’、‘春节愉

① 李建中：《文心雕龙讲演录》，桂林：广西师范大学出版社，2008年，第242页。
② 李建中：《古代文论的诗性空间》，武汉：湖北人民出版社，2005年，第105页。
③ 李建中：《文心雕龙讲演录》，桂林：广西师范大学出版社，2008年，第231页。

快'之类的，使用久了就非常平淡。如果你刘勰《物色》篇中的'献岁发春，悦愉之情畅'，效果就完全不一样。所以，多积累和运用古典名句诗篇是很有必要和益处的。将《物色》篇放到任何一本散文集里，都是一篇非常优美的经典散文。"李先生平时对语言之讲究，由此也可见一斑。

再次，先生还倡导当代大学生应多背诵《文心》经典篇章，多积累其中的妙句和美段，对写作将有莫大的帮助。先生一贯主张现代批评的书写应有些古典意象，以增强表达效果：

"我为什么要大家熟读《文心雕龙》呢？关键的篇章，像《神思》、《物色》、《情采》、《知音》、《通变》、《时序》等要背下来，到你写文章的时候，不管是写什么文章，写电影评论、写小说评论、写大众文学、写西方艺术评论等等，那些东西一下子就来了，不用想，就像一首歌里唱的'从来不需要想起，永远也不会忘记'。……你就真正通变了，在处理'通变''奇正'时，你就会得心应手，应用自如。"①

心迹之明，无需多言了。先生之写作多年来从章节到标题再到行文语言，如此典雅别致、古色古香，该是受《文心雕龙》深刻影响的见证吧？

先生开创青春版《文心》并积极予以实践。不独如此，李先生平时对《文心雕龙》情有独钟，向来表示出浓厚的兴趣和极强烈的欣赏欲望。他曾坦言：

"我在给本科生讲授《〈文心雕龙〉导读》的时候，曾要求学生旧瓶装新酒，用骈文来写新文体。作为教学成果，最后以《青春版〈文心雕龙〉》为名结集出版。"②

该著密切联系现实生活分别以"网络""武侠""短信"等为关键词和主题词，仿照刘勰骈文语体和行文思路来精心"雕龙"，具有浓厚的当代气息，是一部集体创作的、活生生的青春版《文心》。

先生自2007年荣幸当选为新一届龙学副会长后，更是呼吁奔走并以身作则地积极行动。如在2008年龙学研讨会上，他作了题为《创生青春版〈文心雕龙〉》的大会发言，探讨《文心雕龙》的言说方式和书写特色对21世纪中华民族的启发和借鉴，以及其生命力与需求空间，其文学思想、诗性言说对当今时代的价值和意义等。发言当即引起了不同学者极大地反响，"青春版"一时成为分组讨论或茶歇聊天的热门关键词。需要指出的是，李先生意下的"青春版"是指"青春的文心青春的（文）体"，他认为"青年刘勰对青春文心的唯美言说，正是我们这个时代所匮乏的。"③ 与刘勰当年类似，我们今天的时代正面临东西方文化及文论冲突中的心理焦虑、古今文化及文论冲突中的立场摇摆以及文学理论和批评书写的格式化等问题，他认为《文心雕龙》在危机面前的诗性言说方式，对于救治21世纪中国文论之时弊有着非常重要的意义。

---

① 李建中：《文心雕龙讲演录》，桂林：广西师范大学出版社，2008年，第168页。

② 李建中：《文心雕龙讲演录》，桂林：广西师范大学出版社，2008年，第229页。

③ 李建中：《中国文化与文论经典讲演录》，桂林：广西师范大学出版社，2007年，第242页。

四、思维方式：花开两朵，各表一枝

刘勰论文带有佛教“带数释”的印记。香港大学饶宗颐先生曾把这种“带数释”的方法分为单层、双层、多层共三种。①

单层很多，如《体性》篇：“总其归途，则数穷八体：一曰典雅，二曰远奥，三曰精约，四曰显附，五曰繁缛，六曰壮丽，七曰新奇，八曰轻靡。”《知音》篇：“将阅文情，先标六观：一观位体，二观置辞，三观通变，四观奇正，五观事义，六观宫商。”其它如《宗经》篇里的“体有六义”、《熔裁》篇的“先标三准”、《丽辞》篇的“凡有四对”以及《情采》篇“立文之道，其理有三”等等，都是用“带数释”的“单层”方式。

而《体性》篇中标举“八体”之后，又对八种风格的具体内容作了阐述，这种形式就属于带数释的“双层”方式：“总其归途，则数穷八体：一曰典雅，二曰远奥，三曰精约，四曰显附，五曰繁缛，六曰壮丽，七曰新奇，八曰轻靡。典雅者，熔式经诰，方轨儒门者也；远奥者，馥采曲文，经理玄宗者也……”第一层先把“八体”的概念说出来，然后用“……者……也”的句式依序“释名以章义”，对前面标举的八个术语进行解释。最后进行总结。即是“双层”式。而“多层”式可以《练字》篇为例②，文字之限，兹不赘述。

实际上，刘勰的多层法也是今人做文章常用的方法。先言简意赅地概括，点到即止，再花开两朵，各表一枝，或各自阐释，或进一步发挥，或最后合论，以升华观点。“带数法”能在文论中运用得如此频繁、自觉而突出，不愧为是刘勰一大手笔。

李先生在多年治学中因深受《文心》的深刻影响，其论文与著述中也常采用这种话语展开方式，虽并不带数，但先“聚”再“开”后“合”的言说习惯，几乎内化为一种不自觉运用的思维方式。兹举数例，以见其一斑：

“子曰：古之学者为己，今之学者为人。为人的学问是要求得他人和外界的认可和赞许，为己的学问是要求得自我的充实和满足。”③

“一位称职的大学教师，应该同时具备两种才能：问学之才和授业之才。学术创获使得课堂讲授更为充实更有内涵，授课艺术使得传道解惑更为灵动更为鲜活，二者良性循环且相得益彰，实为人生一大乐事！”④

“在拼读音节的西方先哲看来，思归思而诗归诗。属于前者的是逻辑和思辨，是抽象和推理；属于后者的才是隐喻和意象，是神话和象征。”⑤

---

① 李建中：《文心雕龙讲演录》，桂林：广西师范大学出版社，2008 年，第 48 – 50 页。
② 李建中：《文心雕龙讲演录》，桂林：广西师范大学出版社，2008 年，第 48 – 50 页。
③ 李建中：《中国文化与文论经典讲演录》，桂林：广西师范大学出版社，2007 年，第 516 页。
④ 李建中：《中国文化与文论经典讲演录》，桂林：广西师范大学出版社，2007 年，第 529 页。
⑤ 李建中：《古代文论的诗性空间》，武汉：湖北人民出版社，2005 年，第 109 页。

“我的所谓主动的迁徙分为两个部分：求学与供职。前者是三国演义，后者是湖光山色。这是因为我求学的三所大学分别在楚、蜀、吴三发，而我先后供职于三所大学则依次在南湖、桂子、珞珈。”① ……

无须多举，就可见先生在话语的思维方式上，和刘勰《文心雕龙》多么地贴近，几乎具有异曲同工之妙！

五、语言习惯：练字求异，骈俪对偶

李先生治学向来用力甚勤，成果丰硕，而且其文笔极佳，文采斐然，在学界中向来被传为美谈，也是学生写作的楷模，其弟子亦倍受其影响。其学术成果有思想有新意，其文笔简洁凝练，干净果断，有一种特有的诗性之气与灵动之美。这与先生严格的自我要求有关，更与他多年研究中深受《文心雕龙》语体的熏陶和磨砺之影响有关。集中表现在练字意识和对偶追求两个方面。

1. 先看“辞藻”，先生象刘勰一样非常重视“练字”。刘勰在《附会》篇中讲“如乐之和，心声克协”，就是语言表达和谐的妙用。他主张“拣择”，即要对“字”进行挑选、选择，来为文辞之美服务：

“是以缀字属篇，必须拣择：一避诡异，二省联边，三权重出，四调单复。”

而对诸如“联边”（部首相同）与“重出”（反复使用）等都是极为反对的。先生说：

“这个问题在我们同学们写文章的时候比较普遍和明显，有的同学在写文章的时候一个词反复使用，比如在一个句子中用两个“关照”或者用两个“认为”。其实就“观照”或“认为”来讲，完全可以换成不同的词，就是一个“所指”完全可以换成不同的“能指”来讲。我们一定要避免在一句话，或在一个自然段中一个词重复用两次。”②

他还详细分析了《通变》刘勰分别用“质”“广”“文”“缛”“丽”来表达了他对前代诗歌的一种总体评价。先生以刘勰“六观”说来分析鲁迅《纪念刘和珍君》时说，“鲁迅给我们展示的这幅像视之则血腥，听之则惊魂，味之则苦涩”。③ 这两类词均为三个，各不相同，其变化和选择体现了先生受刘勰练字后的匠心独运。又如他针对相似意思如何追求辞藻的摇曳多姿：

“讲锤炼，杜甫是最了不起的；讲任放，李白是最厉害的。”④

---

① 李建中：《古代文论的诗性空间》，武汉：湖北人民出版社，2005 年，第 314 页。

② 李建中：《文心雕龙讲演录》，桂林：广西师范大学出版社，2008 年，第 78 页。

③ 李建中：《文心雕龙讲演录》，桂林：广西师范大学出版社，2008 年，第 164 页。

④ 李建中：《文心雕龙讲演录》，桂林：广西师范大学出版社，2008 年，第 174 页。

“年少的见识浅但气盛，年长者见识多但气衰。气盛的思维敏锐而且胜于疲劳，气衰者思考周密但容易伤神。”①

“诗是对老子宗旨的演绎，赋是对庄子道义的疏证。”②

“内在的情感和外在的语言，内在的道理和外在的文章，有一个由隐到显、由内到外的过程，同时隐和显要相契，内和外要相符。”③……

而其余大小标题上的练字则更为常见，比比皆是。李先生在练字上是深受刘勰影响的。令人荣幸的是，透过李先生的语言，似乎依稀可以看到刘勰当年论文的风仙道骨。

2. 再看“对偶”，先生像刘勰一样追求骈体风格。《文心》用非常工整对称的骈体文写成，它形式美观，华丽精致，可谓美轮美奂。如“操千曲而后晓声，观千剑而后识器；故圆照之象，务先博观”“情动而言形，理发而文见”、“盖沿隐以至显，因内而符外者也”等都成为千古名句，传世不朽。李先生在语言使用中深受刘勰影响，自觉地追求语句的工整和对称，运用成双的偶句来增添文章的诗性之美，使之耐人寻味。兹约举数端：

“青年彦和如此，暮年表圣亦然。”④

“在空山旷野之间栽种文论绿树，在衰世浊尘之外建构心灵家园。”⑤

“《二十四诗品》……既是一首哲理诗，又是一幅写意画；《二十四诗品》以诗眼传其神，以画境写其意……”⑥

“且不说道家的自然与超迈、道教的神秘与浪漫、玄学的清虚与冲淡以及禅宗的般若、顿悟等等，本身就是典型的诗性文化，即便是以“事功”见长的儒家文化，其实也并不乏诗性特征。孔子忧道传道，热心救世，却也神往于沂浴之乐，醉心于韶音之美。”⑦……

以上是文中随处可见的对偶句。先生非常注重辞藻的选择和提炼来形成对偶和骈俪，几乎达到炉火纯青之境界，如“龙学是显学，文心是美文”“君子怎么样，小人又如何”“英精通文采，雄擅长武略”“诗经重寄托，汉赋显华丽”“托象以寓义，因小而喻大”“博见是为了治贫，贯一是为了救乱”……诸如此类，不胜枚举。这种骈俪美文在学术日益理性化合程式化的今天已经是不可多得了，与其说是著者自幼不断习得

① 李建中：《文心雕龙讲演录》，桂林：广西师范大学出版社，2008 年，第 187 页。
② 李建中：《文心雕龙讲演录》，桂林：广西师范大学出版社，2008 年，第 197 页。
③ 李建中：《文心雕龙讲演录》，桂林：广西师范大学出版社，2008 年，第 56 页页。
④ 李建中：《中国文化与文论经典讲演录》，桂林：广西师范大学出版社，2007 年，第 506 页。
⑤ 李建中：《中国文化与文论经典讲演录》，桂林：广西师范大学出版社，2007 年，第 506 页。
⑥ 李建中：《古代文论的诗性空间》，武汉：湖北人民出版社，2005 年，第 116 页。
⑦ 李建中：《中国文化与文论经典讲演录》，桂林：广西师范大学出版社，2007 年，第 507 页。

的一种语言感知与天赋，不如说是他多年探究古代文论诗性特征的足迹使然，读来赏心悦目。先生一向以身作则、躬行在先，非常重视语言的推敲与打磨，讲究反复地实践探索，为学生垂范。他对弟子论文的语言要求也相当严格，很多硕、博士生在其影响下都自觉地追求起学术的美文①。

再看标题的偶化倾向。如《文心雕龙讲演录》的“引言”小标目分别为“一、孤寂人生；二、诗性智慧”；“结语”部分则为“一、千年文心；二、世纪龙学”，不但集中而鲜明地浓缩了该讲精华，而且对称工整，给人一种雅化之美；前后呼应，有如一首完整的协奏曲。充分体现了著作在学术书写中的语言修饰功力，也使之在诸多讲演录中个性突出，特色鲜明，具有很强的耐读性和品鉴价值。“结语”重点介绍龙学的研究情况，著作也采用美轮美奂的四字工整对称文作为标目，如“版本序跋”“著录品评”“因习引证”“黄札范注”“西杨东王”“珞珈龙坛”等，既是浓缩，异常醒目，也显示出李先生别具匠心。

龙学万古长青。一部文论经典在时隔1500年后，依然能对中国当代的学者身上发生如此强烈的地震，产生这样深远的影响，的确颇能说明问题：经典从来不会阻隔，它迷人的光芒会穿透历史的阴霾和乌云！李先生在“治学感言”《我是刘勰的学生》一文②中曾多次“感谢刘勰”，师生“忘年神交”，令人感佩。其心迹之坦露，浸染之全面，影响之日深，自不待言。80年代曾师从龙学家杨明照先生研治《文心雕龙》，在其后20年的治学历程中，不仅对《文心》推崇备至③，而且从治学方法、写作实践、话语习惯、思维方式乃至语言运用等方面都深受刘勰《文心》的深刻影响。当然，本文只是选取其中一个案例以窥一斑，千年《文心》对中国当代社会以及不同学者的影响是全面、深入而广泛的，远不止如此，望抛砖引玉能引发后来者的进一步探究。

---

① 武汉大学相关博士论文：褚燕：《诗人论诗：中国古代文学批评言说主体研究》（2007年）、李小兰《中国古代批评文体研究》（2008年）等。就笔者而言，近年来在写作中的语言选择和运用亦不自觉受其影响。

② 李建中：《我是刘勰的学生》，见《文心雕龙讲演录》，桂林：广西师范大学出版社，2008年，第230－232页。

③ 李建中：《文心雕龙讲演录》，桂林：广西师范大学出版社，2008年，第62、168、220页。

百年龙学国际学术研讨会中国《文心雕龙》学会第十一次年会论文综述

南开大学文学院　唐　萌
江苏师范大学文学院　吴建民

2011年3月25—29日，由中国文心雕龙学会、武汉大学文学院、黄冈师范学院文学院共同主办的“百年龙学国际学术研讨会暨中国文心雕龙学会第十一次年会”在武汉大学召开。此次会议邀请了来自海峡两岸近100所高校和科研机构的120多名学者参与本次会议。各位学者向大会提交了会议论文，展示了最新的研究成果。其中既有对老问题的反思与批判，又不乏掘取新角度对新问题展开讨论。在思想与思维的辩证中，给这场以“百年龙学”为名的学术会议带来了繁荣与启迪的同时也引发了更多有价值的思考。本文就会议论文整理出各家观点，以归纳最新的龙学研究成果，承先者而启后者，以期为龙学发展做出点滴之贡献。

本次大会共收录有关刘勰及《文心雕龙》研究的学术论文共计63篇。（不含论文提纲、叙事文章及非刘勰《文心雕龙》研究文章）此63篇文章中的学术观点展现了二十一世纪第一个十年来“龙学研究”的丰硕成果。各位学者从不同角度、不同研究视域展开论述，其大体可分为以下四类：

一、《文心雕龙》文本研究

《文心雕龙》的文本研究，即以这部著作本身为研究对象。其中包括对存疑文字的辨析与解释；对文本理论意义的阐释；对文本思想内涵的系统性论述三个方面。

1. 文本释义

对《文心雕龙》文本中尚存“疑案”的再考证，重新注解字句。这类文章有：复旦大学杨明教授的《黄侃先生补〈隐秀〉篇蠡测》、华南师范大学韩湖初教授的《三辨〈文心雕龙·辨骚篇〉“博徒”、“四异”和篇旨》、山东莒县公安局李明高先生的《“博徒”本义初探》、南开大学卢盛江教授的《〈文心雕龙·辨骚〉篇小议》、复旦大学羊列荣副教授的《“窥意象而运斤”的解释问题》、江苏大学吴晓峰教授的《再议〈文心雕龙〉之“雕龙”》、台湾政治大学黄伟伦先生的《〈文心雕龙〉“物感”说与“兴”义之辨》、扬州大学倪晋波老师的《出土文献与刘勰“秦世不文”论的再审视》

等。此类文章是对以“考校、注解、笺释、翻译”为基本特征的传统学术方式的继承。自明代王惟俭、梅庆生、清代黄叔琳、李详以来，传统的文本考校成果既丰，近代龙学研究更多以范文澜注本为经典版本。然而，在众多的考校著作中，仍然留有若干文字层面的疑问。由某些关键疑点的释疑有可能推翻以往研究的“定论”，以至对《文心雕龙》的解释甚至于对刘勰思想的解读产生颠覆性的影响。其中最具代表性的文章是韩湖初教授的《三辨〈文心雕龙·辨骚篇〉“博徒”、“四异”和篇旨》一文。韩教授从词源学的角度分别辨析了“博”字与“徒”字在古典文献中的含义，又将《文心雕龙》文本中涉及“博徒”、“博”、“徒”的章句结合起来加以对照分析，最终得出“博徒”之义应训为褒义的“博通之徒”。（论文集 p. 165）这一与范文澜注本、周振甫注本、詹锳义证本等权威著本大相径庭的结论。后又有李明高先生属文《“博徒”本义初探》认为应将“博徒”理解为“博通之士”，也即“博通雅颂的传人”、“博通雅颂之士”。（论文集 P173）卢盛江教授在其文《〈文心雕龙·辨骚〉篇小议》中也涉及到“博徒”的解释问题，卢教授的观点是“博徒”在此处当作贬义。（论文集 P205）从这个问题的热烈讨论中，我们可以看到龙学研究的活力所在，以及学者们对真理的执着。《文心雕龙》中这样的问题还有很多，为龙学研究者留下了广阔的学术空间。

2. 阐释文本理论意义

对文本的理论内涵加以阐释与说明。这类文章有：重庆师范大学杨星映教授的《〈文心雕龙〉的“象”范畴》、辽宁大学涂光社教授的《〈文心雕龙·比兴〉篇的理论建树及其在传统诗学中的地位》、湖北师范学院张开炎教授的《潜限在历史叙事选择中的真实视域与伦理意涵——〈文心雕龙·史传〉历史叙事理论研究之三》、山东大学戚良德教授的《诗骚所标，并据要害——刘勰对〈诗经〉、〈楚辞〉创作经验之总结》、徐州师范大学吴建民教授的《论〈神思〉篇之理论命题》、贵州师范大学王澍教授的《刘勰论“为文之初心”——〈文心雕龙〉文学创作发动论》、宁夏大学梁祖萍教授的《〈文心雕龙〉的声律论》、包头师范学院吴素娥副教授的《从〈养气〉篇看刘勰文学创作的“自然之道”》、兰州大学雷恩海教授的《课虚无以责有：文心雕龙的形式批评论》、武汉大学石了英博士的《从〈诗〉学到诗学——刘勰的〈诗经〉阐释与〈文心雕龙〉的诗学理论》等。从字词句章的考校、笺释上升到文本所蕴含的理论意义的阐释，这是继传统学术形态“考校”的余绪。《文心雕龙》是文学形态的理论著作，其价值不止于刘勰用双流玉润的骈体文字所彰显的辞章之美，更重要的是刘勰以中国传统的诗性思维方式概括、归纳、总结了一系列系统严密的文学理论，这些理论正是用于指导后人作文实践的范本。由此，《文心雕龙》才具有不朽的传世价值。其中吴建民教授在其文《论〈神思〉篇之理论命题》中展示了《文心雕龙》研究的新视角，即从理论命题的角度对文本进行深度研究。吴教授认为，《文心雕龙》中存在大量命题，刘勰用命题的形式提出了一系列文学理论。对这些命题的形式、内涵及当代意义的探讨是有实际意义的，并可由此开拓一条关于中国古代文论理性特征研究的新思路。与之相类的还有杨星映教授的《〈文心雕龙〉的“象”范畴》一文，杨文中对古代文论中的“象”范畴作出全面论述，包括“象”范畴从哲学领域到文论领域的转化以及对《文心雕龙》中“象”范畴的内涵与外延的阐释。明确了“象”范畴对中国古代文学中文学形象及文学意境的创造起了重要作用，也对意境理论的建构起着重要作用。还有涂光社教授在其文《〈文心雕龙·比兴〉篇的理论建树及其在传统诗学中的地位》中对“比兴”的理论意义与嬗变情况作了详细的说明，并由此推演出具有普遍意义的艺术原则。戚良德教授《诗骚所标，并据要害——刘勰对〈诗经〉、〈楚辞〉创作经验之总结》一文，一改历来《文心雕龙》研究专注于刘勰对《诗经》和《楚辞》进行总体评价而很少对刘勰将《诗》、《骚》作为文学作品在其创作经验上的总结给予应有的关注这种现状，重新考查了刘勰对《诗》的认识与看法和刘勰的“楚辞观”，并对诗骚共有的艺术手段——比兴加以分析，从而更加深入地认识了《文心雕龙》之理论体系的形成及其特点。各位学者从不同的角度展开研究，涉及《文心雕龙》的文体论、创作论、批评论、作家论等部分，足见学者们的学养识见与功力。此类文章共计15篇，数量居各类研究方向之首，亦说明在经历了20世纪考校成果丰硕的当代学界，理论研究已成为21世纪龙学研究的主要学术形态。

3. 系统性论述文本思想内涵

对文本进行深层次把握，论述文本所具有的思想内涵。这类文章有：美国加州大学伯克莱分校王文生教授的《〈文心雕龙〉思想体系考辨》、复旦大学陈引驰教授的《〈文心雕龙〉“论”之儒宗释影》、湖南师范大学张长青教授的《试论刘勰的原道文艺美学观——兼论〈文心雕龙〉的理论体系》、天津师范大学李逸津教授的《〈文心雕龙〉美育思想探论》、湖北师范学院吴瑞霞教授的《从“道之文”到“文之道”——〈文心雕龙〉“文道”之释义》、赣南师范学院吴中胜教授的《采集·狩猎·农耕与〈文心雕龙〉富于民族特色的诗性思维》、宿迁学院徐梅老师的《经学与刘勰的文学思想》等。随着研究的深入与新材料的发现，研究者对文本的思想内涵再度提炼，产生了新的、深刻的认识。在思想层面宏观地把握《文心雕龙》文本内涵，可以更准确地理解《文心雕龙》的内容，把握刘勰的思想核心，意义重大。其中王文生教授在其《〈文心雕龙〉思想体系考辨》一文中回答了这样两个问题：一、《文心雕龙》究竟建立了一个什么样的思想体系？二、这个思想体系在中国文学和文学思想发展中起过什么作用，产生过什么影响？此二题是《文心雕龙》思想内涵的核心议题，有必要对此做出进一步探讨。陈引驰教授属文《〈文心雕龙〉“论”之儒宗释影》，以《文心雕龙·论说》篇中有关“论”之界说为物件，探索揭示了《文心雕龙》撰文成篇时其思想观念多元交织、显隐曲折的特质。张长青教授的《试论刘勰的原道文艺美学观——兼论〈文心雕龙〉的理论体系》一文从文体论、创作论、作家论、风格论、批评论、审美理想论、文艺发展论的角度，全面论述了《文心雕龙》所建构的具有中国民族特点的文艺美学理论体系。此外，李逸津教授在其文《〈文心雕龙〉美育思想探论》中开创性地提出《文心雕龙》的文学观中蕴含“美育思想”，并充分阐释了《文心雕龙》美育思想的合理性、必要性，美育的主旨，美育理想，美育的时机、载体、方法与途径，以及美育思想的现代启示。李文颇具敏锐的学术眼光，看到了《文心雕龙》的别样价值。从思想层面全面掌握文本并非易事，由上述论文可以看出，学者多以单篇为其专门议题，进行系统性论述。少有对《文心雕龙》全部内容的思想内涵做出较为整密的现代诠释。《文心雕龙》之“体大思精”，作如是观。

二、《文心雕龙》研究成果之研究

《文心雕龙》研究成果之研究即是将现有的研究成果视为对象进行研究。借由对经典成果的解析与反思，可以梳理出一些基本观念和重要的治学方法，对当下的龙学研究启示颇多。这也是龙学研究的一个重要方面。

此类文章有：武汉大学罗立乾教授的《也谈百年龙学要有新的重大突破》、武汉大学李建中教授的《龙学的困境——由“文心雕龙文体论”论争引发的方法论反思》、台湾淡江大学颜昆阳教授的《〈文心雕龙〉做为一种“知识型”对当代之文学研究所开启知识本质论及方法论的意义》、安徽师范大学李平教授、金玉生的《略论黄侃〈文心雕龙札记〉的学术地位和价值》、复旦大学李婧老师的《试论黄侃研究〈文心雕龙〉的方法》、华东师范大学陆晓光教授的《王元化〈文心雕龙创作论〉中的王国维》、安庆师范学院叶当前副教授、李平教授的《论王利器〈文心雕龙校证〉文献学价值》、河北大学李杰的《民国时期文心雕龙研究概述》、河北大学胡海教授的《现代龙学与中国文学理论的特色》、泰山学院刘凌教授的《周振甫讲〈文心雕龙〉的语境视野》、合肥师范学院何懿副教授的《王元化〈文心雕龙〉研究专著全版本对校报告——以1979版与1992版对校为纲》，共计11篇。其中罗立乾教授的《也谈百年龙学要有新的重大突破》一文针对张少康先生所提百年龙学“要有新的重大突破，必须解决好实证与理论研究的高度统一问题”作出回应，并提出三点意见：（1）夯实国学基础，拓宽理论知识结构，并用宏观审视与微观诠释相结合的方法，去进行实证研究，进一步作好《文心》的校、注、译工作。（2）应把握住中国古代文学重在表现情感的民族特色和刘勰用来总结这种文学之中国古代哲学所独有的民族特色，去对《文心》进行理论研究，而不要盲目地用西方理论去研究。（3）要学习和研究近代国学大师治龙学的经典之作，处理好继承、弘扬其优良学术传统与锐意创新的关系。（论文集P1）可以说罗文是对百年龙学的研究成果的宏观总结，又为龙学研究做了方法上的指导。李建中教授在其文《龙学的困境——由“文心雕龙文体论”论争引发的方法论反思》中由徐复观先生与龚鹏程先生的文体论之争从方法论层面引出了关于“龙学困境”的反思。并在文中指出了当代龙学研究三大困境：（1）哲学的逻辑的方法与诗性文论本体的扞格不入；（2）当下理论判断及体系建构对历史复杂语境及变迁的忽略不计；（3）用他山之石攻本土之玉时的事与愿违。向现代龙学发展提出三个经典议题。何懿副教授的《王元化〈文心雕龙〉研究专著全版本对校报告——以1979版与1992版对校为纲》一文主要以1979版与1992版《文心雕龙创作论》为考查对象，对校了两个版本的修订、删削和增补情况。从“去阶级分析”、“去偶像语式”和“去规律”等删改现象分析提出了关于20世纪70年代到90年代《文心雕龙》研究的学思演化问题。此类文章还有一个值得关注的系列是李平教授参与创作的《略论黄侃〈文心雕龙札记〉的学术地位和价值》、《论王利器〈文心雕龙校证〉文献学价值》和李婧的《试论黄侃研究〈文心雕龙〉的方法》三篇文章。《略》文中，李教授首先论述了《文心雕龙札记》的龙学史地位，认为黄侃的《文心雕龙札记》是现代龙学研究的奠基作，又对《文心雕龙札记》与范文澜《文心雕龙注》进行比较，充分论证了《札记》在研究方法、成书体例上为范著之先导，是现代龙学研究的起点。其次，李文阐述了《札记》的学术史价值，认为《札记》是中国文论研究由传统向现代转型的一个承前启后的转折点。（论文集P298）胡海教授在《现代龙学与中国文学理论的特色》一文中阐发了其对现代龙学及整个古代文论研究应该致力于论说文学的多重性质与多元价值的重要观点，对龙学的发展作出了宏观构思。李杰《民国时期文心雕龙研究概述》将目光锁定于民国时期的龙学研究，从四个方面论述了民国时期龙学研究的特点及演变概括。

上述文章中涉及的《文心雕龙》研究成果多集中于晚清以降，自黄侃《文心雕龙札记》为起点的龙学专著。这一时期的龙学研究从起步开始走向成熟，掀起了龙学研究的大幕。后代研究者应当借鉴其考校之精，吸收传统学术的治学方法，辅之以现代学术方法对《文心雕龙》作出条理化、系统化的论证，从而使百年龙学焕发新的生机。

三、刘勰生平、思想的研究

通过对刘勰生平事迹、生活年代及社会环境等问题的研究，而探索刘勰的思想渊源及对《文心雕龙》写作的影响，是《文心雕龙》研究的一个传统内容。

此类文章有：香港岭南大学汪春泓教授的《论刘勰思想中的道教因素——〈异苑〉两条材料谈起》、武汉大学高文强副教授的《也说刘勰是个什么家》、台湾国立空中大学方元珍教授的《从〈礼记〉论刘勰宗经思想》、台湾台北大学赖欣阳先生的《刘勰〈文心雕龙〉的〈尚书〉论述》、苏州大学侯敏教授的《刘勰与葛洪：诗学之境的联通与疏离》、华中师范大学王济民教授的《刘勰与王充》、台湾彰化师范大学游志诚教授的《刘子新诠释》、山东莒县博物馆苏兆庆、刘云涛研究员的《从〈刘岱墓志铭〉说南北东莞与刘勰》、山东莒县史志办朱文民研究员的《有关刘勰研究的几个问题——兼与张少康先生商榷》等。其中最具有代表性的是苏兆庆、刘云涛研究员从《晋书·地理志下》《东晋疆域志》《中国历史地图集》《东莞市志》《宋书·州郡志》《南齐书·州郡州志》《中国文物地图集·山东卷》等古地理文献的整理与比较中对“刘勰世居京口”的说法提出了质疑。朱文民研究员在其文《有关刘勰研究的几个问题——兼与张少康先生商榷》中就两个问题作出了论述，其一，关于刘勰家族的研究问题，认为刘勰出身当属士族，并对张少康先生在《刘勰及其文心雕龙研究》中所列刘勰家族的世系提出了质疑而重新列出其对刘勰家族世系的画法。其二，关于《刘子》作者认定问题。朱文民研究员举《群书四部录》和《古今书录》为证，认定《刘子》作者为刘勰。（论文集 P453）侯敏教授《刘勰与葛洪：诗学之境的联通与疏离》与王济民教授《刘勰与王充》两篇文章分析了刘勰思想中存有葛洪与王充思想的若干成分，论述了刘勰思想受前贤影响所体现的几个方面。汪春泓教授的《论刘勰思想中的道教因素——〈异苑〉两条材料谈起》一文结合《文心雕龙》具体词句与《异苑》分别从家世、姓名看刘勰的道教因缘，《文心雕龙》所呈示的自然空间结构以及金玉崇拜所蕴含的道教思想，《文心雕龙》在包容度、养气论与道教关系三个方面阐述了刘勰思想中潜在的道教因素。高文强副教授的《也说刘勰是个什么家》继 1996 年王更生先生在《北京大学学报》发表《刘勰是个什么家?》一文，从不同时代学者对刘勰的接受情况全面考察了刘勰在齐梁、隋唐、宋元和明清各时期的身份定位问题。这对当代刘勰及《文心雕龙》的传播与接受颇有助益。

除上述文章外，本次会议还有一些论文涉及龙学研究的新领域与新课题。主要有中国人民大学袁济喜教授的《〈文心雕龙〉与集部形态建构》、江苏大学李金坤教授的《丽句与深采并流，偶意共逸韵俱发——对联写作要论兼议〈文心雕龙·丽辞〉及相关篇目》、中央民族大学黄鸣副教授的《论〈文心雕龙·时序〉之文学地域观》、镇江市图书馆任罡馆长的《缮刻文心，放飞雕龙——从专业图书馆的角度看中国文心雕龙资料中心的发展》等文章。从全新视角对刘勰与《文心雕龙》展开研究，为龙学研究带来全新的学术期待。

纪念中国《文心雕龙》学会成立三十周年国际学术研讨会暨中国《文心雕龙》学会第十二次年会综述（附：论文目录）

山东大学儒学高等研究院　戚良德、王娉娴

2013 年 9 月 14 日至 16 日，纪念中国《文心雕龙》学会成立 30 周年国际学术研讨会暨中国《文心雕龙》学会第十二次年会在山东大学中心校区举行。会议由中国《文心雕龙》学会、山东大学儒学高等研究院、山东大学文学与新闻传播学院、山东大学《文史哲》编辑部联合主办，山东大学儒学高等研究院承办。来自中国大陆、台湾、香港、澳门以及日本、美国、韩国等国家的 130 多位专家学者参加了本次会议，收到学术论文 109 篇，无论参会人数还是论文数量，皆为历届“龙学”会议之最。

中国《文心雕龙》学会自 1983 年 8 月成立以来，经历了风风雨雨，克服了重重困难，在数代学者的共同努力下，终于迎来了 30 周年的纪念大会。学会经历的这 30 年，也是我国经济、社会大变革的三十年。在变革的浪潮中，学会一直站在思想解放的前沿。众多优秀的学者投身于《文心雕龙》研究，用开放的心态、开阔的视野、精益求精的态度不断推动学会的发展和“龙学”的进步。此次会议承担着承前启后的重要历史任务，它既是对过去 30 年的总结和反思，又开拓未来更广阔的研究理路，不仅对于学会发展具有重要意义，对不少学者而言，这次会议也是非同寻常的。众多年高德劭的学者，毕生致力于《文心雕龙》研究。从学会组建以来就一直与学会同呼吸、共命运，为学会发展做出了巨大贡献。因身体等各方面原因，有些老学者，如刘文忠、张少康、林其锬、张可礼、缪俊杰等先生已多年未参与会议，此次也不辞辛苦莅临此会，并提交了论文，发表了重要讲话。这对所有参会人员来说都是莫大的荣幸和激励。此次特殊的会议在山东大学举行，更有着特殊的意义。山东大学素以文史见长，《文心雕龙》研究是山东大学的一个重要传统。在学会的建立和发展过程中，山东大学一直发挥着重要作用，牟世金先生更是公认的学会最重要的创始人。1982 年由山东省文联、山东大学等单位联合主办的首次《文心雕龙》研讨会在济南召开，会上提出成立一个全国性的《文心雕龙》研究学会，以适应“龙学”发展的需要。1983 年 8 月，《文心雕龙》学会在青岛黄海饭店成立，牟世金先生被推举为学会秘书长，负责学会具体工作。30 年后，《文心雕龙》年会又回到了山东大学，回到了济南。这一历史的回转，对山东大学来说象征着学术脉绪的承继和绵延，对山东大学文史研究的发展具有重大的鼓舞作用。

本次会议主要围绕以下三个议题展开：1. “龙学”三十年回顾与反思；2. 儒学视野中的《文心雕龙》研究及其当代意义；3.《文心雕龙》与中国文论研究。代表们通过大会发言和小组研讨相结合的方式，以及对会议论文的阅读，各抒己见、畅所欲言，对这三个议题进行了深入讨论和交流，取得了不少重要“龙学”成果。以下仅作挂一漏万的综述，具体的论文目录见附录。

一、“龙学”30 年回顾与反思

（一）纪念前贤

中国《文心雕龙》学会成立 30 年来，众多老学者不仅在学术上卓有成就，且为学会的建立和发展做出了巨大贡献。其为学之勤勉严谨、处事之兢兢业业皆可为今人楷式。值此三十周年纪念之际，与会学者提交了 9 篇纪念论文，为我们提供了珍贵的历史材料，并对前贤智慧精华进行了认真总结。

刘文忠先生《回忆〈文心雕龙〉学会成立三十年的艰难历程》一文事无巨细地回忆了学会自筹备组建至今三十年的历程，记录了学会建立以来所遇到的政治、管理、经济上的种种困难和学会各届领导对学会的贡献，以及社会各届的支持，披露了众多学会发展中的细节，甚至提供了学会 1995 年募捐的名单和捐款数，具有重要的历史文献价值。张少康先生《纪念“〈文心雕龙〉的功臣”》一文则对牟世金先生的《文心雕龙》研究做了中肯而精到的评价，其以前会长的身份纪念为“龙学”事业做出了卓越贡献的功臣牟世金先生，可以说再恰当不过了。缪俊杰先生《我国“龙学”研究的功臣——缅怀中国〈文心雕龙〉学会首任会长张光年先生》一文深情回忆了学会首届会长张光年先生在学会发展和龙学研究上的贡献。张可礼教授《忆念中国〈文心雕龙〉学会的成立》回忆了学会成立概况，肯定学会成立时确立的以学术为本位的学风，相互尊重、自由讨论、求同存异的会风以及开放的研究视野等，有力地推动了“龙学”的发展，并总结了周扬、张光年、王元化、牟世金四位先生的贡献。合肥师范学院何懿教授《王元化先生与〈文心雕龙〉学会》记录了与祖保泉先生关于上世纪组建学会往事的谈话。祖先生所言的“牟撑篙，王掌舵”精确概括了学会始建时牟世金先生和王元化先生的分工和贡献。何懿教授又深情回忆了王元化先生对后学晚辈的照拂和提携，感人至深。复旦大学杨明教授《王运熙先生对于“龙学”的贡献》从《文心雕龙》的性质、基本思想和结构、对于风骨等概念的解释以及刘勰对文学作品艺术特征的认识三个方面，介绍王运熙先生的研究成果。安徽师范大学李平教授《论王元化的〈文心雕龙创作论〉》深入细致地分析了《文心雕龙创作论》的内容特色、研究方法、学术贡献、时代局限。安庆师范学院叶当前副教授《论王运熙的“龙学”研究》通过对王先生《文心雕龙探索》三个版本与《中国文学批评史》三个版本对《文心雕龙》

的论述，指出王运熙先生的“龙学”研究不但注重字词的训诂笺释，还注重在《文心雕龙》篇章、全书、所处社会历史语境中深度考察，有着自觉的阐释循环意识，具有全局性、创新性、前沿性的特色。莒县刘勰《文心雕龙》研究所朱文民研究员《龙学家牟世金与王更生先生比较研究》一文对牟世金先生和王更生先生从人生际遇及其成才路径、学术成果整体、“龙学”成果单项、政治态度及其信仰等五个方面进行了细致的比较分析，让我们对两位先生的生平和成果有了更清楚的认识。

（二）研究成果评述

此次会议收到数篇研究评述论文，让与会代表对“龙学”近30年的研究成果有了更全面的认识。首都师范大学陶礼天教授与博士生范英梅合作的《21世纪〈文心雕龙〉研究史略（2000—2012）（中国大陆部分）》为张少康等先生所著《文心雕龙研究史》修订本的增补内容，在时间上紧承上书所论述的1999年《文心雕龙》研究史（实际介绍到2000年3月前），总结评述了2000—2012这一纪十二年的时间里中国大陆部分《文心雕龙》研究的概况。唐萌博士的《百年龙学国际学术研讨会暨中国〈文心雕龙〉学会第十一次年会会议论文综述》则对学者专家们在2011年武汉大学举行的年会上提交的论文进行了综述，并选取较有代表性的论文进行了品评。广东外语外贸大学研究生冯斯我的《21世纪初日本〈文心雕龙〉研究综述》立足新时期，从日本“龙学”发展史的角度，对21世纪初日本的“龙学”，特别是对其新兴的比较文学、跨学科角度等进行了分析研究，有助于研究者认识日本“龙学”的新发展。内蒙古师范大学万奇教授《内蒙古〈文心雕龙〉研究述略》以“原始以表末”和“选文以定篇”为重点，考察了内蒙古自二十世纪七十年代末八十年代初至今《文心雕龙》的研究情况，并对重要著作进行了评述。湖北黄冈师范学院陈志平副教授《30年〈刘子〉研究综述》介绍了改革开放以来大陆的《刘子》研究（偶尔兼涉台湾）。可以看出经过30年的研究，《刘子》在作者问题、文本校注和思想研究上都取得了不少成绩。《刘子》的作者指向日益明晰，而文本校注也有了最新的成果；唯在思想研究方面，尚待进一步的开掘。山东大学徐传武教授的《文化视角“龙学”研究的重要成果》评说了戚良德多年前出版的一部龙学著作《文论巨典——〈文心雕龙〉与中国文化》，以此提出建设中国自己的文论体系的问题。

（三）研究现状反思

百年“龙学”取得了巨大成就，但也走了不少弯路。反思“龙学”研究方法和理论思维上的不足显得刻不容缓，这方面的专门论文虽然不多，但在不少学者的文章中，都对这一问题进行了严肃的思考。

首都师范大学左东岭教授《文体意识、创作经验与〈文心雕龙〉研究》以《神思》篇“拙辞或孕于巧义，庸事或萌于新意”各家解读为例，指出创作经验与文体意识在《文心雕龙》研究中的重要性。“弄清每一时代与作家的创作情况，取得丰富的写作经验，然后再辨析针对这些经验所提出的文学问题与理论范畴，将会帮助我们更准确的诠释那些文学理论的经典。”山东大学戚良德教授《文章千古事——儒学视野中的〈文心雕龙〉》指出在近百年的龙学历程中，《文心雕龙》主要停留在文艺学的视野中，虽然取得了丰硕的成果，但在很多问题的认识上，我们离刘勰及其《文心雕龙》的实际越来越远了。该文认为《文心雕龙》着眼于一个人的文字、文化能力和修养，进而着眼于一个人的人文素养和基本能力，从而关乎一个人的人生境遇和全部事业。无论在古代还是现代，《文心雕龙》都应该是我们的一部文化修养和文章写作的教科书。湖北第二师范学院董玲副教授《〈文心雕龙〉现代研究之反思》从“龙学”发展角度着眼，认为正是外在的思想学术的变迁与《文心雕龙》自身特质的契合，最终成就了《文心雕龙》的现代研究及其尊崇的学术地位。应运而生的《文心雕龙》现代研究在成全《文心雕龙》的同时，也在很大程度上淹没了古代文论中其他众多的文论文本。这种地位的凸显固然有助于对《文心雕龙》的深入而全面的研究，但是却也可能因局限于西方视野之中而使我们并不能真正理解把握这部经典。与此同时，以西学为主导的评判标准也为《文心雕龙》日后的研究埋下了隐患，造成《文心雕龙》现代研究中的种种问题。面对这种状况，今天学者对《文心雕龙》的研究不仅在于揭示其“为文之用心”、作文之道、甚至思想文化意味，更在于以此为文化转型的榜样，从中得到深刻的启示和影响，为《文心雕龙》的现代研究寻找新的研究路径。

二、儒学视野中的《文心雕龙》研究及其当代意义

本次会议的这一议题引起不少与会学者的共鸣，收到相关论文数十篇。

（一）儒学视野中的《文心雕龙》研究

武汉大学李建中教授《经学视域下中国文论关键词之词根性考察——以〈文心雕龙〉为中心》一文，择取“文”“道”“体”三个关键词，演绎了经学视域下中国文论关键词之词根性考察的三大步骤。全文理论思辨性强，具有重要的学术价值和启迪意义。辽宁大学涂光社教授《刘勰文学思想再议——“文之枢纽”论中对儒学的超越》提出刘勰的文学思想并不仅限于其所明言崇尚的范围。通过对《原道》《征圣》《宗经》《正纬》《辨骚》五篇的深入分析，筛检出了其中不属于儒家的思想材料，具有启发性。中国人民大学袁济喜教授延续了对《文心雕龙》人文精神的一贯重视，《〈文心雕龙〉与孟子学说论析》一文提出孟子的思想学说，特别是他的文论思想，对于《文心雕龙》的浸润与影响是巨大而深刻的。孟子的忧患精神、批评精神，以及知言养气、以意逆志、知人论世的思想学说，深入到《文心雕龙》的文学批评语境中，融入到刘勰的文学批评体系之中，成为刘勰从事文学批评的内在精神动力与思维方式。泰山学院刘凌教授《“宗经”矫讹的〈文心雕龙〉——兼议“托古改制”思维模式》分析了刘勰深恶讹滥文风的主客观原因，并由此及彼，分析我国托古改制盛行的原因和教训，发人深省。复旦大学羊列荣教授的《〈文心雕龙〉与五经》指出，《文心》大量征引五

经，主要有三种方式：一是引用经典语词，有助于形成典雅风格；二是以经为史料，来证明观点；三是从中汲取思想资源，用以建构儒家文论。《文心雕龙》各篇对五经的征引是有所侧重的。就总体上看，刘勰所征引的五经主要是古文学的，其经学倾向以古文学为主，但也兼采今文学，而且不拘滞于经学。这既与经学本身的发展趋势有关，也反映出作为文论家的刘勰对于经学所持的较为通脱的态度。

台湾彰化师范大学游志诚教授《政事乎？文学乎？——〈文心雕龙·议对篇〉细读》指出《文心雕龙》是一本“论为文之用心”的著述，然而须知这个“文”意指“圣贤书辞，总称文章”之文。在这篇论文中游志诚教授从文献学角度考查子集分合，辨析“杂家”新旧内涵，细读《议对篇》用政事之文对抗“舞笔弄文”之意义，重新解释《文心雕龙》此书的著述性质。澳门大学邓国光教授《孔颖达〈毛诗正义〉征述刘勰〈文心雕龙〉初探》观察孔颖达主编的《毛诗正义》在论说过程中运用刘勰《文心雕龙》的情况，透过文本的详细对勘，并通过语境解读，说明《文心雕龙》经世的写作意图，成功地体现在隋、唐儒者群体的官方经注义疏之中，而得到更广泛和深刻的影响力，由此可见刘勰文理的核心意识具有普遍意义而展示思想的超越性。台北大学兼任助理教授赖欣阳《刘勰〈文心雕龙〉的〈春秋〉论述》指出，儒家五经之中，《春秋》乃孔子对东周以来历史之评论，而孔子为刘勰在《文心雕龙》中最推崇的圣人。故《春秋》所载论者，一方面为刘勰所取资，一方面为刘勰所评述。它除了做为《文心雕龙》理论建构依据的一部分，也是刘勰引证与用典的重要来源，更深刻影响刘勰对史传、议论等文章的写作观念。南京大学孙蓉蓉教授《“讲文虎观”与“辉光相照”——〈文心雕龙·时序〉对东汉经学与文学的评述》指出通过刘勰在《时序》篇中对东汉经学与文学的评述，可以反映出刘勰并不囿于今古文学派，而是融会贯通、兼收并蓄。中国海洋大学讲师李婧《浅谈刘勰的经学成就》指出刘勰在《文心雕龙》中数次直接论及经学，展现了他对南朝经学的特点和宗尚有准确的把握，他本人也具有相当的经学功底；他的一些观点被唐初由官方组织、孔颖达等人主持纂修的《毛诗正义》、《尚书正义》等吸收，在中国古代经学史上理应写上刘勰一笔。赣南师范学院吴中胜教授《丧葬文化与〈文心雕龙〉〈诔碑篇〉〈哀吊篇〉的解读》从丧葬文化角度来解读《诔碑篇》、《哀吊篇》，指出这两篇体现了刘勰对传统中国丧葬文化基本精神的理解，以及对悼念类文章语言形式的基本要求。江苏大学吴晓峰教授《从〈文心雕龙〉的创作看刘勰对儒家思想的接受——读〈序志〉篇的几点启示》细致分析了《序志》篇，认为从刘勰人生追求目标、论文立言途径的选择、论文依据都可以看出刘勰对儒家思想的接受。苏州大学侯敏教授《论唐君毅对刘勰“文学之道”的阐释》一文，介绍了著名“新儒学”大家唐君毅先生对刘勰“文学之道”阐释和对研究对象的“天—地—人”“道—心—文”的历史语境的梳理，有助于深化学界对刘勰《文心雕龙》的整体性和价值意义的认识。山西师范大学白建忠副教授《圣人与一般的作家——论〈文心雕龙〉双重创作主体理论体系的构建》认为在《文心雕龙》一书中，刘勰建立了严密的双重创作主体理论体系。《文心雕龙》的出现，标志着古代文论中双重创作主体理论体系的正式形成。国立台北商业技术学院蔡美慧助理教授《周鉴诸说，折衷五经——论文心雕龙之折衷文学观》指出折衷文学观实为联络《文心雕龙》全书的精神、思想，并从动机、重心、方法、作用与价值诸方面深入分析了刘勰之折衷文学观。

数位在读研究生也就该议题提交了论文，显示出龙学的新力量和新视野。中国人民大学博士生黎臻《从西晋文士的宗经趣味探讨刘勰的宗经思想》提出刘勰《宗经》篇中的文学思想，不仅受到传统的经学思想的沾溉，同时也受到西晋在内的作家创作中宗经趣味的感染与影响。澳门大学博士欧阳艳华《〈文心雕龙□征圣〉中“明理”观念的儒学义源与义理初探》考析《征圣》篇中“明理以立体”的义理来源，并在此基础上，了解先圣立文的明理用心，结合王弼释圣人之情从于理的观点，以见思想领域中所建构起圣人兼具人性与超越性的理论基础。刘勰于《征圣》开篇重视圣人之情，而特意于圣人文术中补充明理之术，便有此一时代思想因由，其为缘情立文的时代文学共见提供了另一方向，是以圣人为形范而开创的应然进路。国立台湾师范大学博士候选人刘凯玲女士《从〈程器篇〉看刘勰对士风正变的接受》以接受理论之分析方法，诠释刘勰立足于批评者、作者、读者三者间，如何以士为中介，逐步开展个人审美感受，对于作者修养作出客观的批评。同时经由刘勰《程器篇》对于作者修养的诠释，来观察刘勰对于士风正变的接受，以及他省思前人的诠释，所归纳出关于作者修养的期望疆界。山东大学硕士研究生王娉娴《论〈文心雕龙〉公文论的价值》结合《文心雕龙》全书、刘勰的思想以及当时社会状况重新审视刘勰的公文论，认为刘勰“以天下为己任”的儒家精神让他不能不重视公文文体，南朝士人不婴事务、以文纪实的现实又让他不得不详论公文正体。但刘勰的政治关怀有限，他更热心的是事功。从公文论中可以体会到刘勰为入仕所做的才能积累和精心准备。

（二）《文心雕龙》的当代意义

中国矿业大学讲师邓心强《论〈文心雕龙〉对中国当代学者学术书写的影响——以武汉大学李建中先生治学为例》选取李建中先生为个案，从治学方法、写作实践、话语习惯、思维方式乃至语言运用等方面，剖析其潜心治学而深受刘勰的熏陶和浸染，以管窥豹，审视《文心雕龙》对中国当代学者产生的广泛而深远之影响。青岛大学讲师赵红梅《写作中的意会与言宣——〈文心雕龙〉创作论之教学启示》针对教学实践的具体实施，认为在写作过程教学中，应注意吸收《文心雕龙》给我们的重要启示：高度重视意会之初的感发阶段，言宣须兼顾文之整体把握与具体修辞，并践行言意并举的写作一体观。山东传媒职业学院讲师张然《结合实例分析〈文心雕龙〉对高校写作课的指导意义》认为《文心雕龙》的结构体系对于今天高校写作学教材的编写及课程的设计具有指导意义，同时其对写作主体的阐述则为写作教学指明了教学方向，并结合实例进行了分析。山东莒县第一中学两位高级讲师侯月映、杨志刚提交的《〈文心雕龙〉进入中学课堂的实验与研究》论述了《文心雕龙》进入中学课堂的实验依据、探索实施过程、实施两年后学生对《文心雕龙》进课堂的基本评价以及《文心雕龙》进课堂的启示等内容。这样一份详实的报告，对推广《文心雕龙》进入中学课堂具有重要的指导借鉴意义，令人耳目一新。天津师范大学李逸津教授《试论刘勰的“自然美”理想与当代“美丽中国”建设》结合现实，认为刘勰的“自然美”主张，是他对中华民族审美趣味的集中概括，是对中华传统美学审美理想的精辟总结，对于我们今天实现“建设美丽中国”的目标，也具有极为深刻的启发意义。

三、《文心雕龙》与中国文论研究

（一）校释考证

对《文心雕龙》的校释和刘勰生平的考证一直是“龙学”研究的重要领域，此次会议共接收到十余篇相关论文，其中不乏新解。怀化学院周绍恒教授《〈文心雕龙〉“岂取骆奭”句的校释问题》认为学术界对《文心雕龙·序志》篇“岂取骆奭”句的解读分歧很大，其问题主要出在通行本《文心雕龙·序志》篇对“岂取骆奭”之“取”字的误校上，一旦将该“取”字依元至正本《文心雕龙》“岂效邹奭”之“效”字予以校正，就可以弄清刘勰所言“岂效骆奭”句的本意当是“自古以来的文章，都是以修饰丰富的文采而构成的，难道是效仿骆奭被众人称为‘雕龙’才以‘雕龙’作书名吗?”这样有关该“岂”字的争论问题也就迎刃而解了。复旦大学周兴陆教授《〈文心雕龙〉析疑三例》就“思表纤旨，文外曲致”指什么、“逐物实难，凭性良易”之所本、“循环相因”不是正确的“通变”三点进行了分析，颇有创见。华东师范大学陆晓光教授《〈文心雕龙〉心物关系二题》认为“逐物实难，凭性良易”中的“物”字不仅特指世俗的追求利禄荣达的价值观，而且蕴含了某种不以为然的价值评断。“鬻声钓世，为文而造情”句中“鬻声”是鬻文的另一种表述，“鬻声钓世”谓出卖诗文以谋求财物利禄。昆明学院孔德明副教授《〈文心雕龙·体性篇〉中“公干气褊”考释》通过文字学的解释及历史的考察，认为“公干气褊”理解为个性出类，跨俗不驯，较接近本意。湘潭大学刘业超教授《从宏观思辨和微观实证的结合中走近博大和深刻（之一）——关于〈文心雕龙〉书名含义的一点体悟》以语法与语境为据，对《文心雕龙》书名含义，进行了辨析，认为唯有“状谓”式的解读，才是合乎语法的解读，并认为这一解读下的书名含义当是“凭藉为文用心，进行美的制作”。广州大学曾大兴教授《气候（物候）与文学创作的触发机制——〈文心雕龙〉“应物斯感”新解》受气候学和物候学的启发把刘勰《文心雕龙·物色》和钟嵘《诗品序》所讲的“气”解释为气候，把他们所讲的“物”和“物色”解释为物候，进而揭示“应物斯感”中的“物”有时是指物候，而当这个“物”指物候时，其所“感”之内容，则为文学家的生命意识。云南大学张国庆教授《〈文心雕龙·隐秀〉篇补文真伪问题考论》汇聚古今学者关于明万历年间所补《文心雕龙·隐秀》篇约四百字的重要观点并详加评说申论，其结论是：此页补文应属伪撰。《隐秀》篇末段又有两处明代补文，其一为后来的学者们一致认为当补，其二则肯定与否定者皆有。张国庆教授认为，两者皆不当补。最后，本文据考定的《隐秀》残文，推测出其全篇原貌。云南大学讲师杨园《〈文心雕龙〉“神思”说考原》考证《文心雕龙·神思》“形在江海之上，心存魏阙之下”的原意是取《吕氏春秋》、《淮南子》高诱、许慎注之别说，并论证《神思》篇所谓虚静，其思想依据也是出自汉代以来盛行的养生学说。莒县公安局李明高先生《敦煌本〈文心雕龙〉抄写时间考论》从唐代避讳的历史沿革入手，以写卷、石刻、律令等实物为对象，重点对“旦”字避讳出现的历史时期进行深入考察，在综合分析敦煌本《文心雕龙》之书体、笔法、纸张、装帧等多项元素的基础上，提出了该本抄于中唐的观点。

临沂大学贾锦福教授《漫议李延寿删节〈梁书·刘勰传〉三题》认为《南史·刘勰传》有三个问题：一是宜保存的遭节删，《序志》篇被删去大半；二是完整的家族史被去头掐尾；三是刘勰晚年北归问题的症结在于“未期而卒”这句话，此句还存在另一种解释，如果“期”读qī，这四个字的意思就不一样了，“未期”就是不知何日、不知何时的意思，就是不知道什么时候死的。山东莒县博物馆研究员苏兆庆和朱晓伟先生《从家谱学说刘勰世家》认为刘勰的青少年时期和晚期出家之后都是在自己的家乡山东莒县度过的，而中年是在江南大展宏图。镇江市图书馆殷爱玲女士《推原文心，放飞雕龙——〈文心雕龙〉作者刘勰》介绍了刘勰家世、生平经历以及对他的影响。

（二）理论探讨

对《文心雕龙》全书的理论观点、思想体系和来源等进行研究，仍然是“龙学”的中心问题，本次会议也收到了数十篇相关文章。湖南师范大学张长青教授《关于〈文心雕龙〉的研究方法》指出，从刘勰“天人合一”的宇宙观和方法论来说，我们可以把刘勰《文心雕龙》的研究方法，归并于中国传统哲学中的辩证思维。具体来说，可以从“天人合一”“知行合一”“情景合一”三个层次、共时性和历时性两个方面来解读《文心雕龙》的文艺美学体系。广西师范大学张利群教授《论刘勰〈文心雕龙〉“体制”论构成系统》认为刘勰在《文心雕龙·附会》中提出“体制”这一概念，并以此作为理论构成要件渗入进文体论、创作论、鉴赏论、方法论理论体系之中，建立起体制论思想系统，为其文论批评创造了坚实基础。江苏师范大学吴建民教授《“命题”与〈文心雕龙〉之理论建构》研究“命题”对于该书理论建构的作用及书中所提理论命题的价值意义，提供了研究《文心雕龙》理论体系的新视角。河北大学胡海教授《〈文心雕龙〉与文学本体论》认为从本体论角度说，刘勰不仅借助了道本论，也借助了气本论。刘勰“本乎道”和“原道”乃是借助道本论来肯定“道之文”的价值，并确立宗经和通变的原则，所本之道不是哪一家思想。北京第二外国语言大学李瑞卿教授《心体的时位关系——〈文心雕龙〉的“文”生成论》认为刘勰借助《周易》太极模式，引入时位观念，阐释了心体在文学创作中的自律与自由。湘潭大学刘业超教授《从宏观思辨与微观实证的结合中走近博大和深刻（之二）——关于儒道释在龙著外系统联系中的逻辑关系的一点体悟》认为儒释道三个认识论根源，是《文心雕龙》观照客观事物的最基本的指导思想。在这一多维统一的认识论结构中，道学是其体，儒学是其用，佛学是其法，三者以儒学为主导共相为济，相得益彰。

浙江大学李吟咏教授《情感本体与刘勰关于文学价值的普遍设定》从刘勰的情感本体论出发，联系当代文学本体论的研究成果，深入探索刘勰情感本体论的合理思想内核。李吟咏指出刘勰的“情感本体论”，规定了文学的审美特质，彰显了文学创作的动力，确证了文学的思想方式，包容了文学的多元本体意蕴。上海政法学院祁志祥教授《刘勰的“赋比兴”论及其承前启后意义》指出刘勰在继承前人阐释“赋比兴”成果的基础上，辨彰然否，将“赋”解释为直接的“体物写志”之法，将“比”解释为“比喻”，将“兴”解释为“起情”之法，并对“比”的本体与喻体的类别及“比兴”的异同作出了深入分析。刘勰此论奠定了后世“赋比兴”含义的基本走向，具有承前启后的重要意义。浙江大学孙敏强教授《刘勰艺术想象论三题——兼谈庄子对叙事想象理论的贡献》指出刘勰论想象偏于抒情性想象和意象式思维，较轻忽诗史之外的叙事艺术，和庄子等阐释与运用的寓言式思维与叙事性想象，使其艺术想象论不无偏缺。而庄子寓言成功的叙事实践与有意味的理论理念，也迟至明清时代才得到深刻回应。中共福建省委党校林怡教授《文学与社会：从刘勰和钱钟书的不同思考论及卡尔·波普尔的文艺观》从文学和社会关系角度，阐述了刘勰、钱钟书和波普尔对相关问题的思考，有助于对《文心雕龙》做出融通的理解。贵州师范大学郝永副教授《〈文心雕龙〉创作动机外部机缘浅论》从现代文艺学视角出发，认为《文心雕龙》关于文学创作动机的外部机缘包括了文学创作者主体以外的客观自然景物和社会生活。在这个问题上，刘勰不但继承了前代学人司马迁、陆机等的观点并使之完整、系统，而且也给后世理论家如钟嵘等以较大的影响。台湾师范大学吴福相教授《刘勰“虚静”说析探》以康德《判断力批判》之审美思想及其所提出之审美四契机，来分析贯通刘勰“虚静”说，使东西二哲相互显发。吴教授认为刘彦和之虚静，如以康德审美思想论述其旨，盖指审美虚静者也。刘勰之说特色在于虚静儒家思想、渊源道家思想、移用玄学思想、内蕴佛家思想。沈阳师范大学王焕然副教授《刘勰的才学观》对刘勰的才学观进行了全面论述，指出刘勰的才学观在后世得到了很多人的回应。东南大学博士后陈士部《论刘勰的“读者意识”》指出刘勰顺应时代的文化发展，表现出独特的读者观念。刘勰的“读者意识”可以同西方的接受美学、解释学文论展开有限度的对话，它对于当前的文艺批评建设仍具有重大的启示意义。山东大学在读博士生傅炜莉《〈文心雕龙〉“兴”的认知隐喻解读》运用认知语言学中认知隐喻的相关理论，以刘勰《文心雕龙》“兴”义为核心，对传统“兴”义作出梳理和深入分析。

山东大学祁海文教授《〈文心雕龙〉的“文道自然”论释义》认为“自然之道”具体化为“志足而言文，情信而辞巧”这一“含章之玉牒，秉文之金科”，又落实和典范地体现于儒家经典之中。通过《宗经》与《正纬》《辨骚》的关系，“自然之道”发展为“既取经旨，亦自铸伟辞”这一既“宗经”又“随时”、“适会”而“变”的文学发展之“道”。山西大学高宏洲教授《“文”之合法性的双向论证——〈文心雕龙·原道〉的言说旨趣》认为《文心雕龙·原道》的主旨是从文与道两个方面为“文”的存在寻求合法性根据。从文的方面来说，它强调“文”的重要性，因为“文”是传达圣人对道的认识的载体，无“文”难以明道；从“道”的方面来说，“文”虽然重要，但是它不能离开“道”而任意驰骋。浙江大学孙福轩教授《〈文心雕龙〉“道”为“自然”解》认为此“道”应释为“自然”之义，这是由中国古代“天人合一”的哲学主题所规定了的；在“道为自然”的观念下，刘勰从儒、道、玄等不同侧面对“道”的功能所作出的洐化成义，即从文章功用、艺术美的追求、自然之趣艺术观的生成等方面作了全新的解释，对后世的追求自然的文艺理论建构产生了重大的影响。宁夏大学梁祖萍教授《〈文心雕龙〉“宗经”的修辞学思想》主要探讨了刘勰“征圣”“宗经”的修辞学思想，对这一传统问题进行了新的思考。山东大学讲师李飞《从南北风气异同论刘勰“正纬”说》指出刘勰对纬书的根本看法是“事以瑞圣，义非配经”。“事以瑞圣”之圣主要不是指孔子，辨明了纬书“事以瑞圣”，也就间接地证明了其“义非配经”，后者才是刘勰用心所在，也是《正纬》篇得以列入“文之枢纽”的主要原因。通过思想和文学的双重否定，刘勰将纬书剥离于经学，从而保证了“文之枢纽”前三篇所建立起来的以“宗经”为中心的文学秩序的纯洁性，这是《正纬》篇的枢纽意义。辽宁大学李贵银副教授《刘勰的楚辞观》综观《文心雕龙》全书，从楚辞在文体发展史上的地位、楚辞在文辞上的新变之功、楚辞对后世作家的影响以及对楚辞文学成就的成因分析等几个方面全面分析了刘勰的楚辞观。闽江学院李铁荣副教授《刘勰〈文心雕龙·辨骚〉篇新探》从《辨骚》篇的归属问题出发，试图辨明《辨骚》篇的主旨所在，以及刘勰写作此篇的深层意图。文中指出“骚”是一种处于“诗”“赋”之间的诗体。以“经”为准，“经”“纬”与“骚”三者之间互动着“正—伪—奇”辩证思维的内在态势。“骚”体的变易适度性和辩证的思维方法，对建设具有民族特色的当代中国文论话语系统具有重要的启示意义。台湾德霖技术学院陈秀美副教授《从文体“正变”论刘勰“文之枢纽”的典范性意义》文中就“文原论”的前三篇，探讨其三位一体的典范性意义与价值所在，并且提出刘勰在“常体典范”上所要建构的文原依据。此外，认为“文之枢纽”中的《正纬》与《辨骚》具有文体的“变体典范”意义，因而形成“经”与“纬”、“骚”的正变关系。日本福冈大学甲斐勝二教授《关于〈文心雕龙〉文体论的问题——〈文心雕龙〉的基本特征余论》提出刘勰可能认为人情，即“写作原因、写作目的”和文体之间有不可分的对应关系。山东大学李剑锋教授《关于刘勰〈文心雕龙〉不提陶渊明的再思考》以刘勰不提陶渊明为契机，从刘勰《文心雕龙》的局限去思考和探索它没有来得及思考或者思考有待深入的问题，从多个方面论述了陶渊明的文学观和《文心雕龙》的异同。河北大学杨青芝副教授《刘勰评论三曹的美学标准》从《文心雕龙》中全面搜检刘勰评价三曹的材料，由此讨论刘勰诗文评论的美学标准。中国人民大学在读博士生高丹《从嵇康到刘勰的知音情结》认为刘勰知音说的提出与嵇康的人生理想及其心灵境界与精神境界有异曲同工之妙。更为重要的是，刘勰对嵇康作品的评价，乃是其知音篇所谈问题的典型的文学理论批评实践，见异唯知音，能够发现作品异彩之所在，从这个意义上，他们二人也可说是旷世的知音了。

另有两位学者对《文心雕龙》的语言进行了分析。广东外语外贸大学王毓红教授《设情有宅，置言有位：〈文心雕龙〉语句间主要关系及其结构方式》结合刘勰章句理论，通过描述和分析《文心雕龙》篇章中各个语句之间的主要关系及其结构方式，动态考察了刘勰的表义方式，并在此基础上分析阐释了《文心雕龙》语句之间结构的特点，角度新颖。武汉大学罗积勇教授《〈文心雕龙〉对偶的常与变》从特殊形式的对偶、对偶与其他修辞手法的配合以及联“偶”成篇的方式等方面对《文心雕龙》进行了分析，并发现《文心雕龙》为了平衡文字骈俪与辞意准确这对矛盾，在对偶的营构上，循其常，达其变，取得了很大成绩。据此，作者认为刘勰应该是最早改造骈文作法的人之一。

（三）《文心雕龙》与中国文论

首都师范大学陶礼天教授《刘勰“江山之助”论与文学地理研究——〈楚辞〉的景观美学》一文没有致力于刘勰“江山之助”论内涵的全面诠释，而是由此理论命题发端，探讨文学与地理关系诸论题之一种——即通过对《楚辞》独特的景观描写的分析，从审美主体与作品境界的构成层面，来讨论文学与地理的关系。与此相关的论文是复旦大学蒋凡教授的《〈文心雕龙〉及古代有关地域文化（文学）的理论思考》，蒋教授认为，《文心雕龙》对地域文化（文学）的理论思考，能从哲学层面作深入思考，又能根据特定的地域，论述所赋予文学家的血气心知之性之异，虚实辩证，自成系统，深化了传统地域文化的理论，具有开拓之功。北师大姚爱斌副教授《六朝文体内涵重释与刘勰、钟嵘论“奇”关系再辨——兼评中日学者关于〈文心雕龙〉与〈诗品〉文学观的论争》认为从核心观念看，《文心》与《诗品》都是以六朝文体观为理论平台，属于六朝文体批评的不同维度：《文心》之“奇”与一般规范文体或典范文体之“正”相对，指的是异于规范文体并能够破坏文体内在完整统一的新奇、浮诡、险仄的因素和特征；《诗品》之“奇”与常见作者文体的“平”“庸”相对，指的是在一般文体规范的基础上能充分体现文体的“自然”品质与作者“才气”的独创性和生命力的优秀文体品质。两书之“奇”评价的是不同维度的文体关系，因此二者之间是差异互补，而非相互对立。暨南大学闫月珍教授《器物之喻与中国文学批评——以〈文心雕龙〉为中心》以《文心雕龙》为入口，探讨中国文学批评中的器物之喻，发现中国文学批评与器物及其制作经验的直接关联，有利于为中国文学批评方式的形成找到更为深层的原因。武汉大学高文强教授《“批评意象”刍议》认为，“批评意象”是指存在于文学批评活动中，用于传达某种文学理念或批评观点的意象。它与传统意义上以塑造审美艺术形象为主要目的的“文学意象”在“立意”方向与“立象”方式上存在一定差异。它是“意象批评”法的主要表现工具。对“批评意象”的深入研究，对中国文学批评史研究的拓展与创新都有一定意义。日本广岛大学陈翀副教授《再论五言诗兴于周秦著于两汉——〈文心雕龙·明诗篇〉“莫见五言”句疏证》从《文心雕龙》《诗品》等原始文献的疏证出发，从史料来源及阐释上对文人五言诗的产生时期予以澄清，验证了东汉末年说极有可能只是一个建立在近代文人对古典文献误读之基础上的伪命题，并提出在绝大部分古人眼中，五言诗兴于周秦著于两汉，这才是一个真正符合中国古典诗歌发展史实际情况的不刊之论。淮北师范大学陈聪发副教授《〈文心雕龙〉的“约”范畴考论——兼谈“约”范畴从先秦到魏晋南北朝的历史发展》在爬梳《文心雕龙》全书有关“约”的资料的基础上对之作了比较全面深入的考察，厘定了该范畴的美学内涵及其理论价值，力图将《文心雕龙》的范畴以及古代文论范畴的研究推向深入。云南民族大学副教授张坤《视觉：〈文心雕龙〉中珠玉与文章的审美连接点》从视觉审美的维度细读《文心雕龙》，着眼于珠玉用语与文艺美学形态建构之间的关系，试图为刘勰的美学思想提供新的阐释，从而突显刘勰文艺美学思想的中国特色和民族原味。浙江大学邹广胜教授《文如其人——从〈文心雕龙·程器篇〉看文品与人品之争》对人品、文品之争这一历久弥新的话题进行了重新思考，认为作家所创造的艺术世界毕竟和作家所处的现实世界存在着本质的差别。但有时候文中所表达的作者与真实的作者不同，并不仅仅是作者欲掩盖真实的自己，而是要表达自己的愿望，甚至是梦想成为的样子。无论怎样，作品总是能从不同的角度给读者提供作者真实而丰富的人生及个性，这种性格及人格的复杂性直接来自生活与现实的复杂性。中央民族大学陈允峰教授《〈文心雕龙〉与汉译〈诗镜〉之相通性初探》将刘勰《文心雕龙》与古印度檀丁《诗镜》进行了比较，认为二者写作年代上虽前后相距约两个世纪，但就文坛背景及理论宗旨而论，两者之间颇有相通处。《诗镜》在中国藏族地区的流播情况信实有征，影响至为深远。《文心》与《诗镜》之比较，亦有助于探讨汉、藏民族文学思想之异同。日本九州大学静永健教授《近世日本〈杜甫诗集〉阅读史考》对自公元九世纪杜诗传入日本以来的日本杜甫受容及阅读史做了概括与回顾，并介绍了明治维新（1868）以后日本近代知识分子对杜诗受容的情况。

六朝重要子书《刘子》与刘勰的关系，成为近年来与“龙学”相关的重要论题，本次会议亦收到相关的重要论文。上海社会科学院林其锬教授《〈刘子〉作者谁属争鸣与刘勰思想及〈文心雕龙〉研究》的长文，是作者数十年研究的总结之作。该文指出“《刘子》刘勰著”，南宋以前直接可见的公私著录均无疑义；分歧始自南宋出现的《刘子》袁孝政注本及刘克庄引文。考证表明：袁孝政注本乃宋人伪托，刘克庄引文亦无的据；无论外证还是内证，都充分证明《刘子》著作权当属刘勰。辨别《刘子》作者归属，深入研究《刘子》，对全面认识刘勰、深入研究《文心雕龙》，乃至建构中华文化新体系，都有重要学术价值和实际意义。美国北加州华人作家协会林中明先生《纬军国，任栋梁——刘勰之梦，〈刘子〉其书》一文对刘勰与“刘子”进行了别开生面的比较研究，林先生的大作既有委曲婉转的细致思辨，又有高屋建瓴的宏观概括，体现出行云流水的才华横溢，令人赏心悦目。华南师范大学韩湖初教授的《刘勰与刘昼，谁更具备〈刘子〉作者之条件——论〈刘子〉乃刘勰撰》提供了关于《刘子》刘勰撰的新思考。涂光社教授《〈刘子〉的说“武”论“兵”——传统军事思想战争理念一次意义非凡的总结》则在认定《刘子》乃刘勰之作的基础上，全面探讨刘勰的军事思想，这对“龙学”无疑是一个新启迪。台湾政治大学中文所博士生黄承达《再论〈文心雕龙〉的类感论如何通神与起情兼与〈刘子〉一书比较》发现《刘子》的感知模式，对于汉代象数易学的继承和开创，和《文心雕龙》几可吻合。不论是类感方式，对于“神”的认知及重视，还有天人感应说下性善情恶的思考见地，皆和当代“为文任情”的说法大有殊异，这也可说是《文心雕龙》、《刘子》创见，而创见又源自于“认知模式”——（类感说），而“认知模式”——（类感说）又和象数易有高度的关联。这么一来，《刘子》的著作权，也许又更能从刘昼手上还给刘勰，进而使“龙学”研究的材料更为丰赡了。

此外，明清以至近代对《文心雕龙》的研究亦引起一些学者的再次关注，并有所发现。山东大学戚良德教授《一部尘封百年的“龙学”开山之作——评近代国学大师刘咸炘的〈文心雕龙阐说〉》对尘封近百年的刘咸炘《文心雕龙阐说》一书进行了介绍，指出《文心雕龙阐说》一书，对《文心雕龙》五十篇逐一进行理论阐释，这在《文心雕龙》问世以来尚属首次，因此，该书不仅是近现代“龙学”的开山之作，而且也是整个《文心雕龙》研究史上第一部全面阐释《文心雕龙》的理论著作。《文心雕龙阐说》一书的意义堪与黄侃《文心雕龙札记》比肩，理应在龙学史上占有一席之地。内蒙古财经大学孔祥丽副教授和内蒙古师范大学副编审李金秋《明清两代〈文心雕龙〉评点综述》汇集明清评点《文心雕龙》十余家，从文学理论及写作理论的角度，初步展示了明清两代评点《文心雕龙》的整体状貌；并围绕“文道、文人、文术、风骨、通变”五个方面，对各家之论加以梳理，力求展示那一时代人们共同关注的“文理”。山东大学威海校区洪树华副教授《〈文心雕龙〉在明清诗话中的题称及接受》对《文心雕龙》在明、清诗话中的题称作了详细考察，同时审视明、清诗论家对《文心雕龙》的接受，发现在明、清诗话中，《文心雕龙》的题称只有三种，分别是全称《文心雕龙》以及简称《文心》《雕龙》。归纳起来，明、清诗论家对《文心雕龙》的接受情形大致有以下几种：第一，对《文心雕龙》或《序志》篇的总体评说。第二，适当的引用或摘录。第三，未作任何评说的大段摘录，甚至几乎全文摘抄。全面整理明、清诗话对《文心雕龙》的引文及评说，对于进一步认识、研究明、清诗论家接受《文心雕龙》，具有不可忽视的价值和意义。

附：论文目录

大会报告论文

001. 张少康：纪念“《文心雕龙》的功臣”——谈谈牟世金的《文心雕龙》研究
002. 刘文忠：回忆《文心雕龙》学会成立三十年的艰难历程
003. 张可礼：忆念中国《文心雕龙》学会的成立
004. 缪俊杰：我国“龙学”研究的功臣——缅怀中国《文心雕龙》学会首任会长张光年先生
005. 杨　明：王运熙先生对于“龙学”的贡献
006. 林其锬：《刘子》作者谁属争鸣与刘勰思想及《文心雕龙》研究
007. 林中明：纬军国，任栋梁——刘勰之梦，《刘子》其书
008. 邓国光：孔颖达《毛诗正义》征述刘勰《文心雕龙》初探
009. 甲斐胜二：关于《文心雕龙》文体论的问题——《文心雕龙》的基本特征余论
010. 左东岭：文体意识、创作经验与《文心雕龙》研究
011. 张长青：关于《文心雕龙》的研究方法
012. 涂光社：刘勰文学思想再议——“文之枢纽”论中对儒学的超越
013. 涂光社：《刘子》的说“武”论“兵”——传统军事思想战争理念一次意义非凡的总结
014. 李建中：经学视域下中国文论关键词之词根性考察——以《文心雕龙》为中心
015. 袁济喜：《文心雕龙》与孟子学说论析
016. 蒋　凡：《文心雕龙》及古代有关地域文化（文学）的理论思考
017. 陶礼天：刘勰“江山之助”论与文学地理研究——《楚辞》的景观美学
018. 刘　凌：“宗经”矫讹的《文心雕龙》——兼议“托古改制”思维模式
019. 游志诚：政事乎？文学乎？——《文心雕龙·议对篇》细读
020. 刘业超：从宏观思辨和微观实证的结合中走近博大和深刻（之一）——关于《文心雕龙》书名含义的一点体悟
021. 刘业超：从宏观思辨与微观实证的结合中走近博大和深刻（之二）——关于儒道释在龙著外系统联系中的逻辑关系的一点体悟
022. 陶礼天 范英梅：21 世纪《文心雕龙》研究史略（中国大陆部分）

分组报告论文一

023. 朱文民：龙学家牟世金与王更先生比较研究
024. 孙蓉蓉：“讲文虎观”与“辉光相照”——《文心雕龙·时序》对东汉经学与文学的评述
025. 张国庆：《文心雕龙·隐秀》篇补文真伪问题考论
026. 陆晓光：《文心雕龙》心物关系二题
027. 羊列荣：《文心雕龙》与五经
028. 高文强：“批评意象”刍议
029. 李剑锋：关于刘勰《文心雕龙》不提陶渊明的再思考
030. 吴晓峰：从《文心雕龙》的创作看刘勰对儒家思想的接受——读《序志》篇的几点启示
031. 张利群：论刘勰《文心雕龙》“体制”论构成系统
032. 李明高：敦煌本《文心雕龙》抄写时间考论
033. 夏　静：《文心雕龙》与气学思辨传统（发言提纲）
034. 陈秀美：从文体“正变”论刘勰“文之枢纽”的典范性意义

035. 陈　翀：再论五言诗兴于周秦著于两汉——《文心雕龙·明诗篇》“莫见五言”句疏证
036. 赵红梅：写作中的意会与言宣——《文心雕龙》创作论之教学启示
037. 林　怡：文学与社会：从刘勰和钱钟书的不同思考论及卡尔·波普尔的文艺观
038. 黄承达：再论《文心雕龙》的类感论如何通神与起情——兼与《刘子》一书比较
039. 洪树华：《文心雕龙》在明、清诗话中的题称及接受
040. 欧阳艳华：《文心雕龙·征圣》中“明理”观念的儒学义源与义理初探
041. 李铁荣：刘勰《文心雕龙·辨骚》篇新探
042. 孔德明：《文心雕龙·体性篇》中“公干气褊”考释
043. 陈志平：30 年《刘子》研究综述
044. 刘凯玲：从《程器篇》看刘勰对士风正变的接受
045. 李婧：浅谈刘勰的经学成就
046. 李　飞：从南北风气异同论刘勰“正纬”说
047. 殷爱玲：推原文心，放飞雕龙——《文心雕龙》作者刘勰
048. 张　然：结合实例分析《文心雕龙》对高校写作课的指导意义
049. 高　丹：从嵇康到刘勰的知音情结
050. 黎　臻：从西晋文士的宗经趣味探讨刘勰的宗经思想

分组报告论文二
051. 何　懿：王元化先生与《文心雕龙》学会
052. 李　平：论王元化的《文心雕龙创作论》
053. 叶当前：论王运熙的“龙学”研究
054. 韩湖初：刘勰与刘昼，谁更具备《刘子》作者之条件——论《刘子》乃刘勰撰
055. 陈允锋：《文心雕龙》与汉译《诗镜》之相通性初探
056. 苏兆庆 朱晓伟：从家谱学说刘勰世家
057. 贾锦福：漫议李延寿删节《梁书·刘勰传》三题
058. 孙敏强：刘勰艺术想象论三题——兼谈庄子对叙事想象理论的贡献
059. 吴福相：刘勰“虚静”说析探
060. 李逸津：试论刘勰的自然美理想与当代“美丽中国”建设
061. 胡　海：《文心雕龙》与文学本体论
062. 祁海文：《文心雕龙》的“文道自然”论释义
063. 周兴陆：《文心雕龙》析疑三例
064. 梁祖萍：《文心雕龙》“宗经”的修辞学思想
065. 侯　敏：论唐君毅对刘勰“文学之道”的阐释
066. 李贵银：刘勰的楚辞观
067. 陈士部：论刘勰的“读者意识”
068. 曾大兴：气候（物候）与文学创作的触发机制——《文心雕龙》“应物斯感”新解
069. 赖欣阳：刘勰《文心雕龙》的《春秋》论述
070. 蔡美惠：周鉴诸说，折衷五经——论《文心雕龙》之折衷文学观
071. 王焕然：刘勰的才学观
072. 杨　园：《文心雕龙》“神思”说考原
073. 傅炜莉：《文心雕龙》“兴”的认知隐喻解读

074. 王娉娴：论《文心雕龙》公文论的价值
075. 郝　永：《文心雕龙》创作动机外部机缘浅论
076. 郑淑婷：司空图“思与境偕”与刘勰“神思”——兼论中国古代书画乐之艺术想象
077. 徐传武：文化视角“龙学”研究的重要成果——戚良德《文论巨典——〈文心雕龙〉与中国文化》评说
078. 邓心强：论《文心雕龙》对中国当代学者学术书写的影响——以武汉大学李建中先生治学为例
079. 董　玲：《文心雕龙》现代研究之反思
080. 唐　萌：百年“龙学”国际学术研讨会暨中国《文心雕龙》学会第十一次年会会议论文综述

分组报告论文三

081. 万　奇：内蒙古《文心雕龙》研究述略
082. 孔祥丽 李金秋：明清两代《文心雕龙》评点综述
083. 王毓红：设情有宅，置言有位：《文心雕龙》语句间主要关系及其结构方式
084. 祁志祥：刘勰的“赋比兴”论及其承前启后意义
085. 周绍恒：《文心雕龙》“岂取骀荑”句的校释问题
086. 吴中胜：丧葬文化与《文心雕龙》〈诔碑篇〉、〈哀吊篇〉的解读
087. 吴建民：“命题”与《文心雕龙》之理论建构
088. 李咏吟：情感本体与刘勰关于文学价值的普遍设定
089. 李瑞卿：心体的时位关系——《文心雕龙》的“文”生成论
090. 姚爱斌：六朝文体内涵重释与刘勰、钟嵘论“奇”关系再辨——兼评中日学者关于《文心雕龙》与《诗品》文学观的论争
091. 邹广胜：文如其人——从《文心雕龙·程器篇》看文品与人品之争
092. 陈聪发：《文心雕龙》的“约”范畴考论——兼谈“约”范畴从先秦到魏晋南北朝的历史发展
093. 高宏洲：“文”之合法性的双向论证——《文心雕龙·原道》的言说旨趣
094. 杨青芝：刘勰评论三曹的美学标准
095. 白建忠：圣人与一般的作家——论《文心雕龙》双重创作主体理论体系的构建
096. 徐　梅：人论到文论：魏晋“才性之辨”与《文心雕龙》的理论建构
097. 闫月珍：器物之喻与中国文学批评——以《文心雕龙》为中心
098. 孙福轩：《文心雕龙》“道”为“自然”解
099. 罗积勇：《文心雕龙》对偶的常与变
100. 归　青：刘勰是如何看气与风骨的关系的
101. 张　坤：视觉：《文心雕龙》中珠玉与文章的审美连接点
102. 范英梅：《文心雕龙》文论观念与中国古代乐论之关系研究
103. 冯斯我：21 世纪初日本《文心雕龙》研究综述
104. 静永健：近世日本《杜甫诗集》阅读史考
105. 侯月映　杨志刚：《文心雕龙》进入中学课堂的实验与研究
106. 张　芸　吴建民：论《文心雕龙·体性》篇之理论命题
107. 唐为迟：《文心雕龙·物色》篇理论命题的类型、内涵及价值意义
108. 戚良德：一部尘封百年的“龙学”开山之作——评近代国学大师刘咸炘的《文心雕龙阐说》
109. 戚良德：文章千古事——儒学视野中的《文心雕龙》

文果有心，词以载道

——中国文化元典关键词研究国际学术会议综述

武汉大学文学院　李　立

“凡解释一字，即是作一部文化史。”随着中外文化交流的深入发展，元典关键词研究对于推进中国文化现代化和焕发中华民族文化自信的重要性日益凸显。2014 年 3 月 22 日，由国家社会科学基金重大项目《中国文化元典关键词研究》（批准号 12&ZD153）课题组主办、武汉大学文学院承办的“中国文化元典关键词研究”国际学术会议在樱花绚烂的珞珈山举行。来自国际日本文化研究中心、日本大妻女子大学、中国社会科学院、中国人民大学、辽宁大学、扬州大学、华中师范大学、武汉大学等院校和科研机构的近三十位海内外专家学者，以及《光明日报》、《中国社会科学报》、《湖北日报》、《长江日报》等多家新闻媒体参加了本次会议。其间，与会代表围绕中国文化元典关键词研究的诸多前沿理论问题进行了深入而多视角的学术对话，探讨如何用关键词这把金钥匙开启中国传统文化的现代意义世界，尤其致力于探讨关键词研究方法上的突破与创新。会议由课题组首席专家、武汉大学文学院李建中教授主持，文学院副院长于亭教授致欢迎辞，武汉大学人文社会科学资深教授冯天瑜先生致辞。

关键词：开启中国文化意义世界的金钥匙

《中国文化元典关键词研究》这一课题关涉两大研究领域：“中国文化元典”和“关键词”。因此首先需要辨析：何为“中国文化元典关键词”？关键词研究的学术意义何在？元典关键词研究对于中国文化的现代化有何价值？

课题组首席专家李建中教授指出，《中国文化元典关键词研究》重大项目以轴心期中华文化元典为研究对象，以对“五经”及儒、道、墨、法、兵诸家文化元典关键词的重新阐释为主要内容，以揭示中华文化元典的原创意蕴和现代价值为根本宗旨。这里的“元典”一词，最早由武汉大学中国传统文化研究中心主任冯天瑜教授创制，他将“五经”以及《论语》《墨子》《孟子》《老子》《庄子》《荀子》等先秦典籍认定为“中华元典”。本课题所讲的“关键词”是一种比喻性的说法，它喻指核心的、重要的术语、概念、范畴和命题。这个意义上的“关键词研究”与中华文化相生相伴，如《墨子》的“经说”可视为墨家关键词自诠，《韩非子》的“解老”“喻老”则为最早的老子关键词解喻。文化关键词是中国人的名号与实质，是中国人之所以为中国人的文化本质，是中国人的文化基因和遗传密码。中国人的生命本体、语言存在、民族精神和道德理想是由关键词所命名所指称的，中国人对天人、人人、人我关系的体悟和理解是由关键词所辨析所描述的，中华文明的孕育、诞生、成长、成熟、再生、新创是由关键词所承续所光大的，中国文化的传播接受以及与异域文化的碰撞交流，在一定程度上也是由关键词所担当所完成的。概言之就是“一词一世界”，一个关键词几乎包括了中国文化的全部信息。因而，正如“关键词”之英译 KEYWORD 中的 KEY 有“钥匙”之义，兼具“对象”与“方法”之双重内涵的“关键词研究”，正是一把开启中国传统文化之现代意义世界的金钥匙。用心锻铸“关键词研究”这枚金钥匙，则可望重启中华文化之枢机，重睹中华文化意义世界之神貌。

华中师范大学文学院周光庆教授强调，所谓“中华文化关键词”，是中华民族与其生存空间互动以创造文化的关键性中介符号，是那些建构、组合、表征和传承中华文化基本要素特别是其核心观念和价值系统之基本范畴的特殊语词。它们大都原本乃是汉语日常语言中的普通语词，但在中华文化形成发展和交流传播的历程中，基于各自的内因外缘，沿着各自的发展理路，逐步上升而成为关键词；它们相互作用、相互发明而形成了以类别、层次和系列为形式的潜在系统，并为后人不断运用、不断阐释、不断发展，并能在特定领域或特定条件下发挥重要的认知功能、组织功能、实践功能和转化功能，成为中华文化特别是其核心观念和价值系统的凝聚点或网结点。

词以通道：作为研究方法的“关键词”探秘文化迷宫

在《中国文化元典关键词研究》重大项目中，“关键词”具有双重身份：研究对象和研究方法。作为方法的“关键词”不仅在中国文化研究领域引领着一场富有开创意义的革命，更需要当今学者对这把金钥匙进行“如切如磋，如琢如磨”的精心打造。学界既有的关键词研究不外乎三种模式：“标准答案、一锤定音”的辞典式，“语料汇抄、词义类聚”的类书式和“范式归纳、体系构建”的范畴式。对关键词研究而言，三种模式均有使用价值，但其局限乃至弊端也很显明：缺乏对关键词生命历程的动态把握和现时关注。那么，中国文化元典关键词应采取什么样的方法进行研究？应在方法论上做出怎样的创造性革新？

项目首席专家李建中教授主张在通变传统释词方法的基础上新创“生命历程法”，厘清并描述关键词从诞生成长到更新再生的生命历程，从而在词根性、坐标性和再生性的不同阶段和层面，展示关键词鲜活的生命力和强大的文化影响力。具体而言，本课题的总体思路就是遵循“原生——沿生——再生”的路径考察元典关键词的源起、通变和转义：一是以“五经”及儒、道、墨、法、兵诸家文化元典为文本依据，辨析并厘定中华文化元典关键词的“元生词根义”，追寻关键词的文化源起与辞源学释义；

二是以历史时空为经纬，检阅后经典时代的经义疏证，诠解中华文化元典关键词的“历史坐标义”，展示关键词如何标识不同时代的文化观念，如何连接不同时代的文化命脉；三是以世界为视域，揭示中华文化元典关键词的“现代再生义”，考察关键词的赓续、新创以及现代转义等。

李建中教授提出的基于中国文化元典关键词“三性”“三义”的“生命历程法”得到了在场国内外学者的普遍认可与积极响应，为项目研究工作的展开奠定了坚实的基础框架。随后，学者就“关键词研究”的方法论问题各抒己见，建言献策，进行了更为深入的探讨。

华中师范大学文学院周光庆教授对关键词研究方法的建议以“语境”为“关键词”，他强调，研究文化关键词应从语境出发，应关注语境对于关键词的作用，不唯理论语境，更重要的是时代语境、社会语境、制度语境、意识形态语境以及言说主体所处的具体语境等等，进而将研究聚焦到“语境中的关键词”或者“关键词在特定的语境之中”。周光庆教授还以“道”“政治”等语词为例，生动地展示了特定语境之于关键词的重要性。

辽宁大学文学涂光社教授独辟蹊径，提出关键词研究要有批判性，要看到中国文化的不足之处与中国文化关键词的缺失，从而揭示中国文化中被遮蔽的隐性遗传因子，并思索为什么中国文化会在某些领域发展得不充分，及其所反映出的中国文化所独有的思维特征。

针对作为方法的关键词研究，中国人民大学国学院袁济喜教授提醒道，课题组在进行具体研究之前，首先需要建立一个“模型平台”，建立一个可以言之成理的前提性总体思路，一个可以自圆其说的原则性基础方法，注重元典之间的内在勾连，辨析各家文化流派对同一个关键词的阐释何以既相互联系又相互区别，并以《庄子·天下》《大学》《中庸》《汉书·艺文志》《隋书·经籍志》《四库全书总目提要》等文献作为借鉴对此模型平台进行学术史衬垫，从而对中国文化元典关键词进行宏观与微观相结合的研究。

扬州大学文学院古风教授一改学者仅研习经典或书面文献的惯常做法，提出通过口语、俗语来考察关键词的存活状况与再生机制。他强调，一些关键词在中国文化现代化的过程中逐渐被边缘化了，但并没有消亡，而是以“隐性传承”的方式，通过高等教育、中外对译、日常语言、当代学者实际运用等具体路径存活下来，且仍具解释能力和言说能力，因而，口语不失为考察关键词现代再生义的一条路径。

武汉大学文学院张荣翼教授以“对比”的思路审视关键词研究，指明关键词研究要克服两种谬误——本质主义和实用主义；要注重关键词的两种特征——描述性和阐发性；并建议以成对的方式研究关键词。张荣翼教授强调，并没有绝对意义上的关键词，一个语词是否可以称之为关键词，在于怎么看，在于看的视角，在于比较和参照；因此，关键词研究无关科学性与准确性，而应注重描述、解释与阐发，应是有学理支撑的一家之言，要能自圆其说、言之成理，要能自洽；这样一来，就可通过关键词来梳理思想，令思想在关键词的观照和透视下得到更好的阐发。张荣翼教授进而以哲学范畴为参照，以东方文论关键词“意境”和西方文论关键词“典型”的潜在对比为例，建议考虑关键词的成对关系，尤其是作为对照物的、没有出场的、隐含着的关键词。

武汉大学文学院冯黎明教授以社会学和文化学作为适应场域揭示了“作为一种阐释技术的关键词研究”。他指出，关键词与其背后的现象、与其内在的意义之间呈现一种隐喻关系，因此，真正的关键词研究并不是按照学科知识的逻辑架构对关键词本身进行阐释活动，而是捕捉现象中的“症候性表征”并将其理解为具有“钥匙”（KEY）功能的符号，通过对此“症候性表征”的解析来探寻生活世界和深层历史中的权力关系、意识形态内涵和社会文化原因。所以，真正意义上的关键词研究指向文化现象中的表征性话语和建构性话语，它把表层话语看作是深层机制的建构性产物，其要旨即在于借助表层话语的分析探索深层机制的运作方式，探寻每一个关键词是如何被建构、被生产的，探寻关键词背后潜藏着的文化特质和社会历史原因。

古词新义：远去复归来的跨文化旅程

关键词铭刻着文化的时空记忆，更连接着不同文化之间的交流。透过关键词，我们得以思接千载，视通万里。那么，关键词如何在现代化语境中实现其再生转义？如何在全球化语境中完成其国际对话的使命？

武汉大学人文社会科学资深教授、武汉大学中国传统文化研究中心主任冯天瑜先生通过考察近代中、西、日文化的交流，总结出中日文化面对西学东渐而发生互动的一种表现形态——“侨词来归”，并将中国古典词远渡日本、侨词载新意辗转归来的生命旅程娓娓道来。冯天瑜教授指出，如所周知，中国从近代以来使用的大量新词都是从日本输入的，这对中国近代文化的发展起到了重要的作用；然而，日本翻译西洋术语，其最主要的方法正是借用中国的古典词来翻译西方的概念，譬如“形而上学”“民主”“共和”“封建”“革命”“经济”等等，并注入新的含义，再经由留日学生、访日学者等途径传回中国。因此，“侨词来归”的生命旅程，即是中国的古典词自汉唐以来传入日本，并融入日本文化；近代日本又借用中国古典词翻译西方概念，使其内涵更加丰富、更加现代化；而后再传回中国。从这个意义上来讲，在以词语为纽结的中日文化双向交流过程中，中日互为师友，二者都受益匪浅。

国际日本文化研究中心铃木贞美教授通过审视概念编制史以及近代知识体系，追溯了“energy”（能源）一词的发展、演变过程和翻译问题，并以此为根据，揭示了“文学”一词的语义变迁、东西方差异及其在知识结构、大学制度、学科设置上的反映，用开阔的学术视野与慎密的逻辑思维，为关键词的近现代转义研究提供了一条别开生面的路径。

日本大妻女子大学上垣外宪一教授以东亚关于世亲《唯识三十颂》理论的翻译为例，通过日本近代学者西周对“哲学”等西洋术语的翻译，比照中国文化思想史上的梵汉对译，揭示了翻译在关键词现代转义过程中所发挥的巨大作用，以及外来文化的传入为中国文化元典关键词所带来的冲击和契机。

结合会议现场跨文化交流的艰难与愉悦，课题组首席专家李建中教授强调关键词研究尤其要关注词语的古今关联、语义变迁及中外互译，阐释主体若不能站在现代文明的高度辨识关键词在当下社会中的转义、变异和更生，不能客观把握关键词之再生性所折射出的传统与现代、东方与西方的冲突及融合，则必然遮蔽关键词的现代价值，阻碍关键词研究对中华文化意义世界的开启。因为，在世界文化史的范围内考察，作为轴心期诸种文明之一的中华文化，之所以能绵延不绝、传承至今，与中华文化元典关键词的现代再生性特质是密不可分的。在文化多元的全球化时代，中华元典关键词以词根性固其本，以坐标性续其脉，以再生性创其新，从而在与异域文化平等对话的过程中获得阐释有效性和现代转义。在全球化语境下，正是中国文化关键词的再生性赋予了中国文化以现代转型之机。这种再生性、转义性不仅折射出中国文化现在所面临的传统与现代、东方与西方的冲突、对话、交流及融合，更展示出中国文化亘古不灭的盎然生机，和它极为充沛的应对力、转换力、更新力与传承力。因此，以关键词为组结的中外文化交流以及概念互译，正是中国文化元典关键词再生转义的一个现代契机。

金钥声飞扬，千里应，万世响。会后，多家新闻媒体对本次国际学术会议进行了专题报道。《中国社会科学报》讯《关键词研究：一部别样视角的文化史》聚焦全球化时代关键词在与异域文化对话中发生的现代转义，指出对关键词生命历程的研究，即如陈寅恪先生所说是一部视角独特的文化史。这篇报道被中国社会科学网、全国哲学社会科学规划办公室、中国高校人文社会科学信息网、光明网、中国文化网、中国文明网、近代中国研究网、广西高校哲学社会科学研究网、宿州网等多家主流传媒转载。《光明日报》讯《中日学者讨论元典关键词》、“中国社会科学网”讯《中华元典关键词研究突破既有模式》、《长江日报》讯《唐三藏到底取的啥经》等媒体报道关注元典关键词的现代价值与中西语言互译间元典关键词的现代转义，指出跨文化交流、跨学科对话之于关键词研究和方法论创新的巨大作用。由此可见，中国文化元典关键词研究已经得到学界和社会的广泛认可和好评，并且具备了相当的国际影响力。

本次中国文化元典关键词研究国际学术会议，是本项目立项后的首次大型国际交流和高级研讨。课题组研究工作开展过程中遇到的困惑和难题在与众多专家学者深入对话的过程中逐步解开，愈辨愈明，这使每一位与会者和项目组成员受益匪浅，并将推动课题组创新研究方法、收获高水平学术成果，以上下而求索的精神继续为中国文化的传承与交流作出实质贡献。

中国《文心雕龙》学会唁函

安徽师范大学祖保泉先生治丧委员会：

惊悉我会顾问、原常务理事、长期为我会及《文心雕龙》研究作出杰出贡献的著名专家祖保泉先生，不幸于2013年10月1日因病逝世，这是《文心雕龙》及中国文论研究界无法弥补的重大损失，我们表示沉痛哀悼，并向祖保泉先生亲属表示亲切慰问！

中国《文心雕龙》学会

二○一三年十月一日

复旦大学中文系王运熙先生治丧委员会：

惊悉我会名誉会长、《文心雕龙》与中国文论研究著名专家王运熙先生逝世，这是《文心雕龙》研究界无法弥补的重大损失，王运熙先生曾任我会会长多年，为我会的组织工作及《文心雕龙》研究作出杰出贡献。我们特此表示沉痛哀悼，并向王运熙先生亲属表示亲切慰问！

中国《文心雕龙》学会

二○一四年二月八日

中山大学邱世友先生治丧委员会：

惊悉我学会常务理事、著名中国文论和《文心雕龙》研究专家邱世友先生今日不幸逝世，这是《文心雕龙》研究界无法弥补的重大损失，我学会表示沈痛哀悼，并向邱世友先生亲属表示亲切慰问！

中国《文心雕龙》学会

二〇一四年六月七日

（日本）冈村繁先生治丧委员会：

痛悉为我学会和《文心雕龙》及中国古代文学理论研究作出杰出贡献的著名专家冈村繁先生，于十二月二十六日凌晨四点在日本逝世，这是国际《文心雕龙》研究界无法弥补的重大损失！惟先生为人师表，载誉学林；雕龙独造，文心永寄。我会特表示沈痛哀悼，并向冈村繁先生亲属表示亲切慰问！

中国《文心雕龙》学会

二〇一四年十二月二十七日

中国《文心雕龙》学会章程

二〇一三年九月十五日

第一章　总则

第一条　本团体名称：中国《文心雕龙》学会，英文译名：China society for the study of "*wen-xin-diao-long*"。

第二条　本团体性质：本团体是由《文心雕龙》的广大研究者自愿结成的全国性的学术性非营利性社会组织。

第三条　本团体的宗旨：团结全国研究《文心雕龙》的力量，遵守宪法、法律、法规和国家政策，遵守社会道德风尚，把这部体大思精的古代文学理论著作的研究工作深入下去，开创新局面，从而促进整个中国古代文论和中国文化优秀传统的特点与规律的探讨，为建立具有民族特色的马克思主义文学理论体系，繁荣社会主义文学和建设社会主义精神文明作出应有的贡献。

第四条　本团体接受业务主管单位教育部、社团登记管理机关民政部的业务指导和监督管理。

第五条　本团体住所为：北京市海淀区西三环北路83号首都师范大学（北一区文学院）。

第二章　业务范围

第六条　本团体的业务范围：

（一）原则上每两年举办一次学会年会，每四年举办一次国际学术研讨会，并不定期召开小型学术讨论会，交流研究成果和教学经验；

（二）根据需要和可能，作为各大学专业教师的学会会员努力开设《文心雕龙》研究课程；

（三）编辑《文心雕龙》学刊，原则每两年出版一期，主要刊发学会年会会议论文，版权署名为：中国《文心雕龙》学会编；

（四）做好资料工作，编印有关专著、论文索引及其他文献资料等；

（五）组织力量，翻译国外研究《文心雕龙》的有关论文和资料。

第三章　会员

第七条　本团体的会员种类：个人会员

第八条　申请加入本团体的会员，必需具备下列条件：

（一）拥护本团体的章程；

（二）有加入本团体的意愿；

（三）在本团体的学科领域内具有一定的影响；

（四）需有正式发表《文心雕龙》研究学术论文 2 篇以上；

（五）需由两名会员推荐。

第九条　会员入会程序是：

（一）由两名会员推荐；

（二）提交入会申请书；

（三）经理事会讨论通过；

（四）由学会会或理事会发给会员证，或需要时由学会出具会员证明。

第十条　会员享有下列权利：

（一）本团体的选举权、被选举权和表决权；

（二）参加本团体的活动；

（三）获得本团体服务的优先权；

（四）对本团体工作的批评建议权和监督权；

（五）入会自愿，退会自由。

第十一条　会员履行下列义务：

（一）执行本团体的决议；

（二）维护本团体合法权益；

（三）完成本团体交办的工作；

（四）向本团体反映情况，提供有关资料；

（五）本会会员应坚持科学态度，发扬良好学风，使自己的研究建筑在坚实的基础之上，鼓励不同的学术观点展开深入的探讨，互相尊重，避免意气用事，通过切磋琢磨，共同提高，增强团结，推动学术研究健康发展。

第十二条　会员退会应书面通知本团体，并交回会员证。会员如果不参加本团体活动，视为自动退会。

第十三条　会员如有严重违反本章程的行为，经理事会或常务理事会表决通过，予以除名。

第四章　组织机构和负责人产生、罢免

第十四条　本团体的最高权力机构是会员代表大会，会员代表大会的职权是：

（一）制定和修改章程；

（二）选举和罢免理事；

（三）审议理事会的工作报告和财务报告；

（四）决定终止事宜；

（五）决定其他重大事宜。

第十五条　会员代表大会需有2/3以上的会员代表出席方能召开，其决议需经到会会员代表半数以上表决通过方能生效。

第十六条　会员代表大会每届1至2年（会员大会或会员代表大会每届最长不超过5年）。因特殊情况需提前或延期换届的，需由理事会表决通过，报业务主管单位审查并经社团登记管理机关批准同意。但延期换届最长不超过1年。

第十七条　理事会是会员代表大会的执行机构，在闭会期间领导本团体开展日常工作，对会员代表大会负责。

第十八条　理事会的职权是：

（一）执行会员代表大会的决议；

（二）选举和罢免会长、副会长、秘书长、常务理事；

（三）筹备召开会员代表大会；

（四）向会员代表大会报告工作和财务状况；

（五）决定会员的吸收或除名；

（六）决定设立办事机构、分支机构、代表机构和实体机构；

（七）决定副秘书长、各机构主要负责人的聘任；

（八）领导本团体各机构开展工作；

（九）制定内部管理制度；

（十）决定其他重大事项。

第十九条　理事会需有2/3以上理事出席方能召开，其决议需经到会理事2/3以上表决通过方能生效。

第二十条　理事会每年至少召开一次会议；情况特殊的，也可采用通讯形式召开。

第二十一条　本团体设立常务理事会。常务理事会由理事会选举产生，在理事会闭会期间行使第十八条第一、三、五、六、七、八、九项的职权，对理事会负责（常务理事人数不超过理事人数的1/3）。

第二十二条　常务理事会需有2/3以上常务理事出席方能召开，其决议需经到会常务理事2/3以上表决通过方能生效。

第二十三条　常务理事会至少半年召开一次会议；特殊情况的也可以采用通讯形式召开。

第二十四条　本团体的会长、副会长、秘书长必需具备下列条件：

（一）坚持党的路线、方针、政策、政治素质好；

（二）在本团体业务领域内有较大影响；

（三）会长、副会长、秘书长最高任职年龄不超过70周岁，秘书长为兼职；

（四）身体健康，能坚持正常工作；

（五）未受过剥夺政治权利的刑事处罚；

（六）具有完全民事行为能力。

第二十五条　本团体会长、副会长、秘书长如超过最高任职年龄的，需经理事会表决通过，报业务主管单位审查并社团登记管理机关批准同意后，方可任职。

第二十六条　本团体会长、副会长、秘书长任职4年，任期最长不得超过两届。因特殊情况需延长任期的，需经会员代表大会2/3以上会员代表表决通过，报业务主管单位审查并经社团登记管理机关批准同意后方可任职。

第二十七条　本团体会长为本团体法定代表人担任。如因特殊情况需由副会长或秘书长担任法定代表人（应报业务主管单位审查并经社团登记管理机关批准同意后，方可担任，并在章程中写明）。

本团体法定代表人不兼任其他团体的法定代表人。

第二十八条　本团体会长行使下列职权：

（一）召集和主持理事会（或常务理事会）；

（二）检查会员代表大会、理事会（或常务理事会）决议的落实情况；

（三）代表本团体签署有关重要文件。

第二十九条　本团体秘书长行使下列职权：

（一）主持办事机构开展日常工作，组织实施年度工作计划；

（二）协调学会日常有关事务，积极开展学会工作；

（三）提名副秘书长以及办事机构、分支机构、代表机构和实体机构主要负责人，交理事会或常务理事会决议。（说明：本团体暂不设立分支机构。）

（四）决定办事机构、代表机构、实体机构专职工作人员的聘用（说明：本全体现有工作人员均为兼职）；

（五）处理其他日常事务。

第五章　资产管理、使用原则

第三十条　本团体经费来源：

（一）捐赠；

（二）利息；

（三）其他合法收入。

第三十一条　本团体不收取会员会费。

第三十二条　本团体经费必需用于本章程规定的业务范围和事业的发展，不得在会员中分配。

第三十三条　本团体建立严格的财务管理制度，保证会计资料合法、真实、准确、完整。

第三十四条　本团体配备具有专业资格的会计人员。会计不得兼任出纳。会计人员必需进行会计核算，实行会计监督。会计人员调动工作或离职时，必需与接管人员办清交接手续。

第三十五条　本团体的资产管理必需执行国家规定的财务管理制度，接受会员代表大会和财政部门的监督。资产来源属于国家拨款或者社会捐赠、资助的，必需接受审计机关的监督，并将有关情况以适当方式向社会公布。

第三十六条　本团体换届或更换法定代表人之前必需接受社团登记管理机关和业务主管单位组织的财务审计。

第三十七条　本团体的资产，任何单位、个人不得侵占、私分和挪用。

第三十八条　本团体无专职工作人员。

第六章　章程的修改程序

第三十九条　对本团体章程的修改，需经理事会表决通过后报会员代表大会审议。

第四十条　本团体修改的章程，需在会员代表大会通过后（一般在 15 日之内），经业务主管单位审查同意，并报社团登记管理机关核准后生效。

第七章　终止程序及终止后的财产处理

第四十一条　本团体完成宗旨或自行解散或由于分立、合并等原因需要注销的，由理事会或常务理事会提出终止动议。

第四十二条　本团体终止动议需经会员代表大会表决通过，并报业务主管单位审查同意。

第四十三条　本团体终止前，需在业务主管单位及有关机关指导下成立清算组织，清理债权债务，处理善后事宜。清算期间，不开展清算以外的活动。

第四十四条　本团体经社团登记管理机关办理注销登记手续后即为终止。

第四十五条　本团体终止后的剩余财产，在业务主管单位和社团登记管理机关的监督下，按照国家有关规定，用于发展与本团体宗旨相关的事业。

第八章　附则

第四十六条　本章程经2013年9月15日会员代表大会表决通过。

第四十七条　本章程的解释权属于团体的理事会。

第四十八条　本章程自社团登记管理机关核准之日起生效。

二〇一三年九月十五日第十二次年会理事会通过

后　　记

中国《文心雕龙》学会成立30周年国际学术研讨会暨第十二次年会，于2013年9月13日至16日在山东大学儒学高等研究院顺利举办，会议取得了丰硕成果。提交会议的一部分论文，分别由戚良德教授负责主编，收入《儒学视野中的〈文心雕龙〉》论文集和《中国文论》辑刊第一辑，均已出版；还有一部分论文，根据学会章程和惯例，就集中发表在学会主编的这期《文心雕龙研究》辑刊中，这部分论文先由戚良德教授负责进行初编，最后由我负责编辑完成。这期辑刊中，除会议论文外，还刊登了几篇来稿。

哀人生之多艰，悲性命之不永。编辑这期学刊，我们的心情一直是沉重的。近两年来，又有几位我们敬爱的《文心雕龙》研究的前辈专家永远离我们而去，依次是：2013年10月1日，学会顾问、原常务理事、安徽师范大学教授祖保泉先生逝世；2014年2月8日，学会原会长、学会名誉会长、复旦大学王运熙教授逝世；2014年6月7日，学会常务理事、中山大学邱世友教授逝世。三位先生的逝世，是《文心雕龙》学界及中国学界无可弥补的重大损失，他们的学术成就均不限于《文心雕龙》研究。王运熙先生曾担任学会两届会长，其后一直是学会的名誉会长，为学会的组织工作和发展作出过卓越的贡献；祖保泉先生和邱世友先生都是学会的常务理事，也都为学会的建设和学术活动的开展付出过多年的心血。另外，2014年12月26日，日本著名《文心雕龙》研究专家冈村繁教授不幸逝世，冈村繁先生曾为中日《文心雕龙》研究的交流和学会学术活动的组织奉献过积极的力量。我们这次非常有幸地收到李平教授为纪念祖保泉先生而撰写的《文果载心，予心有寄——怀念我的“三好”先生》一文，以照惯例，置于首栏予以刊登，以表示我们共同的追悼之情。主要由于时间方面的原因，学刊编辑部还没有收到纪念王运熙先生、邱世友先生和冈村繁先生的文章，我们希望广大会员和学界同人有撰写纪念他们的文章，或研究他们的学术思想、学术成就的论文，寄给我们发表，学刊第12辑还将在首栏刊登这方面的文章。祖保泉先生是我的恩师，其他三位先生我也都在有关的学术会议上聆听过他们的教诲。我们和学会的许多广大会员一样，作为后辈，永远缅怀前辈们的光辉业绩，努力把《文心雕龙》的学会工作和研究工作做好，特别是要努力做好学术传承工作，努力接续传统，走向未来。

去年暑假期间，戚良德教授就将他初编好的稿件寄给我，但由于我身体不太好，教学工作又特别繁忙，再加上其他一些客观原因，拖延至今才编辑完成。在此，我们向诸位作者表示由衷的歉意！最后还想说明的一点是，本辑我们仍然由于编辑力量薄弱，无法达到期望的理想境界和既定的要求，征引文献，我们未能予以核对；特别是许多论文的注释体例不一，虽然我们作了很大努力，但仍无力仔细一一予以统一；此外，编辑中可能还存在这样那样的不少问题，希望作者予以谅解，希望读者予以教正。今年8月，学会将召开第十三次年会，会议将由云南大学承办，本辑努力赶在这次会议之前编辑出版，也是为了给大会的顺利召开作出一点贡献，我们共同期望这次大会能够取得圆满的成功。

陶礼天

2015年2月28日晚写于北京